人民文学出版社

D. H. Lawrence
THE RAINBOW

图书在版编目（CIP）数据

黄雨石译虹／（英）D. H. 劳伦斯著；黄雨石译. —北京：人民文学出版社，2023

（中国翻译家译丛）
ISBN 978-7-02-018164-3

Ⅰ．①黄… Ⅱ．①D… ②黄… Ⅲ．①长篇小说—英国—现代 Ⅳ．①I561.45

中国国家版本馆 CIP 数据核字（2023）第 143382 号

选题策划	欧阳韬
责任编辑	张海香
责任印制	任　祎

出版发行	人民文学出版社
社　　址	北京市朝内大街 166 号
邮政编码	100705

| 印　　刷 | 北京盛通印刷股份有限公司 |
| 经　　销 | 全国新华书店等 |

字　　数	491 千字
开　　本	710 毫米×1000 毫米　1/16
印　　张	31　插页 1
印　　数	1—4000
版　　次	2023 年 10 月北京第 1 版
印　　次	2023 年 10 月第 1 次印刷

| 书　　号 | 978-7-02-018164-3 |
| 定　　价 | 122.00 元 |

如有印装质量问题，请与本社图书销售中心调换。电话：010-65233595

出 版 说 明

　　人民文学出版社自一九五一年建社以来，出版了很多著名翻译家的优秀译作。这些翻译家学贯中西，才气纵横。他们苦心孤诣，以不倦的译笔为几代读者提供了丰厚的精神食粮，堪当后学楷模。然时下，译界译者、译作之多虽前所未有，却难觅精品、大家。为缅怀名家们对中华文化所做出的巨大贡献，展示他们的严谨学风和卓越成就，更为激浊扬清，在文学翻译领域树一面正色之旗，人民文学出版社决定携手中国翻译协会出版"中国翻译家译丛"，精选杰出文学翻译家的代表译作，每人一种，分辑出版。

人民文学出版社编辑部
二〇一六年十月

"中国翻译家译丛"顾问委员会

主　任

李肇星

顾　问

（按姓氏笔画排序）

于友先　卢永福　孙绳武　任吉生　刘习良
李肇星　陈众议　肖丽媛　桂晓风　黄友义

目 录

前　言	……………………………………………	1
第 一 章	汤姆·布兰文娶下一位波兰太太 ……	1
第 二 章	他们在沼泽农庄上的生活 ……………	43
第 三 章	安娜·兰斯基的童年 …………………	75
第 四 章	安娜·布兰文的少女时代 ……………	91
第 五 章	沼泽农庄上的婚礼 ……………………	124
第 六 章	安娜·维克特里克斯 …………………	135
第 七 章	大教堂 …………………………………	187
第 八 章	孩子 ……………………………………	200
第 九 章	沼泽农庄的水灾 ………………………	228
第 十 章	日益扩大的生活圈子 …………………	248
第十一章	初恋 ……………………………………	270
第十二章	羞惭 ……………………………………	321
第十三章	男人的世界 ……………………………	340
第十四章	日益扩大的生活圈子 …………………	399
第十五章	狂欢的痛苦 ……………………………	413
第十六章	虹 ………………………………………	468

前　言

大卫·赫伯特·劳伦斯(David Herbert Lawrence，1885—1930)，20世纪英国小说家，也是上个世纪最重要、最多产、最具争议的英国作家之一。他的作品包括小说、短篇小说、诗歌、戏剧、散文、游记、绘画、翻译、文学批评和私人信件。这些作品整体上代表了对西方现代化和工业化的非人性化影响的一种反思。劳伦斯在他的作品中，揭示了情感健康与活力、自发行为、性和本能的问题，这使他成为那个受弗洛伊德和尼采影响的时代的标志性人物。他一生创作了十二部长篇小说、多部短篇小说、戏剧、诗集、散文集、理论著作、多部游记和大量书信。代表作品有《儿子与情人》《虹》《恋爱中的女人》和《查泰莱夫人的情人》等。

劳伦斯出生于英国诺丁汉的一个矿工家庭，当过屠户、会计、厂商雇员和小学教师，曾在国内外漂泊十多年。劳伦斯写过诗，但主要写长篇小说，对现实抱批判的态度。他的作品因为性内容而备受争议，他的某些作品如《查泰莱夫人的情人》等曾被禁止。这部小说也曾在其列。

关于对劳伦斯的评价，有一本书值得一提，就是1932年出版的《D. H. 劳伦斯：非专业的研究》。此书的作者是曾被誉为现代西方女性文学开创者的美国女作家阿娜伊斯·宁(Anaïs Nin, 1903—1977)。她在这本书中称劳伦斯为她的英雄，从女性读者的角度对他的作品多方点评。这本书之所以引人注目，是因为它出版的时候，许多评论家都并不看好劳伦斯，尤其是他的有关性的描写。而且在当时，一个女人赞美劳伦斯几乎是闻所未闻的事情。阿娜伊斯·宁的这本书在当时的文坛引起了不小的震动，对劳伦斯的地位也产生了一定的影响。

《虹》是劳伦斯的第四部小说，描述的是一家三代人的生活。这一家人住在英格兰北部诺丁汉郡和德比郡的交界处，而这里正是劳伦斯长大的地方。

劳伦斯是在其自传体小说《儿子与情人》大获成功之后才开始创作《虹》的。《儿子与情人》讲的是煤矿工人家庭，而《虹》的故事则主要围绕着乡村。小说开头便刻画了世代务农的布兰文一家："那么多的温暖、生殖、痛苦和死亡充斥在他们的血液中，在大地和天空、野兽和绿色的庄稼之中，他们和所有这些东西有着那么频繁的接触和交往，因而他们的生活是那样地充实，甚至有点儿充实过头了，他们的感官应接不暇……"

随着时代更替，小说展现了这一家的生活从原始步入现代，且日渐与世隔绝。最先经历这种变化的，是小说的第一位主角汤姆·布兰文，他本是农民，并娶了一个波兰妻子。后来，小说的主角变成了汤姆的孙女厄休拉，她上了大学，当了一名老师，但却对一切抱有质疑的态度，不愿意陷于保守古板的生活之中。在小说结尾，她又面对那"发出了非常强烈的光亮"的地方，"于是怀着惆怅的心情，她极力寻找那彩虹弯处的影子。那色彩不知来自何方，神秘地慢慢越聚越浓，最后终于聚集成一条淡淡的巨大的虹霓。"

《虹》与《儿子与情人》的最大区别并非故事背景，而是写作手法。《儿子与情人》遵循乔治·爱略特和托马斯·哈代等十九世纪作家的创作传统，可称得上是英国最后一部现实主义小说。但出版后，劳伦斯便表示自己将不再用那样的方式写作，他在书信中说："那是一种凶暴的风格，充满了激烈场面。"他想开发另一种更为内敛的写作风格。

虽然《虹》本身已是一部长篇巨作，是劳伦斯篇幅最长的小说，但最初的作品构想其实更为宏大，探讨影响婚姻、个人成就以及人与人之间关系的一些可能的潜在因素。最终他把这部宏大的作品分为两部小说，分别是《虹》和它的姊妹篇《恋爱中的女人》，这两部小说可以说是劳伦斯地位最高、最具独创性的作品。

劳伦斯展示自我、关注人性隐藏的一面，体现出当时哲学、心理学乃至精神分析的发展成果。此外，他也是将这些成果运用于小说创作的先行者。就在劳伦斯创作《虹》的几年以后，弗吉尼亚·伍尔夫（Virginia Woolf, 1882—1941）发表了她的名篇《现代小说》，其中她赞誉这部作品说："《虹》是一部诗意盎然、热情洋溢的小说。劳伦斯的文字既从容又有力，还原了人类天性中最纯净的生命力。"同时她还抨击了当时的流行小说家一味关注外部世界的倾向，说他们太过"物质主义"，并称小说家应当关注人类"未知的、无拘无束的灵魂"。

探寻"另一个自我",便是通过描述切身体会和自然对其的影响实现的,譬如从第二代主人公威廉和安娜求爱时的一幕,我们便可以看出:二人在月光下整理麦捆,威廉想要让他们整理的麦捆能够尽快地摞成一堆,这样他就可以抱住安娜,但不知为何,安娜却显得有些抗拒。

　　在他拿起两捆麦子正要站起身的时候,她又拿起两捆麦子朝他走去。他这时正从不远处走过来。她把她的麦捆放下,预备再架一个麦堆,它们站得很不稳,她的手抖得很厉害。但她仍然脱身出来,转向月亮。月光又一次使她的胸膛裸露出来,因而她感到她的胸脯正随着月光起伏波动。她的麦捆倒下了,她不得不把它们又架起来。他一声不响地摆弄那麦捆。当她又向他走过来时,工作的节奏使他忘掉了眼前的一切。

　　……

　　她每一次总是走在他前面。当他来到的时候,她已经走开了,在他走开时,她又走过来了。他们永远不会遇上吗?后来,他的意志所发出的深沉的声音渐渐震动了她的心弦,极力使她的心弦随着颤动,要使她慢慢走近他,和他相遇,让他们俩挨在一起,让他们俩像那些麦捆一样发出沙沙声挨在一起。

这一幕生动地表现了两个从未真正亲密接触过的人之间暗暗涌动的情愫。"月光又一次使她的胸膛裸露出来,因而她感到她的胸脯正随着月光起伏波动"一句,则充分展现了这种情愫是如何通过身体动作,借助与自然的联系表现出来的。而这段文字的行文节奏及其与自然和生命的节奏暗合,更进一步加强了这种效果。

《虹》1915年出版时,劳伦斯对它寄予厚望,深知这是一部意义非凡且风格独特的作品,但小说却因一些暧昧的描写和强烈的反战情绪而受到抵制,诸如厄休拉背弃对前士兵男友的婚约,并对这位士兵男友说:"说真的,你自己不也算是一个人吗?你让我看着仿佛什么也不是。"之后,当男友说要去印度服役,厄休拉又说:"在印度将度过的舒服日子——作为强加在一个古老文明之上的统治阶级的一员,把自己看作是那较低下的文明的主人,任意作威作福。这是他自己选择的道路,这样他仍将变成一个贵族,拥有权力和责任,把一个毫无办法的巨大的民族置于自己的统治之下。"正由于此,《虹》的不受欢迎的程度可想而知。而它的首版又正值第一次世界大战处于胶着状态时期。

一位抵触该小说的评论家写道:"像《虹》这样的东西,根本没有资格诞生在战争年代。"小说遭禁让劳伦斯很失落。他在贫困中度过战争时期,《虹》的续作《恋爱中的女人》五年后才得以出版。战争一结束,劳伦斯便离开了英国,背井离乡,余生在漂泊海外中度过。

《虹》的译者黄雨石(1919—2008),原名黄爱。他翻译《虹》这本书是在上世纪80年代,首次由云南人民出版社于1988年出版,后来又经过修改。《虹》是他在翻译英国著名作家狄更斯的代表作《雾都孤儿》之前的一部力作,也是他的翻译思想趋于成熟时期的译作。这时他的翻译更加老到纯熟,对于表达劳伦斯的所想所说都游刃有余,堪称译者很成熟的翻译作品。

黄爱先生翻译作品主要有:《一个青年艺术家的画像》《雾都孤儿》《沉船》《众生之路》《黑暗深处》《虹》《老妇还乡》、易卜生和奥凯西戏剧集等,以及诗歌、短篇小说和散文多篇,他翻译的英国著名散文家加德纳的《论帽子哲学》,多年来为全国各个教育出版社的教科书所选收,一直是中学课本中的一篇重要课文。他的翻译著作尤以《沉船》和《众生之路》为代表:前者是泰戈尔的英语,主谓语清晰,句子简练,是很成熟的殖民地英语,对译者发挥汉语的表达比较宽松,黄雨石的译本让这部小说在国内广为流传;而后者是英语极为成熟的巴特勒写作其心曲的代表作,句子长而多变,复句多,对译者的翻译功夫是一个考验。另外特别值得一提的是他翻译的《一个青年艺术家的画像》,是首部译介到国内的意识流作品,作者乔伊斯不仅在作品中尝试内心独白式写作,而且标点符号别出心裁,这些译者都忠实地翻译出来。

黄先生对英汉翻译理论的主要贡献是他的专著《英汉文学翻译探索》,以及英语论文 *Form Or Spirit*。《英汉文学翻译探索》是黄爱先生生前一直非常看重的一部专著,也可以说是他毕生从事翻译工作的总结,而论文 *Form Or Spirit* 则是他对自己翻译观的进一步阐发和拓展。在该书中,他对流行的"直译""意译"等说法提出自己的一套看法,认为直译和意译并不是对一切文句全都能适用的两种方法,并非任何一个文句都有直译和意译两种方法供选择;译者一般说来只能被动地对某些文句采取直译,而绝大多数的文句只能采取意译的方法来处理。他进而提出,好的翻译应该使译文涵义适如其所译,使译文功能适如其所译,使译文的语气或语调或口气适如其所译,使译文的时态适如其所译,使文体和格调适如其所译,此外还必须把握上下文的逻辑,包括人情事理的尺度等。

另外,黄爱先生对"信、达、雅"的关系也有自己的理解,尤其"信"和"达"二者的关系:一是说"信"要忠实地反映出原文的内容或含义,二是说"达"要为译文读者所能理解;不达之信便不成为其信,不信之达便不成其为达。一句恰到好处的译文,对原文而言为信,对译文读者而言为达。信是达的基础,达是信的表象。既不可能存在不达之信,也不可能有什么不信之达。他的这些观点是在他一生编辑诸多译家的译稿以及自己翻译实践的丰富阅历的基础上深入浅出善于总结的结果,可谓真正意义上的一位翻译家的一家之说。

身为顶尖的文学出版部门的资深编辑兼翻译,他不但译著等身,而且经常审校、修订各种译文。而之所以写《英汉文学翻译探索》这本书,他始终有一个考虑。他认为自己一生都从事英汉文学翻译工作,这是他翻译和研究工作的经验总结,对此他在自己的翻译实践中也身体力行。他在书中特别提到,"我应当毫不掩饰地让大家知道我所宣扬的原则,究竟是如何体现在我自己的翻译实践中。"

黄宜思

第 一 章

汤姆·布兰文娶下一位波兰太太

一

布兰文家世世代代都居住在沼泽农庄上。在这片大草原上，洗耳河蜿蜒曲折，懒懒地流过夹岸的赤杨树，形成了德比郡和诺丁汉郡的分界线。大约两英里之外，在一座小山上耸立着教堂的尖塔，这小镇上的房屋似乎也都吃力地向着那座小山爬去。布兰文家的任何人在田野里劳动的时候，只要一抬头就可以看到那伊尔克斯顿的教堂尖塔和它背后清澈的蓝天。所以，当他再次低头向着平坦的地面的时候，他就会知道在远处，在他的那边和上面，还有一样更高的东西站立在那里。

在布兰文家的人眼睛里总露出一种仿佛正期待着什么的神情，他们仿佛都十分急切地在盼望得到一件什么他们根本不知道的东西。他们似乎已为那即将来临的东西做好了准备，他们脸上总挂着一个继承人的那种无忧无虑、安心等待的神态。

他们这一家人全都白肤金发，生气勃勃，说话慢条斯理，他们可以毫无保留地向人吐露自己的胸怀，但是你得等着他们慢慢来；所以你完全可以看到他们的眼神如何从欢笑转向愤怒的整个过程：一种欣悦开朗的笑，转向一种满目阴沉的怒；简直要经历遍变天时天空所显现的各种色调。

生活在富饶的、他们自己的土地上，又靠近一个日益发展的市镇，他们已经完全忘了什么叫作艰苦的日子。他们从来也不是很富有，因为一代一代总是有很多儿女，聚集的一点财产一次一次都给分散了。可是在沼泽农庄上，生活永远是很富裕的。

就这样布兰文家族一代又一代地生活下去，没有贫困的困扰。他们都十分勤劳,只是因为他们身上有使不尽的气力,并不是因为缺钱。他们也从不挥霍浪费。他们完全知道最后一个便士的重要性,本能使他们连吃剩的苹果皮也不愿随便扔掉,因为那可以用来喂牛。但他们置身其中的天和地是那样的富饶,这难道还会有完结的时候吗?春天他们感觉到生命的液汁在奔流,他们知道那不可抵挡的浪潮,每年都会涌过来播撒新生命的种子,然后又退走,在大地上留下新生的一代。他们知道天地阴阳的交合,知道被胸怀和肚腹吸收的阳光,在白天吸进的雨水,以及秋风带来的一片赤裸裸的景象,这表明到这时鸟巢的保护作用已经完成。他们的生活和彼此的关系也就是如此;土壤打开它的垄沟接受他们种下的种子,经过他们的耕耘变得是那样平整和柔和,有时也会像欲念一样老粘在他们的脚上。到了庄稼成熟等待收割的时候,土地又会变得那样的坚实和冷静,而他们却无时不在地感觉到这土壤的脉搏和它的身体。玉米摇晃着它的像丝绸一样的青苗,它的光泽也在看见它的人们的四肢上浮荡。他们捏住奶牛的奶头,奶牛产奶时的脉冲呼应着人的手一次一次地搏动,奶牛奶头中血液的搏动和人手上的脉搏交融在一起。他们骑上他们的骏马,把自己的生命权交给自己紧紧夹住的两腿,他们又把马匹套上马车,然后用他们的紧握着缰绳的手,迫使他们的马遂人心愿气喘吁吁。

秋天鹧鸪鸟开始鸣叫,成群的鸟儿像喷出的扇面状的水花一样飞向休耕地上,白嘴鸦出现在灰暗的含水欲滴的天空,然后呱呱呱地叫着飞进寒冷的冬天。这时,男人安静地坐在自己家的火炉边,安心的妇女在他们的身边来回活动,一天的生活、牛群、大地、庄稼和天空充实了他们的四肢和身躯,男人们坐在火炉边,头脑几乎已经停止活动,可是他们的血液,经过一天的操劳却正在沉重地流动。

妇女们的情况完全不同。在她们身上也有因和血肉之躯相接触而带来的困顿,给小牛喂奶,喂养成群奔跑着的小鸡,以及在把食物强塞进小鹅的喉管时,她们所感到的小鹅脖子上的脉搏的悸动。可是妇女们却跳出这火热的、盲目交往的农庄生活,让自己的眼光转向远处那个空谈的世界。她们完全能意识到那个能说话、能发表意见的世界的嘴唇和思想,她们能听到从远处传来的声音,她们始终支着耳朵在听着。

对男人来说,只要土地在他们的犁耙下翻腾,为他们打开它的垄沟,只要和风能吹干潮湿的麦粒,能让新生的玉米棒子打着转儿翻起一阵阵轻快的波浪,那就完全够了;对男人来说,如果他们能够帮着母牛生产,或者在谷仓下面清除一窝耗子，或者用徒手击打就能打死一只兔子，那就完全够了。他们知道，有那么多的温暖、生殖、痛苦和死亡充斥在他们的血液中，在大地和天空、野兽和绿色的庄稼之中，他们和所有这些东西有着那么频繁的接触和交往，因而他们的生活是那样地充实，甚至有点儿充实过头了，他们的感官应接不暇，他们的脸永远转向血液的热源，直视着太阳，由于呆望着那生殖的源泉而眼花缭乱，简直无法回头了。

可是女人所需要的却是另一种形式的生活，一种并非整天和血肉之躯接触的生活。她们心仪的住房面向着农庄和田野之外，眺望着大路和那建有教堂和大院的村庄，眺望着远处的另一个世界。她们站起来，观望着远处那林立着无数城市和政府的世界，观望着男人们积极进行活动的那片使她们感到十分神秘的土地，在那里各种机密都被曝光，人的各种欲望都能得到满足。她们向外望着那男人统治一切和进行创造的地方，他们既已把他们的脸从跳动着的创造新生的脉搏转开，将此作为起点，他们便竭力要去发现远方的世界，以扩大自己的视野、活动范围和自由；而布兰文家的男人们却还只是内向地面对那充沛的生育的活力，那种活力正慢慢地注入他们的血管。

她们既然必须瞻前，就总是从自己的房子前面，看着外面广阔世界中的男人们的各种活动；而她们的丈夫却总是顾后，看天、看收获、看牲畜和土地，她们擦亮眼睛要看看男人们在求知方面所进行的战斗，她们极力要听一听他们在获得胜利之后说了些什么，她们的最迫切的愿望悬于她们所听到的战斗声，那战斗正在她们完全不熟悉的那个世界的边缘进行着，离她们是那样的遥远。她们也希望知道那些参战的人员，并希望自己能够参加战斗。

在家里，甚至就近在科西泽那边，就有一个牧师，他讲的完全是另一种语言，神秘的语言，同时他还摆出另一种高雅的姿态，这两者她们都能理解，可她们却完全没有办法达到。那牧师活动的世界，完全在她们自己的男人生活的世界之外。她们岂能不知道自己村子里的男人：他们充满活力、行动缓慢、身体高大，也都很能独立自主，可是为人随和，安土重迁，缺乏对外界事物的敏感，生活范围狭窄。而那位牧师，尽管和她们的丈夫比起来，显得又黑又瘦，缺少生气，可是他的机警和广博的生活却使得布兰文家的男人，尽管是那么和蔼可亲，都显得非常呆笨和土气。她们非常熟悉自己的丈夫。可是在那牧师的性格中，就有许多她们所无法了解的东西。布兰文家的男人有力量控制住牛群，而那牧师却有力量控制住她们的丈夫。那牧师究竟凭什么就能像普通人高于牲畜一等那样,高于普通人一等呢?她们急于想知道。她们十分希望也能过上那种更高的生活,即使她们自己不行,也希望她们的孩子能过上。一个人尽管和公牛相比起来,显得非常瘦弱矮小,他却能够比公牛更强大,就像一个身体瘦弱矮小的人,却能够变得比别的人更为强大,这其中的原因究竟何在呢?使他们变得强大的不是金钱,也不是权力,或者地位。那牧师之所以能控制汤姆·布兰文的力量是——完全没有。可是,你即使把他们俩都剥光衣服,送到一个荒岛上去,那牧师还仍然是主人。他的灵魂就是其他人的灵魂的主人。这是为什么?为什么?她们认为这是知识问题。

那牧师相当穷,也不如一般男人能干,可是他却和别的那些上等人坐在一起。她们看到他的孩子生下来,看到他们还很小的时候也一样在妈妈身边跑来跑去。可是这时他们已经和她们自己的孩子有区别了,清清楚楚地区别开了。他们自己的孩子为什么显得不如人?那牧师的孩子为什么一定比她们自己的孩子高贵,为什么从一开头,就让他们能够高高在上?这不是由于金钱,甚至也不是由于出生于不同的阶级。她们认为,这是教育和经历的问题。

做母亲的希望让自己的孩子们得到的就是这个,受教育的机会,这种更高的生活形式,这样他们就也可以过着人世上最高级的生活了,因为她们的孩子,至少她们最心爱的一些孩子,都具有完美的性格,在生活上完全应该和这片土地上的重要人物处于同等地位,而不应该默默无闻地和一些劳动力生活在一起。他们为什么就该默默无闻,一生受着压抑,他们为什么就该忍受着不自由的痛苦?他们应该怎样才能进入那个更高雅、更活跃的生活圈子里去呢?

雪利庄园的那位乡绅太太更引起了她们的许多幻想,她常常带着她的孩子们到科西泽教堂来做祷告,女孩子都穿着漂亮的水獭皮的斗篷,戴着漂亮的小帽子,她自己也像一束冬天的玫瑰,是那样的漂亮和娇嫩。如此美丽,身材如此窈窕,如此光彩夺目,这位哈代夫人心里又会有些什么样的感觉,是她布兰文太太永远也不可能知道的呢?哈代太太的性格和科西泽普通妇女的性格究竟有什么不同,她究竟在哪些方面强似她们?科西泽所有的妇女全都整天兴致勃勃地谈讲着哈代太太,谈她的丈夫,她的孩子,她的客人,她的穿着,她的仆人,和她的家务管理情况。雪利庄园的这位夫人是她们生活中的最具体的梦想,她的生活是鼓舞着她们的一部史诗。她们通过她,过着自己的想象生活,在谈讲她的整天喝酒的丈夫,臭名昭著的哥哥,和她的朋友——这个选区的国会议员威廉·本特利老爷的时候,她们等于是在上演她们自己的奥德赛;

出现在她们眼前的也就是佩内洛匹和尤利西斯,也就是喀耳刻和那群猪①,和那永无止境的蛛网。

所以,这个村子里的妇女是很幸运的。她们全都在庄园里那位太太身上看到了自己的化身,全都通过哈代太太的生活使自己获得了生活上的满足。沼泽农庄上的这位布兰文太太则更抱着非分之想,她渴望将来过着和那个阔女人一样的生活,渴望进入她所显露的那更宽广的生活,仿佛一个曾经到处旅行过的人本身就代表着无数远方国土的生活情况一样。可是为什么一个人知道一些远方国土的情况就变得与众不同,变得更高贵,更伟大了?为什么一个人比为他服役的牲畜和牛群更重要呢?还是那个问题。

这首史诗中的男角就得靠牧师和威廉老爷这些人来充当了。威廉是一个瘦高个儿,性子很急躁,动作起来样子十分古怪。他拥有远处的那一大片土地,他的生活范围非常广阔。啊,这真是一些谁都想知道的情况,这个具有思考和理解能力的了不得的人物是怎样一个人呢?村子里的妇女们也许更喜欢汤姆·布兰文,和他在一起也许更感到舒服得多,可是如果从他们的生活中排除掉那个牧师和威廉老爷,那她们就会变得群龙无首,她们就会感到心情沉重,生活毫无乐趣,并开始彼此仇恨。只要前面有那么一个可望而不可即的神奇境界,她们就能够生活下去,不管她们的命运实际如何。哈代太太、牧师、威廉老爷,他们正是在远处那神奇的境界中活动,而他们在活动和生活在科西泽的人们眼里,又恰好隐约可见。

二

大约在一八四〇年前后,横过沼泽农庄所在的那个草原修筑了一条运河,这运河把新开采的煤矿和洗耳河谷连接起来了。运河两岸修筑了很高的堤岸,这运河流过村子里的房前,然后向大路边流去,在那里修建了一座很大的渡桥。

所以,现在沼泽农庄便和伊尔克斯顿隔开了,被完全包围在那个小河谷里,小河谷的尽头是一座丛林密布的小山,和科西泽的村子里的尖塔。

---

① 指奥德赛故事中,美丽的魔术家喀耳刻把尤利西斯(在希腊神话中称作俄底修斯)的朋友们都变成猪的那段情节。

由于占用了他们的土地,布兰文家获得了一笔相当数目的赔偿费。接着,没有多久之后,在运河那边开挖了一个煤矿,又过了不久,中部省铁路公司的铁路就沿着河谷一直建到了伊尔克斯顿的山脚下,外来的侵犯到此时才算告一段落。这个市镇发展得非常快,布兰文家一直忙着生产一些供应城市用的商品,他们越来越富,他们几乎已经变成商人了。

但是沼泽农庄仍然还是原来的样子,而且非常偏僻,在运河堤岸的老旧的、安静的一面,河水在阳光充足的河谷中,沿着一排排的赤杨树缓缓向前流动;大路在布兰文的花园门前的一排白蜡树下穿过。

可是,从花园门前沿着大路向右边望去,穿过运河平整的渡槽的黑暗的拱门,可以看到不远处曲折掘进的煤坑,再往前去是一片片红色的粗糙的房屋附着在河谷的两边,在这一切的更远处是市镇的烟雾蒙蒙的小山。

农庄恰好逃脱了文明的侵犯,把它挡在那个大门的外面。这片房屋正对着大路,通过花园里的小路可以直接通过去;到了春天,这条小路的两旁长满了绿叶黄花的水仙,在房子的两侧,是一些紫丁香、绣球花和女贞树丛,完全把农庄给挡在了后面。

在后面,一大堆乱七八糟的小棚子,从两三个界限不清的牲畜栏边一直延伸到房屋的围墙附近。养鸭的池子在最远处的一堵墙的那边,那里斑驳的白色的羽毛全沾在池边的土堤上,还有一些脏污的羽毛被吹到运河堤岸下面的草地和豆荆树丛中去了。那堤岸高高耸起,倒像是近处的一扇影壁,所以偶尔能看到一个人影,像皮影一样在眼前走过,或者一个人赶着一辆马车似乎从天空走了过去。

在一开始,布兰文家的人对于在他们身边发生的这一切混乱情况感到吃惊不已。横过他们的土地修筑的运河使他们在自己的土地上变成了陌生人。他们看到那用土堆起来的堤岸把他们排斥在外,因而感到很不安。当他们在田间工作的时候,从他们已经逐渐熟悉的堤岸的那边,传来有节奏的卷扬机开动的声音,这声音最初使他们很困扰,后来对他们来说却变成了一支催眠曲。接着,尖厉的火车的汽笛声也穿透他们的心脏到处回荡,这声音给他们带来一种又怕又喜的感觉,它表明远方的世界已经向他们移近,就在眼前了。

当农人们从城里赶着车回来的时候,他们常常可以遇到从煤矿坑口走出来的满身污黑的矿工。在他们收割庄稼的时候,西风会带来一股矿渣被燃烧的硫黄气味。十一月,他们拔萝卜的时候,空车皮在转弯时发出的刺耳的克啷克嘟克嘟克嘟克嘟声,震动着他们的心,同时让他们感觉到了在远处那边进行的另一种活动。

这时期,艾尔弗雷德·布兰文已经和希诺的一个姑娘,"黑老马"的女儿结了婚。她是一个苗条、漂亮、皮肤微黑的女人,说话非常逗,想到哪儿说到哪儿,所以她讲的一些刺耳的话并不会伤人。她是一个非常奇特的永远自得其乐的人物,说话非常不客气,可是压根儿不往心里去,也很少动感情。所以尽管她常常唠叨没完,特别是对她的丈夫,她有时也会大声喊叫,在骂完她丈夫之后她还可能对谁都指责几句,可是听到她的责骂的人只会感到很有趣,而且对她怀有了更深的好感,尽管在当时他们也不免有些生气,感到对她不能忍耐。她常常长时间大声斥责她的丈夫,但总是用一种平稳的、不紧不慢的声音,而且那说话的异乎寻常的腔调总使他感到某种骄傲和男性的优胜感,而且有一种温暖的感觉,尽管他也止不住对她所讲的那些事难为情地皱皱眉头。

久而久之,布兰文自己也常常显得很可笑地皱起眉头,偶尔发出一阵安静和爽朗的大笑,他简直是像新封的爵士一样完全给惯坏了。他一声不响干着他愿意干的事,对她的责骂他只是笑笑,有时用一种她非常喜欢的故意逗她的声腔解释几句,然后还仍然按照他自己的脾气干去。有时候,实在被刺痛了,他就会大发一阵脾气,吓唬她一通,让她不要再说下去;这阵脾气似乎好多天以后都一直没有从他的心中消失,在这种情况下,她总是用尽一切办法又来安抚他。他们是两个相离得很远,却又不可分割地连接在一起的生物,他们彼此都毫无所知,然而却是从一个根上长出的两个树杈。

他们一共有四个儿子,两个女儿。最大的儿子很早就跑到海上去,始终再没有回来。在这件事发生之后,母亲更变成了一家人关心和注意的中心。第二个孩子,是妈妈最崇拜的艾尔弗雷德,他在兄弟姐妹中最为沉默寡言。他曾经被送到伊尔克斯顿去上学,那之后稍微有些进步。但是尽管他极想学习,也十分努力,不管学什么东西,他却都只能学到一点最简单的知识,只有绘画是个例外。在这方面,他倒还有些才能,因而仿佛这就是他唯一的希望,所以学得很努力。在对许多事情发了许多牢骚,甚至进行了激烈的反抗之后,在多次改换了许多工作之后,他的父亲已经对他非常生气,他母亲也几乎完全绝望了,可这时他却在诺丁汉郡花边工厂担任了绘图员。

他仍然很不随和,穿衣服毫不讲究,说话仍带着重浊的德比郡的口音。他始终尽一切努力干他的工作,以求保住他在镇上的那个职位。渐渐地他也能设计出了很好的图案,生活上过得很不错了。可是,在绘画的时候,他的手本能地只会画出一些粗大的松垮无力的线条。要让他一笔一画来描绘花边图案,在那一小块一小块方纸片上,计算着、一点一滴地描绘,这简直是一件非常残酷的事。可是他顽强地工作着,忍受着让他心烦无比的痛苦和折磨,不惜一切代价追随着这个他已经选定的命运。所以在他回到生活中来的时候,也就必然变得十分呆滞、顽固、很少说话,仿佛随时都满面怒容。

他后来和一个药剂师的女儿结了婚。这姑娘自以为很有社会地位,他因此也变成了一个势利眼。他仍以他原有的那顽固性格,在家时总追求一种外表的高雅。如果有任何丢人的或者不顺心的事发生,他就会大发雷霆。后来,他的三个孩子都长大了,他也变成了一个生活稳定,差不多已近中年的人,这时他却转而去追逐一些莫名其妙的妇女,变成了一个不声不响、难以理解的专门追求非分欢乐的人物,毫无顾惜之情地把他的愤怒的资产阶级太太扔在一边。

第三个儿子弗兰克从一开始就拒绝学习任何东西,从一开始他就非常喜欢在农舍后面第三个畜牧场那边的一个屠宰场里泡。布兰文家本来一直自己宰杀牲畜,并把多余的肉供应给附近的邻居。由于这种缘故,慢慢在农庄上也有了一种固定的屠宰业务。

弗兰克还是一个孩子的时候,就被由屠宰场到村舍沿路滴落的黑色的血液所吸引,被工人从肉棚里扛出来的大扇的牛肉和深埋在大片肥肉中的腰子所吸引了。

他是一个很漂亮的小伙子,长着棕色的柔软的头发,五官端正,样子很像后期罗马的青年。他很容易激动,性格比较软弱,比他的妹妹们都更容易忘乎所以。十八岁的时候,他和一个工厂的女工结了婚,她是一个脸色苍白,肥胖而又很沉静的姑娘,有一双狡猾的眼睛和一副迷人的嗓音。她极力讨好他,最后终于和他结婚,并一年给他生一个孩子,但她却完全把他当傻瓜看待。在他正式开始经营屠宰业之后,他对这行业已越来越不感兴趣,一种鄙视的心情使他对自己的工作变得毫不在意。他开始喝酒,人们常常看见他在酒馆里没完没了地叨叨着,仿佛他什么都知道,而实际上他只不过是一个整天胡说八道的傻瓜。

女儿中最大的叫艾丽斯,她嫁给了一个矿工,他们在伊尔克斯顿度过了一阵暴风雨般的生活,后来就带着她的一大群孩子搬到约克郡去了。最小的一个女儿埃菲还留在家里。

兄弟姐妹中最小的汤姆,比他的哥哥们都小很多,所以他倒一直是和他的姐姐们在一起长大的。他是他妈妈最喜欢的一个儿子。她最后终于下定决心在他十二岁的时候,强迫送他到德比中学去上学。他不愿意去,他的父亲也不想勉强他,可是布兰文太太却打定主意一定要这样做。这位苗条、漂亮、衣服贴身、裙子胀得很满的妈妈现在已经是全家对任何事情作出决定的中心,只要她一旦决心要干什么,这情况还是常常发生的,全家的人都无法改变她的决定。

于是汤姆就上学去了。这从一开头就是一个失败,尽管他自己并不愿意如此。他相信他母亲送他去上学是完全对的。可是,他也知道,说她对,只是因为她不肯承认他天生的资质。他以一个孩子内心深处的本能已经预感到他学习的情况将会怎样,他知道自己在学校一定会显得很丢人。但是,他认为这种折磨是不可避免的,仿佛在他的资质问题上,他自己是有罪的,仿佛是他自己的人生不对,而他母亲的想法倒是对的。如果他能够是他自己所希望的样子,那他也就会成为他母亲急切地,然而显然是出于幻想希望他变成的人物了。那样他将会非常聪明,而且可以变成一位上等人。这是她对他所抱的希望,因此他知道,这也是任何一个男孩子都应该有的真正的志向。可是,正像他很早的时候,在谈到他自己时就曾对他母亲说过,你不可能用一个猪耳朵做出一个丝绒钱包;这话使得她非常伤心和痛苦。

到学校以后,他不顾天生的无能,在学习方面进行了不懈的努力。他强迫自己坐在桌子边,为了集中精力读书,记住他所要学的东西,他把自己弄得脸色苍白,憔悴不堪,结果仍然没有用处。即使他打退了第一阵的厌恶情绪,玩命学进一点东西,可是再深一点,他就怎么也学不进去了。他根本没有有意识地去学习任何东西的能力。他的头脑根本不发生作用。

在感情方面,他却发展得很快,他对他周围的环境非常敏感,有时甚至有些粗暴,可同时也粗中有细,非常精细,所以,他很有些看不起自己。他知道自己的局限性。他知道他的脑子非常迟缓,简直是毫无希望地笨到家了。所以他十分谦虚。

可是同时,在感情方面,他又比大多数的孩子更为爱憎分明。有时他自己都不免给搞糊涂了。他的各种感官比他们更为发达,他的本能也显得比他们更精细。他讨厌他们笨手笨脚,简直非常看不起他们。可是一遇上动脑子的事情，他就显然不如人了。这时他就只能听他们摆布。他完全成了一个傻瓜。甚至别人对他讲的最愚蠢的道理，他也没有能力辩驳，因此他常常不得不被迫承认他丝毫也不相信的东西。既经承认之后，他自己也不知道他到底对那些话相信还是不相信，他倒想着他是相信的。

可是，任何人如果能通过感情让他体会到一些东西，他就会非常喜爱。比方像教文学课的老师，带着激动的感情朗读坦尼森的《尤利西斯》，或者雪莱的《西风颂》的时候，那感人的情绪却使他完全出神了，他嘴唇微张，眼神凝重。老师看到自己在这个孩子身上所产生的力量，也就会一直读下去。这种经历给汤姆·布兰文带来的感受是无法描述的，他几乎感到害怕起来，那感情实在太深刻了。但当他自己几乎是秘密的，十分腼腆地拿起书来看的时候，他刚一读到"哦，狂野的西风，你秋之神的气息"的时候，竟因为那是印出来的书面文字，就马上使得他浑身起鸡皮疙瘩，感到十分厌恶。这时他会觉得满面通红，一种愤怒和无能为力的强烈的感情几乎让他难以忍受。他把书扔在地上，一脚踩上去，然后就跑出去，到板球场上去了。他对书的痛恨简直仿佛它们是他的敌人一般，他对书痛恨的程度比对任何人都有过之无不及。

他没有办法凭意志控制住自己的注意力。他的头脑没有固定在任何一件事物上的习惯，他老感到没有抓挠，也不知道该从什么地方开始。他感到在他身上没有一件具体的东西，没有一件他清楚地知道的东西，能够让他拿来进行学习。他不知道该怎么开始，所以一遇到要用心去理解一个什么问题，或者用心去学习一点什么的时候，他简直是无能为力。

他还算有一点学数学的本能，可是如果有一个题目他不会做，他就会像白痴一样不知怎么办好了。所以他感觉到在他身体下面没有任何一块坚实的可以立足的地方，他简直是浮在半空中。而让他很难堪的是，一个问题如果没有人给他一些提示，他就完全不能进行计算。如果他必须写一篇谈论军队的正式的文章，他总算也学会了重复说说他所知道的几件事："你到十八岁就可以参军，你必须身高超过五英尺八英寸。"可是他一直都深刻相信，这需要某种特殊技巧，而他的平庸早就让谁都看不起了。这时他就会气得满脸通红，一种羞耻感几乎压得他喘不过气来，他划掉已经写下的几句话，拼命希望能想出几句真像作文的文句来；想不出来，他于是更感到无比愤怒和羞辱，他马上扔下笔，宁可让人给撕成碎片也不想再写什么作文了。

他很快就习惯于学校里的生活，那学校对他也习惯了，它把他看作是一个毫无希望的笨拙的学生,可是对他的慷慨和诚实的天性也表示尊敬。只有一位心地狭窄、专横跋扈的教拉丁文的老师常常欺负他,弄得他的一双蓝色的眼睛里随时充满了羞辱感和愤怒。曾经发生过一个可怕的情况:这孩子用一块石板把那个老师的头给打破了,可是在这件事之后一切照常进行。很少人同情那位老师,可是布兰文却很不愿意再想到这件事,甚至在很久以后,在他已经成人的时候,一想起这件事他还感到非常难受。

后来离开了学校,他感到很高兴。这并不是因为他在那里不痛快,在学校里和其他一些年轻人在一起,他感到很愉快,至少他觉得他感到很愉快,因为那里有没完没了的各种活动,时间过去得很快。可是他永远不会忘掉,在这进行学习的地方,他始终处于一种不光彩的地位,他随时都记得他在学习上的失败和无能。可是,他的健康的身体和他的血性的性子却不会让他显得十分狼狈。他的生命力太强了。然而他的心灵却非常悲伤,简直感到无可奈何。

他曾经喜爱过一个热情、聪明的简直像害肺病似的瘦小的孩子。他们俩几乎始终维持着大卫和约拿单①之间的古典似的友情。在这种关系中,布兰文担任着随时准备为大卫效劳的约拿单的角色。可是,他始终也不曾感到他自己和他的朋友处于平等的地位,因为那个孩子的头脑远远超过了他,使他无比羞愧地被远远抛在后面。所以一离开学校之后,这两个孩子也就再不来往了。可是布兰文却始终记得他过去的这个朋友,把他看作是一种光彩,一种值得记忆的难忘的经历。

汤姆·布兰文很高兴又回到农庄上来了。在这里,他又完全变成了自己的主人。"我天生长着两条泥巴腿,还让我和这些田地打交道吧。"他对他的十分愤怒的母亲说。他把他自己看得非常低下。可是当他在田庄上干活的时候,他倒也感到很愉快;积极的劳动,重新又闻到泥土的气息都使他感到十分愉快,他也很高兴自己具有青春、活力和幽默,一种令人可笑的机智,很高兴自己具有忘掉自己短处的意志,虽然有时不免对人大发脾气,可是一般说来,他和任何人、任何事情关系都还处得很好。

在他十七岁的时候,他的父亲从一个草垛上摔下来,受伤死去了。然后农庄上就是母亲带着一儿一女在一起生活。那个满嘴骂骂咧咧、牢骚没完的屠夫弗兰克偶尔会回来待一阵,他对世界上的一切都表示不满,总感到所有的人

---

① 关于大卫和约拿单的故事见《圣经·撒母耳记》下第1章第26节。

都对不起他。弗兰克特别不喜欢年轻的汤姆,总是说他是个没出息的孩子;汤姆也同样对他非常反感,甚至有时气得满脸通红,蓝色的眼睛露出呆重的凶光。埃菲总站在汤姆一边反对弗兰克。可是当艾尔弗雷德从诺丁汉回来的时候,尽管他老是耷拉着下巴颏儿,很少说话,对家里的人谁都看不起,可是埃菲和妈妈却都站在他一边,又把汤姆抛开了。看到这位哥哥,就因为没有住在家里,现在是一个花边设计员,几乎成了一位上等人,家里的妇女们就把他看成了英雄,这使汤姆感到十分苦恼。可是,艾尔弗雷德实际已经变得有几分像被缚的普罗米修斯,所以妇女们都很喜欢他。后来汤姆才对他的这个哥哥了解得更深刻一些了。

汤姆原是家里最小的一个儿子,在管理田庄的事务落在他的肩上以后,他当然也颇感到自己不同一般的地位。他才不过十八岁,可是他完全能够把他父亲所干的一切事都包下来。当然,他母亲仍是全家的中心。

这年轻人渐渐变得非常轻快活泼,对整个生活无时不充满了热情。他劳动,骑马,赶车上市场,有时也和几个朋友喝个半醉,或者玩九柱球,在巡回剧团演出的时候去看看戏。有一次,他在一个酒馆里喝醉了,有一个妓女引诱他,他就和她一块儿上楼去了。那时他才不过十九岁。

这件事过后他感到非常害怕。在农舍厨房里的亲近关系中,妇女处于最高的地位;在有关家务的问题上,在有关道德和行为的问题上,全家的男人都得听从她们的意见。妇女是包括宗教、爱情和道德的未来生活的象征,男人把他们自己的良心放在她们的手里,他们对她们说:"请做我的良心的守护者,做我看门的天使,随时守望着我出出进进的活动。"女人们也一定不会辜负他们对她们的嘱托。男人毫无保留地以她们为自己的生活依托,高兴地或者愤怒地接受她们的赞扬或责骂,他们也可能反抗,或者大发雷霆,可是从来也没有真正动过脱离她们管辖的念头。他们依靠她们来让自己稳定;没有她们,他们就会感到自己像风中的稻草,被风吹得东飘西荡。她们是船锚,是安全的保障;她们也是上帝的制约之手,有时也让人十分讨厌。

现在,汤姆·布兰文才不过十九岁,仿佛只是一根刚刚长起来的幼苗,这根幼苗还扎根在他的妈妈和姐姐身上,而他却和一个妓女在酒馆里睡觉了,他实在感到非常惊愕。对他来说,到现在为止他所知道的还只有一种女人——他的妈妈和姐姐。

可是现在?他真不知道该怎么想才好。他当时感到某种神妙,感到几分愤怒的痛苦和失望,他第一次尝到的这嚼蜡的味道,使他十分担心将来的情况会不会全是这样,担心他将来和女人的关系会全都不过是这样索然无味;在那个妓女的面前他稍稍感到有些羞怯,担心自己无能而让她看不起;他对她实在并不感兴趣,可是对她又有些害怕。有一阵子他简直吓呆了,感到自己很有可能被她传染上性病。而在这一堆感情的乱麻中,常识却帮他理出了头绪,并对他说,既然你现在并没有得病,这件事也就没什么大关系。他因而很快又恢复了平衡,的确这件事也真没有太大的关系。

但是这件事确曾使他非常吃惊,而且使他在内心深处对自己产生了信任危机,也增加了他不知道自己会怎样的恐惧。不过,几天之后,一切又如常了,他仍是那样满不在乎,自得其乐地生活着;他的蓝色的眼睛又变得和原来一样的清晰、真挚,他的脸又变得那样容光焕发,他也和过去一样食欲旺盛了。

或者至少外表上是如此。事实上他已经多少失去了一些他过去的那种对什么都满不在乎的信心,而且他在讲话的时候也比过去顾虑更多了。

在这件事之后有一段时间,他变得更安静一些,喝酒的时候更知道节制一些,跟朋友们的交往也比较少了。第一次和那个女人肉体的接触带来的幻灭,一方面增强了他内心要找到一个具有难以言表的精神力量的女性化身的宗教冲动,一方面也使他的行为更加检点了。他担心失掉他十分害怕会失掉的东西,而且他究竟是否占有它,他也不敢十分肯定了。那第一次的经历是没有什么关系,可是恋爱这件事情本身关系重大,那是在他的内心深处,最为重大,也是他最敬畏的事情。

他现在老为情欲所苦恼,他脑子里老是想象着一些淫秽的场面。可是,现在他所以不再去找一个放荡女人的真正原因,除他自己有些神经质的天性之外,主要是前次的经历留给他的贫乏和无聊的记忆。一切毫无趣味,简直只不过是一种纯官能的活动,他实在无脸再去重复这样一次冒险经历。

他开始下意识地拼命和自己较劲,以维持他的天生的轻快性格不受到损害。只要生活得很平稳,他天性中的乐观和幽默就让他充满了自足和无比欢快的感觉。可是现在他却常常感到十分紧张,他的眼睛里出现了不安的神色,眉头也不时轻轻皱起。他那种欢快的幽默被一种低调的沉默所代替,常常接连好几天他都仿佛心神不定。

他自己也没法说清楚,他到底发生了什么变化;在大多数时间中,他心里都充满了淡淡的愤怒和怨恨的感觉。可是他知道,他心里是老在想着女人,或者某一个女人,这种日思夜想的折磨使他感到非常愤怒。他无法抛开这种思想,他自己感到十分可耻。他也曾遇到过一两个对他表示甜情蜜意的姑娘,开始和她交往是希望他们的爱情能够迅速地发展下去。可是当他和一个漂亮的姑娘在一块儿的时候,他发现他根本不可能使他们的关系如他想象的那样发展下去。那女孩子待在他的身旁这一事实就使得那种发展成为不可能了。他没法把她放到那种情景中去想象,他又没法想象她真正脱光衣服时的情况。她是一个他喜欢的姑娘,可是他非常害怕,连想都不敢想让她一丝不挂时的神情。他知道在脱光衣服这个最终结点上,他对她来说根本不存在,她对他也一样。另外,他如果和一个放荡的女人在一起,事情就会发展得很快,她会使他一刻也不得安宁,简直不知道自己是该赶快从她身边跑过,还是该出于火一样的情欲的需要,马上就把她弄上手。这时他会又一次想到他所受到的那次教训:如果他要了她,所得到的只能是他无法不十分厌恶的乏味。他并不厌恶他自己或那女孩。他厌恶的是那番经历给他带来的后果——他对它简直是厌恶至极。

后来,在他二十三岁的那年,他母亲去世了。现在家里就剩下他和埃菲在一起生活。母亲的死对他又是一次意外的打击。他完全不能理解是怎么回事。他也知道这是他永远也无法理解的。一个人有时候不得不忍受这种意料不到的突然打击,这种打击将会在一个人的身上留下伤痕,不论任何时候,一碰到它都还会感到疼痛。他开始对一切可能和他作对的事情感到恐惧。他曾经非常爱他的母亲。

母亲死后,埃菲和他经常激烈地争吵。按道理说他们应该相依为命,可是他们俩之间却笼罩着一种离奇的毫无道理的紧张气氛。他总是尽一切可能躲在外面不回家。他在科西泽的红狮酒店,保留着一个归他专用的雅座,也是那里炉火边的常客。他这个大手大脚,常扬着脑袋的活泼漂亮的青年,大多数时间总是一言不发。尽管他总是很留心地听着别人的谈话,和任何他认识的人打招呼时也充满了热情,可是他很怕和生人见面。他和所有的女人都随便开玩笑,她们都非常喜欢他。他随时都非常注意地倾听男人们的讲话,而且对他们都非常尊敬。

只要喝一点酒,就会使他很快满脸通红,并使他的那双蓝色的眼睛马上透露出一种羞怯,甚至是惶惑的表情。当他这样喝得半醉回到家来的时候,他的姐姐总是非常生气,免不了骂他几句。他这时也会大发脾气,愤怒得像一头发疯的公牛。

后来,他还又来过那么一次纵欲的游戏。有一次赶上降灵节,他和另外两个年轻人骑着马,跑到梅特罗克,然后从那里又到贝克韦尔去做一次短途旅行。梅特罗克那时候刚刚变成一个著名的风景区,从曼彻斯特和斯塔福德郡的市镇上都有人跑到这里来参观。在一家年轻男人们吃午饭的旅馆里,有两个姑娘,他们几个人很快就和她们交上了朋友。

直接上来和汤姆·布兰文搭讪的,是一个漂亮的、对一切满不在乎的二十四岁的姑娘。因为带她出来的那个男人把她丢在一边了,她看见了布兰文,也像所有的女人一样马上就喜欢上了他:喜欢他那热情、慷慨的性格,和他那阴沉的、纤细的感情。她也看出,这个人你不把他拉到河边,他是不会下水的。不管怎样,那天下午她早已被挑动起来、十分狂浪,所以她是什么都不怕了。这将是一个轻松愉快的插曲,也可以让她出一口怨气。

她是一个漂亮的、胸脯饱满的姑娘,黑色的头发,蓝蓝的眼睛,这姑娘随时都会发出一阵轻快的大笑;太阳已把她晒得满面通红,她常喜欢以一种很自然而且很动人的姿态用手绢擦着她的大笑不已的脸。

布兰文不免感到意马心猿了,和她带有几分戒心地说笑着。虽然感情激动,但又不知该如何是好:既害怕自己显得过于孟浪,又唯恐别人认为自己木讷;一方面耐不住强烈的情欲冲动,一方面出于对妇女的本能的礼貌,又使他尽力约束住自己,没有主动去跟她进一步勾搭;他心里完全知道自己的这种态度十分可笑,这矛盾心情使他不禁满脸通红。但是她越是看到他拿不定主意,便越是无所顾忌,怀着无比喜悦的心情,静观这个男人如何对她下手。

"你本该什么时候回去呢?"她问道。

"我回去不回去没有什么关系。"他说。

说到这里他们的谈话又终止了。

布兰文的两个伙伴准备要走了。

"跟我们一起走吗,汤姆,"他们大声叫着说,"或者你还是准备在这儿留下?"

"啊,我跟你们一起走。"他回答说,勉勉强强站起身来,一种由无能和失望引起的愤怒的感觉传遍了他的全身。

这时他的眼睛遇上了那个女孩子毫无保留的几乎是嘲笑的眼神,这种他从不习惯的情景使得他止不住浑身发起抖来。

"你要不要去看看我的那匹母马?"他对她说,充分表露出了他那被惊慌所扰乱的由衷的热忱。

"哦,我很愿意看看。"她站起身来说。

她于是跟在他的后面,看着他的削肩和他的带绑腿的马靴,和他一起走了出去。另外那两个年轻人从马厩里拉出了自己的马。

"你会骑马吗?"布兰文问她。

"如果可以骑,我倒很愿意试试——我从来也没有骑过马。"她说。

"那么来吧,今天你试试。"他说。

于是他红着脸把她举到马鞍上去。她不停地大笑着。

"我会滑下来的:这不是供妇女骑坐的马鞍。"她大声说。

"你好好抓紧了。"他说,然后就牵着马走出了旅馆大门。

那女孩子非常不稳地骑在马上,使劲抓住马鞍。他用一只手扶在她的腰边,稳住她。他和她站得很近,他简直仿佛搂着她似的抓住她,他在她身边走着,简直有些难以自持了。

那马沿着河边走着。

"你要不要把两腿劈开坐正了?"他对她说。

"我知道我得那样坐。"她说。

在当时,妇女的裙子都作兴把腿全部盖住。她总算劈开腿坐在马上了。她的行动还非常规矩,注意把她的漂亮的大腿给盖上。

"这一段路好多了。"她说,低头看着他。

"啊,是的。"他说,看着她的眼神,他感觉浑身都酥软了,"我不知道他们为什么要兴出那么一种侧鞍来,简直把女人都扭成两截儿了。"

"那我们就先走了,你好像暂时不会离开这里了?"布兰文的朋友们在大路边叫喊着。

他马上气得满脸通红。

"啊——别急嘛。"他大声回答说。

"你要在这儿待多久呢?"他们问道。

"我不会在这儿过圣诞节的。"他说。

那女孩子亮开她的银铃般的嗓子大笑了。

"那么好——再见!"他的朋友们大声说。

于是他们就骑着马走了,留下他满脸通红,尽量要跟那女孩子表示出若无其事的样子。可是很快他就又回到旅馆里去,把他的马交给旅馆里一个看马的侍者,然后他就和那个姑娘跑到树林子里去,甚至他自己也不知道自己身在何处,现在正在干些什么。他的心跳得很厉害,他想到这是一次无比辉煌的冒险活动,被挑起的情欲简直使他要发疯了。

事后他还一直感到说不出的喜悦。天哪,这可是还有点儿趣!那天下午他一直和那个女孩子待在一起,当天夜里也要住在那里。可是她对他说,这是不可能的:和她一起来的那个男人,天黑以前就会回来,她一定得到他那里去。他布兰文,决不能让别人知道他们俩之间有过什么事情。

她对他十分多情地一笑,这使得他既感到很满意,也感到心情十分混乱。

他简直没有办法离开她,尽管他已经答应决不干涉那个女孩子的事,那天夜晚他仍然住在那家旅馆里。吃晚饭的时候,他看见了另外那个家伙:一个个子很小的中年人,长着铁灰色的胡子和一张像猴子一样的奇怪的脸,可是看来十分有趣,而且就这张脸本身来说,几乎也可以说是很漂亮。布兰文猜想他准是一个外国人。和他在一起的另外还有一个英国人,那个人总摆出一副一本正经的样子。他们四个人坐在一张桌子旁,两个男人和两个女人。布兰文随时注意观察着他们的举动。

他看到那个外国人如何以一种极有礼貌的鄙视的态度对待那两个妇女,仿佛她们不过是两个逗人爱的动物。布兰文的那个姑娘摆出了一副贵夫人的神态,可是她说话的声音实际已经透露了她的隐私。她极力希望再赢回她那个男人的感情。但是,当甜食被送上来的时候,那个小个儿的外国人从桌边转过头来,冷静地观看着屋里的情况,好像无事可干的样子。他那张冷淡的具有动物的机智的脸使布兰文颇为惊异,一双圆圆的棕色的眼睛,像猴子一样的棕色的眼珠完全外露着,冷冷地向四面观望。而他实际是一声不响在观察着另外那个人。后来他向布兰文望过来,布兰文对他转过来的那张苍老的脸,看着他又丝毫无意要和他相识的眼神,感到非常奇怪。那双圆圆的觉察一切,但十分冷漠无情的眼睛上面的眉毛长得相当高,眉毛上是一些淡淡的皱纹,也完全像猴子一样。这是一张苍老的看不出年岁的脸。

这个人怎么看都像是一位绅士,一位贵族。布兰文着迷似的呆望着他。那姑娘在她面前的台布上用手来回往一块儿赶面包皮,她气得满脸通红,看来很不自在。

后来,当布兰文一声不响静坐在大厅里,心情非常激动、不知道如何是好

的时候,那个小个儿的陌生人忽然甜蜜蜜地笑着,十分客气地走过来,送给他一支香烟说:

"你抽烟吗?"

布兰文从来没抽过烟,可是他却把对方送给他的烟,用他粗大的手指尴尬地来回揉搓着,脸皮直红到头发根。接着,他用他那双充满热情的蓝色的眼睛,看着那位眨着不屑的肿眼皮的外国人。这个人在他身边坐下来,他们开始谈话,主要谈一些关于马匹的问题。

布兰文对这个人的十分高雅的态度,沉静寡言的性格,以及他的看不出年岁来的猴子般的自信都非常喜欢。他们谈论马匹,谈论德比郡的情况和农业生产情况。这陌生人对这个年轻人越来越真正感兴趣了,布兰文感到非常激动。他能够亲自和这个样子很奇怪、皮肤干燥的中年人接触,使他感到说不出的高兴。他们愉快地谈论着,不过那都毫无关系。重要的是那种高雅的气氛,以及他们之间的接触。

他们在一块儿谈了很久,有时对方听不懂布兰文讲的一些俗语,他不禁像个小姑娘似的羞得满脸通红。然后他们彼此告别,握了握手。那个外国人向他一鞠躬再次向他告别。

"晚安,bon voyage①。"

接着他就上楼去了。

布兰文也上楼到他自己的房间里去,他躺在床上,呆望着夏夜的星空,他的整个生命似乎已经卷入一个大旋涡之中。这一切到底是怎么回事?显然还存在一种和他所知道的生活完全不同的生活。世界上还有些他不知道的东西,还有多少?他所接触到的这些又是些什么?在这种新的影响中他到底处于什么地位?一切的一切到底是什么意思?在他所知道的和完全陌生的那一切中,生活到底是什么?

他终于睡着了,第二天一早,在旅馆里别的客人都还没有醒来的时候,他就骑上马走了。他不愿意在那天早晨再见到任何人。

他的头脑激动万分。那个姑娘和那个外国人,他完全不知道他们的名字,可是他们在他的性格的围墙上放了一把火,他将会被烧得完全暴露出来了。在这两种经验中,也许和那个外国人的相会更具有深刻的意义。而那个姑

---

① 法语,是一句告别的客气话,意思是一路顺风。

娘——他现在还拿不定主意对那姑娘应该怎么看。

他完全想不清楚。只好把它原样放下。他没有办法认真估量他的这些经验。

这两次邂逅的结果是,他日日夜夜都止不住梦想着一个体态丰腴的女人,以及他和一个个子很小、受过外国教育的干枯的外国人相会的情景,怎么也丢不开。只要他的头脑一空下来,只要他一离开他的一些同伴,他就开始想象着自己如何和一些人亲密地交往,这些人就像他在梅特罗克遇见的那个外国人一样的皮肤细腻、举止高雅,而且在这种亲密的关系中,常常还夹有一个令他十分满意的淫荡的妇女。

他整天都沉浸在这种有趣的,他曾实际体验过的梦境之中。他的眼睛闪闪发亮,走路时总把头扬得很高,充满了贵族的高雅给他带来的难以述说的欢乐,同时又因为思念那个姑娘而苦恼。

后来,这梦境的光彩开始消失,他所习惯的那套生活的冷酷的现实又摆在了他面前。他十分痛恨这种情况。那一切不过都是他的幻觉,他是完全受骗了吗?他不能再接受这平庸的现实了,他像一头公牛一样站在门口,执拗地不肯再进入他所熟悉的他自己的生活圈子里去。

为了维持他梦境中的那种光彩,他喝酒喝得比过去更多了。可是愈是这样,那光彩却消失得愈快。他对那平庸的一切咬牙切齿,说什么也不肯屈服,可是唯其如此,那平庸的现实似乎也决不肯让步。

他希望赶快结婚,不管怎样,得赶快安定下来,使自己能跳出他现在已陷入其中的泥潭。可是怎么结婚呢?他感到手足无措。他曾经看到过一只小鸟被粘鸟胶粘住的情景,那一直对他简直像是一个噩梦。他开始对自己的无能感到发疯一样地愤怒。

他希望找到一个什么东西可以让他抓住,把自己拽出来。可是没有任何可抓的东西。他目不转睛地看着一些年轻的妇女,希望找到一个他可以和她结婚的人,可是她们中没有一个是他所需要的。他知道,想去和一些跟那个外国人一样的人一起生活是荒唐可笑的。

可他仍然这样梦想着,而且始终抱着那些梦想不放,怎么也不肯再接受科西泽和伊尔克斯顿的现实。他常在红狮酒店他的那个角落里坐下来,抽着烟,沉思默想着,有时举起他的啤酒杯,可是什么话也不说,像他自己说的,完全像一个倒霉的、给人扛活的短工了。

接着,他又为一种愤愤不安的情绪所苦。他想要离开自己的家乡——马上就离开。他梦想着国外的生活。可是他和那种生活又从没有过任何接触。再说,他从小就深深扎根于沼泽农庄,扎根于自己的房屋和土地,很难丢开它们。

不久,埃菲也出嫁了,现在家里就剩下他自己和一个在他们家工作了十五年、长着一双斗鸡眼的女仆蒂利了。他感到一切都快要结束了。许多日子以来,一种平常的不现实的生活一直要把他吞没掉,可是他也一直顽强地抗拒着。可是现在,他实在必须得有所行动了。

他天生脾气温和,可是却非常敏感和容易动感情,酒后呕吐也已使他不敢喝太多的酒了。

可是,现在既为这种无味的愤恨心情所苦恼,他仿佛已玩世不恭地下定最大的决心,要去专为醉酒而痛饮。"去他娘的,"他对自己说,"你总有这样或那样的活路——你总不能在一根柱子的影子上拴上你的马——如果你有两条腿,你早晚得颠起屁股站起来。"

于是他骑着马跑到伊尔克斯顿去,在那里勉勉强强和一群年轻人混在一起,拿出钱来请大家喝酒,渐渐发现他也可以就这么混得很好,他有一个想法,觉得那里所有的人都过着顺心如意的日子,一切都无比光荣,无比完美。如果有人大惊小怪地告诉他,他的大衣口袋着火①了,他只会红着脸笑笑,非常高兴地说"没啥——没啥——没啥——让它烧吧,让它烧吧——"然后高兴地狂笑着。谁要是觉得他不应该让他的大衣口袋给烧掉,他只会感到非常生气:这原是世界上最有趣、最平常的事——怎么啦?

他在回家的路上,总不停地自言自语,或者对那高空显得很小的月亮讲着话,脚下蹚过照满月光的水坑,心里想着不知汉诺威究竟怎么样!然后他满怀信心地对月亮笑着,并一再对它说,这一切实在太好了,太好了。

第二天早上醒来时,他回想起了昨天的情景,于是,在他一生中他第一次在一种真正烦躁不安的情绪中,知道了什么叫作真正的烦恼。他在对蒂利吼叫、责骂一番之后,自己也感到非常可耻,因而独自躲到一边去,观望着那灰蒙蒙的田地和灰浆路,真不知道他有他妈的什么办法能逃出这令人时刻不安的厌恶和愤恨情绪。他知道这一切完全是头一天晚上的光辉畅享的结果。

---

① 英语中"口袋烧个窟窿"有类似中文"烧包"(胡乱花钱)之意。

他的胃实在不能再喝更多的白兰地了。他带着他的卷毛狗执拗地到田野去游逛,以充满敌意的眼光观看着眼前的一切。

第二天晚上,他发现自己又在红狮酒店他那个角落里坐下了,心情显得正常和温和了一些。他坐在那里顽强地等待着,看到底还会发生什么事情。

他自己到底相信还是不相信他就是属于科西泽和伊尔克斯顿这个世界?这里没有任何他需要的东西,可是他有没有一天能够离开这里呢?他自己有没有什么能耐,让他可以离开这个地方?难道他不过是一个没脑袋的娃娃,不够资格和别的年轻人一样,能喝下大量的酒,到处去玩玩女人,过得心满意足,却什么问题也没有?

他就这样挣扎着过了一段时间。后来,这种紧张情绪让他实在受不了了。一种愈来愈强烈的火热的不安情绪始终存在于他的心中,他觉得两个手腕子发肿、发抖,满脑子充满了肉欲的形象,他的一双眼睛也似乎全充血了。他愤怒地和自己进行斗争,希望保持正常,他没有去找任何女人。他装着很正常的样子勉强过下去,直到后来,他感到要么得采取某种行动,要么就只好一头撞死了。

然后,他又一次跑到伊尔克斯顿去,沉默,心事重重,萎靡不振。他跑到酒馆去,一定要一醉方休。他大口大口地吞下白兰地,更多的白兰地,直到他脸色发白,两眼冒出火光。但就是这样,他也不能让自己的情绪缓解。他醉醺醺地上床睡觉,在第二天凌晨四点钟醒来的时候又继续喝酒。他一定要使自己的情绪缓解。慢慢地,那紧张情绪终于开始缓解了一些。他开始感到很快乐。他终于不像过去那样紧闭着嘴,沉默不语了,他开始和人闲谈,信口瞎聊。他现在感到很幸福,和整个世界变得很融洽了。他通过热血的血缘关系和世界上的一切生物联系在一起了。所以,在经历了三天的狂饮之后,他已经从他的血液中燃烧掉了他的青春的活力,他和整个世界又融为一体了。这种状况结束了青春给他带来的最强烈的欲望。可是他是通过抹杀自己的个性而获得这种满意状况的,这种状况却必须靠他的成年人的气质才能够保持和发展。

他就这样变成了一个酒鬼,每隔三四天他就要去痛饮一次白兰地,这期间他几乎整天都在醉梦之中。他自己对此从来不在意。一种深刻的仇恨情绪始终在他的胸中燃烧,他尽可能离开一切女人,对她们满怀敌意。

当他二十八岁的时候,他已经变成一个身体强壮、皮肤白嫩、腰杆挺直的漂亮的男子,一双蓝色的眼睛总是直直地向前望着;有一天他运了一车诺丁汉的种子从科西泽回家来。这时他正准备再去狂饮一顿,所以两眼一直呆呆地向前望着,仿佛正注意着什么,而又正想着自己的心事,什么都看得见,而又什么都没有往心里去,他已经几乎忘掉身边的一切了。这是那一年的早春时候。

他安静地在他的马匹的旁边走着,下山的路越来越陡,装种子的车子在他身后克郎克郎地响着。下山的曲曲折折的路穿过一条条的小山岗和树丛,往前顶多只能看出几米远。

当他在山坡上一个最陡峭的地方慢慢转弯,他的马在两根车辕中间来回扭动着的时候,他看见一个女人走了过来。可是他当时一心只想着他的马。

接着他回头看看她,她穿着一身黑色的衣服,在她的那件很长的黑斗篷下面,显得个儿很瘦小,她还戴着一顶黑色的帽子。她匆匆走着,好像什么也没有看见,头有点向前扎着。首先引起他注意的正是她这种奇怪的、似乎心事重重的匆忙的脚步,仿佛她走过的时候,没有任何人看见她。

她听到了马车声,抬起头来。她的脸很清秀,可是显得很苍白,浓黑的眉毛,一张大大的嘴奇怪地半开半闭着。他清楚地看到了她的脸,仿佛半空中忽然射出了一道光亮,他是那样清楚地看到了她的脸,于是他再不像刚才那样仿佛忘掉了世界上的一切,而是有点不知该怎么好了。

"正是她。"他脱口而出地说。马车走过的时候,溅起了一点泥浆,她躲到一边贴着一个小土岗站着,在他追随着他的东歪西扭的马车向前走着的时候,他的眼睛和她的眼睛相遇了。他很快就把眼睛转到一边去,向后稍稍仰着头,一种欢乐的痛苦从他的全身掠过。他现在什么也不愿意去想了。

最后他又回过头来,他看到了她的帽子,看到了她的被黑色的大氅遮盖着的身躯,以及她走路的姿态。接着她就转过一个弯,看不见了。

她已经过去了。他感觉到仿佛他现在又是在一个遥远的世界中走着,不是科西泽,而是在一个遥远的世界,在那一纵即逝的现实中。他一声不响地向前走着,彷徨、沉默。他什么也不敢想,什么话也不愿说,不愿发出任何声音或做出任何表示,甚至也不愿意改变他走路的动作。他简直不敢再去想她的脸。他现在是在她的知觉中活动,在一个现实之外的世界中活动。

他们现在已经相识的感觉紧紧地抓住了他的心,折磨着他,使他有如发疯一般。他怎么能完全肯定呢,他有什么证明?这种怀疑像他对无限空间的感觉,对空虚的感觉一样,简直具有毁灭性。但是在他的心中他坚决肯定,事情就是如此。他们已经彼此相识了。

在接下去的几天中,他一直就在这种状态中生活着。可是不久,这状态却又像一阵雾气忽然消散,重新露出了那个平庸的无意义的世界。他对人和牲畜都非常温和,可是他实在害怕那幻灭的感觉又赤裸裸地暴露在他的眼前。

几天之后,在他吃完晚饭,背向炉火站着的时候,他看到那个女人从门外走过。他希望知道她已经知道他,她已经明白了他的心思。他希望有人说他们之间有某种关系,所以他站在那里急切地观望着,看着她沿着大路走去。他把蒂利叫过来。

"那个人会是谁?"他问道。

蒂利,这个年近四十、长着一双斗鸡眼的女人,原本对他一片痴情,现在非常高兴地跑到窗口去看。不论问她什么,她都感到很高兴。她伸长脖子从半截窗帘没挡着的窗户向外面望去,在她东张西望的时候,她那黑头发梳成的小纂儿向后伸着,显得很可怜的样子。

"啊,怎么啦?"——她抬起头用她那棕色的锐利的斜眼看着——"嗨,你知道这是谁——他是牧师家干活的——你知道——"

"我怎么会知道,你这个老母鸡!"他大叫着说。

蒂利满脸通红,转过头来用她的斜眼几乎是生气地看着他。

"你怎么——她是新来的管家。"

"啊——那又怎么呢?"

"是啊,那又怎么呢?"生气的蒂利回答说。

"她是一个女人,对不对,不管她是不是管家?她这人哪儿是经常给人做管家的!她是谁——她总该有个名字?"

"是啊,如果她有名字,我可不知道。"蒂利回答说,对这个刚刚才长成大人的孩子的吆喝,她可并不在意。

"她叫什么名字?"他更温和地问道。

"我真的没法告诉你。"蒂利摆出一副威严的样子回答说。

"你知道的就只这些吗,你就只知道她在牧师家当管家?"

"我听说过她的名字,可是我现在怎么也记不起来了。"

"你这个只会胡说八道的长着漏勺脑袋的女人,你要个脑袋干什么用!"

"别人要脑袋干什么用我也干什么用。"蒂利回答说,没有什么比他愿意骂她几句的时候,更使她高兴的了。

暂时的沉默。

"我简直不相信谁能记得住她的名字。"这个女仆又试探着接着说。

"怎么啦?"他问道。

"哪,她的名字。"

"名字怎么啦?"

"她是从一个什么外国地方来的。"

"谁对你说的?"

"这一点我可完全知道,她的确是。"

"那么你说她是从什么地方来的?"

"我不知道。他们都说她是从波兰佬来的。我不知道。"蒂利连忙补充说,她知道他一定会反驳她的话的。

"从波兰佬来的,她怎么可能从波兰佬来呢?是谁编的这一套胡说八道?"

"我就听到他们这么说——我可不知道——"

"谁这么说?"

"本特利太太说她是从波兰佬来的——要不她自己是一个波兰佬还是怎么的。"

蒂利现在直担心她自己是越陷越深了。

"谁说她是波兰佬?"

"他们全都这么说。"

"那么,她是怎么到这一带来的?"

"那我也没法告诉你。她还带着一个小女孩。"

"她还带着一个小女孩?"

"大约有三四岁,一个脑袋像个毛绒球似的。"

"是黑孩子吗?"

"白——要多漂亮有多漂亮,整个像个毛球。"

"有爸爸吗?"

"那我可不知道。我不知道有没有。"

"她到这儿来干什么?"

"我也说不清,要不就是那牧师要她来的。"

"那孩子是她的孩子吗?"

"我想准定是——他们都说是。"

"谁跟你谈过关于她的情况?"

"那是丽西——上星期一——我们看到她走过去。"

"你们看见任何一个什么走过去,都会嚼舌头嚼个没完。"

布兰文站在那里沉思着。那天晚上,他又跑到科西泽的红狮酒店去,主要也是为了想听到更多的消息。

他慢慢了解到,她是一个波兰大夫的寡妻,她的丈夫逃难到伦敦的时候就死在那里了。她说话很有些外国腔调,但是你也可以很容易懂得她讲的什么。她有一个小姑娘,名字叫安娜,那女人的名字叫兰斯基,兰斯基太太。

布兰文感觉到他那个不现实的现实现在终于建立起来了。他同时莫名其妙地对她仿佛很有把握,似乎她命中注定会嫁给他的。特别使他感到非常满意的是,她是一个外国人。

对他来说,世界已经发生了急剧的变化,仿佛一个新的世界,他可以真正生活其中的世界已被创造出来。在这之前,一切都是那样空虚、虚假、无味,简直是一无是处。而现在它们却都变成了他可以摸得着的实体了。

他简直不敢再想到那个妇女。他非常害怕。但是任何时候他却都感到她的存在,就在不远的地方,他已经生活在她的世界之中了。可是他不敢去和她结识,甚至连通过思想来和她进一步结识都不敢。

有一天,他在路上走着的时候,遇上她带着她的小女孩走过。这孩子的脸简直像一朵新开的苹果花,闪亮的金黄色的头发像蓟花的绒毛一样,一绺绺一片片伸展着,还有一双黑色的大眼睛。这孩子在他对她观望的时候,怀着妒意似的紧贴在她妈妈的身边,睁着一双黑色的眼睛,厌恶地呆看着他。可是那妈妈又对他看了一眼,简直仿佛完全是无意的。而正是她这种无意的神态更使他止不住心情激荡了。她有一双灰棕色的大眼睛,和不可捉摸的黑色的瞳孔,他感到一股温和的火在他的皮肤下面燃烧,仿佛他的血管的表面全都着火了。他失魂落魄地向前走过去。

他知道他已经快要时来运转,整个世界也已经屈服在他的命运的转折之下了。他没有采取任何行动:将要来临的事是自然会来临的。

这时,他姐姐埃菲到沼泽农庄来看望他,准备在这里待上一两个星期。有一次他和她一道上教堂去。在那个很小的教堂里,总共只有十一二排椅子,他在离那个陌生的女人不远的地方坐下来。她浑身都有一种典雅的气派,看着她抬着头坐在那里的那种神态,使人不禁有一种精神振奋的感觉。她是那样

25

地陌生,是那样地遥远,又似乎是那样地亲近。她是从遥远的地方来的,而她的存在又似乎和他的心灵是那样的贴近。她并不是真正坐在科西泽的教堂里,和她的小女孩坐在一起,她并非生活在她现在似乎过着的生活之中。她属于另外一个什么地方,这一点他有极深的感受,仿佛那是再真实和再自然不过的事。而他自己的具体的生活,科西泽的生活,所给他带来的恐惧的痛苦却使他苦恼,使他不安。

她的两道浓黑的眉毛在她的不同一般的鼻子上部几乎挨在一块儿了。她有一张嘴唇较厚的大嘴。可是她的脸却朝向另一个世界的生活,不是朝天或者朝地,而是向着某一个,尽管她的身体离开了,而现在她却仍然在那里生活的世界。

那孩子睁着一双又圆又大的黑眼睛,观看着身边的一切。她摆出一副奇怪的仿佛什么都不怕的神态,小小的红嘴使劲抿着。她似乎正抱着嫉妒的心情守护着什么东西,永远警惕着外来的侵犯。她遇上了布兰文的近在身边的空虚而又亲近的眼神,一种几乎近似痛苦的火焰一样的敌意马上出现在她的过于敏感的黑色的大眼睛之中。

那个老牧师没完没了地叨叨着,科西泽的人像平常一样一动不动地坐在他的身边。在他们中同时也有那个满身洋气的、不可侵犯的外国妇女,带着她的也显得很洋气,嫉妒地守卫着什么东西的奇特的孩子。

礼拜做完之后,他仿佛又走入另一个世界,走出了教堂。当他和他的姐姐在教堂外面的大路上跟在那个女人和孩子的后面走着的时候,那个小姑娘忽然丢开她妈妈的手,神不知鬼不觉地迅速溜回来,在布兰文的脚边想捡起一样什么东西。她的小手指头非常细嫩,也非常敏捷,可是她一下却没有抓住她要捡的一个红色的纽扣。

"你看见什么啦?"布兰文对她说。

他也弯下腰去捡那个扣子。可是她已经捡到了。接着她退后一步站着,用手把扣子摁在她的小外衣上,她的黑色的眼睛盯住他看,仿佛不许他注意到她。在这样让他沉默下来之后,她匆匆叫一声"妈妈——",然后转身沿着大路走去。

那妈妈冷冷地站在一旁观望着,她没有看她的孩子,而是看着布兰文。他注意到那个女人正看着他。她孤零零地站在那里,可是在他看来,她却是那个外国世界的主宰。

他不知道该怎么办好,于是转身看着他的姐姐。但不管他怎样,那双几乎毫无表情,然而又是那样让人动心的灰色的大眼睛却似乎永远抓住了他的心。

"妈妈,我要这个扣子,可以吗?"远处传来那个孩子骄傲的银铃一般的声音。"妈妈"——她似乎因为怕忘掉了她的妈妈,总不停地叫着她——"妈妈"。现在她的妈妈已经回答她说,"可以的,我的孩子。"她再没有什么话可说了。可是这孩子马上又想出了来个主意,她磕磕碰碰地跑着说,"那些人都叫什么名字?"

布兰文听到一个心不在焉的声音:

"我不知道,乖乖。"

他沿着大路走去,仿佛他并不存在于他自己的身体之中,而是在身外的什么地方。

"那个人是谁?"他姐姐埃菲问道。

"我也没法告诉你。"他糊里糊涂地回答说。

"她这人真有些滑稽,"埃菲说,几乎带着谴责的口气,"这孩子简直像个魔女。"

"魔女——什么魔女?"他重复她的话问道。

"你自己也该看得出来。我得说,那妈妈倒很平常——可是那孩子可简直像一个被仙女收留的神女。她妈妈大概总有三十五岁了。"

可是他完全没理会她的谈话。他的姐姐于是又接着谈下去。

"这个女人跟你可非常合适,"她接着说,"你最好把她娶过来。"可他仍然完全没有在意。这事也就这样拖下去了。

又有一天,在他吃午茶的时候,他正一个人坐在桌边,忽然外面有人敲门,这门声仿佛是个什么预兆似的使他一惊。从来也没有人会敲打大门的。他站起来开始拉门杠,转着那把大钥匙,他一打开门,就看到那个陌生的女人站在门外面。

"你能给我一磅黄油吗?"她问道,用的是她那种很奇怪的、毫不在意的外国腔调。

他尽量集中注意听她的问题。她带着疑问的神情看着他。可是在那个问题下面,在她一动不动站在那里的姿态中,到底有点什么东西使得他这样激动不安?

他向旁边挪动了一步,她马上就跟着走进屋里来,仿佛他去开门就是为了请她进来。这情况让他非常吃惊。按当地的习惯,任何人,除非主人请他进门,他是只会等在门外的。他走进厨房里去,她也跟在后面。

他吃午茶的茶具全摊在一张洗刷得很干净的白木桌子上。炉子里燃着很大的火,躺在炉边的一只狗站起来向她走去。她在厨房门里一动也不动地站着。

"蒂利,"他大声叫着,"咱们还有黄油吗?"

那个陌生人穿着她的黑外套一声不响地站在那里。

"什么?"远处传来一声尖厉的叫喊。

他大声重复着他的问话。

"咱们所有的都在桌上。"从牛奶棚里传来蒂利的尖厉的回答声。布兰文朝桌上望望,那里在一个盘子里放着一大块黄油,差不多有一磅重。黄油做成圆形,上面还按了许多橡子和橡叶的印记。

"有事叫你,你不能来一下吗?"他叫喊着。

"嗨,你有什么事?"蒂利抗议说,同时从另一个门里探头向外望着。

她看到了那个陌生的女人,她用她那双斗鸡眼呆看着她,可是什么话也没有说。

"咱们没有黄油了吗?"布兰文不耐烦地又一次问道,仿佛靠他的问题就能制造出一些黄油来。

"我告诉你都在桌上了,"蒂利说,想着反正没法因为她要就造出一些来,因而感到很不耐烦,"另外咱们半点也没有了。"

片刻的沉默。

那个陌生人讲话了,她的声腔是那样离奇地清晰,而且毫不带感情,这表明她在开口前已经把她要说的话全想好了。

"哦,那么非常感谢。我很抱歉我来打搅了你们。"

她对他们那种彼此毫无礼貌的态度感到难以理解,因而有些莫名其妙。稍稍客气些就会使得当时的局面不会那么尴尬。可是,这里出现的却是理念混乱引起的不愉快。布兰文听到她那样客气地讲话,不禁脸红了。可是他仍然不肯放她走。

"找点什么来给她把那黄油包起来。"他对蒂利说,眼睛看着桌上的黄油。

他拿出一把干净刀,把黄油上那曾经动过的一面给切掉。

他话中的"给她"①二字,慢慢透入那个外国妇女的心中,同时让蒂利非常生气了。

"牧师家吃的黄油都是到布朗家去取,"那个不肯低头的女仆接着说,"咱们明儿一清早准备再打一些黄油。"

"是的,"——那是一个音拉得很长,从外国人嘴里讲出的是的——"是的,"那个波兰妇女说,"我刚才到布朗太太家去了。她家没有黄油了。"

蒂利往后缩着脑袋,气得恨不得大声叫着说,按照当地人买黄油的规矩,因为你常取油的人家没有黄油了,就随便跑到一家人门口去敲门,要人给你一磅黄油先凑合用用,那可是绝没有的事。你如果在布朗家买黄油,那你就到布朗家去,我家的黄油不是在布朗家没有黄油的时候用来凑数的。

布兰文完全清楚蒂利压在心里没说的这一段话。那个波兰太太可完全不理解。她要给牧师找到黄油,蒂利又说明儿早晨就会再打,她于是等待着。

"别在那儿瞎叨叨了。"在那一段沉默过去之后,布兰文大声说。蒂利走进里面那个门里去。

"我恐怕我是不应该来的,所以——"那个陌生人说,带着询问的眼光,仿佛要向他打听,在正常情况下她应该怎么做。

他感到有点晕头晕脑了。

"那有什么呢?"他说,他尽量显得十分温和,而且一个劲地向对方表示体贴。

"那么你——?"她非常认真地开始说。可是她由于弄不清自己当时所处的地位,谈话也就到此结束了。她用眼睛看了他一会儿,因为她不能很自由地讲英语。

他们面对面地站在那里。那条狗从她身边走到他身边。他对着那条狗低下头去。

"你的那个小女儿好吗?"他问道。

"很好,谢谢你,她很好。"是她的回答,这完全是一种外国话的客套语。

"你坐吧。"他说。

她在一张椅子上坐下来,从她的大氅开口处伸出她的两只细瘦的胳膊,放在膝盖上。

---

① 意思是这样说,代表一种对很亲近的人讲话毫不拘束的口气。

"你对这一带还很不熟悉。"他说,仍然仅穿着一件衬衣站在炉火前,背对着炉火,好奇而贪婪地看着那个妇女。她的十分沉着的态度使他很高兴,也给了他一种鼓舞,使他忽然莫名其妙地不那么拘束了。他现在简直觉得这里的一切都由他做主那真是十分无礼的。

她带着疑问的神情对他看了一会儿,她不太明白他的话的意思。

"是的,"她现在慢慢理解了他的话,接着说,"是的——这地方对我很生疏。"

"你觉得这儿有那么一点粗野吧?"他说。

她呆呆地望着他,希望他再说一遍。

"我们的态度你感到有些粗野吧?"他重复着说。

"是的——是的,我完全理解。是的,的确有些不一样,我不太熟悉。可是我过去也在约克郡——"

"哦,那太好了。"他说,"这儿倒也不会比他们那边更坏。"

她不十分理解他的话。他表示关怀的态度,他那种对什么都很有把握的神态,以及他的亲密的声调,都使她感到莫名其妙。他这是什么意思呢?他能和她不分高下吗?他为什么这样毫无一点礼貌?

"是的——"她含含糊糊地说,眼睛仍然望着他。

她看到他是那样精神和天真,衣冠不整,简直不可能和自己这样的人沾上边。可是他的样子很漂亮,金黄色的头发,蓝色的眼睛里充满了热情,再加上他那健康的身体,他似乎完全和她处于平等地位。她目不转睛地看着他。他是那样热情,衣冠不整,又是那样地自信,她简直感到对他难以理解。他用自己的双脚稳稳地站着,仿佛根本不知道世界上还有什么东西能够破坏他的稳定。究竟是什么使他具有这种让人惊奇的稳定能力呢?

她不知道。她有些纳闷。她转头看看他居住的这个房间,这房子似乎和他那么亲近,这情况一方面使她心醉,一方面几乎又使她感到害怕。这里的家具,像年老的人一样古老而熟悉,整个这个地方似乎也是他生存的一部分,都和他显得那样密切,她不禁感到很不安。

"已经有很长的时间你就一直住在这所房子里——对吗?"她问道。

"我一直就住在这里。"他说。

"是的——可是你们的人——你家里的人?"

"我们住在这里已经二百多年了。"他说。她的眼睛一直盯着他看着,为了充分理解他,一双眼睛睁得圆圆的。他感到他自己完全准备听她处置了。

"这地方是你自己的吗,这房子,这农田——?"

"是的。"他说。他低头看看她,和她的眼光相遇了。这使她感到很不安,她并不认识他。他是一个外国人,他们彼此之间没有任何关系。可是,他的神态却使她心神不宁,急于想对他有所了解。他是那样离奇地自信和坦率。

"你一个人过得很孤独吧?"

"是的——如果你把这叫作孤独的话。"

她不明白他的话的意思。她感到这话很不寻常,他的话到底是什么意思呢?

不论什么时候,在她的眼睛对他观望一阵,最后不可避免地和他的眼光相遇的时候,她明确地感到一股热潮从她的意识中流过。她怀着十分矛盾的心情一动不动地坐着。这个陌生的男人,忽然变得和她如此亲近,他究竟是什么人呢?在她眼前发生的究竟是怎么回事?在他的年轻的,闪烁着热情之光的眼睛里,似乎有一种什么东西表明他有权接近她,有权对她讲话,有权对她表示关心。可这是为什么呢?他为什么要对她讲话?他的眼神为什么不等待得到任何许可,或任何暗示就显得那么肯定,那么充满了光彩和自信?

蒂利拿了两片大树叶回来,发现他们俩都沉默着。他感到现在既然那女仆来了,他一定得讲点什么。

"你的小姑娘今年几岁了?"他问道。

"四岁。"她回答说。

"那么,她的父亲死得还没有多久吗?"他问道。

"他死的时候,她刚刚一岁。"

"三年了?"

"是的,他死去已经三年了——是的。"

她在回答这些问题时,是那样出奇地安静,甚至有点仿佛心不在焉。她再一次看着他,在她的眼神中露出了某种做姑娘时的神态。他感到自己已经不能动弹了,既不能朝她走近,也不能离开她。她的存在刺痛着他,直到他慢慢在她的面前完全发僵了。他看到了这位妇女的眼睛里透露出的惶惑的眼神。

蒂利交给她那包黄油,她站了起来。

"非常感谢,"她说,"要多少钱?"

"这就算是我们送给牧师的一点礼物吧。"他说,"这就算作我上教堂的费用吧。"

"你要是上教堂去,把黄油钱取回来,那你会显得更体面得多哩。"蒂利说,坚决要表示她有权占有他。

"你少插一句嘴不行吗?"他说。

"到底多少钱,请告诉我。"那个波兰妇女对蒂利说。布兰文站在一边,让她拿走。

"那么,非常感谢了。"她说。

"过两天把你的小女儿带来,看看我们的鸡鸭和马匹。"他说,"她要是愿意的话。"

"好的,她一定会愿意来的。"那个陌生的女人说。

她走了,布兰文站在那里,由于她的离去马上失去了光彩。蒂利站在一旁看着他,希望弄清楚到底是怎么回事,而他却完全没有注意到她。他已经失去了思想的能力。他感到他和那个陌生的女人已经建立了某种看不见的关系。

他感到一阵头昏眼花,他仿佛又有了一个意识中心。在他的胸膛里,或者在他的腹中,反正在他身体里的某个地方,开始了另一种活动。仿佛那里出现了一片正强烈燃烧着的火光,他的眼睛都给晃得看不见了,他对什么都失去了知觉,只知道那个在他和她之间燃烧着的幻化过程,像一种神秘的力量,把他们俩连接在一起了。

自从她来过以后,他一直处在一种恍惚状态中,简直看不见他自己手里拿着的任何东西。他一直飘飘然,但非常沉静,似乎处在一种历经形态变化的过程中。他屈服于他所经历的一切,放弃自己的意志,不怕使自我完全消失,像一个经历一次新生的小动物一样,一直沉睡在狂欢的边沿上。

她带着她的孩子到农庄上来过两回,但彼此都保持着沉默。一种强烈的沉闷感和被动状态完全笼罩着他们,所以在他们的关系中,始终也没有发生任何重大的变化。他常常几乎完全忘掉了那个孩子的存在,可是由于他天生的善良,他终于获得了小女孩的信任,甚至是她的喜爱,他把她放在马背上骑着,给她一些玉米,让她去喂鸡鸭。

有一次,他赶着车从伊尔克斯顿回来,路上碰见了她们母女俩,就让她们坐在他的车上。那个孩子似乎出于喜爱他,紧紧地靠着他。妈妈安静地坐在车上。一种模糊的意识像一片轻柔的迷雾包裹着他们,在那沉默的空气中,仿佛他们的意志都暂时停止活动了。只有一次他看见她的手没有戴手套,交叉抱着放在自己的膝头上。他注意到在她的一个手指上戴着结婚戒指。这戒指自然是把他排除在外了:它代表着一个关闭着的小圈子,这结婚戒指约束着她的生活,它表明,在她的生活中没有他的任何地位。但尽管这样,在这一切的那边,她自己和他自己终归会相会的。

　　在他扶她从车上下来的时候,他几乎是抱起了她,他感到他有权这样用两手把她抱起来。她现在还属于另外那个人,属于过去的那个人。可是,他也一定要关心她。她是那样地充满生气,决不能就这样被抛在一边。

　　有时候,她的那种使他不知所措的模糊态度使他生气,使他愤怒。可是直到现在,他仍然极力保持平静。她毫无反响,毫无倾心于他之意。这使他既感到不能理解,又十分气恼,可是很长一段时间以来,他就一直忍耐着。后来,由于长时间遭到她的冷淡而愈来愈烦恼,他慢慢终于止不住怒火中烧,感到实在无法再忍耐下去了。他决心要离开这里,要逃开她。

　　有一天,正当他十分烦躁不安的时候,她带着她的孩子到沼泽农庄上来了。他站在她的面前,那样地强壮,那样地充满反抗情绪。尽管他什么话也没有说,她却已经感到了他的愤怒和严重的不耐烦情绪死死地抓住了她,使她又一次从恍惚状态中清醒过来。这时她的心中又一次出现了猛烈的关不住的冲动。她呆呆地看着他,看着这个身份较为低下却坚持不懈一定要闯进她的生活中来的陌生人,她内心深处的新生的痛苦,仿佛使她全身的血管都具有了一个新的形式。她必须得从头开始,寻找一个新的生命,一个新的形式,以作为对这个站在她面前的、盲目的、始终不肯撒开手的人的回答。

　　新生的战栗和痛苦从她的心中掠过。炽热的火焰在他的皮肤下面由下向上燃烧。她需要它,需要这从他那里得来的新的生命,和他在一起,然而她还必须进行自卫,因为那新生命实际是一种毁灭。

　　当他独自一人在地里劳动,或者在他的母羊生产时待在母羊身边的时候,日常生活中的一切事件和问题全都会立即消失,赤裸裸地露出他的生活目的的核心。这时他便会忽然感到,他一定要和她结婚,她也必须和他共同生活。

　　渐渐地,即使他没有看见她,他对她的了解也越来越深。他愿意把她想成是一个别人委托他保护的什么人,好比一个没有父母的孩子。但是,却又有人禁止他这样做,他不能一厢情愿地打自己的如意算盘。她很可能会拒绝他。此外,他很害怕她。

　　可是,在那个二月的长夜,他守候着临产的母羊,看着羊棚外面星光闪烁的蓝天时,他知道,他并不属于他自己。他必须承认,他自身只是残缺不全的,不够完备,而必须有所从属。在那阴暗的天空,繁星正不停地运动着,所有那些天体都是在某种永恒的旅程上行进。面对着更大的宇宙,他坐在那里,感到自己无比渺小,也变得无比谦卑。

除非她会来到他的身边,他自己将永远只是一片空虚。这是一个痛苦的经历。可是,在他多次企图忘掉她之后,在他不止一次看到他并非为她而生存之后,在他满心愤怒,企图逃避开,并且说,他一个人也能过得很好,他是一个男子汉,他可以独立地生活等等之后,此刻在这满天星光的黑夜里,他却必须低首承认而且看到,没有她,他只是一片虚空。

他只是一片虚空。可是,要是同她在一起,他就会具有了现实意义。如果她现在走过羊棚外面的寒霜中的野草地,在母羊和小羊不安的咩咩声中走过来,那她马上就会使他达到尽善尽美的状态。如果事情应该如此,那她就应该来到他的身边!事情肯定应该如此——这已是命中注定的了。

经过了很长一段时间,他才终于明确地下定决心,去要求她和他结婚。而他知道,如果他去向她提出这要求,她一定只能真正表示默许。她只能这样,不能有任何别的选择。

他对她的情况了解得更多一些了。她很穷,没有什么亲人,在伦敦她丈夫死前和死后,他们的日子一直都过得十分艰苦。可是在波兰老家,她却是一位出身很好的小姐,一位地主的女儿。

她的出身比他高,她的丈夫曾经是一位很有声望的大夫。他自己几乎在各个方面都远不如她,可是所有这些对他来说,不过只是些空洞的言辞罢了。另外,还有一种内在的现实,心灵的逻辑,把她和他连接在一起了。

三月里的一天晚上,屋子外面狂风怒吼,向她提出求婚的时刻来到了。他本来一直把手抱在胸前,靠近炉火坐着。在他观望着那炉火的时候,他几乎连想也没想就感到他那天晚上一定得去了。

"你那儿还有干净衬衫吗?"他问蒂利。

"你知道你当然有干净衬衫。"她说。

"唉——给我拿一件白衬衫来。"

蒂利给他拿来一件他父亲留下的亚麻布衬衫,把它放在他面前的炉火边烘着。他斜身坐在火边,把两只胳膊放在自己的膝盖上,一动不动,陷入了沉思,完全忘掉了蒂利的存在;而她却以无声的痛苦的爱情正热恋着他。最近以来,每当她在他的身边为他干些什么事情的时候,她就常常浑身发抖,止不住要大哭一阵。现在,她给他摊开衬衫的时候,两只手也发抖了。最近以来,他已经不大声喊叫和有意逗她了。屋子里的这种十分沉闷的气氛,使得她简直不寒而栗。

他去洗了洗脸。奇怪的短暂的清醒的意识像气泡似的从他深沉的静默中不停地浮了上来。

"这事儿一定得办了。"他弯下腰去从炉挡上拿起衬衫,自言自语地说,"这事儿一定得办,那干吗还老拖着呢?"他站在墙头的镜子前面梳着头,自己又糊里糊涂地对自己回答说:"那女人也不是一句话不会说的哑巴。她也不是只会捣乱的吃奶孩子。她有权利寻求自己的欢乐,有权利愿意让谁不高兴就让谁不高兴。"

这一段大实话又使他越想越远了。

"你还要什么东西吗?"蒂利忽然走过来问道,因为她听到他说话的声音了。她站那里看着他梳理他漂亮的胡子。他的眼神非常安静,丝毫没有为她的话所动。

"啊,"他说,"你把剪刀放到哪儿去了?"

她把剪子拿给他,站在那里看着他向前伸着下巴,修剪着他的胡子。

"不要那么像跟人进行剪羊毛比赛似的剪你的胡子。"她不安地说。他匆匆把嘴唇皮上的胡楂儿吹掉。

他换上些干净衣服,仔细围好他的围巾,又穿上他最好的上衣。准备好后,天已接近黄昏,他穿过果园,去摘一些水仙花。苹果树林里狂风怒号,那黄色的水仙花在风中剧烈地摆动着,在他弯下腰去折断水仙扁平的、发脆的花茎时,他甚至可以听到茎上的幼芽发出的低语声。

"这是干什么去?"在他离开花园门边的时候,他的一个朋友叫喊着问道。

"来那么点恋爱,那么说吧。"布兰文说。

十分激动和苦恼的蒂利,由狂风推动着越过田野,跑到大门边去。在那里,她可以看到他向远处走去。

他爬上那座小山,直朝着牧师的住宅走去。狂风在篱笆上发出呼呼的声音,他尽力用自己的身子挡住那一捧水仙花。他脑子里什么也没想,只感觉到狂风在吹着。

夜已来临,光秃秃的树木在风中呼啸。他知道,牧师这会儿准在他的书房里,那波兰女人一定带着她的孩子在厨房里待着,在那间屋子里待着也很舒适的。他走进大门,沿着一条小道走下去,这时天光已经十分暗了。小道的两旁也有一些水仙在风中摇摆,一些被吹乱的番红花,搅成一团,已经没有任何光彩了。

从厨房的后窗里,一道灯光射在外面的树丛上,他开始有些犹豫了。他怎么能这样办呢?向窗里望去,他看到她抱着孩子,坐在一张摇椅上。孩子已经换上了睡觉的衣服,坐在她的膝头上。她那长着一头乱发的漂亮的脑袋朝着火那边耷拉着,孩子的清秀的脸颊和白皙的皮肤反照出火光的影子;她几乎像一个成年人似的在想着什么心事。妈妈的脸色阴沉而安静。他痛苦地看到,她现在又沉浸在她过去的生活中了。那孩子的头发像玻璃丝一样闪闪发亮,她的脸蛋儿是那样光彩夺目,简直仿佛是一个从里面照明的蜡像。狂风愈吹愈猛。妈妈和孩子一动不动,一声不响地坐着。孩子用双空虚的黑眼睛望着炉火;妈妈则出神地望着虚空。那小姑娘几乎已经睡着了,现在只是她的意志还勉强使她的眼睛圆圆地睁着。

在狂风摇动着那所房子的时候,孩子忽然不安地转过头来,布兰文看到她的小嘴唇动了一下。妈妈开始摇晃着身子,他可以听到那摇椅的底座发出的嘎吱声。接着他听到妈妈唱着一支外国歌曲的低沉单调的声音。接着又是一阵狂风吹过。那妈妈似乎已随着狂风飘走;孩子的一双黑眼睛睁得更大了。布兰文抬头看看天上的云彩,团团乌云正惊慌地匆匆在黑暗的天空飘过。

接着那孩子叹了一口气,像是抱怨,又像是命令地说:

"不要再唱那玩意儿了,妈妈,我不愿意再听这支歌。"

歌声慢慢消失了。

"你应该上床睡觉了。"妈妈说。

他看到孩子紧抓住妈妈的身子表示抗议,看到妈妈仍然没有改变她的出神状态,看到了那孩子倚在妈妈身上使劲抓着她的神情。接着,那孩子忽然仿佛指责似的一字一句地说:

"我要你给我讲一个故事。"

风仍在吹着,妈妈开始讲故事了,那孩子依偎在妈妈胸前。布兰文在外边等待着,惶惑不安地观看着在风中猛烈摇晃的树木和愈来愈浓的黑暗。他得追随他自己的命运,现在他还在门口徘徊。

那孩子依偎着她的妈妈,蜷成一团,一动也不动地躺在那里。在她的散乱的金黄色的头发中,那双黑色的大眼睛一眨也不眨,像一个蜷卧的小动物,除了眼睛之外,已经完全入睡了。妈妈坐在那里,仿佛灵魂已经出窍,那故事不过是自动从她嘴里冒出来罢了。布兰文站在外面,看到夜幕已经降临,他完全没有意识到时间的流逝。他抓着水仙花的那只手已经冻僵了。

故事终于讲完,妈妈站起身来,那孩子这时正紧紧地搂着她的脖子。她的身体一定很强健,她抱起那么大的一个孩子看来毫不费力。小安娜紧搂着她妈妈的脖子,那张漂亮的奇怪的小脸从妈妈的肩头上向外望着,除了那双眼睛,她已经完全睡着,而这双圆睁着的黑色的眼睛却依然在进行反抗,在和某种看不见的东西进行战斗。

她们走进里屋去以后,布兰文第一次在他站着的地方活动了一下身子,朝四面的黑夜看了一眼。他真希望,一切会真正像刚才这段毫无顾忌的时间他所感到的一样,那样地美丽,那样地随和。伴随着那个孩子,他也感到一阵奇怪的紧张,甚至是一种痛苦,仿佛是命中注定。

妈妈又回到厨房里来了。她开始叠着孩子的几件衣服。他敲门。她有点犹豫地打开门,朝后退了一步,完全像个外国人,神情显得有些不安。

"晚上好,"他说,"我就在这儿待一分钟。"

她的脸色顿时完全变了;她毫无思想准备。她低头看着他。他这时手里举着水仙花,站在台阶下面由窗口照出的光线之中,他的身后是一片黑暗。他穿着一身黑衣服,她仿佛仍然不认识他。她简直有些害怕了。

可是,他已经走进门里,转身把门关上了。她向厨房中间走去,对他这深夜的来访感到很吃惊。他摘掉他的帽子,向她走近几步。然后,他就那样穿着一身黑色的衣服,戴着黑色的围巾,站在电灯光下,一只手拿着帽子,另一只手握着黄色的水仙花。她远离他站着,完全听他摆布,自己已经六神无主了。她不认识他,她只知道他是一个前来找她的男人。她只看见站在她身前的那个黑色的男人的身影,和他手里抓着的一束花。她看不见他的脸和他的闪闪发光的眼睛。

他呆呆地看着她,不很了解她,只感到自己是在她的存在的笼罩之下。

"我来到这里想跟你谈一句话。"他朝着桌子边跨进几步,把他的帽子和花放在桌上说。那束花他一撒手就松开变成一大堆了。她看到他前进,退缩了几步。她已经没有了自己的意志、自己的存在了。狂风在烟囱里呼呼响着,他站在那里等待着。他已经放下了他手里的东西。现在他攥起拳头。

37

他意识到她站在那里,惶惑,恐惧,但已和他联系在一起。

"我到这里来,"他以一种出奇的平静和严肃的声音说,"想要求你嫁给我。你现在要结婚并没有任何约束,对吗?"

长时间的沉默,这时他的一双蓝色的眼睛显得十分奇怪,仿佛脱离了个人意志,直向她的眼睛里面看去,希望得到一个真实的回答。他希望找到她内心的真实。这时她仿佛被催眠了,最后终于不得不回答。

"是的,我完全可以随我自己的意愿再次结婚。"

他的眼神马上改变了,进一步脱离了个人意志,仿佛他看着她就只是为了寻求她内心的真实。他那双眼睛是那样地稳定、集中注意、和永恒,仿佛它们永远也不会改变了。它们似乎直盯在她身上,要使她融化掉。她微微抖了几下,感到自己被重新创造了,完全失去自己的意志,和他融合在一起,和他具有了一个共同的意志。

"你要娶我?"她说。

他的脸色马上变白了。

"是的。"他说。

现在笼罩着他们的仍然只是惶惑和沉默。

"不,"她说,完全不知道自己在说什么,"不,我不知道。"

他感到他内心的紧张情绪已经被打破,他松开了拳头,他现在又能开始活动了。他站在那里看着她,神情恍惚,完全不知道如何是好。有那么一段时间,她对他来说,似乎失去了真实的存在。然后,他看到她向他走过来,十分奇怪地一直来到他身边,但仿佛她并没有动,而是在漂移。她把一只手放在她的外衣上。

"好的,我愿意。"她说,仿佛并不代表她自己。她用一双圆圆的、真诚的,此刻体现着最高的真实重新睁开的眼睛看着他,他站在那里,脸色变得十分苍白,他一动不动,只是他的眼睛完全被她的眼神慑住,因而感到很痛苦。她似乎用她的重新睁开的,简直像一个孩子似的圆圆的眼睛看着他,然后她离奇地动了一下,这对他来说,简直是一种难堪的痛苦。于是她慢慢地把她那微黑的脸和胸脯向他伸过来,那缓缓暗示着的亲吻使他不禁感到头脑里仿佛有件什么东西突然崩裂了,刹那间,他完全陷入昏天黑地之中。

他双手把她搂住,神情恍惚地吻着她。这样使自己完全跟自己脱离,对他简直是一种赤裸裸地难以忍受的痛苦。她被他搂在怀里,像个孩子似的轻盈和顺从,却又是那样渴求他的拥抱,无限的拥抱,这简直使他无法忍受,他几乎要站不住了。

他转身找到一把椅子,仍然把她搂在怀中。和她一起在同一张椅子上坐下,把她紧搂在胸前。接着,有那么几秒钟,他已经完全进入睡乡,已被封闭在最深沉的睡梦之中,把一切完全彻底地遗忘了。

慢慢地他又清醒过来,始终把她温暖的身体紧紧抱在怀里。她也和他一样完全沉默,和他一样沉浸在同样的遗忘之中和那丰饶的黑暗里。

他慢慢又回到现实中来,可是已经被重新创造过,已经在黑暗的子宫中重新孕育,又获得了一次新生。一切都是那样轻松和充满了光彩,像黎明一样清新,一切都无比鲜洁,都刚刚开始。扑面而来的清新和幸福就像美丽的晨光。她也和他一样沉默地坐着,仿佛她也完全有同样的感受。

接着,她抬头看着他,那双圆睁着的年轻的眼睛闪烁着喜悦的光彩。他低下头去,在她的嘴唇上吻着。黎明在他们身上撒下了它的光辉,他们的新的生命已经诞生了,一切都是非人所能想象的美好,一切是这样地美好,几乎像是经过一次死亡后的复苏。他忽然更紧地把她搂住。

因为,很快她脸上的光彩开始消退了,她躺在他的怀抱中,偏着头倚在他身上,一动也不动地躺在那里,脑袋耷拉着,有一点疲倦,由于她感到疲倦,所以失去了神采。而在她的疲惫心情中,她又有点想到要拒绝他了。

"我还有个孩子。"她打破长时间的沉默说。他不理解她的话。已经有很长时间他没有听到任何人说话的声音了。现在他也听到狂风的吼叫,仿佛那风是刚才又吹起来的。

"是的。"他有点莫名其妙地说。他感到心中有一阵轻微的疼痛,因而止不住轻轻蹙起了眉头。他急于想抓住一样什么东西,可又总抓不着。

"你将来会喜欢她吗?"她说。

他心中的那股疼痛现在流遍了他的全身。

"我现在就非常喜欢她。"他说。

她仍然依偎在他的怀里,从他的身上获得温暖而毫不自觉。感觉到她的身体,从他身上得到温暖,同时把她自己的重量和她的离奇的信心交托给他,这对他是一种重要保证。可是她现在在哪里呢?她似乎是那样心不在焉。他的头脑中于是又充满了惶惑之感。他并不理解她。

"可是我比你年岁大多了。"她说。

"多大?"他问道。

"我今年三十四岁了。"她说。

"我是二十八岁。"他说。

"大六岁。"

尽管这使她有些高兴,可是他仍然莫名其妙地感到不安。他一声不响地坐在那里,感到疑惑不定。这真是一种奇妙的经历,这样完全为她所忘怀,而她又依偎在他的身上,让他用他起伏的胸膛承受着她的身体,感到她的重量依托在他的生存之上,因而使他既显得完备,更显得具有一种不可侵犯的力量。他丝毫没有对她进行干预。他甚至并不了解她。她现在这样躺在那里,把她的重量完全放在他的身上,这对他真是一种非常离奇的经历。他满心喜悦,一言不发。让她躺在自己的起伏的胸脯之上,他感到了自己的强健的体格。由他们俩组成的这离奇的、不可侵犯的完备,使他感到自己像上帝一样可靠和稳定。在无比高兴之中,他想到如果牧师知道了现在的情况,不知会怎么说。

"你不必再在这儿待下去,给人当管家了。"他说。

"我还喜欢这儿的这工作。"她说,"我已经跑了许多地方,我现在倒觉得这里很好。"

听到这话,他又一次沉默了。一方面她是那样贴近他躺着,而同时她又仿佛是从非常遥远的地方在给他回答。可是,他并不在乎。

"你自己的家是个什么样子,在你小的时候?"他问道。

"我父亲是个地主。"她回答说,"我们家正好在一条河边。"

从这些话里他并没有理解到很多东西,一切还是像过去一样模模糊糊。可是,只要她近在他的身边,其他的一切他都不在意。

"我也是一个地主——一个小地主。"他说。

"是的。"她说。

他几乎不敢随便动一动,他坐在那里,用两手搂着她。她一动不动地躺在他的起伏的胸脯上,有很长一段时间,他完全没有动。接着,轻轻地,胆怯地,他把一只手放在她的圆圆的胳膊上,放到陌生的地方。她似乎在他身上压得更紧了。自下而上的一股热流,直冲到他的胸中。

但是,这太快了。她站起身来,走到一个抽屉边去,从里面拿出了一个很小的盘垫。她看上去有一种安静的、对什么都很内行的神态,不论在华沙的时候,还是在叛乱之后,她和她的丈夫在一起时,她一直都当看护。她开始在桌上摆盘子,她似乎完全忘掉了布兰文。他坐直身子,对她的矛盾态度感到不能容忍。她来回走动着,让人无法理解。

接着,在他仍坐在那里沉思默想、惶惑不安的时候,她却向他走过来,用她那灰色的几乎带着微笑的闪光的圆圆的大眼睛看着他。可是她的既丑又美的嘴却仍然脉脉含悲,毫无表示,他不禁感到害怕了。

他的由于较长时间不曾使用而显得紧张激动的眼睛,在她的面前微微有些畏缩,他感到自己也显得有点畏缩了,可他却仍然仿佛是服从于她的意志似的站了起来,弯下腰去吻着她的含悲的厚重、宽大的嘴,而她也任他亲吻着,一动也不动。那恐惧的感情未免太强烈了。这一次他仍然没有得到她。

她转身走开。牧师的厨房里一切并非井井有条,然而在他看来,正因为有了她和她孩子的无秩序和不整洁却使它显得更美了。在她身上既有一种说不出的离奇的遥远感,同时又仿佛有一种和他紧密相连的感觉。这情况使得他的心在他胸膛里猛烈跳动着。他站在那里,等待着,彷徨不安。

当他穿着他那身黑衣服,蓝色的眼睛发出使她惶惑的亮光,面部的肌肉紧张地抽动着,头发蓬松,站在那里的时候,她又一次向他走了过来。她笔直向他走来,走近他的穿着黑色衣服的紧张的身体,把她的手放在他的胳膊上。他半天没有动。她的双眼,在它们的最深处的一片黑暗中,原始的电光一般的记忆正进行着充满激情的斗争,同时既排斥他,又吸引着他。可是他仍然未为所动。他困难地呼吸着,额头上和头发根上都冒出了汗珠。

"你想要娶我吗?"她慢慢地,永远带着那种不肯定的声调问道。

他简直害怕自己会说不出话来了。他使劲吸了一口气说:

"我要。"

然后又一次,这对他简直是一种难以忍受的痛苦,她又把一只手轻轻放在他的胳膊上,向他倾过身子去,以一种离奇的原始的姿态,似乎要和他拥抱,把她的嘴向他伸过去。它既美且丑,他简直不能自持。他把他的嘴压在她的嘴上,她那方面的反应终于慢慢地,慢慢地出现了,越来越高涨的热情聚集着更大的力量,直到后来她几乎变成了轰击着他的雷电,使他再也受不了了。他脸色苍白,屏住呼吸,抽身走开。现在,只是在他的蓝色的眼睛里,还能看到一点他的集中的注意力。而在她的眼睛里,则只能看到一点向着一片黑暗的虚空的淡淡的微笑。

她又一次从他身边飘开了。他现在真想离开这里。这一切已非他所能忍耐。他实在忍受不了了。他一定得走。可是他仍犹豫不决。她又从他面前转过身去。

带着某种不安和违反意愿的痛苦,事情终于决定下来。

"我明天就去和牧师谈这件事。"他说,拿起了他的帽子。

她望着他,眼睛毫无表情,只是充满了黑暗。他看不出任何回答。

"这样就行了吧,对不对?"他说。

"那就行了。"她回答说,仿佛只是一种毫无内容,毫无意义的回声。

"晚安。"他说。

"晚安。"

他离开那间厨房,让她就那样毫无表情,麻木地站在那里。接着她走到桌边去给牧师预备吃早饭的盘子。因为需要用桌子,她把那水仙花拿过来放到橱柜上去,连看也没有看它一眼。只是那花碰着她手时的凉意,很长时间后还一直在那里停留。

他们原来彼此是那样地陌生,他们必然将永远是这样地陌生,因而,他的热情也就成了他永远无法摆脱的折磨。如此亲近的拥抱,如此全然陌生的接触!这让人完全无法忍受。他与她如此接近,而又知道他们彼此全然是两个陌生人,知道他们彼此完全素不相识,这使他实在忍受不了。他走到室外的大风中去。天空的云彩被风吹开,露出一个个大窟窿,月光也被吹得飘忽不定了。有时,光泽如水的高空的月亮,在一片空虚的太空中浮过,然后又躲进了带电的发着棕色光芒的云彩的边缘。接着,一大片云彩飘来,投下它的巨大的阴影。接着,在暗夜中不知什么地方又出现了一派光明,看上去如雾又如烟。整个天空是那样充实,又那样东分西裂,飘飞着各种形体和黑暗、破碎的光亮的轻烟和巨大的旋转着的棕色的晕轮,使整个天空变成了一片混乱,然后,充满恐惧的月亮,带着她如水的银光,暂时在开阔的天空偶一露面,她那刺眼的强光简直让人不敢逼视。但一转眼,她却又躲到云层后面去了。

第 二 章
他们在沼泽农庄上的生活

她是一个波兰地主的女儿,这地主由于欠下了犹太人的一大笔债,后来和一个有钱的德国女人结了婚,他在起义快要发生之前就死去了。她当时还很年轻,嫁给了保罗·兰斯基——一个曾经在柏林学习过的知识分子,他回到华沙来时变成了一个热心的爱国主义者。她的妈妈后来嫁给一个德国商人,走了。

莉迪亚·兰斯基嫁给那个年青大夫以后,也和他一样变成了一个爱国主义者和émancipée①。他们很穷,可是他们却自视甚高。她学习看护业务,只不过是作为她求得解放的一种标志。他们在波兰代表着刚刚在俄罗斯开始的那个新运动。可是他们非常爱自己的祖国;同时也颇带"欧洲气"。

他们有了两个孩子。接着就发生了大起义事件。充满热情而又能说会道的兰斯基四处奔走,去唤醒他的同胞。华沙街头年轻的波兰人意气风发,他们要打死每一个莫斯科人。他们就这样冲到俄罗斯的南部边界,你常常会看到五六个年轻的起义分子,骑着马跑进一个犹太的村子,大声叫着,说他们要把每一个活着的莫斯科人全都打死,并挥动着刀剑以壮声势。

兰斯基也是那么个热血青年。具有温和的德国血统;出身于完全不同的家庭的莉迪亚于是完全失去了自己的个性,纯粹随着她的丈夫跑,成天不忘他们的那些宣言,她也完全被卷入那爱国主义的旋涡之中了。他的确是个非常勇敢的人,可是任何勇敢的人似乎都很难达到他那样善于辞令的地步。他非常辛苦地工作着,到后来他累得全身就只剩下一双眼睛还活着了。莉迪亚像着迷似的形影不离地追随着他,伺候他,重复他所讲的一切话。有时带着她的两个小孩,有时把他们全丢在家里。

---

① 法语,意为解放志士。

有一次她回家来,发现两个孩子都因为害白喉死去了。她的丈夫大声哭泣着,简直谁都不认识了。可是战争还在继续,他很快又回去工作了。在莉迪亚的头脑中,出现了一片黑暗。她永远像一个鬼魂似的一声不响,来回走动着,一种离奇的深刻的恐惧抓住了她的心,她只希望在恐惧中去寻找满足,她希望进入一家修道院,通过皈依蒙昧的宗教,以满足她的恐惧的本能。可是她做不到。

跟着,就出现了向伦敦的逃亡。兰斯基这个矮小干瘦的人,已经把自己的一生和那种反抗运动联系在一起,他怎么也无法再冷静下来了。他生活在一种发疯一样的烦躁心情中,变得无比暴躁和执拗,他的脾气变得那样反复无常,因而使他很快就不可能在任何医院担任助理医师了。他们几乎变成了乞丐。可是他却仍然始终保持着他自己的那些伟大的理想,他仿佛完全生活在一种幻想的世界之中,在那里他是那样生气勃勃,我行我素。他带着强烈的嫉妒心情守卫着他的老婆,不让她干出任何降低他的身份的事,他像一件一触即发的武器一样随时围绕着她,这在一个英国人的眼里真是难以想象的一种情景,可是他仿佛已经将她催眠似的,始终把她掌握在自己的手中。而她永远是那样顺从,那样阴沉,不言不语。

他的精力已经慢慢消耗殆尽。当现在的这个孩子出生的时候,他似乎已经只剩下皮包骨和他那些不可改变的理想了。她看到他一天天死去,照顾他,照顾那个孩子,可实际上她似乎对外界的一切都已经失去了知觉。一片黑暗,像悔恨,或者像对某种阴暗、野蛮、神秘的恐怖的记忆,对死亡或者对复仇的阴影的记忆一样,压在她的心头。她的丈夫死去之后,她感到如释重负。他再也用不着在她身边跑来跑去了。

英格兰很适合她当时的心境,英格兰的冷漠和它的异国情调都对她很适合。她到英国来以前已经会一点英语,由于她天生善于学舌的本领,她很快就学得基本上能对付了。可是她对英国却一无所知,对于英国的生活也完全不了解。说真的,这些东西在她的脑子里就根本不存在。她仿佛是来往于地狱之中,尽管她明确地感觉到到处鬼影幢幢,他们却完全与她没有任何关系。她感觉到英国人是一群很有能力,很冷淡,对她多少有些敌意的人,而她在他们之间是完全处于孤立状态的。

英国人对她却也还是比较尊敬的,教会也随时关心她,不让她生活上有很大的困难。她情绪冷漠地生活着,像一个鬼影一样来来去去,只是偶尔由于对孩子的爱,让她感到一阵痛苦。她的快要死去的丈夫的那痛苦的眼神和皮肤紧绷着的面孔,对她只不过是一种幻景,并不是一种现实。她完全陶醉在这种幻景之中,被埋葬在那里了。后来,这种幻景消失了,她也并不因此感到苦恼。时间阴沉地毫无光彩地一天一天过去,仿佛是一个没有尽头的旅行,在这个旅行中她心不在焉地呆坐着,一任大地的各种景色在她身边浮过。晚上,摇着孩子睡觉的时候,她也许会又唱起一支波兰的催眠曲,或者有时自言自语地讲几句波兰话。此外,她从不想波兰,也不想她过去所过的生活。那一切只不过是一片无边的黑暗中的一块巨大的空白。在她的生活的一切表面活动中,她完全是一个英国人,她甚至用英语思想。可是她的抽象意念中的那段很长的黑暗和空白却是波兰的。

她就这样生活了一段时间。然后,带着不安的心情,她开始注意到伦敦街头的生活。她觉察到在她的身边还有许多人生活着,那地方对她非常生疏,她觉察到她是在一个完全陌生的地方。后来,她到了农村。这时候她记起了她还是一个孩子的时候生活过的家乡,记起了那一片土地上的一所大房子和村里的农民。

她被送到了约克郡,在那里海岸边一家牧师住宅里看护这位老牧师。这时,那个万花筒第一次被摇动,于是在她的眼前出现了一片她不能不看到的新的景象。这开阔的视野和一条条的堤岸都使她感到很痛苦。这一切使她感到痛苦,感到伤心。可是它强迫她注意到它是某种有生命的东西,它唤醒了她心中童年时代的热情,它和她有某种关系。

现在在她身边的空气中,出现了青绿的、银灰的和蓝莹莹的颜色。大海上的光亮奇怪地坚持闯入她的脑海,使她不能不注意到它。樱草花在她的身边闪闪发光,到处都是,有时她止不住低下头去,看一看近在她的脚边的这些扰乱她的神思的花草,有时她甚至摘下一两朵花,在这新的生活色调中记起了自己过去的情景。她常常整天坐在一个窗子边,闪烁的光亮永远不停,永远不停地从海上传来,使她无法抗拒,直到后来,它似乎把她带到了某个遥远的地方,而那海水声也让她忽然有了一种昏昏欲睡的感觉,这样,使她仿佛入睡似的获得了暂时的宽舒。她的自动涌上心头的思绪慢慢缓和下来了,她有时步履蹒跚,心烦意乱地暂时记起了她的活着的孩子,这使她感到说不出的痛苦。现在终于有某件事占据了她的心灵。

从天边的海上不停地射来的光线是那样地离奇,一片片的葡萄园是那样温暖而馨香,小山上的一个山窝捕捉住一片阳光,老是抓住它,仿佛一个人在手掌中玩弄一只已经失去知觉的蜜蜂。灰色的野草和地衣,和一个小小的教堂,在那些混乱的野草中开着几朵雪莲,和一小片难以想象的温暖的阳光。

她的精神非常不安。听到小溪由树丛中流过的声音,她会忽然一惊,不知道那是什么声音。沿着小溪走过去,她看到在她的四周,在那些树林里,到处是像鬼影一样的风铃草。

夏天来到了,堤岸上一排排的吊钟柳,简直仿佛是大路上车辙里的积水,天边开着红色花朵的石楠,让整个世界都惊醒过来了。可是她却非常不安。她走过一丛丛的荆豆,随时又急于想逃避它们,她像是跳进一个热得使她受不了的游泳池一样,跨进了石楠丛。在她心不在焉,试着与她的孩子说话的时候,她用手抚摸着她的孩子紧握着的小手,听到了那孩子的不安的声音。

她又一次从人世逃开,沉浸到她的那一片黑暗中去;有很长一段时间,她一直都完全地、远远地离开了生活。可是,秋天带着鸣叫着的知更鸟的红色光彩重新来临了,接着,冬季又使那些堤岸完全失去了原来的光彩,于是她简直是带着疯狂的心情又转向生活,她要求重新回到她过去的生活中去,要求重新回到她还是个小姑娘的时候,在家乡的土地上,在蓝天之下度过的岁月。白雪覆盖着广阔的大地,在阴沉的天色之下,电线杆越过白色的土地跨向远方,她的欲望又残酷地在她的心中被搅动起来,她希望这就是波兰,要求重新得到她的青春,重新回到她过去的生活中去。

可是这里没有雪橇,也没有雪橇上的铃铛声,她看不见那些农民,穿着他们的羊皮衣服像一些新的人重新走出来,在白雪照亮了大地的时候,他们的鲜洁、红润、光亮的面孔,仿佛都是那样生气勃勃,都变成了新的。但这一切并没有回来,她年轻时候的生活并没有回来,它没有回来。有时也不免有一阵痛苦的挣扎,但是很快她又坠入修道院里的一片黑暗中去,在那里撒旦和许多厉鬼绕着围墙狂跳乱舞,耶稣面无血色被钉在胜利的十字架上了。

她从病房中看着大雪在旋风中飘过,仿佛一群群匆忙的鬼影,为了什么重大任务,要飘过那永远不变的铅色的海洋,飘过那弯曲的海岸的白色的最后疆界,飘过那一半埋在水中的到处白雪斑斑的岩石。可是在近处,枝头的雪花却像是一些柔嫩的花朵。现在她耳边只有从她身后传来的、临死的牧师发出的阴沉和烦躁的说话声。

可是,等到雪花莲开放的时候,他却已经死了。他已经死了。可是这时,这个女人却以一种难以想象的安静神态,重新走来观望着在下面的草地上开放的雪花莲。它们在风中被吹成一片雪白,可是却没有被吹走。她看着那白色的还没有开放的花朵在风中摇摆着,晃动着,而由于它们全都被固定在青灰色的草上,所以它们永远不会被吹走,到处去随风飘荡。

当她早上起来的时候,黎明的天空逐渐现出一道鱼肚白,一簇簇的光线像下雪从东方吹来,越吹越强,越吹越猛,直到后来天边出现了紫红色,金黄色,下面的海洋也完全被照亮了。她仍然完全冷漠无情,对一切都无动于衷。可是她已经走出黑暗了。

此后又出现了一段阴暗时期,仍是她所熟悉的对恐怖的崇拜,在这期间她糊里糊涂地来到了科西泽。一开头,那里似乎是一片空虚——什么也不存在。可是有一天早晨,一丛黄色的茉莉花发出的亮光忽然抓住了她。自那以后,每天清晨和黄昏,从树丛中传来的画眉的歌唱声总是顽强地冲入她的耳中,直到后来她的被敲开的心房,作为对那歌声的回答和出于争胜的心理,被迫提高了自己的声音。她开始想起了一些短小的曲调。她心中充满了要把她带回伤心的各种烦恼。虽然竭力抵抗,她知道自己是完全无能为力的,她现在是从害怕黑暗转而变为害怕光明了。如果她能做得到,她愿意永远躲在屋子里。她现在最大的愿望是重新回到她过去的那种宁静和忘掉一切的状态中去。清醒的日子,清醒的头脑,使她忍受不了。这新生的第一阵阵痛是那样强烈,她知道自己无法忍受。她宁愿仍然置身于生活之外,也不愿被撕碎、被支离,以便获得这新生,要那样,她是不可能活下去的。现在,在英格兰这样一个陌生的地方,连天空也对她怀着敌意,她没有力量重新回到生活中去。她知道她将像冬末时候被残酷地强迫开放的花朵一样,无色也无香,过早地夭亡。而她却极力希望保有她仅有的那一点闪着光的生命。

可是有一天,天气非常晴和,空气里充满了瑞香树的芬香的气息,一阵阵成群的蜜蜂在黄色的番红花丛中来回翻腾,她忘掉了一切,她这时仿佛具有了另一个人,而不是她自己的感情,她变成了一个新人,满心喜悦。可是她知道这是不会长久的,她感到害怕。那牧师把一些豌豆花放在番红花丛中,好让他的蜜蜂到里面去打盹,她不禁大笑了。接着夜色来临,同时带来了从她还是孩子时候就很熟悉的光亮的星星。它们晶亮地闪着光,她知道它们是胜利者。

她既不能醒着也无法入睡。她仿佛被挤压在过去和未来之间,像一朵从地下慢慢爬出来的花朵,最后竟突然发现在它头顶上压着一块大石头,她完全不知道如何是好了。

　　这种惶惑不安和无能为力的感觉一直持续着,她感到被许多巨大的活动着的物体包围着,她一定会被压得粉碎。这是无法逃避的。除了仍回到过去的遗忘状态,她极力希望仍保持过去的那冰冷的黑暗。可是那牧师让她看到了在后门附近的那个画眉鸟窝里的鸟蛋。她亲眼看到了蹲在窝里的母画眉,看到她展开她的翅膀急切地把它们置于她的双翼之下。这一对孵卵的翅膀所表现的紧张急切的神态,使她的心情感到无比激动,几乎难以忍耐了。第二天一早,她又想到了它们,她听到那画眉鸟在起身时啾啾鸣唱,她不禁想:"我为什么没有死在那边,我为什么又跑到这里来了?"

　　她也觉察到在她身边活动的人群,她却不以为他们是人,而以为他们是些可怕的鬼影,她简直很难使自己适应这新的环境。在波兰,那些农民,那里的人,都是她的小牛儿,他们属于她,并由她使用的她的小牛儿。这些人又是什么人呢?现在她完全清醒过来,就更是失魂落魄了。

　　可是,在布兰文从她身边走过的时候,她仿佛感到他碰了她一下。那天她从那条大路上和他对面走过的时候,她感到自己浑身都震颤不已。自从她和他在沼泽农庄的厨房里见面之后,她的肉体所发出的呼喊声已变得越来越强烈和固执了。很快,她便感到十分需要他,他是在她醒来时,离她最近的一个男人①。

　　但是,常常有那么一段时间,她不知不觉又回到了过去那种对一切都失去知觉、都毫不感兴趣的状况,她的意志似乎要求她为了自救不要再活下去了。可是某一天早晨她醒来的时候,却又会感觉到她的血液在她身体里奔流,感觉到自己像一朵在阳光下慢慢开放的花朵,坚持不懈和强有力地提出了自己的要求。

　　她对他的情况了解得更多了一些。她的本能总始终和他——也只是和他——牵连在一起。由于他和她的社会地位不同,她对他实际怀有强烈的反感。但是,一种盲目的本能总引导着她去接近他,占有他,最后把自己完全交托给他。这代表着一种安全感。她在他的身上看到了牢固的安全感,感到他充满了生活的活力。而且他是那样地年轻,那样地生气勃勃。她像欣赏清新

---

① 这里是暗用莎士比亚《仲夏夜之梦》中提泰尼亚因受到"花汁"的作用,爱上驴头波顿的一段故事。见该剧第三幕第一场。

的黎明一样欣赏着他眼睛里那蓝色的稳定的生活的气息。他还非常年轻。

接着,她却又会回到她那麻木、冷漠的心情中。但这一次却是注定要过去的。暖意流遍了她的整个身体,她感觉到自己好像在阳光下开放的花朵,逐渐展开自己的花瓣,提出了自己的要求,也像张开大嘴的小鸟,准备接受,准备接受。她也把自己完全向着他舒展开来了,直向着他。他来了,慢慢地,怀着恐惧,由于一种说不出的害怕,他的脚步迟疑着,可是有一种比他自己更为强大的欲望推着他前进。

当她完全舒展开,向他转过身去的时候,已经发生的一切和过去的一切都从她的心中消失了,她像一朵刚刚开放的鲜花一样完全变成了一个新人,站在那里随时准备着,等待着,准备接受雨露。对这一切他是不理解的。由于不理解,所以他强迫自己坚持追随着正当的求爱和合理合法的婚姻。因此,在他上牧师家向她提出结婚要求以后,有好些天,她一直处于这种像盛开的鲜花等待接受雨露一样、准备接受他的状态之中。他由于激动,思想颇有些混乱。他对牧师说明了他的意思,并请他发布了结婚预告①。然后他就等待着。

她一直就那样全神贯注地、本能地等待着他,像展开的花瓣,准备接受他。可是他因为自己害怕,也因为他随时抱着必须尊敬她的观念,他一直无所行动。所以他始终处在一种混乱状态之中。

几天之后,她又慢慢地把自己封闭起来,远离开他,重新收缩到花萼中去,使他无法接近,把他完全遗忘了。这时他真切地感觉到了一种黑沉沉的无底无边的失望,他完全了解他所遭受的损失。他感觉到他已经失去的东西是永远不会再得到了。他知道和她有过那么一段交往,然后又被抛弃掉,这将表明什么。他的心像一块沉重的石头,让他痛苦不堪,他就那样毫无生趣地活着。

直到最后,他慢慢感到肝胆俱碎,完全失去了理智,决心不顾一切进行反抗了。一切全非言语所能表达,他和她一起怀着强烈的、阴暗的、无声的热情,一同在沼泽农庄上活动着,他对她几乎要怀着强烈的仇恨了。到最后,她又慢慢想到了他,想到她自己和他的关系,并感觉到了她那已经复苏的血液的流动,于是她又开始对他开放了,又开始朝着他流动过去。他一直等待着他们之间的这种状态重新出现,等待着他们一同置身于一团翻腾舒卷的火焰之中去。然后他又一次感到悲观失望,他仿佛被一根绳子牵着,没有办法向她走去。于

---

① 英国法令规定,准备结婚的人必须在结婚前若干天发出预告,以防止骗婚、重婚等类事发生。

是她向他走来,解开了他的坎肩和衬衫的纽扣,把她的手放在他的身上,她需要了解他。因为她这样展开自己的花瓣把自己奉献给他,而她却不知道他是什么人,甚至也不知道他在哪里,这对她实在太残酷了。她完全把自己交给了当前的现在,可是他却做不到,他不知道该如何去占有她。

所以他一直生活在彷徨不安的心情之中,仿佛直到他结婚前,他全身的官能只有一半在进行工作,她对这一点完全不能理解。她又一次进入那种晕头转向的状况中,时间一天天地过去了。他没有办法真正和她发生接触。在目前,她又暂时把他丢开了。

他一想到实际结婚,想到婚后亲密无间的赤裸裸的关系就感到非常痛苦。他对她知道得非常少,他们彼此由于国籍不同,是那样地生疏,他们完全是两个陌生人。他们甚至没有办法彼此交谈。她一讲起话来,总讲到波兰,总讲到过去的事。那一切对他是那样地陌生,她几乎等于什么话也没有对他讲。一方面他极力想追求她,而一种过度的尊敬感和对于自己不熟悉的东西的恐惧感,使他对她的欲望变成了一种崇拜,使得他把她远远保持在自己的肉体的欲念之外,形成了种自我否定。

她并不知道这些情况,她根本不了解。他们曾经彼此追求,彼此接受了对方的情意。事情就是这样,此外已经再没有什么可谈的了,他们之间的全部关系就是如此。

在结婚的那天,他紧绷着的脸没有任何表情。他要喝酒,希望靠酒使他不再想到过去,不再想到将来,能让他暂时得到精神上的自由,可是他办不到。悬在半空中的感觉只是使他的心更为紧张了。宾客的玩笑、打趣、欢笑和意义广泛的暗示,只使他更加缩进了头。他已经什么都听不见了。一个更为紧迫的问题占据了他的心,他没有办法使自己的精神彻底自由。

她安静地坐着,脸上露着一种离奇的沉静的微笑。她并不害怕。既已经接受了他的爱情,她希望马上得到他,现在她完全属于眼前的时辰。没有将来,没有过去,唯有她的这个现在。刚才在桌子的一端,她坐在他身旁,甚至完全没有注意到他。现在他已近在咫尺,他们俩马上就可以紧挨在一起了。那还要怎样呢!

到了宾客们告辞离去的时候,她的阴沉的脸开始闪出了柔和的光亮,她扬着头的姿态表示了她的骄傲。她的灰色的眼睛圆圆地睁着,显得那么明亮,男人们都没办法正眼看她;女人们却为她感到无比高兴,他们全都愿意为她效劳。她显得美妙无比,在她和客人告别的时候,她的样子很丑的大嘴骄傲和柔和地微笑着。她用一种外国口音,柔和而风趣地讲着话,可是她的睁大的眼睛,却完全没有看见任何一个告别的客人。她的神态是那样亲切,那样地迷人,可是她却完全忘却了和她握手的他或她的存在。

布兰文站在她的身边,热情地和他的朋友们握手,怀着感激的心情,接受他们的祝愿,对他们表示的关怀非常高兴。可是在他的内心深处却感到十分痛苦,他完全不想笑。他接受考验和真正得到承认的时间来到了,他同时走进他的客西马尼花园①和他的凯旋门的时刻现在来到了。

她的过去,有许许多多的事都是他完全不知道的。在他向她走近的时候,他是走近了一种可怕的、痛苦的、不可知之中。他怎么能抱着它,对它进行探索呢?他怎么能用自己的双臂去紧紧抱住这一片黑暗,让它偎依在自己胸前,还把自己完全交托给它呢?谁能知道他会遇到什么可怕的情况?即使他不顾一切,用尽努力,他也永远不可能对它完全了解,那他如何可以用自己的双手把自己赤裸裸地交给那个不可知的力量!谁又能如此强壮,他能抱着她,用他的双臂搂着她,和她睡觉,而且能够完全肯定,他一定能征服紧贴在他心上的这可怕的不可知呢?他现在必须把自己交托给她,同时又必须拥抱着她,和她交融在一起的这个人,究竟是什么人呢?

他将要成为她的丈夫。这是已经确定了的。这一点对他来说比生命,或者比任何东西都重要。她穿着丝绸的衣服,用一种离奇的眼神看着他,站在他的身旁。他不禁立即被某种恐惧和惶惑所占据,因为她是那样生疏,又那样近在身边,他已经不可能再有任何别的选择了。他简直不敢看一眼她那奇怪的浓眉下的眼睛。

"现在很晚了吗?"她说。

他看了看自己的手表。

"不——刚十一点半。"他说。他借故走进厨房里去,让她独自站在那一片混乱的到处是酒杯的房间里。

蒂利还坐在厨房里的火边,她用双手抱着自己的头。她听到他进来,站起身来。

---

① 耶路撒冷附近的御花园,据《圣经》记载,耶稣常和他的门徒们来到这里。这里也是他被出卖和被捕的地方。见《圣经·马太福音》第26章。

"你怎么还没有上床去睡觉?"他说。

"我想我最好等着收拾收拾,锁上门。"她说。她的激动的神态使他安静了一些。他随便吩咐了她几句,就又回到他妻子的身边去,他现在已经安静一些了,可是又几乎对他妻子感到有些害羞。她站在那里对他看了一会儿,却看到他把脸转向一边走了进来。接着她说:

"你一定会对我很好吧,会吗?"

她是那样地娇小,完全像个女孩子,而又那样地可怕,心不在焉的眼神显得非常奇特。他忽然感到自己的心跳动了一下,他怀着热爱的痛苦和强烈的欲念,盲目地向她走去,把她搂在自己的身边。

"我一定对你好。"他说,同时把她越搂越紧。他的搂抱的压力使她感到安慰,她仍然安静地待着,由于倚在他的身上感到无比轻松,完全和他交融在一起了。他也让自己忘却了过去和将来,使自己和她一起完全生活在此时此刻。在这片刻之中,他搂着她,和她在一起,此外一切都不存在了。他们俩的这种原始的拥抱已经超越了他们之间表面的生疏。可是第二天早晨,他又感到十分不安。她对他仍然是那样地生疏,那样地不可知。只不过在那恐惧之中又出现了骄傲的感情,他相信自己已是她的配偶了。而她在这重新进入生活、忘掉一切的新的时刻,浑身不停地散发着热情和欣喜,所以他在和她接触的时候,止不住发抖了。

结婚对他是事关重大的。在他知道自己已经有了强有力的生活源泉的时候,其他一切都变得那么遥远,毫无意义了。他睁开眼看到了一个新的宇宙,他感到奇怪,过去为什么会让那么一些微不足道的事占据着自己的心。所以他现在所见到的一切东西似乎都对他具有了一种新的安详的关系,包括他所使用的牛和在风中飘动的新生的麦苗。

每当他回家的时候,他的步伐总是非常稳健,仿佛他是要去经受某种深刻的,他过去从不知道的欢乐,满怀着热切期待的心情。在晚饭时,他在门口出现之后,还要稍微停留一会儿,看看她是否在家,才走进门来。他看着她在擦洗得雪白的桌子上安放杯盘。她的胳膊细瘦,身体苗条,裙子饱满,头发紧贴在她的红红的秀丽的头上。不知怎么,正是她的这个非常秀丽动人的头使他对她,他的女人,有了更进一步的了解。她现在穿着贴身的衣裳、鼓蓬蓬的裙子,围着她的小巧的丝围裙,黑色的头发在一边平整地分梳着,这时她的头对他显露出了它的一切微妙的内在的美,他因此知道她是他的女人,他知道了她的本质,他知道这一切全属他所有。现在这样和她经常接触,尽管她是那样地不可知,无法诉说和无法估量,他却感到自己是真正活着了。

他们彼此很少有意识地注意到对方的存在。

"我回来得不晚吧?"他说。

"不晚。"她回答说。

他于是转身去逗他的狗,或者逗那个小女孩,如果她当时在旁边的话。小安娜一般都在农场上玩,可是她常常叫着妈妈跑回来,两手抱着她妈妈的裙子让她注意到她,或甚至抚摸她一阵,然后她又溜了出去,把什么都忘了。

这时布兰文和那个孩子,或者和一条他用两腿夹着的狗说着话,可他也随时没有忘掉他的太太。这时她穿着黑色的胸衣和她的花边围裙,正在墙角一个橱柜上面拿些什么东西。他几乎带着一种痛苦的心情认识到她属于他,他也属于她。他认识到他是依靠她生活着。她真是属于他的吗?她会永远待在这里吗?她是否可能离开这里?她不真正是属于他的,他们的结婚,他们俩之间的婚姻,并不是一次真正的结婚。她可能会离开这里。他并不感到他是这一家的主人,是她的丈夫和她的孩子的父亲。她不属于这个地方。任何时候她都可能离开。他感到她随时都有一种力量吸引着他,使他永远跟随着她,怀着越来越强烈,永远无法满足的爱怜。不论他到什么地方去,他永远会转回家里来,转回到她的身边,可是他永远也没有办法完全得到她,永远也不可能得到完全的满足,永远也不能得到安宁,因为她有可能会离开这里。

到了晚上,他就高兴多了。当他已经忙完了院子里的活儿,进屋来洗过脸,孩子也已经上床睡了,这时他就可以坐在炉火的一边,把啤酒杯放在炉台上,手中捏着他的长管烟斗,看着她坐在自己的对面做一些刺绣活儿,或者跟他谈谈家常,从那时直到第二天早晨,他对她完全可以感到放心。她仿佛有一种奇怪的能够自得其乐的本领,话说得很少。有时候她抬起头来,灰色的眼睛中射出和他或者和这个地方完全无关的灰色的光亮,这时她便会对他谈一些关于她自己的事。她似乎又回到了过去,主要是她的童年,或者她当姑娘的时候和她父亲一起生活的情况。她很少谈到她的第一个丈夫。可是有时候,她也会两眼闪闪发光,重新回到她过去的家,告诉他关于叛乱时期的情况,她和她的父亲同往巴黎的旅游以及当地的农民,在当时农村普遍出现的宗教狂热引起的自我伤害狂导致的一些疯狂行动。

她会抬起头来说:

"有一次他们买下了一段跨越过那一带乡村的铁路,他们后来又自己建造了一些小铁路,轨道比较窄,从那里通到我们的镇上去——大约有一百英里。那时我还是个小姑娘,我的德国保姆吉斯娜简直吓坏了,她怎么也不肯告诉我。可是我听到男仆们在议论这件事。我记得,我是听到马车夫皮耶尔谈到的。我的父亲,和他的一些朋友,都是些地主,他们搞了一个大车,一整节铁路大车——就是那种你旅行时坐的——"

"火车车厢。"布兰文说。

她忍不住笑自己无知。

"我知道那完全是一种岂有此理的疯狂行为:是的——一整节大车,他们弄了好多小姑娘,你知道,filles①,全都光着身子,满满的一大车,就这样,他们来到了我们的村子。他们故意穿过犹太人的村子,这真正是非常岂有此理。你能想象得到吗?整个村子全都如此!我妈妈,她可不喜欢这样,吉斯娜对我说:'你可别让太太她知道你听说过这些事。'

"我妈妈常常大声哭闹,她希望打我父亲一顿,真是去打他一顿。当她因为他卖掉了自己家的森林、木头,把钱放在口袋里乱花,自己跑到华沙或者巴黎或者基辅去玩,止不住哭泣的时候,当她对他说,他一定得收回他讲的话,他一定不能把森林卖掉的时候,他却会站在一边说:'我知道,我知道,我已经听你说过了,我已经早听你全都说过了。跟我说点别的新鲜事情吧。我知道,我知道,我知道。'哦,可是你能够理解吗,看到他站在门口,嘴里老说着'我知道,我知道,这一切我早就知道了'的时候,我却非常爱他。她没有办法让他改变主意,根本办不到,哪怕她自己上吊死了也罢。她可以让任何一个别的人改变主意,可是对他不行,她没有办法让他改变主意——"

布兰文完全无法理解。他脑子里也可以想象出一节运牲畜的车厢里装满了光屁股的姑娘毫无目的地到处乱窜着,可以想到莉迪亚因为她的父亲欠下了大笔的债,总是说"我知道,我知道";想象到许多犹太人在街头奔跑,用他们自己使用的意第绪语大声喊叫着"不要这样,不要这样",结果被——她称他们作"小牛儿"的——疯狂的农民给打了回去,而她却怀着极大的兴趣,甚至感到很高兴地在一旁观望着;也可以想象出一些教师、保姆、巴黎和一家修道院。但这使他实在难以忍受。她坐在那里,并不是对他,而是对着她眼前的

---

① 法语:少女。

虚空在讲述着她的故事,她狂妄地自以为比他高一等,在他们之间有一段很大的距离,现在只是某一种奇怪的、生疏的、在他生活之外的东西在那里谈讲着、叨叨着,没有节奏,也没有任何道理,在他感到惊愕或恐惧的时候,纵声大笑,不对任何事物进行谴责,而只是使他的头脑混乱,使整个世界都变成一片混乱,没有任何秩序和任何形式的稳定。然后,在他们上床的时候,他知道他和她已没有任何关系。她现在又回到她的儿童时代去了,他是一个农民,一个农奴,一个仆人,一个情人,一个情夫,一个幽灵,一个什么也不是。他满怀惶惑不安的思想安静地躺在那里,呆呆地看着房间里他所熟悉的一切,他简直不知道那些东西,那窗户,那五屉柜,究竟是否真在那里,或者那只不过是在那种气氛中他头脑里产生的幻景。慢慢地他对她越来越感到无比愤怒。可是,由于他是那样地惊愕,由于在他们之间还存在着很大的距离,也由于她一直仍是那样地使他惊愕不止,同时在她身上似乎还隐藏着许多尚未完全透露出来的神秘,他一直没有对她进行报复。他只是愤怒地睁大眼睛,安静地躺在那里,什么也说不出,什么也不理解,愤怒的情绪使他自己的身子完全发僵了。

他就这样怀着满腔愤怒,勉强和她在一起生活,外表上对她丝毫没有改变,可是在内心深处却隐藏着对她的强烈的仇恨情绪。这一点她慢慢觉察到了。让她明确体会到他是和她不相干的另一种力量,这使她感到十分苦恼。由于她又回到了一种阴森的排斥一切的状态中,他似乎在和某种神秘的力量维持着离奇的交往,这种神秘的阴暗状态使得他和那个孩子都似乎要发疯了。他一连好几天顽固地尽量抵抗她的诱惑,简直恨不得把她给毁灭掉。可是接着,忽然间,不知是什么缘故,他们之间又有了某种联系。这种思想是他在田间劳动的时候忽然出现的。那紧张状态,那捆着他的绳子,忽然绷断了,热情的洪流忽然变成了巨大的含有深刻意义的狂浪向前冲去,以致使他感到他可以把他走过的路边的树木倒拔起来,他可以重新再创造一个世界。

他回到家里之后,在他们之间并没有任何新的表示。他等待着,一直等到她来临。他就这样等待着,他的四肢在他看来都是那样地强健和优美,他的手仿佛是他自己的两个热情的仆人,而且都非常好,他感觉到自己身上有一种巨大的力量,感到他身上充满了生命的活力,和急切地、有力地流动着的血液。

最后她肯定会来的,她会来抚摸他。然后他马上就会变成一团只希望向她烧去的烈火,完全失去了自己的存在。他们彼此对看着,从他们的眼睛的最深处发出由衷的笑声,于是他又一次极希望马上得到她,整个得到她,他发疯一样追求着她的无尽的宝藏带给他的欢乐,把自己埋藏在她的心深处,去进行永无止境的探索,这时在他从她身上所得到的无限欢乐中,她也感到欣喜万分,她立即抛开了她的一切神秘,同时也跳进了她自己也从来不理解的神秘之中,这时,她由于恐惧和最高欢乐的痛苦而战栗了。

他们究竟是谁,他们彼此究竟了解不了解,又有什么关系呢?

这种时刻慢慢又过去了,他们两人又彼此隔离开,她所感到的只是愤怒、悲痛和凄凉;而他所感到的则是自己从高位上忽然跌落下来,整天和一些奴隶在一起劳动。但这没有关系。他们已曾有过了他们的幸福时刻,在那个时辰再次敲响的时候,他们已经做好准备,准备好在外在的黑暗的边缘上,在他们上次停下的地方,重新再开始他们的游戏。那时这个女人身上的一切秘密,都将是那个男人顽固地极想获得的猎物,那时关于这个女人的一切秘密,都值得这个男人冒险去进行探索,他们俩同时都将为这种探索献身。

她有了孩子,在他们之间又出现了沉默和彼此保持距离的状态。她不再需要他,不需要知道他的秘密,也不再稀罕他的那一套游戏,他又被贬黜,被抛弃了。他对这个和他毫无关系,长着一张又小①又丑的嘴的女人憋着一肚子闷气。有时候他对她大发雷霆,可是她从来也不哭泣。她像一只猛虎一样跟他对着干,因而不免常会爆发一场战斗。

他慢慢只得学着忍耐,但这种情况使他非常愤恨。他恨她不肯尽为妇之道。他因而常常离开家,到处乱跑。

但是由于一种感激的本能,以及他明明知道,最后她还会愿意让他回去,慢慢她还会跟他和好,因而使得他始终也没有肯认真抛开她。说来也非常奇怪,他始终没有肯远远地离开她。他知道她慢慢可能又会把他丢在一边,不予理睬,又会离他越来越远,越来越远,越来越远,直到他无法再获得她的心。可是他也有足够的理智,足够的预感,使他在明了这种情况之后,自己在行动上有所节制。因为他不愿意真正丢失她:他不愿意她慢慢地离他越来越远。

他骂她冷漠无情,自私自利,永远只关心她自己,骂她是个心地恶毒的外国人,对什么事都不真正地关心,在她心里压根儿就没有正常人的感情,也没有真正可爱之处。他大发脾气,提出一大堆的指责,那些话也不能说完全没有道理。可是他天性的善良总不允许他一下离她太远。他知道,她的确是他所

---

① 原文如此。前文说的是这女人有一张大嘴。

说的那样一个坏东西,她的确各方面都非常下贱,非常可厌,使得他一想起来就不免由于愤怒和仇恨浑身发抖。可是在他的内心深处,他有一种善良的感情,它对他说,不管怎样,他决不愿意丢失她,他不能丢失她。

所以,他仍然对她保持着某种关心,也和她维持着一定的关系。他出门的时间更多了,仍然是跑到红狮酒店去,现在她既然已经不属于他,她既然是那样和任何一个女人一样对他毫无情意,心不在焉,他如果再和她一起坐在一起,他终究会发疯的。他不能再待在家里。所以他跑到红狮酒店去。有时他会喝得酩酊大醉。可是他仍然保持着一定的限度,在他们俩之间始终并不是一切都完了。

在他的眼睛里出现了痛苦的表情,仿佛老有个什么东西在后面盯着他。他常常无故转眼四望;要让他坐在那里什么也不干,他简直感到无法忍受。他必须出去,去找一些朋友,到那里去完全忘掉自己。因为他没有别的出路。他不能埋头于某种工作,从中寻求陶醉,因为他没有什么知识。

她的身孕一月比一月更重了,她也就越来越把他抛在一边,越来越完全忘记他了,他的存在似乎也已经被完全否定。而他却感到仿佛被捆住了手脚,完全被捆住,已经不能动弹,他开始止不住要发疯,随时都会嚷出一大堆不留情的话。开始时她是那样地安静,那样地有礼貌,仿佛他根本不存在,那完全是对待仆人的一种安静和有礼貌的态度。

不管怎样,她现在已经快要生孩子,他只能对她表示宽容。她坐在他的对面,缝着衣服,她那种外国人的脸是那样地难以理解,那样地冷漠无情。他真感到恨不得揍她一顿,让她好认识他,注意到他的存在。听任她这样把他完全一笔抹杀,实在是让人无法忍受的事。他要狠狠揍她一顿,让她注意到他。这样一种愿望简直让他气得心都发痛了。

可是,他内心深处某种更伟大的感情却阻止着他,使他始终没有采取任何行动。他有时只好出门去寻求安慰。要不然,他就转向那个小姑娘,希望求得她的同情和她的爱,他尽一切力量去取得小安娜的欢心。因而很快,这父亲和孩子,彼此非常相爱了。

因为他害怕他的妻子。当她坐在那里低着头,一声不响,做着女红或者看书的时候,她是那样无法形容的沉默,以至于这情景简直变成了一块磨石压在他的心头,她自己更变成了那副磨盘的上半扇压在他的心上,有时简直像压在大地上的沉重的天空一样,要把他压碎了。

57

然而,他知道,他现在没有办法把她从她已经陷入的那沉重的黑暗中拽出来。他不能勉强拉着她,让她认识自己,让她和自己过着和谐的生活。那样做的结果将是灾难性的,也是不道德的。所以,不管他如何满腔愤怒,他仍然必须自己约制着自己。只是他的手腕却止不住常常发抖,好像要发疯了,仿佛它们要崩裂了。

到了十一月,落叶打在百叶窗上,发出一阵沙沙的声音,他止不住一惊,眼睛里露出了闪闪的火光。他家的狗抬起头来看着他,他向火光那边低下头去。可是他的妻子这时也抬起头来。他注意到她正在倾听着。

"它们被吹起来沙沙直响。"他说。

"什么?"她问。

"我说那些树叶儿。"

她再次又向远处飘去。那在风中敲打着木头窗子的陌生的树叶比她离他还近一些。房间里的紧张情绪让人完全无法忍受。他感到移动一下脑袋都十分困难。他坐在那里,全身的每一根神经、每一根血管、每一块肌肉的纤维都绷得紧紧的。他感到自己像一座破烂的拱门,歪歪倒倒地探出身子,希望找到一个支架。因为她对他完全不予理睬,他的身子显然要落空了。他勉强支撑着自己,尽量不让自己向空处倒去,仅仅由于绷得过紧,仅仅由于极力抗拒而砸得粉碎。

在她怀孕的最后一两个月,他一直都处在一种随时都会崩溃的状态之中。她的心情也非常低沉,有时她哭了。要重新开始,需要大量的生活活力,而她已经损失得太多了。有时她哭了。这时,他僵直地站在一旁,感觉到他的心都快爆炸了,因为她不需要他,她甚至不愿意知道他的存在。仅仅由于她紧皱着的眉头,他就知道,他必须站得远一些,不要去碰她,让她自己待着。因为这是她的过去的悲伤,过去的恨事,过去的生活中的痛苦,她死去的丈夫,她死去的孩子们又回到了她的心头。这一切对她都是神圣的,他不能够用他的安慰来冒犯她对这些神圣事物的记忆。因为在她需要的时候,她自会向他走近。他怀着激动的心情,远远地站着。

他看到她的眼泪夺眶而出,从她的只是偶尔皱皱眉头,几乎一动也不动的脸上滑过,坠落到她的胸脯上,那胸脯也是那样地宁静,几乎一动不动。她没有发出任何声音,只是偶尔以一种奇怪的梦游式的动作拿出自己的手绢擦擦脸,拂擦鼻子,然后又接着无声地哭泣着。他知道,他现在对她进行任何安慰,只会比无用还坏,只会使她感到愤恨,更使她激动不安。她必须哭泣。可是这情况却让他简直要发疯了。他的心仿佛被烧焦,头脑里的脑浆也痛苦至极,他只好走出去,走到远处去。

他最大的主要的安慰是那个孩子。她最初老躲着他,不愿多和他接触,尽管有一天她也许表现得非常友善,可是第二天她又可能回到她原来那种对他完全不理睬的状态,又变得非常冷淡,漠不关心,远远地离开他。

在他们结婚后的头一天早晨,他已经发现,要想和那个孩子相处得很好,是很不容易的。在那天天刚亮的时候,他清醒过来,听到一个很小的声音在门外悲惨地叫着:

"妈妈!"

他起身去开了门。她穿着睡衣站在门槛上,完全像她刚从床上爬出来的样子,黑色的眼睛充满敌意,圆圆地睁着,她的淡黄色的头发像一团乱羊毛支棱着。那个男人和那个孩子彼此相向对立。

"我要我的妈妈。"她说,充满妒意地特别把"我的"两个字说得很重。

"那么进来吧。"他温和地说。

"我妈妈在哪儿?"

"她在这儿——进来吧。"

那孩子的眼神丝毫没有改变,她仍然呆呆地看着他的显得很乱的头发和他的胡子。妈妈的声音柔和地叫着。那双光着的小脚摇摇晃晃地走进屋里来。

"妈妈!"

"来吧,我亲爱的孩子。"那一双小脚赶快跑到床边去。

"我不知道你上哪儿去了。"那孩子用一种悲惨的声音说。妈妈伸出了她的胳膊。那孩子站在高高的床边。布兰文轻轻地把那小姑娘举起来,把她安放在床上,然后自己仍在原来的位置又睡下了。

"妈妈!"那孩子忽然似乎很痛苦地尖叫着。

"怎么啦,我的小乖乖!"

安娜扭动着身子,挤在她妈妈的怀里,紧紧地抓着她,尽量躲开那个男人,布兰文安稳地躺着,等待着。很长时间大家都沉默着。

接着,安娜仿佛认为他应该已经走了,猛地转过头来。她看到那个人仍然躺在那里,脸向着顶棚。她的美丽的小脸上的黑色的眼睛充满敌意地看着他,她的胳膊更紧地搂着她的妈妈,显得十分害怕。他很久没有动,现在也不知该说什么好。他的脸平整光滑,充满爱怜的神情,眼睛里也透露出十分温柔的光彩。他看看她,头几乎没有动,眼睛里含着笑。

"你是刚刚才醒来吗?"他说。

"你走开。"她回答说,像条小蛇似的向前伸伸她的头。

"不能,"他回答说,"我决不会走开。你可以走。"

"你走开。"孩子尖叫着命令说。

"床上完全有够你躺的地方。"他说。

"你不能不让你的父亲在他自己的床上睡觉,我的小乖乖。"她的妈妈笑着说。

那孩子愠怒地看着他,由于自己无能为力,显出很可怜的样子。

"这儿完全有地方让你睡。"他说,"这张床够大的了。"

她只是生气地看着他,没有回答,接着她又转身抱住她的妈妈,她不能接受这种现实。

那天,她接连几次问她的妈妈:

"咱们什么时候回家去,妈妈?"

"咱们就在自己的家里,亲爱的,咱们以后就住在这儿了。这儿就是咱们的家,我们同你的父亲一块儿住。"

那孩子被迫接受了这个现实。可是她仍然对那个男人非常反感。天黑的时候,她问道:

"今天晚上你睡在哪儿,妈妈?"

"现在我和你爸爸一块儿睡。"

当布兰文走进来的时候,那孩子恶狠狠地问着:

"你为什么跟我妈妈睡在一块儿,我妈妈应该和我睡。"她的声音都已经发抖了。

"你也来好了,你可以跟我们睡在一块儿。"他尽量讨好地说。

"妈妈!"她大叫着,转过身去希望得到她妈妈的支持。

"可是我必须得有个丈夫,小乖乖。所有的女人都有一个丈夫。"

"你也愿意有一个爸爸和你的妈妈在一起,是不是?"布兰文说。

安娜愤怒地看着他。她现在似乎开始考虑这个问题了。

"不,"她最后凶恶地叫道,"不,我不要。"然后她慢慢地皱起眉头,伤心地哭了。他站在那里看着她，心里很难受，可是他也没有办法改变这种情况。

她了解到这些情况以后，变得比较安定一些了。他对她很随和，和她谈谈讲讲，带她去看看他的那些家畜和家禽，用帽子装着新出窝的小鸡拿给她玩，带着她去捡鸡蛋，让她用面包皮喂马。她现在也常常很愿意和他在一起，对他也比较顺从了，可是她却仍然保持着中立态度。

她对她的母亲表现出一种离奇的难以理解的嫉妒心理，常常不安地挂念着她。布兰文有时驾着车带着他的妻子到诺丁汉去，这时安娜也会很高兴地到处奔跑着，也会有相当长一段时间显得很安心。可是到了下午，又永远只剩下了一种呼叫声——"我要我妈妈，我要我的妈妈，我要我的妈妈——"她那痛苦和伤心的哭声很快就让软心肠的蒂利也跟着哭了。这孩子感到痛心的是她的妈妈已经离开她了，离开她了。

可是一般说来，安娜似乎十分冷淡，她恨她的妈妈，对她十分不满。她明确地说：

"我不喜欢你干这种事，妈妈。"或者"我不喜欢听你说这种话。"她说。她对布兰文以及对沼泽农庄上的所有的人都变成了个很难办的问题。但是一般说来，她十分活跃，总是十分轻快地在农庄上到处奔跑着，只是偶尔跑回来看看她妈妈是否还在。她似乎从来也没有现在这样快乐过，可是她常常显得比较急躁，满腹心事，又喜欢胡思乱想，而且性情多变。蒂利说，她是被鬼迷住了。可是只要她不哭，这都没有关系。安娜的哭声总是那么让人心碎，她那幼小心灵的痛苦，仿佛代表着一切时代，是那样地深沉，那样地脱开了时间的限制。

她经常拿农庄上的各种牲畜作为自己的玩伴，对它们说话，对它们讲她从她妈妈那儿听来的各种故事，教导它们，改正它们的错误。有一次，布兰文看到她站在进入养马场和养鸭水塘的大门旁边，从栅栏外面向里望着，对那些站成一条弧线，样子显得很庄严的白鹅大叫着：

"有人走来的时候，你们不应该那样大喊大叫。你们是不能那样的。"

那些笨重的摇晃着身子的家禽，看看那张凶猛的小脸，和那从栅栏外边伸进来的像羊毛一样的头发，扬起头摇晃着向一边走去，同时发出那鹅常常用来表示抗议的声音，那种拖长的嘎——嘎——嘎声，在门的那边排成一行，摇晃着它们漂亮的、像船一样的白色的身体。

"你们太淘气了，你们太淘气了。"安娜大叫着，惊愕和烦恼的眼泪充满了她的眼眶。她使劲跺着她穿着拖鞋的脚。

"嗨,它们怎么啦?"布兰文说道。

"它们不让我进去。"她说,把她的红红的小脸转向他。

"喂,它们会让你进去的,你要是愿意进去,就可以进去。"他马上替她把门推开。

她犹豫地站在那里,看着那一群白中透青的大鹅,在灰色的冷漠的天空之下,像一排石碑似的立在那里。

"进去吧。"他说。

她勇敢地迈开步子向里走了几步。那些鹅忽然又发出一阵表示嘲笑的嘎嘎声,于是她的小小的身子又吓得呆住了。她完全不知道该如何是好。那群鹅却扬起头来,在低沉的灰暗的天空下,一个跟一个向远处走去。

"它们不认识你,"布兰文说,"你应该告诉它们你叫什么名字。"

"它们实在太淘气了,不应该对我那样大喊大叫。"她生气地说。

"它们以为你不住在这里。"他说。

后来他发现她站在那门口,尖着嗓子,用发布命令的口气叫喊着说:

"我的名字叫安娜,安娜·兰斯基,我住在这儿,因为布兰文先生现在是我的父亲。他是,是的,他就是。所以我住在这儿。"

这情况使布兰文感到十分高兴。慢慢地,她自己也不知道为什么,每当她感到不知如何是好,或者感觉到她那孩童的痛苦的时候,她总会紧搂着他。这时,她感到爬上他那高大的温暖的身体,把她的小小的自我埋藏在他那巨大的无限的存在之中,对她是一种极大的安慰。他于是也本能地十分关心她,满足她的要求,尽量使自己让她感到满意。

她可是不肯轻易向人表示好感的。对于蒂利她有种孩子气的,难以改变的看不起的情绪,简直可以说是厌恶;那个可怜的女人也确是那么个不讨人喜欢的女仆。有很长一段时间,这孩子一直都不肯让那个女人伺候她,给她做一些贴身的事。她一直把她看作是比她低一等的人。对于这一点,布兰文极不高兴。

"你为什么不喜欢蒂利?"他问道。

"因为——因为——因为她看着我的时候总低着头。"

后来她总算慢慢把蒂利看作是住在那所房子里的一个成员,不再把她看作外人了。

在开头的几个星期,那孩子的那双黑眼睛随时都在注意观察着。布兰文尽管天性善良,脾气温和,但因为被蒂利惯坏,也常常喜欢大吵大闹一阵。他要是一时沉不住气大声嚷嚷几分钟,就会闹得全家鸡犬不宁,到最后他肯定会看见那孩子的那双一动也不动的黑眼睛对他怒视着,她还一定会像一头蛇似的向前一伸她的小脑袋,愤怒地叫着:

"你走。"

"我可不走,"他大声叫喊着,最后真感到十分厌烦了,"你自己可以走——赶快走——快准备吧——快走!"他一边说一边用手指着通向外边的门。那孩子往后退了几步,脸都有些吓白了。接着她看到他的神情缓和了一些,又鼓起了勇气。

"我们不跟你一块儿住!"她说,把她的小脑袋向他伸过去,"你——你是——你是一个炮弹桶。"

"一个什么?"他大声喊叫着。

她犹豫了一下——可是她还是说了出来。

"一个炮弹桶。"

"啊,那么!你是一个鸡蛋桶。"

她沉思了一下,接着她又向他伸过头去。

"我不是。"

"不是什么?"

"不是鸡蛋桶。"

"那么我也不是炮弹桶。"

他真有些生气了。

有些时候,她还会说:

"我妈妈并不住在这儿。"

"噢,是吗?"

"我要她离开这里。"

"那就随你去要吧。"他不耐烦地回答说。

就这样,他们俩倒越来越亲近了。当他驾着他的轻便马车出门时,他有时也带着她。车子准备好了,停在大门外,屋里原来似乎十分安静,他这时却会吵吵闹闹地跑进屋子来,把一家子都给吵醒了。

"现在,小不点儿,赶快戴上你的帽子。"

那孩子会高高地扬起头来,她对那个不够尊重的称呼很不高兴。

"我自己不会系上我的帽子。"她傲气地说。

"那是因为你还没有长大成人呢。"他说,一边用他笨拙的手指在她的下巴底下试着替她拴上。

她对他扬起她的脸。当他在她的下巴底下忙着的时候,她的红红的小嘴不停地活动着。

"你讲的——净是些胡扯经。"她说,故意学着他常用的一句口头禅。

"这张脸该在水管子底下好好冲一下了。"他说,掏出一块带着强烈烟草味的大红手绢,开始擦着她的嘴。

"基蒂①在等着我吗?"她问道。

"等着,"他说,"让我先给你把脸擦干净,这就算一次猫儿洗脸吧。"

她显出一副好玩的样子听他摆布。最后,当他放开手的时候,她就开始跳着跑开了,跑的时候老是用一只腿向身后一蹬一蹬的。

"啊,我的小公兔,"他说,"快走吧!"

她摇晃着身子匆匆穿上她的外衣,然后他们俩就出发了。她紧靠着他坐在马车上,浑身包得严严实实的,她感觉到他的巨大的身体擦着她的身子摇晃着,觉得无比轻快。她喜欢那马车不停地摇动着,这样他那巨大的充满活力的身体就会靠在她身上来回摇晃。她大笑着;发出一种清脆的充满热情的笑声,黑色的眼睛闪闪发亮。

她有时莫名其妙地浑不讲理,有时又充满了无限柔情。她的妈妈病了,这孩子常常会一连几小时踮着脚在房间里走动,伺候她,既勤谨,又对很多事情考虑得很周到。碰上她妈妈心情不好的时候,安娜就会叉开两腿站着,踮起她的穿着拖鞋的两只脚,脸上显出极不高兴的样子。当她看到蒂利一只一只地抓住小鹅,用一根竹签子朝它们嘴里塞进食物的时候,她总止不住要大笑,她常常神经质地大笑。她对这些小动物非常凶狠,一点儿也不客气,决不对它们表示什么感情,她在它们之间来来去去,完全像一个残酷的女主人。

夏天来临,到了收割干草的季节,安娜这时到处蹦蹦跳跳,简直成了一个棕色的小精灵。蒂利一方面非常喜爱她,可又常常觉得对她难以理解。

但不管任何时候,这孩子始终总是关心她的妈妈,只要布兰文太太身体很

---

① 马的名字。

好,这个小姑娘就会到处跑着去玩,完全不大注意她。可是在收获玉米的季节过去之后,秋天慢慢来临,妈妈的妊娠已经到了后几个月,她显得有些奇怪,而且对什么都漠不关心了。布兰文于是开始皱起眉头;那孩子也像过去一样变得十分敏感,那原有的不健康的不安情绪又回到了她的心间。这时如果她同她的父亲一同到地里去,她就不再像过去那样无忧无虑地到处跑着去玩了,而是:

"我要回家。"

"回家,咱们不是刚刚才到这儿吗。"

"我要回家。"

"为什么?你是怎么了?"

"我要我的妈妈。"

"你的妈妈?你的妈妈可不要你。"

"我要回家去。"

这时她将会满眼饱含着眼泪。

"那么你自己能找到路吗?"

他看到她一声不响,迈着稳重的急切的脚步,全神贯注地沿着篱笆根向前走去,并看到她最后一转弯,走过了那边的大门。接着他还看到她隔着他两块地,继续匆匆向前走去,小小的身影显出非常急切的样子。在他转身用力翻起地里的庄稼茬子的时候,他的脸上不免布上一层乌云。

那一年已慢慢接近尾声,在篱笆上,红色的草莓闪闪发光,在光秃秃的枝头,人们也可以看见闪亮的知更鸟,大群大群的飞鸟像一片水花洒过休耕的田地,乌鸦也出现了,黑压压一片从高处向地面飞来。在他拔萝卜的时候,地里已经很冷了,大路被来往的车辆轧得到处翻浆。在萝卜上窖以后,地里就再没有紧张的劳动了。

屋子里很黑,也很安静。那孩子不安地在屋里跑来跑去,不时发出一声悲惨的、惊愕的喊叫:

"妈妈!"

布兰文太太身子已经很重,她很疲倦,也不很愿意说话,又变得像过去一样冷漠了。布兰文则总是在外面干自己的活儿。

到了晚上他去挤牛奶的时候,那孩子常常紧跟在他的后面。然后一同走进收拾得很干净的牛棚,把门关上。一盏马灯挂在比牛犄角更高的地方,在它的光线的照耀下,屋里的空气显得很温暖,她这时就会站在一边,看着他的手有节奏地挤压着那一动也不动的奶牛的奶头,看到奶水像喷泉一样滋出来,看着他的手有时十分体贴地慢慢抚摸着那又低又重的乳房。就这样,他们俩常常在一起活动,可是始终保持一段距离,彼此也很少说话。

那一年最黑暗的时期来到了,这孩子脾气非常暴躁,整天唉声叹气,似乎受到某种可怕的压抑,尽管她东跑跑西跑跑,可是总得不到宽解。布兰文这时也整天忙着干自己的活儿,心情沉重,沉重得像被雨水浸透的泥土一样。

冬天的夜晚来得更早,一家人在吃午茶以前就把灯点上,窗子也关上了,这样他们就随同紧张不安的情绪一起被关在房子里了。布兰文太太早早地上了床,安娜在她床边的地上玩着。布兰文一个人坐在楼下那个空房间里,吸着烟,有时几乎忘掉了自己的苦难。但更多的时间,他是跑出去寻求逃避。

圣诞节过去了,潮湿、多雨、寒冷的一月天气一天天单调地重复着,这时,偶尔能看到从外面照进来的蓝色的阳光;这时,布兰文就会在一个像水晶一样明亮的早晨走出来;这时,一切声响又开始恢复了,小鸟儿成群结队忽然蹦蹦跳跳地出现在篱笆上。于是,他又恢复了他的轻快的心情,尽管一切是那么不如意;不管他的太太为什么显得那么怪,那么悲伤,也不管他是否时刻担心她会离开他,都没有关系。空气中已经充满了各种清脆的响声,像铃铛一样的天空水晶般地闪着亮,土地又显得十分坚硬了。这时,他又开始了地里的劳动,满心喜悦,眼睛里闪着光亮,两颊泛起了红润。他的生命的热情是非常强烈的。

小鸟在他的身边忙碌地啄着食,精力充沛的马匹也都做好了开始劳动的准备,光秃秃的树枝向上甩动着枝条,像一个人要伸伸懒腰,充足的活力已经使树枝挺拔起来,无数的枝条在清晰的光线中向四外伸去。他的强大的生命力使他对这一切都表示出充分的热情。他的老婆心情非常沉重,可能要和他分离,甚至死去,那就让她去吧,让他还去过他自己的生活就是了。事情该怎样总会怎样的。这时他听到远处的小公鸡发出震耳的啼声,并看到蓝天上的暗淡的月牙儿已被乌云遮住了。

他大声向马匹们呼喊着,心里充满了喜悦。在他赶车向伊尔克斯顿前进的途中,如果碰上一个上街买东西的精神饱满的年轻妇女,他就会向她打招呼,勒住马,让她上他的车。由于她近在他的身边,他会感到很高兴,眼睛闪出喜悦的光,他会大笑着热情地和她调笑,让她扬起头来显出更美丽的姿容,让她的血液也会加速流动。这时，他们俩都会感到心神荡漾，因为清晨是那样地美。

在他的心深处隐藏着痛苦和不安，这又有什么关系呢？它是在他的心深处，那就让它待在那里吧。他的妻子，他的苦难，她即将忍受的痛苦——是啊，这是不可避免的。她正在受着罪，可是他却在开阔的田野上，充满了生活的活力，要他现在拉长脸表示苦恼不堪，那实在是太可笑，也太无道理了。今天早晨，赶着车到市里去，耳边不停地响着马蹄踏在硬土上的声音，他感到非常快活。是啊，即使整个世界有一半在为另一半的葬礼哭泣，他却是很快乐的。坐在他身边的是一个非常逗人喜爱的好姑娘。不论发生什么事情，不论有多少人正走向死亡，妇女是不朽的。就让苦难等着我无能抗拒的时候再来吧。

渐渐地，无比美好的黄昏来临了，在落日的上空，是万道玫瑰色的光焰，这光焰又慢慢变成紫罗兰和薰衣草的颜色，天空，从南往北是一片青紫色，在东方，一个巨大的黄色的月亮沉重地挂在蓝天的一角，洒下了它的清光。行走在落日和月亮之间，行走在一条在玫瑰花和薰衣草丛中露出黑色的冬青树、一群群小惊鸟在晚霞前飞过的道路上，你感到这景象是何等地宏伟。可是何处是这旅途的终极？等到将来，他的心和他的脚已经软弱无力，他的头脑已经死去，他的生命已经停止的时候，有多少苦难都让它来临吧。

一天下午，布兰文太太产前的阵痛开始了，她已经被安置在床上，接生婆也请来了。夜已经来临，屋里的窗子全已关上。布兰文进屋来喝茶，他对着一盘面包和一把锡茶壶坐了下来，那孩子一声不响，哆哆嗦嗦地玩着玻璃球。这空旷的房子似乎完全暴露在冬天的暗夜之中，似乎它四面的墙壁都已经被拆掉了。

不时从房子的远处传来一阵一个妇女临产前发出的呻吟，那声音拖得那么长，使屋子里的一切都跟着震动了。坐在楼下的布兰文这时完全被两种不同的情绪占据着。他的更深层和更深沉的自我始终陪伴着她，和她在一起受苦。可是他的身体的巨大的外壳却记起了当他还是个孩子的时候，常在农庄附近飞翔的猫头鹰的叫声。他又回到了他的童年，在他还是一个孩子的时候，常常由于害怕听到猫头鹰的呼叫声，半夜里推醒他哥哥，要他和他说话。他这时还想起了那种鸟的样子，想起了它们那严肃而又庄严的脸，和它们飞翔时柔软的身体和宽大的翅膀。后来他哥哥对那些鸟开了一枪，于是一团软绵绵、毛茸茸的灰色的死东西躺在地上，那脸非常可笑地睡着了。一只死掉的猫头鹰，

67

样子看起来真非常奇怪。

他把茶杯举到自己嘴边,看着那孩子玩着玻璃球。可是猫头鹰、他童年时候的生活气氛,以及他的哥哥、姐姐们却占据了他的头脑。而另一方面,从根本上说,他的心还是和他正临产的妻子在一起的,这个从他们的血肉中诞生的孩子很快就要出世了。他和她共有的血肉之躯,从中必将产生出新的生命。感到撕裂的疼痛的不是他的身体,但也是他的身体的一部分。苦难降临在她的身上,可是它也使他全身为之震动,使他的每一根神经都为之震动。为了另一个生命的诞生,她不能不忍受被撕裂的痛苦,可是他们仍然是一个血肉之躯,再说,更往前,那生命还是从他的体内进入她的身体的,他仍是那个抱着破碎岩石的完整岩石,而他们的血肉之躯也就是生命从中冒出的一块磐石,是从她的被撕裂的身体中冒出,同时也来自他的战栗着有所付出的身体。

他上楼去看她。在他走近床边的时候,她用波兰语对他讲话。

"你非常难受吗?"他问道。

她看了他一会儿,噢,她实在懒得费尽力气去设法理解那另一种语言,懒得听他讲话,和他打招呼,弄清楚留着漂亮胡子,看上去很生疏,站在她面前望着她的这个人到底是谁。她对他也有些熟悉,特别是他的眼睛。可是她对他总只有一点模糊的印象。她闭上了眼睛。

他转身走开,脸色变得煞白了。

"情况并不是那么坏。"那接生婆说。

他知道他在那里只会使他的太太感到苦恼,他走到楼下去,那孩子恐惧地抬起头来看了他一眼。

"我要我的妈妈。"她哆哆嗦嗦地说。

"啊,可是她情况很不好。"他心不在焉地温和地说。

她用一种恐惧的不知如何是好的神情看着他。

"她是头疼得非常厉害吗?"

"不——她要生孩子了。"

那孩子抬头向四面看看。他简直已经把她忘掉了。她又完全陷入恐惧之中去。

"我要我的妈妈。"一个无比痛苦的声音喊叫着。

"让蒂利给你脱衣服吧,"他说,"你太累了。"

沉默了一会儿。接着又传来了产妇的呻吟声。

"我要我的妈妈。"那畏缩、痛苦的孩子不假思索地叨叨着,她感到一种被抛弃的恐惧和凄凉。

蒂利走了过来,她也正感到痛苦万分。

"快来让我给你脱衣服吧,我的小羊羔。"她安抚地说,"明天一早你就能又和你的妈妈在一起了,不要担心,我的小鸭子,没有关系的,小乖乖。"

可是安娜仍然站在沙发上,背冲着墙。

"我要我的妈妈。"她叫着说,她的小脸不停地哆嗦,大滴的无比痛苦的孩子气的眼泪滴了下来。

"她现在难受死了,我的小羊羔,今天夜里她可要难受死了,可是明天早上她就会好多了。噢不要哭了,噢不要哭了,小乖乖,她不愿听到你哭,我的小心肝宝贝,不,她不愿意听你哭。"

蒂利轻轻地抓住了那孩子的裙子。安娜使劲拽开她的上衣,有点神经质地叫喊着说:

"不要,你不要给我脱衣服——我要我的妈妈。"——这时这孩子的脸上流满了悲伤的眼泪,她的身子也不停地哆嗦着。

"噢,让蒂利给你脱衣服吧。让蒂利给你脱衣服吧,她爱你,今天晚上你可别闹别扭了。妈妈非常难受,她不愿听你哭。"

那孩子仍痛苦不堪地哭泣着,她实在受不了。

"我要我的妈妈。"她哭泣着说。

"等你脱了衣服,你就可以上楼去看你的妈妈——等你脱了衣服,小乖乖,等你让蒂利给你脱下衣服,穿上你的睡衣,你就会像一颗很小的珍珠了,乖孩子。噢,可别再哭了,别再哭了——"

布兰文僵直地坐在他的椅子上。他感到自己的脑袋越绷越紧了。他越过房间向孩子走过去,那令人发疯的哭泣声占据了他的整个心灵。

"不要再吵吵了。"他说。

他的说话声给那孩子带来了新的恐惧。

她机械地喊叫着,一双眼睛通过眼眶中的泪水恐惧地向外注视着,不知道会马上发生什么事情。

"我要——我的——妈妈。"战栗着的哭泣声盲目地叫喊着。

一阵难以忍受的烦恼使他浑身为之一震。这完全无理的固执行为,这令人发疯的盲目的叫喊声实在让他受不了。

69

"你一定得过来把衣服脱掉。"他压抑着满腔愤怒,安详地说。

他伸手抓住了她。他感觉到她的身体在他的手中随着哭泣声抽动着。可是他也变得麻木了,难以忍受的痛苦使他麻木地在那里进行一些机械的活动,他开始解开她的小围裙。她很想挣脱他的手,可是她怎么也挣不开。所以在他笨手笨脚地给她解开小纽扣和带子的时候,她的纤小的身体仍然在他的掌握之中。他现在脑子里什么也没有想,埋头给她脱衣服,除了她给他带来的苦恼之外,他似乎对一切都失去知觉了。她僵直着身子竭力抗拒,他脱下了她的小衣服和小裙子,露出了她的雪白的胳膊和腿。她完全是被压服的,她的情绪始终没有缓和下来。他仍然继续给她脱着衣服,而她始终不停地哭泣着,哽咽着说:

"我要我的妈妈。"

他一直沉默着,不愿理睬,脸绷得紧紧的。那孩子现在对任何问题都已经不可能真正理解了,她已经变成了一个机械的、一味固执的小娃娃。她哭泣着,她的身体抽搐着,嘴里永远重复着那声喊叫。

"噢,天哪!"蒂利叫喊着说,她自己也有些受不住了。布兰文缓慢地、笨拙地、盲目地、麻木地脱掉了那孩子所有的衣服,让她光着身子站在沙发上。

"她的睡衣在哪儿?"他问。

蒂利拿来她的睡衣,他给她穿上。安娜不肯照他的意思活动她的身子。他只得勉强给她把衣服拽上。她死抱着她的盲目的意志,站在那里,抗拒着,抽搐着,瘦小的身体始终在那里哭泣,重复着同样的那句话。他分别举起她的左脚和右脚,扯下了拖鞋和袜子。她已经可以上床睡觉了。

"你要喝点水吗?"他问道。

她一动也不动。她仍然站在沙发上,对什么都毫不在意,孤独地靠着沙发背站着,两只手抱在一起举在胸前,脸上满是眼泪,呆呆地扬着头。在她的哭泣声中仍然断断续续地冒出她呻吟着的声音:

"我——要——我的——妈妈。"

"你要喝点水吗?"他又问。

仍然没有回答。他两手抱起了她僵硬的固执的身子。它的那种盲目的顽固使得他止不住一阵怒火中烧。他真想痛打她一顿。

他把孩子放在自己的膝头上,又在火边他自己的椅子上坐下,那孩子哭泣着的含混不清的声音近在他的身边,她仍然僵硬地坐着,不肯对他屈服或者有其他任何表示。她似乎也失去知觉了。

他忽然又感到一阵愤怒。这一切究竟又有什么关系呢？妈妈在生孩子的时候愿意讲波兰话，愿意大喊大叫，孩子也这么死命跟他捣乱，吵个没完，可这又有什么关系呢？他干吗要为这些事苦恼，她们既然愿意，那就让妈妈在生孩子的时候叫喊，让孩子又哭又闹吧。他有什么必要去和她们唱反调，他干吗要去管她们呢？就让她们去吧，既然她们一定要这样。既然她们坚持要这样，那就让她们要怎样就怎样吧。

他坐在那里，简直如在云雾之中，也不想再进行斗争了。那孩子仍不停地哭着，时间一分钟一分钟地过去了，他完全沉入一种麻木状态之中。

过了一会儿，他又清醒过来，低头再看看那孩子。她的满是眼泪的目光和呆滞的脸使他吓了一跳，他略略有点惊慌地掠开她的被眼泪浸湿的头发。她那神情茫然的脸像一个悲哀女神的神像，仍继续哭泣着。

"别这样，"他说，"情况还不是那么糟糕，情况还没有糟到那个地步，安娜，我的孩子。行了，你为什么要这样拼命哭呢？行了，别再哭了，这会让你难受的。我来给你擦擦脸，不要再弄湿你的脸了。可别再哭，再流眼泪了，别这样，最好别再哭了。不要再哭了——情况还没有坏到那个地步。嘘，别哭了——你已经哭得很够了。"

他的声音听来是那么遥远和沉静，显得有些奇怪。他看着那孩子。她已经对自己失去控制了。他要她现在别再哭了，他希望一切都到此打住，恢复正常状态。

"来吧，"他说，同时站起身来，"咱们去给牲畜送晚饭吧。"

他拿起一条很大的头巾，把孩子裹住，然后到厨房里去拿马灯。

"你从来也没有在这么个夜里带孩子出去过。"蒂利说。

"是啊，这样可以让她安静下来。"他回答说。

外面正下着雨，那孩子走到外面的黑暗中，感到雨点打在自己的脸上，一惊之下，马上安静下来了。

"咱们给奶牛送点吃的去，让它们吃了好睡觉。"布兰文对她说，把她紧紧地搂在怀里。

屋顶的水不停地流进院里的大水缸，阵阵雨点打在她的头巾上，摇晃着的马灯的光线照在湿淋淋的走道和墙根上，此外到处是一片黑暗：连他们所呼吸的也是黑暗。

他把那分作上下两截的门都推开,然后走进那个地势较高的干燥的谷仓里去,那里尽管并不暖和,却有一股暖烘烘的气味。他把马灯挂在一个钉子上,关上了门。他们现在已经来到另外一个世界。马灯光柔和地照在木板制成的谷仓上,照在粉刷过的墙壁和大堆的干草上;各种农具都投射出巨大的影子,一张梯子直通到高处的阁楼。外面是一阵接一阵的大雨,里面却是在柔和的光线照耀下的谷仓的宁静和安谧。

他用一只胳膊抱着孩子,开始给奶牛准备草料。他在一个簸箕里放上轧碎的干草,然后再加上一些糟糠和一些豆粉。那孩子带着惊奇的眼光看着他拌草料,这新的情况完全改变了她的心境。有时,刚过去的哭泣风暴的余波还会使她的小小的身体抽动几下。她惊异地睁大着眼睛,显得很可怜的样子。她已经沉默下来,变得很安静了。

在一种梦境中,他举起了那一簸箕草料,他小心地用只胳膊抱着孩子,另一只胳膊举着那簸箕,他的心境十分恶劣,但是外表却显得很沉静,非常沉静。孩子的头巾的丝穗轻柔地摇晃着,簸箕里的草料撒到了地上;他在两排食槽之间阴暗的通道中走着,奶牛的犄角从看不见的黑暗中伸了出来。那孩子使劲向后躲,他勉强维持住平衡,把簸箕支在食槽上,把草料倒在面前的那头牛的食槽和附近的食槽里。当奶牛猛地抬头和低头的时候,可以听到一阵铁链的声音;然后就是那些牲畜在沉默地吃着草料时发出的满意的鼻息声。

他必须这样来回跑好几趟。首先是有节奏的拌草料的声音,然后就是他在那两种负担的重压下扭着身子走过来,以及那孩子从头巾下面偷向外瞧的脸。在他们第二次再来的时候,她见他要弯下腰去就伸开手搂住了他的脖子,柔软地搂住他,这样就使他方便多了。

草料喂完后,他放下簸箕,在一个木箱上坐下来,给孩子整理一下衣服。

"现在那些奶牛要去睡觉了吗?"她说,在她说话的时候,还止不住抽泣几下。

"是的。"

"它们是在睡觉之前把那些草料都吃完吗?"

"是的。你听它们。"

就这样,他俩安静地坐在那里,静听着和这个小谷仓相连的牛棚里的奶牛呼哧呼哧地吃着草料。墙上的马灯照出稳定而柔和的光线。外面仍在下着雨。他低头看看那细毛披巾的柔和的皱褶。这使他想起了他的妈妈。她过去就常常戴着这条披巾上教堂去。他现在又回到他的童年生活中了,那时他对什么都不负责任,生活完全有保障。

  他俩一声不响地坐着。他的头脑在一种出神状态中似乎越来越模糊不清了。他把那孩子搂在胸前。那哭泣的余波还不时使那瘦小的身躯抖动几下。他把她抱得更紧一些,她慢慢不再那么紧张了,她的眼皮开始在她的黑色的注视着一切的眼睛上面耷拉下来,她已渐渐入睡,他的头脑更变得一片空虚了。

  他仿佛从睡梦中又惊醒过来,他感到自己已是坐在一片已跳出时间之外的宁静之中。他现在到底在听什么呢?他似乎想听到一个非常遥远的、从生活之外传来的声音。他想起了他的妻子,他一定得回到她的身边去了。那孩子现在已经睡着了,她的眼皮已经合上,在眼皮中间还可以看到一点点黑色的瞳孔。她为什么没有把眼皮全合上?她的嘴也微微张开着。

  他迅速站起身来,回到屋子里去。

  "她睡着了吗?"蒂利低声问道。

  他点点头。女仆过来看看包着披巾睡着的孩子,她的脸热得通红,眼睛的四周却显出一圈由虚弱引起的苍白的颜色。

  "天保佑!"蒂利摇摇头,耳语似的说。

  他脱掉靴子,抱着孩子上楼去。他这时才感到,由于为他的妻子担心,一种忧虑不安的情绪紧紧抓住他的心。可是他仍然非常沉静。除了外面的风声和屋顶的水流到大水桶里发出的噼噼啪啪声之外,屋里是一片寂静。他看到在他妻子的房门下边露出一线灯光。

  他把孩子放到床上去,仍然用披巾裹着她,因为被窝太凉了。然后,他担心她的手没法活动,又给她松开了一些。她的黑色的眼睛睁开了一会儿,无神地对他看看,然后又闭上了。他给她盖上了被。哭泣留下的最后一声抽泣扰乱了她的呼吸。

  这是他自己的房间,他在结婚以前一直住在这里。他对它是十分熟悉的。他回忆起当时自己做单身汉,不和别的人接触的情况。

  他仍然感到有些心神不定。孩子已经睡着了,把她的一双小拳头从头巾里伸了出来。他可以去告诉他妻子,她的孩子已经睡觉了。可是他必须到另一个楼梯口去。他感到一惊。外面传来猫头鹰的呜呜的叫声——那女人的呻吟声。这声音听着多么奇怪!这不是人的声音——至少在一个男人听来如此。

他下楼走到她的房间里,轻轻地移动着脚步。她仍然睡着,闭着眼睛,面色苍白,显出很疲倦的样子。他的心猛地一跳,真担心她已经死了。可是他完全知道她并没有死。他看到她的头发散乱地披在太阳穴上,她的嘴痛苦地闭着,仿佛有点微笑的样子。在他看来,她仍然非常漂亮——但这一切都和人间的生活无关。看到她躺在那里,他感到十分害怕。她和他到底有什么关系呢?她并不是他自己。

他不知为什么过去摸了摸她那使劲抓着床单的手指,她的棕灰色的眼睛睁开对他看了一看。她并不十分认得他,可是她知道他是一个男人。她用一个临产的妇女观望着使自己怀孕的男人的眼睛看着他:这不是某一个个人的眼神,而是在这特殊时刻一个女人对一个男人所表现的神态。她的眼睛又合上了。一种巨大的灼热的宁静布满了他的全身,烧伤他的心和他的内脏,接着向无限扩散开去。

在一阵撕裂般的疼痛重新来临的时候,她把脸转向一边,她无法再看他了。可是他的受尽折磨的心现在却安静了,他从心里感到一阵喜悦。他向楼下走去,走到门口,走到门外去,扬起头来让雨水浇在自己脸上,他感到黑暗不为人所见、不停地在他身上敲打。

黑夜加于他的迅速的看不见的敲打,使他安静下来,对这一切他已经全都认了。他谦恭地转身向屋里走去。那边是永恒的不变的无限世界,那里也是生活的世界。

第 三 章

安娜·兰斯基的童年

汤姆·布兰文从来没有像他喜爱他妻子带来的孩子安娜一样喜欢他自己的儿子。当他们告诉他生下的是一个男孩的时候，他感到喜不自胜。他高兴自己做父亲的身份得到了肯定。想到自己有了一个儿子，这使他感到很满意。可是对那个小孩本身，他却不是那么有热情，他是他的父亲，这就够了。

他很高兴他的妻子做了他的孩子的母亲。她很安静，只是稍稍有一些萎靡不振，仿佛被移植了。在她生下这个孩子以后，她似乎和她过去的自我断绝了关系。她现在真正变成了一个英国人，真正变成了布兰文太太。而她的活力却似乎降低了一些。

对布兰文来说，她仍然像天仙一样美丽。她仍然是那样地热情，仿佛是一团火。可是那火烧得并不很旺，有时甚至看不见了。她的眼睛很亮，她的脸也为他焕发出光彩，可是却像是在阴暗中开放的花朵一样，经不起太热和太强的光线。她很爱那个小宝宝。可是，甚至在这方面，她也给人一种模糊不清、精神恍惚的感觉，仿佛在这母爱的问题上，她也有些心不在焉。当布兰文看到她全神贯注、显得十分幸福地给他的孩子喂奶的时候，他马上感到一阵轻微的痛苦像火一样在他周身燃烧。因为他已经觉察到，现在他更要尽量克制，不能随便去和她接近了。他还希望再享受到他们俩刚在一起时曾常常有过的那种无比强烈的人类的爱恋和热情，有时他们俩的欢爱完全达到了最强烈的程度。这是他现在唯一难忘的一种经历。他简直是如饥似渴地永远渴望着能重温那种经历。

她又来到了他的身边，又像过去一开始常常挑起他狂放的热情，弄得他几乎要发疯的时候一样，对他凑过她的嘴来。她又来到了他的身边。他的心充满了迫不及待的疯狂的喜悦，他俯身搂住她。一切几乎全和过去一样。

也许一切是和过去完全一样。不管怎样，他现在知道了那最完美的境界，使他具有了一种常在的永恒的知识。

可是,在他还不希望了结的时候却已经了结了。她已经完了,她不能再来了。可是他没有完结,他还希望再来,可是已经不可能了。

所以他从此不得不接受这惨痛的一课,压住自己的热情,不能老希望尽兴。因为她是他的女人,其他一切女人都只是她的影子。因为她已经使他得到了满足。他希望继续下去,可是不可能。不管他多么生气,不管过分地压抑如何让他心里老是火辣辣的,不管由于她拒绝了他,他在心里对她如何痛恨,不管他如何有时像发疯一样大发脾气,跑出去狂饮,到处去丢人现眼,他仍然知道,他这只能是自找苦吃。他慢慢必须明白,并不是她不愿意对他爱个尽兴,如他所要求于她的那样完全满足他的爱的要求,而是她做不到。她只能以自己的方式,在自己的限度之内接受他的爱。这个能接受他并使他获得满足的女人在他发现她以前,便已经度过很长一段时间的生活了。她已经接受他,并使他得到满足了。现在她仍然愿意,在她认为合适的时候,按照她自己的方式那样做。可是他必须控制住自己,按照她的限度来调整自己的要求。

他愿意把他所有的爱情、所有热情和全部活力都贡献给她,可是这是办不到的。他必须在她之外去寻找一些别的什么,寻找别的生活中心。她呆呆地坐在那里,神圣不可侵犯地抱着那个小儿子。他慢慢对那个小儿子心怀嫉妒了。

可是他仍然很爱她,到时候他的生命的激流也总能得到发泄,不致泛滥成灾,给他带来很大的苦难。他在安娜那孩子的身上建立了另一个爱的中心。渐渐地,他的生命之流的一部分流向了那个孩子,因而减缓了流向他妻子的那股主流的冲力。此外,他还常出去找一些男性朋友,有时也免不了喝得酩酊大醉。

在小弟弟出生以后,安娜已经不是那样随时挂念着她的母亲了。看到她妈妈现在抱着那个小弟弟,脸上总露出恬静的喜悦,安娜开始有些迷惑不解,后来渐渐有些生气,到最后,她的小生命已经走上了自己的轨道,她不再是那么时刻不安,不顾一切地要去保护她的妈妈了。她变得更孩子气,不像原来那样显得不正常,也不再是那么老怀着许多她根本不能理解的忧虑了。妈妈已经又有了一个孩子,她的母爱现在已经不再那么完全表现在她的身上了。这孩子慢慢获得了自由。她变成了一个完全独立的、对什么都不在意的小人儿。她现在真正有了自己的最爱。

出于她自己的决断,她现在最爱的是布兰文,至少在别人看来是如此。因为他们俩在一起有了自己的一点生活,他们常常在一起活动。到晚上的时候,他教她算算术,或者教她认字,这都使她感到很高兴。他为她又慢慢记起了存留在他脑子里那些早已被遗忘的小儿背诵的顺口溜和儿歌。

一开头,她觉得那些歌词全是胡说八道。可是因为他大笑,她也大笑了。因而它们对她变成了一些非常有趣的笑话。她认为老科尔王①就是布兰文。那哈伯德大娘②就是蒂利,她妈妈就是住在一只鞋里的那个老太太。在她多年和妈妈在一起,在她从她妈妈那里尽听到一些使她烦恼,使她迷惑不解的具有深刻含义的童话之后,这些纯粹胡说八道的故事却使她感到非常非常的高兴。

她和她父亲一样,有点对什么都毫不在乎,时而故意毫不在意地发出一些充满讥讽意味的大笑。他喜欢让她提高嗓音大叫,或目中无人地大笑。那个小宝宝长着黑黑的皮肤和黑色的头发,和他妈妈一样,也有一双栗色的眼睛。布兰文把他叫作小黑鸟。

"哎嗨,"当布兰文听到那小孩子哭喊着要人把他抱出摇篮时,他就会叫着说,"咱们的小黑鸟要起来了。"

"小黑鸟在唱歌了。"安娜也会高兴地跟着大叫,"小黑鸟在唱歌了。"

"肉饼一切开,"布兰文向摇篮走去,用他的低沉的嗓音叫着说,"鸟儿就开始叫起来。"

"这块肉饼放在国王面前,不也能算作一份精美的食物吗?"安娜在说出这段俏皮话的时候,眼睛里闪烁着愉快的光芒,同时看着布兰文,希望得到他的赞赏。他抱着那孩子坐下来大声说:

"唱吧,我的好小子,唱吧。"

当孩子大哭不止的时候,安娜就会高高兴兴地大跳着,拼命地喊叫:

　　唱一支六便士的歌
　　满口袋装着花朵
　　阿西亚!阿西亚!

---

① 英国传说中的一个国王,在故事中他整天抱着烟斗,而且也非常喜欢喝酒。
② 也是传说中的一个人物,关于她的故事的一个最主要的情节,是她到橱柜里拿骨头准备喂狗的时候,却发现骨头已经不见了。

接着她忽然停住，一声不响地又看着布兰文，然后，眼睛里闪烁着光辉，她高兴地大声叫喊着：

"我完全唱错了，我完全唱错了。"

"噢，我的先生们！"蒂利走进门来，叫着说，"你们都快吵翻天了！"

布兰文哄着孩子不让他啼哭，安娜仍继续噼噼啪啪地跳着。她比她的父亲更喜欢这么狂喊乱叫。蒂利可非常讨厌，布兰文太太无所谓。

安娜对别的孩子们完全不感兴趣。她总爱管着他们，她把他们都看成是年纪非常小、什么也不懂的娃娃，她把他们都看成是小人，不能和她相比。所以她大部分时间都独自待着，在田庄上到处乱跑，整天喊喊喳喳地说个没完，因而田庄上的工人，蒂利和那个年轻的女仆都非常喜欢她。

她非常喜欢和布兰文一块儿坐马车。这样高高地坐在马车上向前走去，她希望出人头地和统治别人的欲望便似乎得到了满足。在生性傲慢方面，她很像一个小野人。她认为她的父亲是一个重要人物，所以很愿意高高地坐在他的身边。他们沿着开满花朵的高大的篱笆，一路策马前进，观看着四周田野的活动。当路上的行人大声叫着和他打招呼，布兰文也非常高兴地答话的时候，人们总听到她的小嗓门也随着他高声叫着，接着她还忍不住用她那闪亮的眼睛看看她的父亲，彼此对望着大笑一阵。慢慢这几乎成了一种习惯，所有过路的人见到他们时总叫着说："你好啊，汤姆？你好吗，我的小姐？"或者："早啊汤姆，早啊，我的小姐！"再或者："你们又一道出门啦？"或者："你们父女俩可真了不得。"

安娜这时也会随着她父亲回答说："你好啊约翰！早啊威廉！啊，我们这是上德比去。"她总尽自己的力量尖声高叫着。常常有人对他们说："你们近来常出门呀？"她会回答说："是啊，我们是常出门，出去痛快痛快。"她很不喜欢和她父亲打招呼的人不和她打招呼。

要是他必须到酒馆去，她也跟他一块儿进去。在酒馆的大厅里，她常常坐在他的身边，看着他喝啤酒或者白兰地。很多酒店的老板娘都对她很客气，而且总对她做出极力讨好的样子。

"你好啊，大小姐，你叫什么名字？"

"安娜·布兰文。"她马上很傲慢地回答说。

"可不是吗！你喜欢和你爸爸一块儿坐马车吗？"

"喜欢。"安娜有点不好意思地说，但她对这种无意义的问题感到有些不耐烦。她在听到这些无聊的问话时,常和成年人一样摆出一副不屑理睬的神态。

"我的天哪,她可真是个小精怪儿。"酒店老板娘这时会转身对布兰文说。

"就是啊。"他回答说,尽量不鼓励别人议论那孩子。接着那老板娘就会送给她一点饼干或者一块蛋糕,安娜也就会理所当然地全部接受下来。

"她刚才说我是个小精怪儿,那是什么意思?"事后,小姑娘忍不住问道。

"她的意思是说你是个小刺头。"

安娜犹豫了一会儿。她不懂这话是什么意思。接着不知她在这话里发现了什么可笑之处,忽然大笑起来。

不久以后,每个星期上市场他都要带上她。"我也可以去吧,可以吗?"每星期六或者星期四早晨,当她看到他打扮起来,穿戴得完全像一位阔先生的样子的时候,她就会向他问道。这时他几乎感到很难开口拒绝她。

所以最后,他也不再那么感到难为情了,总让她坐在他的身边。他们驱车到诺丁汉去,一般都在黑天鹅旅店住下。这一切都没有问题。到了那里以后,他很想让她一个人留在旅店里,可是他看看她的脸,知道这是办不到的。所以他只好鼓起勇气,牵着她的手,和她一道出发到牛市上去。

她一声不响在他身边走着,惊异的眼光四处观望。可是到了牛市上,拥挤的人群,全都是男人,都穿着沉重的肮脏的长靴子,裹着皮裹腿,使她不停地东躲西闪。路上也全是脏兮兮的牛粪。看到木栏杆里圈着牛,密密麻麻的牛犄角全挤在那么小的一块地方,同时看到那么多人都在那里大喊大叫,使她感到非常吃惊。同时她还感到由于她在他身边,让他感到很不好意思,显得很不舒服。

他给她在饮食摊上买了一块饼,然后让她在一张椅子上坐下来。一个男人走过来和他打招呼。

"早啊,汤姆。这是你的孩子?"——那个留着胡子的农民冲着安娜一歪脑袋。

"是啊。"布兰文不很感兴趣地说。

"我还不知道你有了这么大一个丫头。"

"不,这是我太太的。"

"噢,那就对了!"那个人还打量着安娜,仿佛她是一头有些特殊的小牛。她睁着黑色的眼睛含怒地看着他。

79

布兰文把她留下,交给酒店的招待,他自己去看看他的小牛犊卖了没有。农民、屠夫、赶马人、许多她本能地不愿接近的穿得又脏又破的人,走过她的座位时都呆呆地低头看看她,然后再各自去喝酒,用一种粗野的声调谈论着。环绕着她的一切都显得那么庞大,那么混乱。

"这是谁的孩子?"他们问酒店的招待。

"这是汤姆·布兰文的孩子。"

那孩子孤单地一直呆坐在那里,随时望着门口,看看她的父亲来了没有。他总也没有来;许多许多人走过来,可是没有他。她像个幽灵一样坐在那里。她知道在这种地方她是不能哭的。每一个人都带着疑问的眼光看着她,她总尽量躲开他们的眼神。

一种异常孤独的感觉使她感到一阵透心凉。他永远不会回来了。她一动不动僵硬地坐在那里。

在她完全失掉时间观念、独自发呆的时候,他来了,她立刻溜下座位跑到他的身边去,仿佛是一个从死里复活的人。他已经尽可能快地卖掉了他的牛犊。可是还有一些事情没有了结。他于是又带她穿过拥挤不堪的牛市。

最后,他们终于转身走出了牛市的大门。一路上不是这个就是那个,总有人和他打招呼,他常常停下来和他们谈几句关于土地、牛群、马匹或者其他什么问题。她站在臭烘烘的路边,站在很多男人的腿和大靴子中间,对他们的话一句也听不懂。她常常听到这样一些问题:

"这个丫头哪儿来的?我不知道你有一个这么大的丫头。"

"这原是我太太的。"

安娜对自己是随妈妈而来的这一点感到很不安,到最后她甚至感到自己是外人了。

但最后他们离开了牛市,布兰文带她走进了鞍辔门里一家又小又暗的老饭馆。他们要来牛尾汤、烧肉、白菜和土豆。另一些人也走进这个黑暗的地方来吃饭。安娜圆睁着眼睛,惊异得什么话也说不出来。

然后他们又到大市场,到粮食市和店铺里去。他在一个摊子上给她买了一本小书。他很喜欢买一些他想着也许会有用的零七八碎的小东西。接着他们就回到"黑天鹅"去,在那里她喝牛奶,他喝白兰地,然后他们备好马,驾车离开那里,走上了德比路。

没完没了的新奇的经历,使她感到十分疲劳。可是她一想到那些事又止不住手舞足蹈,到处乱蹦乱跳着,没完没了地给别人讲说昨天发生的事和她看到的情景。这能使她一整个星期都非常兴奋,所以到第二个星期六,她又急于想再去了。

由于她经常坐在一个小摊上等他,所以她变成了牛市上大家所熟悉的人物。可是她最喜欢的还是上德比去,在那里她的父亲有更多的朋友。她也更喜欢在那个小镇上彼此之间的亲密关系,那儿还靠近一条小河,也有许多新奇的东西,可是并不使她害怕,那里一切都小多了。她喜欢那里棚子里的市场和那里的一些老太太。她也很喜欢她父亲常住的乔治客栈。这家店老板是布兰文的老朋友,他对安娜非常尊重。有好多日子,她都坐在威金顿先生的精致的客厅里和他闲谈,这位店老板是个长着一头红发的大胖子。十二点前后,当所有的农民都来吃饭时,她简直就变成了一位小小的女英雄。

起初,听到这些陌生人讲一口土话,她差不多总是生气地看着他们,或者还嗤他们几下。可是那些人脾气都非常好。她是个样子很特别的小娃娃,黑黑的眼睛,像苹果花似的圆脸,在这脸的四周是一圈像玻璃丝一样的金黄色的头发。那些农民对异样的东西总是感兴趣的,所以她在那里使很多人都非常注意。

由于一位从琥珀门来的很有身份的农民马里奥特把她叫作小波兰佬,她马上就非常生气。

"你干吗是一个波兰佬?"他对她说。

"我不是。"她睁大眼睛说。

"你是。波兰佬就是你这个样儿。"

她仔细想了一想。

"那么你是你是——你是——"她开始说。

"我是什么?"

她上上下下打量了他一会儿。

"你是个罗圈腿。"

他的确是。于是所有的人都哄堂大笑起来。他们都很喜欢她这种无所畏惧的态度。

"啊,"马里奥特说,"只有波兰佬才会说这种话。"

"那么好,我就是波兰佬。"她十分生气地说。

于是在场的男人们又哄堂大笑起来。

他们都喜欢和她开玩笑。

"好了,我的好小姐,"布雷思韦特对她说,"这羊毛可怎么样呢?"

他在她闪闪发光的金色的头发上摸了一下。

"这不是羊毛。"安娜说,生气地躲开了他的手。

"怎么不是,那么你叫它什么呢?"

"这是头发。"

"头发,它们是在么斯地方喂养的?"

"它们在么斯地方?"安娜学着用土话问道,她的好奇心已经让她忘掉其他的一切了。

布雷思韦特不去回答安娜的问题,却高兴地大叫起来。让她开口讲土话这是一个莫大的胜利。

她只有一个敌人,就是那个他们叫他"干果纳特"或者"纳特干果"的人,他是一个天生的低能儿,脚向里撇,走路噼啪噼啪地响,每走一步都要把肩膀往前耸一下。这个可怜的人在附近的一些酒店里卖干果。他嘴里上腭不全,所以许多人听到他讲话都会跟他开玩笑。

有一天,安娜在乔治客栈第一次见到了他。在他走后,她止不住圆睁着两只大眼睛问道:

"他走路干吗那样?"

"他也是没有办法,亲爱的,他生来就是这个样儿。"

她想了一想,止不住哈哈大笑起来。接着她又想了一想,满面通红地叫喊着说:

"这个人太可怕了。"

"不,他没有什么可怕;他既然已经那样,现在也毫无办法了。"

可是后来,当可怜的纳特摇晃着走进来的时候,她就赶快溜走。她从此不肯再吃他卖的干果,即使有人买些送给她,她也不要。看到有些农民用干果作为赌注玩多米诺,她更是生气了。

"那都是那个脏人的干果。"她叫喊着。

于是很快就掀起了一个反对纳特的浪潮,没有多久之后,他就不得不进济贫院去了。

在布兰文心中,他越来越暗暗希望她将来能真正变成一位小姐。他哥哥艾尔弗雷德由于做了一个有知识的妇女的情人,在诺丁汉引起了许多人的议论。那女人是一位医生的寡妻,一个真正有钱的阔太太。艾尔弗雷德·布兰文常常作为她的客人跑到德比郡她的庄子上去,把老婆孩子全丢在家里,往往要两三天后才回来。谁也不敢管他,因为他是个脾气暴躁、不讲情面的人,他说他只是那个寡妇的一个朋友。

有一天,布兰文在车站上遇到了他的哥哥。

"你这是到哪儿去呢?"弟弟问道。

"我要到沃克斯沃斯去。"

"我听说在那边有你的一些朋友。"

"是的。"

"我什么时候到了那边也想进去看看。"

"随你的便。"

汤姆·布兰文对那个女人感到非常好奇,因此不久后他到了沃克斯沃斯的时候,就找人打听她的住处。

在一个陡峻的山坡上,他看到一所非常漂亮的庄园,面临躺在下面河谷里的市镇,正好在这片开阔地带对面的旧采石场附近。福布斯太太恰巧在外面花园里。她是一个高个的女人,头发已经白了。她从小道上走过来,脱下她的厚手套,放下她拿在手里的大剪子。正是秋天,她戴着一顶宽边帽子。

布兰文止不住满面通红,不知道说什么好。

"我想我也许能进来看看。"他说,"我知道你是我哥哥的一位朋友,我是特意到沃克斯沃斯来的。"

她马上就看出他的确是布兰文家的人。

"您愿意进来坐坐吗?"她说,"我父亲早已躺着起不来了。"

她把他带到会客室去,那屋子里摆满了书,还有一架钢琴和一个提琴架子。他们随便谈讲着,她说话很随便,态度也非常悠闲,而且显得很有身份的样子。这样的房间是布兰文从未见过的;这里的整个气氛似乎非常开阔,他感到仿佛在山顶一样。

"我哥哥喜欢看书吗?"他问道。

"也看些书。他最近一直在读赫伯特·斯潘塞。我们有时在一块儿读布朗宁。"布兰文马上充满了崇拜的心情,他十分激动,在崇拜之外几乎还掺杂着某种敬仰。当她说到"我们在一块儿读"的时候,他睁大眼睛望着她。最后他向

83

房子四周看看,脱口而出地说:

"我从来不知道我们家的艾尔弗雷德还有这方面的爱好。"

"他是一个不同寻常的人。"

他惊异地看着她。很显然,她对他那哥哥完全抱有另一种看法:她显然十分崇拜他。他再仔细看看那个女人。她大约四十多岁,态度严厉,打扮得很整洁,是一个很有独立性格的人物。他自己并没有爱上她,她身上有某种东西给人一种高冷的感觉。可是他对她却感到无限崇拜。

喝茶的时候,她带他去见了她的父亲,他是一个什么事都需要有人照料的病人,可是他脸色红润,让人一见倾心,雪白的头发配上蓝色的眼睛,再加上他那落落大方的天真神态,都使布兰文感到非常新奇。那神态看来是那样温和,那样快活,又那样朴实。

他哥哥就是这个女人的情人!这简直太让人吃惊了。布兰文往回家的路上走的时候,对他自己的可怜的生活方式不禁产生了一种厌恶的情绪。他是一个黄泥巴腿,一个乡巴佬,笨手笨脚,整天在泥土里讨生活。现在他比过去任何时候都希望爬上去,爬到这个令人神往的有礼貌的世界中去。

他生活很富裕,他和艾尔弗雷德一样富裕。艾尔弗雷德每年收入总共也不过六百镑,他自己每年大约有四百镑收入,有时还可以更多一些。他投资的情况已经逐渐得到改善,他为什么不也想想办法?他的妻子也是一位阔太太。

可是他回到沼泽农庄以后,马上清楚地看到,一切都是那样固定,无法改变;他永远不可能再改变自己的生活方式。这时他生平第一次懊悔当年不该继承了这个农庄。他感到自己仿佛是一个囚徒,整天安安稳稳地坐着,生活也很清闲,可是没有任何令人兴奋的经历。他只要肯冒冒险,本来可以不至于像今天这个样子的。他既读不懂布朗宁,也读不懂赫伯特·斯宾塞,他也不可能有机会常到像福布斯太太的那种房间里去。整个那种生活方式完全在他的世界之外。

可是,没有多久,他又对自己说,他并不需要那种生活。这次拜访引起的兴奋情绪慢慢消失了。第二天他完全恢复了平静,如果他还想到另外那个女人,他就会感到在她身上和她的周围有一种他十分不喜欢的,一种非常冷淡,和他格格不入的东西;仿佛她并不是一个女人,而是某种人以外的生物。它为了自己冷酷的与生活无关的目的,消耗着人的生命。

黄昏来临,他和安娜玩了一会儿,然后便单独和他的妻子在一块儿闲坐。

她缝着衣服;他安静地坐着抽烟斗,心里十分烦躁。他随时都觉察到他妻子的沉静的身影,低下去做着针线的沉静的头。对他来说,一切都过于沉静了,一切都过于宁静了。他简直要把所有的墙都推倒,让黑夜进到屋里来,这样他的妻子就不会那样安稳地,那样沉静地坐在那里了。他希望空气不是那么沉闷,四周不是那么狭窄。他妻子对他来说已经不存在了,她完全生活在她自己的世界中;沉静,安稳,对什么都不在意,也不为人所注意,他被她封闭住了。

他站起身来准备出去。他实在不愿意再这样安静地坐下去,他必须离开这个压抑的封闭的女人的世界。

他妻子抬起头来看着他。

"你要出去吗?"她问。

他低下头去,两人的眼神相遇了。她的眼睛比黑暗还要黑,仿佛里面还有一个更广阔的空间,他感到自己为了自卫正慢慢从她身边退却,而她的眼睛却始终追随着他。

"我不过是想到科西泽去走走。"他说。

她仍然注视着他。

"你为什么要出去?"她问道。

他的心急剧地跳动了几下,他慢慢又坐了下来。

"也没有什么特别理由。"他说,开始又机械地装上他的烟斗。

"你为什么老想往外跑?"她说。

"可是,你并不需要我。"他说。

她沉默了一会儿。

"你现在不再愿意和我在一块儿了。"她说。

这话使他一惊。这情况她怎么会知道的呢?他想这是他的一个秘密。

"喔——"他说。

"你希望找到一点别的什么。"她说。

他没有马上回答。"我是这么想吗?"他自己问自己。

"你不应该这样老希望别人哄着你。"她说,"你已经不是一个孩子了。"

"我并没有抱怨什么。"他说。而实际他知道他是在抱怨。

"你觉得过去总是很不够。"她说。

"什么够不够?"

"你认为你从我身上得到的一直很不够。可是你对我十分了解吗?你有些什么表现,使得我非常爱你?"

他完全呆住了。

"我从来没说过你使我感到有什么不够的地方,"他回答说,"我根本不知道你还要我想办法让你爱我,你要我怎么办呢?"

"你已经不再想法让我们俩都满意了,你已经不再感兴趣。你没有想办法让我想你。"

"你也没有设法让我想你,你知道吗?"他们沉默了一会儿。他们彼此显得是那样地陌生。

"你想去另外找一个女人吗?"她问道。

他睁大了眼睛,不知自己应该怎么说才好。他自己的妻子,她怎么可能说出这种话呢?可是她坐在那里,显得是那么渺小,那么陌生,离他是那么遥远。他现在开始明白了,除了在他们俩同时都同意的时候,她从来没有把自己看作是他的妻子。她并不感到她已经嫁给他了。不管怎样,她愿意承认他很想再去另找一个女人。他感到一条鸿沟,一个无法填补的空间出现在他的面前。

"不,"他慢慢地说,"我要找什么另外的女人?"

"像你哥哥一样。"她说。

他沉默了一会儿,感到很难为情。

"跟她有什么关系?"他说,"我根本不喜欢那个女人。"

"不对,你喜欢她。"她坚持自己的意见回答说。

听到她这样无情地说出他自己的心事,他止不住惊愕地望着他妻子,他感到十分愤慨。她有什么权力坐在那里对他说这样的话,她是他妻子,她有什么权力这样对他讲话,仿佛她不过是个陌生人。

"我没有,"他说,"我不要找什么女人。"

"你的话不对,你希望像艾尔弗雷德一样。"

难堪的气闷使他沉默着。他也感到十分惊愕。他曾漫不经心地随随便便简单地给她讲过他到沃克斯沃斯拜访那个女人的情况。

她坐在那里,冲他转过她那张奇怪的暗黑的脸,一双圆睁的眼睛,让人难以理解,正在上下打量着他。他也开始正面看着她。她现在又变成了面对着他的那个活跃的未知数。他必须对她屈服吗?他完全不自觉地反抗着。

"你为什么要去找一个你认为比我更好的女人呢?"她说。

他感到自己的心绪变成了一团乱麻。

"我没有。"他说。

"你为什么要?"她重复说,"你为什么要否认我的话?"

忽然间,仿佛在一阵闪光之间,他看到她也许感到很孤单,很孤独,有些不知怎么办才好。他一直以为她对一切都胸有成竹,都感到满意,一切全自己做主,完全把他排斥在外。难道她还有什么要求吗?

"你什么地方对我不满意?——我对你也不满意。过去保罗到我身边来的时候,总有一套男人对女人的办法。你却全不管我怎样,或者甚至拿我像对你的牛马一样,匆匆了事,然后就把我忘掉了——所以你现在还是把我忘掉吧。"

"你让我怎么总记得你呢?"布兰文说。

"我要你常想到除你自己之外,你身边还有一个人。"

"这我还不知道吗。"

"你来到我身边的时候,仿佛什么都不为,仿佛我什么都不是。当保罗来到我身边的时候,他对我可不是这样子——我是一个女人。而在你看来我什么也不是——只不过是一头牛——或者什么也不是——"

"你让我感到我仿佛什么也不是。"他说。

他们沉默着。她注视着他。他已经无法动弹,他的心里纷扰已极,一片混乱。她又去做她的针线活。可是,她在他面前低头干活的情景抓住了他的心,使他怎么也无法抛开。她是一种离奇的,带有敌意的,左右一切的力量。可也没有很大的敌意。他坐在那里感到自己的四肢强健有力,他完全感觉到自己的力量。

她沉默了很长一段时间,一针一针地缝着衣服。眼前是她的圆圆的头,他强烈地感觉到它和他是那么接近,那么具有强制力。她抬起头叹了一口气。他身上的血液燃烧起来,她说话的声音也像火一样传进了他的两耳。

"过来。"她犹犹豫豫地说。

他开始有一会儿没有动,然后他慢慢站起来,向火炉边走去。这需要一种几乎是致命的意志力,或者甘听驱使。他站在她前面,低头看着她。她的脸又重新放出了光彩,眼睛也像可怕的大笑声一样放出了光彩。这一切对他来说是那么地可怕,她会忽然变成了另外一个人。他简直不敢看她,他的心快要燃烧起来了。

"我的爱!"她说。

他现在已站在她的身边,她举起胳膊抱住他,抱着他的大腿,使劲让他贴在自己的胸前。她放在他身上的双手似乎让他感觉到了自己赤裸裸的形象,他感到自己已经变得满身是爱了。他简直不敢再去看她。

"我的亲爱的!"她说。他知道她讲的是一种外国语言。

这恐惧在他心中变成了一种福分。他低头向下看着,她是那样地容光焕发,她的眼睛也充满了光彩,她是那样地可怕。她对他产生的无法抗拒的吸引力,使他感到非常痛苦。她是那个不可知的可怕的女人。他朝她低下头去,十分痛苦,没有办法脱开身,没有办法让自己脱开身,而是愈挨愈近,愈贴愈紧。她现在已经变成了另外一个人,她是那样地神妙,完全超出了他的想象。他要前进。可是现在他还完全没有办法吻到她。他自己离她太远。他现在最容易吻到的是她的脚。可是他感到非常难为情,不愿意这样做,甚至觉得那似乎是一种无礼的行动。她等着他旗鼓相当地和她对阵,不要他在她面前点头哈腰,卑躬屈节。她要他积极参与,而不是要他向她投降。她把她的手指放在他的身上。这对他简直是一种折磨,使他不得不积极地完全把自己交给她,和她成为一体,他不得不和她相遇,拥抱她,更深刻地探索他之外的这另一个人。甚至就在他最需要的时候,在他身上仿佛还有一种什么东西不允许他对她完全屈服,不让他对她完全放松,反对他和她完全交融在一起。他害怕,他得要挽救他自己了。

短时间的宁静。然后慢慢地,他的那种紧张情绪和抗拒情绪逐渐消失,他开始向她漂流过去。她仍在他所能接触到的范围之外,她是无法得到的。可是他放开了他自己,抛弃了他自己,开始体会到在他的欲望下面有一种要向她走去的力量,要和她在一起,要和她彼此交融,要让他抛开自己以求得到她,在她的身上寻找到他自己。他开始向她走近,越走越近。

他的血液激起一阵阵欲望的浪潮。他要向她走去,和她相遇。她就在那里,只要他能抓到她就行。他感到他恰恰抓不着的那个女人的现实正吸引着他。他盲目地不顾一切地向前挤去,越挤越近,越挤越近,以使自己达到最高的境界,让自己被黑暗所接受,这黑暗将把他吞没,然后再把他吐出来,交还给他。如果他真正能够进入那黑暗的闪闪发光的核心,如果他真正能够被毁灭掉,被燃烧掉,然后和她一起在一个更高的境界发出光芒,那便是极致完美,极致完美。

在结婚两年以后,现在两人在一起竟会感到比过去任何时候都更加美妙。

这仿佛是进入了另一种形式的存在,仿佛是经过洗礼而获得了另一种生活,这是一种完全的肯定。他们的脚踏进了新的知识领域,这种发现照亮了他们的脚步。不管他们走到哪里,一切都非常美妙,发现中的世界不停地在他们的四周发出回声。他们欢快地前进着,忘掉了一切。一切都已经丢失了,一切都已经被找到。新的世界正在被发现,它正在等待着有人去进行探索。

他们通过这个门走到一个更远的空间去,在那里,一切运动是那样地伟大,它包含着各种拘束、限制和劳累,但又是完全的自由。对他来说,她就是那个门;对她来说,他也就是那个门。最后他们彼此都把门完全敞开,站在门前彼此对望着,这时从他们身后透过来的光线直接照在他们的脸上,这是一种脱胎换骨的过程,是一种最大的欢庆,是彼此真正的接纳。

此后,这脱胎换骨的光辉就永远照亮着他们的心。像过去一样他仍然去干他自己的事;她也仍然去干她的,重新走进那似乎没有改变的世界。可是在他们俩看来,他们却经历了一场永远使人神往的脱胎换骨的过程。

现在他对她完全了解了;而他对她的了解却并不比过去更深刻一些,更精确一些。波兰、她的丈夫、战争——对所有这些东西在她身上的影响他仍完全不理解,他也不理解她的半德国人半波兰人的异国情绪,也不懂她讲的外国话。可是,他了解她,他尽管不懂,也能了解她的意思。她说些什么,她怎么讲话,这不过是她身上的一种盲目的姿态。但从她本身来说,她迈着坚强明确的步伐,他了解她,他向她致敬,他与她同在。说到底,究竟什么叫作记忆?不就是记住某些始终未能实现的可能性吗?保罗·兰斯基对她能算得什么,不也就是一种没有能够实现,而现在他布兰文代替他使之得以实现的可能性吗?安娜·兰斯基是莉迪亚和保罗生下的,那又有什么关系呢?上帝才是她的父亲和母亲。是他曾经占据着这一对已婚夫妇的身体,不过没有让他们认出他来罢了。

现在,当布兰文和莉迪亚·布兰文站在一起的时候,上帝已宣称属于他俩了。在他们最后携起手来的时候,这个房子就已经建成,上帝住进了他的住所。他们只感到无比高兴。

日子像过去一样一天天地过去。布兰文仍然到地里去干他的活儿,他的妻子抚养着她的孩子,偶尔也帮着照顾一下农庄上的活计。他们谁也不想到谁——他们为什么要想呢?只是在她接触到他的时候,他马上就会觉察到她的存在,知道她是和他在一起,紧挨着他,知道她是那个门,是向外的通道,知道她是在离他很远的地方,而他是随着她走过了那一片遥远的地区。到什么地方去？——那有什么关系？他永远等着她的呼唤。在她叫喊的时候,他回应;在他提出任何问题的时候,她马上回答,或酝酿回答。

在他们之间,安娜的心已完全定下来。她看看这个又看看那个,她看到他们的新的关系已保证了她的安全,她现在完全自由了。她满怀信心地在那火柱和云柱①之间游玩着,无论是左边的情况还是右边的情况都使她十分安心。再没有谁让她用她那孩子般的力量去支持那要坍倒下来的拱门了。现在她的父亲和母亲已在天穹的两边支持着它,她这个孩子可以在下面这广阔的空间游玩了。

---

① the pillar of fire and the pillar of cloud：是摩西在引导以色列人离开埃及时上帝给他的两个信标。见《出埃及记》第13章第21—2。

第 四 章

安娜·布兰文的少女时代

安娜九岁那年，布兰文把她送到科西泽的学校去读书。她毫不在意蹦蹦跳跳地到了那里，自己愿意干什么就干什么，她既丝毫不讲究体面，对别人也毫不尊敬，这情况让老小姐科茨感到十分气恼。安娜一味对科茨小姐大笑着，她很喜欢她，并时时给予她孩子气的认真的关怀。

这姑娘说是腼腆却又十分野，她对陌生人都莫名其妙地看不起，仿佛自己比谁都高一等。她又非常腼腆，如果有谁不喜欢她，她就会感到痛苦不堪。另一方面，除了她爸爸和妈妈，她把谁都不看在眼里。因为她对她妈妈仍然有一种又恨又崇拜的心情，至于她爸爸，她本来就很爱他、关心他，而且她现在还依靠他生活。这两个人，她爸爸和她妈妈，都仍然占有她的心。可是对别的人她全然不在意，她对他们，总的说来，采取一种友善的态度。但是她非常厌恶丑恶，讨厌多管闲事或傲慢的人。还是一个孩子的时候，她就像一只老虎似的骄傲、冷漠，也和老虎一样从不合群。她可以给别人帮忙，可是除了她爸爸和妈妈之外，她从不接受别人的帮助。她讨厌前来和她亲近的任何人。像一只野兽一样，她需要和任何人保持距离。她不相信过分的亲密。

不论在科西泽还是在伊尔克斯顿，她永远是一个不合群的人。她有许多熟人，但是没有什么朋友。她所遇到的人，很少能引起她的注意。他们仿佛都不过是一类人中的一分子，彼此很少有什么差别，她对谁也不十分认真。

她有两个弟弟，一个是矮小的黑头发的爱发脾气的汤姆，尽管她和他同在一个屋檐下，可是她从来不和他在一块儿玩。再一个就是喜欢说话的漂亮的弗雷德，她很羡慕他，可是不认为他是一个真正有独立性格的人。她简直就是自己的宇宙中心，对其外的一切，她都全然不予理睬。

她所遇见的第一个人，第一个她感到是活着的、明确地过着自己的生活的真正的人是她妈妈的朋友斯克里本斯基男爵。他也是一个波兰的逃亡者，他接受过教职,在约克郡从格莱斯顿先生那里获得一份很小的教俸。

当安娜才只十岁左右的时候,她和她妈妈曾经在斯克里本斯基男爵家里待过几天。住在那红砖墙的牧师住宅里,他似乎显得十分快乐。他是一个农村教堂的牧师,他的教俸每年大约能让他有二百镑多一点的收入,可是他管辖着一个包括有好几个煤矿的教区,居民大都是些新来的粗暴的异教徒。他跑到英格兰北部来希望得到普通居民的尊敬,因为他的身份是贵族。可是结果他却遭到了粗暴的,甚至是残酷的接待。对于这一点,他始终也不能理解,他仍然是一个脾气暴躁的贵族。不过他只好学着尽量避开他的教民。

安娜却对他产生了十分强烈的印象。他个子很小,皱皱巴巴的脸上长着一双深陷的炯炯有神的眼睛。他太太是个又高又瘦的女人,出身波兰贵族家庭,什么时候都自傲得不得了。他仍然只会讲一点不流利的英语,因为他总是和他太太在一起,在这个不友好的陌生的国土上,他们俩都感到非常孤独,而他们俩在一起的时候总只讲波兰语。他对布兰文太太会讲一口熟练的柔和的英语感到很失望,而她的孩子公然不会讲波兰语更使他失望。

安娜老喜欢和他在一起。她喜欢光秃秃地耸立在山头的那所巨大的无一定格局的新房子。在看惯了沼泽农庄之后,这房子显得那么开阔,那么清冷又那么突出。男爵没完没了地和布兰文太太用波兰话谈讲着;他疯狂地用两手比画着,蓝色的眼睛露出火一样的光芒。在安娜看来,他那种指手画脚的动作具有某种特殊的意义。他这种狂放和充满热情的态度,在她心中引起某些共鸣。她觉得他是一个了不起的人物。她在他面前感到有些腼腆,她喜欢听他对她讲话。在他的身边她有一种自由的感觉。

她永远也说不清她是怎样知道的,可是她的确知道他是一位马耳他的骑士。她始终也记不起来有没有看见过他戴上五星或十字勋章,或者有没有看见过他的骑士行头,但是她通过某种象征意义,了解到了这一情况。对这个孩子来说,不管怎样,他代表了一个真正的世界,在那个世界里,帝王、将相、王子、王孙过着他们辉煌的生活,而王后、公主和贵妇人们维持着那崇高的秩序。

她把斯克里本斯基男爵看作是一个真正的人物,他对她也有某些关心。可是后来,她因为很长时间没有再见到他,他在她心中也不过变成了一片模糊的记忆。可是他却始终活在她的记忆中。

安娜长成了一个高大的、看来不很顺眼的姑娘。她的眼睛仍然是那么黑,仍然目光锐利,可是它们已失去了原来那种带有敌意和随时警惕着的眼神,显得懒懒散散的了。她的蓬松的金丝般的头发变成了深棕色,现在更是越来越浓,通常扎在脖子后面。她被送到诺丁汉一个女子学校去学习。

这期间,她一心一意想变成一位年轻小姐。她相当聪明,可是对学习毫无兴趣。一开头,她想着学校里的姑娘们一定都像贵妇人,都了不起,她愿意对她们都表示好感。可是很快她就感到幻灭了:她们让她非常生气,简直要使她发疯了,她们是那么小气和吝啬。她在家里的时候,谁都非常大方,什么也不在乎,一点小东西谁都不在意。现在看到这里的人为一点一文不值的东西常常吵个不休,使她感到极不舒服。

她身上忽然出现了一种很急骤的变化。她不再信任自己,她也不信任外面的世界。她不愿意前进了,她不愿意走进外面的那个世界去,她不愿意再往前去了。

"那帮姑娘有什么值得我关心的?"她有时会十分轻蔑地对她父亲说,"她们全都一无可取。"

麻烦的是那些姑娘决不会按照安娜的标准去看待她。她们只会按照她们自己的标准去看待她,或者对她根本不予理睬。所以她有一段时间感到莫名其妙,情不自禁她也变得和她们一样,可是没有多久,她越来越反感,她终于对她们恨之入骨了。

"你为什么不把学校里的姑娘请几个到咱家来?"她父亲有时会对她说。

"她们永远别想到这里来。"她叫喊着说。

"那是为什么?"

"她们都是些瘪三。"她说,使用了她妈妈偶尔使用的一个词儿。

"管他瘪三还是瘪球的,没有关系,她们不都是些很好的年轻小姐吗?"

但是安娜决不肯让步,她对那些平庸的人,特别是和她同年龄的年轻姑娘,有一种奇怪的避之唯恐不及的感觉。她非常不愿意和别人接近,因为别的人总有些使她感到很不舒服。她从来也弄不清这是她自己不对,还是他们不对。她原来对那些人也有一定的尊敬,可是不断出现的幻灭感使她非常生气。她很愿意尊敬她们。而且她还仍然认为,凡是她不知道的人一定都是了不起的。可是她所认识的人似乎又总是在那里限制她,还对她来点小小的欺骗,弄得她简直无法忍受。她宁愿待在家里,避开跟外在世界的接触,以便始终能对它保留一点幻想。

因为在沼泽农庄上,生活的确是相当自由,也十分广阔。没有谁为钱发

93

愁,没有那一套虚情假意,谁也不去注意别人怎么想。因为不论是布兰文太太还是布兰文自己,对于从外面传来的流言蜚语从来不是那么敏感,他们过着完全离群的生活。

因此安娜只有在家里的时候才感到最惬意,在家里,朴实的态度和她父母之间的最理想的关系创造了一种她在外面无法见到的更自由的生活标准。走出沼泽农庄,她在哪里能找到她成长于其中的那种宽容的尊严?她的父母对别人的批评不问不闻,根本不予理睬。而她在外面所遇见的人似乎对她的存在本身都感到不满。他们似乎总在想法表示看不起她。她十分不愿意和他们混在一起。她在一切方面都依靠她的妈妈和爸爸,可是她又很希望能够出去。

在学校里,或者在学校外面,她永远总是不对的,她常常感到她大概应该整天低着头偷偷地过日子。她在自己的内心深处从来也拿不准,究竟是别人不对,还是她自己不对。她没有做她的功课:是啊,她看不出有任何理由在她不愿意的时候,一定得去做她的功课。难道有什么神秘的理由让她一定得那么做吗?难道这些人,这些女教师,代表着什么神秘的权力,或者更高的善吗?她们仿佛觉得自己真是那样。可是要了她的命她也无法明白,为什么就因为她背不下《皆大欢喜》中的三十行诗,就应该受到斥责和侮辱。不管怎么说,她能背与不能背到底有什么关系?不管别人怎么说,她也无法相信这有丝毫的重要性。因为她从心眼里厌恶那女校长粗鄙的工作态度,因此她和学校里的权威也一直多有抵触。由于天天听到大家那样说,她也慢慢相信自己很不好,相信自己生来就不如人。她感觉到,如果让她按照别人对她的要求去做,那她只好永远含羞带愧地低着头过日子。可是她要进行反抗。她从来也没有真正相信自己很坏。在她的内心深处,她厌恶别的那些人,他们整天都在那里为一点极小的事吵嚷不休,她厌恶他们,希望对他们进行报复。在他们施展权力控制她的时候,她非常痛恨他们。

她仍然有她自己的一个理想:她要做一个自由的、骄傲的、不为一些小事情烦恼、不纠缠在一些细小的利害关系上的尊贵女性。她宁愿在图片中找出这样的女性形象:威尔斯公主亚里山德拉就是她奉为典范的这样的人物。这个女人骄傲、华贵,毫不在意地将一切细小、低下的欲望踩在脚下:安娜在自己的心里总这样想。这姑娘把头发拢得高高的,头上戴着一顶略微倾斜的帽子,她的裙子四周鼓起来非常入时,她还穿着一件非常高雅的贴身的上衣。

她的父亲看着她非常高兴。安娜对自己的举止神态也感到很骄傲,她那种对一些并不重要的制约天生毫不在意的态度,是不会让伊尔克斯顿的人感到高兴的;他们随时都希望能杀杀她的威风。布兰文根本不听那一套,她既然愿意显得雍容华贵,那就让她显得雍容华贵吧。他像一块岩石挡住她,不让她受到外界的攻击。

带着他的家族的特点,他长得非常强健和俊朗。他的蓝色的眼睛又大又亮,炯炯有神,而且显得十分敏感。他的神态显得有些刻板,可是十分热忱。他完全不需要邻居们的帮助,独立生活的能力使得他们都很尊敬他。他们谁都愿意尽力给他帮忙。他虽然从来不要他们帮忙,但对待他们却非常慷慨,所以他们对他表示好感是总会有好处的。只要别人不来干预他的事,他也很喜欢和人交往。

布兰文太太整天按她自己的意愿和计划干她自己的事。她有她的丈夫,她有她的两个儿子和安娜。这就构成了她的全部世界。别的人全都是局外人。在她自己的这个世界中,她的生活全都像梦一样一天天过去。时间慢慢流逝,她就生活在这种流逝的过程中,积极操持家务,永远快乐,从无非分之想。她几乎很少注意外界事物。外面的东西就是在她的生活之外,根本不存在。她的儿子们打架,只要不当着她的面,她根本不予理睬。可是如果她在旁边时,他们打起来,她就会非常生气,而他们也很怕她。如果他们打碎了火车车厢的一块玻璃,或者把家里的手表拿到鹅鸭市场上去换酒喝了,她都会完全不在意。这种事布兰文知道了也许会生气的。可在妈妈看来,那根本不算一回事。让她生气的往往是一些奇怪的小事情。要是她的儿子跑到屠宰场去,她就会非常生气,如果他们在学校学习的成绩不好,她也会很不高兴。她的孩子们不管犯了多大错误都没有什么关系,只要他们不是那么愚蠢或者下贱。如果他们似乎甘心忍受侮辱,她就会痛恨他们。她对安娜那姑娘有时非常生气,也只不过因为她有些 gaucherie① 和显得有些呆罢了。某些笨拙和粗野的表现很容易使这位妈妈两眼充满莫名其妙的愤怒。除此之外,她一般都不在乎,心情总十分愉快。

一意追求贵妇人理想的安娜,现在已经出落成了一位自视甚高的十六岁的小姐,而家传的缺点她一样也不缺。她对她父亲显得非常敏感,她知道他什么时候喝多了酒。如果他酒后有半点不正常的样子,她就不能忍耐。他一喝

---

① 法语:笨手笨脚。

酒就满脸通红,太阳穴边的青筋暴露,眼睛里闪着对谁都愿意献殷勤的光芒,那样子似乎很可怕又很可笑。这神态让她十分生气,一听到他吵吵闹闹骂骂咧咧地走进来,她就会感到怒不可遏。往往他一进门,她就会给他个下马威。

"你那样子真够瞧的,你看你那副满脸通红的样子。"她叫着说。

"我要是脸色铁青,那还会更够瞧呢。"他回答说。

"又在伊尔克斯顿灌满一肚子酒了。"

"伊尔森有啥不对的。"

她头也不回转身走开。他眨眨眼睛,感到很有趣地望着她,但尽管这样,由于她显然看不起他,他总显得有些悲哀。

他们这一家是很奇怪的一家,他们有自己的一套规矩,跟整个世界隔绝,成为一个孤立的,有一条看不见的界限的小小的共和国。妈妈对伊尔克斯顿和科西泽丝毫不感兴趣,对于外界对她的一切要求丝毫不在意,她非常怕见外人,尽管她非常客气,甚至让人对她颇有好感。可是等到客人一走,她马上就大笑着把他丢在脑后,仿佛他根本没有存在过。她只不过把这些看作一种游戏。她仍然是一个外国人,对自己所处的地位始终不是那么明确。可是和她自己的孩子们和丈夫一起住在沼泽农庄,她便是这一小块什么也不缺的土地上的女主人。

她也有她自己的某种信仰。虽然从来也不是很明确。她是在罗马天主教的家庭里长大的。为了自卫,她也常上英格兰教会的教堂。这一切外表的形式,她全都认为无所谓。然而她有她的某种宗教信仰。那看起来就是,她认为既然要把上帝作为一种神秘的东西加以崇拜,那就永远也不要去弄清楚上帝到底是什么。

在她的内心深处,她却能清楚地感觉到那伟大的绝对权威,那她身处其中的强大力量。她对英国人的那一套教条从来无动于衷:它所使用的语言也与她格格不入。这一切让她感觉到掌握她生命的那伟大的分离精灵正闪炫光向她逼近,非常可怕,它代表着伟大的神秘,谁也没有办法把它讲明白。

她正是向这种神秘散发着她的光辉,通过她自己的各种感官,她完全知道它的存在,她的眼神里所表现的离奇而神秘的迷信,是英国语言永远无法表达的,也从来没有出现在英国人的思想之中。可是她就是这样生活着,生活在一种强有力的可以感知的信仰之中,这信仰涵盖着她的家庭,也包容着她的命运。

她慢慢也使她的丈夫变得和她一样了。他和她一同生活着,对世界的一般价值观念全然不予关心。她的举止,她的一言一行对他说来都是具有象征意义的表现,都是对他发出的指示。和她一起生活在田庄上,他经历了一种生与死和创造的神秘过程,一种离奇而深刻的狂喜,一种全世界任何人都了无所知的无法述说的满足;这情况使得他们这对夫妇尽管和别人疏离,却在那个英国人居住的村子里受到普遍尊敬,因为他们也很有钱。

可是在妈妈不假思索的知觉中,安娜这孩子却不能让人完全放心。她有一串母珠念珠,这是她父亲给她的。这念珠对她有什么意义,她也说不清。可是只要把这串像月光一样的银色念珠拿在手里,她马上就会感到心中充满了奇怪的热情。她在学校的时候学过一点拉丁文,学过一节马利亚赞美诗和一节念珠祷词,还学过如何用念珠祷告。可是她始终没有完全学好。

"Ave Maria, gratia plena, Dominus tecum, benedicta tu in mulieribus et benedictus fructus ventris tui Jesus. Sancta Maria, Mater Dei, ora pro nobis peccatoribus, nunc et in hora mortis nostrae, Amen."①

不管怎样,这是不对的。翻译出来的意思并不是原来那个念珠祷词的意思。这中间有很大的差异,完全不够忠实。要让她说"Domius tecum",或者"benedicta tu in mulieribus",她感到极不舒服。她喜欢那些神秘的字句。"Ave Maria, Sancta Maria";而像"benedictus fructus ventris tui Jesus"和"nunc et in hora mortis nostrae"一类的词句,更能使她感动不已。可是所有这些全都不是那么真实。不管怎样,很难令人满意。

她尽量避开使用她的念珠,因为尽管它能使她内心充满离奇的热情,而那些祷词所表明的却都是这样一些不是十分重要的东西。她把它收起来了。她的本意并不是要把这类东西都收起来。她的本意只是希望避开思想,避开它,以挽救她自己。

她已经十七岁,精力充沛,脾气暴躁;动不动就脸红,又常常闷闷不乐,心神不定。由于这种或那种原因,她更愿意找她的父亲,她对她的妈妈有时几乎有一种仇恨的感觉。她妈妈阴沉的嘴脸和处理事情阴阳怪气的方式,她妈妈对某些问题的过分肯定和自信,她的奇怪的自满,甚至是自鸣得意的情绪,她

---

① 拉丁文,大意是:"向你欢呼马利亚,你无限荣耀;主已经和你同在,你在妇女中是有福的,你所怀的胎也是有福的,那就是耶稣。神圣的马利亚,上帝的母亲,请为我们有罪的人祷告,从现在直到我们死去的时候,阿门。"

妈妈对某些事情纵声大笑的神态,她对某些烦恼的问题一声不响,自作主张的态度,特别是她妈妈那藐视一切困难的能力,都使这个姑娘感到愤怒至极。

她越来越变得喜怒无常,难以捉摸。她常常站在床前向外望着,似乎她想出门去。有时候,她真出去和外边的人混在一起。可是她每次回家来的时候总是愤怒不已,仿佛她受到了别人的欺负,遭到别人轻视,甚至是受人侮辱了。

家里总有一种阴森的沉默和紧张的气氛,在这种气氛中,人的情绪必然会走向它的不可避免的结果。家里也总有一种饱满的气氛,一种深刻的情绪上的无言的交流,这使得任何其他地方都显得十分干瘪,令人不满。布兰文可以一声不响地坐着吸他的烟,妈妈总是一声不响地低头活动着,两人同在的感觉便是一种强大的力量,是一种支持。整个全家人的交往是无言的,紧张而亲密。

然而,安娜却感到不舒服。她希望离开这里。可是不论她到哪里,她总会有那种干瘪的感觉,仿佛她变得更小,更无足轻重了。她于是又匆匆赶回家去。

回来后她又怒不可遏,常常打乱了那里固定的强有力的情绪交流。有时她的妈妈怀着强烈的、具有毁灭性的愤怒,跟她争吵,这时她既没有怜悯之心,而且对什么都不加考虑。安娜感到害怕,总尽量想法逃避。这时她就会去找她的父亲。

那些妈妈完全不予理睬的话,他却总愿意安静地听着。有时安娜就去和她的父亲谈谈。她想和他谈论一些别的人,她想知道某些事情究竟是什么意思。可是她的父亲却会因此感到很不舒服。他很不愿意让人强拉着去关心一些他根本不愿关心的事。他所以听着,只是为了照顾她的情绪。这时整个房间里就会有一种一切都清醒过来的感觉。那只猫也站了起来,伸伸懒腰,显得很不愉快地朝门口走去。布兰文太太一声不响,她那样子让人感到某种不祥之兆。安娜对她的那种吹毛求疵、喜欢批评、对什么都表示不满意的神态觉得难以忍受。她感到甚至她父亲也反对她。他和她妈妈之间有一根强烈的阴暗的纽带,这是一种强有力的亲密关系,它无声地、狂野地存在着,有它自己的一套逻辑,如果被打断或者暴露出来,就会更显示出它的野性。

不管怎样,布兰文为那个姑娘感到很不安,全家的情绪经常被彻底搅乱。她有一种病态的让人无可奈何的感染力。甚至就在她完全和她的父亲母亲住在一起,完全在他们的控制之下的时候,她对他们也始终怀着敌意。

她想出了种种办法,要逃离这个环境。她变成了一个非常热情的上教堂的常客,可是那里所使用的语言她全然不懂:那似乎是一种虚假的语言。她讨厌听到有人把很多事变成文字说出来。当宗教感情还深藏在她的内心深处的时候,它显得是那样令人激动。可是一进入牧师的嘴里,它就变得虚假和毫无道理了。她曾经尽量想读一点书。可是那些冗长的描述和变成文字话语的虚假性使她完全没有兴趣再读下去。她出去和一些女朋友待在一块儿。一开头她觉得这样再好不过了。可是渐渐地她心中的烦恼又出现了,她马上感到一切都毫无意义。她永远感到自己是在到处碰壁,仿佛她从来都没有机会扬眉吐气,从来都没有迈开大步走过。

她的思绪常常投向法国某一位大主教所建造的折磨人的大地牢,在那里被关进去的人既没法站起来,又无法伸直身子躺下去,永远不可能。这不是说她觉得她自己的处境和这有什么关联,只是她常常纳闷那个地牢是怎么修建的。她完全能够体会到那种永远让人弯着身子的可怕情景,她可以非常真实地体会到这一点。

在她刚刚十八岁的时候,从诺丁汉寄来了一封艾尔弗雷德·布兰文太太的信,信中说,她的儿子威廉要到伊尔克斯顿一家发电厂去接受初级制图员的职位,实际上跟学徒差不多。他现在是二十岁,她希望沼泽农庄上的布兰文一家能够友好地接待他。

汤姆·布兰文马上回信说,沼泽农庄可以给那个年轻人安置一个住的地方。这个建议没有被接受,可是诺丁汉的布兰文家的人表示非常感激。

诺丁汉的布兰文家和沼泽农庄上的本家之间本来就没有什么感情。说真的,艾尔弗雷德太太已经继承了三千镑遗产,对自己的丈夫又很有理由感到不满,所以她对一切布兰文本家都敬而远之。但不管怎样,她倒也装出对汤姆太太很尊敬的样子,这是她对这位波兰女人的称呼,并说不管怎样,她也算是大家出身。

安娜·布兰文听说她的堂哥要到伊尔克斯顿来,隐隐约约地感到有些激动。她认识不少年轻人,可是他们在她的眼中似乎都显得不是那么真实。她在这个殷勤的年轻人身上看到一个她喜欢的鼻子,在那个青年身上看到两撇很可爱的胡子,在另一个人身上看到一身很考究的衣服,或者一圈很可笑的头发,又在一个青年身上也许看到他说话的方式很有趣。所有这些都可能使她感到高兴,或略感惊异,但所有那些年轻人都不像真实的人。

她真正了解的男人,只有她自己的父亲;由于他身材高大,神态威严,简直仿佛带着某种神性,她简直觉得他包括了一切男人的性格,至于其他的男人,都是无足轻重的。

　　她还记得她堂兄威廉的样子。他穿着城市里的衣服,身体很瘦,一个很奇怪的脑袋黑得像墨玉,可是长着一头光亮的很细的头发。他的头显得非常奇怪:它让她想到了不知一件什么东西:想到某种动物,某种神秘的动物,它住在树叶下面的黑暗之中,从来也不出来,却活得有声有色,敏捷而充实。她每次一想到他,就想起那个黑色的敏捷而盲目的头。她觉得他很怪。

　　在一个星期天的早晨,他来到了沼泽农庄,他是一个高高瘦瘦的青年,鲜洁的脸上在羞怯之中又含有一种莫名其妙的稳定沉着的神态,他显然对其他人的生活情况一无所知,因为他总是只想到他自己。

　　当安娜穿上她节日的衣服,走下楼来准备上教堂的时候,他站起来用一种传统的方式跟她打招呼,和她握握手。他显得比她更为落落大方。她不禁脸红了。她注意到现在他的上嘴唇已有了两撇小胡子,仿佛给他秀丽的大嘴镶上了一道黑边。这使她感到有些讨厌。它还让她想起了他的细软的头发,她感到他身上什么地方有些异样。

　　他说话的嗓门很高,带有男中音的那种嗡嗡声,这也让人听着很怪。她奇怪他为什么要这样。但是他坐在沼泽农庄的会客室里却显得很自然,他那毫无拘束,自然、沉着的神态正是布兰文家人的特点,这就使他坐在这里像在自己家里一样。

　　她父亲对待这位年轻人所表现的离奇的亲密,做作的态度,使她有些厌烦。他对他似乎非常温和,而且为了要显出这个年轻人的身份,简直不惜低三下四。这使得安娜颇有些生气。

　　"爸爸,"她忽然说,"给我一点捐款。"

　　"什么捐款?"布兰文问道。

　　"别跟我闹着玩儿了。"她红着脸叫着说。

　　"我没有。"他说,"你说的到底是什么捐款?"

　　"你知道今天是这个月的第一个星期天。"

　　安娜站在那里感到心里很乱。他为什么要这样做,这不是要让她在一个生人面前现眼吗!

　　"我要一点捐款。"她坚持说。

"听听她这话。"他不在意地回答说,看看她,又转过头去看着他的侄子。

她向前走了两步,把她的手伸进他的裤兜里去。他稳坐着抽他的烟,没有任何拒绝的表示,仍然和他的侄子闲谈着。她的手在他的裤兜里摸索了一会儿,拿出了他的皮钱袋。她清秀的两颊显得非常红润,两眼闪烁着明亮的光芒。布兰文的眼睛眨动了两下,他侄子羞怯地坐在那里。这时穿着盛装的安娜坐下来,把所有的钱都倒在她的两腿之间。里面有银币和金币。那年轻人止不住观望着她。安娜低下头去,用手在那一堆钱中一个个挑选。

"我真想拿走半个金币。"她说,同时抬起她闪闪发光的黑色眼睛,向上看看。她的眼睛遇上了她堂兄的浅棕色的眼睛,那双眼睛微微眯着正注视着她。她吃了一惊。她赶快大声笑笑,转身看着她的父亲。

"我真想拿走半个金币,我们的爹爹。"她说。

"好吧,小机灵鬼。"她的父亲说,"你愿意拿多少就拿多少吧。"

"你走不走啊,我们的安娜?"她的弟弟在门口问道。

这仿佛是一阵冷风吹得她马上又恢复常态,忘掉了她的父亲和她的堂哥。

"来了,我已经准备好了。"她说,从那一堆钱里拿走了一个六便士的硬币,把其余的钱又装回到钱袋里去,她把钱袋放在桌上。

"给我把钱袋放回来。"她父亲说。

她匆匆把钱袋塞进他的口袋,准备朝外走。

"你最好跟他们一块儿去,小伙子,你说呢?"父亲对他的侄子说。

威廉·布兰文有些犹豫地站了起来。他有一双金棕色的稳定的眼睛,像鸟一样,像鹰一样,什么时候也不会显出畏惧的神态。

"你堂哥威廉也要和你们一块儿去。"父亲说。

安娜对这个年轻的陌生人又看了一眼。她觉得他正等在那里,希望她去注意他。他现在正漂浮在她的意识的边缘,随时准备进去,她不愿意看他。她对他有些反感。

她等待着,什么话也没有说。她的堂哥拿起帽子走到她的身边。外边正是夏天的景象,她的弟弟弗雷德正从房子拐角处的醋栗树上折下一枝正开花的红醋栗,把它插在外衣上。她完全没有注意。她的堂哥紧跟在她的后边。

他们走上了大路。她注意到在她的生活中出现了某种奇怪的变化。这使她有点彷徨。她看到了她弟弟插在纽扣眼上的开花的红醋栗。

"噢,我们的弗雷德,"她大叫着说,"不要把这玩意儿带到教堂去。"

弗雷德带着不忍抛弃的表情看了看他胸前的装饰品。

"为什么,我喜欢它。"他说。

"我敢说,除你之外谁也不会这样做。"她说。

她这时转身看着她的堂哥。

"你喜欢这花的气味吗?"她问道。

他这时正站在她的身边,高大、随性,然而非常沉着,她感到有些激动。

"我没法说我喜欢不喜欢。"他回答说。

"拿过来,弗雷德,你不能带到教堂去,让人人闻到它的气味。"她对跟在她身后的那个小男孩说。

她的长得很漂亮的小弟弟老老实实地把那花给了她。她闻了闻,然后一句话没说就递给她的堂哥,让他评判,他也好奇地闻了闻那一簇花。

"这气味真怪。"他说。

她忽然大笑起来,所有人的脸上立即都出现了笑容;那个小男孩在走路的时候步子也仿佛轻快多了。

教堂的钟已经敲响,他们都穿着节日的衣服爬上那座充满夏天气息的小山。安娜穿一身棕底白条的丝绸上衣,胳膊和腰身都裹得非常紧,显得非常苗条,裙子后面高高鼓起,更显得很典雅。威廉·布兰文穿着一身十分华丽的衣服,显得十分殷勤。

他用手提着那红醋栗花枝慢慢走着,没有说话。光亮的太阳照在堤岸下边一丛丛的金凤花上,田野里的愚人芹像白色的浪花,高傲地耸立在各种小花中间,再往下,在一片暗淡的光线中,是一大片刚刈过的草地。

他们来到了教堂。弗雷德领头走到座位边去,后面跟着那位堂兄,然后是安娜。她感到自己非常显眼,而且不同一般。这个年轻人似乎让她引起了许多人的注意。他站在一边让她走过他的身边坐下,然后他才在她的身边坐了下来。坐在他的身边使她有一种奇怪的感觉。

从她头上的彩色玻璃窗上,各种颜色的阳光照了下来,它照在深褐色的木凳上,照在地面的石板已被踩得坑坑洼洼的通道上,照在她堂哥身后的柱子上,也照在她堂哥放在膝头的两只手上。她坐在一派光亮之中,她周围到处是一片片光明和发亮的阴影,她的整个心灵全都被照亮了。她坐在那里,自己也不知道,心里却老想着她堂哥的手和他的一动也不动的膝盖。某种奇怪的东西进入了她的世界,那是一种完全陌生的、她过去从来不知道的东西。

她感到一种莫名其妙的高兴。她坐在那不现实的光亮之中,感到无比欢欣。在她的眼睛里透露着一种仿佛是笑声的沉静的光亮。她感觉到有一种离奇的力量正进入她的身体,感到非常开心。这是一种她过去从不知道的阴暗的、使人的思想更为充实的力量。她并没有想到她的堂哥,可是他稍稍动一下手,她就不免一惊。

　　她希望他不要那么一字一句地念他的祷告词。这扰乱了她模模糊糊的欢欣的情绪。他为什么要使自己显得很突出,让别人都注意到他呢?这不是什么好气派。可是直到唱赞美诗的时候,她倒也没有出什么问题。他在她的身边站起来唱着,这使得她很高兴。接着忽然间,就在他唱第一个字的时候,他的声音来得那样洪亮和压过一切,几乎全教堂都能听见了。他唱的是男高音。她在惊愕之中不由得心花怒放。他的声音震撼着整个教堂!那声音简直像大喇叭一样不停地响着。她手里拿着赞美诗集,止不住咯咯笑起来。但他却仍然唱着,丝毫不为所动。他仍然高一阵低一阵非常严肃地自己唱着。最后她终于止不住纵声大笑起来。有时她一声不响却止不住笑得浑身直哆嗦。难以忍住的笑摇晃着她的身子,到后来连眼泪都流出来了。她感到吃惊,可是也觉得很有趣。赞美诗依然不停地唱着,她也就始终大笑不止。她红着脸难为情地对着她的赞美诗集低下头去,可是忍不住的笑仍使她浑身直哆嗦。她假装咳嗽,她假装喉咙被什么东西卡住了。弗雷德抬起他蓝色的明亮的眼睛呆呆地看着她。她慢慢平静下来了,接着在她旁边又响起了那盲目的洪亮的声音,又使她发疯似的狂笑起来。

　　她一边谴责自己,一边跪下去祷告。但就在她跪下去的时候,一阵阵笑声的波浪仍不停地冲过她的全身。只要看看他跪在跪垫上的膝头就会使她又惊惶得忍不住大笑起来。

　　她勉强安定下来,她坐在那里,脸色鲜洁、纯净、白里透红、冷静得像一朵圣诞节的玫瑰。她的戴着丝手套的双手交抱着放在膝上,她的深黑的眼睛一片模糊,仿佛已沉入梦境之中,对身外的一切全都忘怀了。

　　牧师的模糊的布道声,在那内容充实的宁静中不停地响着。

　　她的堂哥掏出了手绢。他似乎完全沉浸在那布道词中了。他用手绢擦擦自己的脸。这时有一件东西掉在他的膝盖上,那是一朵红醋栗花!他显然十分吃惊地低头看着它。安娜这时又止不住扑哧笑了。所有的人都听见了她的笑声:这让她非常难受。他用手抓住那朵被揉皱的花,然后又全神贯注去听那布道词。安娜忽然又扑哧笑了,弗雷德用胳膊肘捅了她一下。她的堂哥一动不动地坐着。她不知怎么想到她的脸一定通红。她可以感觉得到。他那捏着花的手一动也不动,故意装作若无其事的样子。一阵忍不住的笑声又从安娜的胸中涌了上来,接着又是一阵大笑。她勉强忍住笑,向前弯下腰去。现在问题似乎真的很严重了。弗雷德一次再次地捅她。她使劲地回捅他几下,接着又是一阵可恶的笑声从她胸中涌了出来。她想轻轻咳几声来止住笑。那咳嗽声最后变成了勉强压住的呼噜声。她简直恨不得马上死去。那只紧捏着的手现在藏到口袋里去了。她刚刚勉强忍住笑,安静了一会儿,现在知道他把手伸进口袋,想把那花藏起来,因而又使她止不住要大笑了。

到最后,她感到浑身无力,心情也非常沉重。一种空虚和气闷的感觉压在她的心头。她痛恨她身边所有的人,她摆出一副十分傲慢的表情。她忘掉她堂哥的存在了。

唱完最后一支圣歌开始收捐款的时候,她的堂哥又亮开洪亮的嗓子唱起来,这歌声仍使她止不住要笑。尽管刚才她让自己出尽了洋相,这会儿她还是忍不住。她带着忍俊不禁的情绪听了一会儿,接着募捐的袋子递到她面前来,她的那个六便士的硬币却塞在她的手套缝里掏不出来了。她急急忙忙地想把它掏出来,结果它滑在地上,滚到后一排椅子下去了。她站在那里咯咯地笑着,怎么也忍不住:她放声大笑着,纯粹是出洋相。

"你到底笑什么,我们的安娜?"刚一走出教堂的门,弗雷德就问她。

"噢,我就是忍不住要笑。"她毫不在意、半开玩笑地说,"我也不知道为什么威廉堂哥的歌声会弄得我那样大笑不止。"

"我的唱歌声有什么会使你大笑的呢?"他问道。

"你的声音太响了。"她说。

他俩并没有对看一眼,可是他俩都大笑起来,涨红了脸。

"你到底扑哧扑哧地老笑些什么呢,我们的安娜?"在饭桌上大弟弟汤姆问道,他的栗色的眼睛露出喜不自胜的样子,"所有的人都转头看着你。"做礼拜时汤姆正在唱诗班里。

她意识到威廉的眼睛正紧盯着她,等待她说话。

"这是堂哥的唱歌声引起的。"她说。

这话使她的堂兄发出一阵强忍着的笑声,并忽然露出了他小巧、整洁而且很锐利的牙齿,但刚一露,他又很快把嘴合上了。

"那么说,他一定有一副非常出色的嗓子啰?"布兰文问道。

"不,那也不是。"安娜说,"可他那声音就是让我好笑——我也说不清是为什么。"

紧接着,满桌子的人又跟着大笑了一阵。

威廉·布兰文微微向前伸着他那暗褐色的脸,眨巴着眼说:

"我一直是参加圣尼古拉斯唱诗班的。"

"噢,那么说,你们是经常上教堂的!"布兰文说。

"妈妈经常去——爸爸不去。"那年轻人回答说。

往往都只是些小事,他的一举一动,他说话的奇怪声调,引起了安娜的兴趣。他认真讲的一些话,相比起来,倒反而显得很荒唐。她父亲讲的那些话似乎都毫无意义,也毫无立场。

下午他们坐在充满天竺葵香味的客厅里,一边闲谈,一边吃着樱桃。大家都让威廉·布兰文谈些自己的情况,很快他就无所不谈了。

他对教堂和教堂的一些建筑很感兴趣。拉斯金[①]的影响使得他非常喜欢中古的建筑形式。他的谈话东一句西一句,好多问题他都不能说得十分清楚。可是他谈完一个教堂又谈一个教堂,谈到那里的中殿、圣坛、十字耳房,又谈到什么十字架屏障、圣水器、影线雕刻、模压花纹和空花,永远带着强烈的热情谈着某些十分具体的事和具体的地方。听着他这样谈论,她的心中越来越充满了一种教堂里的含义丰富的肃穆气氛,充满了一种神秘感,一种站在被崇拜的土偶面前所感到的严肃气氛,一种颜色很暗的光线,通过它似乎有什么活动在秘密进行着,慢慢进入黑暗之中;那里,还有一面高大的十分悦目的神秘的屏障,在更远的那边便是圣坛。这是一种非常真实的经历。她听着听着,十分神往。整个大地似乎完全被一个巨大的隐藏在阴暗之中的神秘的教堂所覆盖,它由于一个不可知的神灵的存在,令人倾倒。

向窗外望去,她现在可以看到挺立在鲜明的阳光中的丁香花,这情景几乎让她感到非常痛苦。那会不会只不过是一些用玻璃做成的宝石花呢?

他谈到哥特式、文艺复兴式和垂直式的建筑,也谈到早期英格兰和诺曼底的式样。这些话都深深打动了她的心。

"你曾经到过南井吗?"他说,"我今天中午十二点在那边教堂墓园的饭店

[①] 十九世纪末英国散文家和艺术批评家。

里吃过饭。那里的钟能奏出一首赞美诗。

"啊,那可真是一座非常漂亮的教堂,南井教堂,显得特别厚重。它有一些厚重的圆形的拱门,拱门不高,下面是粗大的立柱。实在是太宏伟了,那一排排的拱门。

"那里也有一个牧师休息室——漂亮极了。可是我最喜欢那个教堂的主体结构——还有那北面的廊子——"

那天下午,他一直十分激动,自以为非常了不起。一股火焰在他的四周燃烧,使得他目前的经历充满激情,闪闪发光,在那火光中显得是那样真实。

他叔叔的眼里闪着光,静听着,多少有点激动。他婶子低下她黑色的脸,也多少有点激动,她当然还知道一些别的情况。安娜可纯粹做了他的俘虏。

那天夜晚,他迈着轻快的步伐回到住处去,他的眼睛里闪着光,他的脸在黑暗中也闪出某种光彩,仿佛他刚刚参加了一次事关重大的热情洋溢的幽会。

那火在燃烧,他仿佛里外都一片通明,他的心简直和太阳一样了。他对他的不可知的生活,对他的自我,都感到无限欢欣。他随时都准备再回到沼泽农庄上去。

安娜自己也不知道为什么,总希望他来。她在他身上找到了逃避之所。通过他,她破除了她过去经历的藩篱:他是墙上的一个洞孔,通过它,她看到了外在世界的强烈的阳光。

他来了。有时候来,但不很经常,他一来就开始谈讲,于是就又出现了使一切都呈现在它面前的离奇而遥远的现实。有时候,他谈到他父亲,他对他父亲所抱有的强烈的仇恨简直是近于爱情了,也谈到他母亲,他对他母亲的爱已强烈得近于仇恨,或者是一种反抗情绪。他讲话非常笨拙,很多话他都说得不清不楚。可是他有一副非常动听的嗓子,这嗓子能使那姑娘的灵魂震动,能够使她完全进入他的感情。有时候他的声音热情、急躁,有时候它又显得十分奇怪,简直像猫叫一样,有时候它显得吞吞吐吐,不知道怎么说下去,有时候中间又夹杂着几声轻笑。安娜已经完全听他摆布了。她喜欢在她听他讲话时那传遍全身的热辣辣的感觉。他妈妈和爸爸,在她的生活中变成了两个很不一般的人。

接连几个星期,这青年经常跑来,他们家每次都高兴地接待他。他坐在他们中间,黑色的脸上闪着光,一张大嘴总挂着某种讥诮和嘲弄的神态,有时也咧开嘴唇轻轻笑一笑,他的眼睛总是像鸟的眼睛一样闪着光,完全没有深度。

谁也弄不清楚这小伙子是怎么回事,布兰文苦恼地想着。他很像一只微笑着的小公猫,什么时候想来就来了,从来不考虑别人怎么想。

起初,这个年轻人讲话的时候总是看着汤姆·布兰文;接着他又改而看着他的婶婶,希望得到她的赞赏,因为他认为她的赞赏比他叔叔的赞赏更有价值;到后来,他就转而看着安娜,因为只有从她那里,他才能得到他所需要的东西,那是他从那两个老人那里无法得到的。

因而这两个年轻人先是一直围绕着两个年纪较大的人,转而慢慢地建立了自己的独立王国。有时候,汤姆·布兰文感到很生气。他的侄子使他感到很生气。他感到这孩子太特别,对人缺乏诚意。他也有一个很强烈的性格,可是太抽象,仿佛离开他独立存在,像一只猫的性格一样。一只猫,当它的男主人和女主人就在它身边痛苦不堪的时候,都可以完全不为所动,安安静静地躺在火炉边的毯子上。别人的事和它毫无关系。这个青年人除了与他自己本身有关的事情之外,他还真正关心什么呢?

布兰文感到很苦恼。但尽管这样,他仍然很喜欢,也很尊敬他的侄子。布兰文太太也对安娜很不满,她在那年轻人的影响下,现在忽然变了。妈妈也喜欢那个男孩子:他到底不能算是外人。可是她不喜欢她女儿这样对他着迷。

慢慢地这两个年轻人越来越离开他们家的大人,自己单独去另搞一套。他到菜园子里去劳动,以讨好他叔父,他整天谈一些教堂里的事,来讨好他婶婶。他像影子似的整天紧跟着安娜:他整天跟在她后面,像一个坚持不懈的、永远抛不开的影子。这使布兰文感到十分生气。看到他侄子脸上那十分得意的微笑,他把它称为猫笑,他简直不能忍耐。

安娜现在有了她的去处,她获得了一种新的独立。忽然间,她开始完全抛开她的父母独立行动,抛开他们自己去生活。她妈妈有时止不住大发脾气。

可是,这求爱的活动仍继续进行着。安娜有时会找个借口跑到伊尔克斯顿去买东西,她回来的时候总是和她的堂兄在一起:在路上,他走在她稍后面一点,他的头从她的肩膀上伸过来,那样子,如布兰文所说,简直像是越过林肯向外观望的魔鬼。① 他在看到这情景时,虽然不免生气,而其实也感到很满意。

---

① 司各特在他的《肯尼渥斯堡》中也曾用过这句话,但按其出处来说,实际应该是"越过林肯学院往外观望的魔鬼",因为这里指的本来是牛津大学林肯学院后面的一座著名的塑像。

威廉·布兰文自己也莫名其妙,他发现自己忽然陷入一种非常激动的情绪之中。他自己也意想不到,有一天晚上他们从伊尔克斯顿回来的时候,他竟在门口拦住她,吻了她一下。他在拦住她和她亲吻的时候,仿佛感到有谁在黑暗中打了他一拳。他们进门以后,他看到她的父母抬起头来仔细对他和她打量着,不禁生气已极,他们有什么权利这样做:他们为什么要打量他们!让他们走开吧,或者望着别处。

那天晚上,这个青年回家的时候,满天星斗在他的黑色的头顶上疯狂地旋转,他的心变得非常凶狠、固执,他所以变得那么凶狠,是因为他感到仿佛有什么东西要阻挠他。他只希望把他面前的什么东西一拳打个粉碎。

她已经完全被迷住了。当她失魂落魄地在屋里活动,对什么都不在意,对她的父母也全不在意的时候,她的父母是何等的不安啊!她完全处在一种迷迷瞪瞪的状态中,仿佛他们已看不见她了。他们是已经看不见她了。这使得他们非常生气。可是他们仍然不得不忍受。有那么一段时间,她整天沉浸在自己的心事中,谁也不知道她到底怎么了。

他也完全生活在昏天黑地之中,他似乎已经藏身在一种强烈的带电的黑暗中。在那里他的灵魂和生命都不由自主地激烈活动着,已完全脱开他自己的支持或掌控,他完全没有了思考的能力。他机械地、快速地工作着,他制作出了一些非常漂亮的东西。

他最喜爱的工作是木刻。他为她雕刻的第一样东西是一个黄油印模。在那印模上,他雕刻了一只神话中的鸟——凤凰,那样子很像一只鹰,展开对称的翅膀从一圈非常美丽的闪动着的火光中向上飞去。那火光正沿着那杯状印模的边缘向上燃烧。

那天晚上,他送给安娜那件礼物的时候,她并没有十分在意。可是,第二天早晨,做好黄油的时候,她没有使用家里原来的那个木头刻的橡树叶和橡子,却拿来了他的那个印模。她非常好奇,急于想知道那个印模印出来是什么样子。结果她看到,在那个像茶杯一样的凹处压出来的那只粗糙的鸟,显得非常有趣,沿着那光滑的四周还有许多粗重的波纹向中间卷去。她又摁了一个。说来也真奇怪,她拿起那印记的时候,却看到那只长着银嘴的鸟向着她挺起了胸脯。她十分感兴趣地一个接一个摁着。她仔细看看,每次都好像又印出了一个新的生命。每一片黄油都变成了这种奇怪的富有生命力的象征。她拿去给她的父亲和母亲看。

"真的很漂亮。"她妈妈说,脸上微微露出了笑容。

"真美!"父亲大声叫着,感到有些莫名其妙,也有些焦躁,"啊,他叫它什么鸟呢?"

后来的几个星期,当这些黄油拿到市场上去卖的时候,顾客们也都提出同样的问题。

"你把它印在这黄油上,可你把它叫作什么鸟呢?"

那天晚上他来的时候,她把他带到牛奶房去让他看。

"你喜欢吗?"他用他那响亮的让人听来总有些奇怪的颤动的声音问道。那声音响彻了她生命中的一切阴暗的角落。

他们很少有任何肉体上的接触。他们单独在一块儿,但是在他们之间仍然保持一定的距离。在那凉爽的牛奶房里,烛光照在奶酪盘的宽大的白色表面上,他猛地转过头来。这里是那么凉爽,那么僻静,似乎非常僻静。他的嘴微微张着,露出勉强的笑意。她低着头和他站在一起,把脸转向一边。他希望和她更接近一些。他曾经吻过她一次。他的眼睛再一次落在那按上印记的圆形黄油块上,那具有象征意义的鸟在那里正背着烛光挺起了胸脯,他还有什么顾忌呢?她的胸脯就在他的眼前;他的头也像一只鹰的头一样高昂着,一动也不动。忽然间,他做了一个难以想象的柔和而又迅速的动作,举起双臂搂着她,把她搂到自己身边。那动作是那样干净利索,完全像从天空扎下、忽然飞来的一只鸟一样。

他吻着她的脖颈。她转头看着他。她的阴沉的眼睛里闪着火光。他的眼睛锐利而明亮,像一只老鹰的眼睛一样表现出凶恶的目的和喜悦。她感觉到他像一个烧红的烙铁,像一只闪闪发光的老鹰,飞进了她的火光中的阴暗的空间。

他们彼此对看了一会儿,都觉得对方很生疏,但又很接近,非常接近,像一只老鹰向下盘旋,向下冲击,直飞入一团黑暗的火光中去。这时她拿起蜡烛,他们一块儿回到厨房里去。

有很长一段时间,他们就维持着这种关系,常常一块儿来去,但是很少真正接触,接吻的时候就更少了。即使接吻,也不过是彼此碰碰嘴唇做个样子罢了。可是慢慢地她的眼睛里出现了一种总也不肯消失的光亮,她在干点什么的时候,常常半路停下来,似乎她要回想一件什么事,或者要想找到什么东西。

他的脸色现在变得更深沉和呆滞了,别人对他说话,他常常根本听不见。

八月里的一天晚上,正下着雨的时候他来了。他进门时上衣领子朝上翻着,衣服扣子都扣得很紧,满脸都是水。他从寒冷的雨水中走出来,显得那么苗条和轮廓分明,她忽然在对他的爱的冲动下两眼发直了。可是他仍然跟她的父母亲闲谈着,说着一些无意义的话。而她血管里的血实际上已痛苦得沸腾起来。她现在只希望紧贴着他,就只是贴着他。

在她那像银子一样光亮的脸上有一种奇怪的心神不宁的表情,使她父亲非常焦躁,她黑色的眼睛现在仿佛看不见了。可是她却对那个青年睁大了她的眼睛。那黑色的眼睛中的一种光亮使他不禁颤抖了几下。

她走到厨房里去拿了一只提灯。在她又走回来的时候,她父亲注意地看着她。

"陪我一块儿去吧,威廉,"她对她堂兄说,"我要去看看是不是该找一块砖头把耗子进屋来的那个洞堵上。"

"你现在没有必要去弄那个。"她的父亲接着说。她根本不予理会。那青年现在有点两边为难。父亲的脸涨得通红,他睁大一双蓝色的眼睛呆望着。那女孩站在门口,头微微向后仰着,仿佛是命令那个青年一定得来。他站起身来,全神贯注似的一声不响,然后就跟她一块儿走了。布兰文额头上的青筋全都暴了出来。

雨还在下。提灯的光照在石板路和墙根上,她走到一架很小的梯子前爬上去。他从她手里接过提灯,也跟着爬上去。上面是一个养鸡的阁楼,那些鸡都挤在一块儿,蹲在鸡架上,红色的鸡冠像火焰一样。它们都睁开了明亮的锐利的眼睛。一只母鸡挪动了一下位置,马上就有另外几只鸡发出表示谴责的咯咯声。一只大公鸡警戒地观望着,它脖子上黄色的羽毛发出像玻璃一样的光彩。安娜走过那肮脏的楼面,布兰文趴在阁楼边观望着。在那略加粉饰的红砖的反照下,灯光显得非常柔和。那姑娘在一个角落里蹲下来,一只母鸡跳动了一下又引起一阵喧扰。

安娜走了回来,低着头站在那些鸡架下面,他在门口旁等着她。忽然间,她两手搂住他,紧贴在他身边,死命偎着他,用一种耳语似的哼哼唧唧的声音叫着说:

"威廉,我爱你,我爱你,威廉,我爱你。"听来那声音仿佛要把她撕碎了。

他显然并不感到十分惊奇,他把她搂住,浑身的骨头似乎都已经融化。他向后倚在墙上,阁楼的门是开着的。外面的大雨以一种精巧的、冷酷的、神秘的匆忙情绪,从无边的黑暗中斜着飘扬过来。他把她搂在怀里,他们俩在那一片黑暗中紧紧地抱在一起,仿佛正在一片令人晕眩的巨浪上摇晃。在他们站立着的那个阁楼敞开着的门外边,在他们那边和下边是望不透的黑暗,前面挡着一片用雨丝织成的帷幕。

"我爱你,威廉,我爱你。"她咕咕哝哝地说,"我爱你,威廉。"

他抱着她,仿佛他们已变成了一个人,他们沉默着。

在屋里,汤姆·布兰文等待了一会儿,接着站起身来走了出去。他沿着院子走过去。他看见从阁楼门口射出的雾蒙蒙的光柱,他几乎没有想到这是雨中的光亮。他一直往前走,一直到那光亮模糊地照到他自己的身上为止。他抬起头来,通过那朦胧的光线,他看到那青年和那姑娘两人在一起,那青年倚在墙上,对着那女孩子低下头去。尽管是透过雨幕,他仍能看到他们显得是那样充满了光彩。他们想着自己是完全被埋藏在暗夜之中。他甚至看到了阁楼后面的一片被灯光照亮的干燥的地方,看到地上的马灯投射在后面墙上的那些蹲在横杆上的奇怪的鸡的影子。

一股难以忍受的怒火,和一种得好休便好休的柔情在他的心中斗争着。那孩子根本不了解她现在干的是什么事。她自己把自己毁了。她是一个孩子,只不过还是个孩子。她不知道这完全是糟蹋自己,他因而感到无比的愤怒和痛苦。难道他现在已经是一个老头子,所以他必须把她嫁出去了吗?他现在已经老了吗?他并不老。他比那个现在搂着她的没头脑的年轻人还要更年轻一些。谁更了解她——是他还是那个没脑子的青年?她如果不应该属于他自己,那她应该属于谁呢?

他现在又想起那天夜晚,当他的老婆要生下小汤姆的时候,他抱着她到谷仓去的情景。他还能感觉到,那小姑娘坐在他的胳膊上搂着他的脖子时的柔和和温暖的重量。现在她的意思看来是说他已经完了。她要离开他走了,要从此忘掉他,在他身边留下一个永远无法填补的空间,一种让他无法忍耐的空虚。他几乎忍不住对她十分痛恨。她怎么敢说他老了。他在雨中走着,无言的痛苦和感到衰老的恐惧使他浑身冒汗,必须放弃等于是他命根子的那姑娘使他心痛万分。

威廉·布兰文没有再去看他的叔父就自己回屋了。他让雨水冲刷着他那发热的脸,呆呆地走着。"我爱你,威廉,我爱你。"永无止境地在他头脑中重复着。帷幕已经被撕开,让他赤裸裸地进入了一个无限的空间,他止不住抖了几下。四面的围墙已经把他推出来,让他在一片广大的空间行走。穿过这无限宽阔的空间的黑暗,他要盲目地走到哪里去呢?在这无边的黑暗中,那仍然坐在阴森的宝殿上的全能的上帝要把他推向何方?"我爱你,威廉,我爱你。"这话语声再次敲打着他的心房,他止不住恐惧地战栗着。他简直不敢想她的脸,她那奇怪的忽然变形的脸,和她的闪光的眼睛。那隐藏着的万能的上帝的手,冒着火光,从黑暗中伸出来抓住了他,他完全顺从他的意志,但同时也感到害怕,在他的手的接触下,他的被抓住的心燃烧起来了。

  日子一天一天地过去,迈着它们阴暗的无声的脚步前进着。他又去看安娜,可是在他们之间又出现了那种彼此都有所保留的状态。汤姆·布兰文脸色阴沉,他那蓝色的眼睛也显得无精打采。安娜变得很怪,仿佛对一切都听其自然。她的颜色娇嫩的脸毫无表情,显得有些发呆。妈妈老低着头,独自在她自己的阴暗的世界中活动,她在那个世界里一切都得到了满足。

  威廉·布兰文又开始搞他的木刻,他对这工作有无限热情,一拿起刻刀他就感到无限欢欣。的确完全是依靠他内心的热情推动着他手里的那把尖利的刻刀。他现在雕刻的正是他一直想刻的,夏娃的诞生。这是他为一个教堂刻的一块浮雕,亚当好像很苦恼地躺着,睡着了,上帝,一个模模糊糊的高大的形象,向着他低下头去,向前伸出他的一只光着的手;夏娃,一个很小的充满生气的裸体女孩形象,正从亚当的被撕开的肋骨边,像一簇火一样从上帝的手中爬出来。

  现在,威廉·布兰文正在刻着夏娃,她是一个瘦小、灵巧,还没有成熟的小姑娘。他带着一种战栗着的、像空气一样精致的热情,用刻刀刻着她的肚子,她的还没有成熟的坚硬的小肚子。她在她被创造的痛苦和狂喜中,线条分明,完全是一个显得很呆的小人像。可是他一碰到她,就不禁一抖。所有这些人物他都还没有刻完。在头上方的树枝上还有一只小鸟,展开翅膀,正要飞翔,下面还有一条蛇,正向它伸过头去,这也都没有刻完。他激动地战栗着,最后终于创造出了夏娃的轮廓分明的身子。

  在两边,在很远的两边,在两头,有两个天使用翅膀遮住了自己的脸。她们的样子和树一样。每当黄昏时候到沼泽农庄去,他总感到那些遮住脸的天使,在他走过的时候,都在两旁倚立着。四周的黑暗不过是她们的影子,不过是她们的被遮住的脸。当他走过运河桥的时候,黄昏现出了它最后的深沉的颜色,天空是一片深蓝,星星在远处发光,它们是那样遥远,又是那样近在正沉入黑暗的农庄的房舍之上,近在天边的水晶般的道路之上。

她像是等待着他的一道光亮,仿佛他的脸已被遮住了。他简直不敢抬起头来看她。

秋收季节来临了。有一天晚上,他们在夜色中走过农庄的房屋。金色的沉重的月亮悬挂在灰色的天边,显得十分高大的树木站在两边等待着。安娜和那个年轻人一声不响地走过一排篱笆,沿着被马车压出很深的车辙的草地走去。他们走过一道门,来到广阔的田野上,在那里还有充足的光亮照在他们脸上。割麦人扔在地上的麦捆还是原来那个样子,躺在它们的黑影中,许多麦捆简直像躺倒在地上的黑色的身躯;另有一些已经一捆捆架起来,在朦胧的月光下,那样子很像远处的船只。

他们不愿往回走,他们这样朝着月亮要走到哪里去呢?因为现在他们正彼此分开,各自走着。

"让我们把这些麦捆堆起来吧。"安娜说。这样他们就可以在开阔的田野上多待一阵。

他们走过满是麦捆的土地,一直走到再没有麦捆的地方。那一片麦捆耸立着的地方,看来很奇怪,仿佛人影憧憧,其他地方却显得一片空旷。

田野上的空气完全浸浴在如银的月光之下。她向四周看看。远处模模糊糊的树影拉开距离站立着,仿佛是一排先行官,等待着前进的信号。在那水晶般的空间,她的心简直像一只被敲响的铃铛,她真害怕那声音会被别人听见了。

"你搬这一行。"她对那青年说着走了过去,随即弯下腰去搬那躺在地上的另一行麦捆,她抓住麦穗,双手各举起一捆沉重的麦子,让它们沉重地压在自己身边,搬起它们,走到那一片空旷的地方去,然后使劲把它们蹲在地上,让它们发出一阵窸窣声架在一块儿。她的那两个粗大麦捆靠在一起站住了。他这时也走了过来,在一片缥缈的黑暗中走着,搬来他的两捆麦子。她站在一边等着他。他也把他的麦捆窸窸窣窣地在她的麦捆旁边架起来,它们站得很不稳,他把麦捆的麦穗往一块儿掺和一阵,它们发出一阵滋水似的吱吱声,他抬起头来大笑了。

接着她朝月亮那边转过身去,她每次一面对着它,它似乎就让她的前胸裸露出来。而他非常听话地又走到对面的一块空旷地方去。

他们弯下腰,各自低下头去,抓住麦捆潮湿柔软的头发,举着沉重的麦捆

113

再走回来。她每次总走在前面,她把她的麦捆放下,拿它和别的麦捆搭成一个小房子。他拿着麦捆又从麦茬地上走过来了。她转过脸去,只听到他把麦捆放下发出的嘶嘶声,她在月亮和他的身影之间走动着。

在他拿起两捆麦子正要站起身的时候,她又拿起两捆麦子朝他走去。他这时正从不远处走过来。她把她的麦捆放下,预备再架一个麦堆,它们站得很不稳,她的手抖得很厉害。但她仍然脱身出来,转向月亮。月光又一次使她的胸膛裸露出来,因而她感到她的胸脯正随着月光起伏波动。她的麦捆倒下了,她不得不把它们又架起来。他一声不响地摆弄那麦捆。当她又向他走过来时,工作的节奏使他忘掉了眼前的一切。

他们在一块儿劳动着,有节奏地来来去去,使得他们的脚和身体似乎在按着一定的拍子活动。她弯下腰去,搬起两捆麦子,她向着他所在的阴暗之处望去,然后提起她的麦捆走过一段麦茬地。她犹豫着,放下了她的麦捆,麦捆发出一阵嘶嘶声,他已经走近她身边来了,她必须再把脸转开。那闪亮的月光又一次使她的胸膛袒露出来,让她像一片水浪一样起伏不定。

他稳重地工作着,一声不响,在一片光秃秃的麦茬地上穿梭般来来去去地走着,堆起一长排麦堆,越来越靠近那站立在黑暗中的一排树林,始终让他的麦捆和她的麦捆排成一行。

她每一次总是走在他前面。当他来到的时候,她已经走开了,在他走开时,她又走过来了。他们永远不会遇上吗?后来,他的意志所发出的深沉的声音渐渐震动了她的心弦,极力使她的心弦随着颤动,要使她慢慢走近他,和他相遇,让他们俩挨在一起,让他们俩像那些麦捆一样发出沙沙声挨在一起。

工作继续进行着。月亮越来越明亮,麦捆也发出了闪光。他弯下腰去拿起躺在地上的麦捆,一堆麦捆倒下来,全都沉重地压在他身上,月光几乎要晃得他睁不开眼了。接着他又把那些麦捆架起来。她已经朝他走过来了。

他等待着她,胡乱堆着麦捆。她来了。可是她站在那里,要等他走开才走过来。他在黑暗中已看到她,像一根黑色的柱子。他向她讲话,她也回答了。她看到月光在他脸上照出的疑问的神态。可是在他们之间存在着一片广大的空间。他又走开了,他始终有节奏地活动着,工作着。

为什么在他们两人中间总有一片广阔的空间,为什么他们俩总不能在一起?为什么当她在月光下走过来的时候,她一定要在离他较远的地方停下?他为什么不能向她走近?他的意志发出的坚持不懈的呼声,把一切都给掩盖住了。

　　在他的工作的节奏中出现了一个跳动着的脉搏,一个不可动摇的目的。他停下来,他又举起一捆麦子,他举着它向她走去,在那月光照耀的空地上,把它放下,好像是放进了她的身体。然后他又回去搬运。他举起一捆捆麦穗摇摇晃晃朝那个中心地带走去,越走越近,每一次都使自己和她更接近一些,他每搬运一次就向她接近几步,一直要追上她。月光之下他们就那么专心致志地、来来去去地走着,一声不响地摇晃着,麦穗有节奏地发出窸窣声,然后是一阵沉默。然后又是一阵麦穗的窸窣声。那有节奏的窸窣声越离越近,和她的麦穗声交织在一起,那麦穗声一次又一次单调地、毫无变化地重复着,从两人手边发出的麦穗声越离越近了。

　　直到最后,他们在一个麦堆前相遇,各人手里都抓着两捆麦子,彼此对望着。他身上披满了银色的月光,他那在月光照耀下带有阴影的脸使她感到害怕,她等待着他。

　　"你放下。"她说。

　　"不,该你放。"他用一种清脆的声音坚持说。

　　她把她的麦捆放进麦垛里。他看到她的手在一簇簇麦穗中闪着光。他放下他的麦捆,把她搂了过来,他已经追赶上她了,他现在有权吻她一下。她身上带着月夜的清香,带着麦粒的清香。他把他全身的节奏都注入那一吻之中。他在吻她的时候仍然在追逐着她,而她似乎还没有完全被征服。她鼻子上的月光使他感到很奇怪!她的身上照满了月光,她的内心深处却是无法测知的一片黑暗!整个黑夜都在他的拥抱之中了,黑暗和光明,已经全为他所有!现在整个黑夜都将由他去探索,在其中进行冒险,去探索它的神秘,去发现它的新奇。

　　鲜明的胜利感使他浑身发抖,在他使他的亲吻更贴近的时候,他的心和头顶上的星星一样,完全变白了。

　　"我的爱!"她从十分遥远的地方用一种低沉的声音叫道。那低沉的声音似乎是从远处月光之下对他发出的,而他却完全不知道。他停下来,战栗了几下,仔细倾听着。

　　"我的爱。"那低沉、凄凉的声音又传了过来,好像是暗夜中一只看不见的鸟的鸣叫。

　　他有些害怕。他的心不停地颤动着,简直要停止跳动了。他停了下来。

"安娜。"他说,犹犹豫豫地仿佛是要回答她从远处发出的叫喊。

"我的爱。"

他越搂越紧,她也越搂越紧。

"安娜。"他说,同时感到了爱的神秘和爱的阵痛。

"我的爱。"她说,她的声音里越来越充满了狂喜。他们嘴对嘴地吻着,狂喜而惊奇,吻了一个长时间的真正的吻。在月光之下,他们一直对吻着。他再一次吻她,她也再吻他。然后他们又搂在一起亲吻。直到后来,他忽然有一种异样的感觉,他感到有些奇怪。他要她。他强烈地需要她。她似乎忽然完全变了样。他们站在月光之下拥抱着,不知该如何是好。他的整个生命惊异地战栗着,仿佛受到了一次意想不到的打击,他需要她,他要告诉她他需要她。可是他已经惊愕得说不出话来了。他过去可从来没有过这种体会。烦恼和这不曾有过的经历使得他浑身发抖,他不知道该怎么办才好。他温柔地、更温柔地拥抱着她,比原来更温柔了。矛盾心理已经过去。他很高兴,有点喘不过气来,几乎要流泪了。可他知道,他需要她。这已经在他心中永远固定下来。他是属于她的。他很高兴,也很害怕。他们俩就这样站在空旷的田野上;他不知道该怎么办才好。他通过她的头发看着月亮,那月亮似乎在流体般的光明中游泳。

她叹了一口气,仿佛刚刚醒来,然后她又吻着他。接着,她脱开自己的身子,抓住他的一只手。在她从他胸前离开的时候,他感到很痛苦。他感到说不出的痛苦。她为什么要离开他呢?可是她仍抓住他的手。

"我要回家去。"她说,用一种他无法理解的神情看着他。

他紧抓着她的手。他感到头晕,简直不能动弹,他不知道怎么才能够动一动。她从他身边走开。

他无可奈何地在她身边走着,抓着她的手。她低头走着。仿佛有一个解决问题的办法忽然冒了出来,他对她说:

"咱们马上结婚,安娜。"

她一声不响。

"咱们马上结婚,安娜,你说不好吗?"

她在田野中停下来,又吻了他一下,热情地使劲搂着他。她的这种姿态使他感到无法理解,他完全不能理解。可是他现在把这一切都留到结婚的时候再说。这是目前可以找到的解决办法,不久就得这么办。他需要她,需要和她结婚,他需要和她在一起,让她永远属他所有。他耐心地等待着,等待着他们完婚的那一天。可是他现在总感到有些紧张不安。

就在那天晚上,他去对他的叔叔和婶婶说:

"叔叔,"他说,"安娜和我想马上结婚。"

"是吗!"布兰文说。

"可是你们没有钱,怎么结婚呢?"妈妈说。

那年轻人的脸马上变白了,他讨厌听这种话。而他完全像一块在阳光照射下闪闪发亮的小石头,亮晶晶的,永远无法改变。他根本不去想那些事。他紧绷着闪闪发亮的脸坐在那里,一句话不说。

"这事儿你跟你妈妈谈过吗?"布兰文问道。

"还没有——我准备星期六跟她谈。"

"你准备去看她?"

"是的。"

一段很长时间的沉默。

"你们靠什么结婚呢?就靠你每星期的一镑收入?"

那青年人的脸又变得煞白了,仿佛这话使他的精神受到了严重的挫伤。

"我不知道。"他说,睁起他那明亮的像老鹰一样的、失去人的感情的一双眼睛看着他的叔叔。

布兰文憎恨地晃动了几下脑袋。

"我们必须了解这些情况。"他说。

"我将来会有钱的,"侄子说,"我现在可以设法借些钱,将来再还。"

"是啊!——你们又干吗这样匆忙呢?她不过是一个十八岁的孩子,你也还不过二十岁。你们俩都还没有达到自己想怎么做就可以怎么做的年龄。"

威廉·布兰文把头向下一扎,仿佛关在笼子里的老鹰似的,用他那充满不信任的灵活而明亮的眼睛看着他叔叔。

"她有几岁有什么关系?我有多大岁数又有什么关系?"他说,"我现在和我将来三十岁的时候又有什么两样?"

"那可大不一样,至少让咱们那么希望吧。"

"可是你没有任何经验——你没有经验,又没有钱。你既然没有经验又没钱,为什么要急着结婚呢?"婶婶问道。

117

"我需要什么样的经验呀,婶婶?"那孩子问道。

要不是布兰文的心由于生气,硬得像一块宝石一样,这时候他可能会同意了。

威廉·布兰文怀着奇怪的不可动摇的心回到家里。他感到,他已经作出的决定决不能改变,他已经拿定主意。如果改变决定,那将会是他的毁灭。可他决不愿被毁灭掉。他没有钱,可是他总可以想办法从什么地方弄些钱来,这没有什么关系。他在床上躺了几个小时都无法入睡,他的思想已经坚定明确,没有什么再需要多想的了,他的意志已越来越坚定,无可改移。后来,他终于睡着了。

他的灵魂仿佛变得和水晶一样坚硬了。他可能会发抖、战栗、感到痛苦,可是决不能改变主意。

第二天早晨,汤姆·布兰文愤怒万分地对安娜说。

"现在就提出要结婚,这到底是怎么回事?"他说。

她站在那里,脸色有点苍白,她的阴沉的眼睛显露出正力求自卫的野生动物的惊愕和仇恨神态,但她又止不住为自己的感受发抖。

"我愿意。"她完全不假思索地说。

他顿时更加怒不可遏,真恨不得揍她一顿。

"你愿意——你愿意——为什么?"他轻蔑地嗤了一下鼻子。旧日的孩子气的痛苦,那什么人也不认的盲目性,那仿佛只有一个没有人照看的小生物才会有的激烈的仇恨情绪,又回到了她身上。

"我愿意,就是因为我愿意。"她又用那孩提时歇斯底里的尖厉声腔大叫着,"你不是我爸爸——我爸爸已经死了——你并不是我爸爸。"

她仍然是一个陌生人,她并不认识他。那冷酷的锋刃落下来,深深地刺痛了布兰文的灵魂。这锋刃把她和他割裂开了。

"我不是又怎样呢?"他说。

可是,这使他实在受不了。他一直是非常珍视这种感情的,他是她的"父亲——爸爸"。

接连几天他仿佛呆了一样。他妻子也整天沉思默想。她感到不能理解。他只想到,由于没有钱和他们现在所处的地位,将使他们无法结婚。

屋子里一直被一种可怕的沉默统治着。她尽量躲开她父母,她常常一连好几个小时独自待着。

威廉·布兰文,在回到诺丁汉愚蠢地闹了一番之后,又回来了。他也脸色苍白,神情凄然,可是原来的打算并没有变。叔父非常讨厌他,他痛恨这个年轻人,痛恨他无情又固执。但尽管如此,这叔父仍然有一天晚上把准备分给安娜·兰斯基的一部分家财交给了威廉·布兰文。那使安娜每年可以有两千五百镑收入。威廉·布兰文呆呆地看了看他的叔父。这等于拿走了沼泽农庄很大一部分资产。可是那年轻人只是变得更冷淡和更加拿定主意了。他现在就只一门心思要结婚,其他什么全都忘了。他把他叔父给他的东西交给了安娜。

她看到后,整整哭了一天,眼珠子都快哭出来了。晚上,她听到她妈妈已经上床,就溜到门口去张望。她父亲像一块石碑似的一言不发坐在那里。他慢慢转过头来。

"爹,"她在门口大声叫着,仿佛心都撕碎了似的向他跑去,"爹——爹——爹。"

她跪在火炉前的地毯上,用手抱着他,把脸贴在他的身上。他的高大的身体给人一种舒适感,可是她感到头疼得不能忍耐。她简直有些歇斯底里地哭泣着。

他把手放在她的肩膀上,没有说话。他的心碎了。他不是她父亲。她已经把那个可爱的形象粉碎了,那么他是什么人呢?有些人,他们的生活不可能再有任何发展了,他现在也已被归在这一类里了。他和她已经没有任何关系,他和她之间隔着一代,他已经老了,对火热的生活来说,他已经死亡了。他的生活已经燃烧出了很多灰烬,许多冷冷的灰烬。他已经感觉到那不可避免的寒冷,他在无比的痛苦中忘掉了原来的火一样的生活。他在衰老和孤独的冷清中呆坐着。他有他自己的妻子。他责怪他自己,他讥笑他自己,不应该死抓住年轻的一代,妄图让年轻的一代仍然归他所有。

现在紧搂着他的这个孩子需要有她自己的孩子、丈夫。这是很自然的。她只需要布兰文给她一些帮助,让她能过正常的生活。可是她并不需要他的爱。在他们之间,在这个强壮的中年人和这个孩子之间还需要有什么爱呢?在他们之间,除了人与人之间的自愿相帮之外,还能有什么别的呢?他是她的保护人,如此而已。他的心冷得像冰一样,他的脸也冷冰冰地毫无表情。她根本没有办法能触动他的心,似乎他已经变成一尊雕像了。

她爬上床去,哭个不停,可是她仍然决定和威廉·布兰文结婚,所以她也没有必要这么苦恼了。布兰文带着一颗冷酷的心上了床,不停地咒骂自己。

他看看他妻子。她仍然是他妻子。她黑色的头发中已经出现了几根银丝。尽管她的年龄增长了一些,可是她的脸看上去仍然很漂亮。她才不过五十岁。他仍然带着多么强烈的感情在看着她!可是他却不知节制地还要把自己的心砍去一部分,还要去分享年轻人的急骤的生活。他对自己真是十分痛恨。

他妻子仍是对他那样热情,随时对他关心。她仍然很年轻,很天真,而且并没有失去一个小姑娘的鲜艳。可是她完全不像他那样毫无节制,她对生活中的各种战斗和各种控制已经毫不感兴趣了。她是那么自然;而他却是那么丑陋,那么不自然,不愿意让出自己的地盘。这个贪婪的、决心挡住别人前进道路的中年人,简直像一个魔鬼,多么可恨。

在他自己的生活中,他到底还缺少什么,使得他的贪婪的灵魂感到不满足呢?在学校里,他不是曾有过他的那个朋友,他不是曾有过他的妈妈,他的妻子和安娜?他对他们又怎样呢?他对不起他的那个朋友,他也不是个好儿子。而他对他的妻子却是非常满意的,这就应该很够了。在他和安娜现在的关系上,他非常痛恨自己。可是他仍然感到很不满意。想到这种情况,他仍然十分痛苦。

能够说他的生活一无是处吗?他没有任何可以向人炫耀的东西,没有任何工作可做吗?对他的工作他是从来都不以为意的,因为那些活儿谁都能做。使他不能忘怀的就只是他和他妻子夫妻间的长时间的拥抱!真奇怪,这似乎就是他的全部生活了!不管怎样,这不是无足轻重的事,这是具有永恒意义的。他可以对任何人都这样说,并因此感到骄傲。他搂着他的妻子睡在床上,现在仍然和过去完全一样,她就是他生活中的一切。这是当前现实的一切,也是一切的归宿。是的,他为此感到骄傲。

可是,在这一切之下仍然存在着一种痛苦,存在着一个令人不满的汤姆·布兰文,他因为一个对自己表示轻视的小姑娘而忍受着极大的痛苦。他爱他的儿子们——他还有两个儿子。可是他同时还想参与这个小姑娘的未来的生活。噢,他自己也感到羞耻,他恨不得把自己踩在脚下使自己归于毁灭。

一切多么令人厌烦呀!一个人不管年龄多大,永远也没有平静的时候!他从来都不对,都不光明正大,都不是自己的主人。这简直有点像是他把自己的希望寄托在那个姑娘身上了。

安娜很快就仍然一心去爱她的那个年轻人。威廉·布兰文已经决定在圣诞节前的一个星期六结婚。他以一种开朗的、毫无疑虑的心情等待着她。他需要她,她是属于他的,他现在简直是停止住他生命的脉搏,一切要等到结婚的那一天再说。结婚的日子,十二月二十三日,对他来说仿佛是一件唯一存在的东西,现在已具有了自己的生命。他完全依靠它生活着。

他并没有一天一天计算日子。可是他像坐在船上旅行的人一样,必须等到进港的时候一切才会落实。

他又搞一些木刻,仍然按时去上班工作,有时候也去看望她。这一切都是一种等待的形式,他毫不思想,也毫不怀疑。

她比过去更加活泼了。她要尽情享受这种恋爱生活。他像一阵风一样时来时去,但从来也不问为什么吹,或吹向何方。可是她永远希望和他在一起。对她来说,他是生命的核心,碰他一下就是一种幸福。而对他来说,她是他生活的精髓,不管他是独自在伊尔克斯顿他的住所里搞木刻,还是在沼泽农庄的厨房里,她坐在那里看着他,她的存在对他都具有同等的价值。在他的内心深处,他完全理解她。可是他的外在的功能,似乎都停止工作了。他不用他的眼睛就能看见她,不用他的耳朵①就能听到她说话。

可是当他搂着她的时候,他止不住浑身颤抖,有时候简直仿佛要晕过去。他们有时候会在谷仓里彼此拥抱着,一句话也不讲。当她摸着他的年轻结实的身子的时候,一种幸福的感觉简直让她不能忍受,意识到自己已经占有他的感觉,也简直使她不能忍受。因为他的身体是那么充满热情,那么神妙,这是她的世界中的唯一现实。在她的世界中,有这样一个男人的强健、生动的身体,另外还有一些像阴影一样的男人的身体,全都是不真实的。通过他,她接触到了现实的核心。他和她,他们俩正待在那神秘的中心地区。她是如何尽全力把他搂在身边啊,他那身体也就是一切生命的中心躯体,生命的源泉就是从他那块岩石下流出来的。

可是对他来说,她却是要把他燃烧掉的火焰。这火焰从他的四肢流入,流过他的身体,一直到把他燃烧尽,使他仅作为从她身上派生的、没有意识的、阴暗的火焰的过渡形态而存在。

在黑暗中,有时候一头奶牛噗喷了一声。从黑暗中还传来奶牛慢慢反刍的声音,这一切似乎像热血流过子宫一样,正绕着他们在流动,并直接向他们流来,冲洗着那尚未出生的新生命。

---

① 此处耳朵原文系"声音"(Voice),疑有误。

遇上天气寒冷,他们这一对情人有时就长时间地站在空气温暖、充满阿摩尼亚气味的马厩中。而就在他们一起度过的这些黑夜时光中,他越来越了解她了。她的身子偎依在他身上,他们偎依得越来越紧,他们的亲吻也贴得越来越紧,更加两相吻合了。因而在那浓密的黑暗中,如果有一匹马站起来发出一声重浊的呼噜声,他们便会完全像一个人似的听着,完全像一个人一样具有共同的理解,也同时知道了那马匹的存在。

汤姆·布兰文已经给他们在科西泽弄到一所庄园,租期二十一年。威廉·布兰文一看到那房子,眼睛顿时亮了起来。这是靠近教堂的一所房子,沿着房子和房前青草铺地的大花园的一边,长满了古老的深黑的红杉树,房子呈正方形,低低的石板屋顶,低低的窗子,里面除了住房之外,还有一个长方形的奶酪杂用间,一间较大的铺着方砖的厨房,一间低矮的会客室通着厨房,比厨房略高一个台阶。天棚上是粉刷过的梁柱,屋椅角立着碗柜。从窗口望出去是那片绿草如茵的花园,一边可以看到一大排黑色的紫杉树,另一边是一排爬满常春藤的红色的墙,把房子同大路和那边的墓园分开。这座古老的小教堂有一个带尖顶的方塔,似乎正回头观望着这村舍的窗口。

"咱们没有必要买钟了。"威廉·布兰文看着他们旁边教堂方塔上的白色钟面说。

在房子的后面,是和一个菜园相连接的马厩,一个同时能养两头奶牛的牛棚,另外还有鸡舍和猪圈。威廉·布兰文喜不自胜。安娜更是非常高兴地想到,她就要成为她自己家的女主人了。

汤姆·布兰文现在成了神话中的白胡子老人。他这人平常要不到处去买点什么就会感到不舒服。威廉·布兰文尽管一方面十分热心于他的木刻,也在想法置办一些家具。他的任务是去买几张桌子,几把圆腿的椅子和衣柜,这都是些很普通的东西,只要和那个村舍配得上就行。

汤姆·布兰文当然比他们细心得多,他到处去给她找一些得用的小东西。他有时会忽然拿来一种新式的饭锅,或者一种样式新颖的吊灯。尽管那房子很低,不一定能用得上。再或者拿来绞肉、削土豆或打蛋的小机器。

不论他拿来什么东西,安娜都表示极感兴趣,尽管有些东西她实际上并不喜欢。那些他认为十分灵巧的小玩意儿,她却怀疑没有什么实用价值。但不管怎样,她总随时在等待着他,特别是赶集的日子,她总带着焦急的心情盼望着。他在天刚黑的时候来到了,车上的铜灯老远就闪闪发亮,当他那高大的身体正弯下去递下一些什么东西的时候,她已经跑到门口来了。

"你不过是想着我会给你带来什么东西,你才那么快跑出来吧。"他说,他的重浊的声音在凄冷的黑暗中回响着。尽管这样,他仍然很兴奋。这时她会拿过车上的灯,在他带回来的大堆东西中,东摸摸,西捅捅,把他给自己买的一些工具或油之类都推到一边去。

她拖出了一对体积很小却很有力的风箱,她记住有这一样东西,然后又糊里糊涂地拽出一件不知是什么的东西来。那东西有一个长把,腰里围着一圈棕色的包装纸,像穿着坎肩一样。

"这是什么?"她捅着那东西说。

他转头看着她。她走到靠近马匹的车灯边去,拿着那东西低头站在那里,她的头发是一片深棕色,对比着她的白色的围裙显得格外娇美。她忙忙叨叨地扯开那包装纸,拽出了一个很小的可以绞东西的机器,下面还安着干干净净的橡皮轱辘。她拿着它仔细琢磨着,弄不清该怎么使用。

她抬头看着他。在灯光那边,他站在那里只不过是一个黑影。

"这东西怎么使?"她问道。

"这不过是用来削萝卜的。"他回答说。

她看着他。他说话的声音引起了她的怀疑。

"别胡说了,这是很小的拧衣服的机器,"她说,"可是你怎么让它工作呢?"

"你把它用螺丝固定在洗衣筒边上。"他走过来把那机器拿在手里比画给她看。

"噢,对了!"她大叫着,轻轻往后一踢腿。她在非常激动的时候,还常常会做出她这孩子时候的动作。

她毫不迟疑地马上跑进屋里去,让他一个人去卸他的马。他随后走进奶酪间的时候,发现她已经把那小巧的拧衣机固定在一个洗衣桶上,十分高兴地转着那摇柄,蒂利也站在她身边,她大叫着:

"我的天哪,这小玩意可真灵巧!以后你不用拧衣服把肠子都拧出来了,这可是最新的发明吧,这小玩意儿。"

安娜松开那摇柄,对获得这样一件新东西感到无限高兴。然后她让蒂利也来试一试。

"它简直自己会转,"蒂利说,抓着摇柄转个不停,"一会儿你的衣服就可以晾出去了。"

第 五 章

沼泽农庄上的婚礼

对于结婚来说,这是一个晴和的美好的日子,地上虽然很泥泞,天空却很晴朗。他们共用了三辆马车和两辆带篷的车辆。所有的人都激动地挤在客厅里。安娜现在还在楼上。她父亲时不时地喝上一口白兰地。他穿着那灰色的上衣和黑裤子,显得很漂亮。他说话的声音十分热忱,但又显得有些烦恼。他太太穿着带花边的深色的丝绸衣服走下楼来,她的帽子有点像是孔雀蓝的颜色。她的娇小的身体强健而稳定。有她在那里,布兰文止不住暗暗感谢上天,完全得靠着她的支持,他才能在这乱糟糟的人群中应付下去。

马车来了!诺丁汉的布兰文太太穿着她的丝绒衣服,站在门口,安排着让谁和谁一起上车。到处人声鼎沸。前门已经打开,参加婚礼的客人已经沿着花园的小路走了过去;那些仍然等待着的客人都从窗口往外看着。站在门口的一小堆人不时打打哈欠,伸伸懒腰,在这冬日的阳光下,这些穿着盛装的人显得多么滑稽啊!

他们走了——又走了一批!现在这里慢慢显得比较空了。安娜羞怯地红着脸慢慢走下楼来,她穿着一身白色的丝绸衣服,戴着面纱,走到人群中来。她的婆婆客观地对她打量了一番,抻抻她白色的衣服,理一理她的面纱,以此表示她自己的身份。

从窗口传来一阵叫喊声,新郎的马车已经过去了。

"你的帽子呢,爸爸,还有你的手套?"新娘顿顿脚叫道,她的眼睛通过面纱闪出了光亮。他到处寻找——他的头发乱作一团。所有的人,除了新娘和他父亲,都已经走了。他已经准备好——他满脸通红,简直有些胆怯。蒂利在那个很小的门廊上扭怩不安,等着给他们开门。一个伴娘在安娜身边来回走动着,安娜问她:

"我这样行吗?"

安娜已经准备好了。她仰着头庄严地向四面望望,她对她父亲使劲一挥手:

"快过来!"

他走过去。她把她的手轻轻放在他胳膊上,一手拿着像花海一样的花束,仪态万方地向前走着。只因为她父亲的脸太红,使她有些不自在,她慢慢走过心情激动的蒂利,向小道上走去。门口一阵嘶哑的叫喊声,她像一股飘动的白光慢慢进入马车里去。

她父亲在她上车的时候,注意到她的瘦小的踝骨和脚:仍然是一个孩子的脚。他心里充满了无限柔情。可是她由于自己如此光彩地在人群中露面,正感到无比狂喜。她坐在车里一路为自己的幸福飘飘然,因为一切都太可爱了。她急切地低头看看手里的花束:白色的玫瑰花和铃兰和晚香玉和铁线蕨——全都那么富丽,像瀑布一样。

面对着这奇怪的景象,她父亲惶惑地坐在车里,心里感到非常混乱,几乎什么也没有想。

教堂已经为圣诞节装饰起来,到处是黑压压的常青树,白色的花朵让人有一种寒天飞雪的感觉。他糊里糊涂地走到圣坛边去。从他上次到教堂结婚,现在已经有多久了?他弄不清现在是不是他自己要来结婚了,要不他到这儿来干什么呢。他烦恼地想着,他一定是要来干一件什么事情的。他看到了他妻子的帽子,很纳闷儿,怎么她不和他在一起呢。

他们站在圣坛前面。他呆呆地仰头看着东边闪着强烈光线的那蓝紫色的窗户:这是一种深蓝色的光,蓝中带红,那些黄色的小花却隐藏在暗影之中,隐藏在由黑暗组成的沉重的蛛网之中。它在那黑色的蛛网中发出了多么生动的火焰。

"由谁主婚把这位小姐嫁给这位先生?"他感到有人推了他一下。他不免一惊。那句话仍然还在他的记忆中回响,可是越响越远了。

"是我。"他匆匆回答说。

安娜低下头去,躲在面纱后面微笑了。他真是出洋相!

布兰文正呆呆地看着圣坛后面仿佛立在火光中的蓝色的窗子,心里痛苦地、模模糊糊地想着,不知道他自己会不会变老,会不会有一天感到自己已经走完了生活的路程,已经有所成就了。现在他在这里主持安娜的婚礼。可是,他有什么权利感到自己应该像一个父亲一样负责呢?他现在还和他自己结婚的时候一样,对什么都不敢肯定,都毫无把握。他的妻子和他!他非常痛心地发现,他们俩都是多么无法肯定的因素啊!他现在已经四十五岁。四十五!再过五年就是五十。然后六十——然后七十——然后一切都完结了。我的上帝——一个人仍然感到许多事还有待安顿下来。

一个人是怎么变老的呢——一个人怎么能变得更有信心?他希望自己感觉更老一些。嗨,只要他自己感到更成熟、更完备了,那现在和他当年结婚的时候又有什么差别呢?他完全可以再一次结婚——他和他的妻子。他还感到他自己的矮小平直的身躯正站在一块平原上,随着广大的发出怒吼声的天空一道旋转着:他和他的妻子,两个很小的挺直的身躯在那平原走动着,而那无数的天体都闪着光从他们身边隆隆滚过。一个人什么时候才能最后完结呢?他会结束在何方呢?世界上根本没有什么结束,没有什么完结,只有这发出喧闹声的无比广阔的空间。一个人可能总也不老,总也不死吗?这是关键。他带着痛苦的心情感到一种非常奇怪的兴奋。他要和他的太太就这样生活下去,他们要像两个孩子一样露营在那一片平原之上。除了那无边的天空,还有什么是靠得住的呢?可是那天空又太肯定,太无边了。

那富丽的深蓝的颜色,仍然在他眼前黑暗的蛛网之中燃烧着,闪着光,炫耀着自己,而且是那么不知疲倦地富丽堂皇。他自己的生命也曾是多么富丽堂皇,它也曾在他身体的黑色的网眼中显得一片通红,燃烧着、闪着光、自我炫耀;还有他的妻子,她在她的网眼中也曾怎样地燃烧和闪闪发光啊!一切永远是那样没有完结,没有成形!

耳边忽然传来了洪亮的风琴声。所有的人都排成队走进旁边的祈祷室去。那里有一个画得很乱的本子——那年轻姑娘卖弄地揭开她的面纱,故意扬起手指,让人看见她的结婚戒指,签下了她的名字,她因为这么赢得大家的赞赏,感到无比骄傲:

"安娜·特里萨·兰斯基。"

"安娜·特里萨·兰斯基。"她是一个多么虚荣的缺乏独立性的轻佻的姑娘!那穿着黑色燕尾服和黑裤子的苗条的新郎严肃得像一只严肃的小猫,也非常认真地写:

"威廉·布兰文。"

这还比较像样一点。

"快来签名,爸爸。"那自以为是的年轻姑娘叫喊着。

"托马斯·布兰文——笨手笨脚的。"他一边签名,一边自言自语地说。

接着他哥哥,一个高大的、面容憔悴、留着黑胡子的人也写下:

"艾尔弗雷德·布兰文。"

"还有多少布兰文呢?"汤姆·布兰文说,对于自己家的姓不断出现感到很不好意思。

当他们走到外面阳光中来的时候,他看到墓碑下面大片的草地上到处点缀着像白雪一样的小花和蓝色的花朵,头上的冬青莓像摇动着的铃铛一样闪着红光,紫杉树垂下它黑色的沉重的枝条,一动也不动,一切都好像是在梦境中一样。

婚礼的队伍走过葡萄园来到墙边,由一个很小的台阶走上墙头,然后又走下去。新娘像一只骄傲的白孔雀蹲在墙头,把手伸给墙那边的新郎,让他扶她下去!她那白色的细瘦的迈着细碎步子的脚和她那微弯的脖子,都显出了无比骄傲的神态。当她和她年轻的丈夫走下来的时候,她摆出了一副何等威严的神态,仿佛是帝王在吩咐他们的臣民全部走开,其中包括他们的父母和参加婚礼的客人。

屋子里到处燃着熊熊的烈火,桌上摆了许多酒杯。到处都悬挂着冬青藤和槲寄生,婚礼客人全都挤到屋里来。汤姆·布兰文吵吵闹闹着已有些忘乎所以,他给大家斟酒。所有的人都得喝一盅。窗外是一片铃铛声。

"大家举起杯子来。"汤姆·布兰文在客厅里叫道,"举起你们的杯子来,为这里的烟火和家园祝福——为烟火和家园祝福,愿他们永远幸福。"

"日日夜夜愿他们永远幸福。"弗兰克·布兰文也跟着叫喊着说。

"万事如意,愿他们永远幸福。"脸色阴沉的艾尔弗雷德·布兰文叫道。

"把所有的酒杯都斟满,让我们再重复一遍。"汤姆·布兰文叫道。

"烟火和家园,愿他们永远幸福。"

许多人都扯直嗓子跟着叫喊。

"床褥和枕衾,愿他们永远幸福。"弗兰克·布兰文叫着说。

随着有一个合唱队跟着唱和。

"一代又一代,愿他们永远幸福。"脸色阴沉的艾尔弗雷德·布兰文叫喊着。现在男人们叫喊的嗓门越来越高;妇女们在一旁嘀咕着,"你们听听!"

空气中已经出现了某种不正常的气味。

然后婚礼队伍全部坐上马车,以最快的速度又回到沼泽农庄,到那里去参加一次高级的盛宴,这宴会将持续一个半小时。新娘和新郎坐在最上首,两人都是那样娇艳和光彩夺目,他们一句话都不说,其他的人都沿着桌子两边坐下。

布兰文家的男人在茶里都加有白兰地,他们越来越管不住自己了。阴郁的艾尔弗雷德睁着一双闪闪发光、什么也看不见的眼睛,他一笑就露出他的两排牙齿,样子显得非常奇怪,也非常可怕。他的妻子愠怒地望着他,像一条蛇似的老把头向前一伸。他似乎已经完全呆了。那个当屠户的弗兰克·布兰文满脸通红,样子倒长得很漂亮。不论他的两个弟兄说什么,他都跟着嚷嚷。汤姆·布兰文显出一副很沉着的样子,最后终于忍不住了。

在饭桌上一直就听到这三弟兄唱主角。汤姆·布兰文要发表演说。这是他平生第一次,他要在语言方面表现一下他自己。

"婚姻,"他眼睛里闪着光开始说道,由于他非常严肃,同时又显得十分高兴,因而也显得十分深沉,"婚姻,"他用布兰文家那种缓慢而洪亮的声音说,"是我们一生最重要的——"

"听他说,"艾尔弗雷德·布兰文意味深长地缓缓说道。"让他说。"艾尔弗雷德太太十分生气地对她的丈夫看了一眼。

"一个男人,"汤姆·布兰文接着说,"因为自己是男人而感到庆幸;如果他不感到庆幸,那他为什么要做一个男人呢?"

"这倒是真话。"弗兰克俏皮地说。

"同样的,"汤姆·布兰文接着说,"一个女人也因为自己是一个女人而感到庆幸;至少我们认为是这样——"

"噢,那你不用操心了——"一个农妇大叫着说。

"你可以拿你的生命打赌,她们一定会……"弗兰克的老婆说。

"但是,"汤姆·布兰文接着说,"一个男人要成为一个男人,就必须有一个女人——"

"的确是那样。"有一个妇女严肃地说。

"一个女人要成为一个女人,也必须有一个男人——"汤姆·布兰文接着说。

"所有的男人,你们大家都说说。"有一个妇女的声音跟着叫喊。

"所以我们就有婚姻制度。"汤姆·布兰文接着说。

"停一停,停一停,"艾尔弗雷德·布兰文说,"别让我们干坐着了。"

于是全场寂静无声,所有的酒杯都给斟满了。新娘和新郎像两个孩子一样规规矩矩地坐着,在桌子的最上首露出两张光彩夺目的脸,但似乎毫无表情。

"在天堂里就没有婚姻制度,"汤姆·布兰文又接着说,"可是在人世间就有婚姻制度。"

"这就是两者之间的差别。"艾尔弗雷德·布兰文讥笑地说。

"艾尔弗雷德,"汤姆·布兰文说,"你要讲什么话待会儿再讲,我们都会对你表示感谢的。——在人世间除了婚姻制度之外再就没有什么东西了,你们可以谈到弄钱,或者使自己的灵魂得救,你可以使你自己的灵魂得救七回,你可以有多得使不完的钱,可是你的精神仍会感到非常痛苦,非常非常痛苦,它告诉你它缺乏一样什么东西。在天堂里没有婚姻制度。可是在人世间就有婚姻制度,不然的话天堂就会给压塌了,天堂下面是没有底的。"

"你们听听他说的是什么话。"弗兰克的老婆说。

"说下去,托马斯。"艾尔弗雷德嘲弄地说。

"如果我们必须当什么天使,"汤姆·布兰文接着说,他是越讲越来劲了,"如果在他们中间没有什么男人女人之说,那么在我看来,一对结婚的夫妻就是一位天使。"

"这都是给白兰地灌的。"艾尔弗雷德·布兰文困倦地说。

"因为,"汤姆·布兰文说,在座的人都对他的这一套高论感兴趣了,"一个天使绝不能还不如一个人。如果天使只不过是人的灵魂减去了那个人,那它是更不如一个人了。"

"一点不错。"艾尔弗雷德·布兰文说。

全桌都大笑起来。汤姆·布兰文更愈发起劲了。

"一个天使应当超过一个人。"他接着说,"所以我说一个天使应该同时具有一个男人和一个女人的灵魂:他们在最后审判日联合成为一个天使——"

"赞美上帝。"弗兰克说。

"赞美上帝。"汤姆重复说。

"剩下的那些女人怎么办呢?"艾尔弗雷德打趣地问。其他的人都感到有些不耐烦了。

"那我没法告诉你。我怎么会知道到了最后审判日还有人会剩下呢?那就让它去吧。我要说的是,当一个男人和一个女人的灵魂联合在一起的时候,

129

那就出现了一位天使——"

"我不知道什么灵魂不灵魂的。我只知道一加一有时候等于三。"弗兰克说。可结果只有他自己笑了笑。

"肉体和灵魂,这全是一样的。"汤姆说。

"对你的太太该怎么说呢,她在你认识她以前已经结过婚了?"艾尔弗雷德问道,显然要对汤姆的话反唇相讥了。

"这一点我可以告诉你。如果我将来要变成一个天使,那变天使的是我结过婚的灵魂,而不是我的单身汉的灵魂。也就是说,不是我做孩子时的灵魂:因为那时候我还没有一个可以变作天使的灵魂。"

"我总也记得,"弗兰克的老婆说,"当我们的哈罗德情况很糟糕的时候,他简直把什么都忘了,老是想着镜子后面的一个天使。'你瞧妈妈,'他说,'瞧那个天使。''那儿没有什么天使,我的小乖乖。'我说。可是他怎么也不肯听。我把那面镜子从梳妆台上拿开了,可是仍然没有用。他照样说那镜子还在那儿。我的天啊,简直把我吓坏了。我当时就知道他肯定活不成了。"

"我也记得。"另外一个男人,汤姆的姐夫说,"我母亲有一次因为我说我鼻子里有一个天使,她狠狠地打了我一顿。她看见我捅鼻子,就问我,'你干吗老捅你的鼻子,别再这样了。'我说,'在我鼻子里有一个天使。'没想到她马上就玩命地打了我一顿,可我说的是真话。我们常常把那到处飘飞的毛毛球叫作'天使'。不知为了什么原因,我把那么一个毛毛球塞进鼻子里去了。"

"简直没法儿想象,孩子们把什么都往鼻子里塞。"弗兰克的老婆说,"我还记得我们的亨米,她把铃兰花中间的他们叫'蜡烛'的那个玩意儿塞进她的鼻子里去了。噢,可把我们忙活坏了!看到她把那玩意儿往鼻子里捅,可我怎么也没有想到她会那么傻,把它就一直捅进鼻子里去了。她那会儿才只是个七八岁的小姑娘。啊,天哪,我们弄来一根织毛线的钩针,我也不知道是怎么……"

汤姆·布兰文的灵感完全消失了。他把要讲的话全都忘掉了,现在他又跟着别的人一起大喊大叫起来。外面来了教堂里的守夜人,他们唱着赞歌。他们也被邀请到这已经被挤得很满的屋子里来。他们带着两把小提琴和一支短笛。他们在客厅里演奏了几支圣歌,所有的人都尽量拉开嗓子跟着他们一起唱,只有新娘和新郎眼睛里闪着光,摆出一副很奇怪的神色,坐在那里。他们几乎没有唱,或者只不过是动了动嘴唇。

守夜的走了。接着又来了演剧队。演剧队演的是圣乔治的神秘剧。在场的所有的男人都变成侍从跟在后面。他们一齐拿着木棍和一些盆子、罐子乒乒乓乓地乱敲着,满屋子响起了欢呼声和鼓掌声。

"天知道,有一次我扮演魔鬼,可把头都给打破了。"汤姆·布兰文说,他大笑着,连眼泪都笑出来了,"他们简直像打鸡蛋一样,打得我都完全失去知觉了。可是我告诉你们,醒来以后我又和圣乔治一块儿扮演了约翰尼·罗杰,我真的又扮演了。"

他大笑得前仰后合。门外又有人敲门。大家又暂时安静下来。

"马车来了。"有人在门口叫着。

"快进来。"汤姆·布兰文叫着说。一个红脸的人笑着走了进来。

"现在你们俩赶快准备到枕衾乡去,"汤姆·布兰文大声叫喊着,"越快越好,你们要不能像闪电一般马上就走,你们就别走了,今天分开睡觉。"

安娜一声不响地站起来,走出去换衣服。威廉·布兰文本来也要出去,可是蒂利给他把帽子和上衣拿来了。她帮着那个年轻人把衣服穿上。

"好,祝福你,我的孩子。"他的父亲大声说。

"油脂既然已掉在火里了,那就让它去炸吧。"他的叔父弗兰克规劝说。

"慢一点悠着点总是好的,慢一点悠着点总是好的。"他的婶子,弗兰克的老婆,表示反对说。

"你自己也不会愿意掉下去的。"他的一个姑父说,"你也并不像一头马上要下场的公牛。"

"让一个人走他自己的路吧。"汤姆·布兰文高兴地说,"不要到处去给人提什么忠告,现在结婚的不是你,是他。"

"他用不着要许多指路牌。"他父亲说,"一个人走有些路需要有人指引,另外有些路闭上一只眼睛也能走过去。可这一条路不管是瞎眼的还是独眼龙,或者是瘸腿的可都能走过去——谢谢上帝,这些他哪样也不沾。"

"你不要对自己走路的能力太过于自信了。"弗兰克的老婆叫着说,"有很多男人只走了一半,要他的命也走不下去了,愿他永远活下去吧。"

"嗨,你怎么知道呢?"艾尔弗雷德说。

"有些人你只要一看他的样子就完全明白了。"他的嫂子丽西回答说。

那个年轻人脸上挂着淡淡的微笑,似听非听地站在那里。他很紧张,有些心不在焉,他们讲的这些事,或者其他一些事,好像丝毫没有触动他。

131

安娜穿着她的白天的装束走了下来,那神情让人很难琢磨。她和在座所有的人一一吻别,不分男女。威廉·布兰文和所有的人握握手,吻了吻他的母亲,他母亲立刻哭了起来。所有参加婚礼的人一窝蜂似的涌向马车。

年轻的新郎新娘已坐上马车,关上了车门,大家对他们叫喊出最后的祝词。

"开车。"汤姆·布兰文叫着说。马车渐行渐远,他们看到桉树下面的灯光越来越暗,接着所有的人都走进屋里,大家已经比刚才安静多了。

"在他们那边已经点起了三炉火。"汤姆·布兰文看看自己的表说,"我告诉埃玛在九点钟的时候把火生起来,门不要上锁。现在是十点半。他们一回去就会看见三炉烧得正旺的火,到处点着灯,埃玛还会用汤婆子给他们把被子烘暖。所以我想什么都已经给他们安顿好了。"

现在大家都安静多了。他们谈论着这一对年轻夫妇。

"她说她不需要一个住在家里的仆人。"汤姆·布兰文说,"那房子其实已经够大的了,她不愿意老有一个仆人在她鼻子底下。她需要干的事,有埃玛会替她干,这样就不会有人打扰他们了。"

"这样最好,"丽西说,"这样会感到更自由些。"

大家慢慢地谈着。布兰文看了看表。

"让咱们去给他们唱一支圣歌吧,"他说,"我们可以到公鸡和知更鸟酒店去找到小提琴。"

"好啊,咱们去吧。"弗兰克说。

艾尔弗雷德一声不响站起身来。那个姑父和威廉的一个哥哥也站了起来。

这五个人走了出去。夜空中星光闪闪。天狼星在小山边上像一盏灯似的闪闪发亮,灿烂雄伟的猎户星座正朝着天边滑去。

汤姆和他哥哥艾尔弗雷德走在一起。他们的鞋后跟在地上咚咚地响着。

"这可是一个非常美丽的夜晚。"汤姆说。

"是啊。"艾尔弗雷德说。

"出来走走真是不错。"

"是啊。"

这两弟兄挨得很近,并排走着,强烈地感到彼此的血缘关系。汤姆感到自己比艾尔弗雷德小多了。

"从你上次离开家到现在,已经很久了。"他说。

"是啊,"艾尔弗雷德说,"我想着我越来越有点老了——可是我并没有老。你所使用的东西慢慢都使坏了,可并不是你自己。"

"你说什么,什么都使坏了?"

"许多和我有关系的人,还有许多和我有关系的东西,他们慢慢全完了。你只好一个人向前走去,也可能只是走向毁灭。再没有任何人在你身边陪你一块儿走着。"

汤姆·布兰文对他这话琢磨了一会儿。

"你也许是从来还没有改掉你的野性。"他说。

"一点儿不错,我从来没有。"艾尔弗雷德骄傲地说。这时汤姆感到他的这位哥哥有点瞧不起他。他止不住后退了一步。

"每一个人都各有他自己的路。"他顽固地说,"只有狗没有自己的路。那些得不到他们给别人的东西,也不能给别人他们得到的东西的人,就只好独自去生活,或者找一条狗去追随他们。"

"他们不用找到一条狗也行。"他哥哥说。这时汤姆·布兰文又一次感到惭愧,他觉得他哥哥比他大多了。但是就让他大吧。如果一个人单独前进更好,那就让它更好去吧:无论如何他不愿那样。

他们走过了一片田野。在那里,星光之下,一阵急骤的清风吹过了那个小山顶。他们来到那台阶旁边,再过去就是安娜的住房了。灯光已经熄灭,只是在楼下的房间和楼上卧房的窗帘上看到一些闪闪的火光。

"咱们最好不要去打扰他们吧。"艾尔弗雷德说。

"来吧,来吧。"汤姆说,"咱们来给他们唱一支圣歌,最后一次。"

大约在一刻钟的时间里,十一个安静的有些醉意的男人爬过了那堵墙,走进紫杉树下的花园,来到一排窗子的外面,在窗帘上还可以看到屋里闪动的火光。于是两把小提琴和一支短笛的尖厉的声音划破了那霜冻的夜空。

"在羊群守望着的田野上。"一群乱七八糟的男声一起合唱起来。

音乐声刚一响起,安娜·布兰文就被惊醒了,她倾听着,感到很害怕。

"这是守夜的人。"他在她的耳边说。

她仍然很紧张,她的心扑扑地跳着,感到一种奇怪的强烈的恐惧。接着又传来一群男人很不整齐的唱歌声。她仍然紧张地倾听着。

"这是爸爸的声音。"她低声说。他们一声不响地听了一会儿。

133

"还有我爸爸。"他说。

她又听了一会儿。她现在完全听明白了。她于是又安心躺在他的怀里睡下了,他紧紧地抱着她,吻着她。外面的人正在唱着圣歌,所有的人都在尽自己最大的努力唱着,在这迷人的提琴和歌声之中,他们把其他的一切都忘得干干净净了。屋里火光在黑暗中闪动着。安娜可以听到她的父亲正热情地歌唱着。

"他们可真是有点莫名其妙。"她声音很低地说。

他们俩彼此凑得更近一些,两人的心在一起跳动。甚至在外面的圣歌还没有唱完的时候,他们便已经听不见了。

第 六 章

安娜·维克特里克斯

　　威廉·布兰文婚后有几个星期的假期,所以他们俩可以单独待在自己的家里,痛痛快快地度过他们的蜜月。

　　日子一天一天地过去,可是在他看来,天堂已经掉了下来,他和她坐在一片废墟之中,在这个全新的世界,所有的人都被埋掉了,只有他们俩是幸运的幸存者,所以一切东西都可以听任他们任意浪费。在一开头,他还总有一点自己过于放任的犯罪的感觉。他不是对外面的世界还负有某种责任,而且他一直听到召唤,却始终没有肯去吗?

　　到了晚上一道道的门被关了起来,无边的黑暗包围着他们俩,这时光是多么美好。他们就是可见的大地上的唯一的居民,所有其他的人都被淹没在洪水里了。既然这个世界上只有他们俩,那他们就是自己的法律,他们可以像没有任何是非感的神灵一样随意享受,随意破坏,随意浪费。

　　可是到了早晨,马车在门外咯噔咯噔地响着,孩子们沿着小胡同叫喊着跑了过去;小商贩正叫卖他们的货品,教堂的钟已经敲响十一下,而他和她却还没有起床,甚至也没有吃早饭,这时他止不住感到有些内疚,仿佛他违犯了什么刑律——他因为到现在还没有起来,什么事也不干,而感到羞愧。

　　"你要干什么呢?"她问道,"有什么事要干呢?你就这样泡着好了。"

　　哪怕就是到处去泡泡,也是值得尊敬的。那样你至少和整个世界还有一定的联系。而你现在什么也不想,一动不动地躺在那里,任凭无人理睬的天光照在拉上的窗帘上,那便是使自己和世界完全隔绝,自己把自己关闭起来,实际是否认了整个世界的存在。他不禁感到有些烦恼。

　　可是躺在那里和她闲聊着,他感到是那么甜蜜,那么愉快。这比阳光更为甜美,而且不像阳光一样无常,随时都会消逝。教堂的钟不停地敲着,几乎让人感到厌恶:一小时一小时之间似乎没有任何间隔,而只是无比美好而又安静的一瞬:这时她用她的指尖沿着他面部的轮廓抚摸着,那么无忧无虑,那么幸福,他真希望她永远这样摸下去。

但一切又使他感到非常奇怪,很不习惯。就这样,忽然之间,原来的一切全都抛开他,完全不存在了。先一天,他还是个单身汉,和所有的人一起生活。第二天,他就和她一起完全和整个世界隔绝,仿佛他们俩变成了深埋在黑暗中的一粒种子。忽然间,他像一颗橡壳里的橡籽落了下来,他赤裸裸地闪着光落在一片松软、肥沃的土地上,把那聚集着人世的知识的外壳远远抛在身后了。在那个外壳里,他听到小商贩在叫卖,听到马车的声音,孩子们的叫喊。这完全像那个被抛弃的坚韧的外壳。而里面,在这柔和而宁静的房间里就是那个赤裸裸的在激情的活动中无言的、沉迷于现实的橡实。

在屋子里一切是那么稳定,这里存在着鲜活的永恒的核心。只有在外面很远处,在四周的边缘,才可以听到破坏引起的嘈杂的声音。在这个巨轮的核心部位一切是完全静止的,因为它是中心的中心。这里存在着一种超出时间之外的平稳的完美无瑕的宁静,因为在这里一切将永远是这个样子,将永远毫无变化,无尽无休。

当他们俩逃出时间和变化之外,自成体系,紧挨着躺在一块儿的时候,仿佛他们就是那慢慢旋转着的宇宙空间和一切生命急遽活动的唯一中心,而在这一切的中心的最深处,在那绝对光明、永恒生命和饱含赞赏的沉默的中心:就是那一切运动的稳定的核心,就是那清醒世界的永远不会醒来的睡眠。他们现在仍旧待在那里,他们在彼此的怀抱里安静地躺着;从他们自己的时间观念来看,他们正待在永恒的中心,而时间总是在极远处,永远在极远处朝着这巨轮的边缘滚去。

接着他们慢慢离开了那最高的中心,走进了赞扬、欢乐和喜悦的氛围,然后越来越向外,走向嘈杂和发生摩擦的区域。可是他们的心燃烧着,并接受了内在真实的锻炼,他们仍然一如既往感到非常高兴。

慢慢地他们开始清醒了,外界的嘈杂声越来越变得更为真实了。他们已经听懂了从外面传来的召唤,并作出了回答。他们数着外面传来的钟声。当他们数到正午的时候,他们了解到在外面的世界上已经是正午时分,这时间对他们也同样适用。

她慢慢感觉到很饿了,她似乎一直就越来越饿。但尽管这样,这种饥饿的感觉似乎始终不够真实,因而无法使她清醒过来。她听到从非常遥远的地方传来"我快要饿死了"的呼声。但她仍然安静地、一声不响地单独躺着,让那句话默不发声。时间又慢慢过去了。

接着,十分安详,甚至有点使她吃惊地,她又回到了现在,她现在自己念叨着:

"我快饿死了。"

"我也一样。"他安详地说,仿佛这件事完全无足轻重。接着他们又回到那温暖的无比甜美的宁静中去。时间一分钟一分钟无人理睬地从窗子外面流过。

忽然,她拱了他一下。

"我的亲爱的,我快要饿死了。"她说。

他对自己被弄醒略感到有些痛苦。

"咱们该起来了。"他说,仍然一动不动。

她又把头埋在他的身上,他们俩仍安静地躺着,时间又慢慢地过去了。他半醒半睡地听到外面传来的钟声。她却没有听见。

"快起来吧,"她最后喃喃地说,"给我弄点什么东西来吃。"

"好的。"他说,用一只胳膊搂着她,她把脸贴在他身上睡着,他们竟然始终也没有动,这不禁使他们自己也微微感到吃惊,时间唰唰唰地从窗外飞过去了。

"那么让我起来吧。"他说。

她把头从他身上抬起来,放开他。他有些不舍地起身,爬到床下去,开始穿衣服,她又向他伸过手去。

"你真好。"她说。他于是又歪过身子来和她温存了一会儿。

慢慢地他终于穿上了几件衣服,他迅速地对她上下看了看,便走出屋外去了。她又慢慢进入了苍白的、更加透彻的宁静之中。她听着他在楼下发出的声响,仿佛自己变成了一个精灵,仿佛她已不再属于物质世界了。

现在已经是下午一点半了。他看了看从昨天晚上以后再没有人动过的毫无生气的厨房,厨房里的窗帘一直拉上,显得非常阴暗。他匆匆走过去拉开了窗帘,这样就会有人知道至少现在他们已经起来了。得了,这是他自己的房子,那没有关系。他匆匆忙忙放了一点木头在炉膛里生起火来。他仿佛是在一个未被人发现的荒岛上进行探险似的,自己感到非常高兴。火已经燃起来,他放上了水壶。他感到多么幸福啊!这房子多么宁静,完全躲开了人们的喧

137

扰！在这个世界上,就只有他和她。

但是当他拉开前门的门杠,衣服都还没有穿好便向外张望的时候,他感到不安和有罪。不管怎样,那整个世界仍然在那里。在此之前,他感到的是自己的地位是那么安全,这房子仿佛是大洪水期间的那个方舟,世界上所有其他的人都给淹死了。然而那个世界依然在那里:而且已经是午后了。早晨已经过去,已经消失,这一天又已经快完了。那鲜明清新的早晨哪里去了?他感到自己受到了遣责。在他拉上窗帘睡觉的时候,清晨就那样无人理睬地过去了吗?

他再一次四面看看这清冷的午后的景象,他自己是那么柔和、温暖和闪闪发光!在牛奶罐上的碟子里放着两枝黄色的茉莉花。他纳闷儿是谁跑来留下了这个信号。拿起牛奶罐,匆匆关上了门。让这一天和那白天的光辉慢慢消逝,让它偷偷地溜走吧。他根本不在乎,多一天少一天对他有什么关系呢?这一天的光辉,如果不被人加以利用就沉入遗忘之中,那就让它去吧。

"一定曾经有人来过,看到门锁着又走了。"他端着盘子上楼来的时候说,把那两枝茉莉花递给她,她在床上坐起来大笑着,孩子气地把花插在她的睡衣的胸前。她的棕色的头发支棱着,像一个光环围绕着她光亮柔和的脸。她用她的黑色的眼睛急切地注视着那盘里的东西。

"你真是太好了!"她叫喊着,用鼻子嗅了一下那寒冷的空气,"你干了这么多事,我真高兴。"她急切地伸出她的两手,要让自己赶快坐好——"快回到床上来,赶快——太冷了。"她使劲地搓着她的双手。

他又脱下他身上很少的一点衣服,马上在床边她的身旁坐下来。

"看看你支棱着一头棕毛,鼻子朝盘子伸过去,那样子真像一头狮子。"他说。

她止不住咯咯地大声笑着,非常高兴地吃着她的早餐。

早晨在无人知觉中消逝,下午也已经稳步朝远处走去,他毫不顾惜地让它走了。一段清朗的日光就这样无人理睬地过去了!这未免有点胡闹,也不像一个正常人应有的态度。他不能让自己完全安于这种生活。他感到他应该起来,应该走出去,到天光中去,在那天下午的开阔的天光之下去工作,去消耗自己的精力,在那一天所剩无几的天光中夺回已经遭受的损失。

可是,他并没有去,一不做二不休,偷一只羊羔是偷,偷一只绵羊也是偷。如果在他生命中他损失掉了这一天,那就让它损失掉吧。他决心不要这一天了。他也无心去计算自己的损失,她更是根本不在乎。她半点也不在乎。那

138

他为什么要在乎呢？在无所顾忌和不受任何约制方面，难道他要落在她后面吗？她在对什么全都无所谓的方面真是达到了登峰造极的地步。他也一定要跟她一样。

她对一切都完全不负责任。当她把茶泼在枕头上的时候，她用手绢随便擦擦，然后把枕头翻过去就完事了。他要这样做，多少还会感到有些内疚。她可不这样。而她这种做法使他很高兴。看到她完全不把这类事情放在心上，使他非常高兴。

吃完饭以后，她用手绢擦擦自己的嘴，满意又高兴，接着又在枕头上躺了下来，用手抚摸着他的剪得很短的像皮毛一样的头发。

黄昏来临了，屋里的光线泛出一派铁灰的颜色，好像有气无力的样子。他把脸贴在她身上。

"我不喜欢黄昏。"他说。

"我可是非常喜欢。"她回答说。

他把脸贴在她身上，她温暖得像阳光一样。她身体里面似乎隐藏着阳光。她的心脏跳动的余波便像是照在他身上的阳光。在她身上，有一种比在阳光下所能见到的更为真实的日子：它是那么温暖、稳定和令人精神焕发。在黄昏的光线之下，他把他的脸贴在她身上，而她却躺在那里，用她那双茫然的眼睛向外呆望着，似乎她正毫无阻碍地神游在那一片模糊之中。那模糊的景象更使她有了任意活动的广阔的天地。

他现在已全神贯注于她的心脏的跳动，对他说来，一切像正午一样，是那么宁静、温暖和舒适。他很高兴自己沉浸在这种温暖而充实的正午之中，这使他更为成熟，也免除了他的责任感和他良心的谴责。

他们在天已经很晚的时候才起来。她匆匆把头发扎起，一转眼便穿好了衣服。然后，他们一起下楼，走到火炉边，沉默地坐在那里，只是偶尔讲上一两句话。

她父亲一会儿就要来，她匆匆把用过的盘子堆在一边，把房间收拾了一下，换上另一副姿态，又在椅子上坐下来。他坐在那里思索着他的木刻。他常喜欢坐在那里默想着他的木刻工作，对每一刀每一条线都想得非常仔细。他现在多么喜爱他那木刻啊！等他再回去开始他的创作活动的时候，他就可以把他自己的温柔而光彩夺目的夏娃雕刻完了。这情景还不能使他感到十分满意。上帝应该带着他的无声的创作热情在那里对她进行创造，亚当的神态应显得再紧张一些,表明他正处在一个不朽的梦中,夏娃的形象应该具有更强烈的明亮和阴影的对照,仿佛上帝为了创造她,正在自己进行内心的斗争,可现在她的形象未免太鲜明了。

"你在想些什么?"她问道。

他感到不知怎么说才好。当他要向别人倾诉自己的内心活动的时候,他总感到有些羞怯。

"我正在想着我那个夏娃显得有点太不柔和,太富有生气了。"

"为什么?"

"我也不知道。她应该——"他做了一个无比温柔的姿态。

屋子里很安静,同时也充满了喜悦。他无法向她讲得更多一些。他为什么不能对她讲得更多一些呢?她感到一种因孤独引起的悲哀。可是这无关紧要,她向他走过去。

她的父亲来了,他看到他们俩都像刚开放的花朵一样容光焕发。他非常喜欢和他们坐在一起。这里有一种爱的芳香,任何人来到这里就一定会嗅到它。他们俩在另一个世界的光辉的照耀下,都是那么生气勃勃,所以看到还有别的人也能生存着,这对他们真是一个很新的经历。

尽管这样,但在威廉·布兰文的那个正常的、传统的头脑中,看到一切事物的正常秩序就这样消失了,他不免感到有些不安。一个人应该一清早起来,洗洗脸,然后去完成自己正当的社会职能。而现在他们俩却在床上一直睡到暮色降临的时候;然后他们才起来;她根本没洗脸,却坐在那里陪她的父亲闲谈着,神色自若,毫不害羞,简直像一朵迎着露水开放的雏菊。要不,她在早晨十点起来,等到下午三点或者四点半的时候又会心安理得地跑到床上去躺下,大白天里把他浑身剥个精光。他也竟会非常高兴,完全忘掉了自己的不安。他让她愿意怎么折腾就怎么折腾他,而他只会感到一种离奇的甜蜜。她可以随心所欲地对待他。在她的手中,他自己就完全变成了安乐的化身。他的不安,他的格言,他的信条,他的一些更小的信念,现在都已退到一边去,她像虎入羊群一样让它们东奔西散了。看到它们东奔西散,他感到非常吃惊,但也感到非常有趣。

在他的神殿的基石四分五裂,蹦蹦跳跳向山下滚去,显然已无修复之望的时候,他却站在一旁呆望着,脸上露出惊奇的微笑。真是一点不错,他们说一个男人在他结婚以前等于还没有出生。这是多么巨大的变化啊!

他看了看这个世界的外壳:屋舍、工厂、电车,这一切全是那个被抛弃的外壳;人们熙熙攘攘来回奔忙着,各种工作正在进行,而一切都在那被抛弃的表面上。一次大地震已经从内部把它完全崩开了。这有点仿佛是这个世界的外壳已完全被剥掉:而伊尔克斯顿、这里的街道、教堂、居民、工作、秩序,却都安然无恙;但是外表已被剥走,进入非现实的状况之中,留下的只是被暴露出来的内在的核心,那真正的现实:一个人的存在、他的离奇的感情、热情、愿望、信念和抱负,现在全呈现在自己的眼前,并暴露出那永久的石床,由于他和一个他所爱的女人结合而生成的一块顽石。这有些令人迷惑不解。一切事物也并非尽如其外在的形貌!当他还是一个孩子的时候,他只不过凭女人的裙子识别女人。可是现在,瞧,让整个世界脱掉外衣吧,让那脱下的外衣完整无损地摺在一边吧,一个人照样可以站在一个新的世界上,一个新的地球上,赤裸裸地站在一个新的赤裸裸的宇宙之间。这令人感到十分惊讶,但也非常神妙。

这就是婚姻!旧的一切已经全都无所谓了。你可以在四点钟起床,在下午吃午茶的时候吃早点,到半夜里去做你的奶酪。一个人完全可以不穿衣服,他当然也完全可以穿上他的衣服。他现在仍然弄不准这是否是一种犯罪行为。可是这对他却是一个新发现,他从没想到一个人可以这样彻底地毫无约束。唯一重要的一件事是他必须爱她;她也必须爱他。他们应该像站在着火的丛林中间不被烧着的上帝一样,彼此点燃对方的热情。他们现在也正是这样生活的。

她比他所受到的拘束更少,所以她能够更快地使自己达到更充实的地步,能够更快地怀着喜悦的心情重新回到外在的世界中去。她要举行一次茶会。但他一听,全身都凉了。他愿意就这样过下去,他愿意就像他们现在这样一直过下去。他愿意和外在的世界彻底断绝关系,明确宣布它彻底完蛋了。他怀着深切的愿望和不安,认为当他们现在正处于这个跳出时间之外、由完美而自由的肢体和不朽的胸膛所组成的宇宙中的时候,理应始终和她待在一起,肯定地相信那古老的外在秩序已经完结。新的秩序正在开始,而且将永远存在下去,那是真正活着的生命;它的闪闪发光的核心跳动着,从而进入行动,它没有外壳和外皮以及任何在外面包着它的东西。可是不成,他没有办法留住她。她又希望回到那已死去的世界中去,她要再一次到外面去行动。她准备举行一次茶会,这让他感到害怕,感到愤怒和悲伤。他担心,他刚刚得到的一切马上又会失去:像神话中的那个青年,在一年中只有一天他是皇帝,而在其余的日子里却是遭到鞭打的牲畜；要么至少会像灰姑娘一样。他神情非常忧郁。她却已经兴高采烈地在为茶会做准备了。他的恐惧是那样强烈，他感到十分不安，事情还没有发生，她就显得那样喜不自胜，他对此感到气愤。她现在不正是为了一些十分肤浅和无意义的东西，要牺牲掉那个现实，那唯一的现实吗？她现在去请一些装模作样的妇女来参加茶会，那不是随随便便扔掉自己的凤冠，让自己也变成一个装模作样的人物吗？而她本来可以在他们的亲密无间的关系中，和他在一起，使自己保持完善，并使他也达到完善的地步的。现在他势必将失去自己的地位，他的欢乐也势必将全部趋于毁灭，他也只好装出外在世界那庸俗肤浅的死亡的神态了。

不安和恐惧折磨着他的灵魂。可是她却抖擞起精神来，全力干家务活，把他撂在一边，就像她在扫地时必须把家具堆到一边去那样。他显得十分可怜地在她身边泡着。他要她仍回到他身边来。恐惧，要想和她待在一起的愿望，没有她便觉得难以活下去的羞耻使得他愤怒万分。他简直有些要发疯了。那妙不可言的时光眼看就要过去了。那炽热的爱情、那宏伟的新的秩序很快便会消失；她为了外界的事物准备牺牲掉这一切了。她准备再次进入外部世界中去，她为了那华丽的外壳，不惜扔掉这真正具有生命力的果实。就为这个问题他开始对她非常愤恨。由于担心她会进入一种完全无力自拔的境界，进入一种完全可以说是愚蠢的状态，他不安地满屋子乱走着。

可是她却曳起她的裙子，满屋奔忙，专心一意地干着她的工作。

"既然你有时间这样闲泡着，那就去拍拍地毯吧。"她说。

他怀着不安和痛恨的情绪，出去拍打地毯。她就这样高高兴兴地把他忘了。他打完地毯回来，又泡在她身边。

"你不能干点什么吗？"她就像对一个小孩似的不耐烦地说，"你不能还去搞你的木刻吗？"

"我到哪儿去搞？"他以一种十分痛苦的声调问道。

"哪儿都行。"

这话让他感到多么愤怒啊！

"要么出去散散步。"她接着说，"到沼泽农庄上去走走，不要老那么心不在焉地跟着我闲泡着。"

他哆嗦了一下，对她的这些话感到非常痛恨。他到一边去看书。他从来也没有感到自己的心灵是如此的痛苦和缺乏活力。

不一会儿,他又跑到她身边来了,他老是围着她转悠,老要和她在一起。他这股窝囊劲,还有他垂着手的样子,都使她感到厌烦。她轻蔑地转向他,简直恨不得马上把他毁灭掉。他仿佛变成了一个疯狂的动物,气得脸色铁青,一触即发,一股黑色的风暴在他心中聚集起来,他的眼里露出阴暗的凶光,被阻扼的意志使得他几乎什么都不顾了。

这种阴森可怕的日子延续了两天,这期间她始终对他恼恨不已。他也感到自己仿佛生活在一个阴暗的充满暴力的地下世界中,他两手颤抖着恨不得要杀掉几个人。她始终对他进行着反抗。他似乎已经变成一个什么可怕的恶魔,老是追逐着她,泡在她身边,使她的心情十分沉重。她感到只要能把他轰走,她不惜付出任何代价。

"你必须干点工作了。"她说,"你应该干点工作,你不能干点什么吗?"

他的心灵变得越来越阴暗了。他的情况已坏到极点,他的心灵现在已经变成漆黑一团。一切都已经完了,而他却完全无法摆脱他的阴暗的紧张的意志。他现在已经不在乎她了。她已经不存在了。他的阴森的充满热情的心灵已经完全缩成了一团,现在正围绕着一个仇恨的中心蜷伏着,它完全依靠自己的力量存在着。他脸上毫无表情,只有一种离奇的非常苍白的难看的神色。她一见他就止不住要躲开,她害怕他。他的意志似乎始终紧紧地抓住她的心。

她极力想躲开他。她跑到沼泽农庄去,在那里,她再次躲进她的父母对她怀有的热烈的爱情之中。他却仍然留在紫杉农庄,阴暗的心情纠成一团,他的头脑已经死去了。他根本不可能再去进行他的木刻,他跑到外面花园去,盲目得像一头田鼠似的干一些单调的挖土工作。

她回家的时候,走到那小山上,看到远处山头那蓝莹莹的市镇,她的心软化了,她开始渴望能和她丈夫和好;她不希望再和他斗下去了。她需要爱情——噢,爱情。她开始迈开步向前走去。她希望赶快回到他的身边。她的心由于想他变得十分紧张了。

他已经彻底把花园收拾了一番,草地重新修剪过一遍,小路也用石块铺上了。他是一个能干的好工人。

"你把这花园收拾得多么漂亮啊。"她说,试探着从小道边向他走去。

可是他根本没有理睬,他没有听见她的声音,他的头脑已经僵化,已经死去了。

"瞧瞧这花园,你把它搞得多漂亮!"她带着几分痛苦重复着说。

他抬头看着她,呆滞的脸上毫无表情,视而不见的眼睛使她大吃一惊,她不禁头脑晕眩,两眼发黑了。接着,他又把脸转开。她看见他高瘦的身子摇摇晃晃,感到一阵难堪,她跑进屋子里去。

她走进卧室脱下帽子之后,发现自己忍不住痛苦地哭起来,心中充满了自己做孩子时那种难堪的孤独感。她安静地坐着,一直哭个不停,她不希望他知道她在哭。她害怕见到他那凶狠的不怀好意的动作,害怕看到他那显得十分残酷、僵硬地微微低着头的神态。她非常害怕他。他似乎正没完没了地伤害着她的敏感的女性,他似乎正在刺伤她的子宫,有意折磨她并从中寻求快乐。

他走进屋子,那沉重的脚步声使她非常害怕:那是一种沉重的、残酷的、令人感到不祥的声音。她担心他会上楼来。可是他并没有。她恐惧地等待着。他走出去了。

她哪里最容易受到伤害,他便在哪里刺伤她。噢,在她带着妇女的柔情把自己交托给他的时候,他似乎便借此尽一切力量伤害她、侮辱她!她痛苦地把双手压在自己的子宫上,眼泪不停地从她脸上流下来。啊,为什么,啊,为什么?为什么他会这样对待她?

她忽然擦干了眼泪,她必须把午茶准备出来。她下楼去把桌子摆好。一切都准备好以后,她叫喊他。

"我已经把茶烧好了,威廉,你快来好吗?"

她自己也听得出她含着眼泪的声音,于是又大哭起来。他没有回答,仍然干着他的活儿。她痛苦地等了他几分钟。她感到一阵痛苦,一时之间她简直像个孩子似的害怕得心慌意乱了;她现在不可能再到她父亲身边去;这个一心要占有她的人已经有一种力量把她迷住了。

她赶快跑进屋里,免得让他看到她的眼泪。她在桌子旁边坐下。不一会儿,他进了厨房。她听到他走动的声音,感到非常不舒服。他用水泵抽水的动作多么可怕,多么令人厌恶,多么残酷!他活动的声音,她听着多么厌恶啊!他是多么讨厌她!他对她的仇恨是多么沉重地打击了她!眼泪又从她的脸上流了下来。

他走了进来,木头一样的脸上毫无生气,但仍摆出一副不可改变的神态。他坐下来喝茶,他的头非常难看地耷拉在他的茶杯上,他的手由于刚使过冷水显得通红,他的指甲缝里还带着泥土。他不停地喝着茶。

真正使她感到难以忍耐的,是他那纯粹消极的冷漠的感情,那种丑恶的感情给人一种黏糊糊的感觉。她的智力已经紧缩成一团。坐在一个一心只想着自己事情的人旁边,仿佛你只是被动地摆放在他的面前,这是一件多么无味的事。现在任何东西也不能打动他——他只能把东西吸收到他自己的心中。

眼泪顺着她的脸往下流着,他不知为什么惊了一下。他抬起头来,用他那充满仇恨的明亮的眼睛看着她,那冷淡的毫无改变的神态简直像一只正在捕食的老鹰。

"你哭什么?"一个不耐烦的声音问道。

她通过她的子宫哆嗦了一下。她没有办法忍住自己的哭泣。

"你到底哭的什么?"他再次问道,依然是刚才那个声调。她仍然一言不发,只是含着眼泪吸了吸鼻子。

他仿佛忽然想到一个什么邪恶的念头,眼睛里闪着光。她向后缩着身子,眼前什么也看不见了。她就像一只正要被老鹰抓住的小鸟,一种无可奈何的感情简直使她要晕过去了。她的情况跟他完全不一样,她在他面前完全没有力量自卫。

在这样一种影响之下,她无法不让自己受到攻击。她已决定投降了。

他站起来怀着那邪恶的心情走了出去。这心情苦恼着他,折磨着他,在他的内心中进行斗争。他在越来越浓的暮色中干着活儿,那种心情终于慢慢消失了。忽然间,他看到她显然很伤心。而他过去就只看到她十分得意的时候。忽然间,他痛苦万分,充满了同情。在这种同情的折磨下,他又激动起来。他不能任她去哭泣——他感到不能忍受。他要去到她的身边,在她身上倾注他心中的热血。他要把一切都交给她,他的血液,他的生命,把一切全都交给她,直到最后的一点一滴。他怀着无比强烈的激情,渴望把自己贡献给她,完完全全贡献给她。

黄昏来临,接着是黑夜,她一直没有点灯。痛苦和悲伤燃烧着他的心,他必须马上去看她。

最后他带着隆重的献身精神犹豫不决地去了。他已经不像刚才那样冷漠无情,他的身体也变得敏感了,他有些微微发抖。在他关上门的时候,他的手更是畏畏缩缩,显得出奇的敏感。他简直是带着柔情插上了门闩。

厨房里只能见到炉火的光亮,他看不见她。他恐惧地抖了一下,想着她也许走了——不知上哪里去了。怀着畏缩的恐惧他穿过客厅,来到楼梯脚下。

"安娜。"他喊着。

没有人回答。他走上楼去,空荡荡的房子使他感到害怕——这可怕的空荡荡的情景简直要让他发疯了。他推开卧室的门,心中肯定她已经走了,这里就只他一个人。

可是他看到她背向着他一动不动地躺在床上,几乎很难让人发现。他走过去,把一只手轻轻地、有些犹豫地放在她的肩上,心里怀着自我牺牲的巨大恐惧。她没有动。他等了一会儿,放在她肩头的手感到一阵痛楚,仿佛她要把他的手推开。他痛苦地站在那里。

"安娜。"

可是她像一个蜷卧着被人遗忘的生物,仍然一动不动地躺着。一阵阵离奇的痛苦扰乱着他的心。后来,通过他的手所感觉到的震动,他知道她还在哭泣,并正勉强抑制着自己不让人知道她在哭。他等待着。情绪仍是那样紧张——也许她并没有哭——接着她突然忍不住又抽泣了几声。对她的爱和对她的痛苦的同情燃烧着他的心。他小心地在床上跪下,不让他沾满泥土的靴子碰到床,他把她抱在怀里,抚慰她。她的哭声越来越大,她现在非常伤心地哭泣着,但并非对他。她现在仍然离他非常遥远。

在她哭泣着要从他手中挣脱的时候,他尽量把她搂在怀里,因而他的身体也同她的身体一起抖动起来。

"别哭了——别哭了。"他用过去那种淳朴的声调说。此刻,一种天真的爱使他的心变得十分安详、平静了。

她仍然哭着,根本不理他,让他就那样搂着她。他感到嘴唇发干。

"不要哭了,我的亲爱的。"他仍然用那种带感情的声调说。在他的胸膛里,他的心怀着无比的痛苦,像一只火炬似的燃烧着。他不能忍受她这种悲痛的哭泣声,他简直愿意用自己的血来安抚她的心,他听到教堂里的钟报时了,仿佛这钟声就敲在他的心上,他悬着心等它一下一下地敲过去,钟声终于停止了。

"我的亲爱的。"他对她说,弯下腰去,用他的嘴亲一亲她满是眼泪的脸。他害怕碰到她。她的脸上沾满了多少泪水啊!他抱着她,自己的身体也跟着战栗不已。他对她热爱的程度,使他感到他的心脏、他的血管几乎都快要爆炸开来,以便他的具有安抚作用的鲜血能够很快地涌遍她的全身。他知道他的血能够治好她的创伤,恢复她的平静。

她现在已慢慢平静一些了。他感谢上帝的仁慈,最后终于让她平静下来。

他的头脑中有一种奇怪的仿佛冒着火的感觉。他仍然用他战栗着的双臂紧紧拥抱着她,他的血液似乎忽然变得强有力地包围着她了。

最后,她开始向他靠近,偎依在他怀里。他的四肢,他的身体都好像着火一样冒起了一阵阵火焰。她紧贴着他,使劲贴在他身上。那火焰烧遍他全身,他用他那着火的肢体搂着她。啊,要是她能够吻他一下!他低下头去。她柔软而潮湿的嘴和他的嘴相遇了。他感到痛苦和感谢的情绪几乎要让他的血管爆炸,他的内心由于感激几乎要发疯了。他愿意永远这样为她倾泻出自己的一切。

当他们都完全平静下来以后,夜色已经非常浓了。两个小时已经过去,他们像两个新生的婴儿,温暖、无力地躺在一块儿,他们几乎像没有出生的孩子一样沉默。只是他的心,经过一番痛苦之后,正在幸福地哭泣着。他并不理解,他已经屈服了,已经放弃了战斗。他们彼此之间并没有真正理解。他们之间只有默许和屈服,只有这完美境界带来的令人战栗的惊喜。

第二天早晨他们醒来的时候,便看到昨天晚上已经下过雪了。他很奇怪,空气里怎么会有一种奇特的苍白的颜色,有一种不寻常的气味。雪花落在窗台上、草地上,压弯了紫杉树黑色的树枝,墓园里的坟墓也都变得又圆又平了。

不一会儿,又开始下起雪来,他们没法出门了。他很高兴,这样他们俩就可以不受外界侵犯,待在阴暗的沉默之中,在这里没有世界,也没有时间。

雪接连下了几天,到了星期天,他们一同上教堂。他们在花园里留下了他们的足印。爬过高墙的时候,他们把他们的手印也留在墙头上,他们踏着雪走过那个墓园。整整三天,他们都沉浸在最完美的爱情之中。

教堂里人很少,她非常高兴。她并没有兴趣上教堂。她从来没有思索过任何宗教信仰问题。她几乎一直都参加早晨的祷告,但这完全出于一种随大流的习惯。所以她对于上教堂早已不抱任何希望。可是今天,在这新奇的雪景之中,在经历了一段爱的完美的生活之后,她又感到自己盼望着来这里能有所收获,而且心情也非常愉快。她正生活在那永恒的世界之中。

在她上中学以后,她就一直希望自己能够成为一个贵妇人,由于希望实现自己某些神秘的理想,她总是细心地倾听牧师们的布道,希望能从中得到什么启发。有一段时间,一切都很好。牧师对她说,应该在这方面或者那方面表现自己的善良。她在离开教堂的时候,感到完成这些教导是她最高的目的。

但是很快她就对这些完全不感兴趣了。不多久之后,她对做一个善良的人已不再有多大兴趣。她的心灵所追求的不再仅仅是做个好人。尽量做些好事。不，她另外有她的要求：她要求得到一些人人都知道的职责以外的东西。一切仿佛都只不过是一个人的社会职责，而不是关于她自己的问题。他们谈到她的灵魂，可是他们谁也没有想到唤醒或触动她的灵魂。到现在为止，她的灵魂仍然野性未驯。

所以，当她对教堂牧师洛弗西德先生颇有感情，对科西泽的教堂也颇有好感，并随时准备维护它，准备给它一些帮助的时候，她并不把这些事看作是她生活中一件重大的事情。

这倒不是说她有什么很明显的不满，当她的丈夫在教堂里听到一些话，变得激动起来的时候，她就会对这虚有其表的教堂抱一种敌视的态度，她痛恨它没有对她起到有益的作用。教堂告诉她应该善良：很好，对于教堂所讲的话，她并无意表示反对。教堂谈到她的灵魂，谈到人类的幸福。仿佛要使她的灵魂得救，她就得参与某些有助于人类幸福的活动，这也很好——那么就算是这样吧。

可是，坐在教堂里，她的脸上总有一种激动和不安的情绪。她跑到教堂来要听的就是这些吗？照他们说的去干这，或者干那，怎么能使她的灵魂得救呢？她并没有对他们的话表示反对，可是她脸上愤怒的神态说明她是反对的。她希望听到的是另一些东西，她希望从教堂得到的是另外一些东西。

可她有什么资格肯定这一点呢？她是怎样对待她那些未能满足的欲望的？她感到可耻，她对她的那些藏在内心深处的欲念，采取不予理睬的态度。尽可能不把它们看作一回事，它们使她非常愤怒。她希望也像别人一样，精神上得到正当的满足。

他使她比过去更为生气了。教堂对他有一种不可抗拒的吸引力。她希望从教堂得到的那些东西，他根本不在意。他坐在那里简直像一位天使或者一个什么神话中的动物。对于在教堂进行的布道演说或者那些宗教仪式的意义，他仍然不予理睬。有一种浓密、阴沉、强有力的气氛围绕着他，使她感到说不出的愤怒。教堂提出的一切教导本身，他并不为之所动。"宽恕我们的罪孽，一如我们宽恕别人对我们犯下的罪。"——这话对他根本不起任何作用。那可能只不过是一些空洞的声音，所以它对他可能发生的作用也不过如此。他不希望让一切事情都是那样清楚明白。当他来到教堂的时候，他对自己的罪孽全然不在意，对于他邻人的罪孽也完全一样。把那些问题留到星期天之外的工作日再去操心吧。他一走进教堂,就把他的日常生活抛到九霄云外去了。那些工作日的事。至于说到人世间的种种斗争——他就从没想到过世上还有斗争一事,只除了在工作日,在他情绪极好的时候。在教堂里,他希望保持一种阴暗的无法诉说的情绪,那种代表着充满热情的巨大神秘感的情绪。

他对于他自己和她的思想毫无兴趣:噢,这让她多么烦恼啊!他无视布道演说,他无视人类的伟大,他不承认人类的当前的重要性,他从不考虑他是人类的一分子。不论是在征兵办公室里,或者是和别的人生活在一起,他从来不认为自己的生命有什么了不得的重要性。这些都不过是正文旁的边空而已。真正重要的是他和安娜的关系,他和教堂的关系,他的真实的生命存在于他的那种对无限和绝对的阴森的感情上的体会。而那中心问题的光辉而神秘的伟大之本,却是他对教堂的感情。

这一切都使她感到无比愤怒。她不能从教堂博得他所能博得的那种满足。她的灵魂的思想很快就和她自己的思想混杂在一起了,说真的,她的灵魂和她的自我在她心中已经合二而一。而他却似乎对自己的自我完全不予理会,甚至要对它加以否认。他有他的灵魂——一种对人类的存在都毫不在意的阴森的缺乏人性的东西。她真是这样想的。在那教堂的阴森神秘的气氛中,他的灵魂生活着,自由自在,好像是某种存在于地下的离奇的抽象的东西。

他变得对她非常陌生了。在这种宗教气氛中,在他把自己看作是一个灵魂的时候,他似乎逃开了她,和她完全没有任何关系了。在某种意义上,她羡慕他的这种境界。他的这种灵魂的阴暗的自由和欢乐,一种离奇的存在,这使她无比向往。而同时她又对它非常愤恨。因而,她又一次对他非常厌恶,希望在他身上把它彻底毁掉。

在这个大雪的早晨,他摆出一张若明若暗的脸坐在她旁边,对她已完全忘怀,但她不知怎么却感觉到他正把从他身上涌出的他对她的爱用于某些离奇的神秘处所。他脸上露着半喜悦的阴森神色,正看着一面嵌着彩色玻璃的小窗。她看见了那红宝石般的玻璃,在玻璃外面沿边堆了一小堆雪,还看到那个她十分熟悉的举着一面旗帜的小羊羔的黄色图像。那图像现在显得有些阴暗,可是在那略有些模糊的色调中,却显得离奇的鲜亮和充满了意义。

她一直就非常喜欢这个红黄色的小窗子。那个看上去显得很愚蠢很不好意思的小羊羔举着它的一只前爪,在爪子的蹄缝中插着一面画着红十字架的小旗子。这个小羊羔通身是很淡的黄色,有一点淡绿色的阴影。从她还是个孩子的时候起,她就很喜欢这个小生物,正同她喜欢的每年逢到集市时孩子们买回家来的那种安着绿色的腿、用羊毛做成的小羊羔一样。她一直就喜欢这些小玩意儿,她对这教堂里的羊羔也同样抱有孩子气的喜爱心情。可是她每次一见到它,又总有一种不舒服的感觉。她说不太准,这个举着一面旗子的羊羔是否希望使自己显得更神气一些。所以,她对它多少有些不信任,也就是说,在她对它的态度中,多少掺杂着一些厌恶的情绪。

现在,他这么奇怪地紧锁着眉头,脸上微微露出兴奋的神色,使她感觉到,他正和那个小生物,窗子上的那个羊羔进行心灵上的交流,因而使她很不舒服。她忽然有一种说不出的惊愕的感觉——她感到困惑不解。他坐在那里,一动不动,仿佛已逃出时间之外,脸上露着那种微弱而鲜明的紧张神色,他这是在干什么?他和玻璃上的那个羊羔有什么联系?

忽然间,那个举着旗子的羊羔猛一闪亮,占据了她的整个心灵。忽然间,她仿佛体会到一种强有力的神秘的经历,一种传统的力量忽然抓住了她,她被摄入另一个世界中去。她讨厌那个世界,她抗拒着那个世界。

一转眼,那玻璃上又仅只剩下那个愚蠢的小羊羔了。对她丈夫的阴森、强烈的仇恨在她心中起伏不定。他这是在干什么,闪闪发亮地坐在那里,心不在焉,魂不守舍?

她猛地移动了一下身子,她假装低头捡起她的手套,故意碰了他一下,她在他的两脚之间乱摸着。

他清醒过来了,但还有点糊里糊涂,仿佛干了一件什么错事被人抓住了。这时除了她,所有的人都会对他怜悯的。她恨不得把他撕成碎块。他可不知道他刚才做了些什么,又错在哪里。

在他们回到农庄坐下来一同吃饭的时候,她对他的那种充满仇恨的冷漠情绪,简直把他弄得晕头转向了。她不知道她为什么那么生气。可是她的确感到愤怒已极。

"你为什么对布道演说一个字也不肯听?"她问道,心里充满了愤怒和敌意。

"我听来着。"他说。

"你没有听——你一个字也没有听。"

他又退回到沉思默想中,去欣赏他自己的激动的感情。他似乎还有一个地下的世界,有一个地下的逃避所。当他显出这样一副神态的时候,这个年轻姑娘简直不愿意和他同待在一间屋子里了。

晚饭之后,他躲到客厅里去继续维持他那出神的状态,这使她简直无法忍受。他走到书架边去,拿下一本书看着。那些书她从来没有扫过一眼。

他坐下来全神贯注地读着一本讨论弥撒年鉴装饰画问题的书,然后又翻着一本讨论教堂绘画的书:有意大利的、英国的、法国的和德国的。在他十六岁的时候,他曾发现,在一家罗马天主教教徒开设的书店里他可以找到这类东西。

他全神贯注地一页一页地翻着,全神贯注地阅读着,完全没有思想。她后来在谈到他的时候曾说,他那时简直像是眼睛长到胸脯上去了。

她走过去和他一齐阅读。那些东西让她也有些入迷。她感到难以理解,有点兴趣,也有些讨厌。

直到她看到那些圣母哭耶稣的图片的时候,她止不住大叫一声。

"我认为,这些东西简直让人恶心。"她叫喊着说。

"什么?"他感到吃惊,但仍有一些心不在焉地说。

"我说的是那些拉开一条条口子放在这里让人礼拜的尸体。"

"你瞧瞧,这意思是圣餐,圣餐的面包。"他慢慢地说。

"是吗!"她大声说,"那就更糟糕,我什么时候也不愿意看到你的胸脯被拉开,而且即使你拿给我,我也不愿吃你的尸体。你不认为这太可怕了吗?"

"那不是我,那是耶稣基督。"

"那就是你!这太可怕了,你死去的身体在血液中滚动着,还想到在吃圣餐的时候要吃它。"

"你必须照它本来的意义去理解它。"

"那意思就是你这个人的身体,应该放在这里拉开,杀死,让大家崇拜——此外还有什么呢?"

他们又进入沉默中。他越来越愤怒,同时距离她也越来越远了。

"而且我认为教堂里的这羔羊,"她说,"是教区里最大的一个笑话——"

她忍不住扑哧一声轻蔑地大笑起来。

"对那些对它的意义是什么也看不见的人来说,可能是这样,"他说,"你知道这是基督的象征,是他的天真和牺牲的象征。"

"不管它的意义是什么,这不过是一只羊羔!"她说,"我对羊羔非常喜爱,可不喜欢让它们去表现什么别的意义,至于圣诞树上的那面旗帜,不——"

她又忍不住讥讽地大笑了。

"这是因为你什么也不懂,"他粗暴地说,"对你自己理解的东西你可以去笑话它,不要去笑话那些你根本不理解的东西吧。"

"什么东西我不理解?"

"某些东西包含的意义。"

"这个包含什么意义呢?"

他不愿回答她,他感到很难回答。

"这表示什么意义呢?"她坚持问道。

"这表明了复活的胜利。"

她犹豫了一下,有些不解,也感到一些恐惧。这些东西究竟是什么呢?她感到某种阴森的强有力的东西展现在她的面前。这真的是一件很神秘的东西吗?

可是不——她不能接受这种观点。

不管人们装模作样地要用它表明什么,它实际仍然只不过是一个可笑的玩具羊羔,脚爪上插着圣诞树上的一面旗子——如果真要让它表明什么别的意义,它绝不会是现在这个样子。

他现在对她怀着十分强烈的仇恨。这部分是因为他自己对这些东西怀有爱情而感到羞耻;他希望藏起他对它们的热情。他由于自己会因为欣赏这些象征性的东西而陷入狂喜状态感到可耻。有那么很短一段时期,他对那羊羔,那表示圣餐的神秘的图片,都怀着强烈的仇恨。他的火一样的热情被扑灭了,她在他那火一样的热情中浇上了一瓢冷水。整个这一切都使他感到非常可厌,他马上有一种满嘴嚼着尘土的感觉。他怀着死尸般的冷酷的仇恨走了出去,把她一个人留在家里。他痛恨她。他在一片铅色的天空之下走过了一段白雪覆盖的大地。

她又开始哭起来,过去的那种阴森的情绪又回到了她的心头。可是她的心情已不像原来那样沉重——哦,比原来要轻松多了。

在他又回到家里的时候,她很愿意和他和好。他回来的时候依然脸色阴沉,显得十分烦恼,可是已经安静多了。她已经初步打破了他原有的某种成见。到最后,他很乐意牺牲掉他心灵中那具有象征意义的东西,而让她跟他调情。他非常喜欢她把头放在他的膝盖上,他并没有要她,或者逗她去那样做。他非常喜欢她搂着他,大胆地和他调情,他却并不跟她调情。他又一次感到肢体上的血液沸腾起来。

她非常喜欢他望着她时那专心一意而又十分遥远的眼神,专心一意,而又非常遥远,不是很近,不是和她在一起。她愿意由她把他拉回到近处来。她希望他的眼睛和她自己的眼睛相遇,进一步了解她。可是他的眼睛却始终不朝她转过来。它们仍然是那样专心一意,那样像鹰的眼睛一样遥远而又天真,像鹰的眼睛一样缺乏人情味。她是那样热爱他,抚摸着他,像热爱一只老鹰一样挑逗他。直到后来他变得那么急切,那么迫不及待,但已没有多少柔情了。他凶猛而强劲地向她冲去,像老鹰似的冲过去搂住她。他已经不像原来那样神秘了,她是他的目标,是他要捕捉的对象。她已不知道自己身在何处。他满意了,或者到最后他终于感到满意了。

接着她马上开始对他报复。她也是一只老鹰。方才她学着可怜的鸽鸟悲惨的样子追随在他的身后,那只不过是整个这出戏的一部分。在他获得了满足,拖着骄傲、懒散的身体半轻蔑地耷拉着脑袋,把她完全忘掉,似乎已根本不承认她存在的时候,在他从她身上获得了他所需要的一切,已经从她那里获得满足之后,她的心灵却被激动起来,它的翅膀也硬得像铁一样了,她开始对他进行攻击。当他蹲在他的横棍上,带着孤独的骄傲,不可一世的凶恶的骄傲,瞪大眼睛四处观望的时候,她向他冲过去,野蛮地把他从他的宝座上推下来,打掉他的自以为了不起的男性的尊严,尽量刺伤他那从未受到干扰的骄傲,直到后来,他完全给气疯了,他的淡棕色的眼睛冒出了愤怒的火光,而那双眼睛现在却看见她了,它们像两团愤怒的烈火向她烧去,终于作为敌人认出了她。

这很好,她是他的敌人,这很好。当他绕着她来回打转的时候,她注视着他。他要是对她进行攻击,她马上进行反击。

她毫不在意地把他的工具扔在一边,结果让它们都生锈了。他非常生气。

"那你就不该把它们到处乱扔,碍我的事。"她说。

"我愿意把它们放在哪里就放在哪里。"他大叫着说。

"那么,我愿意把它们往哪儿扔就往哪儿扔。"

他们彼此怒目而视。他愤怒地攥紧了拳头;她也横下心决不认输。他们正好是旗鼓相当。他们要打出一个结果来。

她坐到缝纫机边去干活。吃茶的餐具立即被收走,她拿出了要做的活计。他马上感到怒不可遏了。撕裂薄棉布的尖厉的声音,她听着似乎很感兴趣;而他却感到厌恶已极。缝纫机走起来的那种嗒嗒声简直使他受不了。

"你别再踩那玩意儿了,行不行?"他叫喊着说,"你不能在白天干吗?"

她手里干着活儿,抬起头来敌意地看着他。

"不能,我不能在白天干,白天我还有许多别的事。我喜欢使机器缝点东西,你别想阻止我使机器。"

说着,她又回过身去东拼西凑地干她的活计。当缝纫机又开始嗒嗒嗒嗡嗡嗡地响起来的时候,他的每一根神经几乎都跳动起来。

可是,她感到十分满意,当缝纫机上的针狂喜地在一条衣缝上跳动着,以不可抗拒的力量把那些布料连缀在一起的时候,她有一种说不出来的胜利的感觉,并为此十分高兴。她让那机器唱出了悦耳的歌。她也可以马上命令它停止,她的手指是那样灵巧、敏捷和稳健。

如果他坐在她背后,愤怒得不知该如何是好,那只会使她在忙着干活时更增加一种情趣。她仍然干着她的活儿。最后他愤怒地上床去,远远地离开她。她上床时也背向着他。到第二天早晨,他们除了讲几句冷淡的十分必要的话之外,仍然谁也不理谁。

晚上他回家的时候,他的心已开始软化,又充满了对她的热爱。这时他感到自己不对,也希望她有同样的感觉。可他只看到她仍坐在缝纫机旁,到处是被撕开的薄棉布,连水壶都没有放到火上去。

她装着很关心的样子,忽然站了起来。

"时间已经那么晚了吗?"她大声说。

可是他的脸又已经气得一片铁青了,他走进客厅里,接着又从那里走出来,向大门外面走去了。她感到一阵心凉,接着她赶快去给他做茶。

他满怀愤怒地沿着通向伊尔克斯顿的大路走去。他只要一进入这种状态,就从此不再思想了。一根大门杠闩上了他心灵的大门,他已被作为俘虏因禁在里面了。他回到伊尔克斯顿,喝了一杯啤酒,他能干点什么呢?他不愿意会见任何人。

他想到他自己原来住的地方,到诺丁汉去。他跑到火车站,爬上了一列火车。到了诺丁汉以后,他仍然没有什么地方可去。不管怎样,在原来自己很熟悉的街道走一走,也让人感到舒服一些。他仿佛有些精神失常,怀着极度不安的心情在那些街道上闲遛着。接着,他走进一家书店,发现那里有一本介绍班贝格大教堂的书。这可是个大发现!这正是他一直要找的一本书!他走进一家比较安静的餐厅去读这本宝书。在他一张图片接着一张图片欣赏的时候,从中得到的欢乐立即使他的心情开朗起来。在这些雕刻之中,他终于找到了他想找的某种东西。他的心灵感到莫大的满足。他不正是专门出来寻找这个东西,而且现在已经找到它了吗?就在他正满怀热情,希望获得艺术成就的时候!这都是一些他从没见过的最精美的雕刻和塑像。他现在捧在手里的这本书好比是一扇大门。围绕着他的这个世界不过是这扇大门中的一个庭院或者一个房间。可是他现在要离开这个世界了。他恋恋不舍地观看着一张一张女人的雕像图片。当他再次欣赏那些女人的脸和她们那像王冠一样的散乱的头发的时候,一个神奇的、制作得无比精美的宇宙慢慢围绕着他形成了。由于他不能理解那些用德语写的说明,使他对这本书更加喜爱。他喜欢一些用头脑不能理解的东西。他喜欢那些尚未发现和不可能发现的东西。他贪婪地观赏着那些图片,因为有些雕像是用木头雕刻的,"Holz"——他相信这个字的意思是木头。于是一些木头雕刻的形象在他心中形成了!他一千倍一万倍地更感到高兴。这个世界是如何一直尚未被人发现,它现在又是如何使自己显现在他的心灵之前啊!他的生命,在他的手上显得是多么精美,多么令人激动啊!这班贝格大教堂不是已使得整个世界都属他所有了吗?他为他获得胜利的力量,为生命,为真实而欢呼,他拥抱着他将继承下来的这巨大的财富。

可是现在已经到了他该回家的时候了。他最好还是搭火车走吧。在整个这段时间内,在他的心灵深处似乎始终存在着一个隐隐作痛的伤疤,但因为那疼痛相当平稳,他完全可以把它忘掉。他赶上了一列上伊尔克斯顿的火车。

在他拿着那本介绍班贝格大教堂的书,爬上科西泽的小山的时候,已经快到夜晚十点了。他一直没有想到过安娜,没有具体地想过。那只摁住一个伤疤的阴暗的手指使得他完全停止思想了。

他离开家之后,安娜一直感到十分不安。她匆匆地去给他预备茶,希望他马上能回来。她还烤了一点面包,把一切都准备好了。可是他没有回来。她痛苦地,而且十分失望地哭了一阵。他为什么要走呢?他现在为什么还不回来?他们之间为什么老是这样争吵个没完?她是爱他的——她曾经爱过他——他为什么不能对她更好一些?更温柔、体贴一些?

她痛苦地等待着——慢慢地她横下心来了。她不再去想他。她曾经愤怒地思量,他有什么权利干涉她,不让她使缝纫机?她已经愤怒地驳倒了他有任何干涉她的权利的说法,她不能允许任何人对她进行干涉。难道她不是她自己的主人,而他是局外人吗?

然而,她仍禁不住感到一阵恐惧,他要是丢开她了呢?她胡思乱想着一些可怕的和可悲的事情,到后来她禁不住自怨自艾地哭了起来。她不知道他要是真丢开了她,或者对她变得完全无情无义了,那她该怎么办。这思想使她感到一阵凄凉,并使她在悲愁中狠下心来。对于这个陌生人,这个局外人,这个妄图对她行使权威的人,她仍然丝毫没有让步的意思。难道她不是她自己的主人吗?一个和她不相干的人怎么能狂妄地希望得到管束她的权力?她知道她是不可改移的,是无法改变的,她对她自己的存在并没有什么不安的感觉。她所恐惧的只是她自身以外的一切。那一切围绕着她,走向她,以她的男人的形式干预她的生活。这个庞大的、熙熙攘攘的、存在于她自身之外的世界并不是她自己。可是他有许多武器,他可以从许多方面进行攻击。

他从门口进来的时候,看到她显得那么孤独、凄凉和年轻,他的心立即充满了怜悯和柔情。她恐惧地抬头看了一眼。她惊奇地看到他满脸红光,动作显得那么漂亮和利落,仿佛他刚刚经过了一次什么洗礼。她马上感到一阵由恐惧带来的痛苦,并为自己的处境感到害羞。

他们彼此都等待着对方先开口说话。

"你要吃点什么吗?"她说。

"我会自己去弄。"他回答说,不要她来伺候他。可是她仍然把吃的东西给他端了出来。她终于给他拿来吃的东西,使他很高兴。他现在又成了受尊敬的老爷了。

"我到诺丁汉去了一趟。"他温和地说。

"去看你妈妈?"她忽然感到有些厌烦。

"不,我没有回家去。"

"那你到那里看谁呢?"

"我谁也不要看。"

"那么你为什么要到诺丁汉去?"

"我去是因为我愿意去。"

在他满心喜悦、一脸高兴的时候,她又这样责备他,使他又开始生气了。

"你到底见到谁了呢?"

"我谁也没看见。"

"谁也没看见?"

"是的——我要去看谁呢?"

"你没有见到任何一个熟人吗？"

"没有，我没有见到。"他生气地回答。

她相信他的话，她的心情慢慢冷静下来。

"我买了一本书。"他说，同时把那书递过去，希望借此忘掉刚才的不快。

她随便看了看书上的图片。那些圣洁的女人穿着皱褶分明的长袍，看上去漂亮极了。她的心变得更凉了，他对她们怎么想呢？

他坐在那里，等着听她的意见，她低头看着书。

"她们不是非常漂亮吗？"他的声音里带着激动和喜悦的感情。她感到身上一阵热，但仍然没有抬起头来。

"是很漂亮。"她说，尽管她很不愿意说，但是在他的逼迫下，她仍然说了。他是那么离奇，那么具有诱惑力，而且对她有一种说不出的魔力。

他向她走过去，轻轻碰了她一下。狂野的热情越来越高涨，狂野的热情在她心中激动起来。可是她仍极力抗拒着。激动她的永远是那不可知，永远是那不可知的东西，而她却死死地抓住她已知的自我。但这不停高涨的浪潮终于使她忘乎所以了。

他们又一次无比热情地充分地相爱着，几乎忘掉了自己的存在。

"这一回不是比哪一次都更美妙吗？"她问他，容光焕发，像一朵刚开放的花朵，眼泪正好像是花瓣上的露滴。

他把她搂得更紧些。他是那么奇怪，那么心不在焉。

"每一次都更为美妙。"她用一种充满喜悦的孩子的声调说，但她心里仍记得刚才的恐惧，还没有完全忘掉刚才的那种恐惧。

日子就这样过去，热爱夹杂着矛盾、冲突。某一天，一切似乎已经全完了，整个生活已经被破坏，被毁灭，被彻底抛弃了。可在另一天，一切又显得那么美妙，无比的美妙。某一天，她再看他一眼就会使她发疯，听到他喝茶的声音都厌恶得无法忍耐，可是在另一天，她却又是那么热爱他，听到他走进门来的声音就感到无比欣喜，他简直就是她的月亮和星星。

但是到最后，她对这种缺乏稳定的生活感到十分苦恼。这样，当甜蜜的时刻又一次来到时，她无论如何不会忘掉这时刻很快就会过去。她因而感到十分不安。恬静，内在的恬静，彼此相爱的信念：才是她所需要的，可是她并没有得到它。她知道他也没有得到。

但不管怎样，这个世界是一个神奇的世界，她大部分时间简直是完全迷失在这种神奇中了。甚至她的悲哀对她说来也显得是那么神奇。

她可以过得非常幸福。她希望自己感到非常幸福。在他使她感到不幸福的时候,她就非常生气,这时候她恨不得弄死他,把他扔出去。有时接连好几天,她就这样等待着,希望他上班去。这时,她的仿佛一直被堵塞的生命之流才又开始流动起来,她才感到自己不受任何约束,完全自由了。她自由了,她感到无比的喜悦。无论干点什么都使她感到心情舒畅。她拿起地毯到外面花园里去拍打。田野里还可以看到一块块没有融化的白雪,显得那么清新。她听到鸭群在池塘里嘎嘎叫着,她看到它们互相攻击,在水面上冲来冲去,仿佛它们像人似的在表演着侵略战争。她观看着那些尚未驯服的野马,其中有一匹肚皮下面的毛完全被剪光,所以它仿佛穿着一件夹克和一双棕色的毛袜子。它们站在墓园墙边,在那清凉的冬日的清晨彼此亲吻着。现在他走了,那侵犯和干扰她的力量不存在了,她感到无比轻松。整个世界都属她所有,都和她有关。

她兴高采烈地活动着。她最感兴趣的莫过于在大风中晾出她刚刚洗过的衣服。大风绕过那座小山直冲过来,简直要从她手中把那些湿衣服夺走,使得它们噼噼啪啪在风中飘动。她大笑着,和狂风进行斗争,有时甚至会生气。可是她十分喜爱她这种孤独的日子。

到晚上,他回来了,由于他们之间总有些没完没了的争吵,她又锁起了眉头。只要他一在门口出现,她的心情马上就变了,仿佛有人在她心上浇了一瓢凉水,那一天的欢笑声和喜悦情绪马上就会从她的心中消失。她马上就浑身发僵了。

他们就这样无意识地进行着谁也说不清的战斗,一直到他们再一次热情地相爱起来。那热情倒也似乎永远存在,可是它实际上已慢慢在战斗中被消耗掉了。这深刻的、可怕的、无名的战斗仍然继续着。他们身边的一切发出强烈的光辉,世界脱掉了自己的衣服,显露出新的、原始的裸露状态,看上去是那么可怕。

一到星期天,他便仿佛对她施上了离奇的符咒,她倒也有点喜欢这种情况。她越来越变得和他很相似了。在所有的工作日,天空、田野都显得那么晶亮,旁边那个小教堂仿佛一上午都在对着那个小村庄絮絮叨叨地讲些什么。一到了星期天,他待在家里,整个大地便似乎笼罩上了一层浓密的黑雾,那教堂本身似乎也充满了阴影,变得更大了。对她来说,它似乎变成了另一个宇宙,在那里总不停地燃烧着蓝色和红色的火焰,到处是祈祷的声音。而当大门打开,她走出去,走到人世中去的时候,它已是一个新创造的世界了。她走进那个刚刚复活的世界中去,她的心由于记起了那阴暗的日子和那充满热情的时刻而急剧地跳动。

星期天,他们也常到沼泽农庄去喝茶。要是到了那里,她就仿佛又回到了一个更轻松的世界。在那个世界里,从来就没有那种阴暗的气氛,没有染色的玻璃和唱圣歌时的狂喜。在这里,她丈夫已完全失去了重要性。她的父亲又和她在一起了,她父亲可整天是那样心情舒畅、自由自在。她的丈夫,连同他那强烈的阴暗的感情,全一股脑儿被她抛在一边了。她不再理他,她已经忘掉他,她接受了她父亲。

可是,当她陪着这个年轻人一道回家的时候,她微微有点不好意思地试探着,把一只手搭在他的胳臂上。她的手也似乎在向他祈求,让他不要利用它反对她,反对她的执拗脾气。可是他似乎完全心不在焉,他仿佛已经变成了一个盲人,仿佛觉得自己并不是和她在一起。

于是她觉得很害怕。她需要他。在他完全忘掉她的时候,她恐惧得几乎要发疯了。因为她已经变得非常脆弱,已经全面暴露出来,什么地方都很容易受到攻击了。她已经有过那么亲密的接触,她身边的一切都已经变得那么亲密,它们是那么亲近可爱,她对它们是那么熟悉,仿佛它们是一些在她头顶上盘旋的精灵。要是它们现在都变得非常无情,彼此分开,远远地离开她,站在一边显得非常可怕,那她可怎么办呢?她既曾与它们非常熟悉,难道现在要她去听从它们的摆布吗?

这情况使她非常害怕。很久以来,她丈夫就是她所委身的那个在她看来不可知之数。她是一朵由于遭到诱惑而完全开放的花朵,已经不能再缩回去了。他已经把她的赤裸裸的状态掌握在自己的手中。他是谁,他是什么人?他是一件盲目的东西,他是一种毫无知识的黑暗势力。她希望能保存她自己。

接着她又把他笼络在自己身边,并暂时获得了满足。可是日子一天一天地过去,她开始越来越认识到,他始终没有改变,他始终是某种黑暗,是和她自己毫无关系的东西。她原来曾想着,他恰好是她自己的光明的一个反照。可是一星期又一星期,一个月又一个月地过去了,她理解到他只是和她恰好相反。彼此恰好相反,并不互为补充。

他仍然没有改变,他依然作为自己单独存在着,而且他似乎期待着她变成他的一部分,变成他的意志的延伸。她感觉到,他并不想理解她,只是想极力控制住她。他要干什么呢?他打算采取高压手段来对待她吗?

她自己所需要的究竟是什么呢?她自己回答说,她希望自己幸福,自己像日光和繁忙的白天一样合乎自然。可是在她的内心深处,她感觉到,他希望她变得非常阴森和不自然。在他像一团黑暗覆盖着她,逼得她喘不过气来的时候,她几乎是带着极大的恐惧在进行反抗,并毫不客气地揍他。她毫不客气地揍他,揍得他直流血。他却变得更为邪恶了,因为她害怕他,并使他也处在恐惧之中。他变得非常邪恶,他希望把一切都毁灭掉。这样一来,他们之间的斗争就变得更为残酷了。

她止不住发起抖来。他企图把自己强加于她。他也开始战栗。她希望抛开他,把他交给那空旷的原野,让疯狂的肮脏的狗把他吞食掉。那时他一定会揍她,强迫她和他待在一起。而这时她就可以全力进行斗争,要使自己从他的手中逃开。

现在,他们俩是带着满身血迹在暗夜中走着,感到世界距离他们非常遥远,不可能给他们任何帮助。直到后来她感到疲倦为止。在超过了某种程度之后,她变得冷淡无情,完全和他断绝了联系。他随时都准备大发脾气,不惜和她玩命。她心里也非常气恼,她丢开他,走她自己的路。然而在她那看上去似乎很轻快、因而使得他非常气恼的神态之中,她却仿佛流着血似的战栗不已。

一次又一次,纯洁的爱情像日光一样照进他们的生活中来。到了这种时候,她对他又变成了一朵在阳光中开放的花朵。那么美丽,那么鲜洁,那么难以描述的可爱,使得他简直无法忍受了。这时,他站在上帝的一片荣光之中,仿佛他的灵魂已经长上了六只幸福的翅膀。当他站在这种荣耀的火光之中,感受到创造的脉搏的时候,他感到全能的上帝的光辉,像脉搏一样在他全身跳动。

一次又一次,他在她的眼中变成了那可怕的力量的火焰。有时候,他站在门口,脸上含着微笑,他似乎又变成了前来向她宣称她已经变成了上帝的母亲的使者,她的心开始急剧地跳动起来。她注视着他,疑惑不定。他有一个黑暗的燃烧着的生命。他感到害怕,并加以抵抗。她像屈从于守护着她的天使一样屈从于他。她伺候着他,顺从他的意志,在为他操劳的时候,止不住浑身战抖。

接着,这一切全过去了。然后,他又非常热爱她的孩子气,以及她的在他看来非常离奇的神态,热爱她的灵魂所表现的神奇。她的灵魂和他的灵魂是完全不一样的,它使他在弄虚作假的时候显得很真诚。而她也热爱他懒懒散散地坐在椅子上的那种神态,热爱他走进门来时那种坦率和急切的面容。她热爱他的清脆的带着激情的声音,热爱他身上的那种不可知的气质,以及他的绝对的单纯。

可是,他们谁都觉得不十分满意。他感到,在某些地方,她对他不够尊重。她对他的尊敬,只限于她与他有关的一些问题。至于他是个什么人,她毫不在意,仿佛已经超出了她的理解之外。他本身究竟代表着什么,她毫无兴趣。说实在的,他自己也并不知道他代表着什么。可是不管他代表的是什么,她对它的确毫无尊敬之意。她既不重视他作为一个花边设计员的工作,也不重视他这个养家糊口的人本身。因为他每天都到办公室去工作——那他知道,他也就没有权利要求她对他尊敬和关心。由于这一点,她倒对他真有些讨厌。而他却为这个更爱她了,尽管在一开头他把这看成是对他的一种侮辱,几乎要气得发疯。

不仅如此,她很快又开始对他的最深刻的感情进行攻击。他对人生、社会和人类如何想法,她认为全都无所谓:他就那么平庸地活着,她认为这就很好。这一点也使得他十分生气。她完全不考虑他的想法,就凭这些对他进行判断。可是到最后他也接受了她对他的判断,仿佛它们就是他自己的判断。但最根本的麻烦还不在这里。使他产生敌意的最深的根源是她对他的灵魂进行讥讽。他不大会讲话,思想也比较迟钝。可是有些东西在他心中是不可动摇的。他热爱教堂,如果她企图破除他原来十分相信的东西,那他们就会彼此怒不可遏。

他相信在迦拿水能变成酒吗?她总喜欢把这当成一个历史事件来追问他:这里有这么多雨水,你瞧瞧,你瞧瞧,它能变成葡萄汁,变成酒吗?一瞬之间,他亲眼看到不可能,也就是说不能变,可是他的清醒的头脑,尽管当时曾经那样回答她的问题,却不能接受这种看法。于是他的整个灵魂马上就会怀着疯狂的越来越强烈的仇恨,对这种违反他意志的行动表示抗议。那个对他来说就是真实的。等他的感情一激动起来,他的思想马上又被抑制住了。在他的血肉深处,在他的骨子里,他希望看到那婚礼的场景,看到从石缸里拿来的水已经变成红色的葡萄酒:这时耶稣会对他的母亲说:"母亲,我与你有什么相干？——我的时候还没有到。"

紧接着：

"他母亲对用人说：'他告诉你们什么，你们就做什么。'"①

布兰文非常喜欢这些东西，他从心眼里，从骨子里喜欢它，他不可能丢弃这些想法，可是她逼迫他丢弃它们。她对他的那种盲目的信念非常痛恨。

水，自然界的水，就能够忽然超出常理之外变成酒，忽然间离开自己原来的状态，随便进入另一种状态吗？啊，不可能，这是瞎说。

她于是又变成了那个心情烦躁、怀着敌意的孩子，对什么都厌恶，对什么都希望加以破坏。他则变得沉默寡言，死气沉沉。他自己的生活也告诉他那样说是不对的。没有问题，酒是酒，水是水，永远不会改变，水不可能变成酒。这个所谓的奇迹并不是真正发生过的事。她似乎正把他推向毁灭的境地。他走出去，心情阴暗，好像处于被毁灭状态，他的灵魂也在流着血。他好像尝到了死亡的滋味。因为他的生命就是在这种不加怀疑的信念中形成的。

她像她孩提时一样，又一次感到无比孤独，她走到一边去，暗暗哭泣。她并不在意；水有没有变成过酒，她毫不在意。他愿意相信就让他去相信吧，可是她知道，她已经胜利了。但是一种难堪的孤独感苦恼着她。

他们俩就这样痛苦地生活了一段时间。然后幸福的时刻又回来了。只要没有人对他逼得太紧，他会把什么全都给忘掉。他现在又回想起了《约翰福音》的那一章，心里感到一阵被咬伤的巨大的疼痛。"你倒把好酒留到如今。""最好的酒！"这年轻人怀着急切的胜利的心情这样回答，虽然明确告诉他并无此事的知识像一头黄鼠狼似的啃咬着他的心。否认的痛苦和这种极希望肯定的欲望，两边的力量究竟何者更大一些呢？他生性非常固执，从不肯随便抛弃自己的欲望。可是他无论如何也无法肯定这个奇迹是真实的。

很好，这并不是真的。水并没有变成酒，那水并没有变成酒。但尽管如此，在他灵魂的生活中，水仿佛曾经变成过酒的。从事实上来说它没有变。从他的灵魂上来说，它变了。

"不管它变成了酒还是没变成酒，"他说，"我都不去管它。事情是怎么样我就怎么相信。"

"事情是怎么样呢？"她急切地充满希望地问道。

---

① 见《圣经·约翰福音》第2章第4—5节。以上所讲水变酒的事，均见于此章。

"圣经是这么说的。"他说。

这个回答让她非常生气,使她不禁对他十分厌恶。她并没有直接问他圣经的问题,可是他使得她越来越厌恶了。

可是他对圣经,对那已写成文字的书也并不在意。虽然他不能使她感到满意,但她自己也知道他却也有他真实的一面。他是个教条主义者,他不真正相信水会变成酒。他并不希望把这当成一个事实来看待。实在说,他的态度是缺乏一种批判的能力。这是一个纯个人的问题。他从书面的圣经中接受一些他认为对他有价值的东西,并利用它们来丰富自己的精神。他让他的思想去睡大觉。

他这样让自己的思想睡大觉,使得她对他非常生气。为正常人所有,属于人的一切,他都不予理会。他永远只想着他自己,他不能算一个基督教徒。基督是把人与人之间的兄弟关系看得比什么都重要的。

她几乎是违反自己的意愿,竭力崇拜人类的知识。人的肉体总是要死亡的,从他积累的知识来说,他是不朽的。尽管很含混,也没有形成明确的概念,可是这可以说是她的信念。她相信人的头脑是全能的。

而另一方面,他又像生存在地下的一种盲目的生物,恰恰是不承认人类的头脑,永远跟随着自己向前拱土的鼻子——跟在自己的阴森的欲望后面跑。她有时感到她简直要给憋死了。她拼着命也要把他推开。

而他,尽管已经知道了自己的盲目性,却仍然怀着疯狂的感官方面的恐惧,发疯似的反扑。他干了许多愚蠢的事情。他处处要维护自己的权利,他甚至还希望恢复从前那种一家之长所享有的至高无上的地位。

"你应该按照我希望的去做。"他大叫着说。

"愚蠢!"她回答说,"愚蠢!"

"我得让你知道谁是这个家的主人。"他叫道。

"愚蠢!"她回答说,"愚蠢,我早就认识了我父亲!像你这样的十个八个,他都能一下子摁在烟斗里抽掉,别以为我不知道你是个什么样的傻瓜!"

他自己知道他是个什么样的傻瓜,而且也因此感到十分痛苦,可是他仍然试图驾驶着他们共同生活的这条船。他自己承担了这条船的船长的职位。可是这船长和这条船都使她不能忍耐。他希望,在这组成大船队的无数的家庭船只中,使自己的这条船居于重要的领导地位。可是在她看来,这却不过是许多无谓的挤来撞去的澡盆组成的一个可笑的无敌舰队,她对这个舰队毫无信心。对于他想做一家之主,想做他们的共同生活的主人的想法,止不住嗤之以鼻。而他由于难堪和愤怒,气得脸色都变成一片铁青了。他也知道,她父亲就从不曾想过占有任何权力,他多少有些羞愧。

他已经走上了一条错误的道路,可是他感到很难回头,放弃这一趟旅行。他感到非常惭愧,心情也十分不安。最后他屈服了,他放弃了做一家之主的想法。

但不管怎样,他总感到自己缺点什么,总希望自己有某种形式的发号施令的权力。尽管有时候他也会感到自己这种想法可耻和可笑,可有时候他的顽固的天性又抬起头来,又一次带着他男性的骄傲,企图实现他那隐藏着的男性的权力欲。

事情一开始都很好,可总是以他们两人之间的一场战斗作为结束。直到最后,两人都快给逼得发疯了。他说,她不尊敬他。她听到这话,止不住对他挖苦地大笑不止。因为在她看来,她很爱他,这就够了。

"尊敬什么?"她问道。

可是他每次的回答都是完全不对的。而且不管她怎样绞尽脑汁,她都无法理解他的话的意思。

"你为什么不再继续搞你的木刻了?"她说,"你为什么不把你的亚当夏娃刻完?"

可是她实际对亚当夏娃并不感兴趣。他也从来没有再刻过一刀。她讥笑那夏娃说:"她完全像个小木偶人。你为什么把她刻得这么小,你把亚当刻得像上帝一样大,可把夏娃弄得像个小娃娃。"

"说什么女人是用男人身体的一部分做成的,简直是岂有此理,"她接着说,"因为所有的男人都是女人生的,看起来男人是多么傲慢无礼!"

有一天在愤怒中,他原想再继续刻那木刻,可是不知怎么一下刻坏了,他于是感到一种无法忍受的恶心。他一怒之下,便把那块木板几刀劈碎,扔在炉火里了。她不知道这件事。在这件事之后,他一连好多天都非常沉静,非常消沉。

"那块亚当和夏娃的木刻呢?"她向他问道。

"烧掉了。"

她看着他。

"可你的木刻。"

"我把它烧掉了。"

"什么时候？"

她不很相信他的话。

"星期五晚上。"

"就是我上沼泽农庄那天？"

"是的。"

她再没说什么。

后来,当他上班去工作的时候,她哭了一整天,她感到精神上十分痛苦。于是在这最后的痛苦的灰烬中,又出现了一种新的微弱的爱情的火焰。

她直觉地感到她已经有孩子了。在她的灵魂中出现了由于惊异和期待所引起的沉重的战栗。她希望有一个孩子。这并不是因为她喜欢有一个孩子,尽管她对一切幼小的东西都极感兴趣。可是她希望生下几个孩子来。而且她心中存在着某种饥渴的感觉,希望靠一个孩子把她和她丈夫重新结合起来。

她希望有一个儿子。她感觉到有一个儿子便什么都解决了。她希望把这情况告诉她丈夫。但这是一件十分机密,一提起来就令人十分激动的事,而现在他却显得那样冷漠无情。因此她躲到一边去暗暗地哭泣。白白浪费掉这美好的时机是多么可惜啊,是什么可怕的风霜竟这样残酷地打落了她生活中一个美妙时刻的花朵！她怀着这使她心情沉重的机密一天一天地混下去,她老想碰他一碰,啊,无比温柔地碰他一碰,然后看到他那暗黑的敏感的脸,注意倾听着她要说出的消息。她一天一天地等待他变得对她更温柔和善一些,可是他老是那么凶狠,而且随时都想欺压她。

就这样,那刚露头的花苞从她的信念中萎缩了,她感到一阵心寒。她跑到沼泽农庄去。

"啊,"她父亲刚一见到她就盯着她看,对她说,"出了什么事了？"

这种热情的关怀马上使她的眼泪夺眶而出。

"没有什么。"她说。

"你们俩就不能在一起顺顺当当地过日子吗？"他说。

"他那人太顽固了。"她声音颤抖着说。可是,实际上她自己和他没什么两样。

"是啊,可我知道还有一个人也完全是那样。"她父亲说。

她没有说什么。

"你们总不希望无缘无故的,"她父亲说,"让自己过着痛苦不堪的日子吧。"

"他并没有什么痛苦不堪。"她说。

"我敢拿我的生命打赌,即使你没有别的能耐,你却能够让他痛苦得像一条狗一样。在这方面你可是一个能手,我的小丫头。"

"我可没有干任何让他痛苦的事。"她回答说。

"噢对——噢对!你简直就跟一包太妃糖一样甜蜜。"

她轻轻笑了一笑。

"你不要以为我希望他痛苦。"她叫着说,"我绝没有那个意思。"

"我们完全相信你的话。"布兰文回答说,"可你也并没有想到要让他像水塘里的鱼一样高兴得活蹦乱跳。"

这话不禁使她想了一想。她吃惊地发现,她的确没有想到要让她的丈夫像水塘里的鱼一样高兴得活蹦乱跳。

她母亲来了,他们一起坐下来吃茶,随便闲聊着。

"记住,孩子,"她妈妈说,"不要认为天下的任何东西都等在你的手边,随便想拿就拿,要扔就扔。你决不能这样想。两个人一起生活,爱情是非常重要的,而那不单纯是你的事,也不单纯是他的事。这是必须靠你们共同创造的一种东西。你不能希望一切都正好合乎你的想法。"

"哈——我也从不那样想。如果我那样想,我会很快发现自己的错误的。如果我伸出手去想拿什么就拿什么,我可以告诉你,我的手很快就会被咬上一口。"

"所以你必须注意,不要随便把手伸到什么地方去。"她父亲说。

听到他们把她这个年轻人的婚姻生活悲剧说得这样轻松平常,她感到十分愤怒。

"你是很爱你的男人的。"她父亲说,痛苦地皱起了眉头,"这一点是最重要的。"

"我本来十分爱他,你们瞧瞧他多么岂有此理。"她大叫着,"我本来要告诉他——到现在我已等了四天要告诉他——"她又开始发抖,眼泪扑簌簌落了下来。她的父母一声不响地看着她。她没有再说下去。

"告诉他什么?"她父亲说。

"告诉他我们快有一个小娃娃了,"她啜泣着说,"可是他总也,总也不让我,从来也不让我有机会,每次我一走近他,他的样子总是那样可怕,而我真想告诉他,我的确想要告诉他。可是他不让我——他对我太残酷了。"

她哭泣着,好像她的心都要碎了。她妈妈走过去安慰她,用两手搂抱着她,把她紧紧抱在自己身边。她父亲样子很怪地紧锁着眉头坐了下来,脸色比平常显得更苍白了。他由于痛恨他的女婿,心情十分沉重。

这样,在她把她要说的话哭泣着讲了出来,在她妈妈给了她一番安慰,大家喝了一点茶之后,这一家人的心情终于稍微轻松了一些。这时,大家必然怀着不很愉快的心情希望把威廉·布兰文找来。

蒂利被派到门口去,看看他下班时会不会从门口经过。不久,坐在桌边的这几个人就听到女仆尖声的叫喊:

"你得上这儿来坐会儿,威廉,安娜在这儿。"

不一会儿,那个青年人走过来了。

"你准备待在这儿吗?"他用一种非常生硬的声音问道。

他站在那里像一把毁灭的利剑。她又哆哆嗦嗦地流起泪来。

"快坐下,"汤姆·布兰文说,"别那么戳在那儿。"

威廉·布兰文坐了下来。他感到空气中似乎有某种不寻常的东西。他脸色阴沉,眼睛却很敏锐和明亮,仿佛他只有站在很远的地方才能看清;这在他自己身上可说是一种美,可这却使安娜非常生气。

"他为什么老是这样躲着我?"安娜暗暗对自己说,"他为什么把这完全不当一回事,我到底是什么人?"

态度温和,长着一双蓝眼睛的汤姆·布兰文坐在那个青年人的对面。

"你还要在这里待多久?"那年轻的丈夫问他的妻子。

"不会太久。"她说。

"喝你的茶吧。"汤姆·布兰文说,"你刚进来就这么急着要走吗?"

他们讲一些不相干的小事情。阳光从开着的门口射进来,照在屋里的地上。一只灰色的老母鸡从门口进来,到处觅食。阳光照在她的鸡冠和鸡嗉上,使得它们像一面东摇西晃的军旗,而她的灰色的身体却变得像一个鬼影了。

安娜观看着那只母鸡,扔一些面包渣给她吃。这时她却感到她腹中的那个胎儿,像一团火一样扰乱着她的心。她似乎又记起了许多火辣辣的遥远的往事。

"妈妈,我是在什么地方生的?"她问道。

"在伦敦。"

"我的父亲——"当她说到他时,仿佛他只是一个奇怪的名字:她怎么也没有办法让他和自己联系在一起——"他皮肤很黑吗?"

"他长着一头深棕色的头发,黑色的眼睛和鲜嫩的皮肤。他在还很年轻的时候,头就秃了,秃得相当厉害。"妈妈回答说,仿佛她只不过是在讲述一个古老的想象的故事。

"他长得漂亮吗?"

"漂亮——他长得非常漂亮——个儿小一些。我还从来没有看见过一个像他那样漂亮的英国人。"

"为什么?"

"他是,"——母亲迅速地晃动了一下她的双手——"他的形象显得那么生动活泼,仿佛随时在变化着——永远都不是老一个样子。他像流动着的河水一样——你永远也不要希望他安定下来。"

这话不禁使那个青年为之一动,安娜也像流动着的河水,顷刻之间,他对她又充满了热爱。

汤姆·布兰文听到这些话感到很害怕。每当他听到女人们谈到她们过去认识的一些男人,仿佛他们只不过是一些和她们偶然相遇又很快彼此分手的陌生人的时候,他的心中总是充满了恐惧,充满了对一种不可知之数的恐惧。

屋子里,每个人都有一种沉静和孤单的感觉,他们彼此分离,各走各的路。那他们为什么要彼此举起粗暴的手,对他和她有任何要求呢?

这对青年人回家的时候,一弯新月已经高挂在春日的黄昏的天空中。茂密的树枝在高空中飘动,小山顶上耸立着那座黑乎乎的小教堂,脚下的土地显出一片暗蓝的颜色。

她仍似乎站在非常遥远的地方,轻轻伸出她的手,挽着他的一只胳膊。他也感到她仿佛从老远的地方挽住了他。他们手挽着手向前走着,面对地平线,跨过浓密的黑暗。在那暗蓝色的黄昏的天光之下,远处传来一阵画眉鸟的鸣叫声。

"我想我们快有一个孩子了,威廉。"她仍然从遥远的地方说。

他微微一抖,他的手指捏紧了她的手。

"怎么?"他问道,他的心跳得更激烈了,"你自己也没办法知道啊。"

"我知道的。"她说。

他们继续向前走,再没有说什么。他们沿着两边的地平线走着,手牵着手;这两个彼此分离的人跨过了横亘在他们之间的空间。他浑身战栗,仿佛一阵风从看不见的什么地方强烈地向他吹来。他有些害怕。他害怕知道自己现在已完全孤立。因为她仿佛一个人自给自足地生活在她自己的那半个世界中。知道自己被排除在外,这是他无法忍受的。他为什么不能和她合为一体呢?是他让她怀有这个孩子的,她为什么不能和他在一起,合而为一?他为什么必须生活在这种分离状态中,她为什么不能亲密地,十分亲密地和他在一起,仿佛他们是一个人似的?她必须和他合为一体。

他紧紧地把她的手捏在自己手中,她不知道他在想些什么。从她的子宫孕育的种子散发出来,照在她心上的光亮实在是太美,太耀眼了。她感到无比光荣地行进着。那画眉的鸣叫声,远处山谷里的火车声,从市镇上传来的微弱的嘈杂声,都是对她的"圣灵的启示"①。

可是他却一声不响地在心中进行着斗争。仿佛有一面坚固的黑暗的墙壁挡在他的面前,阻挠着他,使他窒息,使他简直要发疯了。他希望她走近他,使他臻于完善,站在他的面前,这样使他的眼睛不至于,不可能看到那赤裸裸的黑暗。只要她向他走来,使他臻于完善,其他的一切全都无关紧要。因为他现在正因为感到自己有很大局限性而痛苦不堪。这使他感到,自己仿佛还没有达到完善就将告一结束,仿佛自己在那黑暗中还没有被创造出来,所以他希望她向他走来,拯救他,使他回到广大的世界中来。

可是,她自己却已经臻于完整,他因而对自己的需要,对没有她就难以生存下去的情况感到可耻。他的需要,他的可耻的需要,像一种疯狂的情绪压在他心头。然而他却仍然是那么安静和温柔,对她的妊娠表示尊重,因为是他使她有孩子的。

在晴和的阳光下,她感到非常幸福。她非常热爱她的丈夫,把他看成是一种精神力量,一种给人以满足的条件。可是在现在,她的需要已经得到了满足,她现在只需要在欢乐之中紧握着她丈夫的手,不要思想,只是感到无比欢乐。

他收集了许多复制的艺术品。其中有一幅售价很低的弗拉·安杰利柯②

---

① 指圣母马利亚怀了耶稣以后,以利沙伯对她讲的一句话:"你在妇女中是有福的,你所怀的胎也是有福的……"见《圣经·路加福音》第1章第41节。

② 十五世纪意大利著名壁画家。

的《天国行乐图》,安娜每一看到它就喜不自胜。这些有福的人手牵着手,朝着无上的光辉,朝着那真正的,真正的天使般的音乐走去时所表现的那种天真美丽的神态,使她高兴得止不住要哭泣了。那如花似锦的景象,那一道道的光亮,那拉在一起的手,她看着是那样天真无邪,简直不知该如何高兴。

  一天接着一天,无尽的光辉从天堂的门口照过来,一天接着一天,他走进那光亮中去。她腹中的孩子发出闪光,一直到她自己也变成一道阳光了;在户外懒散地游逛着的阳光是多么可爱啊,在那里,杨花飘动在花园尽头,在微风中摇曳着的榛子树丛的枝头,在那里,只要有一只小鸟飞落在那暗黑色的紫杉的梢头,马上就会像冒火似的有一阵红色的花蕊溅飞。有一天,在那边篱笆下面开满了铃兰花,再不几天,马缨花像吗哪①一样闪着光,它们的金黄色的光亮铺遍了那一片草原。她是那样充满了困倦和孤独的感觉。她是多么幸福啊,活着:知道了自己,知道了她的丈夫,懂得强烈的爱情并且生育,这是多么让人高兴的事;而且,她也知道一片可怕的使一切净化的火焰正在她的四周存在着,等待着,燃烧着,当她现在怀着孩子,天真无邪,热爱着她的丈夫,和许多天使手拉手的时候,她正是通过那片火光暂时进入了这闪着光辉的宁静。她扬起头来,用她的脖子迎着从田野上吹过来的清风,觉到那风像她的姐妹一样轻轻地抚摸着她。她贪婪地吸进马缨花和苹果花的香气。

  在这一片欢乐之中,有一个黑色的影子,像一头躲躲闪闪的凶猛的野兽,到处游逛着,又忽然从她眼前消失了,它也像微风中的几缕蛛丝从她的眼前飘过,使她不免有几分恐惧。

  她害怕他夜晚回来的时候。直到现在,她还没有明白讲出她的恐惧,那黑暗的阴影也还没有冲进她的心头。他显得温柔而谦虚,在行动方面处处注意收敛。他的手摸在她身上是那样地轻巧,使她非常喜欢。可是有时,一阵像刺痛一样的战栗震动了她的全身,因为,她在他的柔和的藏在笑里的双手中,仍感到了那黑暗和那另一个世界的存在。

  可是,夏天随着奇迹般的沉默慢慢来临了,她差不多常常总是一个人。在整个这段时间里,她总有一种令人喜悦的昏沉沉的感觉。花园里的女儿红玫瑰已经全部凋谢,并被一阵瓢泼大雨冲得干干净净了。夏季随着慢慢进入秋季,那漫长的令人迷惑的金色的日子已开始结束了。红色的云彩在西方聚集

---

 ① 《圣经·出埃及记》第16章所讲的一种天使的食物。

起来,黑夜已经来临,整个天空的颜色如火光,如流水;而在迅速奔跑的气团的上空,月亮是那么苍白和凄凉,这夜啊,令人难以将息!忽然间,月亮仿佛从高天的一扇清晰的窗口露面了,它像一个被囚禁的犯人从上向下窥望。而这时安娜却还没有睡觉。关于她的丈夫,她有一种离奇的、阴森的紧张感。

她已经慢慢知道,他现在正极力要把自己的意志强加于她。当他紧张、阴沉地躺在那里的时候,他正筹划着要想得到点什么。她的灵魂忍不住疲惫地叹息着。

一切是那么模糊,那么可爱,而他却偏让她清醒过来,去面对那冷酷的怀着敌意的现实。她极力向后退缩,表示抗拒,他仍然一句话不说。可是,她能感觉到他不停地加之于她的力量,直到后来,她清楚地觉察到他们之间的紧张状态,忍不住发出一声叫喊,对这令人精疲力竭的折磨表示反抗。他仍然逼迫着她,他仍然逼迫着她。而她十分迫切地希望能自去享受妊娠给她带来的欢乐,和那种迷惘的、天真的感情。她不需要他那种令人痛苦的带有腐蚀性的爱情,她不需要他大量加之于她的那几乎要将她烧毁的爱情。她为什么非要接受那种爱情呢?为什么,啊,他为什么感到不满足,为什么不能收敛一些?

在他用他那带有强制性的黑色的意识对她逼得最紧的那些日子里,她常常一连几小时坐在窗户边,观望着打在紫杉树上的雨水。她并不感到悲伤,只是有些心神迷乱,脸色苍白。孕育在她心窝下面的那个孩子,永远是一种温暖。这她是完全肯定的,她所受的压力只是从外边来的,她的灵魂上并没有什么鞭痕。

可是,在她的心上总是永远存在着同样的烦躁、紧张和不安的情绪。她并不安全,她始终没有受到保卫,她始终在受到攻击。她心中始终在向往着最充分的幸福和安宁。这是一种多么沉重的向往——太沉重了。

她模模糊糊地知道他一直感到不满足,他一直都在设法,希望从她身上夺得什么东西。啊,她多么希望,她能够按照自己的方式让他非常满意啊!他就在那里,这是不可避免的。她也是依靠他生活着。她多么希望能和他在一起安静地、非常安静地生活。她非常爱他。她愿意给他爱情,纯洁的爱情。她脸上带着离奇的无比喜悦的神态,等待他那天晚上能够回家来。

在他回来的时候,她就会像捧着纯洁、鲜艳的花朵一样,用双手捧着爱情奉献给他。一阵阴森的痛苦的感情在他脸上浮过。她观望着他,她脸上的天真的爱情像花朵一样闪着光。而他的脸部越变越阴暗、紧张,一种残酷的神态

171

聚集在他的眉梢。当他把眼睛转向一边的时候,当他不再看她的时候,她真正看到了他的白眼。她等待着,用她的手轻轻抚摸他。可是通过她的手从他身上传来的却是他的情欲加之于她的具有破坏性的力量,使得她这朵正开放的鲜花遭到了毁灭。她极力退缩。她原来跪在地上,现在站起来,向一边走去,以保存她自己,这对她是一种极大的痛苦。

对他说来,这也是一种痛苦。他从她脸上看到闪闪发光的像花一样的爱情,可是因为他不需要它,他的心变得非常阴暗了。他需要的不是这个,不是这个。他不需要像鲜花一样的天真。他感到不满足。这种不满足的愤怒和风暴折磨着他。她为什么不能使他满足?他一直都使她感到满足的。她很满足,安静而天真地等待在自己的天堂的门口。

而他并不满足,由于未能满足自己的需要,他痛苦而愤怒,总感到需要,感到需要。她有责任使他感到满足:那么她就应该那么办。让她不要再奉献给他像鲜花一样的大捧天真的爱情了。他会把它扔在一边,把那些花朵全踩得粉碎。他会毁灭她的花朵一般的天真的幸福。难道他没有权利从她那里得到满足,他的心不是充满了难以抑制的欲念,他的灵魂不是由于得不到满足而受着痛苦的折磨吗?应该像她自己获得满足一样让他获得满足,他已经让她获得了充分的满足,那么应该让她也来完成她的责任。

他对她十分残酷。可是在这种时候,他也感到非常羞愧。他越是感到羞愧,就越变得残酷。因为他觉得自己没有她便不能获得充分的满足,不免感到可耻。可是他又实在不可能。而她又对他完全不理会。他仿佛被戴上镣铐一样,自己在黑暗中受着折磨。

她请求他再开始做些工作,再去干他的木刻。可是他的心情太阴暗了,他已经烧掉了他雕刻的亚当和夏娃。他没有办法再重新开始,特别是现在,他正处于这样一种境地。

既然他不能使自己从自身中解放出来,那对她来说,便没有什么最后解放的问题。说来也真奇怪,并令人莫名其妙,她必须像风暴中的一团温暖的闪着光的云彩一样,在烦恼中想望着。在她那温暖而模糊的心境中,她感到自己是那么富足,使她的灵魂止不住向他发出了喊叫,因为他一直折磨着她,想把她毁灭掉。

她仍然有她欢乐的时刻,旧的欢乐有时会重新诞生。当她有时坐在卧房窗口观望着窗外下个不停的小雨的时候,她的心神似乎跑到很远的什么地方去了。

她怀着骄傲和离奇的喜悦坐在那里。当一个得不到满足的灵魂必须跳舞和嬉游,而又没有任何人陪伴它的时候,那它就只好对着不可知跳舞了。

忽然间,她发现她现在也正想这么办,尽管她怀着孩子,肚子已经很大了。她独自在卧室里跳着舞,对着那不可见的神灵,那个对她另眼相看,并使她属于他所有的看不见的创世主,她举起了她的手臂和身体。

她不希望让任何人知道。她秘密地跳着舞,她的灵魂感到一种说不出的欢乐。她在创世主面前,秘密地跳着舞。她脱掉了身上的衣服,骄傲地拖着她沉重的身子跳着舞。

跳完后,她感到非常吃惊,有些畏缩,也有些害怕。她这是把自己暴露在谁的面前?她想把这情况告诉她丈夫。可是她不愿意接近他。

整个这段时间,她老是一个人过着。她非常喜欢大卫的故事。大卫就曾无比欢乐地脱光自己的衣服在主的面前跳舞。他为什么要在米甲①那个普通妇女面前脱光自己呢?他是在对主脱光自己的衣服。

"你来攻击我,是靠着刀枪和铜戟。我来攻击你,是靠着万军之耶和华的名,就是你所怒骂带领以色列军队的神,今日耶和华必将你交在我手里。"②

这段话能使她的心剧烈地跳动起来。她骄傲地行进着,她的战斗是她的主的战斗,她的丈夫已经被交送过来了。

在这一段日子里,她已经将他完全忘了。他是谁,竟会跑来和她作对?不,他甚至算不上那个巨人非利士。他像扫罗③一样自己称自己为王。她在心中暗暗大笑。他是谁,竟敢称自己为王?她骄傲地在心中大笑着。

她必须把他抛在一边,自己尽情欢乐地跳舞。因为他现在正在家里,而她必须脱开人的羁绊,在创世主面前跳舞。在一个星期六的下午,她在卧房里生起了火。她又一次脱光了衣服,开始跳舞。她用一种缓慢的有节奏的欢乐的表情举起她的膝盖和她的双手。他现在正在屋里,所以她更有一种强烈的骄傲的感情。她要通过跳舞来否认他的权力,她要在她的看不见的主的面前跳舞。在主的面前,她已远远居于他之上。

她听到他上楼来了,她不禁哆嗦了一下。她光着身子站在那傍晚时阴暗

---

① 关于米甲的故事,见《圣经·撒母耳记》上第16章至第19章。
② 见《圣经·撒母耳记》上第17章第45—46节。
③ 扫罗的故事见《圣经·撒母耳记》上。

的光线中，火光照在她的脚脖子和脚背上，她把头发扎在头顶上。他一看见她就非常吃惊，他停在门口，低垂着紧锁的眉头。

"你这是在干什么？"他温和地说，"你会着凉的。"

她又举起她的双手来跳着，以图消灭他的权力，当她在火光前面迈着缓慢的优美的步子在房间的另一头走过的时候，火光照在她的膝盖上。他远远地站在门口的黑暗中，观望着，完全呆住了。她缓慢而沉重地前后摇晃着她的身子，像一把谷穗一样，在阴暗的光线下显得那么苍白。趁着火光不停地摇曳摆动，她要跳得使他完全失去存在，跳得使她自己走向上帝，走向无限的欢乐。

他观望着，他的灵魂在他的心中燃烧。他把头转向一边，他不能再看下去了，这使他的两眼发痛。她一次再次地举起她那白嫩的手臂，她的头发胡乱支棱着，她向上挺起的肚子是那么大，那么离奇，那么可怕。她的脸充满了欢乐，是那么漂亮，她怀着无限的欢乐在她的主的面前跳着舞，她忘掉了一切男人。

他看着看着，感到非常痛心，仿佛这是和他性命攸关的事。他感觉到他正被活活烧死。即奇怪的景象，她跳舞时表现出的力量，正慢慢把他吞没，他被燃烧着了，他喘不过气来，他无法理解。他糊里糊涂地等待着。接着，在她面前他的眼睛完全看不见了，他对她什么也看不见。于是，他对着把他们俩隔开的一面看不见的帷幕，用他的沙哑的声音叫喊着：

"你这样做是为了什么？"

"你走开，"她说，"让我一个人跳我的舞吧。"

"你那并不是跳舞，"他哑着嗓子说，"你这样做到底是想干什么？"

"我这样做绝不是为了你，"她说，"你走开吧。"

瞧她那离奇的怀着孩子的高举着的大肚子！难道他没有权利待在那里吗？他感到他的存在变成了一种冒犯，可是他有权利待在那里，他向前走几步，在床边坐了下来。

她停止跳舞，面对他站着，再一次举起她纤细的胳膊去挽她的头发。面对着他，她的赤裸裸的身子使她自己觉得很不舒服。

"在我自己的卧房里，我愿意怎么办就怎么办。"她大叫着说，"你为什么要干涉我？"

她匆匆套上一件长袍，在火边蹲下来。她现在把身体遮住以后，感到舒服多了。他当时看到的那种景象使他一生都感到非常苦恼。她那时是那么奇怪和趾高气扬，她已和他没有了任何关系。

在这一天以后,他的头脑的门似乎完全关上了。他的紧锁着的眉头似乎也没有任何力量能再把它打开。他的眼睛已经什么都看不见了,他的双手悬在半空中,他的意志蜷缩在他的心中,暗藏在黑暗里,但是却永远在活动着,并具有强大的力量。

在一开头,把他关在自己的身边,她倒也感到某种轻松愉快,可是不久之后,他的迷人的符咒开始对她发生作用了。正如躺在浓密的树叶深处的老虎,可以对那些清晨在河边饮水的小动物不断发出强使它们倒下和死去的吼声一样,他那阴森的、时刻不安的性的能量,像某种自己隐伏在什么地方,却能以自己的意志力使一些各自生活着的生物遭到毁灭的生物,慢慢对她也发生作用了。尽管他躺在黑暗中一动不动,但她知道他正躺在那里等待着她。她知道他的意志和自己的意志已连接在一起,甚至在他一言不发,躲在一边的时候,他那意志也正约束着她,不让她自由活动。

她发现她走出走进都受到他的干涉。她慢慢认识到,她正生活在他的压力之下。在他的那种锲而不舍的重量的压力之下,他像一只山豹抓住一只野牛一样正要把她按倒,把她弄得精疲力竭,最后让她倒下。

她慢慢认识到,她的生活,她的自由,在他的坚强的意志的无声的钳制之下,正日益下落。他要把她置于他的权力之下,他要把她悠闲自在地吞噬下去,他要占有她。最后,她发现,由于他的意志已经紧紧拴住了她,每当她夜晚躺在他身边的时候,她的睡眠对于她已经变成了一种难以忍受的痛苦和令人精疲力竭的折磨。

她认识了这一切,于是出现了暂时的充满巨大力量的沉默,这是在她不知如何是好的时候,在她的繁忙生活中暂时出现的停顿。

接着,她不顾一切凶恶地转向他,对他展开了斗争。他不能对她这样,这实在太岂有此理了。他是要用一种什么可怕的方式抓住她的身体?他为什么要让她倒下,要消灭她的精神?他为什么要否认她的精神?他为什么要完全否认她的精神和思想,而仅仅只要占有她的肉体?他难道是要占有她的尸体吗?

在她看来,他似乎代表着某种巨大的地狱般的黑暗。

"你要对我怎么样?"她大叫着说,"你对我干的那些事是多么岂有此理?你让我的脑袋承受着一种可怕的压力,你不让我睡觉,你不让我生活。你在你生活中的每时每刻都不肯放过我,总是对我干一些可怕的事,想把我毁灭掉。

你实在太可怕了,你的意志代表着某种黑暗的残暴的力量。你要我怎么样?你要对我怎么样?"

听到她的这些话,他全身的血液都变成黑色,变成了某种具有巨大腐蚀力量的东西。他由于仇恨她,变得什么也看不清了。他已经坠入一片漆黑的地狱之中,他没有办法逃出去。

他对她所讲的话感到十分愤恨。他不是把一切都交给她了吗?她不是代表着他的一切吗?想到她就是他的一切,他除了她之外便一无所有,因而感到的一种十分难堪的感情,像火一样燃烧着他的心。而这时,她竟拿这个来讥笑他,可是他却毫无办法自救!那火烧黑了他的血管,因为不管他如何努力,他怎么也无法逃脱出去。她是他的一切,她是他的生命和他生存的根源,他依靠她活着。如果她被弄走,那他就会像一间房子的中心支柱被拆掉一样,顿时坍塌下来。

因为他如此完全以她为依靠,她对他非常痛恨,她觉得他实在太可怕了。她希望把他推开,希望他不要再缠着她。他这样老缠住她实在太可怕了。他就像跳过来抓住她的一只豹子,紧紧地、紧紧地抓住了她。

他在愤怒、羞愧和痛苦的阴森气氛中一天天过下去。为了使自己能够离开她,他不惜用任何办法折磨自己。可是他仍然离不开她。她仿佛已经变成了他置身其上的一块岩石,四周都是波浪滔滔的深水,而他又不会游泳。他只能站在她的上面,他必须依靠着她。

在生活中,除了她之外,他还有什么呢?什么也没有。此外就是那一大片起伏不定的洪水。那深夜中置身于起伏不定、淹没一切的洪水之中的可怕境界,就是他所想象的没有她的生活,这是他无论如何也不能忍受的。他因而不顾一切也不怕丢人地死抓住她。

可是,她使劲要把他赶开,她使劲要把他赶开。仿佛是一个在黑夜的深海中游泳的人,他能游到哪里去呢?他要是离开他脚下的岩石,他能逃到什么地方去呢?他希望离开她,他希望能离开她。为了他的灵魂,为了一个男人的尊严,他必须离开她。

可是离开她,上哪儿去呢?她就是那个方舟,而整个世界的其他部分都已淹没在洪水之中了。他唯一可以置身的安全的地方就是这个女人。他只能在找到另一个女人的时候把她丢开。可是另外那个女人在哪儿?谁是另外那个女人呢?再说,那时他也可能陷入同样的境地,另外一个女人可还是女人。一切情况完全可能一样。

为什么她就是他的全部生活,他的一切,为什么他必须通过她才能生存下去,为什么如果她离开了他,他就会遭到灭顶之灾?为什么他为了能够活下去,必须发疯似的抓住她?

离开她,唯一的另一条出路就是死。离开她,唯一最简便的路就是去死。他的阴森的愤怒的灵魂知道这一点,但他还不愿意去死。

他为什么不能离开她?他为什么不能跳向那片漆黑的深水,死活全听天由命?他不能,他不能这样做。他要离开这里,马上离开这里去找一份工作,并且另外找一个居住的地方。那他就可以像过去一样生活了。

可是他知道这不可能。女人,他必须有一个女人。他必须有一个女人,而同时他又必须不受她的羁绊和约束。不然,情况就会完全一样,因为他不能脱离她的羁绊。

因为,一个人的脚如果不站在一个十分稳妥的地方,那他怎么可能站得住呢?一个人能够一辈子踩在不稳定的水面上,而把那叫作安身之处吗?那你还不如放弃努力,让自己淹死算了。

除了依靠一个女人,他能站在什么地方呢?难道他也像那海上的老人一样,除了依附在另一个生命的背上,就完全无能活动了吗?难道他是那么无能,是个瘸腿或者有缺陷的人,不能独立生存吗?

这疯狂的恐惧感,这疯狂的欲念,这可怕的无法抛开的羞耻感,对他变成了一种阴森可怕的羞辱和折磨。

他到底怕些什么?为什么没有了安娜,他的生活便似乎成了一片可怕的混乱?一切都变得乱七八糟、毫无意义,一切似乎都没入深不见底的一片黑水之中了?为什么只要安娜离开他一个星期,他就像发疯一样使劲抓住现实的边缘,而同时却一步一步溜向肯定会把他淹死的非现实的洪水中去?这种向非现实中溜去的恐惧感使他简直要发疯。他的灵魂发出了恐惧和痛苦的喊叫。

然而她却在尽量把他从她身边推开,把他完全推开,坚持不懈地残酷地要掰开他抓住她的手。他希望她能有一点怜悯之心。有时她也偶尔表现出怜悯的感情,可是她总是过一会就推他,又把他往深水里推,推到不可知的恐惧和痛苦中去。

她在他眼中似乎变成了愤怒女神,对他已经再没有任何感情了。她的眼睛里由于充满冷漠的不可改变的仇恨而闪闪发亮。这时,他的心在最后的一阵恐惧中已经死去。她可能会把他推到深水中去了。

她怎么也不愿意再跟他一起睡觉了。她说他完全扰乱了她的睡眠。他的疯狂的恐惧和痛苦于是又全部回到了他的心头。她要把他轰走。她像对付某种潜伏着的恶魔一样把他轰开了。他脑子里不停地对她转着邪恶的念头,想着办法来对付她。可是她仍然把他轰走了,而且是在他感到最强烈的痛苦的时候,她对他已经变成了一个不可理解的恶魔,已经变成了残酷的化身。

尽管有时候她的怜悯之情使她让步了,可她仍然像一颗宝石一样的冷酷,她必须把他轰开,她必须一个人单独地睡。她在旁边的一间小房间里给他安置了一张床。

他痛苦万分地躺在那里,他的灵魂仿佛受尽鞭挞,快要死去了,但仍然没有丝毫改变。现在又重新被抛到非现实中来,他痛苦不堪地躺在那里,像一个被抛进大海中的人,只能勉强游动着,直到自己完全沉没。因为到处是波涛汹涌的大海,没有任何地方可以立足。

他一直没有入睡,只仿佛偶尔有层很薄的帷幕遮住他的头脑,使他迷糊一阵。这根本算不得睡眠,他一直醒着,但他又一直没有醒。他无法一个人待着,他必须把她搂在他身边。过去,她老是睡在他的身前,现在那里空荡荡的情况使他简直无法忍受,他感到实在忍受不了。他感到自己仿佛是悬在半空中,完全靠自己的意志使自己悬挂在那里。他稍一松口气,他的意志就会坠落下去,穿过无穷无限的空间,坠入无底的地狱,永远地坠落下去,再没有了意志,没有任何人可以给他任何帮助,同时也失去了存在,只是向着毁灭落去,直到有如天上的流星,连同与空气摩擦出的火焰一起归于消灭,然后化为乌有,化为乌有,完全化为乌有。

第二天早晨他起来的时候,恍恍惚惚,情绪低沉。而她却仿佛对他又好了一些,她似乎有点想跟他和好。

"我昨天晚上睡得很好。"她有点假装高兴地说,"你睡得好吗?"

"也不错。"他回答。

他不愿对她讲真话。

接连三四个夜晚,他都那么在蒙蒙眬眬中独自躺着,他的意志丝毫没有改变,一点也没有改变,而且完全没有放松它紧抓着不放的手爪这样,她再次充满了生气,又开始喜爱他了,她由于被他的沉默和似乎已经承认错误的态度所欺骗,同时也由于一种怜悯之情,她又让他和她睡在一起了。

每天晚上,尽管他自己也觉得可耻,却总是痛苦地等待着睡觉时候的来临,看看她是否又要把他关在门外。每天晚上,当她带着虚假的高兴对他说晚安的时候,他真感到恨不得把她或者他自己给杀死。可是,她却是那样可怜地、那样漂亮地让他吻她。所以,他也只好吻吻她,而实际他的心却冷得像冰块一样。

有时候,他独自跑到外面去。有一次,临睡之前,他在教堂的门廊上坐了很长一段时间。外面天很黑,风呼呼地吹着,他坐在教堂的门廊里,觉得那里还有一个遮掩的地方,让人有一种安全感。可是天越来越冷,他不得不回去,上床睡觉。

后来,有一个夜晚,她用双手搂着他,亲热地吻着他说:

"今天晚上跟我一块儿睡,好吗?"

他毫不犹豫地待下了,可是他的意志丝毫没有改变。他要她永远和他紧紧相连在一起。

所以没有多久,她又告诉他,她必须单独去睡。

"我并不愿意把你打发开,我愿意和你睡在一起。可是我没有办法睡觉,你总不让我睡觉。"

他的血液在他的血管里几乎凝住了。

"你说这话到底是什么意思?这是彻头彻尾的撒谎,我没有不让你睡觉——"

"可是你就是不让我睡,我一个人睡的时候,睡得非常好。可是有你在我身边,我就没法睡觉。你老是折腾我,你使我的头脑感到一种压力。可是,我现在快要生孩子了,我必须睡好觉。"

"这完全是你自己的问题。"他回答说,"是你自己出什么问题了。"当全世界的人都已经睡觉,只有他们俩单独在一起,单独在这个世界上彼此进行攻击的时候,这种深更半夜的战斗实在是可怕已极了。

他仍然独自到他房间里去睡觉。末了,在经过阴暗、可怕的一段时间之后,他的态度慢慢缓和下来,他准备让步了。他对一切都听其自然,也不去管自己会变成什么样子。渐渐地,他对他自己,对她,对任何人都变得迷迷瞪瞪,让人感到莫名其妙了。一切都变成了一片模糊,仿佛全都淹在水里一般。而被淹没对他倒是一种了不得的安慰,一种安慰,一种巨大的、非常巨大的安慰。

他不再坚持了,他不再对她进行逼迫了,他也不再把自己强加在她身上了。他对一切都听其自然,任其自流,事情要怎么样就让它怎么样。

可是他却仍然需要她,他永远,永远都需要她。在他的灵魂深处,他像个孩子一样,感到孤独,感到无法排遣。像一个孩子依靠妈妈一样,他得依靠着她才能活下去。他完全知道这一点,他也知道,他几乎没有任何办法改变这种情况。

然而,他却必须能够忍耐孤独的生活,他必须能够沿着那一无所有的空间躺下来,一切都随它去。他必须能够把自己交托给那片洪水,任其浮沉。因为他终于已经认识到了他的局限性,他的能力的局限性。他必须让步。

在他们之间,已经存在着某种宁静,某种消沉的情绪。那场战斗至少已经过去一半了。有时她一边到处活动,一边忍不住在心里哭泣。她的心非常非常沉重,可是那孩子在她的子宫里却总使她感到一种温暖。

不久,他们又变成了朋友,变成了新的彼此有所制约的朋友。可是,在他们之间总存在那种消沉的气氛。他们偶尔也睡在一块儿,可是非常安静,非常冷漠,完全不同于过去同床共枕的时候了。一开头,她对他非常亲密,他却非常安静,不那么亲密了。在他内心深处,他感到非常高兴,可是在这时,他暂时还无法活跃起来。

他可以和她睡觉,一切由她去。现在,他也可以独自睡觉了。他已经学会了该怎么独自去睡觉。独自睡也很好,他可以睡得很安静。她使他有了些一种新的更深的自由。整个世界可能是一大堆无法肯定的乱七八糟的东西,可是他现在安下心来了,他已经进入了他自己的存在状态。他已经第二次诞生了,第二次从广大的人群中诞生出来,有了他自己单独的生命。现在,他终于获得了他自己的独立人格,他孤独地存在着;尽管他也并不真是那么孤独。过去,他只是处于和另一个生命的关系中存在着,现在他有了一个绝对的自我——也有了一个相对的自我。

可是这是个非常呆笨、非常微弱、无力自助的自我,不过是个刚会爬行的小生命。他整天一言不发,在某种意义上说,显得非常谦恭。到最后,他终于有了一个不可改变的、自由的、独立的自我。

她终于能够抛开他了,她感到莫大的安慰。她已经把他还给他自己了。有时,她由于疲倦和一种无可奈何的感情,忍不住哭泣一阵。可是,他是她丈夫,而她由于那个即将来临的孩子,似乎把这一点忘掉了。那孩子似乎总使她感到很温暖,感到懒洋洋的。她常常长时间沉入一种模模糊糊的温暖的深思之中,极不愿意让人把她从那种迷惘状态中拉出来。她也感到自己是以他为依靠的。

有时候,她露着一种锐利的,同时令人感到哀怜的奇怪的眼神向他走来,仿佛她有点什么要求。他看着她,但他完全无法理解。她是那么美丽,那么飘忽不定,有一股光线像阳光一样透过他的胸脯,照在她身上。他愿意听她吩咐,完全听她吩咐。这时,她会抱着他的胸脯吻它,吻它,跪在他身边。她现在正等待着分娩的时刻到来。到这时他也会低下头去,看看自己的胸脯,仿佛那胸脯并不是他自己,而是早就单独躺在那里的。然而,它同时也是他自己,在她的亲吻下它变得那么美丽,那么光彩夺目了。一种奇怪的散发着光彩的痛苦使他感到很高兴。因为这时她跪在他身边,正以一种缓慢的、狂善的、近于虔诚的姿态在吻着他的胸脯。

他知道,她想从他那里得到什么,他的心急切地想满足她的要求。他的心向着她。当他看到她抬起她那像一小团云彩似的闪着玫瑰色光辉的脸的时候,他的心仍然向往着她,而且现在站在离她更远的地方,他对她更是无比崇拜了。她有一种像花一样的精神,即使作为一个陌生人站在很远的地方,他也会对她无比地崇拜。

几个星期过去了,产期已经很近,他们彼此的态度都很温和,只感到一种淡淡的甜蜜的欢乐。他那顽固的、热情的、阴森的灵魂,他那强大的得不到满足的感觉似乎暂时被压制下去,暂时安定下来了。狮子由于有了小崽也躺下了。

她真是非常爱他,他总在她身旁伺候着她。她现在正等待着她的孩子,这时她对他变成了一件珍贵的可望而不可即的东西。由于孩子的即将来临,他的心中也充满了狂喜。她希望要个男孩:噢,她非常希望要一个男孩。

可是,她似乎还是那么年轻,那么瘦小。她的确还只不过是一个小姑娘。当她站在火边自己洗澡的时候——这时候她总怀着十分骄傲的情绪洗着澡——他在一旁看着她,他的心对她充满了无限的柔情。她的四肢是那么纤巧,她的细瘦的圆圆的胳膊像彼此追逐着的阳光,她的大腿还像孩子的腿一样,看上去那么单纯,可是却显得无比骄傲。噢,她站在她骄傲的两腿之上,无比可爱地举着她那充实的肚子,无比圆润,令人赞赏不已。她的乳房也变得十分重要了。更为突出的是,她的脸像闪着玫瑰色光芒的云彩一样。

181

她是多么骄傲啊！她的年轻的身体是多么可爱,多么令人感到骄傲啊!她喜欢他把手放在她圆润的成熟的肉体上,这样他也可以由于她的激动而感到无限的欢欣。但是他害怕,他始终沉默着,因而她怀着骄傲而大胆的欢乐搂住了他的脖子。

一阵痛苦袭来,噢——她哭得多么伤心啊! 她愿意他和她待在一块儿。在她哭了很长一段时间之后,她会眼睛里仍含着泪水,脸上露出带着泪花的笑容,看着他对他说:

"我并不真在乎。"

这疼痛真让人够受的了。可是对她来说,这永远没有什么了不起。甚至那种强烈的撕裂心肝的疼痛也使她有一种轻快的感觉。她痛苦地大喊大叫着,可是她始终那么活泼,那么离奇地充满了生气。在如此强大的生命力的手中,她感到自己也是那么强大和充满了活力,因而在她身体最深处的感觉也只不过是一种令人振奋的感觉而已。她知道她正在获得胜利,正在接近胜利,她是永远在朝着胜利走去,每经过一次阵痛,便离胜利更近了一步。

也许他所感受到的痛苦更胜于她。他并没有感到惊慌或者害怕,可是他却一直被痛苦的大钳子捏住了。

生下的是一个小姑娘。在他们把实际情况告诉她时,她脸上暂时出现的沉默表明了她的失望。这时,他心中掀起了一阵厌恶和抗议的情绪。这时候,他便暗中宣誓他将喜欢这孩子。

可是在她有了乳汁的时候,这孩子开始嘬着她的奶,她却似乎高兴得不知如何是好了。

"她在嘬我的奶,她在嘬我的奶,她喜欢我——噢,她喜欢嘬奶!"她大声叫喊着,用两手捂着她,把她搂在胸前。

过了不久,她对这种幸福感已经慢慢习惯了,她用她那一双闪闪发光但什么也看不见的眼睛看着那青年人说:

"安娜·维克特里克斯。"

他颤抖着走到一边去,自己去睡觉。对她来说,她的痛苦是一个胜利者的伤口,她因此感到更为骄傲了。

在她的身体慢慢好起来的时候,她感到十分幸福。她把那个孩子叫作厄休拉。安娜和她的丈夫都感到必须让那孩子有一个使他们俩都满意的名字。这孩子的皮肤略带棕色,她的皮肤上还长着奇怪的细绒毛,一卷卷古铜色的头发,那黄灰色的眼睛四处张望着,后来又变得和父亲的一样成了金黄色。他们所以叫她厄休拉是因为她很像那个圣徒的画像。

一开始,这个孩子的身体显得很弱,可是没有多久就显得强壮多了,而且像个小泥鳅似的一刻也不闲着。安娜整天和这个充满活力的小家伙较劲儿,弄得她筋疲力尽。

她把自己的孩子也看成一个小动物,爱她,赞赏她,自己也感到非常快乐。她爱她的丈夫,她亲吻他的眼睛、鼻子和嘴,对他十分尊重,说他的肢体无比漂亮,整个体态都使她非常着迷。

她可真是个安娜·维克特里克斯①。他已经不可能再和她进行斗争了。他现在是单独和她待在一片荒野中。有一次,他有机会去了一趟伦敦,在回来的路上,他不胜惊异地想到,原来住在这个荒岛上的赤身露体、出没无常的野人,不知怎样竟会修建起像牛津街和皮卡迪利这样的街道来的。那些野人当年拿着长矛沿河抓鱼为食,他们的生活是多么艰苦啊,后来他们又是怎么修建起这伟大的伦敦,在自然世界修起这庞大、杂乱和丑陋的人的世界的上层建筑来的!这使他感到惊愕和恐惧。人是太可怕了,他们的一切制作也让人感到惊愕。人的制作比人本身还要可怕,简直是一些恶魔的作为。

然而,就他自己来说,从他的私生活方面来讲,布兰文感觉到整个人的世界都是外在的,都和他与安娜的真正生活毫不相干。只要他自己能够健康地活着,只要安娜和那个孩子和他在一起,只要在他的思想中仍保有这种新的奇怪的安全感,那么即使把今天世界上的整个这一套可怕的上层建筑,把所有的城市、工业和文明全部一扫而光,让这个光秃秃的地球上只剩下生长着的植物和流动着的河水,他也会完全不在意。如果那时他光着身子,他总可以在什么地方找到衣服的,他可以搭一间小房子给他的妻子住,给她弄来食物。

此外还要什么呢?他们还会有什么其他的需要呢?人类整天忙碌着干大量的工作,在他看来全都毫无意义。他出于天性和这一切毫无关系。那么,他到底为什么活着呢?只是为安娜活着,为活着而活着吗?在这个地球上,他有什么需要?他就只需要安娜,他的孩子,他和她以及和他的孩子们的共同生活吗?此外再没有任何别的了?

这时,他却想起另外一件东西,一件能够使他具有绝对生命的更长远的东

---

① 维克特里克斯,原文是 Victrix,显然有胜利者之意。

西。不管时间的含义是什么,他现在仿佛是生活在永恒之中了。在这个世界的外边还有什么呢?这个虚构的、他丝毫也不相信的世界?从外面他还能给她带来什么呢?什么也没有了?就像现在这种情况,这就已经完全够了吗?他这样沉默着使他感到很苦恼。她没有和他在一起。尽管整个"无限"是和他在一起的,但没有了她,他对他自己也几乎不再信任了。让整个世界慢慢滑下去,滑到遗忘的边缘去吧,他还将独立地站在那里。可是对于她他就拿不准了。他的存在部分要依靠她的,所以他拿不准了。

他老在她身边转来转去,怎么也不能抛开那个模糊的、时刻难忘的前途未卜的心情,那心情似乎时刻不停地在向他挑战,而他却只能不予理睬。一听到她和那个小娃娃谈话,他马上就感到一阵恐惧,仿佛由于自己无能,他已犯下了什么罪孽。她站在窗口边,手里抱着那个刚一个月的孩子,用一种他从来没有听到过的音乐般的唱歌似的声音谈着话,她的声音震动着他的心弦,仿佛那是从远处传来的某种对他发出的呼吁,或者说是从另一个世界传来的对他的召唤。他站在很近的地方,倾听着,澎湃的心潮高一阵低一阵。接着那声音又沉静下来,向远处飘去。他已经失去了活动能力,在他身上出现了一种否认的心情,仿佛他已经没有办法否认他自己了。他必须,他必须保持清醒的头脑。

"看看那些愚蠢的蓝凤头,我的小美人。"她把那个孩子举在窗口,甜言蜜语地说。外边花园里是一片白,一群长着蓝凤头的小鸟在雪地上争斗着:"你瞧瞧那些愚蠢的蓝凤头,亲爱的,它们在雪地上打架呢!你瞧瞧它们,我的小鸟,它们用翅膀拍打着雪,一个个不停地摇着头,噢,你说说它们是不是一些坏东西,真是一些坏东西,你看看它们掉在雪地上的黄羽毛!等到天冷的时候,它们一定会后悔丢掉这些羽毛的,你说不是吗?

"咱们要不要告诉它们不要再打了,咱们要不要对它们说'别打了',我的小鸟儿?可是它们真讨厌,太讨厌了,你瞅瞅它们。"忽然间,她凶恶地大声叫喊起来,同时使劲拍打着窗玻璃。

"别打了,"她大声叫喊着,"别打了,你们这些可厌的小东西,别打了!"她的声音越喊越大,在窗玻璃上也越拍越猛。她的声音像发布命令似的,是那么凶狠。

"别那么瞎胡闹。"她叫着说。

"你瞧,现在它们飞走了。它们飞到哪儿去了呢,这些愚蠢的小东西?它们都讲些什么呢?它们会说些什么呢?我的小羊羔?它们会忘掉的,是不是,它们会把这一切都给忘掉,把这一切抛到它们愚蠢的小脑袋瓜,它们的蓝色的凤头之外去的。"

过了一会儿,她微笑着朝她丈夫转过脸去。

"它们可真是在干架,它们真的是彼此拼命了!"她说,声音里充满了激动和惊奇,似乎她也属于小鸟的世界,和那些小鸟是同属于一类的。

"是啊,它们是爱打架,这些蓝凤头就是爱打架。"他说,很高兴看到她对他转过头来。他走向前,站在她旁边,观望着那些小鸟打架时在雪地上留下的痕迹,望着被白雪压弯的黑一枝白一枝的紫杉的树枝,这一切对他有什么作用,她的含笑的脸提出的是什么问题,他需要回答的对他提出的那个挑战又是什么?他不知道。可是他站在那里感到某种责任感,既使他很舒服,又使他不高兴,仿佛他现在必须熄灭掉自己的光辉才行。可是现在他还无法移动。

安娜非常爱那个孩子,简直是爱极了。可是她还感到不是十分满足。她有一种有所期待的感觉,仿佛有一个门正半开着。现在她在这里,安全而沉静地生活在科西泽这个地方。可是她感到仿佛她根本就不是在科西泽。她正用尽全力朝远处观望着一件什么东西。从她现在已到达的这个毗斯迦山,她能看到什么呢?看到很远处一条微微闪光的地平线,一个像拱门一样的虹,以及横跨在上面的一座颜色暗淡的像影子一样的门。她也必须到那里去吗?

那里有某种她没有,她无法抓住,她无法接近的东西。那里有一种非她能力所能及的东西。可是,她为什么要开始这趟旅行呢?她站在毗斯迦①山上已经够安全的了。

到冬天,当她随着清晨的太阳一道起来,在那黑色的窗户外面,看到在一片闪亮的青绿色的草地上面,东方出现一派闪闪发亮的枯黄的颜色,看到在它们之间立着一排排像宏伟的木偶一样的大棵的梨树,在那阴森的梨树下面,小片的积水摊开在枯黄色的光线下,她这时就会说道:"它就在这里。"到了晚上,落日通过云彩中的缝隙,伴着一片红光显现的时候,她于是又说:"它是在那边。"

黎明同落日是横跨过一天的彩虹的两只脚,她看见了希望,看见了光明的未来。她为什么还要到远处去旅行呢?

可是她又总要提出这样的一些问题。当太阳在它闪着火光的冬天匆匆落

---

① 毗斯迦山在约旦河东,据《圣经》讲,摩西从此山眺望上帝赐给亚伯拉罕的迦南地方。

下,她面临着这一天的结束的时候,她自己虽没有竭尽全力,可她仍然止不住问道:"你为什么要闪闪发光,一直折腾个没完?你究竟为什么这样忙碌?总不肯让我们安静?"

她并没有转向她丈夫,求他来引导她。根据她在不同时候对他的概念,他有时是离开了她,有时是和她在一起的。她可以举起那孩子,她可以向前一弯腰把孩子扔进那火炉里去,这样,那孩子就可以在那燃烧着的煤块和那轰隆作响的火焰中行走着,像那陪伴天使的三个见证人一样。

不久后,她对她的丈夫完全放心了。她认清了他那阴沉的脸和它所能表现的热情的程度。她已经认识了他那细瘦的强有力的身体,她说那身体是属于她的。谁也不能否认这一点。她是一个正享受着自己的财富的富有的女人。

不久之后,她又怀了一个孩子,这使她感到很满意,并从此打消了她的不满情绪。她忘记了她曾经观望着太阳从天边爬上来,像位伟大的旅行家沿着它自己的道路一直向前走去。她忘记了,在那个阴暗的夜晚,月亮曾经透过那高处的窗户照进来,仿佛认识她似的点点头,并向她招手让她跟着它走。太阳和月亮不停地向前走去,走过她,把她这个正享受着自己财富的富有的女人抛在后面。她也应该去。可是,在它们向她发出召唤的时候,她没有办法走。她必须留在家里。她心安理得地放弃了那走向不可知的冒险旅行。因为她正在生育孩子。

又一个孩子要出世了。安娜越来越有一种满意的感觉。尽管她不是那走向不可知的领域的旅行者,尽管她现在已成为一个富有的女人,在她自己修建的房子里住了下来,然而在那彩虹的拱门下面她的门仍是大开着的,那伟大的旅行者,太阳和月亮每天都从她的门槛上经过,她的屋子里充满了从它们的旅程中发来的回声。

她就是一扇门和一个门槛,她自己就是。通过她,另一个灵魂已经来到,这灵魂像站在门槛上一样,站在她的身上向外望着,手搭凉棚在寻找出发的方向。

第 七 章

大 教 堂

在安娜·布兰文结婚的第一年,在厄休拉出生之前,她和她丈夫曾一道去拜访过她妈妈的朋友斯克里本斯基男爵。这位男爵和安娜的妈妈一直有一些联系,他对这个年轻姑娘也始终很感兴趣。因为她是一个纯粹的波兰人。

在斯克里本斯基男爵大约四十岁的时候,他妻子就死了,留下他整天神神道道过着孤独的生活。那时候莉迪亚曾经去看过他,带着安娜跟她一块儿。这姑娘那时才不过十四岁。从那以后她就再没有见过他。她记得他是一个个子矮小的牧师,说话老是大声喊叫,让她感到很害怕。可是她妈妈听到他讲一口外国话,却感到一种意想不到的安慰。

这位矮小的男爵对安娜一贯不以为然,因为她从不讲波兰话。尽管如此,他却把自己看作是受兰斯基委托的她的保护人,并送给她一些古老的俄国珠宝——他妻子留下的最不值钱的首饰。从那以后,他慢慢和布兰文家脱离了关系,尽管他们居住的地方相距不过三十英里。

三年以后,布兰文家吃惊地听到,他和一个出身很好的英国年轻姑娘结婚了。谁听到这个消息都不免非常奇怪。不久,他们更看到一本名为《布雷斯韦尔教区史》的书出版,作者是布雷斯韦尔的牧师鲁道夫·斯克里本斯基男爵。这是一本很奇怪的书,内容十分杂乱,充满了各种有趣的逸闻轶事。这本书上面写着"献给我的妻子米利森特·莫德·皮尔斯,正是通过她,我才了解到什么是英国的慷慨精神"。

"如果他对英国所理解的就是这点精神,"汤姆·布兰文说,"那他将来不会有什么好下场的。"

可是,在他和他妻子前去做过一次正式拜访之后,他发现这位皮肤细嫩的新男爵夫人怕不是好对付的:她长着一头棕红色的头发,一张十分逗人注意的嘴,因为它总是那样带着一种莫名其妙的奇怪的笑意向后绷着,露出一排有点向前龇着的牙齿。她并不漂亮,可是汤姆·布兰文却很快被她迷住了。她像头小猫似的一方面借着他的温暖,安安逸逸地躺了下来,而另一方面她又是那样满脸带着令人难以捉摸的讥讽神态,仿佛告诉人可不要忘了她的尖牙利爪。

那位男爵对她可说是尽心竭力,恩爱备至。而她简直有点像逢场作戏,任他整天哄着她,并且也感到十分快乐。她是一个非常奇怪的小妇人,有一种像雪貂似的难以捉摸的柔和、光滑的美。汤姆·布兰文在她面前简直有些神魂颠倒了。她仿佛忍不住要故意折磨他,老是那么气喘吁吁地笑着。而她对那位年纪较大的男爵倒似乎没那么残酷。

几个月后,她生下了一个儿子,斯克里本斯基男爵更是高兴得什么似的了。

渐渐地,她在那个县城里结识了一大帮朋友。因为她出身大家庭,有一半威尼斯人的血统,又在德累斯顿受过教育。这样,这位矮小的外国牧师获得的社会地位也就使他的发疯一般的骄傲情绪差不多得到满足了。

因此,当他们收到请帖,请安娜和她年轻的丈夫到布雷斯韦尔牧师家做一次拜访的时候,布兰文家的人都感到非常吃惊。因为斯克里本斯基家现在生活已经比较富裕,米利森特·斯克里本斯基给他带来了她自己的一份财产。

安娜穿上了她最高级的服装,并且又恢复了她在上中学时的那一套最优美的举止神态,和她的丈夫一起来了。威廉·布兰文脸红得发亮,长长的胳膊和小小的脑袋,仍像一只揉乱了羽毛的小鸟,丝毫没有改变。那位矮小的男爵夫人微笑着,露出她的牙齿。她是一个真正迷人的女人,欣喜、冷漠、不停地笑着,老是那么高兴,像一只黄鼠狼似的。安娜立刻对她非常尊敬;而在她的面前她也十分留意。她本能地为这位男爵夫人奇怪的、孩子般的诚实态度所吸引,可同时,她又对它并不信任,感到有些迷惑。那位男爵现在头发已经差不多全白了,而且脾气很急躁。他已经显得很萎缩,满脸皱纹,可是仍然充满了活力,随时压抑着自己的感情。当他坐在那儿谈话的时候,安娜看着他那细瘦的身体,漂亮的细瘦的腿和细瘦的手,禁不住脸红了。她在他身上看出了他的男性的气概,他的丰富的精力,他的充满内容的热情,和他能够做出的复杂的反应。他完全置身世外,对一切都采取纯客观的态度。一个女人跟他是全然无关的。他的思想丝毫也没有混乱。所以他才能做出敏锐的复杂的反应。

他是那么与人落落寡合,可是又那么有趣;他的僵硬的深藏的生命,在岁月的磨炼下,已经几乎变得和死亡一样深重和不可改移,它是那么残酷,可是对它自己的行动却丝毫也不含糊,仿佛对一切都有充分的把握,这些都把她给吸引住了。她望着他那冷漠、炽热、与人无关的热情,感到很着迷。难道她宁愿要这些,而不愿要她丈夫那种无所不在的热情和他那盲目的炽热的青春吗?

她仿佛刚从一个闷热的房间走出来,现在正呼吸着清新的空气。这些陌生的斯克里本斯基家的人使她了解到另一种更为自由的气氛,在这种气氛中,每个人都是孤立的,彼此不相联系。她天性所追求的不正是这种气氛吗?布兰文家彼此过于亲密的关系不是让她感到有些喘不过气来吗?

那位娇小的男爵夫人,在她的圆圆的晶亮的栗色眼睛中,总闪耀着一种离奇的光,现在正和威廉·布兰文在一起玩儿。他感觉不够锐敏,没有能充分注意到她的各种动作。可是他却始终圆睁着一双眼睛,目不转睛地注意着她。他感到她是一个很奇怪的人物,可是她对他并没有什么魅力。她不禁一阵脸红,有点生气。可是她仍然一次再次带着奇怪的感情,注视着他的充满生气的黑色的脸。她有些讨厌他。她对他那种毫无批判意味、毫无讥讽意味的性格感到讨厌,因为那显得和她毫无关系。可是,她似乎有些嫉妒,仍然忍不住生气了。但他怀着敬意极感兴趣地注视着她,好像他正观看着一头鼬鼠在那里玩耍。但是这里面并不牵涉到他自己。他是另外一种人。她是一种摇曳不定的刺目的火光;他却是一种平稳的红色的火焰。她从他那里什么也不能得到。因此她摆出一种刺眼的高人一等的神态,要让他感到难为情。他真的脸红了,可是他仍然毫不在意。他对她实在没有任何感情。

保姆带着她的小男孩进来了。他是一个动作很灵巧的小家伙,感觉敏锐,对任何东西都没有一定的兴趣。一进来,他就把威廉·布兰文看作是一个局外人,他在安娜的身边待了一会儿,和她比较友好,接着他就走开,一刻也不停地东摸摸西看看,对任何东西都很感兴趣地看上一眼。

他父亲可是对他喜欢得了不得,总是对他讲波兰语。父亲对孩子的那种僵硬而强势的贵族态度,父子之间存在的距离,一方面所表现的慈父精神,另一方面所表现的子女的顺从,都让人感到非常奇怪。他们俩在一起玩,可是在不同程度上却显得非常疏远。他们是两种不同的人,而且这种不同似乎决定于各自不同的地位,而非由于彼此不同的关系。那位男爵夫人则总是笑着,笑着,笑着,永远笑着,露出她的有点往外龇的牙齿,始终表现出她的那种动人和迷人之处。

安娜意识到她自己的一生可能会多么不同啊,她自己过着一种多么不同的生活。她心情激动,她似乎变成了另一个人。她和她丈夫的亲密关系已经过去了,布兰文的离奇的无所不包的亲密是那么温暖,那么密切,那么令人气闷,使人老觉得自己是和另一个人连接在一起,好像他们之间有什么血缘关系——现在也完全解除了。她不再承认这种关系,不再承认她和她丈夫的亲密关系了。他和她并不是一个人。他身上的热并不总散发到她身上来,并不通过她的思想和个性散发,直到她和他共有一种热,直到她失去自己的独立存在。她希望有她自己的生活。他似乎总用他自己的生命,他的火热的生命把她包裹起来,和她交融在一起,直到她不再知道自己是否还是她自己,或者她是否已经变成另一个人,在一个亲密的血缘关系的世界中和他连接在一起了。这个世界包裹着她,使她和整个冷静的外在世界完全隔绝了。

她希望保有自己的那个敏锐的自我,独立存在,和别人没有关系,活跃,但不被人所融化,她为自己活跃,自己能有所取予,但决不被人所融化。他一直渴望能实现对她的这种离奇的融化过程,可是,她却始终抗拒着。面对这种情况,她也感到十分难办。因为在这之前,她在汤姆·布兰文的爱情之中已经生活得太久了。

走出斯克里本斯基的家,他们便去参观威廉·布兰文非常喜欢的林肯大教堂。那教堂离这里不太远。他曾答应过,一定要让她有机会参观英国所有的大教堂,现在他们就从林肯教堂开始。这个教堂他是很熟悉的。

临到快出发的时候,他开始感到非常激动。究竟是什么东西使他发生了这种情绪上的变化呢?在她从斯克里本斯基家走出来的时候,她几乎十分生气了。而现在他又一个人向前跑去。为了去参观那个冷冰冰地躺在市镇上的大教堂,他的胸膛的门似乎都完全打开了。他的心灵已经早向前面跑去。

在远处,他看到了衬映在蓝天之上的那座教堂的影子,他的心立即跳了起来。这是天上的一个象征,它像一只鸽子,像大地上的一只雄鹰,它是在天上翱翔的精灵。他向她转过他的闪着红光的狂喜的脸,张开的嘴也带着一种离奇的狂喜的微笑。

"这就是她。"他说。

这个"她"使她十分生气。为什么要说"她"呢?它就应该是"它"。大教堂是什么,不就是一个古老的,已过时的,巨大的建筑吗?他为什么会激动成这个样子?她开始在感情上为这个做好一切准备。

他们爬上那个陡峻的小山,他像一个十分虔诚的香客一样来到一个神龛前面。当他们走到那教堂附近,走到城堡和那教堂之间的时候,他的血管仿佛都已开放成火红的花朵,他简直是兴奋达到极点了。

他们穿过大门走了进去,教堂西面宏伟的正面显露在他们面前,看上去是那么开阔和富丽堂皇。

"这只是教堂的假门脸儿。"他说,仔细观看着那金黄的石头和那里的双塔,他对它们显然都非常喜欢。他走进廊子里的时候,又微微感到一阵狂喜,现在他们快接近尚未透露的神秘境界了。他抬起头来,看着展现在他面前的石头建筑。他现在要进入那最完善的子宫了。

接着,他推开了大门,于是那满是廊柱的阴暗的大厅便展现在他的面前,这时他的灵魂抖动了一下,马上从它的窝巢里飞了起来。他的灵魂跳跃着,在这伟大的教堂的上空飞翔。但是他的身体却被这高大的形象吸引住,仍然站在那里一动不动。他的灵魂向上面的阴暗之中跳去,跳进那迷离境界,它摇晃着,几乎晕倒过去,它在这子宫中战栗着,仿佛在狂喜中再生的种子,安静地待在这孕育一切的阴暗之中。

她也被这动人的庄严景象惊呆了,她跟在他后面向前走着。在这里,这昏暗的光线就是生命的真正的精髓,这五颜六色的黑暗就是一切光明的、白昼的胚胎。在这里真正的第一个黎明正在出现,真正的最后一个太阳正在下落,而这曾经使生命的白天像花朵一样开放随即又消逝,以及不知从什么时候又开始的黑暗,正反映着宇宙的宁静,反映着不知从什么时候开始的深刻的沉默。

远离开时间,永远待在时间之外!在东方和西方之间,在黎明和黄昏之间,这教堂像一颗种子在沉默中躺卧着。它像发芽之前的一片黑暗,像已经死去一样沉寂无声。这大教堂始终一声不响,可是它却包容着生和死,包含着生命的一切活动和变化,它是一个巨大的包容一切的种子,它的花朵便是难以设想的光辉的生命,然而它的开始和它的结束却不过是一个沉默的周期。在那虹霓的包容之中,这充满珠光宝影的一片黑暗却把音乐加之于沉默,光线加之于黑暗,丰富的生殖加之于死亡,正像一颗种子包容着一片又一片叶子,却使它的根和花都完全保持沉默一样,对于它各部分之间的秘密,对它将沉入其中的死亡,对于它曾经获得的生命,对于它所包含的不朽的精神,以及对于它最后还将再次遇到的死亡,全都一言不发。

在这里,在这个教堂中,"从前"和"以后"是重叠在一起的,它们全都由一个"一"所包容。布兰文现在达到了他的最高境界。他现在已经从那子宫的门口走了出来,放下他在子宫中使用的翅膀,向着光明走去。通过白天的光辉,他日复一日地走了过来,他积累了一个知识又一个知识,一个经验又一个经验,他还记得子宫中的黑暗,也预感到了死后的黑暗。可是在这期间他已经推开了这个大教堂的门,进入两个黑暗之间的昏暗光线中去,这里是双重沉寂所表现的静默,在这里,黎明和黄昏,开始和结束,已经合而为一了。

在这里,这石头建筑避开大地上的平原向上跳去,向上一次再次跳向多方面的难以抛开的欲念,跳开平整的大地,跳过整个欲念所及的昏暗和黑暗的领域,跳过犹豫和低沉的感情,啊,直接跳向狂喜,前往接触那最完美的境界,前往迎接,亲密地拥抱那非善非恶,那最完善的,令人晕眩的完美境界,那脱出时间之外的狂喜。在那里,在那拱门的最高点,他的灵魂将抓住脱出时间之外的狂喜,达到最完美的境界。

在那里,既没有时间,也没有生和死,只是这个,这种脱出时间之外的完美境界,在那里,来自地球的推力和另一个来自地球的推力相遇,而以狂喜作为它们所形成拱门的基石,这是一切,这也是全体。这要等待他在地下的那个世界恢复他本来面目的时候。然后他便又将把自己一点一点聚集起来,在那过程中他的每一部分都将紧张地跳跃着,跳向高处的黑暗,跳向丰饶的生产力和无与伦比的神秘,跳向那完美的境界,并紧紧抓住它,跳向永恒的高潮和那拱门的最高点。

她也为之十分感动,可是她却变得沉默下来,而非像他那样高兴得不知如何是好。她非常喜爱这个和她自己的世界大不相同的世界,她对他的那种忘乎所以的狂喜态度十分厌恶。他对这个大教堂的热情在一开头使她十分吃惊,后来更让她感到气恼。不管怎样,外边还有那高大的天空,在这里,在这神秘的半黑夜的地方,如果他的灵魂随着大殿里的立柱向上跳去,它并非跳向天上的星星和那水晶般的黑暗的空间,而只不过是去和那跳跃着的与他相呼应的石头相遇,不过是进入那屋顶的阴森和神秘中去。那远处的拱门的相遇和结合,那石头建筑的跳跃和伸展,在头上架起了一个巨大的屋顶,使她畏惧,使她沉默。

尽管如此——她还是记得那开阔的天空并不是一个蓝色的拱门,也不是悬挂着许多灯光闪闪的阴暗的屋顶,而是有无数星星在其中自由旋转,并且是越高越自由地旋转着的空间。

这大教堂也使她心情有些激动,可是她永远也不会同意把这些跳跃的石头编在一起,编成一个巨大的屋顶把她关锁起来,在那屋顶外面便什么也没有,什么都没有了。它好像就是最后的界限。他的心灵倒希望情况真是这样:这里,这里就是一切,完备,永恒,运动,相遇,狂喜,没有时间引起的幻觉,没有周而复始的黑夜和白天,而只有这安排得无比完美的空间,和永不停止随时更新的运动,另外就是那起伏澎湃向圣坛冲去的巨浪。每一个浪头就是一次狂喜。

她的灵魂怀着对恐惧和欢乐的记忆,也飘向圣坛,飘向那永恒的门边。可是她却尽量使自己停留在变化之中,不相信那圣坛所代表的完美境界。她不愿意让热情的翅膀带着她向高处飞翔,让自己仿佛被抛在不可知的海岸边一样,最后被抛在圣坛的台阶上。这期间没有巨大的欢乐,也没有真实,可是正是在那令人头昏眼花的大教堂中,她仍然坚持着她的另一个权力。这圣坛是空虚、贫瘠的,它的灯光已经都熄灭了。上帝现在已不在那丛林中燃烧,现在躺在那里的不过是一堆已经死去的东西。她要求在她的上边,比那屋顶还高的地方获得自由的权力。她老是感觉到在她的上边有一个屋顶挡住了她。

所以她不惜抓住一切细小的东西,这样她就可以不至于随着热情的浪潮胜利地永不回头,驰向无限中去。她急于希望脱开跳跃着的固定的一直向前的运动,她希望脱开它,好像一只湿水的跛脚的小鸟希望脱开海水一样,它像那小鸟一样抬起自己的胸脯,往上提着自己的身体,希望离开那要把它带向一个它不愿意接受的归宿的起伏不定的海浪,她也像在一片光明中展开翅膀希望使自己脱身的小鸟,急于想离开那固定的前进的运动,脱开那悬浮在水面上的污点,东飞几下西飞几下,看到自己要沉没的时候挣扎一番,因为它已经选定了或找到了它愿意前进的道路。

而现在的情况却仿佛是她必须抓住点什么东西,仿佛她的翅膀太软,没有办法使她离开那起伏不定的运动。所以她一看见刻在石头上的那些丑陋的奇怪的小脸,便马上站在那里呆住了。

这些从教堂的巨浪后面偷偷往外观望的小脸,倒仿佛是一些具有特殊智慧的人物。它们清楚地知道这些雕刻的小人物否定了人们自己的幻觉,告诉他们这大教堂并不是绝对的。它们不停地眨眨眼睛,动动眉毛,让人想到许多不可能包容在这个教堂的概念之中的事物。"不管在这里包含的东西如何众多,但仍然还有许许多多的东西没有包括进来。"那些小脸讥笑地说。

在那跳向圣坛的巨大的冲动之外,这些小脸却都有各自的意志,各自的行动,各自的知识,它们以此朝冲向圣坛的巨浪抗议。以它们自己的微小发出胜利的笑声。

"噢,看哪!"安娜叫着说,"噢,看哪,那些脸面多么让人肃然起敬!你看看她。"

布兰文不很乐意地望了一眼,那是伊甸园里那条毒蛇的声音。她指给他看石头上雕刻的一个胖胖的、羞怯的、满脸恶意的小脸。

"他认识她,那个雕刻她的男人。"她说,"我肯定她是他的妻子。"

"这根本不是一个女人,这是一个男人。"布兰文不耐烦地说。

"你这么想吗?不对!那不是一个男人,那不是一个男人的脸。"

她的声音里颇有一点讥讽的意味。他轻轻笑了一下,仍继续朝前走。可是她不愿意再陪他向前去了。她在那些雕刻之间闲逛着。可是他没有她,又没有办法前进。他不得不再往回走几步,这使他感到很不耐烦。她打乱了他和这个大教堂的无比热情的精神交往,他的眉头皱了起来。

"噢,这个可太好了!"她又一次叫喊着说。"这还是那个女人——你瞧!——只不过他让她生气了!这模样真是太可爱了!他是不是把她雕得有点太难看了?"她高兴地大笑着,"他准是恨她吧?他一定是一个很好的男人!你瞧瞧她——这是不是雕刻得太美了!和刚才那个调皮的女人一样,把她刻成这个样子,他自己一定十分高兴。他准是对她进行报复了,是不是?"

"这是一个男人的脸,根本不是女人——一个修士的脸——胡子刮得很干净。"他说。

她不禁扑哧一声大笑起来。

"你不愿看到他把他妻子的形象放在你的教堂里,是不是?"她讥讽地说,发出一阵亵渎神灵的笑声,她带着恶意的胜利的感情大笑着。

她已经脱出了这大教堂对她的约束,她已经彻底毁灭了他所具有的热情。她非常高兴。他感到十分气恼。不管他如何努力也没有办法再让自己感到这大教堂无比神妙了。他的幻想已经破灭,他原来以为包含着上天和大地的那个绝对的东西,现在,如同对她一样,对他也变成了一堆乱七八糟的死东西——完全是死东西。

他感到一种满口嚼着泥土的味道,他心里感到愤怒已极。他痛恨她毁灭了他的一个具有重要意义的幻境。不要多久,他就会变得孑然一身,没有任何立足的地方,没有任何信念可以作为他的依靠了。

可是在他心中的某一个地方,那些似乎具有特殊智慧的羞怯的小脸在他心中所引起的反响,却比刚才他的这个大教堂所引起的完美的激情更为深刻了。

但不管怎样,此刻他的灵魂中仍有一种凄凄惨惨无家可归的感觉。他不能设想安娜会把他从爱的现实中驱逐出去。他需要他的教堂;他需要满足他那盲目的热情,可是现在他已经做不到了。他受到了某种干扰。

他们一同回家,他们都发生了变化。对于他所需要的东西,她现在也有了某些新的尊敬,而他却感到他的那些教堂将永远不可能再对他具有原来那种重大意义了。过去,他一直把它们看成是绝对的,可是现在,他看到它们蹲在天空之下,虽然其中仍包容着一个现实的阴暗、神秘的世界,但它们已只不过是一个世界中的世界,一种附带的东西,而不像过去,它们对他简直是一片混乱中的唯一世界;是一片毫无意义的纷乱中的一个现实,一种绝对概念和秩序。

过去他曾经感到,只要他能走过那巨大的门洞,从高处的一片阴暗中,朝那远处圣坛的最后的神祇望着,那时,悬浮在四周的窗户都将像镶满珠宝的屏风一样,散发出自己的光辉,到那时,他就算功德圆满了。在这里,他一直向往着的满足将已临近,围绕着这里这巨大的不可知领域的门廊,一切现实都将聚集过来,那里,祭坛就是一扇神秘的大门,一切都必须通过它才能走向永恒。

可是现在,他多少有些悲伤和失望地看到,那个门洞并不是什么门洞,它太狭窄,而且是虚假的。在这大教堂外面,许许多多飞翔着的精灵,永远也没有办法穿透那珠光宝影的阴暗。他已经失去了他的绝对精神。

他倾听着花园里画眉的鸣叫,并从中听到了一种在那些大教堂里根本不存在的音调:它表现了某种自由、无忧无虑和欢乐的情调。在他去上班的路上,他横过一片长满蒲公英的田野,他全身沉浸在其中的那黄色的光辉既是那么富丽堂皇,又是那么清新,他真高兴他现在已经远离那阴森的教堂了。

在教堂外面到处是生命。那生命已经多到非教堂所能包容的地步。他想到上帝,想到那天在他头顶上的那蓝色的苍穹。它可真是伟大而自由。他想到了希腊人的祭坛的废墟,它似乎是一座庙宇,可是直到它倒塌,并和天空、绿草、风混在一起的时候,它从来都不能说是一座真正的庙宇。

但是他仍然热爱教堂。作为一种象征,他热爱它。他为了它试图代表的东西而注意它,不是为了它所真正代表的东西。他仍然热爱它,他的花园墙那边的小教堂仍然吸引着他,他给它以充满热情的关怀。可是他去看它只是为了管理它,保存它。对他来说这是一件古老神圣的东西。他随时关心那里的每一块石头和木头结构,他经常去帮着修好那里的风琴,修补一些破损的木刻,并帮着修好教堂的家具。后来,他变成了唱诗班的领唱。

他的生活改变了它的重心,变得更为表面化了。他始终没有能够变得真正能说会道,能够充分表达自己的意志,他只能按照旧的形式继续生存下去。可是从精神上说,他可说是尚未被创造。

安娜现在全神贯注在她的那个孩子身上,她让她丈夫愿意怎么干就怎么干去。她现在十分愿意尽量推迟向不可知的现实探索的活动。现在有了这个孩子,她的可以感知的最近的未来就是这个孩子。如果她的心灵没有能表现出自己的意志,她的子宫却已经表现了。

和他的住房相邻的那个教堂对他变得非常清静和可爱了。他尊重它,把它完全放在自己的管辖之中。如果他没有什么新的活动,他可以紧抱着这种古老的可爱的礼拜形式而感到欢乐。他完全熟悉这个很小的粉刷的教堂。他沉溺在这阴暗的气氛中,又获得了自己的生命。他愿意像一颗沉入水中的石子一样,让自己沉溺在这教堂的宁静之中。

他走过他的花园,一小步一小步地爬上墙头,进入那教堂的宁静与和平之中。在那沉重的大门在他身后嘎嘎响了几下之后,他的脚便在那过道中发出了回声,他的心也和那动人的柔情和神秘的宁静发生了共鸣。像一个原打算干件什么事,结果没有达到目的半途而废的人一样,他也多少感到有些羞怯。

他很喜欢点燃风琴上的蜡烛,一个人坐在那微弱的光线中,练习几支祷告时需用的圣歌和别的曲调。粉刷得很白的拱道消失在远处的黑暗之中,风琴和脚踏键发出的声音,在教堂远处的永远不变的宁静中逐渐消失。远处的高塔发出一阵微弱的鬼怪一般的回声,接着那音乐声又一次响亮地凯旋地向远处飘去。

他不再为自己的生活烦恼了。他放松自己的意志,一切全都听之任之。他和他妻子之间的关系,虽然不是一切,却也是一件大事。她真可说是已经征服了他,她让他等待着,守候着,等待和守候着。她和那个孩子以及他自己,他们是一体。风琴奏出了他表示抗议的心声。当他摁着那风琴的琴键时,他的灵魂却躺卧在黑暗之中。

对安娜来说,那孩子就是她最高的幸福和她的一切。她的一切欲望现在都暂时停息了。在这个孩子面前,她感到非常幸福。这孩子有点过于娇嫩,喂养她很有些费事。可是她从没有想过她会死去。这是一个很娇弱的孩子,因此她有责任让她强壮起来。她不怕费尽一切力气,这孩子是她的一切。她的全部思想全被这孩子占据了。她是一个母亲。摸一摸这新生的小身子,新生的小胳膊、小腿,听听她在一片宁静中发出的细微的哭喊声,对她就已经完全够了。在这孩子的哭喊和呜呜声中,她听到了未来。当她让孩子吃奶的时候,她是在自己的手中掂量着未来的岁月。满足的情绪和对未来的憧憬在她的心中发芽,使她生气勃勃,强壮有力,整个未来都在她的手中,在这个女人的手中。在这个孩子刚刚十个月的时候,她又怀了孩子。她似乎正处于生命繁殖的风暴之中,她简直每时每刻都在忙于生殖。她感到自己像大地一样是万事万物的母亲。

布兰文整天在他那个教堂里忙着,他演奏风琴,训练唱诗班的孩子们唱歌,还在主日班教一些年轻的孩子。他也感到非常快乐。每当他星期天去给那些孩子上课的时候,他总有一种迫不及待的欢欣的感情。他随时都感到自己正在接近他从未探索过的秘密,因而无比兴奋。

在家里,他伺候着他的太太,为这个小小的女权社会服务。她也很爱他,因为他是她的孩子们的父亲。而且她始终对他怀有强烈的肉体上的热情。他已经不再希望对她拥有精神上的权威并管制她,甚至也不再要求她对他的有意识的公共生活表示尊敬了。他依靠她对他的肉体上的爱情简单地生活着,他尽力为这个小小的女权社会服务,喂孩子,帮着做一些家务,再不去考虑他的尊严和重要性了。可是他这样放弃自己的权力,完全依靠兴趣孤立地生活着,却使他显得有些不真实,变得完全无足轻重了。

安娜从没有公开为他表示过骄傲。可是很快她变得对公共生活完全不感兴趣了。他不是那种大家所谓的具有男子汉气概的男人。他不喝酒,不抽烟,也不把自己看得有多么了不起。可是他是她的男人,他要是对自己的男性权力不感兴趣,必然就使得她在他们共同生活的那个世界中处于至高无上的地位了。从肉体关系上讲她热爱他。他也能完全使她满足。他总是单独行动,遇事又总是听从别人指挥。一开头,这使她很不高兴,外在世界似乎对他完全无足轻重。如果用外在世界的眼光看他,她就止不住要对他嗤之以鼻。可是她的这种嗤笑很快就变成了一种尊敬。她尊敬他,因为他能这样简单而完善地伺候她。更重要的是她喜欢给他生孩子。她也喜欢做许多孩子的母亲。

她不能理解他,不能理解他那奇怪阴森的愤怒,和他对教堂的那种虔诚的热情。他所感兴趣的实际是教堂的建筑;可是他的灵魂似乎正热切地追求着什么东西。他不惜费尽力气擦净教堂里的每一块石头。修好每一块木板,随时调整风琴的琴键,要让唱诗班的歌声尽可能达到完美的境界。他要通过自己的努力,使教堂里的一切和教堂里的各种仪式都能井井有条;他要把这神圣的建筑完全掌握在自己的手中,并尽可能使礼拜的形式接近完美。在他的脸上,以及在他紧张的行动中,常有一种略感不安和紧张的神态,他像一个明知对方对自己不忠但仍热爱着的情人,他的爱情似乎因此更为强烈了。教堂是虚假的,可是他却因此更对它百倍关心了。

白天,他在他的办公室里工作,他让自己始终处于悬浮状态,他完全失去了存在。他机械地工作着,一直到回家的时候。

他火热地爱着那个黑头发的小厄休拉,他一直耐心地等待着这孩子会懂事起来,现在她是完全被她妈妈独占了。可是他的心却躲在黑暗中等待着,他的机会总会来到的。

慢慢地,他终于学会对安娜更为听话了。她强迫他在精神上接受了她的那一套法令,至于细节如何全让他自己去决定。她跟他身上的魔鬼进行了一番斗争。由于他的无法解释的莫名其妙的愤怒情绪,她不知吃了多少苦头。一到那种时候,他便似乎完全晕头转向,而且一阵黑风吹来,仿佛把和他有关的一切全都吹得无影无踪了。她可以感到,她自己以及一切东西都被他消灭尽净了。

起初,她总是和他进行斗争。夜里遇到这种情况他常会跪下去向上帝祷告。她呆呆地看着他的趴伏着的身体。

"你干什么跪在那里,装出一副做祷告的样子?"她生气地说,"你认为一个人像你那样满肚子气鼓鼓的,还能祷告吗?"

他仍然一动也不动地跪在床边。

"这太可怕了,"她接着说,"纯粹是装模作样,你现在假装着在祷告什么呢?你是假装着向谁祷告呢?"

他仍然一动也不动地呆着。难堪的愤怒在他胸中翻腾,他简直感到他的整个身体快要四分五裂了。他在生活中似乎永远在和自己较着劲儿,不知什么时候就会突然出现这种阴森、复杂的愤怒情绪,这时他简直恨不得把一切都毁灭掉。那时她总和他进行斗争,他们的斗争真是可怕,有时候真是在玩命。

那期间,他们之间的狂热情绪也是那么阴森可怕。

可是慢慢地,她已经学会怎样更好地爱他了,学会有时暂时把自己搁在一边。而且每当她感到他的脾气又要发作的时候,她完全不去理睬他,她只顾去干她自己的事,而让他待在他自己的世界中。这样结果倒非常好,最后他不得不跟自己进行一番严肃的斗争,希望能再回到她的身边去。因为最后他已经慢慢知道,他如果不能回到她身边,那他就跟活在地狱中差不多了。所以,他不得不对她力求顺从,她也害怕看到他眼睛里那种紧张的丑恶的情绪。于是她又对他如胶似漆,转眼间,完全任其癫狂了。这时他会对她的热爱表示无限感激,并变得十分谦虚。

他自己搭了一个木头棚子,在里面修整教堂里被毁坏的东西,所以现在他有许多工作要做了。他的妻子,他的孩子,教堂,木刻,公司里的工作,都要花费他很多时间。要是他没有自己的某种限制,没有忽然间两眼漆黑的状况该会多好啊!到最后他总不能不对它让步。他必须屈从于自己的不足,这是他生命中的缺陷。甚至他自己也极希望弄清楚他忽然大发脾气的根本原因,以便事先有所准备。可是,由于后来她对他越来越温柔,他的脾气也就不像原来那么大了。

有时,他非常安静地坐在那里,脸上露着空虚的微笑,这时安娜几乎可以从他的微笑中看出他的痛苦。他知道自己的局限性,知道在自己生命中有某些尚未形成的东西,某种尚未成熟的花苞,某种紧紧裹住的黑暗的中心,这黑暗的中心只要他的身体还处于非常活跃的时期是不会自己发展,自己展开的。他还没有做好完成自己使命的准备。他身上的某种尚未发展的东西限制着他。他身上有一种他无法使它展开,它也永远不会展开的黑暗。

第 八 章
孩　子

　　起初,这孩子在年轻的父亲心中激起了一阵他自己都不敢承认的无比深刻和强烈的情绪。这情绪是如此强烈,仿佛是从一片黑暗中突然涌现出来的。他一听到那孩子啼哭就感到惊骇,因为从他心中无限远的地方忽然传来一阵回声。他必须充分了解存在于他心中的这危险的而又近在眼前的距离吗?

　　他把那婴儿抱在怀中,不停地来回走动着,他自己的血肉的哭泣让他感到非常不安。这是他自己的血肉在哭喊!他的灵魂马上越过存在于他心中的那段距离,离开他起而抗议了。

　　有时在夜里,那孩子哭了又哭,老是哭个不停,而那时夜已很深,他又困得直想睡觉。他有时在半睡半醒的状态中把手伸过去,盖在孩子脸上,不让她再啼哭。但是有什么东西抓住了他的手;这种非人的、令人难以忍受的没完没了的哭泣使他呆住了。这完全不像是人的哭声,没有原因也没有目的。可是那声音却直接引起他的共鸣。他的灵魂也会和它的这种疯狂情绪相呼应。这使他心里充满了恐惧,不,他要发狂了。

　　他慢慢学着对这种情况尽量忍耐,学会屈从于这可怕的被抹杀掉的根源,而这个实际也是他自己的活着的身体所由来的。他并不是他自己所想象的那个人!他就是他,不可知,具有一定潜力,阴森、模糊。

　　他渐渐对那个婴儿习惯了些,他知道如何把她的小小身体举起来,让她站在自己的手中。这孩子有一个漂亮的圆圆的脑袋,让他看着高兴得不得了。他不惜流尽最后一滴血,也要保卫这个精美的、最完美的圆脑袋。

　　他慢慢对她的小手小脚,她的奇怪的还不会看东西的金黄色的眼睛,以及她的只会张开大哭大叫,或者吃奶,或者做出一个无牙的笑的嘴都熟悉了。他甚至对她的那两只吊着的腿也已有所理解,尽管那双腿最初曾使他感到厌恶。他现在看到那双腿自己也能踢动几下,也有它们自己的温柔之处。

有一天晚上,他忽然看到这个有生命的小东西浑身光着,在妈妈的怀里打滚,他马上感到极不舒服。这孩子是那么无力自卫,那么容易受到攻击,而且那么新奇;在一个由许多坚实的平面和不同的高度组成的世界中,这孩子却浑身光着,毫无自卫能力地躺在那里。可是她看来似乎很高兴。然而,在婴儿盲目而可怕的哭声中,是否也包含着由于自己赤身露体、无力自卫而产生的盲目的遥远的恐惧,因自己无能为力而完全交托于他人之手的恐惧呢。他不忍看到她啼哭,他的心揪成一团,为了守卫她,他简直要和整个宇宙进行斗争了。

可是他一直等待着这可怕的日子早点过去;他看到欢乐的时刻快来临了。他看到那孩子的可爱的奶油般的小耳朵,看到她的暗黑的头发慢慢变成了古铜色,变得像棕黄色的绒毛。他等待着,等待她变为他所有。她将会看着他,回答他的话。

孩子有她自己的生命,可是这是他自己的孩子。在这孩子身上跳动着的是他自己的血和肉。他无比热情地大笑着,把孩子慢慢地搂在自己的怀里,这孩子已经认识他了。

在那新张开,刚开始有知觉的眼睛看着他的时候,他希望那双眼睛能看见他,能认识他,这样他的想法就算得到了证实。这孩子认识他,在她的脸上出现了为他而发的一阵奇怪的笑容。他把她搂在自己胸前,胜利地大笑着。

这孩子的金棕色的眼睛慢慢更亮起来,她一看到她年轻父亲的深色的脸就把眼睛睁得更圆了。孩子对妈妈更熟悉一些,她要妈妈的时候更多。而父亲却有更多的机会享受到最热情的狂喜。

孩子开始越变越壮实,她自由自在使劲地活动着,嘴里也开始牙牙学语,她现在已经是一个小姑娘了。她已经更熟悉他的强健的双手,在他使劲搂着她的时候,她感到非常高兴。当他和她玩的时候,她大笑着,发出一阵阵咯咯声。

他对这个孩子的热情简直已经达到炽热的程度。她还不到两岁的时候,第二个孩子又诞生了。这之后,他就把厄休拉看作属他所有,她是他的第一个小女孩,他决定把全部心思都用在她身上。

第二个孩子生着一双深蓝色的眼睛和雪白的皮肤:大家说,她更像布兰文家的人。她的头发的颜色很淡,可是他们忘了,安娜小时候也长着一头很硬的像金羊毛一样的头发。他们把这个新来的小家伙叫古德伦。

这回安娜的身体更好一些,也不像当时那么急躁了。这孩子仍然不是一个男孩,她也不在意了。她能够有奶可以喂她的孩子,这就完全够了:噢,噢,那小小的生命从她身上吮吸着奶汁,这是多么令人高兴的事!噢,噢,当孩子越长越壮,当孩子的两只小手盲目地充满热情地在她的乳房上胡乱抓着,她那小小的嘴盲目地却又似乎很有把握,似乎完全有知觉地寻找着她的乳房,当她的小嘴和喉咙开始吸着,吸着,吸着,从她身上吸吮着生命,以便发展一个新的生命的时候,她的小身体便忽然安静下来,她的发疯一样地抓着奶头的小手慢慢缩了回去,这时她简直是带着无限的狂喜在哭泣着接受自己的生命,这时她所感到的幸福是无法否认的。这对安娜来说就已经很够了。她似乎进入了一种母性的狂喜状态,她的这种母性的狂喜,让她把什么都忘了。

所以现在,父亲占有着那个较大的、已经断奶的孩子,小厄休拉的金黄色的生动的眼睛似乎是专为他而生长的,他总是跟在妈妈身后,直到这孩子需要他的时候。妈妈有时也不免感到有些嫉妒,不过她的心现在是更多地用在小妹妹身上了。这姑娘是完全属于她的,她的一切需要都直接依靠着她。

就这样,厄休拉变成了爸爸最心爱的孩子,她是一朵小花,他是那太阳。他对她既有耐性,也不辞辛劳。他挖空心思,教给她许多有趣小玩意儿,他尽她的小小头脑能力所及学到许多东西,想到了许多问题。她用她毫无制约的孩子的笑声和表示欢欣的叫喊,来回答他的热情。

现在家里有两个孩子,于是找来一个女用人帮着做些家务。安娜专管带孩子,同时看两个孩子对她不算什么。可是,现在她有了孩子,除了照顾孩子她对其他任何事都非常厌恶。

厄休拉学着走路的时候,她总是那么全神贯注,总在那里自己寻找乐趣,所以并不需要别的人对她十分关心。到晚上临近六点的时候,安娜常常走过篱笆旁边的小道,举着厄休拉走过一片田野,嘴里叫喊着:"咱们接爸爸去。"这时,布兰文爬上了那个小山,就会看到在那条小路的尽头,有一个长着黑脑袋的小家伙在风中摇摇晃晃地摆动着,这小家伙一看到他便会迈着细碎的小步子,像风车一样向他跑去,不停地对他晃动着她的胳膊直向山下跑。他的心急剧跳动起来,他尽快向她跑去,抓住她,因为他知道她是一定会摔倒的。她不顾一切噼噼啪啪地跑过来,拼命晃动着她的小胳膊。当他把她抱起来的时候,他感到非常高兴。有一次,在她朝他飞跑过来的时候跌倒了,他眼看着在她正向他举着双手跑过来的时候突然摔倒;他把她从地上抱起来,她的嘴已经流血了。他一想到这件事就感到非常不安,甚至在他已变成一位老人,而她也已变得和他十分生疏的时候仍是如此。他是多么热爱那个小厄休拉啊！——在他第一次结婚，他自己还是一个小青年的时候，他的心便几乎已为她破碎了。

等到她长大了一点的时候，他有时毫不顾惜地看着她穿着小红裙子爬过一步步阶梯，危险地摇晃着，有时摔倒在地，自己爬起来再向他匆匆跑来。有时候她喜欢坐在他的肩膀上，有时候她宁愿和他牵着手走，有时候她用双手抱着他的腿待一会儿，然后独自向前跑去，这时，他和她在一起似乎也变成了一个孩子，跟在她后面咿咿呀呀地叫着。他那时还只不过是一个又高又瘦毛毛糙糙的二十二岁的小伙子。

他给她做出了她的摇篮，她的小椅子，她的小凳子，她的高椅子；有时他两手提着她一下把她抛到桌子上去。他还用一个旧桌子腿给她刻了一个小木头人，在他刻的时候，她在一旁观望着叨叨说：

"给她做上眼睛，爹地，给她做上眼睛！"

于是他就用刀给她刻上一双眼睛。

她非常喜欢打扮自己，因而他有时绕着她的耳朵拴上一根棉线，下面拴上一个蓝珠子给她作耳环。有时这耳环是一个红珠子，或者是一个金珠子，或者一颗很小的珍珠。有时，他晚上回家的时候，看到她仰着头非常严肃的样子坐在那里，他就会走过去对她说：

"那么你今天是戴上了你的镶金的珍珠耳环了，是吗？"

"是的。"

"我想你今天是见过女王了吧？"

"是的，我去见过女王了。"

"噢，她讲了些什么？"

"她说——她说——'你可别把你那漂亮的白衣服弄脏了。'"

他总是把菜盘子里最好的东西给她吃，把那些东西喂进她红润的小嘴里。他有时用果酱在她的黄油面包上做上一个小鸟：这样她吃起来就感到特别有味了。

把吃饭的家什刷干净以后，那个女用人就走了，于是全家人就能过得更自由一些。在一般情况下，布兰文总帮着给孩子们洗澡。当他让一个孩子坐在他膝头上，给她脱衣服的时候，他总是跟她讨论许多问题。有时，他那样子真像是在讨论什么重大问题，或者什么道德伦理观念。接着，忽然间她看到房子旮旯儿里滚着一个玻璃球,于是她不再听他讲话,匆匆跑了过去。她过去拾到玻璃球后总是迟迟不肯回来。

"快回来。"他说,安心地等待着。她忙着她自己的,根本不予理睬。

"快回来。"他用一种下命令的口气重复说。

她止不住偷偷笑笑,仍然假装正在忙着什么。

"你听见了吗,小太太?"

她无比高兴地大笑着,对他转过脸来。他连忙跑过去,从地上把她一把揪过来。

"是谁刚才不听话来着!"他说,用两手使劲揉搓她,在发痒的地方挠她。她非常开心地大笑着。她喜欢他这样依靠自己的力量,把自己的意志强加给她。他是那么强大,简直成了高得她没法看清的力量的高塔。

有时候,孩子上床了,他和安娜由于没有什么事可干,就坐在那里天南地北地瞎聊。他很少看书。任何作品如果能吸引住他,那它对他就变成了火辣辣的现实,仿佛是他窗子外面的另一种景象。而安娜在看书的时候总是跳着看看书里讲了个什么故事,这样她就觉得很够了。

所以他们俩就常常这样随便闲聊着。真正有关他们俩的关系的一些问题,他们都感到没法谈。他们的话语不过是他们共同保持的沉默中的偶然现象。他们在一起谈话的时候,总是谈一些张家长李家短的琐事,她现在不愿意做女红了。

她有时坐在那里高兴地沉思着的时候,那神态显得非常美丽,仿佛她的心变得一派通明了。有时候她也会大笑着转向他,给他讲一些那天白天曾发生的无关紧要的事情。他听到后也会笑一笑,彼此议论几句,然后便又沉入始终存在于他们之间的十分具体的沉默之中。

她很瘦,可是精力充沛,气色也很好。她可以整天什么也不干,就那么离奇而懒散、庄严地坐在那里,简直和皇后一样无忧无虑,对什么都毫不在意而又充满了信心,在这种情况下她只会感到无比幸福。他们之间的关系尽管说不清,却是十分牢固的。这就使得任何第三者都不能不靠后一些。

自从她认识他以来,他的面容始终没有任何改变,只不过显得比过去更严肃一些罢了。他的脸又红又黑,不大像一般人的脸,可是却有一种很强烈的十分引人注意的光彩。有时,他们俩的眼神相遇了,从他的眼睛里发出的一道黄色的闪光常会使得一片黑暗像电光一样掠过她的意识,这时他的脸上便会露出一点奇怪的微笑。她这时则会懒懒地把眼光移开,接着合上眼睛,仿佛受到了催眠一般。然后,他们俩同时进入那强有力的黑暗中去。他具有一个年轻的小黑猫的气质,整天忙着自己的事,从不被人注意,可是他的存在本身慢慢总会抓住别人的心。他就这样偷偷地强有力地抓住了她。他的叫喊并非对她而发,而是呼唤着她心中的什么东西,那东西从她的无意识的黑暗之中作出了微妙的回答。

所以他们俩总是在一片黑暗之中,热情,像闪动着的电光,永远在一天的背面进行活动,从来不进入到光线之中。在光亮的地方,他似乎就想睡觉,什么也不知道了。当黑暗让他完全自由的时候,只有她能够认识他,在黑暗中他能够用他闪着金光的眼睛看清自己的意图和自己的各种欲望。这时,她仿佛被符咒迷住了,这时,她便会用她灵魂的一次轻轻的跳跃回答他那尖厉的深深透入人心的呼唤,这时黑暗已惊醒过来,像充电一样,充满了一种无人知晓的无比深刻的含义。

现在他们彼此已经十分了解了。她是白天,是白天的光亮;他是阴影,阴影被暂时放在一边了,可是那阴影里却充满了无比强烈的情欲。

她慢慢学会既不怕他也不恨他,而只是让他充满她自己的心灵,把自己交给他那在白天始终隐藏着的黑色的情欲的力量。如果有什么东西在生活中,在有意识的生活中和她作对,或者威胁着她,别具深意地转动几下眼珠已经成了她惯常的做法。仿佛她现在已脱离开普通人的意识,进入了某种出神入化的状态。

所以,他们在光明中一直保持着分立的状态,而在浓密的黑暗中结婚了。他拥护她白天的权威,最后更把它看作是神圣不可侵犯的东西。而她在整个黑暗中全部属于他,属于他的令人喜悦的催眠般的亲昵。

他的全部白天的生活,全部公共生活都只是一种睡眠状态。她希望获得自由,让自己属于白天。他对白天的工作却避之唯恐不及。吃过午茶之后,他就躲到棚子里去干他的木工活或者木刻。他现在正在修整那补过多次的破旧的讲台,需要让它恢复原来的样子。

可是,他总喜欢那孩子在他身边,在他的膝前玩耍。她是真正属于他的一片光明,她始终在他的黑暗中游玩着。他总把木棚子的门闩上,有时通过他自己的第二感觉知道她要来了,他便感到十分满意,心情马上安静下来。当他单独和她在一块儿的时候,他不希望她注意到他,和他讲话。他希望过一种没有思想的生活,仅仅让她在他的意识前面晃动。

他常常一声不响地走进木棚里去。那孩子有时就会推开棚子的门,看着他卷起袖子在灯光之下工作。他的衣服胡乱披在身上,像是披着一些布料。在内心深处,他的身体却正围绕着一种完全属于他自己的、孤立的、具有很大灵活性的力量。厄休拉从她还是个很小的孩子的时候,就记得他的小臂的样子,那胳膊长满了黑色的细毛,非常灵巧,用一种敏捷的、让人注意不到的、始终藏在沉默中的动作,在木凳上工作着。

她走进木棚子门里的时候总要待一会儿,等着他注意到她的来临。他转过身来,轻轻皱一下他的黑色的弯曲的眉毛。

"嘿,你来了,喊喊喳喳小姐!"

他走过去把门关上,现在待在这充满木头的香味、刨子、锤子或者锯木声的棚子里,她感到非常快乐,而她也可以像一个正在干活的工人一样保持沉默。她专心一意地在刨花和一些小木块中玩着,她从来不去碰他:他的脚和腿就在她身边,但她决不走过去。

当他夜晚上教堂去的时候,她也喜欢跟在他后面跑。如果他必须一个人先去,他也会把她抱过墙来,让她慢慢跟去。

当他们把教堂大门关上,独自待在雄伟、阴暗、空荡荡的大厅里的时候,他们也感到无比高兴。她看着他点燃风琴上的蜡烛,等着他开始练习各种曲子,这时她便会像一个圆睁着眼睛在黑暗中自己玩耍的小猫一样,到处跑着玩。连接在钟锤上的绳子从老高处拖下来,一直拖在地板上,厄休拉老是想抓住红白色或蓝白色的绳子圈。可是她总也够不着。

有时她妈妈来,要把她弄走,这时这孩子就会非常怨恨。她强烈地仇恨她母亲这种表面的权威。她希望强调她自己的独立性。

可是,她父亲有时残酷得让她感到十分惊愕。他让她在教堂里到处玩,把许多脚凳、祷告书和跪垫全乱七八糟地堆在一起,让她像花丛中的蜜蜂一样在那些东西中间玩耍,耳边不停地响着风琴的声音。这种情况常常可以连续好几个星期。管教堂清洁工作的女人越来越生气,最后终于对布兰文开始攻击,有一天,她像一个女妖似的向他猛冲过来了。他感到非常气恼,恨不得把这个老女人的脖子给扭断。

但结果他只是大发脾气地跑回家去,对厄休拉叫喊着说:

"你这个淘气的小猴子,你在教堂里玩,不到处把东西弄得乱七八糟的不行吗?"

他的声音像猫叫一样显得十分严肃,眼睛里已经没有那个孩子了。她痛苦而恐惧地躲到一边去。这是怎么啦,这情况够多么可怕?

妈妈这会儿几乎是以一种超然的神态慢慢转过身来说:

"她什么事干得不对了?"

"什么事?她以后再也别上教堂里去了,她把什么东西都搞坏,一切都搞得乱七八糟。"

这位太太慢慢转动了几下眼珠,耷拉下她的眼皮。

"她把什么东西搞坏了呢?"

他也说不清。

"刚才威尔金森太太跟我大吵大闹,"他大声说,"说了一大堆她干的好事。"

他在说到她时用的那个充满愤怒和厌恶的"她",使得厄休拉感到痛苦至极。

"你让威尔金森太太到我这儿来说说,她到底干了些什么,"安娜说,"这些事应该先让我听听。"

"并不是因为这孩子干了些什么,"妈妈接着说,"让你发这么大脾气,而是那个老女人跑来找你谈话,让你受不了。可是在她对你进行攻击时,你又没有能力对她反击,你这就把脾气带到家里来发。"

他慢慢地一声不响了,厄休拉知道他做得不对。在外在的这个更高的世界中,他是不对的。这孩子慢慢体会到一种不属于哪一个个人的世界。她知道在那里她妈妈永远是对的。可是她心里仍为她的父亲感到不安,她希望他在他那阴森的充满性欲的世界中永远是对的。可是他现在生气了,他又进入到那阴森的残酷的沉默之中。

那孩子依然到处跑,对生活充满了兴趣。她外表很安静,但心里充满了喜悦。她并不注意所有的事情,也注意不到许多变迁和变化。今天她会在草地上找到雏菊,明天落下的苹果花会把地面铺成一片白,而她却会同样高兴地在上面跑着玩。然而不久后,鸟儿又会在樱桃树梢啄食樱桃了。她的父亲又会从树上扔下樱桃来,扔在她身边,到处都是。又不久,田野里又堆满稻草了。

她不记得过去曾经发生过什么,将来又会怎样,外边的事情每天都在那里发生着。她永远是她自己,外在世界的事情都是些偶然事件。甚至她母亲,对她说来,也是偶然出现的:不过碰巧这情况延续了很长时间罢了。

在她的孩子的意识中,只有她父亲占据着某种永恒的地位。他回来的时候,她模糊地记得他当时是怎么走的,他离开家的时候,她模糊地想着她一定会等他回来。至于她母亲,她从外面回来只不过表明她回来了。她没有任何理由把她离去的事和她联系起来。

父亲的回家和出门可是这孩子老不能忘记的一件事。他回来了,便似乎有某种东西在她的思想中觉醒起来,她似乎在想望着什么。他脾气不好,或者生气或者疲劳的时候,她也完全知道:这时她就会感到不自在,老是安不下心来。

只要他在家里,那孩子就感到心里很踏实,感到温暖,仿佛待在阳光下感到无所欠缺。他如果离开了,她就感到头脑昏昏然,把什么事都给忘了。即使在他咒骂她的时候,她想他比想到她自己还要更多一些。他是她的力量,是她的更大的自我。

厄休拉刚过三岁的时候,她妈妈又生了一个小妹妹,后来她们姐妹俩,古德伦和厄休拉在一起的时间就比较多了。古德伦是一个很沉静的孩子,她常常一个人一玩几个小时,沉浸在她喜欢玩的一些玩具中。她长着一头棕色的头发,皮肤又白又嫩,为人出奇地沉静,仿佛没有任何个人主见,而事实上她一旦下定决心,她的意志是无比坚强的。从一开头,什么事她都让厄休拉领头,然而,她自己有她自己的一套生活方式,所以看着她们俩在一块儿玩让人觉得实在有趣。她们像两个小动物一同出去游玩,可是实际上谁也没有把对方放在心上。古德伦是妈妈最喜欢的孩子——只不过安娜的生活被最小的一个孩子占据了。

这么多人成了他的负担,压得这个青年有些喘不过气来。他在他的办公室里有他的工作,那些工作他是凭着他的意志力在那里干的。他对教堂还有他的那番没有任何结果的热情;他还有三个年纪幼小的孩子。此外,这段时间他的健康情况也不很好。所以他脸色很坏,脾气也很暴躁,在家里常常惹得人人讨厌。这时家里人就会告诉他去干他的木刻,或者上教堂去。

在他和幼小的厄休拉之间慢慢出现了一个奇怪的联盟,他们彼此都很了解。他知道那孩子始终是和他站在一边的,可是在他的思想上,他并没有把这当一回事。她总是替他说话,他认为这是理所当然的事。可是尽管她还只不过是一个很小的孩子,他却依靠她作为他生活的基础,依靠她的支持和她的同情。

安娜仍然沉浸在母性的强烈的出神状态之中,她永远很忙,常常弄得很烦躁,可是永远处于那母性的出神状态之中。她似乎正生存于她自己的花果繁茂时期,太阳也仿佛以加倍的力量照在她身上。她皮肤红得发亮,眼睛里充满了具有强烈生殖力的阴影,她的棕色头发松散地挂在她的耳朵两边。她看上去显得无比富饶,没有任何需要她负责的事情。没有什么责任感让她感到不安。至于外界的公共生活,在她看来简直连半文钱也不值。

至于布兰文,才刚刚二十六岁就发现自己已经是四个孩子的父亲,一个老婆,像田野中鲜艳的百合一样,完全自得其乐地生活着;而他却不能不感到压在身上的责任重担,他完全被这种负担拖累住了。正是在这个时候,他的孩子厄休拉才极力和他站在一边。甚至她才只是一个四岁的小娃娃的时候,在他生起气来,大喊大叫,弄得满屋子人都很不痛快的时候,她也是和他站在一起的。他的叫喊使她感到痛苦,但她感到这似乎不是他的本来面目,她希望这一切马上过去,她希望很快再恢复和他的正常关系。在他很不愉快的时候,那孩子总想到他心里有什么极不痛快的事,因而盲目地做出反应,她的心总是追随着他,仿佛他和她有某种特殊的联系,有某种他无法表现出来的爱情。她的心也始终怀着它的爱情,坚持不懈地追随着他。

可是那孩子不可能不模糊地感到她自己的渺小和无能,可悲地感到自己起不了什么作用,她什么事也干不了,她解决不了任何问题。她不可能对他有任何重要性。这种思想从一开头就使她万分苦闷。

然而,她却始终像一个跳动着的指南针随时都追随着他。她的全部生命便是靠她对他的知觉,对他的存在的体会指引着。她始终反对她母亲。

她父亲是她的意识开始觉醒的黎明。可是他觉得,她本来也可以和别的孩子,和古德伦,和特里萨,和凯瑟琳一样,整天和花朵、小昆虫和一些玩具在一起,除了一些引起她注意的具体的事物之外,便不再另有自己的存在了。可是,她父亲和她太接近了。他用手抓住她,使劲将她搂在自己胸前,因而使这个孩子在从无意识进行过渡的过程中,被痛苦地惊醒了,她圆圆地睁着一双什么都看不见的眼睛,在她还不知道如何观看的时候醒了过来,她觉醒得太早了。她太早地被人唤醒,在她还是一个极小的娃娃的时候,她父亲就把她紧紧搂在怀里,她沉睡着的心被他的一颗更大的心所激励,被他为了爱情,为了得到满足使她紧贴着他的身子的热情给唤醒,并对它提出了一块磁石随时提出的要求。她极力挣扎着,做出了阴暗不明的模模糊糊的反应。

农村的穿着是十分随便的,厄休拉小时候经常穿着一双木底鞋到处噼噼啪啪地跑着,在她的很厚的红布衣裳外边罩一件蓝色的外衣,一块红色的头巾兜过她胸前在她后背系着,就这样她和她父亲一块儿上菜园子里去。

他们一家都起得很早,他每天早晨六点就开始在菜园子里锄地,八点半他就上班了。厄休拉一般都跟着他在菜园子里干活,尽管她总离他稍稍远一些。

有一年的复活节,她帮他种土豆,这是她第一次帮他干活儿。许多年后那情景还一直生动地留在她的脑子里,成为她早年的记忆之一。他们在天刚亮不久就出门了,冷风在不停地吹着,他把他的旧裤子塞进长筒靴里,他没有穿外衣,也没有穿坎肩,衬衫袖子在风里飘动着,他的脸红红的像没有睡醒似的。他一干起活儿来便似乎什么也听不见,什么也看不见了。他个子又高又瘦,看上去还是一个青年,厚厚的嘴唇上长着一排黑色的胡子,淡棕色的头发披在额头上。在天刚蒙蒙亮的时候,他便独自在菜园子里干活了,他那孤独的神态简直让那个孩子着迷了。

冷风越过碧绿的田野吹过来。厄休拉跑过来,看着他拿着下种的竹扦在准备好的土地上,这边插一扦,又一步跨过去在那边插一扦,把绷紧的底线拉直,不让翻起的土块给压着,接着那锃亮的铁锹一下下咔哧咔哧地响着,朝着她移动过来,在这边新的松软的土地上又挖出了一条沟。

他把铁锹插在地上,直起身子。

"你要帮我干点活儿吗?"他说。

她从她的小毛线帽子下面抬头看着他。

"来吧,"他说,"你可以帮我把土豆芽放进去,你瞧——就这样——让这些小芽儿像这样朝上站着——隔这么远一棵,你瞧见了。"

他迅速地弯下腰去,把发芽的土豆稳妥地放在松软的土坑里,让它们各自孤独地待在冷冷的泥土中。

他递给她一小篮子土豆,然后大步走到那垄地的另一头去。她见他弯着腰一路朝她干过来。她感到很激动,对这情况很不习惯。她往坑里放进一块土豆,把它摆弄来又摆弄去,要让它端端正正地待着。有些土豆芽儿让她给弄断了,她感到害怕。一种责任感像捆着她的一根绳子使她十分激动。她禁不住恐惧地看看那根被埋在泥土下面的绳子。她父亲离她越来越近了,老弯着腰越来越近。她在一种责任感的逼迫之下把一块块的土豆匆匆放进冰冷的泥土中去。

他已来到她的身边。

"别放得这么近。"他说,在她放的土豆上面弯下腰,拿出一些,把其余的重新安排一番。她站在一边,感到一个孩子的无能而痛苦恐惧万分。他对什么也不细看一看,只是充满了信心。她的确想做点事情,可她没有那个能力,她站在一旁观望着,她的小蓝外衣在风中飘动,她那红色的羊毛头巾拴着的两角在她的背心上噼啪地拍打着。接着,他走过这一垄来,毫不留情地用锋利的铁锹把所有的土豆都给埋上了。他对她完全没有在意,只是一心干活,现在在她之外,他还有另外一个世界。

她站在那里,无可奈何地和他的世界纠缠在一起。他继续干着他的活儿。她知道她没有办法帮他的忙。感到有点绝望,最后她转身走开,沿着菜园里的路跑去,远远离开他,越来越远地离开他,忘掉了他和他的工作。

他发现她不在了,马上开始想念她,想念她那红色毛线帽子下面的小脸,想念她那在风中飘动的蓝色的外衣。她跑到一个小溪边,那里有一股很小的流水在一片青草和乱石中淙淙地流淌,她非常喜欢那个地方。

当他走到她身边的时候,他说:

"你可没给我帮多少忙。"

那孩子呆呆地看着他。由于她自己感到很失望,她的心已经很沉重。她瘪了瘪嘴,一句话没说。可是他没有注意到,他马上走开了。

她继续在那里玩,因为越是在她玩着的时候,她失望的心情越是沉重。她害怕工作,因为她不可能和他一样干活。她意识到在他们之间存在着一个很大的距离。她知道她没有力量。成年人可以按自己的意愿干活的能力使她简直感到神秘。

他有时会对她孩子式的做法给以毁灭性的打击。她妈妈可是宽容多了,对什么都不十分在意。孩子们只要自己愿意,常常整天在一块儿玩。厄休拉一般什么也不想——她为什么要记住许多事情呢?如果在走过菜园子的时候她看到篱笆上已经有了花苞。如果她需要这些嫩绿的石竹花,需要它们做成面包和奶酪,好拿去过家家玩儿,她就会马上跑去把它们摘来。

可是也许就在第二天,她父亲会忽然向她跑来,使她吓得魂都不在身上了。他对她大喊大叫着说:

"是谁在我下过种的地里乱跑乱踩来着?我知道准是你,讨厌的东西!

你不能另找一条道走吗,偏要踩坏我育的种子?你什么时候都是这样,一点不假——什么也不放在心上,就是听任你那贪心的鼻子引着你到处乱跑。"

在他自己专心干活的那个世界中,看到一条弯弯曲曲的很深的脚印踩坏了他的种子,让他实在非常吃惊。可是这孩子感受到的惊恐更不知比他大多少倍。她的容易受到攻击的小小的灵魂受到了鞭打,并被踩在脚下了。那里为什么会有脚印呢?她并不想留下那些脚印。她昏昏然站在那里,痛苦、羞愧、莫名其妙。

她的灵魂,她的意识似乎慢慢死去了。她似乎已脱离这个世界,变得毫无知觉了。她似乎已变成一个失去活动能力的小生物,它的灵魂已经僵化,已经对外在的世界失去知觉了。一种属于缥缈境界中的感觉,像一阵风霜一样使她僵化。她什么也不在乎了。

看到她的脸上摆出一副对什么都不在乎的超然物外的神态,使他不禁感到怒火中烧。他一定要把她给制服了。

"我要打烂你这个顽固的小嘴脸!"他咬牙切齿地说,举起一只手来。

那孩子一动也没动。那对什么都不在乎,对什么都全然无所谓的神态,丝毫没有改变,仿佛在这个世界上,除她之外,什么都不存在了。

可是,在她内心深处的极远处,一阵哭泣声撕裂着她的心灵。在他走后,她一定会爬进客厅的沙发下面,一声不响地躺在那里,躺在她那孩子的苦难之中。

过了一个多钟头之后,她爬了出来,迈开她的两只僵直的腿仍去玩她的。她极力希望忘掉这一切。她极力想从她的记忆中排除掉她这种幼小心灵的感受。这样,那痛苦,那羞辱的感觉就不会显得那么真实了。她尽量只突出她自己。现在,在这个世界上,除了她自己就什么都没有了。所以很快,她就开始相信外在世界的一切都是对她怀着恶意的。从很早的时候起,她就渐渐意识到,甚至她最崇拜的父亲也是这种恶意的一个组成部分。所以很早她就学会硬下心肠,对她身外的一切都极力加以抗拒和否认,甚至对自己的存在也采取漠然态度。

她从来没有为她自己所干的事感到抱歉,她从来不肯宽恕那些使她犯罪的人。如果他对她说,"嗨,厄休拉,是你踩坏我精心经营的苗圃吗?"这会使他感到十分痛心,她就会尽一切力量来补救自己的过失。可是,外在事物的不真实性常常使她感到苦恼。大地原是让人走路的,为什么有人把一块地方叫作苗圃,她就一定得躲开它呢?她走的是大地。这是她本能的想法。他既然那样恐吓她,她就横下一条心,和外在的一切都断绝关系,独自生活在由她自己的强烈的意志组成的那个小小的孤立的世界之中。

在她慢慢长大,到了五六岁、六七岁的时候,她和她父亲的关系变得更紧密了。可是这种关系常常紧张到了几乎要破裂的程度。她常常靠着自己的强烈意志,重新回到她自己的那个孤立的世界中去。这就使得他忍不住要咬牙切齿,因为他仍然需要她。而她却狠下心来,退入了她自己的那个无法攻入的宇宙中去了。

他非常喜欢游泳,在天热的时候,他常愿意到运河边,找一个安静的地方,或者到大池塘或水库去游泳。他下水的时候总喜欢把她背在背上,她则紧紧地抱住他,明确地感觉到他在她的身子下面进行着强烈的活动,那活动是那样强烈,仿佛完全能够支撑着整个世界。然后,他再教她游泳。

她是一个无所畏惧的小家伙,他鼓励她干什么,她都敢干。他同时还有一个奇怪的愿望,总想吓唬吓唬她,看看她会对他有什么样的反应。他问她敢不敢趴在他的背上,跟着他从运河桥上跳到下面的深水里去。

她也愿意。他喜欢一个光身子的孩子趴在他肩上的那种感觉。在他们两人的意志之间一直在进行着一种奇怪的斗争。他爬到运河桥的桥头上去了,河水离桥相当远,可是那孩子早已有一个完全信赖他的坚强意志。她使劲贴在他身上。

他跳了,他们一块儿往下落去,当他们进入水中的时候,水的强大的冲力打在这孩子的小小的身体上,一时间几乎让她失去了知觉。可是她仍然抓得很牢。当他们又回到水面,一同游到岸边,在草地上并排坐下的时候,他大笑了,并说刚才这跳水十分有趣。那孩子却圆睁着乌黑的眼睛,阴森地、糊里糊涂地看着他,刚才的惊恐还使她有些晕头转向,但她却毫不外露,让人难以捉摸,这样他更大笑得前仰后合了。

过了不一会儿,她又紧紧地趴在他的背上,两人一起在深水里游泳了。自从她生下来以后,她对他光着的身子,对她妈妈光着的身子,都早已习惯了。他们常会两人紧紧地搂在一起,以此作为他们所受到的那种奇怪的打击的补偿。可是几天之后,他又可能带着她从桥上不顾一切地,甚至是恶作剧地跳下去。直到最后,有一次,在他往下跳的时候,她从他的头上滑出去,差点儿扭断他的脖颈。他们就那样乱七八糟地在水里瞎轱辘,挣扎了好一阵才总算没有淹死。他把她救起来,让她坐在河岸上,浑身不停地发抖。但他的眼睛里充满了死亡的阴森可怖的情景,仿佛死神已经把他们两个的生命分开,不让他们再聚在一起了。

但他们并没有真离开,他们之间有一种离奇的带有嘲弄意味的亲密关系。到了赶集的日子,她总要去坐一坐那里的摇船。他带着她站在摇船上,手抓着铁链开始往上荡,不顾一切危险地越荡越高,那孩子只得使劲抓住自己的椅子。

"你还要再高一点吗?"他对她说,她光用她的嘴大笑着,两只眼睛却已经睁得圆圆的了。他们冲破空气,来回地摇摆着。

"要。"她说,感到自己似乎已经变成气体,已经离开世界上的一切,整个融化了。那船摇得更高一些,然后像一块石头似的落下来,结果又向另一边令人晕眩地荡去。

"还要高吗?"他转过头来看着她大叫着说,他的脸在她看来是那么恶毒而又美丽。

她嘴唇发白地大笑着。

他让那摇船在空中划下一个很大的半圆,直到它荡成水平的时候那铁索仍在抖动和摇晃。那孩子紧抓着椅子,脸色苍白,眼睛死盯着他。下边观看的人群中发出了呼喊。摇船荡到最高处出现的抖动几乎把他们俩都给甩了出来。他能做的现在都做了——他现在引起了别人的非议。他坐下来,让那摇船自己慢慢停住。

当他走下摇船的时候,人群中有些人对他大叫着"胡闹",他却在大笑。那孩子使劲抓住他的手,面色苍白,一言不发。过了一会儿,她开始强烈地呕吐起来,他给她弄来一些柠檬水,她勉强喝了一点。

"不要告诉你妈妈,说你吐了。"他说。这要求完全没有必要。这孩子一回到家里,马上就爬到客厅里的沙发下面,像一个生病的小动物似的,过了很久才又爬出来。

可是安娜终于知道了这件事,她对他非常生气,认为他实在岂有此理。他的金棕色的眼睛闪着亮,脸上挂着一种奇怪的残酷的微笑。那孩子也注视着他,此刻在她的生命中她第一次忽然有了一种让人寒心的幻灭的感觉。她向她妈妈走去。她对他的热情已经死去,这件事只使她感到恶心。

过了一些时候,她忘掉了这些事,又开始非常爱他。可是一直就比较冷淡了。到这时候,他自己已经二十八岁,具有一种奇怪而强烈的情欲。他现在对安娜已经具有某种魔力,对任何他所接近的人也都一样。

在经过一段较长时间的敌对情绪之后,安娜又和他和好了。她现在已经有四个孩子,全都是女孩,前后总共七年,她可说是把自己的精力全用于尽贤妻良母之责了。其中有好几年,他可说是和她一起凑合着过日子,倒也从来没有真正侵犯过她。接着慢慢地,仿佛有另一个自我在他身上形成了。他变得很沉静,很冷淡。可是她能够感觉出,每次当他和她亲近的时候,他总是和她越贴越近,仿佛他的胸膛和他的身体对她变成了一种威胁。慢慢地,他对任何事开始完全不负责任。他喜欢干什么就干什么,别的他什么都不管了。

他开始常常离开家。每逢星期天,他总是一个人跑到诺丁汉去,到那里看足球赛,听音乐,而且他平常日子也整天注意这些事,并做好出门准备。他从来不喜欢喝酒。但他依靠他那双冷酷的金棕色眼睛那锐利的黑色瞳孔,随时注意着所有的人,观察着在他身边发生的所有的事,他等待着自己的时机。

有一天晚上,在皇家音乐厅他正好和两个姑娘坐在一起,他很快就注意到了他旁边的那一个。那姑娘小小的个子,长得普普通通,皮肤很白,上嘴唇微微有点上翘,所以在她不注意的时候,她的嘴微微张开,嘴唇盲目地向前伸着,仿佛正有所表示。她也早已注意到她旁边的这个男人,所以她身子一动也不动,非常安静地坐在那里。她的脸朝着舞台,两只胳膊放在自己的膝盖上,她非常安静,也十分紧张。

他心里忽然一亮:他要不要就从她开始呢?他能不能就从她开始,过上一点人们所不允许的情欲生活呢?为什么不可以?他一直都非常棒。除他太太之外,他可以说还是个童男子。既然一个女人一个样,干吗不去试试?咳,他一辈子不就能活一回吗?他要过另一种生活。他自己的生活太贫乏,太不够了,他需要另一种生活。

她张开了嘴,露出了两排不太整齐的小白牙齿,这使他十分动心,那嘴已经张开,做好了准备。肯定一攻就破。他为什么不赶快下手,借此机会尽情享受一番呢?她那一动不动地放在膝头上的细瘦的胳膊是那么美丽。她一定很瘦小,他几乎可以光用两只手就能把她捏住,她一定很小,简直像个孩子,可是也很美丽。她那种孩子神态更挑动了他的情欲。在他两手抱住她的时候,她准会一点办法也没有。

"这是我们今天晚上听到的最好的一次演奏了。"他在鼓掌的时候微微歪过身子对她说,他感到自己非常强大,即使面对着整个世界他也能毫不动摇。他心情急切而谨慎,并带着几分高兴的情绪。他尽可能使自己保持冷静。他非常沉着,绝对地沉着,仿佛整个世界都只是为了他的生命而存在。

那女孩微微一惊,她转过脸来,脸上几乎带着痛苦的微笑,她的脸很快变得通红了。

"是的,是这样。"她毫无异议地回答说,同时她很快用嘴唇盖住了她的有点向外龇的牙齿。然后她又笔直向前望着,她实际上什么也看不见,只想到自己发烧的脸。

这使他马上有了一种十分愉快的感受,他浑身的血管和血液似乎都和她连接在一起了。她是那么年轻,那么充满了活力。

"这还赶不上上星期最好的几个节目。"他说。

她再次对他微微转过脸来,她的像一泓秋水的清亮的眼睛充满微感恐惧的光彩,但又忍不住战栗着对他做出了反应。

"哦,真是吗?上星期我没能来。"

他注意到她和他相类似的口音。这使他很高兴。他已经知道她出身于什么样的家庭。也许她是一位货栈老板的女儿。他很高兴,她不过是一个普通姑娘。

他开始对她讲述上星期的节目,她偶尔回答几句,感到很不好意思。她的两颊热得直发烧,可是她仍一一回答了他的话。那边坐着的那个女孩尽量坐得更远一些,表面上显得非常安静。他不去理睬她。他现在把心思全都用在这个长着一双很亮的黄色的眼睛,张着嘴等待接受攻击的女孩身上了。

他们继续谈讲着,在她那方面是毫无意义地随便说说;在他这方面可是十分有意和抱有目的的。这谈话使他感到非常高兴,这仿佛是一种非常有趣的碰碰运气和一试锋芒的活动。他很安静,情绪显得很愉快,可是也充满了力量。在他这种温暖和稳重的持续不断的压力之下她已开始心神不定了。

看到表演快要结束,他浑身的官能都活跃起来,他得尽量利用现在的有利时机。他跟着她和她的那位姿色平常的朋友一块儿下楼,走到街上去。外面在下雨了。

"这可是个非常讨厌的夜晚,"他说,"你要不要喝点什么,来杯咖啡,现在还很早呢。"

"噢,我想不了。"她说,朝远处的黑夜望去。

"我希望你愿意去。"他说,做出一副完全听她吩咐的可怜的样子。片刻的沉默。

"到罗林咖啡馆去吧。"他说。

"不——不到那儿去。"

"那么到卡森去吧?"

大家又沉默了一会儿。另外那个姑娘也待着不走。男人总是一种积极力量的中心。

"你的这位朋友也一起去吧?"

又沉默了一阵,另外那个女孩估量了一下目前的形势。

"不,谢谢了,"她说,"我已经约好了一位朋友。"

"那么下次再请你吧?"他说。

"噢,谢谢。"她十分尴尬地回答说。

"再见。"他说。

"回头见。"他的那个姑娘对她的朋友说。

"在哪儿?"那个朋友说。

"你知道的,格蒂。"他的那个姑娘说。

"那好吧,珍妮。"

那个朋友朝着黑暗中走去,他和他的那个姑娘走进了一家咖啡店,他们一直谈着话。他纯粹是带着他男性的喜悦在制作他的每一句话,借以在她面前进行一番练习。他一直都看着她,琢磨她,欣赏她,弄清她的情况,希望尽可能从她身上获得满足。他可以看到她身上明确的动人之处;她的显得特别弯曲的眉毛使他获得一种美感的享受。接着,他再仔细看看她明亮的像一潭浅水透明的眼睛,这个他也完全熟悉了。剩下的就只是她那张着的、红红的、暴露在攻击之下的小嘴了,这个他暂时还保留着。他始终睁着两眼注视着她,一方面估量她,一方面他已经在体会抚摸她那柔软身体的欢乐。至于那女孩本身,她是谁,她是干什么的,他都完全不在意。他根本就没有想到她是个什么人的问题。她只不过是他想借以发泄他的情欲的目标。

"我们是不是该走了?"他说。

她一声不响地站起来,仿佛她没有任何思想,只是她的身体在那里行动。他似乎用他的意志把她紧紧抓住了。外面雨还在下着。

"咱们一块儿走一走吧?"他说,"这点雨我倒不在乎,你在乎吗?"

217

"不,我也不在乎。"她说。

他全身的感官和纤维都积极地活动起来,可他仍然很泰然,很稳重,似乎他全身都被一种光亮照亮了。他有一种行走在他自己的黑暗之中,而不是在任何别人的世界中行走的自由自在的感觉,对他来说,他自己就是一个世界,他和任何人的意识都毫无关系。只有他自己的感官是至高无上的。其他的一切都是外在的,毫无意义的,这就使他可以单独和这个他想吸引住她,并希望通过他自己的感官品尝她身上各种特性的姑娘待在一起。她这个人,他根本不放在眼里,他现在要求的只是打消她的反抗,让她完全听他摆布,然后让他尽情地充分地对她享受一番。

他们走进了一条黑暗的道路,他用她的雨伞遮住她的头,用另一只胳膊搂着她。她仿佛什么也不知道,仍然朝前走着。可是慢慢地,他越走把她搂得越紧,让她和他的腰他的屁股全贴在一块儿。她也就真的和他贴得很紧。他搂住她就这样走着,仿佛他们对这种姿态早已惯熟了。这使他十分高兴地意识到自己的男性的诱惑。他搂在她身边的那只手触摸到她身上的一个半圆部分,他感到这仿佛是他的一种新的创造,一个特殊的现实,一种绝对的东西,一种存在于绝对之中的可以感知的美。它像是一颗星星。他的手,他的整个生命在她身上所接触到的这个小小的坚硬的圆弧部分给他带来的感官上的快乐,使他把人世上的一切全忘怀了。

他把她引进公园去,那里几乎是一片漆黑。他注意到在两面墙中间一个角落里,一片常春藤正好遮住了上面的雨。

"咱们在这儿站一会吧?"他说。

他放下雨伞,跟着她走进那个角落里,躲开了外面的雨。现在他并不需要通过眼睛来看,他所希望知道的东西他可以通过触觉来感知。她已经变得像一块摸得着的黑暗了。他在黑暗中找到她,马上搂住她,把手放在她身上。她一句话也没说,让人有点难以捉摸。可是他并不需要知道关于她的任何情况,他只是要发现她。看看透过她的衣服,他能接触到什么样的绝对的美。

"把你的帽子脱掉。"他说。

她一声不响,顺从地脱下帽子,又转过身来让他搂着。他非常喜欢她——他喜欢抚摸她——他希望和她更接近一些。他用手指轻轻在她的面颊和脖子上摸着,在那黑暗之中这是一种多么惊人的美和欢乐啊!他的手指过去也常常摸过安娜的脸和脖子。那有什么关系!摸安娜的是一个男人,现在摸这个姑娘的是另一个男人！他对他的这个新的自我更加喜爱。现在他已经把自己完全交付给对这个女人的感官上的探索了，而且每时每刻他都接触到了绝对的美，接触到某种存在于人类知识之外的东西。

在他们这种非常亲密，非常神妙，无比欢欣的探索之中，他的手是那么有力，那么轻柔，那么急切地压在她的身上，怀着无比强烈的欲望，希望把她全身探索无遗，她因而也被这种绝对的感官方面的知觉弄得几乎晕过去了。在一种无比强烈的感官欢乐之中，她的膝盖，她的大腿，她的小腹全都紧张地缩成一团了！这对他来说更增加了她的美。

可是，他正耐心地，非常耐心地，想尽一切办法让她放松下来。他的整个生命已经变成了为即将获得的满足而发出的微笑，他的整个肉体都充满了强大的微妙的力图使她屈服的力量。所以最后，他开始吻她，他那别有用心的吻，几乎使她原形毕露了。她的张开着的嘴完全失去了自助和自卫的能力。他了解这一点，所以他第一次吻她的时候非常轻巧，非常柔和，也非常稳重，无比地稳重。所以她的柔和的不加防范的嘴已变得很放心，甚至大胆起来，还希望找到他的嘴。他慢慢地，慢慢地迎合着她；他的柔软的亲吻，柔软地，非常柔软地落在她的嘴上，可是一次比一次重一些，又更重一些，直到她软瘫下来，她完全软瘫了，越来越软瘫下去。他的即将获得满足的微笑变得更加强烈了，他已经肯定成功了。他立即把全部力量加在她身上，要对她来个措手不及，可是，不料她却终于吓坏了。她猛地可怕地一扭身子，完全打破了他们俩已经进入的那种迷茫状态。

"别——别！"

从她嘴里竟会发出这样的叫声实在太可怕了，简直不像是她发出的。这是一种离奇的恐惧和痛苦的呼号。那种战栗的声音似乎完全不属她所有。他的神经嘶的一声全被撕裂了。

"这是怎么啦？"他装作非常安详地说，"这是怎么啦？"

她浑身发着抖又走到他的身边，可是这一次不是那样无所保留了。

她的喊叫也给了他某种满足。可是他知道，他刚才的态度显然太急了一些。他现在更加小心了，有一阵子，他只不过给她挡着雨罢了。同时，他的完美的意志这时也出现了某种裂痕。一方面他要坚持下去，要重新再来，要慢慢再引向刚才对她开始进攻时形成的那种状态，然后再仔细地缓缓进行，以图获得成功。现在，她算是胜利了。可是这一仗还没有结束。但另一种声音又一

219

直在他心里叫喊着,劝他把她放走——表示鄙夷地把她放走。

他给她挡着雨,安慰着她,抚摸着她,吻着她,接着又开始一步紧似一步。他集中全部精力,即使不能把她弄到手,也要让她放松下来,也要慢慢打消她的反抗。所以他柔和地,非常柔和地带着无限柔情吻着她,为了讨得她的欢心,他似乎把全部生命都赔上了。接着,到了正要入港的时候,忽然,仿佛有什么东西要断裂似的,她发出了一声强烈的、听不清的悲痛的喊叫:

"不要——哦不要!"

无比强烈的狂浪冲击着他的血管。在很短的时间内他几乎已控制不住自己,因而还机械地动作着。但很快他就停止下来,两人冷冷地待了一会儿。他不可能把她弄到手了。他把她搂过来,安慰她,抚摸她。可是那股欲火已经消失了。她挣扎了几下,发现他已不再那么死缠着她了。到最后,当他的抚摸着她的手又越来越近,他的炽热的活跃的欲望违反着他的冷冰冰的情欲,对她表示厌恶的时候,她猛地一下躲开了他。

"不,"她叫喊着,尖厉的声音里充满了仇恨,她并且扬起手来使劲打了他一下,"你不要碰我。"

他的血液暂时停止了流动。接着他心中又出现了那个始终不变的残酷的微笑。

"咳,你这是怎么啦?"他说,做出一副讥讽的样子,"没有谁会伤害你的。"

"我知道你要干什么。"她说。

"我知道我要干什么,"他说,"那又怎么样呢?"

"怎么样,你不用想从我这儿得到。"

"我得不到吗?那就得不到吧,那也用不着大喊大叫啊,是不是?"

"是的,用不着。"那姑娘说,他的讽刺的口气使她多少有些不安了。

"可是也没有必要为此大吵大闹。咱们也可以接个吻,彼此说声再见,不好吗?"

在黑暗中她一声不响。

"你是不是现在就要戴上你的帽子,拿起雨伞回家去呢?"

她仍然不吭声。他看着她的黑暗的身影站在那片黑暗的边缘外边。

"要是你一定要那样,那就让咱们好好说声再见吧。"他说。

她仍然一动不动。他伸出一只手又把她拉到暗处。

"这儿更暖和一些,"他说,"也舒服多了。"

他的意志还没有完全放过她。刚才的一阵仇恨的表现更增加了他的兴趣。

"我现在要走了。"她在他又要把手伸过去的时候咕哝着说。

"瞧这地方你待着多合适，"他说，又照刚才来时的样子把她紧紧搂在自己身边，"你干吗一定要现在就走呢？"

那股欲望的陶醉又慢慢向他袭来，欲火又燃烧起来。不论怎么说，他为什么不能把她弄到手呢？

可是她始终不肯对他完全屈服。

"你是已经结过婚的吧？"她问道。

"结过婚又怎么样？"他说。

她没有回答。

"我并没有问你结过婚没有。"他说。

"你完全知道我没有结过婚。"她恼火地回答说。噢，她干吗不马上从他身边跑开，要是她没有必要向他屈服该多好。

到最后，她的意志已变得对他非常冷漠了。她已经逃过了他。可是她的逃脱和她的危险相比之下，更使她痛恨他。他真是那样看不起她吗？她现在还不愿意离开他，这使她感到非常痛苦。

"下星期——下星期六我可以再见到你吗？"在他们一起走回街上的时候，他说。她没有回答。

"和我一块儿——你和格蒂，和我一块儿再到皇家音乐厅去听音乐。"他说。

"那我让人瞧着可够好看的，跟一个结过婚的男人在一起。"她说。

"我结过婚，不也还是一个男人吗？"他说。

"噢，跟一个结过婚的男人在一起那可是另外一回事。"她说，用了一句现成话来表达她的痛苦。

"那怎么讲呢？"他问道。

可是她不愿意对他进行解释，她尽管没有明确表示，实际是已答应下一个星期六晚上在指定的地方再和他相见。

就这样，他离开了她，也没有问她的名字。他赶上一列火车回家去。

这是最后一趟火车，他回家时已经很晚，直到午夜时分他才到家。可是他丝毫也不在意。他早已和他的家没有任何真正的关系了，更不用说他现在这副腔调了。安娜还一直坐着等他。她已看出他脸上那种奇怪的已完全获得解脱的神情。那里有一种隐隐约约几乎带恶意的微笑,仿佛他已经解脱了和人的一切"善良的"关系。

"你上哪里去了?"她很感兴趣而又有些不解地问道。

"在皇家音乐院。"

"和谁在一块儿?"

"就我自己。我和汤姆·库珀一块儿回来的。"

她呆呆地看着他,不清楚他干什么去了。至于他有没有撒谎,她倒也并不在乎。

"你回家来的这副样子实在有点奇怪。"她说。在她的话中似乎带着某种欣赏的口气。

他丝毫没有为她的话所动。至于原来那个谦恭、善良的自我,他现在已经和它断绝关系了。他坐下来痛痛快快地吃了晚饭。他一点也不疲倦。他似乎完全没有注意到她。

对安娜来说,这是一个非常重要的时刻。她尽量站得离他远一些观察着他的神情。他也和她谈话,但是显得很不在意,因为他根本不怎么理睬她。那么说,她对他就没有任何影响?现在事情可出现了新的转变!不管怎样,他仍然具有一定的诱惑力。过去她只知道他是一个平庸的,不爱多说话,遇事向后躲,什么都压在心里的男人,相比起来,她还更喜欢他现在的表现。看来他是像一朵开放的鲜花,真正表现出了他的自我!这使她很激动。太好了,让他开放吧!她喜欢这个新的转折。他现在回到她的家里来,简直重新变了一个人。看看他那种神态,她更发现她已不可能让他再回到原来的状态中去了。她也就瞬间放弃了这种打算。但也不是完全没有痛苦的,因为她的心还不能完全抛弃他们过去那种彼此相爱的情分,他们过去的彼此十分亲密的关系,以及她已经建立起来的绝对权威。她几乎要站起来为那一切进行斗争了。可是看看他,想一想他的父亲,她不得不更小心一些。这是事态的新的发展!

可是,很好,如果她不能按照旧的方式对他发生影响,那她就得在一种新的方式中来和他分庭抗礼。他过去的那种不顾一切的敌对情绪又回来了。很好,她也要出去寻求她自己的欢乐去了。她的声音,她的神态忽然全改变了,她做好准备,也决心要玩个痛快。她心中似乎豁然开朗了,她又喜欢他了,喜欢这个来到她家的陌生人。她对他非常欢迎,真的!她非常愿意欢迎这个陌生人,那个旧的丈夫已经使她非常厌烦了。她用一种鲜明的挑战来回答他隐隐约约的残酷的微笑。他本来希望她坚守着道德的堡垒。她才不呢!那个角色太无聊了。她用一种和他相反的、非常鲜明和自由的神采对他挑战。他看着她,眼睛闪闪发光。她已进入战场了。

他动员起全身的感官,十分精细地注意着她。她大笑着,和他一样完全放荡不羁,对什么都全不在意。他向她走去,她既不拒绝他,也不向他做出任何表示。带着一种十分鲜明的难以捉摸的神情,她在他面前大笑着。她也可以把什么都抛到九霄云外,什么爱情,亲密关系,等等,她的四个孩子对她来说又算得什么呢?这个人是不是她的四个孩子的父亲,又有什么关系?

他是一个只求寻欢作乐的放荡的男人。她也准备去做一个寻欢作乐的女人:要按她自己的方式。一个男人可以随便乱搞一气:同样,一个女人也可以。对那个道德世界,她同他一样毫不感兴趣。已经发生的一切对她全都无所谓。在这个陌生男人的影响下,她已经变成了另一个女人。他对她是一个陌生人,一切为了自己的目的,这很好。她要看看这个陌生人现在想干什么,他到底是个什么人。

她大笑着,始终和他保持不离不即的关系,表面上似乎不理睬他。她看着他脱衣服,好像他不过是一个陌生人。的确他对她变成了一个陌生人。

她竟然使他甚至还完全没有碰到她,就已经欲火中烧,无比激动了。诺丁汉的那个小姑娘正好为这一切铺平了道路。他们完全放弃了一切道德上的考虑,各自追求着最简单的最纯粹的满足。他感到他的妻子完全变了,他觉得他对她完全是个陌生人;她对他也是无比陌生,仿佛来自另一个世界,来自月亮无光的一面。她等待他去摸她,仿佛他是一个突然从外面进来的土匪,她根本不认识他,却一心只想他。他开始一步步发现她,他开始发现在她身上蕴藏着无限丰富的奇异的欢乐。带着使他不肯放过她身上任何一点细小的美的淫荡的热情,满怀疯狂的欢乐情绪,他扑向她:扑向她的美,各色各样的美,她身上独立存在的多种的美。

他自己也彻底地放开了,他在她身上发现的任何东西都会给他带来感官上的狂喜。他现在已完全变成了另一个人,这里没有任何柔情,在他们之间也没有任何爱情;而只有一种疯狂的希望获得进一步发现的情欲,一种希望在她的肉体的美中获得最高的无法满足的情欲。她是一个无尽的宝藏,她所保有的绝对的美使他发疯,使他向往。这筵席实在太丰盛了,可是他却只有一个男人的食量。

他怀着在情欲方面进行探索的热情和她生活了一段时间——这简直是一种决斗：没有爱情，没有言语，甚至也没有亲吻，而只是完全通过触觉来疯狂地享受最高的美。他总想抚摸她，发现她，他疯狂地希望了解她。可是他一定不能急躁，不然他会把什么都错过了，他必须一次欣赏一个美。而她身上的无数的美，她身上许许多多使他狂喜的小地方，都使他高兴得简直要发狂，使他总希望知道得更多一些，能有余力知道得更多。因为那些美都在等待他去发现。

白天的时候，他会自己说：

"今天夜晚我一定要探索一下她的踝子骨下面，那青筋从那里横过的那个小窝窝。"这思想，这欲念就能使他整天昏天黑地尽想着这件事。

他常常会整天就等待着夜晚的来临，到时候他就会不顾一切尽情去享受她身上的某种无比富饶的绝对的美。一想到她身上隐藏着无尽的美的源泉，想到她身上的还未被发现的美和能够给人带来无限欢乐的部位正等待着，等待着他去发现，他真是有点要发疯了。他整天就想着她。如果他没有发现，没有让自己品尝到这些快乐，那它们就可能会永远不被人发现了。他希望自己有一百个人的精力，可以用来陪她取乐，他希望他是一只猫，可以用它的粗糙，带有刺激性的淫荡的舌头舔遍她全身。他希望在她身上打滚，把自己埋在她的肉体里面，用她的肉体把自己完全掩埋起来。

至于她，却始终冷冷地，眼睛闪闪发亮，露出一种奇怪的危险的神情，完全接受他对她所采取的一切行动，仿佛那完全是理所当然的。而且在他稍稍安静一些的时候，她又会进一步挑动他，让他继续下去，一直到有时候仅仅由于他无能接受她给他带来的满足，无能对她真正享受个够，他简直要不惜使自己趋于毁灭了。

他们的孩子已纯粹变成了他们的后代，他们完全生活在他们的情欲活动的黑暗和死亡之中。有时候，他通过自己的感官在她身上获得的对绝对的美的体会简直要使他发疯，并完全超出了他能够承受的程度。在任何东西里，几乎都有这种同样的简直可说是可怕的邪恶的美。可是，通过和他的身体的接触，而使她的身体透露出来的是一种最高的美，了解到这种美，本身简直就是一种死亡，可是为了获得这种了解，他却宁愿遭受无尽的折磨。他宁愿牺牲一切，牺牲任何东西，也不肯放弃他对她的哪怕是一只脚的权力，特别是五个趾头向外伸展的地方，那里有一小块神妙的雪白的平整的地方，五个指头从这里延伸出去像一座座圆形的小山,小山之间是巨大的沟壑。他感觉到即使要他的命,也不愿放弃这一切。

这便是他们的爱情目前所达到的状态,这是一种像死亡一样的无比强烈和极端的性感。他们之间再没有什么有意识的亲密,也没有什么爱的柔情。他们所有的只是情欲,无限的令人疯狂的感官的沉醉,一种死亡的热情。

他一辈子一直就对绝对的美有一种秘密的恐惧的感情。它已经成了他所崇拜的偶像,是某种使他感到畏惧的东西。因为这是不道德的和反人道的,所以他才转而去欣赏哥特式的形式,因为那种形式,通过它的各种各样的尖塔,永远肯定着人的未曾得到满足的欲望,从而放弃了那种圆拱式的绝对的美。

可是现在他让步了,他带着无限强烈的性感要在女人身上发现这种至高无上的,不道德的,绝对的美。他仿佛感到,这种美,在他的手的接触之下,就会马上从女人身上产生出来。通过他的触觉,甚至通过他的视觉,这种美就自然会显现出来了。可是如果他既不去看也不去触摸那个最完美的地方,那它就不是完美的,那绝对的美也就不会出现。也就是说,这种美的存在必须有赖于他。

可是尽管这样,这东西仍然使他感到恐惧。甚至就在他决心对它献身的时候,他也感到它是可怕的,是带有威胁性的东西,而且的确具有一定的危险性。再说,它也是一种纯粹的黑暗。人体上的一切可羞的东西现在在他的面前全变成一种罪恶的充满热情的美。他和这个女人共同享受,共同创造的一切为淫荡的情欲服务的可羞的自然的行动和一切不自然的行动,全都有它们自己的沉重的美和它们的欢乐。羞耻,什么叫羞耻?这是绝对欢乐的一部分,而很多人恰恰对这种欢乐感到害怕。为什么害怕?那秘密的可羞的东西正是一种令人可怕的美。

他们接受了这种羞耻,与羞耻同在,并从中获得他们最放纵的欢乐。它已和欢乐合为一体。它是最后开放成美的,充分的,最根本的满足的花朵的蓓蕾。

他们的外表生活依然和过去一样,但他们的内心生活已经经历了一次革命。孩子们变得不是那么重要了,父母已全神贯注于他们自己的生活。

慢慢地,布兰文开始发现他已有充分的自由可以去参与外面的生活了。他的内心生活既是那么无比活跃,这就使得他心中的另一个人完全获得了自由。这个新的人现在对公共生活发生了兴趣,他要看看他自己能尽一些什么力量。这就使他有了一个新的活动范围,而且正是为了这种活动,他现在才被重新创造出来了。他希望自己也能和整个为了某种目的生存下来的人类合为一体。

那时候,大家最感兴趣的一个题目是教育问题,许多人在谈论瑞典的新的教育方法,要教学生做一些手工等等。布兰文对于在学校教手工的想法非常赞成。这是他平生第一次开始对公共的事如此真正感兴趣。从他这种深刻的情欲的活动中,他终于最后发展出了一个真正抱有明确生活目的的自我。

许多人在谈论办夜校和开办手工班的事。他希望在科西泽开办一个木工班,教村里的男孩子们做木工和搞木刻,一个星期教上两个晚上。他仿佛觉得这是天下最理想不过的差事。他能从中得到的收入是非常微薄的——而且拿到那点钱的时候,他总是拿它去买了木头或者工具。他这种新的热心公益的思想后来慢慢越来越强烈,他因此也感到非常快乐。

他开始建立那个木工班夜校的时候已经是三十岁了。这时他共有五个孩子,最后一个是男孩。可是男孩女孩他倒全不在意。他对他的孩子们有一种天性方面的慈爱,不管是男孩还是女孩,只要生下来他都喜欢,不过他最喜欢的还是厄休拉。不知怎么,他仿佛觉得他所以要开办这个夜校,似乎多少也和她有关。

这所靠近一片紫杉树的房子现在终于和人类的重大活动联系在一起了。它因此具有了一种新的力量。

对现在刚刚八岁的厄休拉来说,这一切都对她具有极大的魔力。她听到了大家的讲话,她看到教区的一个房间现在变成了木工作坊。教区的那间房子原是一个高大的用石头砌成像谷仓一样的宗教建筑,在那条过道的一边,离布兰文的那块菜地不远。它的古老和它长期无人使用的荒凉状态一直都对她产生一种吸引力。现在她看到人们正在做准备工作,她坐在菜园子旁边通往教堂的石头台阶的最上层,听着她父亲和那牧师讲着话,计划着如何安排工作。后来来了一位视察,一个非常奇怪的人,他待在这里和她父亲整整谈了一晚上。一切都已经决定下来,有十二个男孩子报了名。这些事真让人激动。

可是对厄休拉来说,她父亲干的任何事她都觉得无比美妙。不论他从伊尔克斯顿回来带来镇上的一些消息,或是他在一个晴和的傍晚拿着乐谱或者他的工具上教堂去,或者在星期天他穿上他白色的法衣,坐在风琴旁边用他的中音嗓子领着大家唱歌,或是他带着一帮男孩子在作坊里工作,他对她来说都永远是一种使她着迷的强大的诱惑力的中心。他在发布命令时那种轻快简练的声调总会使她浑身的血液为之震动,并对她有一种催眠作用。她似乎是一直奔跑在某种阴森和强有力的秘密的暗影之中,它是那么地使她着迷,使她如在五里云雾中,从而使她不敢想这秘密是什么。

第 九 章

沼泽农庄的水灾

紫杉农舍和沼泽农庄保持着正常的联系,可是这两家各过各的生活,界限是十分分明的。

自从安娜出嫁之后,沼泽农庄便成了汤姆和弗雷德两个男孩的家。汤姆矮矮的个子,长得非常漂亮,一头坚硬的黑头发,又长又黑的睫毛,和一双柔和的令人喜爱的黑色的眼睛,他思想也非常明快。上完中学以后,他又到伦敦去学习,他生来就对那些有性格、有毅力的人具有强大的吸引力,他对谁都能全面地让步,可是又永远保持着自己的独立性。如果不通过别的人,你几乎很难发现他的存在。当他孤独一人的时候,他什么事都决定不下来,可是当他和另一个人在一起的时候,他似乎能把自己加在另一个人的身上,从而使他变得比原来更为高大。所以只有很少的人真正喜欢他,并通过他获得某种满足。而对这为数不多的几个人,他却是经过精心选择的。

他的头脑像一杆秤或者像一个天平一样,精细、敏捷而挑剔,在这些方面有几分像女人。

在伦敦的时候,他是一位机械工程师的非常心爱的学生,这工程师头脑非常聪明。当汤姆·布兰文结束他的学业的时候,他已经变得非常著名了。这青年通过他的老师结识了一些不同一般的出色的人物。他从来不自以为是。他在他们中间出现,似乎只是为了赞赏他们或者为了抬高他们。他在我们的面前,就仿佛能使我们意识到自己的存在。所以在他还很年轻的时候,他就和伦敦的某些极有成就的科学家和数学家发生了联系。他们都把他作为同辈看待。他沉静、敏锐,能客观地看问题。这样他就能摆正自己的位置,也知道怎样恰如其分地来评价别人。他仿佛就是一种评判的标准。此外,他人长得十分英俊,中等身材,体格各部分也非常匀称,黑黑的皮肤永远显得那么健康。

在零花钱方面,他父亲从来对他都不怎么限制,此外,他还给他老师担任助手工作。有时候这年轻人也到沼泽农庄来走走,穿着非常讲究,说话不多,加上他天生精细、乖巧的气质,对谁都有一种奇怪的吸引力。他使得整个农庄都发生了一定的变化。

弟弟弗雷德是一个真正布兰文家的人,骨节很大,蓝色的眼睛,完全是地道的英国人的样子。他真正是他爸爸的儿子。他们父子俩随时都感到非常合得来。这农庄将来也归弗雷德继承。

在大哥哥和小弟弟之间存在着一种简直可以说是非常强烈的感情。汤姆以一种女性的关怀和无私的心情看待弗雷德。弗雷德则把汤姆看作是某种神奇的典范,总想到在自己长大的时候也要变得和他一样。

所以在安娜走了以后,沼泽农庄开始出现了一个新的局面。这两个青年都已是绅士派头。汤姆以他独特的性格很快就获得了较高的社会地位。弗雷德非常敏感,很喜欢读书,他先研究了拉斯金的思想,后来又读了一些不可知论者的作品。和所有布兰文家的人一样,虽然他也喜欢和别人交往,对别人尽量宽容,而且有时甚至是过分地尊敬,但是绝大部分时间他仍过着自己的生活。

在他和哈代家的庄园里的一位少爷之间存着一种很不愉快的友情。这两个家庭很不一样,可是两家的年轻人相遇,尽管彼此有些生硬,仍然是以朋友相待。

年轻的汤姆·布兰文的深黑的睫毛,美丽的皮肤,温柔的令人不可理解的性格,他的奇怪的安闲态度,和他的很有学问的神态,使他在伦敦博得了声望,似乎也给沼泽农庄带来一种新的高尚的气息。每当他穿着非常讲究,看上去仿佛十分温柔,和蔼可亲,而实际却和所有的人都保持一定距离,在沼泽农庄出现的时候,他总会在人们心中引起一种不安的感觉。在科西泽和伊尔克斯顿和他相识的人的头脑中,总想着他是属于另一个遥远的世界。

他和他妈妈有一种特殊的亲密关系,他们之间的感情虽然说不出也看不见,但却是非常强烈的。他父亲对他这个大儿子常怀有一种不很自然的多少有些尊敬的感觉。也是靠着汤姆,沼泽农庄和斯克里本斯基一家才保持着某种真正的联系。那一家在他们自己的那个区域已经变成十分重要的人物了。

所以现在沼泽农庄似乎整个发生了某种变化。父亲汤姆·布兰文,在年岁大一些之后,似乎越来越成熟,变成了一位农民绅士。他的身材就使他很容易获得别人的好感:强健而漂亮。他的脸仍是那么红润,蓝色的眼睛神采奕

229

奕,浓厚的头发和胡子慢慢变成了银丝一样的灰白色。他态度宽容,乐观,常喜欢纵声大笑。曾经有很多事弄得他莫名其妙,慢慢地他开始采取了一种得过且过,对许多事不妨一笑置之的态度。许多事情所以变成那种样子并不是他的责任。然而,他对生活中的一些不可知的因素仍然怀着恐惧。

他生活得相当不错。他有他的妻子陪伴着他,尽管她和他完全是另一种人,但不知在什么地方,他们之间却存在着一种性命攸关的联系:——至于那联系在哪儿,是怎样一种联系,他怎么可能理解呢?他的两个儿子都已变成了上等人,他们和他自己完全不一样,他们有他们自己的生活,可是他们仍然和他具有一定的联系。这一切都使他感到神奇,感到迷惑不解。可是不管他的子孙后代会怎样,一个人永远总是只能过他自己的生活。

就这样,这位漂亮的、对许多事情都糊涂的农民大笑着,始终认为只有自己能够依靠,也永远只依靠着自己。他的青春和一切随伴着它的奇妙的享受,几乎还依然如故。他变得更懒散一些了,遇事冷静安详。大部分的农活现在都由弗雷德去干,父亲只管一些比较重要的事情。他还赶着一匹极好的母马,有时候自己赶着车出去。他和一些地位较高的农民和店铺老板一起在茶馆酒店里消磨日子,他所认识的男人中有不少都是有身份的人。但是对他来说,不管属于哪个阶级的人全都一样。

他妻子仍和过去一样,始终不和什么人来往,她的头发现在已露出了灰白色,她的脸尽管还保持着原来的神态,却显然已经老了许多。她现在似乎还和她二十五年前来到沼泽农庄的时候一样,只不过她的健康已大不如前了。她似乎并没有住在沼泽农庄,只不过是一个常在这里出没的幽灵,她从来都不是当地生活的一部分。她所代表的东西对那个地方来说是格格不入的。即使在大门之内,她也仍然是一个固定的,无法改变的,仿佛让人一见到就能免俗的陌生人。是她使得沼泽农庄上所有的成员彼此分立,各个具有独特的个性,是她使这个家庭变得相当的脆弱。

在年轻的汤姆·布兰文二十三岁的时候,他和他的老师不知怎么闹翻了,他因而去了意大利,后来又到了美国。他回家来待了一阵,后来又上德国去了。他永远是一个漂亮的,穿着很讲究的令人喜爱的青年,身体十分健康,可是对任何事都愿意置身事外。和他总满不在乎穿着一身绷得很紧的衣服一样,他的深黑色的眼睛里,总十分轻快而且毫不在意地透露着一种悲惨凄凉的神情。

在厄休拉眼里,他始终是一个浪漫的令人十分喜爱的人物。他常常给她带来十分精美的礼物:一盒在科西泽从来没有见过的高级糖果,或者送给她一把头发刷子,或者一面镶着珠宝的细长的镜子,这些东西全都闪闪发光、无比精美;或者他还会送她一串很小的未经琢磨的紫晶、蛋白石、多角石和石榴红串起的项链。他能很随便、很流畅地讲许多外国语,他的天性又是那么柔和,那么讨人喜欢。尽管这样,他却永远是一个让人莫名其妙的局外人。他不属于任何地方,不属于任何社会。安娜·布兰文自从结婚以后,和她父亲的亲密关系就没有再继续下去了。就在她结婚的那天,这种关系便已被抛弃。他和她都有意接触得更少了,安娜回家时也总是去找她妈妈。

可就在这时候,这位父亲就这样死去了。

这件事发生在厄休拉刚满八岁的那一年的春天,他,汤姆·布兰文,在一个星期六早晨赶车去了诺丁汉的市场。临走时他曾说他也许很晚才能回来,因为他要去看一场戏,然后还要去参加一个会。他家的人都知道,他会去痛痛快快地玩一玩的。

那个季节经常下雨,天色也非常阴沉。到了晚上,开始下起了倾盆大雨。弗雷德·布兰文感到很不舒服,他仍和平常一样一直待在家里。他非常不安地吸点烟,看点书,耳朵老听着屋子外边雨水的哗哗声。这个风雨凄凉的夜晚忽然使他失去了依据,使他变得飘浮不定起来。他意识到他自己,意识到他需要一些什么东西,而且意识到他现在简直不能算是活着。他仿佛感到他的生活没有根了,他没有一个地方可以安稳地待下来。他梦想着到外面去跑跑,可是他的本能告诉他,换一个地方也不可能解决他的问题。他需要某种变化,某种生活上的变化,可是他不知道怎么才能得到它。

现在已经变成一个老女人的蒂利走过来告诉他,雇工们刚才回来吃晚饭,说外面场院里到处都是一片水。他听了完全没有在意。可是他实在痛恨这种雨淋淋的凄凉的世界。他一定要离开沼泽农庄。

他妈妈已经上床了。最后他合上书本,头脑空空的,带着阴郁和愤怒的醉意走上楼去,又带着阴郁和愤怒的醉意把自己关锁在睡眠中了。

蒂利把几双拖鞋放在厨房的炉火前面烤着,然后也上床去,留着大门没有上锁。很快这农庄被完全掩埋在一片黑暗中,掩埋在大雨之中了。

到十一点的时候,雨还在下。汤姆·布兰文站在诺丁汉的天使旅店的院子里,扣着他外衣的纽扣。

"噢,好啊,"他十分高兴地说,"这么大的雨我见过。来吧,杰克①,小伙子,来吧——这才是好样的,杰克,瞧你这大肚子,不管你吃了多少,反正你是灌得够饱了。来吧,小伙计,咱们还是回到咱们那古老的农庄去吧。噢,我的天啊,今晚上的雨怎么这么大!这阵雨之后什么火山也甭想再爆发了。嗨,杰克,我的漂亮的年轻小伙子,咱俩谁会当诺亚②呢?看样子仿佛各处的拦水坝都崩开了。照这样下去,鸭子和各种水禽就要做世界之王了——那会儿也会有和平鸽、橄榄枝等等。快站起来吧,大姑娘,站起来吧,咱们不能在这儿待上一夜,尽管你那么想也不行。我敢说,这大雨,要不让所有的人都以为他们全喝醉了才他妈的怪呢。嗨,杰克——这阵雨是把你冲明白了些呢,还是冲得更糊涂了?"他对他自己说的笑话不禁大笑起来。

每当他喝醉了酒要去驾车的时候,他总感到很难为情,一定要对他所赶的马抱歉几句。他那抱歉的心情使他显得很滑稽,他知道他已经不能笔直地走路了。但尽管如此,不管他的头脑多糊涂,他的意志还始终僵硬地时刻保持着警惕。

他爬上马车,驾着车走出了旅店的大门。那匹马还真行。他稳稳地坐在那里,任凭雨点打在他脸上。他沉重的身体在一种睡眠状态中一动不动地坐着,他的注意力只有一个中心点还不停地在闪着亮光,其余的全是一片漆黑了。他把他的最后一点注意集中于让车不要偏离他所十分熟悉的那条道路。这条路他太熟悉了,完全凭着意志力他严密地注视着。

他大声跟自己讲着话,由于情绪不安,说话还特别咬文嚼字,仿佛他十分清醒似的。那匹马在密集的雨点下匆匆向前走着。他一直不停地看着车灯前面的雨丝,看着阴暗的马背上的微弱的光亮,和路旁迅速飞过的篱笆。

"这么个夜晚连狗都不应该出门,"他大声对自己说,"看来天马上要晴起来了,要不是,那才他妈的怪呢。路上倒了十几车炉灰还真顶用。照这样下去,这些煤灰都给冲到阴曹地府去了,啊,这是我们弗雷德的看法,也许是。在这种问题上他比谁都看得远。我看不出你要去管这些事干吗。炉灰给冲到阴曹地府去,然后再冲回来,我也不管它。我想有一天它又会被冲回来的。天下事全都是这个样。雨水落下来不过是为了再飘到天上去变成云彩。他们都这

---

① 马名。
② 据《圣经》载,洪水来临之前听从上帝的指示带领全家得以躲脱那次灾祸的一个祭司。

么说。今年地球上的水不管比哪一年也不会更多。大家都这么说,伙计,你懂吗?今天的水比一千年前的水也不多什么——而且也不少一点。你没有办法把水给用掉。办不到,我的伙计,它根本不理睬你。你想把它消耗掉,它化成一阵气飞跑了,它还把一只手摁在鼻子上讥笑你。它变成了云彩,然后又化作雨落在好人和坏人的头上。我还弄不清我到底是算好人还是算坏人呢?"

当车子歪在一个深沟里的时候,他忽然完全清醒了。他清醒地知道他现在是在赶路。他已经完全失去知觉走了很长一段路了。

可是,最后他来到大门边的时候却一下歪了下来,晃了几晃,他使劲抓住了车身。他下到几英寸深的水中。

"肏他妈!"他生气地说,"这该死的水真他妈肏蛋。"

他牵着马蹚水走进大门里,他现在已经醉得十分厉害,完全靠过去的习惯盲目地活动着。走到哪里都是水。

通向住房和农舍的走道上倒是干的。在他沉醉后的蒙眬中,黑夜似乎到处发出一阵阵奇怪的吼叫声。他摇摇晃晃地,几乎是糊糊涂涂地把车上装的东西和坐垫等都搬到屋里去,扔在地上,然后又出去照顾他的马。

现在他已来到家里,简直成了一个梦游人,他的活动随时都可能停止下来。他非常小心谨慎地把马拉过一段土坡,牵进车棚里去。那马直往后退,不肯往棚子里走。

"这是啥毛病?"他打着嗝说,仍然向前走。他现在又已在水里走着,那马一边走一边溅起大片水花。现在,除了车灯照亮了眼前的一片波纹之外,到处是一片漆黑。

"啊,这他妈的可要命了。"他说,走进了到处是五六英寸深的水的车棚。可是他倒觉得眼前的一切都使他感到很有趣。想到车棚里竟会有半英尺深的水,他禁不住大笑了。

他把那匹母马推进车棚去。那马显得非常烦躁。自己现在竟然站在水里卸马,他觉得十分可笑。他所以觉得可笑,还因为这大水弄得那马有些惊慌不定了。"这有什么关系,这算得什么,这么一点水淹不死你的!"等他把车一卸完,那马就匆匆走到马槽边去了。

他把车辕吊起来,取下车灯。当他从十分熟悉的、堆满车架和车轱辘的车棚中走出去的时候,外面的水一浪接一浪有力地冲在他的腿上,他摇晃了几下,差点倒下。

"哎,这是他妈的怎么啦!"他说,瞪着眼看看那到处是水的黑夜。

他朝着水流来的方向走去,越陷越深,越陷越深。他心里充满了惊奇。他一定得过去看看这水是从哪儿来的。尽管他已经感到脚下的土地似乎慢慢滑走了,他仍继续向前走,摇摇晃晃地朝着堤下的池塘那边走去。他倒感到很高兴。水不过到他的膝盖,可是那水却很有力量地推着他。他滑了一下,简直有点晕得要吐了。

他感到一阵恐惧,使劲拼命抓住他手里的灯,他摇晃着身子,向四处张望。水冲着他的脚前进,他有些发晕,他不知道该朝哪边走了。水面上出现了一圈圈的漩涡,整个黑夜似乎也变成了一圈圈的黑浪。处在四面攻击的中心,他几乎站不稳了,他恐惧地摇晃着身子。他心里明白,他可能要倒下了。

在他正挣扎着的时候,水里有件什么东西绊住了他的腿,他因而马上倒了下去。很快他就觉得憋得喘不过气来,他在那令人窒息的恐惧中挣扎着,斗争着,摔打着,可总是越陷越深,无可挽回地陷下去了。在和窒息进行的无法诉说的斗争中,他仍然极力挣扎着,想让自己脱出身来。可是他还没能完全站起来,就又朝着更深的地方摔去。有个什么东西在他的头上砸了一下,他顿时感到浑身无力,接下去他便进入一片黑暗之中。

在那绝对的黑暗之中,那个失去知觉的淹在水中的尸体被水冲着向前滚去,雨还在下,很快他被淹死的地方便已完全平静了。棚子里的牛睡醒站了起来,狗也开始发出了叫声。而那无知觉的被淹的尸体浸在一片黑暗之中被雨水冲刷着。

布兰文太太醒来以后,细听着外面的动静。以一种超自然的敏感,她听见了外面无边无际的黑暗中所出现的一切活动。她又很安静地在床上躺了一会儿。接着她走到窗前。她听到了阵阵雨声和很深的水的流动声。她知道她丈夫就在外边。

"弗雷德,"她叫道,"弗雷德!"

从远处的黑暗中传来一阵大片的水向低处冲去的残暴的轰隆声。她走下楼去。她不能理解这水是从哪里来的。走下台阶来到厨房里,她的脚下已经是一片水。厨房里已经被水淹了。这水是从哪里来的?她无法理解。

水在厨房里流出流进,她光着脚到处去察看。大门外的水哗哗地流着,她感到有些害怕,接着有什么东西撞在她的脚上,那东西缠在她的脚上了。这是一支赶车的马鞭,桌上放着从车上卸下来的坐垫和口袋等等东西。

他已经回家来了。

"汤姆!"她叫喊着,简直对自己的声音感到有些害怕。她打开门。水带着可怕的声音哗哗往里流。到处是流动着的水,是一片流水声。

"汤姆!"她喊着,穿着睡衣举着一支蜡烛站在那里,对着黑暗,对着门外的洪水,大声喊叫。

"汤姆!汤姆!"

她倾听着。弗雷德穿着裤子和衬衫在她后面出现了。

"他在哪里?"他问道。

他看看外面的洪水,接着又看看他母亲。她穿着睡衣,显得个子很小,像是个什么小妖怪似的让人感到害怕。

"上楼去吧,"他说,"他准是在马棚里。"

"汤——汤姆!汤——汤姆!"老太太用一种拖长的,动人心魄的极不自然的声音叫喊着,那声音简直让她儿子浑身冰凉。他很快穿上他的长靴和外衣。

"上楼去吧,妈妈,"他说,"我出去看看他在哪儿。"

"汤——汤姆!汤——汤——汤姆!"这个小老太太尖厉的非人的声音不停地叫喊着。但是从那一片黑暗中传来的只有水声,不安的牛群发出的哞哞声和狗的吠声。

弗雷德·布兰文拿起马灯朝外边的水里走去。他母亲站在门洞里的一把椅子上看着他往外走。现在到处是水,到处是流动的水,在他的马灯下面闪闪发光。

"汤姆!汤姆!汤——汤姆!"她的拖长的不自然的喊叫声在黑夜中震响。这使得她儿子连脊梁骨都凉透了。

而现在,父亲那已失去知觉的被淹死的身体正在房子下面,在一片黑色的水的推动下朝着大路边漂去。

蒂利也起来了,在睡衣外面加了一条裙子。她看到她的女主人趴在椅子上,向开着的门外张望,桌子上放着一支蜡烛。

"天老爷保佑!"这个老女仆叫喊着说,"运河决口了,堤岸被冲开了,咱们可怎么办!"

布兰文太太看着她儿子和那盏马灯,沿着一条较高的土道走到马房里去。接着她看见一匹马的黑色影子;接着她又看到她儿子把马灯挂在马房的墙上,

235

并借助微弱的灯光看到他卸下了那匹母马的辔头。母亲还看到那匹马的闪着光的脸,在马厩的门口晃了几下。马厩现在还没有被水淹,可是外面的水正汹涌地往屋子里流。

"水越来越高了,"蒂利说,"老板回来了吗?"

布兰文太太根本没有听到她的话。

"他在那儿吗?"她用一种传得很远的显得很可怕的声音叫喊着问。

"没有。"从黑夜中就传来这么一句简单的回答。

"那你到处去找找他。"

他母亲的声音几乎让这个青年要发疯了。

他把马拴上,然后关上马棚的门。他蹚过地上的水噼噼啪啪地往回走,手里的马灯摇晃着。

那个无知觉的被淹死的尸体现在正在房子旁边一段最深的水中流过。弗雷德·布兰文朝他妈妈走去。

"我到车棚里去看看。"他说。

"汤——姆,汤——汤——姆!"那尖厉的非人的声音继续喊叫着。弗雷德·布兰文的血液几乎都要凝住了。他感到十分愤怒。他气得浑身发僵。她干吗要这么叫唤?她那样子简直让他受不了:她穿着一件白色的睡衣,蹲在门口那把椅子上,简直像个小妖怪似的让人害怕。

"他已经把马从车上卸下来了,所以他不会发生什么问题的。"他装作十分正常地咕哝着说。

可是他一走下车棚就陷在一英尺多深的水中。他听到远处哗啦哗啦的流水声,运河已经决口了,水现在已越来越深。

那辆车倒安然无恙,可是哪里也找不到他父亲的影子。这年轻人蹚着水向池塘边走去。水已经淹过他的膝盖,打着漩推着他前进。他向后退了几步。

"他在那儿吗?"母亲发疯一般的叫喊声又传了过来。

"不在。"他简单地回答说。

"汤——姆——汤——汤——姆!"于是又传来了那非人世所有的刺人心魄的叫喊声,那声音似乎非常高,似乎是一种纯粹的超自然的声音。弗雷德·布兰文听着十分厌恶。这声音简直要让他发疯了。它简直像是用一种非常可怕的腔调唱出来的歌声。

屋里的水越来越多了。

"你最好上毕比家去,让他和阿瑟都一块儿来,再告诉毕比太太,把威尔金森也找来。"弗雷德对蒂利说。他逼着他母亲上楼去。

"我知道你爸爸已经淹死了。"她怀着一种奇特的恐惧感说。

那一夜,水越涨越高,直到最后厨房里的水壶都从炉台上给冲走了。布兰文太太独自坐在楼上的窗口,她不再喊叫了。男人们都忙着救出水里的猪和牛。他们弄了一条船来接她。

天快亮的时候,雨住了,在一片可怕的噼噼啪啪和哗啦啦的水声之上,又出现了满天的星斗,接着东方出现了一片鱼肚色,天亮了。在黎明的玫瑰色天光之下,她看到大水朝外面流去,缓慢地流动着,所有的建筑也慢慢从水里露出来。小鸟开始懒散地鸣叫着,仿佛由于黎明的清冷,声音有些沙哑。不久,鸟的叫声显得越来越轻快了,向远处的田野望去,可以看到运河堤岸的一个巨大的缺口。

布兰文太太从这个窗口走到那个窗口,观看着外面的洪水。有人已弄来了一只小船。天越来越亮,水面再也看不见那片红光,白天已经来临了。布兰文太太从房前走到房后,一刻也不放松地全神贯注地向外看着,看着那惨淡的春天的早晨。

她看到了她丈夫的牛皮外衣在水里,因为这时水冲着他的尸体正流过菜园子的篱笆边。她对船上的人叫喊,她很高兴终于找到了他。他们把他从泥巴中拖出来,但没有办法把他弄到船上。弗雷德·布兰文跳到齐腰深的水里,半抱半拖地把他父亲的尸体从水里弄到大路边上。他的头发和胡子里满是稻草、树枝和烂泥。那青年像一只被打伤的野兽大声干号着,蹚着水向前走。母亲不再打扰任何人,独自在窗子前面哭泣。

大夫来了。可是他已经完全死了。他们把他弄到科西泽安娜的房子里去。

当安娜·布兰文听到这消息的时候,她把头一仰,转动了几下眼珠,仿佛有什么东西伸过头来要咬她的脖子。她把头向后仰着,她的思想几乎进入了一种睡眠状态。自从她出了嫁,自己做母亲以来,从前做姑娘时的生活她已经完全忘却了。现在,这忽然出现的惊恐威胁着要冲进她的内心深处,一举扫除梗阻其间的这漫长的日子。她又回到了还是个十七八岁小姑娘的时候,充满了对她父亲的热爱。所以她现在只好往后缩着,逃开眼前的惊恐,死命抓着她当前的生活。

只是当他们把他已死的身躯弄到她屋里来的时候,她看到他穿着一身被水浸透的湿淋淋的衣服,仍是从市集上回来时穿得整整齐齐的一身打扮,浑身透湿,一动也不动,她这才真正体会到那突然袭来的惊恐,感到害怕了。他现在已变成一动也不动、水淋淋的一堆失去知觉的东西了,而在过去,她却一直把他看作是力量和坚强的生命的象征。

她几乎是带着极大的恐惧情绪开始脱掉他身上的衣服,脱掉和他这个富有的农民身份很不相称的那一身赶集时穿上的衣服。孩子们都已被送到牧师家去,尸体安放在客房的地上。安娜开始迅速地给他脱衣服,把他身上的表链和印章等各种小东西都湿淋淋地堆在桌子上。她丈夫和那个女仆在一旁帮忙。他们把死者的衣服脱净,并给他擦洗干净,然后把他放在床上。

他的模样显得很高贵,十分安静地躺在那里。他被淹死的时候也显得非常安详,现在他整整齐齐地躺在那里,不可侵犯,无法接近。在安娜看来,他具有不可接近的男性的威仪,具有死神的威严。这使她不禁肃然起敬,几乎有几分高兴。

妈妈莉迪亚·布兰文也走过来看了看这令人神往的不可侵犯的死者的身体,看到死亡,使她的脸马上显得非常苍白。他现在和无限躺在一起,已经变成某种绝对的东西,不可能再加以改变,也不可能对他再进一步有所了解了。她和他有什么关系呢?他是一个威严的抽象的存在,只不过暂时显现了一下;他是绝对的,神圣不可侵犯的。现在谁还能对他提出什么要求,谁还能谈到他,谈到他这个从生到死的转化过程中偶一显露的人呢?不论生者还是死者都不能再对他提出任何要求了。他既是前者也是后者,他就是他自己,不容侵犯,也不容任何人接近。

"我曾和你共同生活过,我以我自己的方式同样属于永恒所有。"莉迪亚·布兰文说,她体会到自己的孤单,打心里都变得冰凉了。

"活着的时候我没有能完全了解你。现在你居于崇高的死者的地位,更非我所能了解的了。"安娜·布兰文怀着敬畏的心情,简直有点高兴地说。

最受不了的是死者的儿子。弗雷德·布兰文脸色煞白,两手紧握着拳头,他看到他父亲这样的下场,心里充满了愤怒和仇恨,另外他更椎心泣血地希望他父亲还活着,希望还能看见他,听到他说话。他简直无法忍耐。

汤姆·布兰文直到出殡的那天才回家来。和平时一样,他仍然很稳重,不动声色。他吻了吻脸色依然十分阴沉,让人难以理解的母亲;和他的弟弟握了握手,但根本没有抬头看他,他看到了那个镶着黑色把手的大棺材。他甚至还念了念棺材上的牌子:"沼泽农庄的汤姆·布兰文。生于——。死于——。"

这个年轻人的漂亮的沉静的脸显出十分可怕的样子,皱起了眉头,可是没多久它又变得跟原来一样安详了。棺材被抬到教堂里去,丧礼的钟声不时敲响着,哭丧的人头上都戴了用白花做成的花圈。母亲,那位波兰妇女,带着一张阴暗的、失神的脸扶着她大儿子的胳膊走着。他还像过去一样的漂亮,他的脸一动不动,似乎还有点高兴的样子。弗雷德和安娜走在一起,她的样子仍显得那么奇怪,那么动人;他却露着一张像木头一样的毫不妥协的发呆的脸。

只是后来,厄休拉在花园里红醋栗树丛边跑过的时候,却看到她舅舅汤姆穿着一身黑衣服直着身子站在那里,他举着紧握拳头的两手,紧绷着脸,嘴唇向后咧着露出牙齿来,仿佛他正要做出一个可怕的微笑,那样子完全像一只受伤的痛苦不堪的野兽,他的身体不停地抽搐着,像喘着气的狗一样。他面对着一片开阔的地方抽搐一阵,停了会儿,接着又很快地抽搐一阵,可是他的脸却始终不变,露着简直像野兽一样痛苦的表情,牙齿全露在外边,鼻子紧紧地皱在一起,眼睛呆呆地看着前边,显然什么也看不见。

厄休拉看着非常害怕,马上就溜走了。后来当她舅舅汤姆又进屋里来,脸色显得非常庄重和沉静的时候,他简直仿佛是故意装着心情很沉重,装着很悲伤,她注视着他的安静漂亮的脸,仔细回忆着刚才他那副痛苦的样子。可是她看到他的鼻子相当大,包着透明的皮肤很像俄国人的鼻子,她还记得他那修剪得很整齐的小胡子下面的那排牙齿,既小且尖,中间还都露着缝。在他这非常高雅的神态后面,她可以看到他那简直像野兽一样的近于腐败的气质。她感到有些害怕。自此以后,她每次再见到他总止不住要想到他那可怕的近似野兽的一面。

他对她妈妈说声"再见",马上就又走了。厄休拉现在几乎不敢再让他吻她了。可是她却又非常希望他吻她,希望尝到那点不愉快的滋味。

在葬礼期间和葬礼之后,威廉·布兰文简直像发疯似的爱着他的妻子。这次死亡事件使他十分震动。可是死亡以及和死亡有关的一切似乎都只不过进一步激起了他对他妻子的疯狂的、无法抗拒的热情。她似乎是那么离奇而动人,她简直要让他神魂颠倒了。

她让他和她睡在一起,似乎早在等待着他,她也想他。

外祖母在紫杉农舍待了一阵,等待人们把沼泽农庄重新收拾一番。然后她仍然回到她自己的屋子里去,神色安定,仿佛一切都很好。弗雷德全力投入了清扫农庄的工作。他父亲死在那里,只不过使这个地方似乎显得对他更为亲切,也更不可改移地属他所有了。

早就有一种说法,布兰文家的人一般都是暴死的。除了汤姆之外,所有别的人几乎把这看成是很自然的事。可是弗雷德性情执拗,对这事始终也不能妥协。他永远也不能宽恕冥冥中的一种什么力量,如此残暴地杀害了他的父亲。

父亲死后,农庄上显得十分安静。布兰文太太却始终心神不定。她根本不可能再像过去一样,黄昏时候独自一人安静地坐着,白天里她总是站起来彷徨不定地东跑几步西跑几步,似乎她一定要上什么地方去,可又不很肯定该往哪儿走。

人们常看见她穿着她那件小毛衣在花园里闲逛。她还常常爬上马车,坐在她儿子身边,摆出一副孩子气的、热情而又可怕的脸,观望着农村的田野或者市镇上的街道,仿佛所有那些东西都变得对她很陌生了。

安娜的孩子们,厄休拉、古德伦和特里萨每天都经过花园门口去上学。每当她们走过的时候,外祖母总让人把她们叫过来,留她们在农庄吃晚饭。她喜欢让这些孩子陪伴她。

对她的儿子们,她简直有些害怕。她能看出他们阴郁的热情和愿望,以及他们的不满。她实在不愿意再看到这些东西了。甚至弗雷德的那双蓝色的眼睛和宽大的下巴颏也使她感到很心烦。大家心里全得不到安宁。他有他自己的需要,他需要爱情,强烈的爱情,而他却得不到它。可他为什么要去麻烦她呢?他为什么要去对她讲他的不安、痛苦和不满呢?她已经太老了。

汤姆倒是更能克制一些。他一直显得十分平静。可是他却使她甚至更为苦恼。在他的眼睛里,她所看到的只是一个令人精神瓦解的黑暗的深渊,还有他对她迅速的一瞥,仿佛她能够救他,仿佛他要透露出自己的全部心事来了。

老人有什么办法救助年轻人呢?年轻人必须去找年轻人。到处永远是风暴!到了现在,她难道还不能远离开生活,找一个安静的地方独自去安静地躺下吗?可是不能,随时总有阵阵巨浪向她冲来,在它们的障碍前撞得粉碎。随时她总是被纠缠在纷扰、愤怒和激烈的情绪之中,无尽无休,无尽无休,永不停息。而她却希望能够脱开身。她希望最后能获得自己的心情舒畅和安宁。她不愿意她的儿子们再强迫她听一些关于情欲和求爱的残酷的老故事,讲一些不满足的男人深藏在心中的对女人的愤怒。她希望自己已经超出了这一切。可以去享受老年人的安宁和平静了。

她一辈子从来也没有干过多少活儿，所以她现在也只是常常站在花园门口，看看那为数不多的来往行人。一看到孩子总是使她感到高兴，她口袋里常常装着苹果或者各种糖果。她喜欢看到孩子们对她微笑。

她从来没有到她丈夫的坟上去过。她谈到他的时候丝毫也不动感情，似乎他仍然还活着。有时实在忍不住的悲哀也使她淌下几滴眼泪，但很快她又恢复了正常，完全和她平时一样显出很快乐的样子。

遇上下雨天，她总待在床上。她的卧房就是她的世外桃源，她可以在这里躺下来，凝神默想。有时候弗雷德给她念一点书。可是那对她没有多大意义。她有她自己永远做不完的梦，而且始终还没有理出一个头绪来。她需要时间。

这时她的主要朋友是厄休拉。这小姑娘和这位年满六十整天沉思默想的老太太似乎有一种共同的语言。在科西泽，到处是各种活动和热情，一切都似乎是围绕着热情的支柱在活动着。在厄休拉之后，一共又有了四个小孩子，都是一帮小娃娃。这些小生命随时彼此之间都在那里进行冲击。

所以，对那个最大的孩子来说，外祖母床边的安宁气氛简直是可遇难求的了。在这里，厄休拉简直仿佛是来到了一片安宁的天堂里的国土。在这里，她自己的存在对她本人也变得无比简单而美妙了，仿佛她已变成了一朵鲜花。

每逢星期六，她就一定要到沼泽农庄来，而且每次手里总捏着一件小礼物，或者是用彩色纸条编成的小垫子，或者是在幼儿园做手工时做的小篮子，或者是用铅笔画的一只小鸟儿。

每当她出现在门口，现在已经显得很老却更有权威的蒂利一定会伸长脖子，看看是谁来了。

"噢，是你来了，是吗？"她说，"我想着我们也该见到你了，我的天哪，你带来的这个小花环可真了不起！"

让人奇怪的是，汤姆·布兰文已经死去了，蒂利却在沼泽农庄上保持了他的精神。厄休拉常常把她和她外祖父联系在一起。

今天这孩子带来了一个很小的用石竹花做成的花环，里面是白色的石竹花，外面却有一圈红色的花瓣。她为她的这个工艺品感到很骄傲，由于骄傲，因此显得有些羞怯。

"你姥姥在床上呢，你要是上去就把你的鞋擦干净，也别像一只火箭似的嗵地就冲了进去。我的天哪,这花环做得多么漂亮!这完全是你自己做的吗?"

蒂利轻手轻脚地把她引到姥姥的卧房门边,这孩子带着她平常所具有的那种犹豫的奇怪神态走了进去。她姥姥在床上坐着,穿着一件很小的灰色的毛衣。

孩子一声不响在床边磨蹭着,手里举着那个花环。她孩子气的眼睛里闪着光。姥姥的灰色的眼睛也闪着同样的光。

"多么漂亮!"她说,"这花环你做得多么漂亮!这束花真是太可爱了。"

厄休拉把花环塞进她姥姥手中说:"我特意为您做的。"

"一些农民在家里做的花环也都是这样的,"姥姥说,用手摸摸那红色的花瓣,并用鼻子闻闻,"完完全全就是这样扎得紧紧的!她们做这种花环是为了戴在头上——她们把花梗编在一块儿,然后她们就戴上这种花环,穿上她们最好的裙子,到处去游玩。"

厄休拉马上就想象着自己已进入了那故事中的境界。

"您过去也在头上戴这种花环吗,姥姥?"

"我做姑娘的时候长着一头金黄色的头发,颜色有点像卡蒂的头发。那会儿我还有过一个用蓝色的小花朵做的花环,一种大雪后才开的小花,蓝得可爱极了。咱们家的那个车夫安德雷总是把这种花先给我摘来。"

她们就这样闲谈着,然后蒂利给她们拿来两杯茶。在沼泽农庄有一个带着金色花的绿色茶杯是专门给厄休拉用的。除茶以外,蒂利还给她们拿来一点黄油面包和一点水芹,整个气氛是那么奇特和美妙。她一小口一小口地咬着,吃得津津有味。

"姥姥,您怎么有两个结婚戒指?您一定得戴两个吗?"那孩子问道,她看到了她姥姥放在茶盘边露着青筋的有如象牙一般的手。

"因为我有两个丈夫,孩子。"

厄休拉想了一下。

"那您就得把两个戒指都戴着吗?"

"是的。"

"哪个戒指是我姥爷的?"

老太太犹豫了一下。

"你说你知道的这位姥爷?这个是他的戒指,红的这个。这个黄戒指是你从未见过的那个姥爷的。"

厄休拉带着极大的兴趣看着那两个戒指。

"他在哪儿给您买的?"她问道。

"这个?我想是在华沙买的。"

"您那会儿还不认识我的这个姥爷吧?"

"还不认识这个姥爷。"

厄休拉仔细推敲着这个使她极感兴趣的情况。

"他也长着白胡子吗?"

"不,他的胡子是黑的,我想你的眉毛就很像他的眉毛。"

厄休拉忽然开始想着自己的事,不再往下说了。她立即把自己和她的那个波兰的姥爷联系在一起了。

"他也长着棕色的眼睛吗?"

"是的,眼睛的颜色很深。他是一个聪明人,像狮子一样敏捷,他从来一刻也不肯安静。"

莉迪亚至今还对兰斯基怀恨在心。她想到他的时候,总想着自己比他年轻多了。她永远只是二十岁,或者二十五岁,总是完全在他的控制之下。他把她归纳在他的思想之中,仿佛她并不是一个人,仿佛她只是他的一个副手。仿佛她只是他的一件行李,或者是他的做外科手术的一件工具。她对这种情况至今还感到愤恨。而他却永远只是三十岁:他死的时候也不过才三十四岁。她并没有为他的死感到难过。他比她大得多。可是,她现在一想起那时他们过的日子仍感到十分痛心。

"您更喜欢我的第一姥爷吗?"厄休拉问道。

"他们两个我都喜欢。"姥姥说。

想到这里,她又变成了兰斯基的十分年轻的新娘。他出身很好的家庭,甚至比她自己的出身还要好,因为她有一半德国血统。她是一个经济情况很不稳定的家庭的年轻姑娘。而他这个知识分子,这位聪明的外科大夫却一心爱上了她。她当时把他看得多么高贵啊!她还记得她第一次和那留着黑胡子的神气十足的年轻人谈话时她所感到的无比强烈的欢欣。他当时显得那么令人钦佩,而且还是一位权威。在经过她自己家那种松松垮垮的家庭生活之后,他的严肃和信心,他的不可侵犯的权威在她看来简直成了无比神圣的东西。因为她一生中从来没有见过这种情况,她过去的生活环境一直就是那么松懈、懒散,杂乱无章和混乱一团。

"莉迪亚小姐,你愿意和我结婚吗?"他当时曾用那严肃的但有些发抖的声音用德文对她说。她一直就对老看着她的那双黑眼睛感到害怕。那眼睛不是在看她,而是一直盯住她。他是那么严肃认真,那么自信。他的求婚使她无比激动,她马上就接受了。在恋爱期间,他对她的亲吻使她神魂颠倒。她从来没想过也去吻他一下,在她看来,亲吻是男人的事。女人只应当在她的内心深处去品尝受到亲吻的滋味。

刚结婚的那几天,或者说那些夜晚,她真是对他表现得无比谦卑。这种情况后来几乎一直都没有改变。他曾经带她到维也纳,她总是单独和他待在一起,他们完全单独地生活在另一个世界上,一切东西,任何东西对她都是那么陌生,甚至他自己对她也是陌生的。接着他们才真正算结婚了。她带着满腔热情变成了他的奴隶;而他却是她的主人,她的老爷。她只是一位孩子新娘,一个奴隶,她吻他的脚。她当时甚至认为碰碰他的身子,给他脱下靴子,对她来说都是一种极大的荣耀。一直有两年她就是这样做着他的奴隶,趴在他的脚下,搂抱着他的膝盖。

孩子出生了,他依然追求着他自己的一套理想。他让她跟他一起生活,不过是为了有人照顾他的身体。对他来说,她不过是为了维持他的健康身体以便追求他的关于民主主义、关于自由和科学的理想的一种次要然而又必需的物质条件罢了。

可是,渐渐地当她二十三岁、二十四岁的时候,她开始想到她也可以考虑他的那些想法。由于他接受了她对他完全服从的地位,这使得她颇感痛苦不安。尽管他自己不愿意和她讨论任何问题,他的某些同事却愿意和她讨论。她慢慢设法了解别的一些男人的思想情况。他的头脑也并不是唯一的男人头脑!她也并非是仅作为附属品而存在的!她开始注意到别的男人对她所表示的好感。她因此颇为激动,她还记得,在她结婚之后在华沙对她献殷勤的那些男人。

不久起义开始了,她也受到了很大的鼓舞。她愿意在他身边去当一名看护。他像一头狮子一样工作着,最后把自己的生命全部消耗了。她毫无办法地追随着他。可是她对他已经不再信任了。他是那么落落寡合,把很多事情全不放在眼里。他把自己看得太重了。他的工作,他的理想——难道此外一切全都无关紧要了吗?

接着两个孩子全死了,现在对她来说一切都变得那么遥远。他也变得那么遥远。她看见他,她看见他在听到这消息的时候脸色马上变白了,接着他皱皱眉头,似乎在想,"他们为什么偏在这个时候死掉呢?现在我连悲哀的时间都没有。"

"他没有时间悲哀,"她在她的遥远的可怕心灵之中曾经重复说,"他没有时间,他所干的事是那么重要!他把他自己看得是那么重要,这个半疯子!除了他准备起义的工作之外,世界上再没有别的事能引起他注意!他没有时间悲伤,也没有时间去想念他的孩子们!他甚至也没有时间生孩子,真的。"

她曾经不再理他,让他自己去干。可是,在那种混乱情况下,她后来又在他身边工作了。后来为了逃出那一片混乱的局面,她和他一起逃到了伦敦。

他这时已经变成了一个潦倒不堪,心灰意冷的人,他对她毫不感兴趣,对任何人也再没有任何感情了。他的工作失败了,一切全都完了。他的头脑已经完全僵化,接着就死去了。

她不能同意他的话。他失败了,一切全完蛋了,可是在这个失败后面,还有一股永不妥协的热情存在。个人的努力也许会失败,可是人类的欢乐总是存在的。她是属于人类的欢乐的。

他死了,再也不来麻烦她了,可是在他临死以前,又留下了另一个孩子。因而才有这幼小的厄休拉成了他的外孙女。这一点使她感到很高兴。因为她仍然很尊重他,尽管他一直是错误的。

她,莉迪亚·布兰文现在倒颇有些为他难过。他已经死了——他几乎就没有真正生活过。他始终也没有真正了解她。他和她曾经一起睡过觉,可是他从来也不了解她。他从来也没有得到她所能给予他的一切。他是空着手从她身边走开的,所以他从来也没有生活过。他就这样死去,就这样消失了。可是,在他活着的时候他可是一个精力十分充沛的人。

对他从来没有生活过这一点,她始终都不能原谅他。要不是有安娜,有这个眉毛长得和他一模一样的厄休拉,那他便是什么也没有留下,而只是像一个破碎的罐子一样被扔掉了,只是有人还记得他存在过罢了。

汤姆·布兰文是甘心伺候她的。他来到她面前,从她这里得到了他所要得到的一切。他现在也死了,走上了他自己的死亡的道路。可是在他对她的了解中,他已经使他自己变得不朽了。所以她在这里的生活中,在不朽中都有了她自己的地位。由于他已经把他对她的了解带入了死亡,所以她在死亡中

245

也有了自己的地位。"在我父亲的房子中有许多高大的宅第。"

她对她的两个丈夫都十分喜爱。对其中一个,她是个光身子的娃娃新娘,自愿去对他百般侍奉。她爱另一个丈夫,是由于她能从他那儿获得满足,因为他善良,赋予她生命;因为他忠诚地为她服役,变成了她的男人,已经和她合为一体。

只是在这段生活中她才真正有了自己的生活,她才真正变成了她自己。在她第一次结婚以后,除了通过她丈夫,她就从来没有存在过,他是那个有实体的物质,她不过是跟随在他脚边的一个影子。她非常高兴,她终于有了自己的生活。她对布兰文怀着感激之情。她无比感激地向他敞开自己,直到死亡。

在她的心中,她对她的第一个丈夫,对她那个主人,始终怀着模糊的又怜又爱的感情。他死的时候对很多问题的看法是完全错误的。她感到不能忍受的是,他从来没有生活过,没有真正地过过他自己的生活。而他却是她的主人!这一切多么地奇怪!他为什么会成了她的主人?他现在似乎是那么地遥远,那么地和她毫无关系了。

"姥姥,他们俩哪一个?"

"哪一个什么?"

"您最喜欢。"

"他们两个我都喜欢,我第一次结婚的时候还完全是个小姑娘。后来我爱上你姥爷时已经是个妇人了。这两者是很不相同的。"

她们沉默了一会儿。

"我第一个姥爷死的时候,您哭过吗?"那孩子问。

莉迪亚·布兰文坐在床上摇晃着身子,开始自言自语起来。

"我们到了英格兰以后,他几乎很少说话,他自己心里的事情太多,他注意不到身边的任何人。他身体越来越瘦,到后来,两边的脸都变成了深坑,向外伸着一个尖尖的嘴,他再也不让人觉得漂亮了。我知道他不能忍受失败的痛苦,我感到在整个世界上一切全完了。只不过那时候我已经有了你妈妈,她只不过还是个吃奶的孩子。那时,我当然不能死去。

"他用他那双深黑的眼睛看着我,简直仿佛他十分恨我。他生病的时候说,'现在就差这个了。就差我把你和一个吃奶的孩子留下,让你们饿死在这伦敦城里了。'我对他说,我们不会饿死的,可是当时我太年轻,傻里傻气的,的确十分害怕,这一点他是知道的。

"他心里非常苦恼,可是他始终不肯丢开不管,他躺在那里绞尽脑汁,想看

246

看他能不能有什么办法。'我真不知道你们将来怎么办。'他说,'我实在不中用,从头到尾没有干成任何一件事,我甚至没有能力养活我的老婆和孩子!'

"可是你瞧,我们也用不着他来养活。虽然他的生命停止了,我的生命却仍然存在下来。我就和你姥爷结婚了。

"我应该想到这些,我应该对他说:'不要那么悲痛,不要因为现在失败了就死去。你并不是世界的开始和终结。'可是我那时太年轻了,他从来也不让我有我自己的思想,我当时真的认为他就是世界的开始和终结。我让他为世界上的一切事情负责。可是世界上的一切事情并不都依靠他来完成。生命必须前进,我必须和你姥爷结婚,后来我有了你的舅父汤姆和弗雷德。我们不可能对太多的事情负责。"

孩子听到这话,她的心急剧地跳动起来。她不能完全理解,可是她似乎感觉到了许多遥远的事情。知道自己来自非常遥远的国土,来自波兰,而且是一个长着黑胡子的态度非常严肃的人的后代,她的心灵深处顿时冒出一股使她战栗的喜悦。她的祖先对她是非常陌生的,她感到不论从哪一方面讲,命运都非常可怕。

厄休拉几乎每天都要去看看她姥姥,每次她们都要闲谈一会儿。一直到在沼泽农庄床榻边无比宁静的气氛中所讲的那些话和故事渐渐具有了神秘的意味,并对这个孩子成了一种圣经。

后来厄休拉向她姥姥问了一个完全孩子气的问题。

"将来会有人爱我吗,姥姥?"

"许多人都爱你,孩子,我们都爱你。"

"可是在我长大以后有人会爱我吗?"

"噢,会有的,一定会有一个男人爱你,孩子,因为这是你的天性。我希望将来爱你的那个人是因为发现你值得爱而爱你,并不是希望你完全听他摆布而爱你。不过我们都有权利获得我们应该得到的东西。"

听到这些话厄休拉心里很害怕,她心中发虚,她感到她的两脚仿佛悬空了。她使劲抓住她姥姥,只有这里才有安宁和安全。从这里,从她姥姥的安静的房间里,有一个门通向那更大的空间,通向过去。过去是那么巨大,它所包容的一切都显得那么渺小。爱情,生和死,都不过是在一条巨大的地平线上的星星点点的形象。在这巨大的过去之中,去思索一个人的微末的重要性,不免让人感到极大的悲哀。

247

第 十 章

日益扩大的生活圈子

厄休拉是家里最大的孩子,这对她来说是一个沉重的负担。在她十一岁的时候,她每天都得带着古德伦、特里萨和凯瑟琳上学。男孩叫威廉,大家一般都叫他比利,以免和他父亲的姓名混淆。他是一个比较娇嫩的刚三岁的可爱的孩子,所以他每天还留在家里。此外还有一个小姑娘,她叫卡桑德拉。

这些孩子有一段时间就在沼泽农庄一个小教会学校里上学。这是离得较近的唯一的一所学校,尽管村子里的男孩们给厄休拉取了个外号叫"你休拉",把古德伦叫作"磨死人",把特里萨叫作"一盘沙",但因为那学校规模很小,布兰文太太总觉得把孩子送到那里去比较安全一些。

古德伦和厄休拉常在一块儿玩,那第二个孩子整天拖着她的高瘦的懒洋洋的身体,总是在那里没完没了地幻想,简直是不愿意与现实发生任何关系。她的存在完全是为了她自己的幻想,和现实没有关系。厄休拉是一个非常现实的孩子。所以古德伦把这类事情都交给她的大姐姐去管,对什么事都不言而喻地,也不很在意地信任着她。厄休拉十分喜爱这个经常和她在一起的妹妹。

现在还不是让古德伦对任何事情负责的时候,她完全在她自己的独特的生活范围之内,像大海里的一条鱼一样,随便到处漂游。身外的一切都不在她的意下。她永远只相信厄休拉,只信赖厄休拉。

大孩子对于自己必须对其余那几个小孩子负责感到苦恼,特别是特里萨,一个矮胖的横眉怒眼的小家伙,专喜欢和别人干架。

"我们的厄休拉,比利·皮林斯揪我的头发来着。"

"你对他讲什么来着?"

"我什么也没讲。"

于是布兰文家的姑娘们就对皮林斯或者菲利普斯家的孩子们怀下了

仇恨。

"看你还敢揪我的头发不,比利·皮林斯。"特里萨和她的姐姐们一块儿走着,她趾高气扬地看着那个满脸雀斑的红头发的男孩子说。

"我为什么不敢?"比利·皮林斯回答说。

"你不敢就是不敢。"强硬的特里萨说。

"你过来,'一盘沙',看看我敢不敢。"

"一盘沙"大步走过去,比利·皮林斯马上就抓住她黑色的像蛇一样的发环。她非常生气地向他冲过去,顷刻间,厄休拉、古德伦和小凯蒂全都冲过去,于是另外那几个菲利普斯家的孩子们,克莱姆、沃尔特还有埃迪·安东尼也全都参加了战斗。于是一场混战开始了。布兰文家的姑娘们个子都很大,比很多男孩子都厉害。要不是因为她们穿着长裙,又长着很长的长发,她们很可能轻而易举地取得胜利。但她们回家时,头发让人扯乱,长裙也撕破了。菲利普斯家的孩子为撕坏布兰文家姑娘们的裙子感到十分高兴。

接着出现了一片抗议声,布兰文太太不肯答应这件事,她决不能答应。她天生的威严和与世无争的情绪都使她一时十分气恼。接着,当地的牧师到学校来训话,"科西泽的男孩子们在对待科西泽的姑娘们时,竟然忘掉了文明人起码的态度,这实在是一件可悲的事。说真的,一个男孩子竟会对一个姑娘发动进攻,竟会踢她,打她,撕碎她的裙子,那他算是一种什么样的孩子呢?这个孩子应该受到严厉的鞭打,应该被称作胆小鬼,除了胆小鬼,绝没有任何一个男孩子——等等,等等。"

这时皮林斯家的孩子们充满了愤怒,而布兰文家的孩子们觉得自己真是品德出众,特里萨更是如此。两家的仇恨继续着,但有时又变得出奇的和好。那时,厄休拉是克莱姆·菲利普斯的心上人,古德伦是沃尔特的心上人,特里萨是比利的心上人,甚至最小的凯蒂也不得不做了埃迪·安东尼的心上人。这时两家便最紧密地联合在一起。只要有任何可能的机会,布兰文家的几个姑娘就总和菲利普斯家的几个男孩子泡在一块儿。可是不论是古德伦还是厄休拉实际都不可能和菲利普斯家的男孩子有任何真正亲密的来往。这种联合,这种情人的称呼,对他们来说不过是一种幻想罢了。

布兰文太太又开始讲话了:

"厄休拉,我现在告诉你,我不能让你去和一群男孩子一块儿逛大街。你不去,别的那几个孩子自然也就不会去了。"

厄休拉老得代表这个小小的布兰文俱乐部,让她感到多么讨厌啊。她永远不是她自己,不,她永远是厄休拉——古德伦——特里萨——凯瑟琳——后来甚至还加上了比利——的总和。此外,她并不真喜欢和菲利普斯家的孩子要好。她和他们的爱好很不一样。

但不管怎样,由于布兰文家的姑娘们常常毫无道理地自视过高,布兰文家和菲利普斯家的联盟很快就破裂了。布兰文家很有钱,他们可以很随便到沼泽农庄去,学校教师对这些姑娘几乎都抱着尊敬的态度。牧师也对她们另眼相看,布兰文家的姑娘们也自以为了不起,老是高高地扬着头。

"你不是什么牙雕的美人,你休拉·布兰文,你是个丑八怪。"克莱姆·菲利普斯满脸通红地说。

"不管怎么说,我反正比你强多了。"厄休拉回答说。

"是你那么想吧——瞧瞧你那张脸——丑八怪,——你休拉·布兰文。"他开始尽量嘲弄她,想让别的孩子一起来对她起哄。于是两家又开始仇恨起来。她对他们的嘲弄多么仇恨啊。她变得对菲利普斯家的人非常冷淡。在她自己家里,她是非常骄傲的。所有布兰文家的姑娘们都有一种奇怪的盲目的尊严感,她们简直带有贵族的神态。由于出身不同和教养不同,她们似乎总是在她们自己生活的道路上匆匆前进,根本不去考虑她们和别人的关系。从一开头,厄休拉就从未想到过别人可能会对她看不起。她想着凡认识她的人就一定对她有足够的了解,同时按照他的了解来对待她。她认为全世界的人都会和她一样。如果她被迫对任何人非常看不起,她便会感到十分痛苦,而且永远不会宽恕那个人。

对很多小人物来说,这是让人受不了的。布兰文家的姑娘们一辈子遇到的人总是设法把她们往下拉,让她们显得不怎么样。奇怪的是,妈妈对这种情况早已有所知晓,因而随时准备,只要有机会,就不让她的孩子们老待在一个地方。

厄休拉十二岁的时候,公立小学以及和农民的孩子们那种勉强的、窘迫的交往,开始对她产生了影响,于是安娜就让她和古德伦一块儿到诺丁汉的文法学校上学去了。厄休拉大大松了一口气,她早就急切地希望逃开这个到处使人感到难堪的生活环境,逃开这难堪的嫉妒、难堪的大同小异、难堪的无聊。看到菲利普斯家的孩子们比她更穷,比她低下,看到他们说话常常吞吞吐吐,经常爱占一些小便宜,使她感到十分痛苦。她愿意和一些跟她平等的人在一起:她决不愿意降低自己的身份。她就不愿和克莱姆·菲利普斯平等相待。可是,由于这种和那种令人不可理解的痛苦的命运的支配,每当他真正和她在一起的时候,他总使她有一种头脑发紧的感觉。她禁不住拍打着自己的额头,总想赶快逃开。

后来,她发现逃避的办法是很简单的,那就是赶快离开这个地方。她可以赶快到文法学校去,把这里的小学校,这里的这些平庸的老师,把她曾经想爱,结果却无法相爱,因而她永远也无法原谅的菲利普斯家的人全都丢开。她对于那些不起眼的人物有一种本能的恐惧,简直像小鹿怕狗一样。由于自己的盲目,她根本没有办法正确地估价和评论任何人。她只能认为每一个人几乎都是和她一样的。

她总是用她自己家的人:她父亲和母亲,她外祖母和她舅舅们作为标准,来衡量别的人。她爱她父亲,因为他的举止言行是那么简单,而同时又有一个使她既无比喜爱又非常恐惧的根深蒂固的坚强的灵魂;她爱她母亲,因为她是那么简直有点离奇地把金钱、传统和畏惧全都不放在心上,她屹然独立,和任何人都没有联系,把整个世界根本不放在眼下;她爱她的外祖母,因为她来自非常遥远的地方,有一个非常广阔的天地完全以她为中心。所有的人都必须达到这些标准,才能成为和厄休拉交往的人。

所以,在她开始是一个十二岁小姑娘的时候,她就非常喜欢突破这人烟稀少的科西泽的狭窄的圈子。科西泽之外是那么广大,那里居住着许许多多她一定会喜爱的真正的骄傲的人。

每天早晨搭火车去上学,她必须在八点差一刻的时候就离开家,每天回到家里总是在下午五点半以后了。这情况使她很高兴,因为房子太小、太拥挤。整个家里简直是一个风暴的活动区,你根本无处藏身。让她去照管其他孩子,使她更感到厌恶已极。

家里完全是一个风暴的活动中心。孩子们都很健康,整天打闹,妈妈只要他们身体强健就行。厄休拉稍大一点以后,把这种情况看得像一场可怕的梦。后来,她看到一张鲁本斯的画,满纸都是横七竖八的光屁股的小娃娃,画的名字叫"多产",她不禁浑身一哆嗦,从此对这个词感到厌恶至极。还是一个孩子的时候,她就已经体会到生活在一大堆孩子中间,生活在这种多产的肮脏、火热的环境中是一种什么滋味。还是一个孩子的时候,她就极反对她母亲,强烈地反对她母亲的态度,她要求有某种精神生活和庄严气派。

遇上天气不好,整个家里简直变成了一个猴子窝。孩子们在雨里跑出跑进,跑过厨房里的石板地,一直跑到黑沉沉的紫杉树下的小水潭边去,根本不管收拾房子的女用人在一旁抱怨怒骂;孩子们全挤在一张沙发上,孩子们乱踢着钢琴,弄得那里简直成了一个马蜂窝。孩子们在地毯上打滚,一个个四脚朝天,两个孩子抢一本书,把书扯成两半,像小鬼一样无处不在的孩子们偷偷跑上楼去,要找到我们的厄休拉,在她的卧房门口低声喊叫,抓在门环上打秋千,神秘地叫喊着"厄休拉!厄休拉!"要把锁上门躲在里面的那个姑娘叫出来。一切简直毫无办法。锁着的门引起了他们的神秘感,必须打开门让他们看看,以破除他们的好奇心。于是这些孩子全围住她,圆睁着两眼各自提出很多问题。

所有这一切妈妈看着都感到非常高兴。

"让他们吵吵闹闹总比让他们生病好。"

可是姑娘们一个个慢慢长大,也就一个个轮着拨儿感到苦恼。厄休拉现在已经超越了安徒生和格林兄弟的阶段,她开始喜欢《国王歌集》[①]和浪漫主义的爱情故事了。

> 美丽的伊莱恩,可爱的伊莱恩,
> 阿斯托拉的百合般的美人,
> 她住在向东的高塔顶端的闺房里守护着朗斯洛特[②]神圣的宝盾。

她对这首诗多么喜爱啊!她多少次倚在她卧房的窗子上,肩头披着她黑色的粗壮的头发,脸上露出热情的狂喜,目不转睛地注视着教堂里的院子,以及此刻在她眼里已经变成带阁楼的城堡的那个小教堂,从那个阁楼中,朗斯洛特马上就要骑着马走出来了。他将一边骑马前进,一边向她挥手,让他红色的斗篷在紫杉树和旷野之间飘动着;而她,啊,她,却仍只能被孤独地关锁在高高的阁楼中,洗擦着那可怕的盾牌,为它编织出一个无比精美的套子,等待着,等待着,永远等待在高塔之中。

正在这时候,楼上忽然出现一阵轻微的脚步声,接着门外出现了清脆的耳语声和门闩发出的吱吱声,接着,比利激动地说:

"门锁上了——门锁上了。"

[①] 丁尼生的作品。
[②] 朗斯洛特是英国关于阿瑟王的传说故事中一个英勇的骑士,下文厄休拉的幻想也来自这一传说。

接着就出现了敲门声,以及用孩子的膝盖撞门的声音和孩子气的急切的叫喊:

"厄休拉——我们的厄休拉?厄休拉?唉,我们的厄休拉?"

没有回答。

"厄休拉!唉——我们的厄休拉?"现在她的名字被大声喊叫了。但仍然没有回答。

"妈妈,她根本不理,"门外传来响亮的喊叫声,"她已经死了。"

"走开——我没有死。你们要干什么?"那姑娘愤怒地问道。

"把门打开,我们的厄休拉。"外面是可怜兮兮的喊叫。一切全完了。她听到楼下女仆清洗地板时在地下拖过水桶的声音。这时孩子们一窝蜂似的拥进卧室里,问道:

"你在干什么?你干吗把自己锁在屋里?"

后来,她弄到一把教区房子的钥匙,于是她就躲到那里去,拿着几本书坐在一个什么麻袋上。她在那里又开始做另一种梦了。

她是这里一位老贵族的独生女儿,她能够施行魔法,一天接一天在狂喜中度过。她或者像幽灵一样在这陈旧的古老的房舍中游荡。或者沿着那沉睡的廊子跑来跑去。

这时她发现有一件事使她十分悲伤,她的头发颜色太深了。她必须长着金黄色的头发,雪白的皮肤,她对她那一脑袋黑毛感到十分痛苦。

没有关系,等她长大以后,她可以去把它染了,或者到太阳中去晒,直到把它晒得又淡又漂亮。这期间她老戴着一顶用真正的维也纳花边做成的白色的漂亮帽子。

她沿着外面的廊子一声不响地跑来跑去,在那里,身上镶着珍珠的蜥蜴躺在石头上晒太阳。在她的影子落在它们身上的时候,它们还是一动也不动。在那完全寂然无声的环境中,她听到泉水的淙淙声,并嗅到一大团一大团一动也不动的玫瑰花的香味。她就这样东飘西荡,双足踩着美妙的想象荡着,飘过河水和一群群天鹅,飘到那无比富丽的花园中去,在那里,在一棵大橡树下,四脚并拢地躺着一只满身斑点的梅花鹿,几只棕黄色的小鹿偎依在她的身边。

啊,这只梅花鹿正是她所熟悉的那一只。因为她是一位魔术师,这鹿将会和她讲话,就像太阳会讲话那样会对她讲许多故事。

后来,由于她一向毫不在乎,对什么事都漫不经心,有一天她忘了把那间房子的房门锁上,于是孩子们都跑了进去,凯蒂划伤了指头大哭大叫着,比利把一把锋利的凿子砸得缺缺凹凹,把许多东西都给弄坏了。这一来引起了一场轩然大波。

妈妈的不满倒是很快就结束了。厄休拉又把那门锁上,认为一切都已经过去了。可是不久她父亲拿着那些被弄坏的工具走了进来,他紧皱着眉头。

"是谁他妈的把那门给打开了?"他愤怒地叫喊着。

"是厄休拉开过那道门。"妈妈说。他手里正拿着一把布掸子,他一转身就用那布掸子使劲在那小姑娘脸上打了一下。那布掸子非常脏,一时之间那小姑娘简直呆住了。她很久一动也不动,始终紧绷着她那执拗的脸。可是她心中却像火烧一般,不管她怎么忍住,眼泪却不停地流了下来,不管她怎么强忍着,她已无法止住自己的泪水。

不管她怎么忍住,她终于咧开嘴做出一个奇怪的仿佛咽什么东西似的神态,眼泪哗哗地流了下来。她感到十分难堪地走到一边去,可是她的像火烧着的心已变得十分凶狠,决不屈服。看到她走开,他马上有一种痛苦的快意,紧接着,一阵刺心的怜悯之情很快就压过了自己的威力所带来的胜利感。

"我看这是完全不必要的——你不应该用那布掸子打她的脸。"妈妈冷冷地说。

"用掸子那么打她一下是不会打伤她的。"他说。

"也绝不会对她有任何好处。"

接连好几天,好几个星期,厄休拉都一直为这件事怒火中烧。她感到自己无法接受这一点打击。难道他不知道她是如何经受不了打击,如何恐惧和畏缩吗?他比任何人都知道得更清楚。可是他现在竟会对她这样,他是要在她最敏感的地方来刺伤她,他是要尽量叫她难堪,给她羞辱。

她在孤独中燃烧着的心已变得像一堆点燃的篝火。她没有忘掉,她没有忘掉,她永远不会忘掉的。当她回想起她对她父亲的热爱的时候,不信任和抗议的种子,尽管被完全遮盖起来,却已燃烧起无法扑灭的烈火。她不再像过去那样毫无疑问地属他所有了。慢慢地,慢慢地,那不信任和抗议的火焰在她心中燃烧着,完全烧毁了她和他的联系。

她常常独自一人到处乱跑,对一切积极活动着的东西都极感兴趣。她喜欢小河和小溪。不管在任何地方发现一条奔流着的小河,她都感到非常高兴。它仿佛能使她在精神上和它一起奔跑着,歌唱着。她可以在一条小溪和小河边,在几棵白杨树下,一坐几个小时,看着流水携带着一些从树上落下来的枝叶,在乱石中急速地流动。有时候,几条小鱼,如在幻梦中一样,还没有被人看清就又消失了,有时候,有几只鹡鸰在水边奔跑,有时候还有一些别的鸟跑来喝水。她忽然看到一只翠鸟像箭一样飞过——她马上感到无比兴奋。翠鸟是进入魔法世界的钥匙:它是神秘世界的见证。

可是她必须脱出这个错综复杂的交织在一起的幻觉世界:一个父亲的幻觉(他的生活在外部世界已经有类似奥德赛的冒险经历了);她的外祖母的幻觉,如此模糊而遥远的现实简直变得仿佛是神秘事物象征的幻觉:那些在头上戴着蓝色花环的村姑,深冬的雪橇;长着黑胡子的年轻的外祖父,婚姻和战争和死亡;然后关于她自己的许许多多的幻觉,什么她是一个真正的波兰公主,什么她在英格兰完全处于魔法的迷惑之下,什么她并不真正是这个厄休拉·布兰文;然后还有她在书中读到的那些海市蜃楼:她必须从这个她自己的生活的五颜六色的幻觉之中逃脱出去,逃到诺丁汉的文法学校去。

她十分羞怯,也十分痛苦。她常常咬自己的手指甲,而她的手指尖又异乎寻常的敏感,这是一种可耻的暴露。出乎一切常情之外,这思想一直占据着她的心。她常常接连几个小时非常痛苦地绞尽脑汁,幻想自己怎样才能老戴着手套:比方对人说,她的手被烫伤了,或者让人感到她似乎忘记脱掉她的手套了。

因为等到她上中学以后,她就要继承她自己的一份产业了。在那里,所有的姑娘都是贵妇人。在那里,她将和一些完全自由的,和自己平等的伙伴们在一起来往,所有那些猥琐的东西将全被一扫而光。啊,她要是不再咬自己的手指甲该有多好啊!要是她没有这么一个污点那该多好啊!她希望做一个最完美的人——没有任何缺点和污点,过着高尚的和高贵的生活。

还有一件让她感到十分悲哀的事,这就是她父亲完全不能登大雅之堂。他说话仍然是那么简单,仿佛是一个听差重复主人的吩咐似的。他的衣服穿得很随便,看来极不合身。而厄休拉希望穿上华丽的袍服,经过一番盛大的仪式,再去接受她的那份新产业。

对学校她也有一套新的幻想。女校长格雷小姐具有某种光彩夺目的女校长式的性格方面的美。这学校本身原是一位绅士的宅邸,阴森、寂静的梧桐把它同那阴森的不容闲杂人来往的大路隔开,可是这里的房舍都很宽敞,装饰得也很漂亮,朝房后望去,你还可以看到大片的草坪和丛林,看到植物园里的各种名树和一片长满青草的山坡,看到挤满在那个洼地中的市镇的屋顶、阳台,和它们被照在山上的影子。

厄休拉就这样常常独自坐在这个提供学习机会的小山上,向下看着市镇上的烟雾、混乱,以及它的各种生产活动。她感到十分高兴。在那里,在那文法学校里,她认为工厂里的灰烟不可能飘过来,因而空气必然新鲜多了。她希望学习拉丁文和希腊文,学习法文和算术。当她第一次写下一行希腊文字母的时候,她像一位申请工作的人填表一样手指头直哆嗦。

她又爬上另一座山。这座山的山顶她还从来没有爬上去过。她心中老怀着一种十分激动的急切情绪,希望爬上一座山,看看山那边的情景。一个拉丁动词对她来说是一片从未探索过的处女地:她嗅到了一种非常清新的气息。它一定是有意义的,尽管她不知道那是什么。可是她慢慢明白了:它是很有意义的。当她知道 $X^2-Y^2=(X+Y)(X-Y)$ 的时候,她感到自己真学到了一点东西,感到自己从纷忙中解放出来,进入了一种稀有的、不受限制、令人沉醉的空气之中。她带着无比兴奋的情绪写下她的法文练习:

"J'ai donné le pain à mon petit frère.①"

在所有这些学习中,她似乎听到一个号角在对她的心灵发出召唤,激励她,呼唤她走向更完美的境界。她从来也没有忘掉她的那本棕色封面的《朗文初级法语语法》,或者她的那本镶着红边的《拉丁初步》,或者她的那本很小的灰皮的代数学。这些书对她似乎总是有一种神奇的力量。

在学习方面她很聪明,很敏锐,差不多一学就会,可是她的学习总不是那样"深入"。任何东西如果她不能本能地一学就会,她就怎么也学不进去了。于是,她对各种功课的愤怒和厌恶,她对所有的老师和女校长的恶毒的轻蔑,以及她有时表现出的那种无知的傲慢,使她变得十分可厌了。

她是一个自由的、不受任何约束的小动物,她在表示反抗时宣称:对她来说,世界上没有任何法律,也没有任何规章制度。她仅仅为她自己而存在。接着,她和所有的人进行了长时间的斗争,最后,在经历了全面的反抗之后,她终于垮了下来,她感到无比凄凉,伤心地痛哭了一场。末了,在一种遭受失败的反省之中,她终于对许多事情有了她过去不曾有过的理解,从此她变得更聪明,但也更忧郁了。

---

① 法语:我把面包给了我的小弟弟。

厄休拉是同古德伦一道去上学的。古德伦是一个羞怯、安静但又什么都不在乎的孩子,她个子很小,遇事总朝后躲,或者想方设法重新逃回到她自己的世界中去。她似乎本能地避免一切接触,专心一意地自行其是,专心一意去追求一些和任何人都没有关系的尚未成形的幻想。

她一点也不聪明,她认为厄休拉的聪明已经够她们两人用的了。厄休拉什么都了解,那么她古德伦又何必去找麻烦呢?这位小妹妹通过她的姐姐,并以她为代表过着她自己的宗教生活,履行她自己对生活的职责。对她自己来说,她像一个野生的小动物一样对什么都不在意,也同样毫不负责。

当她发现她在全班成绩中处于最末一名的时候,她懒洋洋地大笑着,似乎也感到很满意,并说这样她更安全了。她爸爸会感到痛心,或者她妈妈会非常恼火,她全都毫不在意。

"我花那么多钱把你送到诺丁汉去,是让你干什么去的?"她父亲气急败坏地问。

"噢,爸爸,你知道,你完全没有必要为我花钱,"她十分冷淡地回答说,"我本来就愿意待在家里。"

待在家里她觉得很快乐,而厄休拉却不是这样。古德伦个子很小,根本不愿意出门,她待在自己家里就好像一个小动物待在自己的窝里一样。而老注意着外界事物,一心想出外的厄休拉,待在家里就感到极不好受,极不舒服,简直觉得不愿意或者根本没法再活下去。

但不管怎样,对她们俩来说,星期天是最伟大的日子。厄休拉也总是非常热情地等待着这一天的来临,认为它给她带来了永恒的安全感。在平常日子里,她总怀着难堪的恐惧,因为她感到有很多强大的力量对她根本不承认。她对于权威总怀着恐惧和厌恶的感觉。她感到,如果她有办法避开和权威以及一切有权威性的力量发生冲突,那她就可以永远为所欲为了。但要是她把这个秘密泄露出去,那她可就全完了,就会被彻底毁灭了。她永远感到有什么东西在威胁着她。

这种奇怪的残酷和丑恶的感觉随时存在,随时准备向她扑来,这种一般人(只有她自己是个例外)随时都表现出来的强烈的嫉妒情绪,成了她在生活中所受到的最严重的影响之一。无论在什么地方,在学校里,在朋友们中间,在街上,在火车上,她都本能地抑制住自己,尽量不让自己出头露面,把自己假装得更无能一些,因为她害怕有人会看见她的未被发现的自我,怕它被人拉住,怕它受到那个低下、平庸的自我的残酷和充满仇恨的攻击。

现在,在学校里她感到安全多了。她知道如何把自己放在一个适当的位置,如何在许多问题上有所保留。可是只有在星期天她是自由的。在她还是一个十三四岁的小姑娘的时候,她便开始感到,在她的家里,大家对她的厌恶情绪越来越大了。她知道在家里她是一种惹起麻烦的因素。但尽管如此,到了星期天她还是自由的,真正的自由,对自己感到自由,也就是说,没有任何恐惧和不安的感觉。

即使赶上风雨交加的日子,星期天也是值得庆贺的。厄休拉在星期天醒来的时候总有一种无比快慰的感觉。她自己也奇怪,她的心情为什么那么的舒畅。然后她才会想起来,这一天是星期天。这一天,她感到似乎在她的周围随处都有一种欢乐的气氛,有一种无比自由的感觉。整个世界在这二十四小时中似乎已经停顿下来,被搁在一边了,只有星期天的世界仍然存在着。

在这一天,甚至家里的那种混乱状态她看着也十分高兴。如果孩子们睡到七点还不起来,那就算是幸运。一般说来,刚一过六点,便听到一声鸟叫,一阵人声,接着许多小鸟叽叽喳喳开始叫起来,宣布新的一天的开始,然后是孩子们的小脚迅速在地上跑动的声音,孩子们只穿着衬衣,到处奔跑,红红的腿,星期六晚上刚洗过的晶光闪亮的头发,洁净的身体使他们的心灵激动起来了。

当半裸的洗得很干净的孩子在屋里到处乱跑的时候,父母当中必有一个此刻便会马上起来,或者是又浓又黑的头发松散地披在耳边的懒洋洋地胡乱穿着衣服的母亲,或者是头发支棱着、衬衫纽扣敞开着、样子显得很舒服的父亲。

这时,待在楼上的姑娘们就会听到几乎每天都出现的几句话:

"当心,比利,你这是要干什么?"父亲用他那洪亮的颤抖的声音说;或者是妈妈的庄严的声腔:

"我可是早说过,卡西,我是不许这样的。"

让人不能不感到吃惊的是,父亲的声音,尽管他一动也不动,却响得如同敲锣一样,而母亲,尽管她的衣服到处都向外支棱着,头发也没有拢上去,满屋的孩子闹翻天地狂喊乱叫,她却能够像一位皇后接见臣下似的说话慢条斯理。

不一会儿,早饭端了上来,楼上几个较大的姑娘也下楼去跟着大家一起乱吵吵,而那一群半裸着的孩子,用古德伦的话讲,则像从后面望去的一队天使,一会儿让你看见几条光着的小腿和几个光着的屁股,一会儿又不见了。

接着,那几个小家伙一个一个慢慢被抓住了,然后给他们脱下睡衣,准备给他们穿上干净的星期天的衬衫,可是不等人把衬衫套过那金羊毛的头发,那光着的小身子又已经远远逃开,倒在作为客厅地毯的羊皮褥子上了。这时妈妈一边严厉地呵斥,一边像抡着套索似的举着衬衫,在孩子们后面追着,而这时尽管父亲也亮开了响亮的嗓子,那光着身子的孩子却四脚朝天倒在那大毛的羊皮褥子上,高兴地大叫着:

"我在海里洗草,妈妈。"

"你干吗让我老拿着你的衬衫在后面追你?"妈妈说,"赶快起来吧!"

"我在海里洗草,妈妈。"那个打着滚的光着身子的孩子说。

"我们都说洗澡,不说洗草,"妈妈带着她满不在乎的奇怪的威严说,"我这儿拿着你的衬衫等着呢。"

最后衬衫穿上了,袜子配成了对,小裤子扣上了纽扣,小裙子也从背后扣上了。接着便出现了在吊袜带问题上全都推卸责任的那种令人不安的怯懦表现。

"你的吊袜带哪儿去了,卡西?"

"我不知道。"

"那么,去找找吧。"

可是稍微大一点的布兰文家的孩子谁也不拿妈妈的话当回事。当卡西爬到屋里所有的家具下面,把她星期天的干净衣服全都弄得乌七八糟,使所有的人都不免为之难过之后,只得把她拉去洗洗脸和洗洗手,关于袜带的事也就全给忘了。

到中午,厄休拉看到卡西小姐的袜子全滑在脚背上,露出一双脏兮兮的膝盖,从主日学校往教堂跑的时候,她止不住愤怒已极了。

"简直是丢人现眼!"厄休拉在吃晚饭时大叫着说,"人家会以为我们家都是些猪狗,孩子们是从来不洗的。"

"甭管别人怎么想,"妈妈毫不在意地说,"我知道该让孩子洗澡的时候就让他洗澡,只要我自己满意了就行。至于别人怎么样,我管不着。她没有袜带,没法儿不让她的袜子往下掉,既然家里没给她系上袜带,这也不是孩子的错。"

袜带问题在不同程度上一直是个问题,直到后来每一个孩子都穿上长裙子或者长裤子的时候,这个问题才算基本上解决。

在那处处讲究排场的日子里,布兰文家的孩子要去教堂必须走大路,在菜园子的篱笆外面绕一大圈,决不肯爬过那堵高墙翻过去。他们的父母也没有规定他们必须这么做。孩子们自己非常注意安息日的各种不容侵犯的规矩,而且彼此都毫不含糊地严格监督着。

就这样,渐渐地每逢星期天大家从教堂里回来的时候,家里真是变成了一所神圣的圣殿,宁静仿佛化作一只离奇的小鸟飞进了各个房间。在屋里只许看书,讲故事,或者安静地学学画。在屋外做任何游戏也只能安安静静,不许吵闹。如果有人发出嘈杂声,喊叫或者吵闹,那就准会唤醒爸爸或者大一点的孩子心中凶恶的精灵;较小的孩子,唯恐遭到驱逐,所以也很知道收敛。

孩子们自己很注意安息日的种种礼节。如果厄休拉一时高兴,唱着:

  Il était un' bergère

  Et ron-ron-ron petit patapon①,

特里萨就一定会大叫着说:

"你不该在星期天唱这个,我们的厄休拉。"

"你根本不知道。"厄休拉做出不屑的样子回答说。但不管怎样,她也有一些犹豫了。没等唱完那支歌,她的歌声就慢慢听不见了。

因为,尽管她自己都不知道,她是把星期天看得十分珍贵的。在这一天,她发现自己好像待在一个什么说不清的很奇怪的地方,在那里,她的心灵可以在无数的梦境中活动而不受到任何攻击。

耶稣基督的穿着白袍子的圣灵在橄榄树丛中走过,这是一种幻觉,并不是现实。而她自己却仿佛也参与了这种幻境中的生活。夜里有一个声音在叫喊"撒母耳,撒母耳!"这声音夜里一直在那里叫喊。可不是今天夜里,也不是昨天夜里,而是在星期天的深不可测的黑夜中,在安息日的宁静之中。

这里还有罪恶的化身,那条却也有一定聪明的蛇。这里还有拿着钱的犹大和他的亲吻。②

但是这里并没有真正的罪孽,如果厄休拉打特里萨一耳光,即使是在星期天,那也不能算是罪孽,永远无法洗清。这只能算有失检点的行为。如果比利

---

① 法语,大意为:"从前有个牧羊女,嗡嗡嗡,小声点,吧哒砰。"
② 这里所讲都与《圣经》故事有关。蛇当指引诱亚当偷吃禁果的撒旦;犹大的钱当指他出卖耶稣所得的三十块银圆。

在上主日学校的时候逃学不去,那他只是不好,只是很坏,但他却不是一个罪人。

罪孽是绝对的,永恒的:坏和不好是暂时的,是相对的。当比利学着当地的孩子们的口气,把卡西叫作"罪人"的时候,全家的人都非常讨厌他。可是有一次,有一只耷拉着耳朵的小哈巴狗跑到沼泽农庄上来了,他们却恶作剧地给它起个名字叫"罪人"。

布兰文家的人从不愿意把宗教思想应用于他们眼前的各种活动,他们追求的是那种永恒的不朽的感觉,而不是应在日常生活中遵守的规章和礼节。因此,他们都是些行为很不检点的孩子,冒失,自高自大,尽管在感情上并不是那么狭隘。此外,他们还摆出一副非常骄傲的神态——这是他们的一般邻居都感到难以容忍的,这和喜欢民主的基督徒的自重观念是极不相称的。所以他们常常显得很特别,和普通人无法混在一起。

厄休拉是多么痛恨她最初认识的一个满嘴福音教义的教徒啊!每逢把上帝拯救世人的观念和她本人联系起来的时候,她总有一种说不出来的激动的感觉。"耶稣为我死去了,他为我受尽了折磨。"这话总使她产生一种骄傲和激动的感情。但紧接着也感到十分颓丧,耶稣的两手和两脚上都有窟窿:这让她感到很不是滋味。一个满身是淌着血的伤疤的、脸色阴沉的耶稣:这是她自己的想象。但是那个作为真人的耶稣用他的嘴和牙齿讲着话,告诉人,像一个无知的村民卖弄自己的伤疤一样,把手按在他的伤口上,这形象实在让她感到可厌。许多人坚持强调基督的人性的一面,而她却对这种论点十分仇恨。如果他只是一个普通人,过着普通人的生活,那她当然觉得无所谓了。

可是,庸俗的人们完全出于嫉妒心理,他们坚持强调基督的人性的一面。只有庸俗的头脑才不承认超人的东西,不承认在它的理解能力之外还有任何东西。只有那些"信仰复兴主义者"肮脏的亵渎的手才极力想把耶稣拉进日常生活中来,让耶稣穿上普通人的裤子,强迫他和庸俗的人处于同等地位。只有一些无知的土包子才会问,"耶稣如果处在我的地位,他会怎么办呢?"

布兰文家的孩子对所有这些都十分反感。他们家如果有谁也会受到这种庸俗的呼喊声的感染,并且满不在乎,那就只有他们的妈妈。她从不肯承认任何超出人类的东西。她一辈子也从没有接受过布兰文家的那种神秘的热情。

可是厄休拉却始终和她父亲一条心。当她渐渐成年,到了十三、十四岁的时候,她对她妈妈的那种对什么都满不在乎的态度越来越反感了。在厄休拉看来,她妈妈的态度显得未免太冷淡无情,甚至有些恶毒。在那么多年中,安娜·布兰文什么时候曾经把上帝或者耶稣或者天使放在眼里呢?她的眼睛只看见当前的今天的生活。那时,孩子还正一个接一个源源而来,光是照顾她的孩子们的琐碎小事就够她忙得不可开交了。像她丈夫那样奴隶般地为教堂工作,整天一心一意要去崇拜一个看不见的上帝,这种态度她几乎本能地感到十分厌恶。当一个人有一群小娃娃需要照料的时候,那个从没有露过面的上帝跟她有什么关系呢?让她尽量去注意她生活中当前的问题吧,不要老去想那些遥远的终极问题了。

可是厄休拉却始终想着那些终极的问题。她对孩子很多而又混乱的家庭生活始终十分反感。在她看来,耶稣代表着另一个世界,他不属于这个世界所有。他从没有对着她的脸伸出手来,指着他自己的伤口说:

"你瞧,厄休拉·布兰文,为了你,我身上留下了这么多伤痕:现在照我的吩咐去做吧。"

对她说来,耶稣是那么的美好而又遥远,像日落时的一个白色的月亮在远处放着光,或者像跟在太阳后面挥着手的一弯新月,那是我们无法看见的。有时,在一个冬季的黄昏,极远处一团黑云突然冒出来,出现在一派清晰的墨绿的光线之中,使她想起了各各他①,有时,一个像血一样鲜红的月亮从小山上升起来,使她不禁痛苦地记起,基督现在已经死了,他已经完全死去,悬挂在那十字架上。

每逢星期天,总会出现这种幻境世界。她听到了那长时间的宁静,她知道黑暗和光明的婚礼开始了。在教堂里,那声音不停地响着,而它并非从这个世界传来的回声,倒好像教堂本身是一张依然使用着创世之初的语言的古琴。

"神的儿子们看到了人的女子美貌,就随意挑选,娶来为妻。耶和华说:'人既属于血气,我的灵就不永远住在他里面;然而他的日子还可到一百二十年。'

"那时候有伟人在地上,后来神的儿子们和人的女子们交合生子,那就是上古英武有名的人。"②

看到这些,厄休拉仿佛听到了从远处传来的一声召唤,感到很不安。在那

---

① 各各他是《圣经》上所谓耶稣被钉在十字架上处死的地方。
② 见《圣经·创世记》第6章第2—4节。

些日子里,上帝的儿子会不会发现她很美,会不会有一个上帝的儿子要娶她为妻呢?这是一个使她感到很害怕的噩梦,因为她无法理解。

究竟谁是上帝的儿子呢?耶稣不是上帝的独生子吗?亚当不是上帝创造的唯一的男人吗?显然还有一些并非亚当所生的人。他们是谁,他们是从哪里来的呢?他们也必然来自上帝,上帝,在亚当和耶稣之外,还有很多后代,还有一些亚当的孩子们也不知道来历的别的孩子吗?也许这些孩子,这些上帝的儿子不曾受到上帝的驱逐,不曾遭受到堕落的屈辱。

是这些行动自由的人跑来找到人类的女儿,发现她们很美,并娶她们做妻子,所以这些女人怀孕了,并生下了著名的人物。这是真正的命运之神的事。在那些重要的日子里,当上帝的儿子来到人类的女儿身边的时候,她一直在到处活动。

不论这些说法和神话何等相似,这也并不能消灭她对这些知识的热情。宙斯为了爱一个诚实的女人,曾经变作一头牛或者一个男人。他让她给他生下了一个巨人,一位英雄。

他在希腊曾经这样做过,这很好。可是她自己并不是希腊女人。宙斯,潘,或者这些神中的任何一个,甚至酒神或者阿波罗都不肯来到她的身边。可是那些娶下人类的女儿为妻的上帝的儿子们,终归会有一个要来娶她为妻的。

她老这么想着,老抱着这么一个秘密的希望。她过着一种双重的生活,在一种生活中,无数的生活琐事淹没了一切,在另一种生活中,日常的生活琐事却被永恒的真理代替了。她十分迫切地希望上帝的儿子们能够来到人类的女儿们身边:她慢慢越来越觉得她的这种愿望和这种愿望的实现甚至比日常眼前的事更为可信了。一个男人就是一个男人的事实,并不能说明他就是亚当的后代,也并不能排除他就是没有历史记载,没有人能说明其来历的上帝的儿子中的一员。到目前为止,她只是有些被弄糊涂了,但她的信念并没有完全被否定。

后来她又听到那个声音说:

"骆驼穿过针的眼,比财主进神的国,还容易呢!"[①]

可是有人解释说,那针眼只是一个步行的人能通过的门,驼背的大骆驼背上背着许多东西是不可能挤过去的:也许,如果它是一头小骆驼,又不怕冒点

---

① 见《圣经·路加福音》第18章第25节。

风险,它也许能挤过去。因为我们不能绝对排除富人走进天堂。主日学校有一位老师就这么说过。

她也很高兴地知道,在东方,一个人必须说话非常夸大,不然没有人肯听你讲话。因为一个东方人愿意看到一件事情被夸大得可以充盈天地,或者缩小到什么也不是的地步,否则对他就不会产生什么印象。她马上对东方人的这种头脑颇有同感。

可是有些话,即使和关于这个针眼的知识或者夸大其词的说法毫无关系,却仍然有它自己的意义。对语言的历史性和地方色彩,以及在心理学上的兴趣,完全是另外一个问题。那句话的难以说清的价值却是依然存在,毫无改变的。针眼和一个财主,和天堂之间是一种什么样的关系呢?什么样的针眼,什么样的一种财主,什么样一种天堂呢?谁知道?这里讲的是绝对的世界,要用相对世界来解释,那是连一半也解释不清楚的。

但是一个人应不应该按字面来理解这句话呢?她父亲是不是一位财主?他不能进天堂吗?或者他只不过是半个财主吗?或者他差不多就是一个穷人?不管怎样,要是他不肯把他所有的一切都散给穷人,那他总会发现要想进天堂是很不容易的。那个针眼对他来说肯定是太小了。她几乎希望他穷得一个子儿也没有。不管怎样,说到底,一个有钱的人怎么也不会和一个最穷的人一样穷。

可是当她在她的想象中,看到她父亲把他们的钢琴和两头奶牛,以及他们在银行里的存款全都分送给当地的劳动人民,他们布兰文家差不多和惠里家一样贫穷的时候,她却又感到十分不安。她不能让他这么做,她感到简直不能忍受。

"很好,"她想道,"咱们还是放弃天堂吧,这就算完了——不管怎样,咱们不稀罕那个穿过针眼的天堂。"于是她再也不去想这个问题了。她无论如何也不愿意去过像惠里家一样贫穷的日子,就是有人把天下的好话都说尽也不行——她不能去过惠里家的那种悲惨贫困的生活。

所以她现在转而采取了一种不必按字面理解圣经的态度。她父亲是很少看书的,可是他收藏了很多本复制的画册,有时他会坐在那里像个孩子似的无比好奇但又带着非孩子所有的热情仔细看着那些画。他喜欢早期的意大利画家,特别是乔多、弗拉·安杰利柯和菲利波·利皮。这些伟大的作品常使他入迷。他多次拿出拉斐尔的《关于圣餐的争论》,或者弗拉·安杰利柯的《最后的审判》，或者那表现三占星家①的膜拜神态的美丽而复杂的画面来看着，而每次都感到越来越强烈的喜悦。这和建立一套以人的形象作为基本单位的神秘的具有复杂结构的观念有很大的关系。他有时候忍不住要匆匆跑回家去，打开弗拉·安杰利柯的《最后的审判》来看看。那开阔的坟地中的小道，小道两旁堆着的泥土，上面那模模糊糊的天堂的景象：一边是唱着歌向天堂走去的人群，一边是一些人凄凄惨惨地正往下向地狱里走去，这使他感到十分满足。他并不在乎自己相信不相信魔鬼，或者相信不相信天使。整个这一套观念便使他感到无比满意，他再没有什么更多的要求了。

从孩提时代便对这些图片十分熟悉的厄休拉，非常仔细地研究过这些画面。她崇拜弗拉·安杰利柯笔下的花朵、光明和天使，她喜欢那些魔鬼，也非常喜欢那地狱，可是那里所表现的被包围的上帝，在他的头上有一大群天使围绕着他，使她忽然感到非常可厌。最高处的那个形象使她感到厌恶，并引起了她的仇恨情绪。难道这一切的最高境界，这一切的意义就只不过是这个披着大氅的毫无意义的形象吗？那些天使是那么可爱，那光线是那么地美。难道全都只是为了这个，为了围绕着这个庸俗不堪的对上帝的供奉吗？

她感到很不满意，可是她当时还不可能提出批评意见，让她感到惊异的东西还太多了。冬天来临，大雪压弯了松树枝，铺满地上的绿色的松针看上去是那样富丽。那边是野鸡在雪上留下足迹的笔直的无比奇妙的小道；那边是兔子跳过时留下的痕迹：前面两个窟窿，紧跟在后面又是两个窟窿；大灰兔跳过的坑更深，斜得更厉害，两条后腿总是一块儿落下来，在雪上留下一个大坑；猫走过时留下很小的窟窿，鸟的足迹则像是花边似的花纹。

慢慢地一种希望的感情占据了她的心。圣诞节快来临了。夜晚，在那个棚子里总秘密地燃着一支蜡烛，并从那里不停地传出一阵阵低沉的声音。那些男孩子正在那里念诵圣乔治和圣比尔斯巴布的神秘剧。每星期两次，在教堂里的灯光之下，唱诗班在练习歌唱，他们在学习布兰文喜欢听的那些古老的圣歌。姑娘们也去练唱她们自己的歌，任何地方都有一种神秘的轻快的感觉。每一个人都在为圣诞节做某种准备。

时间越来越近，姑娘们开始装饰教堂，她们忍着寒冷把冬青、槲寄生和紫杉绑在大柱子上，整个教堂渐渐出现了一种新气象，一直到石头墙上长出了扶

---

① 指《圣经》上记载的在耶稣诞生前便已算出他的出生地的占星家。

疏的枝叶,圣殿顶上长出了待放的蓓蕾,清冷的花朵在那阴暗神秘的气氛中开放了。在黑夜来临之前,厄休拉必须在门上、在屏风上绑上一个用槲寄生做好的花圈,还要在一棵紫杉树上悬挂一只银白色的鸽子。现在整个教堂已经像一片树林了。

在牛棚中,男孩子们正在往脸上涂黑,准备彩排;在牛奶房里,一只已经被宰掉的火鸡挂在那里,张着它的斑斑点点的翅膀。现在该开始做馅饼了,必须事先准备下来。

等待的心情越来越急切。那颗星已在天空升起,各种歌唱和圣歌早已准备好,等待欢迎它。这颗星是天空的一个信号。大地也应该发出信号了。黄昏一步步来临,一颗颗的心已经开始为即将到来的欢乐跳动起来,每个人的手里都捧满了各种礼物。教堂的礼拜更增加了人们迫不及待的心情,夜晚慢慢过去,黎明就要来临了,赠送和接收礼物的活动在不停地进行着,欢乐和和平在每一个人的心灵中展开了翅膀,到处爆发出一阵阵的圣歌声,世界和平已经来到人间,斗争的时期已经过去,每一只手都挽着另一只手,每一个人的心都在欢快地歌唱。

尽管那个圣诞节,到天晚时候,到了夜里已变得像银行放假的公假日一样十分平淡无味,让人不免扫兴。但第二天早晨却真是美妙无比,可是到了下午和晚上,快乐的心情却像暖冬时候出现的一个花苞,突然被人掐掉似的完全消失了。多么不幸,圣诞节只不过是让大家各自在家吃喝一顿,只不过是给孩子们买来许多糖果和玩具罢了!大人为什么不能也改变一下他们平日的心境,也来狂欢一番呢?再说,那狂欢到底在哪里?

布兰文家的人多么热切地希望能具有那种欢乐心情啊。父亲在圣诞节晚上,因为没有那股热情,因为这一天和别的一天没有什么两样,绷着个脸,显得十分苦恼,因而全家人的心也就完全冷了。妈妈和平时一样始终摆出那么一副心不在焉的样子,好像她已经置身于她现在的这种生活之外了。现在,期待的东西已经来临了,哪里有什么喜悦的欢乐的心情;哪里是那颗星星,哪里是那占星家的狂喜,是整个大地为之震撼的动人心魄的新生[①]?

不过,尽管那欢乐的心情十分微弱和不足,但那种心情倒仍是存在的。创世的循环在这教堂的年份中仍然在循环着。圣诞节后,欢乐的心情已慢慢减

[①] 这里所讲当是指《圣经》上所描述的耶稣诞生时的情景。

缓和改变了。一个星期天又一个星期天,这一家的心情也慢慢经历了一番十分细微地发展着的变化,并引起了一种十分精细的行动。那颗曾见到那颗星星的充满欢乐的心,随着它走进了耶稣诞生的房间,并曾在那里的耀眼的光辉中感到晕眩,现在必然会感到光明在慢慢隐去,一片阴暗的影子降落下来,到处都变得越来越黑了。一阵寒冷袭来,大地已被沉默所淹没,然后到处是一片黑暗。那殿堂里的帷幔裂成两半,每一颗心都失去了它的灵魂,倒下慢慢死去了。①

孩子们露着苍白的嘴唇,在耶稣受难日安静地活动着,全感觉到一个阴影压在心头。然后,在令人窒息的死亡的气息中,又出现了复活节的百合,它冷冷地闪耀着,直到圣灵再现。

可是,为什么总也忘不掉那伤口和死亡呢?是不是应该说,毫无疑问,基督的手脚应该已经养好?他应该已经变得健康、强壮和十分高兴了?是否可以说,毫无疑问,关于十字架和坟墓的那一段已经被忘掉了?可是不——永远忘不掉那伤口,永远忘不掉那尸衣的气味。在这种轮回中,复活,和那十字架与死亡相比起来,不过是一件很小的事。

就这样,孩子们度过的是基督教的年月,是关于人类的灵魂的史诗。年复一年,这内在的、不为人所知的戏剧在他们心中扮演着,他们的心诞生了,成熟了,经历了被钉在十字架上的痛苦,失去了自己的灵魂,然后再复活过来,准备度过无数的日子,他们丝毫不感到疲倦,因为他们在这坎坷的毫无意义的生活中至少感觉到了这种永恒的节奏。

可是这个戏剧慢慢已经变成一种机械活动了。圣诞节降生,到受难日便死去。到复活节的那个星期天,这个关于一个人的一生的戏剧其实已经可以算是结束了。因为关于复活那一段显得非常阴沉,而且仍然笼罩着死亡的阴影,至于上天那一段大家几乎很少注意,不过是对死亡的一种肯定罢了

希望和使人感到满足的地方又在哪里呢?不,所有这一切是不是可以说只不过是一种无用的死后的生活,一种惨淡的没有肉体的死后生活呢?对于人类内心的热情来说,这真是不幸而又不幸,它必须在肉体死亡很久很久以后才会死去。

---

① 《圣经·马太福音》载,耶稣死时,"殿里的幔子从上到下裂为两半,地也震动,磐石也崩裂,坟墓也开了;已睡圣徒的身体,多有起来的。"见第 27 章 50—52 节。

因为在受过热情和痛苦的折磨之后,肉体,破碎的,冷冰冰的毫无血色的肉体才从坟墓里再次复活。基督不是曾经叫着"马利亚",而当她向他伸出手去的时候,他不是又连忙补充说"不要摸我,因我还没升上去见我的父"①吗?

那么,既然她这样遭到了拒绝,她的手怎么会感到欢乐,她的心怎么会感到欢欣呢?这对于死者的复活是多么地不幸!对于复活的基督的犹犹豫豫、若隐若现的再次出现是多么地不幸!对于进入天堂一事是多么地不幸!因为那不过是死亡中的一个影子,不过是一种全然的消失。

这出戏竟结束得这么快,又是多么不幸啊;这个生命在仅仅三十三岁的时候就结束了;而这个灵魂所度过的大半数年月都不被人所知,没有任何历史记载!多么不幸啊,复活的基督竟没有和我们在一起!多么不幸啊,这种对于悲哀、死亡和坟墓的记忆竟轻而易举地完全淹没了复活的暗淡的事实。

可是为什么?为什么我不能让我完好无缺的身体仍然充满着无限活力和我一道复活?为什么当马利亚喊着拉波尼②的时候,我不可以把她拉过来,吻着她,把她紧紧搂在怀里呢?为什么那复活的尸体像死的一样,而且满身是让人讨厌的伤痕?

复活是回到生活中来,而不是回到死亡中去。我是否应该看到那些复活的人完全具有完美的肉体和灵魂在我们之间走动,带着肉体的欢欣,过着肉体的生活,经历着肉体的爱,生下有血有肉的儿女,并最后达到完美的境界,没有任何伤痕和污点,健康的身体不会再有对疾病的恐惧?复活后的这段时期,难道不应该是表现男性性格的欢乐的对一切感到满足的时期吗?复活以后,谁还会念念不忘过去的死亡和那十字架,谁还会害怕属于天堂的那神秘的完美的肉体呢?

我既然从悲哀中逃脱出来,那么我难道不能怀着无限的欢欣在大地上活动吗?在我复活以后,难道我不能欢乐地和我的弟兄在一起吃饭,怀着无比喜悦的心情亲吻我所喜爱的人,举行盛大的宴会来欢庆由我的肉体参加的婚礼,并和我的伙伴们在一起带着无比欢欣的心情急切地进行我的工作呢?是不是天堂正迫不及待地在等着我,而且对大地十分仇恨,所以我必须匆匆赶去,否则我就会无人理睬,慢慢凋萎呢?曾经经历过十字架的苦难的

---

① 见《圣经·约翰福音》第30章第16—17节。
② Rabboni,犹太人对学者及教士等之尊称,相当于master。

肉体,对于街头的群众来说已经变得像毒药一样可恨吗?是不是也可能这对他们来说正是一种强烈的欢乐和希望,仿佛是从大地的腐殖土中生长出来的第一朵鲜花呢?

第十一章

初　恋

　　在厄休拉从一个小姑娘慢慢成长为成熟女性这一期间,一个必须对自己负责的阴影慢慢在她的心头聚集起来。她开始认识自己,意识到在一片不可分割的朦胧之中,她却是一个独立存在的个体,她必须干些工作,她必须有所成就。但她感到有些害怕,感到烦恼。为什么,噢,为什么一个人要长大?为什么一个人要承袭这度过一种尚未发现的生活的沉重而令人麻木的责任?如今却要她从一片空虚之中,一片混乱的冷漠之中,使自己变成一个什么人物!怎么变?要在这没有任何道路的一片朦胧之中认定一个方向!往哪儿走?甚至这头一步该怎么迈呢?再说,一个人又怎么可能站着不动?一个人必须负起自己的生活的责任,这实在是一件十分可恼的事。

　　宗教一直构成她的另一个世界,一个既光荣又好玩的世界,生活在那个世界中,她可以和那个身材矮小的男人一块儿爬树[1],像耶稣的门徒一样摇摇晃晃地在海面上行走[2],像上帝一样把一块面包分作五千份,让五千人痛痛快快地吃一顿野餐[3],完全脱离现实,变成一段故事,一个童话,一个幻境,这一切不管别人如何肯定说全是历史事实,但一个人完全知道那不是真的——至少对我们眼前的生活环境来说不是真的。在我们所知道的这个生活的限度之中,根本不可能有一块面包可以使五千人吃饱那种事。这姑娘的思想现在已慢慢发展,她已经明确地认为,任何一件一个人在自己的生活中无法体验的事,对她来说都不可能是真实的。

---

[1]　《圣经·路加福音》第19章讲,耶稣路过耶利哥的时候,有个名叫该撒的税吏要看看耶稣是怎样的人,但因为人多,他身材矮小,便爬上树去看。

[2]　《圣经·路加福音》第14章讲,耶稣曾在海面上行走,他的门徒彼得见状害怕,于是耶稣也让他在海面上行走。

[3]　《圣经·马太福音》第14章讲,耶稣曾以五个饼两条鱼使五千人吃饱。

所以,那古老的双重生活:一方面是那个有人、有火车、有职责和各种报道的工作世界,另一方面则是那个绝对真理和神奇生活的礼拜日世界,那个人在水上行走,上帝的脸面使人眼瞎,追随着一根云柱飞越沙漠,只看到丛林噼啪燃烧却看不见烧毁的礼拜日的世界——忽然间这个古老的从来没有人提出过疑问的双重生活彼此分离了。工作日世界战胜了礼拜日世界,那礼拜日世界不是真世界,或至少并不实际存在。而一个人却依靠行动活着的。

只有工作日的世界跟我们实际有关,她自己,厄休拉·布兰文必须知道怎样来对付工作日的生活。她的身体必须是属于工作日的身体,受到人世的尊敬。她的灵魂必须具有工作日的价值,凭借人世的知识来对它加以评定。

是啊,一个人必须设法度过他的工作日的生活,行动和事业的生活,因而一个人完全有必要来选择自己的行动和自己的事业。一个人不论干什么都必须对这个世界负责。不,一个人还不仅仅是对这个世界负责,还要对自己负责。那个礼拜日的世界在她心中还留下某些令人疑惑和苦恼的残余。那个礼拜日的生活本身还有些残留在她的心中,它坚持要让她对那个现在正日益消失的幻境世界保持某种联系。一个人怎么可以和他们完全否定的东西保持联系呢?她现在的任务是学会如何去过礼拜日的生活。

如何行动,这是当前的主要问题。往哪里去,如何实现一个人的自我?一个人并不是他自己,他只不过是一个刚讲了一半的问题。当一个人只不过是一件不确定的似是而非的东西,像天空中的风一样,摸不着,说不清,到处飘动的时候,他如何才能实现他的自我,才能弄清关于他自己的问题的回答。

她转向那幻觉的世界,从那里曾传出一些遥远的话语,像看不见的清风的微波一样在她的血液中流动,她又听到了那些话语,她否认那个幻境,因为她必须成为一个工作日的人,对她来说,一切幻境都不是真实的,对于任何话语她只希望知道它在工作日中的意义。

那幻境的确曾讲过一些话:但任何话必须具有工作日的意义,因为所有的话都是工作日世界的产物。让它们现在说吧:让它们用工作日的词汇讲出它们的话。那幻境本身也应该用工作日的词汇加以翻译。

"要变卖你一切所有的,分给穷人。"[1]在一个星期天早晨她听人说。这话是再清楚不过了,在星期一早晨听来也再清楚不过了。当她走下山坡,往车站

---

[1] 见《圣经·路加福音》第18章第22节。

走去,准备上学的时候,她心里还一直在想着这句话。

"要变卖你一切所有的,分给穷人。"

她自己愿意这样做吗?她愿意卖掉她的背上镶着珍珠的梳子和镜子,她的银蜡台,她的耳环,她的可爱的小项链,然后穿得像惠里家的人一样破破烂烂:像对她来说所谓的"穷人"一样,不梳不洗,破烂不堪吗?她不愿意。

这个星期一的早晨她简直像是在苦难的边缘徘徊。因为她的确希望怎么对,就怎么做,但她又绝对不愿意按照圣经上讲的去做。她不愿意变得很穷——真正一个钱没有,像惠里家的人一样活着,丑陋不堪,到处受到别人的怜悯:这情况她连想都不敢想。

"要变卖你一切所有的,分给穷人。"

在实际生活中,一个人不可能这样做。这使她感到多么心烦和苦恼啊!

你也不可能真的递过另一边脸去。特里萨曾打过厄休拉一耳光。厄休拉一时沉醉于基督徒的谦虚,不声不响又把她的另一边脸递过去。特里萨认为这是一种挑战,一怒之下在那边脸上又给了她一耳光。这时厄休拉怀着无比愤怒的心情,低着头走开了。

可是,愤怒和难以忍受的深刻的羞辱折磨着她,一直到她又一次和特里萨发生争吵,推搡着她妹妹的头,几乎把她的头给撞碎之后,她的愤怒才终于平静下来。

"这算是给你一点教训。"她咬牙切齿地说。

她走开的时候虽然很不像一个基督教徒,可是她却心安理得了。

基督徒的这种谦恭实在有些让人觉得可笑和下流。厄休拉对这另一个极端,忽然也感到无比反感。

"我讨厌惠里家的人,我希望他们全都死掉。我的父亲为什么就这样把我丢下,弄得我们非常贫穷,谁也看不起?他为什么不能更有出息些?我们要是有一个我们应有的父亲,他就应该是威廉·布兰文子爵,我就应该是厄休拉小姐!我有什么权利变得很穷,像一个蛆虫似的在小胡同里爬行着?如果我能完全享受我的权利,我应该穿着一身猎装,骑在大马上,后面跟着我的赶马人,我将在一家农舍的门口停下来,对那个抱着孩子走出来的农村妇女,问她那个摔伤腿的丈夫现在怎么样了。我将从马上弯下腰,拍拍那孩子的像披着乱麻一样的头,从我的钱包里掏出一个先令给她,并下令让人从我的官府里把有营养的食物送到村子里去。"

她就这样骄傲地骑着马到处游行。有时,她冲进烈火中,救出一个无人管的孩子,或者钻进运河的闸门下面,把一个忽然腿抽筋的男孩子拖出水面;或者她像闪电一样从一匹奔马的脚下救出一个刚会走路的小娃娃。当然,这一切都是在她的想象中进行的。

可是最后,她忽然又强烈地向往着那礼拜日的世界。当她那天早晨从科西泽走下山来,看到伊尔克斯顿在它的小山顶上散发出蓝色的青烟的时候,那遥远的话语又在她心中响开了:

"耶路撒冷啊!耶路撒冷啊!……我多么愿意聚集你的儿女,好像母鸡把小鸡聚集在翅膀底下,只是你们不愿意——"①

她对基督的热情,希望被聚集在那温暖翅膀底下的愿望,现在又高涨起来,可是这情况怎能适用于工作日的世界呢?这话除了说基督应该把她像母亲搂着孩子一样搂在怀里之外,还能有什么别的意义呢?啊,基督,啊,那个可以把她拥抱在自己的怀里,让她因而忘掉一切的那个男人!啊,那可以为她提供一个逃避之所,并使她获得永恒幸福的男人的胸膛!这热情的渴望使她的每一根神经都颤动起来了。

她也模模糊糊地知道,基督的意义并非仅此而已:知道他所说的耶路撒冷是幻想世界中的一个地方,那地方在日常生活的世界中是根本不存在的。他搂在他的怀里的不是房屋和工厂:不是房产主和工厂工人和普通穷人;而是一些在日常生活的世界中不占有任何位置,而且是从来没有被日常生活的眼睛看见和手触摸到的。

然而她却必须通过日常生活来理解这些东西——她必须这样,因为她的全部生活都是一种工作日的生活,到目前为止,全部都是如此。所以他必须把她的身体抱在他的怀里,那是一个强壮的具有宽大胸骨的胸怀,那里心脏正不停地跳动着,那里充满了她分享到的生命的温暖,那奔流着热血的生命。

因而,她渴望躺卧在一个"人子"的胸怀之中。她在灵魂深处感到很羞愧,十分羞愧。因为基督要让幻境世界回答的话,而她现在却按照日常生活的事实来加以回答了。这是一种出卖,一种偷梁换柱的行为,把幻觉世界和现实世界混淆了。所以她对自己那种宗教方面的狂喜感到羞耻,生怕有人会知道了。

---

① 见《圣经·马太福音》第 23 章第 37 节。

273

在那年早春的时候,当羔羊在用稻草建造的棚子里诞生,在她舅父的农庄上,男人们守着一盏提灯和一只狗在一起守夜的时候,这种把幻觉世界和日常生活世界胡乱混淆在一起的情况还曾发生过一次。那时,她又一次感到耶稣就在那一带的村子里。啊,他一定会把这些小羊羔抱起来搂在怀里的!啊,她就是那小羊羔。第二天早晨,在沿着篱笆外面的胡同走着的时候,她又听到了母羊的叫声,并且知道几只小羊羔闪耀着新生的喜悦,摇晃着身体又来到了人间。她看到它们低下头去,用鼻子乱拱着,摸索到母羊的乳房边去寻找奶头,而那母羊却严肃地把头转向一边,自己若无其事地用鼻子喷着气。它们在吃奶了,它们的细长的腿在欢乐中战栗着,它们伸长脖子,它们的新生的身体轻轻地抖动着,接受那和血一样热的可爱的奶汁。

啊,这福分,这无边的幸福!她简直没有办法强迫自己离开这里上学去。那在乳房下拱动的小鼻子,那无比欢喜和自在的小身体,那微弯的黑色的腿,那一动不动站在那里的母亲,她完全听任它们吸吮着她的汁水,然后这母亲安详地走开了。

耶稣——幻觉世界——日常生活世界——一切在痛苦和幸福的混乱中不可分割地混淆在一起了。这混乱,这不可分割的情况,简直是一种痛苦。耶稣,那幻境,却在对她这个并非幻境的人讲话!而她却接受了这种圣灵的语言,并靠它进一步挑动了她自己的情欲。

这使她感到非常可耻,这种在她自己灵魂中产生的精神世界和物质世界的混淆,使她很难堪。她是依据她当前的欲望在回答圣灵的呼唤。

"凡劳苦担重担的人,可以到我这里来,我就使你们得安息"。①

这是她暂时提出的回答。她多么希望能回答基督的召唤。她多么渴望真走到他的身边,把头枕在他的胸膛上,让他像抚摸一个孩子似的抚摸她,使她能够得到安慰,得到尊重!

整个这段时间,她一直为这宗教激情的混乱的热情所苦,她希望耶稣对她具有充满柔情的爱,接受她的带有情欲的贡献,给予她带有情欲的回答。接连几个星期,她一直沉浸在这种欢乐的沉思中。

但整个这段时间,她心里也明白,她是很不诚实的:她是要以耶稣的热情使自己获得肉体上的满足。但是,她现在是如此晕头转向,头脑混乱不堪。她

---

① 这是耶稣讲的话,见《圣经·马太福音》第11章、第28章。

有什么办法能使自己获得解脱呢?

她痛恨自己,恨不得把自己踩在脚下,把自己毁灭掉。她怎样才能获得解脱呢?她痛恨宗教,因为它助长了她的混乱心情。她咒骂一切。她愿意变得除了当前的需要和当前的满足之外,对什么都冷酷无情,毫无兴趣,麻木不仁。她有一种对耶稣的向往,但目的只是为了利用他来满足她自己的柔情,拿他作为一种工具用以挑起自己的感情,最后使她感到无比苦恼。世界上根本没有什么耶稣,没有什么感伤的柔情,由于她十分痛恨这种难乎为情的状态,她不禁十分厌恶感伤的柔情。

这期间,年轻的斯克里本斯基来到了这里。那时她差不多十六岁,已变成一个苗条而沉静的少女,平时不言不语,可有时候她又会像过去一样毫无保留地讲个没完,这时你便会觉得她仿佛要把她心里话全讲出来。实际上,她只不过是要在外人面前给她的心灵装扮出一副假象。她极端敏感,随时都感到苦恼万分,因而为了掩饰自己,她常常装出一副对什么都不在意的样子。

带着她那种不时发作的热情和她的处于沉睡状态的痛苦,她现在简直感到毫无生趣了。她仿佛老是把自己的灵魂抓在手中,带着渴望的心情在等待着另一个人,然而,在整个这段时间里,在她心灵的最深处,却又总有一种孩子气的因不信任而产生的反感。她想着她爱所有的人,也相信所有的人。可是,由于她根本不能爱她自己,或者信任她自己,她实际是和一条蛇,或一只被抓住的小鸟一样,对什么人都不能信任。她的阵发的反感和仇恨,与她的爱的冲动相比,显然更为难以避免。

她就这样挣扎着,度过她的没有灵魂,没有创造力,未形成真正自我的阴森的混乱的日子。

有一天晚上,她用双手抱住自己的头,正在客厅里学习,忽然听到厨房里有生人说话的声音。她的容易激动的心情立即从冷漠中惊醒过来,支着耳朵细心倾听。它似乎仍然趴伏着,躲在一个什么隐蔽之处,紧张地向外探望着,但不愿被人发现。

厨房里是两个生人讲话的声音,一个柔和而热忱,仿佛掩盖着一种炽热的柔情,另一个说话很快,仿佛行云流水一般。厄休拉十分紧张地坐在那里,一惊之下完全忘了她的学习,有点出神了。她一直倾听着那说话的声音,简直没有注意说的是些什么。

第一个说话的是她的舅舅汤姆。她很熟悉他那用以掩盖他的充满冷嘲热讽和深刻苦难的灵魂的天真的热情。另一个说话的是谁呢？他说话的声音是那么轻快，但其中似乎又夹杂着火一样的节奏。那另一个说话的声音似乎在催促她赶快前去。

"我记得您的，"那年轻人的声音说，"由于您的黑色的头发和白净的面孔，我从第一次见到您就一直记着您的样子。"

布兰文太太又是羞怯又是高兴地大笑了。

"你那会儿还是个一头卷发的小家伙。"她说道。

"是吗？是的，我知道他们对我的一头卷发都感到非常骄傲。"

大家大笑一阵，然后沉默下来。

"我记得你当时是个非常懂规矩的孩子。"她父亲说。

"噢！我留你们过夜了吗？我那会儿常常见谁来都要留他们过夜。我相信我妈妈对这事一定苦恼极了。"

大家又笑了一阵。厄休拉站起身来，她不能不出去了。

一听到门响，所有的人都转过身来。那姑娘顿时感到一阵难堪的混乱，在门口犹豫了一会儿。她必须让人看着十分漂亮，由于她不知该怎么端着自己的肩膀，在门口犹豫的时候，她显出了一副十分动人的颠顶神态。她的黑色的头发扎在脖子后面，犹豫不定的棕黄色的眼睛闪闪发亮。在她身后的客厅里，一盏柔和的灯光照在书架上。

她装得十分自然地向她的舅舅走去，他吻了吻她，热情地跟她谈话，尽量表示出和她十分亲密的关系，但同时让人清楚地看出，他完全是不感兴趣的。

但是她急于想对那个陌生人转过身去。他正靠后几步站在那里等待着，这个年轻人有一双灰色的明亮的眼睛，这双眼睛不到十分必要的时候是不肯做出任何明确的表情的。

他那种半出神的等待状态使她有些激动，当她像一个过于兴奋的孩子憋住气把手伸给他的时候，她忍不住有些混乱而又非常漂亮地大笑了。他用手使劲捏住她的手，鞠了一躬，同时非常仔细地打量着她。她感到很骄傲——她的整个精神马上全活起来了。

"你还不认识斯克里本斯基先生，厄休拉。"她耳边传来她舅父亲切的声音。她带着在生人面前常有的本能的羞怯扬起脸来，仿佛要说她认识他，结果却只是激动地笑了几声。

微微激动的情绪使他的眼神显得有些混乱，原来那种冷漠的端详现在变得急于要与她接近了。这个年轻人现在刚刚二十一岁,身材细长,柔软的棕色头发,学着德国人的式样,从前面一直向后梳着。

"你要在这儿待很久吗?"她问道。

"我有一个月的假,"他说,转眼望望汤姆·布兰文,"可是有好几个地方我一定得去跑跑——在这儿待一阵,在那儿待一阵。"

他使她感到了外在世界的强烈气息。这有点儿仿佛是她坐在一个小山上,却能够模模糊糊地感觉到整个世界都躺在她的脚下。

"谁给了你一个月的假?"她问。

"我是个工程师——在军队里工作。"

"噢!"她高兴地叫了一声。

"我们打扰了你的学习吧?"她的舅父汤姆说。

"噢,不。"她连忙回答说。

斯克里本斯基大笑了,年轻而又充满热情。

"她并没有等着你们来打搅她。"她父亲说。但这话让她听着十分别扭。她希望他让她自己去说她要说的话。

"你喜欢学习吗?"斯克里本斯基向她转过身去说。他是根据他自己的情况提出问题的。

"有些东西我很喜欢,"厄休拉说,"我喜欢拉丁文和法文——还喜欢文法。"

他注视着她,似乎全神贯注在她的身上,接着他摇了摇头。

"我可不喜欢学习,"他说,"他们说军队里所有有头脑的人都集中在工程技术部门。我想那正是我去干这一行的原因——这样我就可以沾光,也算是一个有头脑的人了。"

他似乎开玩笑又似乎很懊恼地这么说。她马上对他十分注意。这使她很感兴趣,不论他有头脑还是没有头脑,他反正让人很感兴趣。他的直爽的性格,他那种独立自主的行动,都使她对他产生好感。她感觉到他的生命正朝着她的方向移动。

"我不认为头脑有多么重要。"她说。

"那么什么东西重要呢?"她舅父半嘲笑半讥讽地轻蔑地说。

她向他转过身去。

"重要的是一个人有没有勇气。"她说。

"干什么的勇气?"她舅父问道。

"干任何事。"

汤姆·布兰文尖声笑了笑。母亲和父亲仿佛倾听着的样子,一声不响地坐在那里。斯克里本斯基等待着。她是为了他在讲这些话。

"干一切事情就等于什么也不干。"她舅父大笑着说。

这时候她完全不喜欢他了。

"她自己并没有照她所说的去做,"她父亲说,同时活动一下身子,把一只腿架在另一只腿上,"她有勇气干的事可真是不多。"

可是她不愿意再回答了。斯克里本斯基安静地坐着,等待着。他的脸不很匀称,扁平的,简直有点难看,鼻子很大,可是他的眼睛却很明亮,出奇地清晰,他的棕色的头发像丝线一样浓密而柔软,他蓄着两撇小胡子,皮肤很白,身材细长,样子十分动人。坐在他旁边,她的舅父汤姆就显得很难看,她父亲看上去更显得很不整洁。然而,他却使她想到了她父亲,只是这年轻人更显得精巧一些,似乎散发着光彩。可他的脸几乎可以说是丑陋的。

在有关他自己的生活方面,他似乎什么也不愿意多讲,仿佛他绝对不成问题,也不可能再有任何改变,他就是他自己。在他身上有一种使她十分感兴趣的一切听天由命的意味。他决不想对别人证明他是一个什么样的人。对于他自己的生命,别人看着像个什么样子,它就算是个什么样子吧。它甘愿处于孤立状态,决不想为自己对人作任何解释,或表示任何歉意。

所以他似乎早已有一种完全不可改移的性格,他决不要求在自己能够独立存在之前,在自己和别人建立起一些关系之前,非要受到别人的影响不可。

这种情况对于厄休拉具有极大的诱惑力。她过去所习惯的都是些没有明确主见的人,他们每受到一种明显的影响,便似乎又变成了一个新人。她舅父汤姆总多多少少有点像是顺着别人的意思在做人,因此,谁也不知道汤姆舅舅是个什么样子。你所知道的只是外表上多少有些固定的、一种流动着的让人无法肯定的形象。

可是,让斯克里本斯基愿意干什么就干什么吧,让他尽量暴露自己,他的一切行动也总是出自自己的责任感,他不容许有人对他提出怀疑,他的孤立状态是永远无法改移的。

因此,厄休拉觉得他这个人很了不起。他身心健康,对任何事都有明确的看法,一切自己做主,也只依赖自己。她在心里对自己说,这才是一个真正的上等人,他似乎天生具有贵族的性格。

她于是马上就让他做了她梦中的主人公。这里就是一位上帝的儿子,他看见了人的女儿,并且觉得她们非常美。他不是亚当的儿子。亚当只知道一味顺从,亚当不是被人连拉带拽赶出了自己的出生地,而且自那以后,人类就一直完全像乞丐一样到处在寻求自己的生存吗?可是,安东·斯克里本斯基就决不会祈祷。他自己掌握着自己的一切,但也就只管他自己,此外什么也不管。别的人不可能真给他任何东西,也不可能从他那里拿走任何东西。他的灵魂是屹然独立的。

她知道她母亲和父亲都很尊重他。家里的情况现在发生变化了。有人到他们家来做客。只要有一次三个天使来到亚伯拉罕的门口,跟他打招呼,和他一起吃饭,并在他家待下来,等到他们离开的时候,他们家从此便会变得富足了①。

第二天,她被邀请前往沼泽农庄做客。那两个男人还都没有回家。后来,从窗口望出去,她看到一辆轻便马车跑了过来,斯克里本斯基从车上跳了下来。她看到他先把身子缩成一团,然后跳下车,对着赶车的她的舅父大笑一声,随着就朝着她,向屋里走来。他显得毫无拘束,一切充分外露。他在他自己的清晰、高雅的气氛中是完全孤立的,他非常地沉静,仿佛一切都是命中注定的。

他这种完全依赖自己的命运的态度使他的外表显得非常懒散,甚至有些颓丧:他很少有大手大脚的动作,坐下的时候,他懒洋洋的,似乎全身都放松了。

"我们来晚了一点。"他说。

"你们上哪儿去了?"

"我们到德比去看我父亲的一个朋友。"

"谁?"

这样直率地提出问题并要求得到明确的回答,对她来说是一种不同寻常的经历。她知道对这个人她是可以这样做的。

"噢,他也是一个牧师——他是我的保护人——保护人之一。"

厄休拉知道斯克里本斯基是一个孤儿。

---

① 此处所讲亚伯拉罕故事见《圣经·创世记》第18章。

"现在你的家到底在什么地方呢?"她问道。

"我的家?——我也说不清。我非常喜欢我的那位上校——赫伯恩上校;另外还有我的那几位姑妈,可是我想我的真正的家是部队。"

"你喜欢这样完全独立地生活吗?"

他明晰的栗色眼睛在她身上停了一会儿,但因为他正在考虑问题,他并没有看见她。

"我想是喜欢的,"他说,"你瞧我父亲——噢,他始终也没能完全适应这里的环境。他要——我也不知道他到底要什么——可总而言之,日子很不好过。还有我母亲——我随时都想到她对我实在好得过头了。我简直能感觉到她对我好得实在太过头了——我的母亲!另外我上学是那么早。但我不得不说,外在世界比牧师们的生活圈子对我来说要自然得多——我也不知道为什么。"

"你有那种像一只小鸟被风刮得迷失方向的感觉吗?"她问道,完全搬用她刚刚学到的一句话。

"不、不。我感到一切事情都十分称心如意。"

他似乎越来越让她体会到那庞大的世界,体会到广大的人群和他们之间的距离。这一切有如花香能把蜜蜂招来似的引诱着她,但它也使她很痛苦。

这时正是夏天,她穿着一件棉布上衣。他第三次看到她的时候,她穿上了一件非常漂亮的带蓝色和白色条纹的衣服,衣服上配有白色的领子,还戴着一顶白色的帽子。这与她金黄色的红润脸色非常相称。

"你穿着这身衣服,我看着再漂亮不过了。"他说,把头微微斜在一边站在那里,用一种研究和批评的神态欣赏着她。

一种新的生活使她心神激荡。她第一次深深爱上了她自己的一个幻影:她仿佛看到了自己反映在他的眼中的那个小巧的影像。她必须做到和它完全一样:她必须非常漂亮。她的思想很快就转到穿衣服的问题上,她唯一的热情是让自己的外表显得很美。她家里的人全都带着惊异的眼光看着厄休拉这种突然的转变,她变得非常文雅了。她穿着那身她自己做的非常合身的棉布上衣,戴上她按自己的意愿做的翻边帽子,看上去真是文雅极了。她忽然有了一种灵感。

在厄休拉跟他谈话的时候,他显得懒洋洋的,坐在她姥姥的摇椅里,懒散地前一下后一下地慢慢摇着。

"你不是很穷吧,你穷吗?"她说。

"你说没有钱吗?我每年大约有一百五十镑的收入——所以你也可以说我穷,也可以说我很富。事实上,我是够穷的了。"

"可你将来会挣钱的。"

"我将会拿到我的工资,我现在就有工资。我已经拿到委任状了,那一来,我又可以拿到一百五十镑。"

"你将来挣的钱还要多,对吧?"

"十年之后,我一年将可以挣到二百多镑。可如果我只能靠我的工资生活,我将永远都是很穷的。"

"你在乎吗?"

"对穷在乎不在乎?现在不在乎——不很在乎,但将来我也许会在乎的。人们——那些军官都对我很好。赫伯恩上校对我颇感兴趣——我想他是一个很有钱的人。"

厄休拉忽然感到一阵透心凉,他打算把自己卖掉吗?

"结过婚了——他有两个女儿。"

但是她的骄傲情绪不允许她去担心赫伯恩上校的女儿会不会想到要嫁给他。

他们沉默了一会儿。古德伦走了进来。这时斯克里本斯基依然懒懒地在晃动着他的摇椅。

"你那样子瞧着可真懒。"古德伦说。

"我就是很懒。"他回答说。

"你看着真像是软弱无力的。"她说。

"我就是软弱无力。"他回答说。

"你别摇了不行吗?"古德伦问道。

"不行——这是 perpetuum mobile。①"

"瞧你那样子,简直像全身没有一根骨头似的。"

"那正是我最喜欢的一种感觉。"

"我对你这种趣味可一点儿也不欣赏。"

"那对我来说实在太不幸了。"

---

① 拉丁文,永动器。

他仍然摇着他的摇椅。

古德伦在他背后坐下来,当他往后摇的时候,她用两个指头捏住他的一绺头发,所以等他再往前摇去的时候,她使劲拽住他。但他完全若无其事。现在屋里只有摇椅压在地板上的声音。古德伦一声不响,像只螃蟹似的,每等他摇过来一次就抓住他的一绺头发。厄休拉红着脸很有些不安地坐在那里。她看到他皱起眉头,越来越有些恼火了。

最后他像一根脱扣的弹簧,突然跳起来,站在壁炉前面。

"真见鬼,我为什么不能摇一摇?"他凶恶地极不耐烦地问道。

他这样像一根弹簧似的从懒散状态中忽然跳起来,使厄休拉觉得他很可爱。他生气地站在壁炉边的地毯上,眼里露出愤怒的光芒。

古德伦仍和她平常一样深刻而柔和地大笑着。

"男人从不坐在摇椅里摇晃的。"她说。

"女孩子从不揪男人的头发的。"他说。

古德伦又大笑了。

厄休拉感到很有趣地坐在那里,可是她在等待着。他知道厄休拉在等待着他。这使得他的血液沸腾起来。他一定得到她身边去,听从她的召唤。

有一次,他驾着轻便马车带她到德比去。他属于那种冒冒失失的工兵,他们在一家小旅店吃了午饭,然后又去逛商场,他们对任何东西都看得非常高兴。他在一个书摊上给她买了一本《呼啸山庄》。后来他们发现了一个小小的集市,她说:

"从前我父亲常带我去坐那摇船。"

"你喜欢吗?"他问道。

"噢,那太有意思了。"她说。

"你愿意现在再去试试吗?"

"太愿意了。"她说,尽管她还有些害怕。可是,能够去干一件不同寻常的令人激动的事,总是对她有很大诱惑力的。

他马上到售票处去付了钱,然后扶着她上去。他现在除了注意他眼前所干的事情之外,似乎把世界上所有的一切全都忘了。对在场的其他人,在他看来全都不必在意。她本来想先不上去,可是她觉得现在离开他反而更难为情,还不如大胆上摇船上去,让大家去看好了。他的眼睛充满了笑意,瘦长的身子站在她面前,开始让摇船摆动起来。她并不害怕,她只感到非常激动。他的脸开始慢慢发红,眼睛里闪动着激动的光芒。她抬头看着他,她的脸好像在阳光下开放的一朵花,是那么地光彩夺目,那么地动人。他们就这样在那宁静的空气中飘荡着,像离弦的箭一样飞向天空,然后又以可怕的速度降落下来。她感到非常高兴。这种运动似乎在他们的血液中扇起了火焰,他们大笑着,感到仿佛全身都着了火。

玩过摇船之后,他们又去玩旋转木马,以便让自己慢慢冷静下来。他扭着身子对着她骑在跳动着的木马上,看上去老是那么自由自在,玩得十分高兴的样子。对旧的传统表示反感的一股热情更使他显得悠然自得。当他们坐在急速旋转的木马上,耳边听着留声机放出的音乐的时候,她始终也没有忘记过四周的人群。他和她似乎永无休止地骑着马在群众的面前跑过,永远轻快、骄傲、英武地骑着马在群众扬起的面孔前跑过,他们是在一个更高的水平上活动,把广大的群众踩在自己的脚下。

后来,他们必须离开旋转木马了。她感到很不痛快,感到自己仿佛由一个巨人忽然缩小得和普通人一样,并不得不自己也混在普通群众之中了。

他们离开市集,回到他们自己的轻便马车旁边去。在走过一个大教堂的时候,厄休拉一定要进去看看,可是整个教堂里到处是脚手架,烂砖碎瓦堆得到处都是,从墙上脱落下来的灰皮,踩在脚下扑哧发响,工人们粗俗的叫喊声和锤子的敲击声在满屋里震响。

在她不顾一切,在集市上,在群众的面孔前骑着木马奔驰了一阵以后,过去的许多她无法控制的向往现在又回到了她的心头,一时间,她似乎带着这些向往忽然进入了一种无比阴森的宁静的境界。在一阵骄傲情绪之后,她需要安抚和安慰,因为骄傲和轻蔑似乎比任何东西都更能刺伤她的心。

她发现这无比古老的阴森中充满了从墙上剥落下来的灰皮,那些灰皮扬起阵阵尘土,使这里充满了陈年石灰的气味。到处是脚手架,到处是成堆的垃圾,连圣坛上也堆满了尘土。

"咱们坐下来歇会儿吧。"她说。

他们不让任何人注意到,偷偷坐在最后一排椅子上,坐在一片阴暗之中,她观看着砌砖工和抹灰工干他们的肮脏、忙乱的工作。穿着长靴的工人在过道里走来走去,用一种粗鄙的声腔叫喊着:

"嗨,伙计,那些抹墙脚的模子拿来了吗?"

从教堂的屋顶上传来哑着嗓子的回答声,那屋子里的回声使人有一种凄凉的感觉。

斯克里本斯基紧挨着她坐着。一切似乎都是无比地美妙,尽管她也许觉得有些可怕,整个世界仿佛已经成了一堆废墟,而她和他却安然无恙、无法无天地在这废墟上胡乱爬行。他紧挨着她坐着,把身体贴在她身上,她也明确感到了他对她所产生的影响。可是她十分高兴,感觉到他挤压在她身上使她十分激动,仿佛他的存在对她就是一种动力,敦促她采取某种行动。

在他们赶着马车回家的时候,他紧挨着她坐着。车子每一晃动,他都有意显得十分放肆地贴在她身上,一直等到车子再次晃动的时候,再坐直身子。一句话没说,在她的披肩的掩盖之下把她的手拿过来,他开始用一只手解开她手套上的扣子,替她把手套脱下,仔细地脱光了她的手,而他却仍然全神贯注地驾着车,仰起脸看着前面的大路。在他替她脱手套的时候,由于他的手和她的手非常轻巧地来回接触,一种充满性感的喜悦几乎让那小姑娘如醉如痴了。他的手是那么美妙,像一个有生命的东西在那黑暗的地下世界十分熟练地拉开手套,触摸着她的手,脱下手套,先让她的手心,接着让她的手指全裸露出来。然后,他用手紧握着她的手,两只手是那么贴近,仿佛他的手和她的手已合而为一了。这时,他眼望着大路和马的耳朵,全神贯注地赶着车在村子里走过。她一直坐在他身边,狂喜不已,脸上焕发着光彩,一种新的光线使她完全盲目了。他们俩谁都不说话。从外表看去他们俩是完全分开的,可是通过他们紧拉着的手,他和她已经完全血肉相连了。

接着,他假装出好像毫不在意的样子,用一种奇怪的声音对她说:

"刚才坐在教堂里让我想起了英格拉姆。"

"谁是英格拉姆?"她问道。

她也装出毫不在意的样子,可是她知道他现在要开始谈一些不该谈的话了。

"他是和我一起到查塔姆去的一个军官——是个副官——只比我大一岁。"

"那教堂怎么会让你想起他呢?"

"噢,他在罗彻斯特认识了一个姑娘,他们常常坐在一家大教堂的角落里谈情说爱。"

"那可太好了!"她不假思索地说。

他们彼此误会了对方的意思。

"但这也有一个缺点。教堂里的执事为这事吵开了。"

"多么混账,他们为什么不能坐在教堂里呢?"

"我想他们都认为这是一种对神不敬的举动——除了你和英格拉姆以及那个姑娘。"

"我不认为这是什么对神不敬,我认为在教堂里谈恋爱是完全正当的。"

她简直是挑战似的冲口而出,完全不去考虑她的灵魂了。

"她长得很漂亮吗?"

"你说谁?埃米莉?是的,她长得相当漂亮,她是个做女帽的工人,她不愿意让人看到她和英格拉姆一块儿上街。这真是有点儿太惨了,因为那个教堂执事一直盯着他们,后来打听出他们的姓名,就当回事吵吵开了。后来简直弄得满城风雨。"

"她后来怎么办呢?"

"她到伦敦去进了一家很大的店铺,英格拉姆仍然常到伦敦去看她。"

"他爱她吗?"

"他和她在一起,现在已经有一年半了。"

"她是个什么样的姑娘?"

"埃米莉个子很小,简直像一朵盛开的紫罗兰,长着一对漂亮的眉毛。"

厄休拉思索了一会儿,这是否是外部世界的一段真正的浪漫故事。

"所有的男人都有情人吗?"她问道,对自己的这种鲁莽态度,自己也感到吃惊了。可是她的手和他的手仍然紧握在一起,他的脸也仍然丝毫没有改变,一直安详地望着前面。

"他们常常提到这个或者那个美得不得了的女人,大家喝得醉醺醺地谈论着她。他们大多数人只要一有空就匆匆跑到伦敦去。"

"去干什么?"

"去找那些美得不得了的女人呀。"

"什么样的女人?"

"各种各样的,一般说来,她的名字老是变来变去。有一个家伙简直是完全疯了,他随时都预备好一个手提箱,只要一有机会,他就提着那箱子跑到火车站去,到了车上再换衣服,不管车厢里坐着什么人,他都可以唰的一下脱下衣服,当着人的面至少把上半身的衣服全部换掉。"

厄休拉抖动了一下,感到有些不解。

"他为什么要那么匆忙呢？"

她说话时已感到喉咙有些发梗，说话不利索了。

"我想是他脑子里一直想着那个女人吧。"

她感到有点吃惊，有点意想不到。可是这个充满情欲的破除常规的世界使她感到十分着迷。她感到这似乎是表现了一种光辉的鲁莽。她现在也开始了对生命的探索。那情景似乎十分辉煌。

那天晚上直到天黑以后，她还一直待在沼泽农庄。斯克里本斯基后来陪她回家去。因为她简直不愿意离开他，她正在等待着，等待着某种新的经历。

那天晚上天气很暖，在四周新出现的暗影中，她感觉到了另一个更坚实、更美、更超然的世界。现在一切一定得进入一个新的阶段了。

他紧挨着她走着，仍是那样一言不发、全神贯注地用一只胳膊搂着她的腰，轻轻地非常柔和地把她拉向他的身边，用那只胳膊使劲压在她的身上；她似乎已让他提起来，在空中飘动，她的脚几乎已碰不到地面了。紧贴在他的坚实的身体上前进，她似乎是躺在他的身上，只感到天旋地转。在她正感到几乎要发晕的时候，他把脸向她更贴近了一些，她的头正倚在他的肩上，现在她的脸已经感觉到了他的温暖的呼吸。然后，轻巧地，啊，轻巧地，那么地轻巧，使她感到简直马上要晕过去了，他的嘴唇接触到了她的脸，她感到似乎在一股黑暗的暖流中漂浮起来了。

她仍然等待着，在她那晕眩和漂浮的状态中等待着，完全像神话故事中的睡美人一样。她等待着。他又一次向她伸过脸来，他那温暖的嘴唇又一次贴上了她的脸。他们放缓脚步站住了。他们在树荫下一动不动地停下来，他的嘴唇停留在她的脸上，好像一只蝴蝶停留在一朵花上一样。她把身子更向他贴近一些。他一转身用两只胳膊抱着她，把她使劲搂住。

接着，在那片黑暗中，他轻轻向她低下头去，用他的嘴碰了一下她的嘴。她感到害怕，她呆呆地躺在他的怀里，感觉到了他的嘴唇碰到了她的嘴唇。她完全呆住了，不知如何是好。接着他又把嘴伸过来，压在她的嘴上，一股温暖的急速的浪潮在她心中涌了上来，她微微张开自己的嘴唇，在一种痛苦的急切的旋涡中她把他更加拉过来，让他和她贴得更紧。她的嘴唇又贴过来，那浪潮起伏不定，那么温柔，噢，那么温柔，噢，可是又像一股强有力的河水的巨浪，无法抗拒，直到最后她发出一声盲目的喊叫，把他推开了。

她听到他站在她身边沉重地，奇怪地呼吸着，他那种可怕而宏伟的感觉占据了她的心灵。可是她现在在她自己的心灵中止不住微微退缩了一下。他们犹豫不决地又向前走去,像山头的桉树的影子一样不停地抖动着,当年她外祖父拿着一捧水仙花前往求婚的时候就曾走过这个地方,她母亲和年轻的丈夫也曾像厄休拉和斯克里本斯基一样紧搂着从这里走过。

厄休拉完全意识到覆盖在他们头顶上枝叶扶疏的大树的枝干,也意识到桉树的精美的叶子正仿佛是装饰着这夏夜的一串串的流苏。

他们紧挨着,步履协调地向前走着。他握着她的手,他们为要待得更久一些,故意找较远的弯路走。她老感觉到自己仿佛被搂得离开地面了,仿佛她的脚已变得像一阵清风一样轻巧了。

他很想再吻她一下——可是那天夜晚他不准备再来那种直透心窝的亲吻了。她现在已知道,已知道亲吻是什么滋味了。所以他感到现在更难走近她的身边了。

那天夜晚,她上床的时候感觉全身像通了电一样地温暖,仿佛黎明的清风正在她心中吹动,把她举了起来。她深沉而甜蜜地,噢,是那么甜蜜地睡着。清早,她感觉自己简直像一株健旺的麦穗,那么芳香,又那么充实。

他们就这样在情窦初开的迷离惝恍状况中继续过着情人的生活。厄休拉对谁也没有讲这件事;她已经完全迷失在她自己的世界中了。

可是某种离奇的感情使她极希望找一个人,假装让她分担她的心事。她在学校里有一个很沉静、严肃的朋友叫埃塞尔。她感到必须对埃塞尔讲讲她的事。埃塞尔低着她的保证守口如瓶的头全神贯注地听着,于是厄休拉把她的秘密全部讲了出来。噢,那实在是太美了。他是那么地温柔,那么地多情、体贴!厄休拉简直像个老于此道的妇女那样谈讲着。

"你认为,"厄休拉问道,"让一个男人吻你——真正的接吻,而不是闹着玩,——是不应该的吗?"

"在我看,"埃塞尔说,"那要看是什么情况。"

"他是在科西泽山上的桉树下面吻我的——你认为那有什么不对吗?"

"什么时候?"

"星期四晚上,他送我回家的时候——可是真正的接吻——真正的——他是军队里的一个军官。"

"大约几点钟?"那位严肃认真的埃塞尔问道。

"我不知道——大约在九点半前后。"

287

片刻的沉默。

"我想这是不对的,"埃塞尔说,不耐烦地扬起了头,"你不认识他吧?"

她说话带着十分轻蔑的口气。

"认识的,我认识他,他有一半波兰血统,还是个男爵。在英格兰他就称得上是一位老爷了。我外祖母和他的父亲是朋友。"

可是这两位朋友却越来越敌对了。在她如此肯定她和安东(她就是这样称呼他的)的关系的时候,她却仿佛是要和她的这位朋友断绝关系了。

他常常到科西泽来,因为她妈妈很喜欢他。安娜·布兰文在斯克里本斯基的眼中已经变成了一位 grande dame①,非常庄重,对什么事都不那么认真。

"孩子们都已经睡觉了吗?"厄休拉在和那个年轻人进来时不耐烦地叫喊道。

"他们还得过半小时才睡觉呢。"妈妈说。

"简直不让你有安静的时候。"厄休拉仍大声说。

"也得让孩子们活下去呀,厄休拉。"她妈妈说。

对厄休拉这种态度,斯克里本斯基十分反对,她为什么要这么固执己见呢?

可是说到底,厄休拉知道,他并没有这么一帮没有办法对付的小孩老围着他。他对她母亲总是那么彬彬有礼,布兰文太太也就对他十分随和,十分友好。她妈妈的这种对一切都听之任之的态度使那姑娘感到很高兴。要想削弱布兰文太太的地位似乎是不可能的。在和人公开交往的过程中,她不能居于任何人之下。在布兰文和斯克里本斯基之间存在着一种不可逾越的沉默。有时候这两个人也稍稍谈几句话,可是他们永远不会真正交换什么意见。厄休拉看到她父亲在这位年轻人面前越来越退缩,心中暗自感到十分高兴。

斯克里本斯基来到她家,使她感到很骄傲。他那种懒洋洋的对什么都不在乎的神态使她有些生气,然而他对她仍然有一种无法解脱的魔力。她知道这是一种 laisser-aller② 的精神和深刻的年轻的活力相结合的结果。

尽管这样,看到他在她家里时那种懒洋洋的一切全不在乎的神态,她仍然为他感到很骄傲。他对她的母亲和她自己却是十分殷勤,也十分有礼貌。有

---

① 法语:贵妇人。
② 法语,意为放荡不羁。

他在家里,她总有一种神妙的感觉。他的存在使她感到更丰富、更充实了,仿佛她是某种吸引力的中心,而他随时都被她吸了过来。他的礼貌和随和可能都是冲着她妈妈的,可是从他身体里发射出来的闪烁的光辉却可能是为她而发。这一点她坚信不疑。

她必须随时证明她具有这种威力。

"我想让你看看我搞的一点儿木刻。"她说。

"我肯定那没有什么值得让人看的,你那玩意儿。"她父亲说。

"你愿意看一看吗?"她把身子倚在门上问道。

尽管他脸上的神态似乎要同意她父亲的话,但他已从椅子上站起身来了。

"木刻放在那边棚子里。"她说。

不管他当时是什么感觉,他跟着她走到门外来了。

在棚子里他们吻着玩,真正是拿接吻当游戏。这是一种十分美妙的令人激动的游戏。她向他转过身去,仿佛挑战似的向他大笑着。他马上接受了她的挑战。他在一只手上绕满了她的头发,然后用这只缠满头发的手从后面把她的脸向这边推过来。她笑得几乎喘不过气。而他却以充满欢乐的眼神呆呆地看着她,他吻了她一下,在她面前表现了他的意志;她也回吻了他一下,表明她对他的无比欣赏。他们知道,他们现在进行的是一种大胆的、冒失的、危险的游戏,他们彼此都在玩火,而不是以爱情为戏,在这种游戏中,她感到自己有一种把全世界都不放在眼里的气概——她吻他,只不过因为她愿意这么做。因而在他心中也产生了一种近似玩世不恭的大无畏精神,对一切他假装尊重的东西都加以诋毁。

那时她是那么美丽,那么地敞开胸怀,那么地光芒四射,那么地心情激动,几乎连什么也不顾忌了,因而错误地把自己抛进了危险的境地。这情况在他身上引起一种疯狂的感觉。她像一朵在阳光下盛开的鲜花,引诱着他,向他提出挑战。他接受了这种挑战,他现在已经完全拿定主意了。在她这爽朗的笑声和她的这种不顾一切的放浪下面,却是闪烁着的泪花。这几乎让他完全发疯了,强烈的欲望和痛苦都使他要发疯,现在除了全部占有她的身体,再没有办法来解救他这种疯狂状态了。

就这样,他们浑身战栗着,带着恐惧的心理,回到她爹妈所在的厨房里去,摆出完全若无其事的样子。可是在他们俩心里被挑动起来的某种东西,现在他们已经无法使它平静下去了,它进一步强化了他们的感官,使他们显得更为生动活泼,更具有了强大的生命力。可是在这一切下面,却有一种一切都一纵即逝的强烈感觉。这在他们两方面都是一种庄严的自我肯定的行动,他在她面前肯定自己的地位,因为他感到自己永远是男性,具有不可抗拒的力量;她在他面前也肯定了她自己,因为她知道他无时不在想她,因而她无时不处于更强大的地位。而说到底,通过这样一种强烈的感觉,他们俩任何一方除了感到他或她和世界上的一切人相比,更具有一个无限大的自我之外,还能有什么别的呢?这中间也有某种有限的、可悲的东西,因为人的灵魂在极度扩张的时候,总希望有一种无限的感觉。

不管怎样,既然这种热情——这种厄休拉借以了解最大限度的自我并同时也限制、制约着他的热情现在已经开始,就一定得继续下去。她可以约束和限制自己以跟他,他的男性相对抗,她可以实现她的最大限度的女性的自我,啊,女性的,这女性由于在这个男性面前充分肯定了自我,由于和这个男性形成最崇高的对比,因而一时间获得了胜利。

第二天中午他又来的时候,她同他一起上教堂那边去闲逛。她父亲对他越来越有些生气;她母亲对她也越来越感到气恼了。可是一般做父母的在行动上总是尽量忍耐的。

他们一同到教堂那边去,厄休拉和斯克里本斯基一起跑到教堂里躲起来。在午后,教堂里面比外面阳光下的庭院里要阴暗得多,可是屋里从石砌的墙壁上反射过来的光却显得十分柔美。朱红碧绿的玻璃形成了这秘密石屋中的庄严雄伟的帷幕。

"这是个多么理想的 rendez-vous①。"他向四面看看压低嗓子说。

她也向这间她很熟悉的房子四周看了一眼。这里阴暗、宁静的气氛使她心中有些发凉。可是她的双眼毫无畏惧地闪着光。在这里,就在这里,她一定要充分表现出她的无所畏惧的令人目眩的女性的自我,就在这里。在这里,在这比光明更充满热情的阴暗气氛中,她将像一团火焰似的舒展开她的女性的花朵。

他们各自分开站了一会儿,接着,由于捺不住互相接触的愿望,又有意走到一起。她用两只胳膊搂住他,她死命把自己的身子压在他身上,用她的双手抚摸着他的肩膀、他的背脊,她似乎感到自己的触觉已经通过了他的身体,已

---

① 法语,意为幽会的处所。

经完全清楚地感觉到了他紧张的年轻身体的里里外外,一切是那么地精致,那么地坚实,又是那么美好无比地在她的控制之下。她把她的嘴向他伸过去,痛饮亲吻的幸福,一次比一次更热切地亲吻着。

这一切简直是美极了,说不出的甜美。她感到似乎她的整个身心都已为他的亲吻所充实,仿佛从他的亲吻中饮进了强烈的阳光一样,她的内心深处也完全被照亮了。那阳光似乎在她的心脏下面跳动着,这幸福的滋味简直是说不出来的美好。

她向后退了两步,凝视着他,浑身闪烁着光亮,显得那么美丽,那么光彩夺目,像一朵太阳光照亮的云彩,感到无比心满意足。

她显得这么光亮,这么满足,这对他来说却十分痛苦。她对他大笑着,由于她自己心中充满了幸福,她没有看出他的痛苦,她始终也没有怀疑,他会不和她完全一样。她就这样像天使一样光芒四射地和他一起走出了教堂,仿佛她的脚是趴伏在花朵上的柔和的亮光。

他走在她身边,得不到满足的身体使他紧缩着自己的灵魂。难道她这么容易就获得胜利了吗?对他来说,现在丝毫没有他自己的幸福,而只有痛苦和心情混乱的愤怒。

现在正是盛夏,干草收获的季节已经快过去了。到星期六这工作便将完全结束。而斯克里本斯基到星期六也该走了,到那天,他一定得离开这里。

既然已经决定要走,他变得对她非常温柔,非常多情,他温柔地吻着她。那温柔、甜蜜、富有生意的亲昵使他们俩都为之沉醉了。

在他待在那里的最后一个星期五的晚上,他等着她从学校里出来,随后带她一起去镇上吃茶。然后他弄了一辆小汽车开着送她回家。

坐在小汽车里,她更感到比什么时候都更为激动了。他为他自己的这最后一着也感到非常骄傲。他看到厄休拉在这充满浪漫情调的环境中已经像一团火似的燃烧起来了。她像一头小马一样怀着狂野的喜悦心情不停地喷着鼻子。

车子在拐角处歪了一下,厄休拉止不住倒在斯克里本斯基的身上。这接触更挑动了她对他的热情。一阵无法抑制的强烈的冲动使她抓住他的一只手,使劲捏在自己手里。他们彼此把手捏得那么紧,好像两个孩子一样。

微风吹在厄休拉的脸上,车轮掀起了一阵阵柔和的四处乱飞的泥浆,田野上是一片青绿。这里那里,点缀着一堆堆新割的青草,在那边闪着银灰色光亮的天空之下,是一簇簇的树丛。

一种新的烦恼的意识使她更紧地抓住了他的手。他们已经很久没有说话,却只是悲伤地紧握着手,彼此把闪着光亮的脸转向一边。

每过一阵,那车子总摇摆着使她一下子倒在他身上。他们一直就等待着这种使他们两人互相贴近的时刻来临。而他们外表上却一声不响地望着窗外。

她看着外边她所熟悉的田野在眼前飞过。可是现在,这已不是她所熟悉的田野了,这是一片神话世界。在那芳草萋萋的小山上立着的正是毒芹石。在这潮湿的盛夏的夜晚,在这神话般的世界中,它看上去是那么离奇,那么遥远,远处几只乌鸦从树丛中飞了出来。

啊,她和斯克里本斯基为什么不可以下车去,走到那从来没有人来过的为魔法所迷的世界中去?那样,他们就会变成为魔法所迷的人,他们就可以抛开自己呆笨的旧的自我。她为什么不可以到那里去,到那银灰色的多变的天空下,到群鸦来往如梭的小山坡上去游逛一番!他们为什么不可以到那潮润的草堆中去走一走,闻一闻黄昏的气息,到那忍冬在凄清的晚风中散发着芬芳的树林中去闲步一回。在那里,你只要偶尔碰一下树枝就会有一阵清冷的露滴撒在你脸上。

可是她却同他紧挨着待在车子里,疾风吹过她仰起的热切的脸,把她的头发吹向脑后。他转过头来看着她,看着她那仿佛雕刻而成的光洁的脸;她的被风吹向后面的头发以及她的高扬起的尖鼻子。

面对着她这样一个敏捷清灵的处女,这对他完全是一种痛苦。他真想把自己弄死,然后把他的可厌的尸体抛在她脚下。一种急于想转身走开的愿望使他感到无比痛苦。

她忽然看了他一眼。他似乎正对着她趴伏着,准备往前跳,他似乎正来回闪躲,唯恐被人打着。可是忽然间看到她闪光的眼睛和发亮的脸,他的表情立即改变了,他又对她发出了那种毫无顾忌的大笑。她在无比的欢乐中使劲捏着他的手。他的情绪慢慢安定下来了。突然,她低头亲吻他的手,她低下头去,怀着无限崇敬,用嘴触碰他的手。他的血液马上沸腾起来。可是他仍然显得很安静,他一动也不动。

她抬起头来,他们现在正摇晃着朝科西泽前进。斯克里本斯基马上要离开她了。可是他们似乎处于魔法的世界中;她的杯子里正斟满了幸福的美酒,她的眼睛只顾得上闪闪发亮了。

　　他敲敲玻璃,对那个开车的人讲了几句话。汽车在紫杉树下停了下来,她向他伸过手去,像一个女学生一样天真而简短地说了声再见。当她站在那里看着他离开的时候,她的脸显得那么光彩夺目,对于他这时坐车离开的事她根本没有在意,无限的狂喜已经完全占据了她的心。她并没有看见他离开,因为她心中充满了光明,那也就是他本人。她的内心既然完全为他的惊人的光明所照亮,那她又怎么会想念他呢?

　　回到卧室以后,她在一种庄严宏伟的痛苦中挥动着自己的胳膊。噢,这是她已经改变形象的自我,她已经不再是她自己了。她要把自己抛进那暗藏着的光明中去。那光明就在那里,它就在那里,只要她能够走过去就行了。

　　可是,第二天她知道他已经走了。她的光辉的思想已经部分消失了——可是始终没有完全逃出她的记忆。那一切都太真实了。可是那一切现在都已经过去,只留下一点淡淡的哀伤。一种更深刻的怀念占据了她的心,形成一种新的保留。

　　她尽量逃避新的接触和问题。她非常骄傲,可是也非常孩子气,非常敏感。噢,谁也别想再碰碰她!

　　一个人到处奔跑,她倒感到更为幸福。啊,从那些小胡同里跑过,什么东西也看不见,可又仍然和它们在一起。一个人能这样单独和自己的一切财富同在,真是一种莫大的幸福。

　　假期来临了,她没有多少事情要做。她大部分时间都独自到处奔跑,有时在花园里松鼠出没的地方坐一阵,有时在长满小树丛的小山上躺一会儿,那里小鸟依人——常落在离她很近的地方——那么地近。或者碰上下雨天,她就跑到沼泽农庄去,拿着一本书躲在堆干草的阁楼上读。

　　她老是梦见他,有时梦境十分明确,可是在梦到最快乐的时候,那梦境总变得模模糊糊了。他决定着她梦境中的热情的色调,他是在她的梦境中跳动的血液。

　　当她不十分痛快,感到不舒服的时候,她老是想念着他的外表,他的衣服和他给她的那些带军团标记的纽扣。再不然,她就试着猜想他在军营中的生活。或者假想当她出现在他眼前时,她会是一个什么样子。

　　他的生日是在八月里,她花了不少时间给他做了一个蛋糕。她感到在他过生日的时候如果不给他送点礼物,那就显得太无礼了。

他们之间的通信很简单,大部分不过彼此寄几张明信片,而且也不很经常,可这一次要送生日蛋糕,她必须写一封信。

亲爱的安东。我想完全是为了让你过生日,阳光今天又普照大地了。

这蛋糕是我亲手做的,希望你长命百岁。如果味道不好就不要吃它,妈妈希望你在有便的时候前来看我们。

我是
你的忠实的朋友
厄休拉·布兰文

甚至给他写信,她也觉得是一件很苦恼的事。因为不管怎么说,写在纸上的字都是和她没有任何关系的。

好天气一直继续下去,收割机从早到晚发出低沉的哒哒声在田野里来回走动。她收到了斯克里本斯基的回信,他现在正出公差,在索尔兹伯里平原的农村工作。他现在已是一支野战部队的少尉。他马上可以有几天假期,已决定到沼泽农庄来参加弗雷德的婚礼。

弗雷德·布兰文,在这次玉米收获季节过去后,就准备和伊尔克斯顿的一位小学校长结婚。

这次玉米收获结束的时候,正赶上一个一片青绿和金黄的甜蜜的秋天。在厄休拉看来,这简直仿佛是世界已经展开了它最柔和、最纯洁的花朵,它的菊苣花和它的番红花。天空蔚蓝而宁静,竹篱边黄色的树叶仿佛是自由游荡的花朵,摇摆在行人的脚下,放出一种直透入她的心灵,简直让人难以忍受的充满激情的音乐。这秋天的气息,在她的感觉中简直像盛夏的疯狂。她像一个受惊的山妖,从那一朵朵小小的野菊花边逃开,那晶亮的黄色的小菊花散发出无比强烈的气息,使她如醉如痴,她的两脚止不住战栗了。

接着,她看到了她的汤姆舅舅,他总是像图画中的酒神一样显得玩世不恭。他准备举行一次热闹的婚礼,他准备大摆一次酒宴,既作为庆丰收的晚餐,也作为婚礼的筵席;他们准备在家门口搭起一个天篷,雇来供跳舞的乐队,在户外举行一次盛大的宴会。

弗雷德对这事还有些犹豫,可是汤姆一定要这么办。另外还有那个既聪明又漂亮的新娘子洛娜,她也要求举行一次盛大的欢乐的宴会,这样才能适合她有教养的胃口。她曾在索尔兹伯里上过教师训练班,知道许多民歌,还会跳莫利斯舞。

因此,在汤姆·布兰文的指导下,准备工作早已在进行了。家门口巨大的天篷已经搭起来,两堆巨大的篝火也已准备好了。乐队已经雇下,酒席也已经在准备之中。

斯克里本斯基是一定会来的,他准备在那天早上来到。厄休拉穿了一身用柔软的绉纱做的白色的新衣服,戴着一顶白色的帽子,她喜欢穿白色的衣服。配上她的黑色头发和金黄色的皮肤,她看起来很像南部的女孩子,或者更像热带姑娘,像一个黑白混血儿。她全身没有任何鲜艳的东西。

那天,她准备去参加婚礼的时候,止不住心里有点发怵。她要去充当女傧相。斯克里本斯基要等到那天下午才能抵达。婚礼定在下午两点。

当迎亲的队伍回到家来的时候,斯克里本斯基正站在沼泽农庄的客厅里。他从窗户里看见汤姆·布兰文穿着一件非常漂亮的上衣,白色的裤子和白色的鞋罩,用胳膊挽着厄休拉大笑着从花园里的小道走过来。汤姆·布兰文是婚礼上的男傧相,他脸色像女人一样娇嫩,黑色的眼睛,黑黑的剪得很短的胡须,看上去真是一表人才。但是尽管他那么美,你从他身上总会感觉到粗野和淫荡的气息;他那样子很奇怪的像野兽一样的鼻孔使劲大张着,他那匀称的光着的脑袋看上去简直让人有一种不安的感觉,他的额头上面完全光秃秃的,让人对那圆圆的脑袋一览无遗。

斯克里本斯基先看见的倒是那个男人而不是那个女人。她显得光彩夺目,仍带着她每次和她的汤姆舅舅在一块儿时必然会表现出来的离奇的,难以说明的,心不在焉的活泼神态。

可是她一遇见斯克里本斯基,那一切便都消失了。她现在所看到的只是那个像命运一样难以猜测的那个瘦长的,始终不变的青年在那里等待着她。她仿佛已无法再抓住他。他那满不在乎而又显得粗暴的神态使他看上去既充满了男人气派而又很有些洋气。可是他的脸仍是那么平静、柔和和难以理解。她和他握了握手,她的声音简直像刚被黎明惊醒的小鸟一样。

"举行一次盛大的婚礼,"她大声说,"不是十分有趣吗?"

在她那深黑色的头发上,可以看到几星彩色的纸屑。

他这时又感到心里一阵混乱,仿佛他不知道自己身在何处,而且变得迷迷糊糊不明所以了。可是他却希望自己非常坚强,具有男人气概,更粗暴一些。他这时走过来陪伴着她。

屋里摆着简单的茶点,客人们四下里随便活动着。真正的宴会要等到晚上才开始。厄休拉和斯克里本斯基一道走出去,穿过稻场走到田野里,一直走上了运河边的堤坝。

他们走过的新的玉米堆十分高大,显出一派金黄的颜色。一群白鹅在他们走过的时候大声叫喊着表示抗议。厄休拉感到自己像一团白色的绒毛一样轻快。斯克里本斯基神思恍惚地跟在她身边,他已抛弃了他的旧的形式,现在,另一个灰色的模糊的自我像一个蓓蕾展开了自己的花瓣。他们小声谈着话,自然是谈情说爱。

运河中蓝色的水流在充满秋色的两岸中轻柔地向前流动,流向一座青绿的小山。运河的左边是那繁忙的黑色的矿坑、铁路,和那在小山上慢慢发展起来的城镇,而君临这一切之上的更有那座教堂。教堂钟楼上白色的圆形的钟在落日的余晖中清晰可见。

厄休拉感觉到那条路,穿过那阴森、诱人的混乱的城镇,便是通往伦敦的大道了。在运河的另一边则是一片青绿的沼泽地上的秋色,和沿河曲折成行的白桤木。再往远去,便是一片望不尽的刚收割过的庄稼地。那边,黄昏的清光是那么柔和,甚至一只红嘴鸥也仿佛在无限凄凉中拍打着自己的翅膀。

厄休拉和安东·斯克里本斯基沿着运河边的堤埂走着。竹篱上的草莓在片片绿叶之上已露出了鲜红的颜色。黄昏的清光、孤单的红嘴鸥的盘旋,微弱的鸟声似乎正在和煤坑那边传来的嘈杂声,以及对面城镇上的阴森的烟雾弥漫的紧张生活相呼应。他们俩沿着那绿色的水道走着,水底反映出一抹蓝天。

厄休拉心想,他现在看来是多么漂亮啊,特别是他的手和脸,因为太阳暴晒,泛起的那一片红色。他在对她讲着,他怎么学会钉马掌,和怎样挑选适合于屠宰的牛羊的。

"你愿意当兵吗?"她问道。

"我还说不上真正是一个军人。"他回答说。

"可是你所干的事情都是为战争服务的。"她说。

"那倒是的。"

"你愿意上战场打仗吗?"

"我?啊,那一定会让人感到非常激动。如果现在真打起仗来,我一定会愿意去参加的。"

她忽然有一种奇怪的心烦的感觉,一种强有力的脱离现实的感觉。

"你为什么愿意打仗呢?"

"我总得干点什么,那将是一种真正的生活。现在这种生活简直像是孩子的玩具游戏。"

"你要是上战场去,打算干些什么呢?"

"我将像一个黑鬼一样玩着命去帮忙修建铁路和桥梁。"

"可是你所修建的铁路和桥梁在部队用过之后,他们又会全给拆掉的。那不也同样像孩子的游戏吗?"

"除非你把战争叫作游戏。"

"那它又是什么呢?"

"打仗大约可以说是我们现有的一件最严肃的事了。"

她忽然有一种和他十分疏远的感觉。

"为什么打仗比任何其他事情都更为严肃呢?"她问道。

"在战场上你要么杀死别人,要么被别人杀死——这种杀人的事,我想是够严肃的了。"

"可是你一死掉,一切问题都与你不相干了。"她说。

他沉默了一会儿。

"可是,战争的结果是十分重要的,"他说,"比如能不能解决马迪的问题可是一件大事。"

"那跟你跟我都没有关系,我们用不着去管喀士穆①的前途如何。"

"你需要有居住的地方:那总得有人给你腾出地方来。"

"可是我并不希望到撒哈拉沙漠上去生活,你愿意去吗?"她怀着敌意地大笑着回答说。

"我不愿意——可是我们一定得支持那些愿意去的人。"

"为什么要我们去支持?"

"如果我们不去支持,那我们将把我们的民族置于何地呢?"

"可我们并不代表这个民族,还有成堆成堆的人,让他们去代表这个民族好了。"

---

① 这里所讲是一八八五年在苏丹发生的一次起义事件。马迪是伊斯兰文教世主的意思,这里用来指苏丹穆斯林领袖穆罕默德·阿梅德。他于一八八一年领导苏丹人民起来反抗埃及对苏丹的统治。一八八五年英国政府派遣格登将军前往苏丹协助在苏丹的埃及部队,结果却在喀士穆被阿梅德包围并全部歼灭。

"他们也可能说他们也并不代表。"

"那好,如果大家都这么说,那就不存在什么民族问题了。可我将仍然还是我自己。"她大言不惭地肯定说。

"要是民族不存在了,你也就不可能是你自己了。"

"为什么不可能?"

"因为你将会变成任何一个人,随便一个什么人的俘虏。"

"干吗是俘虏?"

"他们会跑来拿走你所有的一切。"

"那好,他们就是来了,也不可能拿走很多的东西。他们拿走什么我也全不在乎。我宁愿要个把我抢走的土匪,也不愿要个供给我一切金钱能买到的东西的百万富翁。"

"那是因为你是个浪漫主义者。"

"是的,我是。我愿意满脑子浪漫主义思想。我讨厌那些老待在一个地方,老待在家里的人。一切是那么僵化和愚蠢,我仇恨士兵,他们都是那么僵化,简直和木头一样。你们,说真的,到底是为了什么而打仗呢?"

"我要为我的民族打仗。"

"不管怎么说,你并不是那个民族。你打算为你自己干些什么呢?"

"我属于这个民族,我必须对这个民族尽我应尽的义务。"

"可是在它并不需要你为它做出任何特殊贡献的时候,在没有打仗的时候,你将干些什么呢?"

这话使他感到有些厌烦。

"别人干什么我也将干什么。"

"你说什么?"

"没有什么,我一定随时准备好,在需要我的时候尽我的一切力量。"

他在回答的时候显然十分不快。

"你让我觉得,"她回答说,"你自己仿佛什么人也不是——你现在在这里仿佛算不得是一个人。说真的,你自己不也算是一个人吗?你让我看着仿佛什么也不是。"

他们继续走着,最后来到水闸上的一个码头对面。那里有一条空载的驳船,船顶油漆着红色和黄色,长长的船身油成一片漆黑,停泊在那里。有一个满身油泥的高瘦的男人坐在驾驶台门外一个木箱子上,抽着烟,哄着一个用酱色的头巾包裹着的小娃娃,观望着河上的落日。一个妇女匆匆走出来,把一只水桶放在运河的流水中,提起一桶水又匆匆进去了。他们还听到另一些孩子的说话声。从舱房的烟囱里升起一缕淡淡的青烟,空气里还可以闻到烧菜的气味。

厄休拉像一只白色的飞蛾一样停留在那里,四处观望着。斯克里本斯基也磨磨蹭蹭地陪伴着她。那个男人忽然抬起头来。

"晚上好。"他大声叫喊着,显得有点无礼,又似乎对这两位来客很感兴趣,他的脏污的脸上长着一双蓝色的眼睛,他十分傲慢地看着他们。

"晚上好,"厄休拉很高兴地回答,"现在这景色不是美极了吗?"

"是啊,"那个男人说,"美极了。"

他红红的嘴唇上面是一溜粗糙的棕色的胡须。他在笑的时候露出一排雪白的牙齿。

"噢,可是——"厄休拉大笑着,犹犹豫豫地说,"是很美,你说话的口气怎么仿佛它不美呢?"

"对一个哄孩子的人来说,美个屁,我看不出美在什么地方。"

"我可以到您的驳船里看一看吗?"厄休拉问道。

"没人会阻拦你的,要看你就去看吧。"

这驳船正靠在岸边,停在码头上,它的名字叫安纳贝尔,船老板是拉夫巴勒的鲁思。那个人眨巴着他目光锐利的眼睛,严密地注视着厄休拉的行动。他的头发像乱麻一样披在他那满是油泥的前额上。两个穿得很脏的孩子听到外面有人说话,探出头来。

厄休拉观看着那巨大的闸门。闸门现在已完全关上,很细的水流发着声从门缝里滋出来,慢慢向下滴。在这边,清澈的河水已经漫到闸门的顶上来了。她大胆地走过去,走到对岸的码头上。

从堤岸上弯下腰,她朝舱房里望着,可以看到里面一炉红红的炉火,还看到阴暗中有一个妇女的影子。她真想下去看看。

"你会把你的衣服弄脏的。"那个男人警告说。

"我会小心的,"她回答说,"我可以下去吗?"

"唉,你愿意下就下去吧。"

她搂起裙子,先探下一只脚,然后就大笑着跳了下去。马上在她的身边飞起了一片煤灰。

那个妇女走到门口来了。她身体胖胖的,长着一头棕色的头发,看上去很年轻,脸上长着一个样子很怪的向上翻着的鼻子。

"噢,你会把浑身的衣服全弄脏的。"她大叫着,有点吃惊,但又忍不住大笑起来。

"我实在想下来看看。住在一条驳船上一定很好玩吧?"厄休拉问道。

"我也并不总是住在船上。"那个妇女很开心地说。

"在拉夫巴勒,她也有她的客厅和一套非常漂亮的房子呢。"她的丈夫十分骄傲地说。

厄休拉看看舱房里面,那里炉火上正坐着锅,桌上已摆好几个盘子。里面非常热,不一会儿她就出来了。那个男人正在和那个娃娃讲话。这娃娃长着一双蓝眼睛,白嫩的脸,淡红的头发。

"它是个男孩还是女孩?"她问。

"是个女孩——你是个女孩吗,嗯?"他对着那个娃娃叫喊,摇摇头。孩子皱起她的小脸,发出一个十分滑稽的微笑。

"噢!"厄休拉叫道,"噢,太可爱了!噢,她笑起来多么有趣啊!"

"将来有她笑的时候呢。"孩子的父亲说。

"她叫什么名字?"厄休拉问道。

"她还没有名字呢,她不配有什么名字,"那男人说,"不是吗,你这个什么也不是的小不点儿?"他对着那个娃娃叫喊着。那娃娃大笑了。

"不,我们整天都太忙,我们没有时间送她去登记。"舱房里传来那个女人的声音,"她就是在这条船上出生的。"

"可是你们总该知道,你们准备叫她什么吧!"厄休拉问道。

"我们总想着叫她格莱迪斯·艾米利。"孩子的妈妈说。

"我们才没有想着叫她那个呢。"孩子的爸爸说。

"你听他说的,那你要叫她什么呢?"妈妈生气地大叫着。

"她的名字得跟她出生的这条船一样,叫安纳贝尔。"

"那绝不成,你听见没有。"妈妈气恼万分地抗议说。

爸爸冷笑着坐在一边,表示决不相让。

"那好吧,你等着瞧吧。"他说。

看到那个妇女生气的样子,厄休拉几乎可以肯定那个男人是决不会让步的。

"这两个名字都很好。"她说,"那就叫她格莱迪斯·安纳贝尔·艾米利吧。"

"不成,要那么叫未免太啰唆了。"他回答说。

"你瞧!"那女人叫喊着说,"他就是这么浑不讲理!"

"她这么美,她又笑了,可她连个名字都没有。"厄休拉冲着那娃娃叨叨着。

"让我来抱抱她。"她接着说。

他把那个满身奶臭味的小娃娃递给她。因为那孩子长着一双又大又圆的闪亮的眼睛,笑起来是那么好玩,那么动人,厄休拉真是十分喜欢她。她哄着她,冲她不停地叨叨着。这孩子太怪,太让人觉得可爱了。

"你叫什么名字?"那男人忽然问她。

"我叫厄休拉——厄休拉·布兰文。"她说。

"厄休拉!"他十分吃惊似的大叫了一声。

"使徒里有一位圣厄休拉,这是个非常古老的名字。"她连忙解释说。

"咳,孩子她妈!"他叫喊着。

没有人回答。

"潘姆!"他叫喊着,"你没有听见我叫你吗?"

"干什么?"那女人不耐烦地回答。

"'厄休拉'这个名字怎样?"他微笑着问道。

"什么怎么样?"那女人回答说,同时又出现在门口,似乎又准备进行一次斗争。

"厄休拉——这是那个姑娘的名字。"他温和地说。

那个妇女上下打量着那个年轻姑娘,很显然,她的苗条、秀丽的身材,高雅的神态,她抱着那个孩子时温柔的举动都使她十分感兴趣。

"那么你的名字怎么写呢?"那妈妈问道,她由于很激动,倒显得很尴尬了。厄休拉拼出了她的名字。那男人看着那个女人。妈妈的脸上出现了一片惶惑的红云,她似乎有些不好意思了。

"这可不是个普通名字,可不是!"她对这个新的经历感到很激动,止不住大叫着说。

"那么你同意用这个名字吗?"他问道。

"我宁愿要这个名字,也不愿要安纳贝尔。"她十分肯定地说。

"我也宁愿要这个名字,也不愿要格莱迪斯·艾米利。"他回答说。

大家沉默了一会儿,厄休拉抬起头来。

"你们真愿意给这孩子取名厄休拉吗?"她问道。

"厄休拉·鲁思。"那个男人得意地大笑着说,仿佛捡到个什么东西似的高兴。

现在轮到厄休拉感到有些不好办了。

"这事真让我太高兴了。"她说,"我一定得给她点什么东西,可我身上什么也没有。"

她穿着一身白色的衣服惶惑不安地站在那条驳船上。那个坐在她身边的高瘦男人仔细地瞧着她,仿佛她是个什么奇怪的生物,仿佛她照亮了他的脸。他大胆地看着她微笑着,心里充满了说不出的赞赏的感情。

"我可以把我的项链给她吗?"她说。

这是一条很小的黄金项链,上面穿了许多紫晶、黄玉、珍珠和水晶,这项链原是汤姆舅舅给她的。她本来十分喜欢这条项链;她从脖子上把它摘下来,十分心爱地看着它。

"这项链值好些钱吧?"那男人好奇地问她。

"我想不会很贱。"她回答说。

"这些宝石和珍珠都是真的;至少也得值三四镑。"站在码头上的斯克里本斯基说。厄休拉看得出他很不赞成她这样做。

"我一定得把它给你的孩子,可以吗?"她对那个驾驳船的说。

他脸红了,转眼向远处黄昏中的野景望去。

"这个,"他说,"这叫我怎么说呢。"

"你爸爸和妈妈不会说你吗?"那个妇女站在门口好奇地大声问道。

"这是我自己的。"厄休拉说,举起那一小串金光闪闪的宝石在那个小娃娃面前晃动着。那娃娃张开她的一只小手,可是她抓不着那项链。厄休拉把那串珠宝塞在她的小手里。孩子拿着那闪亮的项链的一头摇晃着。厄休拉把她的项链送掉了,她感到有点可惜。可是她决不愿意再把它拿回来。

那孩子拿着珠宝在手里晃了一阵,接着让它集成一堆,掉在驳船满是煤灰的船板上了。那男人小心翼翼带着几分崇敬的心理,摸索着要把它拿起来。厄休拉注意到他的粗糙的笨拙的手指在那落成一小堆的宝石上乱摸着,他的手背上的皮肤显得通红,纤细的汗毛闪闪发亮。但这是一只清瘦、有力、能干的手,厄休拉觉得它很可爱。他很小心地拿起那根项链,把它放在手心里,吹掉上面的煤灰,他似乎全神贯注地看着它。项链放在他坚硬发黑的手心里显得更小了,他向她伸出手去。

"你留着它吧。"他说。

厄休拉容光焕发地坚决表示反对。

"不能,"她说,"它已经归小厄休拉了。"

她向那孩子走过去,把项链戴在她温暖、柔软无力的小脖子上。

一时间大家似乎都不知如何是好,接着他父亲向小娃娃低下头去:

"你怎么说呢?"他说,"你会说谢谢你吗,你会说谢谢你吗,厄休拉?"

"她的名字现在就叫厄休拉了。"那妈妈说,她站在门口微笑着,表示十分感谢。她于是也走过来看看戴在孩子脖子上的项链。

"她就叫厄休拉,对不对?"厄休拉·布兰文说。

她父亲带着亲密的、一半讨好一半粗直的神态抬头看着她。他的不自由的心灵已经爱上了她:可是他的心灵是不自由的,永远不自由的。

她要走了。他给她拿过一把小梯子让她好爬到码头上去。她吻了吻现在由妈妈抱着的那个小娃娃,然后就转身走了。妈妈现在一肚子说不完的感谢的话。那个男人却沉默地站在梯子边。

厄休拉走到斯克里本斯基的身边,两个年轻人的身影在一片闪着光的黄色的水流之上走过了那道闸门。那驳船的船夫看着他们向远处走去。

"我十分喜爱他们,"她说,"他是那么文雅,——哦,多么文雅!那个小娃娃更是太可爱了!"

"他很文雅吗?"斯克里本斯基说,"我敢肯定那女人原来一定是人家家里的用人。"

厄休拉止不住往后一缩身子。

"可是我很喜爱他那种粗野的神态——这里面隐藏着真正的高雅。"

她匆匆向前走去,很高兴今天遇到了这个长着乱胡须的满身油泥的高瘦男人,他使她有一种温暖的轻快的感觉。他使她感到自己的生命变得更丰富了。可是,斯克里本斯基却只是在她身边创造了一种死寂和凄凉的气氛,仿佛整个世界已经是一片灰烬了。

在他们匆匆赶回家去参加盛大的晚宴的时候,他们几乎没有讲什么话。他心里对那个已有三个孩子的高瘦的男人非常妒忌,他妒忌他的不讲客套的直爽性格,妒忌他通过厄休拉所表现的对女人的崇拜,这是一种身心一致的崇拜,一个男人的身心向往着和崇拜着一个姑娘的身体和精神,他怀着一种明知可望而不可即的愿望,可是他十分高兴知道世界上存在着这种完美的生灵,而且很高兴能和它有暂时的交往。

他自己为什么不能也这样来思念一个妇女呢?为什么他从来也没有真正用自己的全部身心思念过一个妇女:从来也没有过真的崇拜,真正的爱,而只是对她有一种肉体上的要求?

可是,他只能以他的肉体来对她进行思念,至于他的灵魂,它愿意干什么就去干什么吧。在沼泽农庄上,一股欲念的火焰被慢慢扇了起来,这火是被汤姆·布兰文和弗雷德的婚礼给扇起来的。弗雷德这个羞怯、漂亮和笨手笨脚的农民却和一个漂亮的受过一定教育的姑娘结婚了。具有巨大神秘力量的汤姆·布兰文似乎一直就在那里火上加油,他对那个新娘子具有巨大的诱惑力,而同时他还正对另一个姑娘产生着强烈的影响,使她像大海一样,一时沉静,一时汹涌澎湃。他对她所讲的一些俏皮话表示无比欣赏,因而使她像磷火一样更是不停地发出耀眼的火光。她的青绿色的眼睛似乎隐藏着某种秘密,她的双手像祖母绿的珍珠一样闪光、透亮,仿佛那秘密正在这双手里燃烧。

吃完晚饭送上甜点的时候,乐队的小提琴和竖笛开始演奏起来,所有的人都满面春风。到处是一片激动的情绪。席间几个简短的演说过去之后,大家的葡萄酒也都喝够了。主人把愿意喝咖啡的客人都邀请到室外去喝咖啡。那天夜晚,天气十分暖和。

天空中繁星闪闪,月亮还没有升起来。在繁星之下燃烧着两堆红色的没有火苗的火焰。在这篝火的四周挂着吊灯,篝火前面便是那巨大的帐篷,里面被灯火照得通红。

年轻人一群群朝着那神秘的暗夜走去。到处是欢乐的笑语声,空气中充满着咖啡的香味。背景处可以看到黑压压一片农舍的房屋,灰白的人影不停地来来去去活动着,红色的火光照在白色的或丝绸的裙子上,吊灯的火光在参加婚礼的来来去去的客人的头上闪亮。

厄休拉感到这一切真是奇妙无比。她感到自己完全变成了一个新人。那黑暗正像一头呼吸着的巨兽的胸腹,许多草垛在黑暗中若隐若现,就在他们后面,便是一个黑暗的子孙繁多的兽窝。狂乱的黑暗的巨浪从她的心灵中流过。她要乘风飘去,她要飞上天去和那些闪光的星星为伴,她要用她的双脚向前奔跑,一直跑出这大地的牢笼。再在这里待下去,她简直就要发疯了。她像一头恨不得马上挣断绳索的猎狗,准备不顾一切地冲向黑暗,寻找某一个没有名字的猎物。而她自己就是那个猎物,她同时又是那头猎狗。那黑暗充满热情,不停地呼吸着,但人却感觉不到它的巨大胸怀的起伏。它正等着欢迎她向它跑去。可是她应该怎么起跑呢——她怎么能腾空飞去?她只能从已知的世界跳进未知的世界。她的手脚像发疯一样难以拘束,她的胸部像被捆绑着似的喘不过气来。

音乐开始了,那捆绑在她胸前的绳索似乎已经散开。汤姆·布兰文正在和新娘跳舞,那行云流水般的舞步让人感到他们仿佛是在另一种大地的元素中活动,仿佛他们是两个活动在深水中别人无法接近的生物。弗雷德·布兰文和另一个舞伴在跳着。音乐如浪潮一般涌来,一对又一对的舞伴在音乐的诱惑下相继进入仿佛沉浸在深水中的舞场。

"来吧。"厄休拉把一只手放在斯克里本斯基的胳膊上说。

在她的手一碰到他的胳膊的时候,他的意识便一下子彻底消融了。他把她搂在怀中,仿佛要把她置于他的肯定而微妙的意志力之下,于是他们俩一起活动起来,一种双重的活动,在那滑溜的青草上跳着舞。这种活动将永远继续下去,将永远不会完结。在这里,他的意志和她的意志在一种忘我的活动中已被锁在一起,两个意志被同时锁在一个行动中了,它们永远不会彼此相混,一方永不会向对方让步,这是一种互相纠缠的甜蜜的交融,又是在交融中的斗争。

他们俩都陷入一种深沉的沉默之中,陷入一种深沉的处于深水之下给他们带来无限力量的流动的热能中。所有的舞伴都纠缠在一起,在音乐的水流中,随着波浪前进。一对又一对灰暗的身影在篝火前来回晃动,舞伴们的双脚不停地舞动着,慢慢进入无声的黑暗之中。这是深藏在一片巨大洪水下面的地下世界的景象。

那黑暗神奇地摇动着,啊,那整个伟大的夜晚正在缓缓摇动,那浮动其上的轻快音乐声,使这舞蹈的表面呈现出离奇的令人狂喜的涟漪,可是在这一切的下面,却只有一股巨流缓缓向后朝着遗忘的边缘流动,又缓缓地向前朝着另一个边缘流去,那颗心也永远追随着这波浪,而且每当它达到那边缘的极限时,也随着为之痛苦地悸动,这活动的浪头每到一个高潮之后便又向后退去。

当整个舞蹈迈着沉重步伐向前推进的时候,厄休拉感到有某种力量正在

305

窥视着她。有什么东西正看着她。一种强有力的闪动着的光线正窥视着她的内心深处,不光是看着她,而且是已深入到她的内心里了。那似乎来自极其遥远的远处,而又近在身边的强有力的令人难以忍受的观测始终不离开她的身体。她同斯克里本斯基不停地跳着,跳着,而那伟大的白色的注视着的目光却一直继续注视着,并使它所显露的一切处于均衡状态。

"月亮已经上来了。"安东说,这时音乐已经停止,他们感到自己仿佛是被突然抛到海岸上的一件什么东西,骤然失去了活动能力。她回过头来看到山那边那巨大的白色的月亮正窥视着她。她于是向它敞开了她的胸膛,让自己像一颗透明的宝石让月光穿透。她站在那满月的光辉之下,要把自己奉献给月神。她袒开她的两只乳房以便为它让路,她像一个站立着的海葵一样张开了她的身躯,柔和而毫无保留地等待着月光的抚摸,她要让月光充满她的整个身体,她愿意和月光进行更多更多的交流,以达到最高的完美。可是斯克里本斯基却用一只胳膊搂着她,把她领开了。他用一件巨大的黑色的外衣裹住她的身体,坐在那里握着她的一只手,让那月光去和那一堆堆的篝火争辉。

她已经完全心不在焉。她耐心地披着那件外衣坐在那里,让斯克里本斯基握着她的手。可是她那个赤裸裸的自我已经离开这里,拍击着月光,用她的双乳和双膝向着那月光冲去,和它相亲,互相交融。她几乎站起身来,真的要离开这里,要抛掉她所穿的全部衣服,抛开这里,抛开这阴森、混乱的人间世界,跑向那小山和那山上的月亮。可是,在她的身边却站着像石头一样,像磁石一样的人群,她没有可能真正离开这里。斯克里本斯基像是拴在她身上的一块磨石,他的存在所产生的力量阻止着她的行动。她能感觉到他对她所形成的负担——一种盲目的、无法改易的、呆钝的负担。他就是那么呆钝,他死死压住了她。她痛苦地发出一声叹息。啊,这是为那月亮的冷清、绝对自由和光辉发出的叹息。啊,这是为了使自己获得尽其天性,并完全可以自行其是的自由而发出的叹息。她要马上离开这里。她感觉到自己像一块发光的金属,现在却被黑暗的、不纯净的磁石给纠缠住了。他不过是一片浮渣,所有的人都是浮渣。她多么希望能够离开这里,走向那纯洁而自由的月光啊!

"今天晚上你不喜欢我吗?"他用一种很低沉的声音说,现在他完全变成她身后的一个影子了。她在那充满露水的光辉的月光下使劲攥紧了拳头,仿佛她快发疯了。

"今天晚上你不喜欢我吗?"那个柔和的声音再次重复说。

她知道,如果她转过头去,她就会马上死去。一种离奇的愤怒充满了她的心,这是一种恨不能把一切都撕个粉碎的愤怒。她感觉到自己的双手渴望进行毁灭,像具有毁灭性的刀剑一样。

"不要缠着我了。"她说。

一种黑暗,一种顽固的力量,也像一种呆钝的力量压在他的身上。他呆痴地坐在她身边。她甩掉身上的外衣,自己也变成一身雪白,朝着月亮走去。他紧紧地跟在她的后面。

音乐又开始了,大家又继续跳舞。他走到她身边。在她心中有一股强烈的、白色的、冷冰冰的热情。可是他紧搂着她,和她一起跳着舞,他们跳舞的时候,他的身体紧贴在她身上,像一件柔软的沉重的东西永远存在,永远把她向下压去。他使劲搂着她,所以她完全可以感觉到他的身体,他的向下沉去的重量压在她身上,征服了她的生命和活力,使得她呆呆地追随着他,她完全感到他的双手压在她的背后,压在她的身上。可是,即使现在,在她的身体里仍然存在着那被压抑的、冷冰冰的、可怕的热情。她很喜欢这样跳着舞,这对她是一种安抚,让她进入一种出神状态。可是这不过是一种等待,等待着消耗尽横亘在她和她的纯洁的存在之间的那段时间而已。她完全放任地倚在他身上,她让他使尽他的一切力量,仿佛他真可以完全征服她,把她拉回来。她对他所能施加于她的一切力量全都毫不反抗。他甚至希望他能真正征服她。她现在完全像一根令人非常动情而自己却十分冷漠,对什么都无动于衷的石柱。

他的意志已经无法改移,他的意志正极力要完全控制住他,并对她进行强迫。他只要能强迫她就范那也行啊。他似乎要被彻底毁灭了。她像那月亮一样是那么冷漠无情,而又是那么光芒四射,她像那月亮一样让他可望而不可即,永远也不可能抓住它或把她完全摸清。他要是能够完全逼她就范就好了!

他们就这样一共跳了四五轮舞,老是两人在一块儿,他总是越来越紧张,他和她紧贴着的身体越来越敏感了。可是他仍然得不到她,她仍然像原来那样冷漠而鲜明,完好如初。可是他一定得让自己和她交织在一起,缠绕着她,用阴影之网,用黑暗之网缠绕着她,以使她像一个被阴影之网捕获的发亮的生物那样闪闪发光。然后,他就可以占有她,他就可以真个销魂。一旦他抓住了她,他将为她如何神魂颠倒啊。

最后舞会结束了,她始终不肯坐下,却朝一边走去。他用一只胳膊搂着她,陪她一起向前走。她仿佛丝毫也不反对,她看上去像一片月光一样无比明亮,像一把锋利的刀剑一样无比明亮,他现在似乎正抓着一把锋利的刀的刀刃。然而他一定要抓住她,即使这把刀会置他于死地也在所不惜。

他们朝着广场上的粮食垛走去。他怀着某种恐惧看到那高大的新玉米垛闪闪发亮,似乎已经完全变成了某种神奇的东西,在蓝色的天空下闪烁着银色的光亮,它们抛洒出一片片黑暗和似乎具有实体的暗影,但它们自己却是那么庄严而模糊地待在那里。她像一根闪着微光的蛛丝,似乎正在它们之间燃烧着。而它们现在也变成了一堆堆向着银灰色的夜空燃烧着的无热的冷火。一切都不可捉摸,那里燃烧的是冰冷的、闪着光的、像刀锋一样的火焰。那高耸在他头顶之上,在月光之下显出火焰形象的高大的玉米堆使他感到害怕。他的心越变越小,开始熔成了一个小球,他知道他马上要死了。

她在外面的那令人难以忍受的强烈的月光之下站立了一会儿,她似乎变成了一束强有力的光线。她对自己目前的这种状态感到害怕。看看他,看着他那昏暗的、不真实的、犹豫不定的存在,她忽然有一种无比强烈的欲望,希望抓住他,把他撕碎,使他完全失去他的存在。她现在感到她的双手和她的手腕已经变得像刀剑一样无比坚强了。在他像一个影子似的在她身旁等待着的时候,她却希望像月光消灭黑暗一样,驱散那影子,把一切都消灭掉,来个一了百了。她看着他,她的有所领悟的脸闪闪发光。她故意挑逗他。

一种顽固的心情使得他紧搂着她,把她拉到黑暗中去,她完全没有反抗:她让他试试他能怎么样。让他试试他能怎么样。他倚在高粱垛边搂着她,那高粱垛似乎用成千上万冰冷的火舌刺着他。但他仍然顽固地抱着她。

他的手哆哆嗦嗦地在她身上摸弄,摸着她那充满刺激的放射着可以感知的光辉的身体。如果他能够占有她,他将如何发疯一般为她销魂啊!他要是能够网络住她那光辉的、冷漠的、令人疯魔的身体,把它抱在自己柔软的像铁一样的双手之中,捕获她,捉住她,把她按在地上,他将会如何疯狂地尽情欢乐啊!他缓慢地,但又用尽全身的力量想要圈住她,占有她。而她却总是那样燃烧着,散发着冷漠的光辉,简直显得毫无生气。然而,他的满身的肌肉仍然顽固地燃烧着,腐蚀着,仿佛他身上被浇满了某种能腐蚀他肉体的毒药,但他仍然坚持着,想着最后他总能征服她的。甚至,就在这种疯狂情绪中,尽管这有点像是要把自己的脸向着可怕的死亡贴近,他却仍然用自己的嘴在寻找她的嘴唇。她听任他那样做,他用尽一切力量把自己的脸贴在她的脸上,他的灵魂已经一次再次地发出了悲哀的呼号:

"求你让我——求你让我。"

她让他亲吻她,并用她那像月光一样冷漠、凶猛、燃烧着而且带有腐蚀性的亲吻紧贴着他,她似乎要把他彻底毁灭掉。他扭动着身子,用尽全身的力量使自己能够吻着她,能够不脱开跟她的亲吻。

可是她也始终毫不放松地紧搂住他,尽管她像月亮一样的冷清,同时却又像燃烧着的情欲一样热烈。直到后来慢慢地,他的柔和、温暖的钢铁意志屈服了,屈服了,而她却仍然凶恶地待在那里,充满了腐蚀作用,急于想造成他的毁灭,仿佛是某种残酷的、具有腐蚀作用的盐基,包围着他最后的一点生命,正在设法毁灭他,在那亲吻之中把他完全毁灭掉。她的灵魂在胜利之中熔成了灿烂的结晶体,他的灵魂却在痛苦和毁灭之中慢慢消融了。她就这样搂着他,这被消耗掉,被毁灭掉的牺牲品。她已经胜利了:他已经完全不存在了。

慢慢地她开始清醒过来。慢慢地,一种白天的意识重新回到了她的心中。忽然之间,那夜晚又仍然回到了它古老的久已习惯的温和的现实之中。慢慢地,她看出那夜晚也和其他一切夜晚一样普通和平凡,而那个伟大的、具有腐蚀性的超越的夜晚实际是并不存在的。她不禁越来越感到某种恐惧。她现在身在何处?她的那种难以名状的感觉到底是一种什么感觉?这感觉来自斯克里本斯基。他真的在她身边吗?——他是谁?他一声不响,他并不在这里。到底发生了什么事?她刚才是发疯了:是什么可怕的魔鬼在她身上附体了?她心中充满了对她自己的难以忍受的恐惧,她同时无比痛苦地渴望,她那个燃烧着的带有腐蚀性的另一个自我并不曾存在过。她怀着一种疯狂的愿望,希望自己从此再不会记得刚才发生的一切,不会想起它,决不容许再有类似的事情发生。她用尽自己的一切力量否认这件事,她用尽自己的全部力量要想逃开它。她原是善良的,她是非常多情的,她有一颗温暖的心,她殷红的血液是温暖而柔和的。她伸出一只手去轻轻抚摸着安东的肩膀。

"这可真是美妙无比啊!"她柔和地、讨好地、安抚地说。她同时抚摸着他,以恢复他的生命。因为他已经死了。她打算让他永远不知道,永远也不了解刚才发生的事。她要让他从死亡中复活过来,而又不留下任何痕迹,让他会记起被毁灭的情况。

她使出了她原来具有的全部热情,她抚摸着他,用她的爱抚来向他献礼。他现在又慢慢回到她身边来,变成了另一个人。她是那样地温柔,那样地可爱,充满无限柔情。她是他的仆人,是他的匍匐在地的奴仆。她让他又完全恢复他的整个外壳。她又让他恢复了他的整个外形和容貌。可是那核心已经不存在了。他的骄傲情绪又完全恢复了,他的血液又一次在骄傲之中流动着。可是他已经失去了他的核心:作为一个不容怀疑的男性,他已经没有核心了。作为一个天生的男人所具有的胜利的、冒着火光的、自高自大的心将永远不会再跳动了。他现在已经臣服,彼此的臣服,再也不会是那具有一个自高自大的、无法熄灭的烈火般的核心的强大力量了。她已经把那火压了下去,她已经完全使他驯服了。

可是她仍然抚摸着他。她不愿意让他记起曾经发生过的事。她自己也不会再记得那些事了。

"吻吻我,安东,吻吻我。"她请求说。

他吻她,可是她知道他不可能再碰着她了。他的双臂正搂着她,可是它们并没有得到她。她可以感觉到他的嘴贴在她的嘴上,可是这并不使她感到任何强制力量。

"吻吻我,"她在一种剧烈的痛苦中低声说,"吻我。"

他照着她的话吻着她,可是他的心中完全是一片空虚。她外表上完全接受他的亲吻。可是她的灵魂中已经空无一物,它已经完全不存在了。

朝远处望去,她看见高粱垛边摇摆着的燕麦在月光下发出闪烁的微光,似乎表现出了某种非人所能有的骄傲和庄严。她也曾和它们一样有过那种骄傲情绪,它们现在所在的地方,她过去也曾经在那里待过。可是在这个临时的普通的温暖世界中,她是一个善良而又温和的姑娘。她怀着渴望的心情,希望自己能变得更善良、更多情,她希望自己温和而善良。

他们穿过在他们四周闪着微光的惨淡的夜色,向回家的路上走去。黑夜之中到处是暗影、闪烁的微光和鬼影。她清楚地看到了篱笆脚下的花朵,她看到了扔在刺丛下面的白色的细小的草捆。

这一切是多么美啊,多么美啊! 她痛苦地想,今天夜晚是何等幸福啊,因为他已经吻了她。可是,当他用一只手搂着她的腰和她一起走着的时候,她却转过身去要把自己奉献给那光辉灿烂的黑夜,因为那宏伟的像天神一样的月亮正好像是穿着白色服装的热情的新郎,那暗影之中也到处铺满了幻化出各种神奇形象的银色的花朵。

在家门口紫杉树下,他又吻了她一次,于是他们就分手了。到了家里,为了逃避父母不必要的干预,她一直跑到卧室里去,在那里她观望着外面月光下的田野,向上伸起她的双臂,在无限幸福和痛苦中,把自己奉献给那披着金发的仪态万方的黑夜。

可是在她身上却存在着悲哀的创伤,她已经弄伤了她自己,似乎是在她毁灭他的时候也在她自己身上留下了伤痕。她用双手盖住自己的两个幼小的乳房,她自己把它们盖住;用她自己盖住她自己,她蜷卧在床头,要睡觉了。

第二天早晨,天气非常晴和,她起床后手舞足蹈,觉得身体非常强壮。斯克里本斯基还待在沼泽农庄上,可他要到教堂来做礼拜的。生活是多么可爱,多么神妙啊!在这个清新的星期天早晨,她来到花园中,站在这个黄澄澄和动人心魄的红艳艳的秋色之中,她闻到了泥土的气息,感觉到在她脸上飘过的游丝,大片田野上的玉米地显得那样苍白和飘浮,到处是星期天早上的强烈的宁静,而在这宁静中却充满人们极不熟悉的声响。她嗅到了大地身躯的气息,当她站在那里的时候,它的强有力的腰肢仿佛在她的脚下扭动。大地的血清强有力地渗透到蓝色的空气之中,那宁静是强大的衰竭的呼吸产生的宁静,这红色、黄色和微妙的白色的光彩是获得彻底胜利后压抑着的狂喜和无可怀疑的幸福感所发出的战栗。

他来的时候,教堂里的钟已经敲响了。她怀着急切的企望心情抬头看着他走进来,可是他的神情很不安,他的骄傲情绪遭到了打击。他似乎穿了许多衣服,她还注意到他身上定做的服装。

"昨天晚上我们过得多么美妙啊!"她对他耳语道。

"是的。"他说。可是他的脸上却仍然双眉紧锁,丝毫没有轻快的样子。

在教堂里她完全没有注意,似乎一转眼那天的早祷和歌唱便已经过去了。她只看到那些彩色的窗玻璃和在教堂做祷告的人的形象。她不经意地看看"创世记",这是圣经中她最喜欢的一篇。

"神赐福给挪亚和他的儿子,对他们说,你们要生养众多,遍满了地。

"凡地上的走兽和空中的飞鸟,都必惊恐,惧怕你们;连地下一切的昆虫并海里一切的鱼,都交付你们的手。

"凡活着的动物,都可以做你们的食物,这一切我都赐给你们,如同菜蔬一样。"

可是今天早晨,厄休拉并没有为这段历史所感动。要生养众多,遍满了地,让她感到厌烦。总的说来,这似乎只不过是种庸俗的就知道养儿育女的活动。完全由人来控制牲畜和鱼类的繁殖的活动已经使她感到非常寒心了。

311

"你们要生养众多,在地上昌盛繁茂。"

在她的心灵中,她对这种"昌盛繁茂"感到十分滑稽可笑,每一头母牛变成两头母牛,每一个萝卜变成十个萝卜。

"神晓谕说,我与你们和你们的后裔立约。并与你们这里的一切活物立约;

"我把虹放在云彩中,这就可做我与地立约的记号了。

"我使云彩盖地的时候,必有虹现在云彩中;

"我便纪念我与你们,和各样有血肉的活物所立的约,水就再不泛滥毁坏一切有血肉的物了。"①

"毁灭一切有血肉的物",为什么专提"血肉"呢?谁是这血肉的主宰?再说这洪水到底有多大?也许会有那么几个仙女和牧神由于恐惧,跑到了那边的小山上,并向着更远的山谷和树林跑去,可是要不是有几个林中女神把情况告诉他们,他们也可能会高兴地向前跑去,根本不知道有什么洪水呢。厄休拉非常高兴地想到,小亚细亚的河中女神在河口上遇见随着洪水来到的海精时的情景,在那里,海水和淡水浪潮相冲击,在那里,本地的河神呼唤着她的姐妹们,向她们宣告挪亚的洪水的消息,她们一定会讲述关于挪亚及其方舟的有趣的故事。有些村中女神还会告诉她们,说她们曾经如何趴在挪亚的方舟边向里窥视,并听到挪亚、闪、含和雅弗②在大雨之下坐在船头说,他们四个人已经是大地上唯一的人了,因为上帝已经淹死了所有其他的人,所以他们四个可以占有世界上的一切,将作为世界上一切的主人,他们已经变成那伟大的地产所有者手下的二地主了。

厄休拉希望她自己是一个林中女神,那她就可以通过方舟的窗口向里面大笑着,把洪水往挪亚的身上浇,然后她就会从那里漂走,再去会见那些对他们的地产所有者和他们的洪水来讲不那么重要的人。

说来说去,上帝到底是什么?如果一只死狗身上长了蛆,只不过是因为上帝亲吻了那个尸体,那么什么东西不可以叫作上帝呢?这个上帝实在让她感到腻味透了。她对那个对上帝感到不安的厄休拉·布兰文也有些感到厌倦了,上帝爱是什么就让他是什么吧,她没有必要去替他伤这个脑筋了。她感觉

---

① 以上所引全见于《圣经·创世记》第9章。
② 闪、含和雅弗均为挪亚的弟兄。

到,现在她已经完全有自由这样做了。

斯克里本斯基坐在她身边,听着牧师的布道,也听着那要大家静听和严守秩序的呼声。"你们每一个人头上的头发都是有确定的数目的。"这一点他并不相信。他相信凡属于自己的东西,他应该完全有权处理。只要你不去干扰别人的事情,你自己的东西你可以爱怎么处理就怎么处理。

厄休拉抚摸着他,跟他调情,但是他知道,她希望对他发生作用,最后把他的生命彻底消灭。她并非和他一条心,她是反对他的,可是她这样跟他调情,这样在公开的日常生活中对他表示无比的崇拜,使他感到十分满意。

她使得他完全忘乎所以了。他们已经是一对情人,以一种年轻人的、浪漫的、几乎近于疯狂的方式相爱着。他给了她一个小戒指。他们把它放在莱茵酒里,放在他们的酒杯中,然后她喝一口;他喝一口。他们这样喝着,直到最后,那戒指在酒杯底上完全露了出来,然后她就拿起那镶着普通宝石的戒指,用一根线拴起来,挂在自己的脖子上。

在他要离开的时候,他向她要一张照片。她拿着五个先令无比激动地跑到照相馆去照了一张相,结果却给自己照了一张非常难看的照片,她的嘴完全歪在一边,她觉得这实在太妙了,因而对它十分欣赏。

他过去只曾看到姑娘的活泼的脸。这张照片使他看着很难受。他保存着它,他永远记得它,可是他简直不愿再看它一眼。那张清晰的无所畏惧的脸显出一种心不在焉的神态,这神态简直使他无法忍受。因为从这里可以看出她的心不是向着他的。

接着,英国在南非对布尔人宣战了,于是全国上下无不为之慷慨激昂。他写来信说,他可能也一定得去。他还给她送来一盒糖果。

听说他要去打仗,她感到有些晕头转向,也说不清自己是一种什么感觉。这种充满浪漫主义的情节,她在她所读过的小说中已曾多次见到,可是在现实生活中她似乎依然难以理解。在一种无比兴奋的心情下面,似乎掩盖着一种厌倦和深刻的失望情绪。

不管怎样,她仍然把那些糖果藏在自己的床底下,在她上床以及早上起床的时候独自一个人吃着。在她这样做的时候,她一直感到很不安,甚至觉得可耻,可她就是不愿意让别人一起分享她的糖果。

关于这盒糖果的事,到后来很久她还不能完全忘怀,她为什么要把它藏起来,独自一人把它吃掉呢?到底为什么?她并不真觉得自己做得不对——只是她知道,她应该觉得自己做得不对。她没有办法拿定主意。现在那盒糖果已经完全吃光了,可是它却还离奇地像个纪念碑似的立在那里。这是她的一个无法解决的难题。她对这件事应该怎么想呢?

关于战争的一整套说法都使她感到不安,十分不安。当人们开始组织起来,彼此进行战斗的时候,她却感到仿佛整个宇宙的支柱正在嘎嘎作响,整个世界很快就会坠入一个无底的深渊里去了。她老是会有这种可怕的坠入无底深渊的感觉。可是当然,关于战争还有那么一套人造的浪漫主义的迷信思想和荣誉观,甚至什么宗教意义。她完全给弄糊涂了。

斯克里本斯基很忙,他不能前来看她。她并不要求得到什么保证,更不需要什么海枯石烂的誓言。在他们之间发生的事,已经就是那样了,现在也不会因为他们的誓约再有什么改变。她知道,对基本的现实,她本能地是完全信赖的。

可是她有一种无可奈何的痛苦的感觉。对此她什么办法也没有。她模糊地知道,这世界向前滚动和撞击的巨大力量,是那样阴森、笨拙、愚蠢,可又是那样巨大,所以一个人几乎会像一粒尘埃一样被冲到一边去。无能为力,完全无能为力,像一粒尘埃一样在空中滚动!可是她是那样急切地希望自己能进行反抗,表示出自己的愤怒情绪,进行战斗。可是同什么战斗呢?

她能够用她的双手和大地战斗,把地面的小山都给敲打平吗?可是,她心里一直想进行战斗,要和全世界战斗,而她可以用来进行战斗的武器就只是她的那两只很小的手。

时间一个月又一个月地过去,圣诞节再次来临——雪花莲又一次开放了。在科西泽附近的树林里有一块很小的洼地,那里长着很多野生的雪花莲。她用一个盒子装了一些雪花莲寄给他。他马上写给她一封感谢信——他似乎非常感谢,而且对她十分思念。她的眼睛越来越变得像孩子一般,充满了迷惘的神情。她就这样带着迷惘的心情一天一天过下去,无能为力,完全听任眼前一切事件的摆布。

他忙着执行他的任务,把自己完全奉献给他所进行的工作。在他的心和他的自身的最深处,他那有所抱负,曾经为自己的成就抱着极大希望的灵魂已经死去,已经变成一个死胎,成了他的子宫中的一个难堪的负担。他是什么人,他有什么权力把他的个人关系看得如此重要?一个人的自身又能算得什么,他不过是那巨大的社会建筑,他的民族,整个现代人类中的一块砖瓦罢了。

他个人的行动是微不足道的,完全处于次要地位。那总的形式必须得到保证,决不能因为个人的理由使它中断,因为没有任何个人理由比它更为重要。个人之间的情义又算得什么呢?一个人必须对那个整体,对那复杂的人类文明的伟大体系尽自己的最大力量,那才是根本。那个整体是非常重要的——可是其中的每一个分子,个人,却毫无重要性,除非他能够代表那个整体。

斯克里本斯基就这样丢开那姑娘干他自己的事去了。他去为他必须卖力的工作卖力,忍受着他必须忍受的痛苦,没有任何怨言。对他自己的内在生活来说,他已经死亡了。他不可能在死亡中再复活过来。他的灵魂已经躺在坟墓中。他的生命则是躺在已经建立起来的一切事物的秩序之中。他仍然保有他的五种官能。这些官能仍需要得到满足。除此之外,他还代表着那伟大的、已经建立起来的、现在仍存在的生活观念,从这方面来讲,毫无疑问,他仍然还是十分重要的。

关键的关键是最大多数人的幸福。凡是作为一个集体来说,可以成为他们所有人的最大幸福的东西,也就是个人的最大幸福。因此,每一个人必须完全把自己奉献给他的国家,尽一切力量去谋取全民族的最大的幸福。一个人也许可能改善他的国家,但是他永远也不能忘记,一定得注意保证它不遭受到任何危害。

但是,没有任何全社会的最高幸福能够使他的灵魂获得真正的满足。这一点他完全知道。可是他不认为个人的灵魂具有如此的重要性。他相信一个人只有在他代表整个人类的时候,才是最重要的。

他看不出,他天生地没有具备那种智慧能让他看出,现在大家所说的社会的最高福利已经不再是一般普通人的最高福利了。他想着,既然社会代表着数百万人,那么它的重要性一定要比个人大几百万倍。他忘了这个社会不过是由许多人形成的一个抽象概念,并不是那许多人本身。现在这种全社会的抽象幸福的说法既然已经变成一种对于一般有头脑的人来说既无鼓舞作用也无价值的公式,那么这种所谓的"普遍幸福",只不过变成了一种大家都感到厌烦的东西,它只能代表比较低级的一种庸俗的保守的唯物主义。

而且,所谓的最大多数人的最大幸福主要讲的不过是一切阶级的物质上的繁荣。斯克里本斯基并不真正关心他自己的物质方面的繁荣,如果他一文钱没有——那好吧,他可以设法去碰碰自己的运气。因此,让他为了其他所有人的物质繁荣去献出自己的生命,他又怎么可能从中求得自己最大的幸福呢!

对于一件他自己看着极不重要的东西,他无法想象,他为什么应该为了使别人得到它而做出一切牺牲。而且还要让他认为,那对他作为一个个人来说是最重要的事——噢,他说,你一定不能从那个角度来理解整个社会。不——不——我们知道整个社会要求的是什么——它要求一切具体的东西,它希望有优厚的工资,平等的机会,较好的居住条件。这才是整个社会的需要。它不需要微妙的或者难以理解的东西。我们的任务是非常清楚的——永远记住每一个人的物质的当前的福利,如此而已。

所以现在,斯克里本斯基的心似乎完全为一种无所作为的思想所占据。这使得厄休拉越来越感到恐惧了。她感觉到,他似乎不得不屈从于全然无望的东西。她感觉到,一种巨大的灾祸马上就要临头了。一天又一天,她总是那么紧张地担心灾祸的来临。她变得忧郁、惶恐不安,并有些近于病态的敏感了。当她看到一只乌鸦在天空缓慢地拍打着翅膀的时候,她也会感到很痛苦,因为那是一种不祥的征兆。这种不幸的预感最后变得那么阴森,那么活灵活现,她感到自己几乎已无法活下去了。

可是,这究竟是怎么回事呢?情况最坏也不就是他走开了吗。她为什么那么关心,她到底怕些什么呢?她自己也不知道。只是有一种阴森的恐惧感始终占据着她的心。当她夜晚走出去,看到天上的几颗闪着亮的大星星的时候,她似乎也感到害怕。白天里,她总随时想着可能会有人对她提出什么控告。

三月里,他曾来信说他不久要到南非去,不过在他去南非之前,他一定要抢时间到沼泽农庄来待上一天半天。

仿佛置身在一种痛苦的梦境中,她心神不安,神情恍惚地等待着。她不知道,她无法了解。她只是感到编织成她的命运的每一根线现在都绷得很紧,随时都有断裂的危险。她只是在路上走着的时候有时偶尔哭一阵,一边还盲目地念叨着。

"我是那样地喜欢他,我是那样地喜欢他。"

他来了。可是他为什么要来呢?她呆看着他,希望找到什么含有深意的表示。他没有任何表示,他甚至也没有吻她。他的举止让人觉得他仿佛只不过是一个很友好的普通朋友。这是表面的情况,可是在这表面之下到底隐藏着什么呢?她等待着他,她希望他能有所表示。

所以,整个那一天,他们都犹犹豫豫,避免接触,一直拖到黄昏时候。这时他大笑着说,再过六个月他就回来了,到那时他会把那边的情况详细地告诉他们。然后,他和她妈妈握握手,就此告辞走了。

厄休拉陪他走进菜园子边的那条胡同。那天晚上有风,紫杉树摇晃着,发出咻咻沙沙的声音。那风似乎总在烟囱和那教堂尖塔的边上呼啸而过。夜色很黑。

风吹在厄休拉的脸上,她的衣服完全贴在她身上了。这是一种阵发的起伏不定的风,充满了生命的活力。这时,她仿佛失去了斯克里本斯基,在那漆黑而紧张的暗夜里,她无法找到他了。

"你在哪儿?"她问道。

"在这儿。"那个没有肉体的声音说。

她乱摸着,终于摸到了他。一股像电光一样的火烧遍了他们全身。

"安东?"她说。

"什么?"他回答说。

在黑暗中,她用她的两手抓住他,她感觉到他的身子又和她贴在一起了。

"不要丢下我——赶快回来。"她说。

"一定。"他说,用双臂搂着她。

可是由于他知道,她既没有为他所迷,也没有为他所制服,因而他身上的男性已经消灭殆尽了。他希望离开她。他知道,明天他就得离开这里,到一个真正完全不同的地方去过活,他反而感到心安了。他的生活是在别的地方——他的生活是在别的地方——他的生活的中心将不会是她的生活中心。她和他是不同的——他们之间存在着某种隔膜。他们是两个敌对的世界。

"你一定会回到我身边来的,对吗?"她重复说。

"当然。"他说,他讲的完全是真话。不过他的态度只是表示一个人应当遵守已经说定的约会,而不是感到这是自己的职责所在。

这时,她吻了他一下,然后走进屋里去,就此消失了。他心神恍惚地回到沼泽农庄。这次和她的接触使他很伤心,也使他很害怕。他极力退缩,他感到有必要脱出她的精神对他的影响。因为她可能会像站在巴兰前面的天使一样拦住他的去路,不让他朝着他预定的方向走去,还会拿出一把剑来把他赶进荒野[①]。

[①] 这里所讲巴兰和天使的故事见《圣经·民数记》第22章。

第二天,她到车站去给他送行。她老看着他,她一次再次地走到他身边,可他总显得那么奇怪,那么消沉——无比地消沉。他是在全力思索一个什么问题。她想这大概是他看来那么消沉的原因。说来实在奇怪,他简直仿佛完全不存在了。

厄休拉摆出一副沉静的苍白的脸站在他身边,他似乎根本不愿意看见她的脸。在生命的根深处似乎存在着某种羞辱感:一种为她而感到的冷酷和难以忍受的羞辱。

在车站上,聚在一起的这三个人十分引人注目;这姑娘戴着皮帽子,穿着橄榄色的衣服,帽子上还飞着长长的飘带,脸色苍白而又充满了青春的活力,她丝毫不肯屈服,孤独地站在那里;这个年轻的军人戴着一顶揉皱的帽子,穿着沉重的外衣,那深紫色的围巾上的脸也显得非常苍白和心事重重,他的整个身子似乎毫无表情;然后就是那个年岁较大的人,很时髦的高顶帽压得很低,遮住了他的深黑色的眉毛,红红的热情的脸显得很沉静,他的整个身子离奇地让人感觉到一种充满热情的冷漠;他就是那永恒的观众,古代戏剧中的歌队,今天剧场里的观众;在他自己的生活中,他是不需要任何戏剧情节的。

火车已经冲进站来。厄休拉心潮起伏,可是在它最上面所结的冰已经太厚了。

"再见。"她举起手来说,脸上布满了她那种独特的、盲目的、几乎让人感到耀眼的大笑。当他低下头来吻她的时候,她简直有点糊里糊涂,不知道他在干什么。他本该拉拉手就上车去。

"再见。"她又一次说。

他拿起身边的一个小包,背着她转过身去。许多人正沿着站台跑动。啊,这是他的车厢,他上车坐了下来。汤姆·布兰文关上门,在站上鸣笛的时候,这两个人握了握手。

"再见——祝你一路平安。"布兰文说。

"谢谢你——再见。"

火车开动了。斯克里本斯基站在车厢的窗口,挥着手,可是他并没有真正看着窗外的两个人,——那姑娘和那穿着颜色鲜艳得几乎有些像女性服装的男人。厄休拉挥动着手中的手绢。火车越开越快,也越变越小了,但它仍然是在一条直线上跑动着。那个白色的小点慢慢消失了。从远处看去,火车的尾部非常小。她还站在月台上,感到四周无比地空虚。尽管她极力想控制住自己,她的嘴唇却不停地抖动着:她不愿意哭泣;她的心已经像死去一样冰凉了。

她的舅父汤姆跑到自动售货机前打算买火柴。

"你要不要吃点糖果?"他转过身来说。

她的脸上满是眼泪,为了控制住自己的感情,她用嘴做了一个向下的非常奇怪的动作,然而,她的心并没有哭泣——它已经冰凉,并且变得像泥土一样了。

"你愿意要什么样的——要吗?"她的舅父再次问道。

"我倒愿意吃点薄荷糖。"她用一种奇怪的,然而也很正常的声音说,同时扭动着她的脸,可是不一会儿她就完全控制住了自己,变得十分安静,完全无动于衷了。

"咱们到镇上走走吧。"他说,很快把她拉进了一辆开往镇上去的火车。他们到一家咖啡店喝了一杯咖啡;她坐在那里,看着街上来去的人群,感到自己的胸口有一个巨大的创伤,而她的灵魂却已经像死水一样毫无波澜了。

这种像死水一样平静无波的感觉一直在她的心中延续下去,这仿佛有点像是某种幻灭的感觉,或一个无法接受的信念,忽然在她身上冻结下来了。她的一部分已经变得冷冰冰,完全冷漠无情。她还太年轻,过于沉重的打击,已使她无法理解,甚至也根本不知道自己正遭受着极大的痛苦。过于深刻的伤痛使她无法逆来顺受了。

在她想念他的时候,她十分想念他,她因而忍受着一种盲目的痛苦。可是,自从他走了以后,他已经变成了她自己的幻觉的产物。她把她的被激起的一切痛苦、热情和思念都归之于他。

她每天都记日记,她把她的各种一时冲动的思想都记在日记里。看到山上的月亮,她也马上会激情满怀,于是她便在日记中写道:

"如果我是那月亮,我知道我应该在什么地方落下。"

这句话对她简直具有无限的意义——她把她的青春的实际的苦恼和她的年轻的热情和思念之情都放在这一句话里了。不论她走到哪里,她总是从她的内心深处发出对他的呼唤,不论她在哪里,她的肢体总会为思念他发出痛苦的战栗;她的灵魂发出的辐射般的力量似乎永远不停,永远不停地在向着他冲去,而最后在她自己所创造的那个世界中,照临在他的身上。

可是他在哪里,他存在于什么地方? 只不过是在她的愿望中罢了。

她收到了他寄来的一张明信片,她把它按在自己的胸口上。实际上,这明信片在她看来并没有多少意义。第二天,那明信片让她给弄丢了,直到好多天以后,她连想也没有再想起过它。

漫长的日子一星期一星期地过去,每天听到的都是关于战争的坏消息。她感到仿佛在外面那个世界一切都是跟她作对的,一切都只会伤害她。在她的灵魂中,那种冷漠、麻木不仁的感觉始终也没有变。

在这段时间中,她的生活似乎永远处于半封闭状态,从来也没有全部展开过。她的心灵中似乎始终保留着一些冷冰冰毫无生气的东西。可是她的敏感却又达到了疯狂的程度。她对自己感到无法忍受。当一个肮脏的红着眼睛的老太太向她祈祷时,她把她看作是一件她不愿意看见的脏东西立刻转过脸去。可是接着,当那个老太太在她背后尖刻地辱骂她几句时,她不禁一哆嗦,强烈的痛苦马上使她的肢体止不住发抖,她对自己简直感到无法忍耐了。不论什么时候,她只要一想到那个红眼的老太太,就感到浑身的肌肉和她的头脑发疯似的一阵阵发热,她简直恨不得把自己置于死地。

在这种状态之中,她对性生活的强烈要求几乎使她形成了一种病态。她已变得那么难以自持和敏感,只要偶尔碰一下较粗的毛线,似乎就会把她的神经给撕裂了。

第十二章

羞　惭

　　厄休拉打算在学校顶多再待两个学期。她现在正在准备参加大学考试，这是一种令人十分厌烦的工作，因为她只要一脱开欢乐的生活，就显得毫无才智了。顽强的意志，以及意识到即将来临的命运威胁使得她半信半疑地坚持着学习。她知道很快她就必须成为一个自己对自己完全负责的人，她现在担心的是她会不会在这方面受到了阻挠。一种包容一切希望自己能获得独立，获得完全的社会独立，一种完全不受别人约束的独立的愿望，使得她锲而不舍地进行着学习。因为她知道，她始终会掌握着她的那笔赎金——她的女性。她永远是一个女人，她作为一个人，作为和其他人同等的一分子所不能得到的东西，却可以由于她是女性，并非男人，而很容易得到。她感觉到在她这女性中她有一笔秘密的财富，她永远可以拿它作为买得自由的代价。

　　但是，关于这个最后手段，她可是决不肯轻易使用的。她要尽量先试试其他一些办法。她必须到那个神秘的男人世界，那个进行日常工作和履行各自义务的世界，或者说一个社会的全体工作成员的生活中去闯一闯。对于这个世界，她有一种微妙的愤懑情绪。她一定也要把这个男人世界征服了。

　　因此她不辞劳苦地学习着，始终也不肯放弃。有些东西她是喜欢的。她现在主要学习的是英语、拉丁语、法语、数学和历史。她刚一学会如何念拉丁语和法语，就对这些语言的结构感到十分厌恶。最使她感到厌烦的是细致地去研究英国文学。为什么一定要记住她所读过的那些东西呢？有时在学数学的时候，那种毫不掺杂人的感情的绝对性倒使她很感兴趣，可是实际演算也让人感到十分无聊。历史中有些人物使她感到难以理解，常常不得不停下来反复思索。可是历史中的政治部分却使她非常气恼，她特别厌恶政府中的那些大臣。只是在很少有的情况下，她才会强烈地感觉到通过学习她获得了很多知识，丰富了自己的头脑和扩大了自己的眼界；有一天下午，她读着《皆大欢

321

喜》;有一回,她通过自己的血液听到了一段拉丁文的作品,她马上就知道血液在罗马人的身体中是如何跳动的了;所以,自那以后,她感到她已经和罗马人有过实际接触了。她非常欣赏英语语法中的一些毫无规律的变化,因为这可以使她通过发现字和句所具有的活的运动而从中获得乐趣;至于数学,仅是代数中的那些符号就对她有极大的诱惑力。

所以在这段时间里,她的感情是那样地丰富,思想又是那样地混乱,以致在她的脸上出现一种奇怪的、彷徨不定的,似乎总有些恐惧的表情,仿佛她感到说不定什么时候,不知从什么地方会飞来什么横祸。

一点零碎的极不相干的消息就会在她心里引起十分强烈的反响。当她知道,在那秋天的棕色的小果实中已具体而微地完全包含着九个月之后将在夏季开放的花朵,完全把它们包容起来,让它们在那里等待着第二个夏天,这时她就会有一种胜利感和爱的感情的冲击。

"只要世界上还有一棵树,我便不会死去。"有一天她怀着崇敬的心情站在一棵高大的榉树下边,热情地、毫不怀疑地说。

只有活动着的人才多少对她构成一种随时存在的威胁。在这一段时期,她的生活失去了一切固定的形式,和外界的任何接触都会使她在激动中极力退缩。她也曾对别人有所帮助,可是她从来不是作为她自己那样做的,因为她已经没有自我了。她在树木、飞鸟和天空前面决不会感到害怕或者羞愧。可是一见到人,她就唯恐避之不及;她十分羞愧自己并非和他们一样,那样固定,那样严肃认真,而只不过是一种犹豫不决,没有固定形式和存在的说不清的灵敏的知觉罢了。

在这段时间中,古德伦成了她的极大的安慰,成了她的挡箭牌。那个年纪更小的姑娘是一个轻快活泼,farouche①的生物,她对任何人都不完全信任,从不像一般的女学生,三三两两结成帮搞些互相嫉妒的机密活动。她从来不愿意和一些温驯的猫②打交道,不管他们漂亮也罢,不漂亮也罢,因为她相信它们实际都是些并没有被驯服的猫,只不过具有一种可厌的,不可信赖的温驯习惯罢了。

这本身对厄休拉就是一种很大的支持,因为她总是感到别人不喜欢她,而

---

① 法语,有充满野性和不合群之意。
② 在英语中所谓温驯的猫,实际是指一些专门讨好别人,似乎专愿听人摆布的人。

且不管她自己是多么讨厌那个人,她也会感到十分痛苦。任何一个人怎么可能会不喜欢她,不喜欢厄休拉·布兰文呢?这个问题使她感到害怕,而且感到无法回答。她于是在古德伦的极其自然的充满骄傲的冷漠情绪中寻求安慰。

大家早已发现,古德伦对于绘画具有特殊的才能。这就解决了那个姑娘对于一切学习都毫无兴趣的问题。大家都说:"她一定能够画出无比精美的作品来。"

厄休拉忽然发现,她和她班上的一个女教师英格小姐之间存在着某种奇怪的情绪。英格小姐是一个二十八岁的相当漂亮的妇女,她是一个看上去似乎无所畏惧、穿着整洁的现代妇女,她的独立的生活便足以透露出她内心的悲伤。她很聪明,不论干什么都显得很有才能,精确、迅速、心中有数。

由于她看上去是那么头脑清醒,遇事颇有决断,而又显得十分娇美,所以厄休拉一见到她总感到十分愉快。她老是高扬着头,甚至有点向后仰,但厄休拉却认为她把她那平直的棕色头发一齐往后梳的那种发式颇带几分高贵气质。她总是穿着干净、漂亮而又非常合身的短上衣和一条制作精巧的裙子。她身边的一切总是那样井井有条,表现出一种精细和洁身自好的精神,所以仅是坐在她的班上便是一种乐趣。

她的声音也同样那么清晰,带着一种稳定的很有分寸的抑扬和起伏。她的蓝色的眼睛清亮、骄傲,整个给人以思想细腻,非常注重修饰,同时具有坚强意志的感觉。然而在她的神态中又始终有一种显得无比尖刻的气质,她那孤独的骄傲地紧闭着的嘴唇上透露着一种巨大的伤感情绪。

这种存在于这个女教师和这个小姑娘之间的离奇的兴趣,是在斯克里本斯基走了之后忽然出现的。接着,她们之间更是出现了那种有时在两个彼此并没有结识的人之间会出现的说不出的亲密关系。一开始,她们只不过是很好的朋友,和班上其他同学之间的关系也没有什么两样,只不过是教师和本班学生所常有的职业上的关系罢了。但是,现在又出现了另外一种情况,当她们两人同在一个屋子里的时候,她们是彼此想着对方,差不多把其他所有的一切全都忘了。威尼弗雷德·英格只要看到厄休拉在班上,就感到这堂课无比愉快。厄休拉在看到英格小姐走进教室来的时候,也感到自己忽然具有了新的生命。到后来,只要这位可爱的和她有着离奇的亲密关系的教师在场,这姑娘就仿佛坐在某种无比博大和丰富的太阳光线之下,并感到它的令人沉醉的温暖直接流进了她的血管。

英格小姐在场时,这个姑娘所感到的幸福是无法比拟的,可是她总是无比急切地希望获得更多的这种幸福。厄休拉回家的时候,常常会梦见她这位女教师,无限制地梦想着她可以给她一些什么,她有什么办法让这个年纪比她大得多的妇女来崇拜她。

英格小姐曾得过学士学位,她在纽纳姆上过大学,她出身于一个很好的家庭,父亲是牧师。可是厄休拉崇拜她的是她苗条、强健的体魄和她的无所畏惧的骄傲的性格。她像男人一样地骄傲和无拘无束,可同时又像一个女人那样细心而温和。

这姑娘每天早晨出门上学的时候,心里便会感到无比激动。她怀着兴奋的心情,迈着轻快的步伐,急急向她所爱的人走去。啊,英格小姐,她的肩背是多么柔和而平直,她的腰是多么强健,她的四肢是多么沉静而又灵活!

厄休拉无时不希望知道英格小姐是否也喜欢她。到现在为止,她们俩还没有过任何直接的交往,但是肯定,十分肯定,英格小姐也爱她,也喜欢她,至少和班上别的学生相比更喜欢她。可是这一点她自己完全无法肯定,也很可能英格小姐对她毫无兴趣。可是,可是,怀着一颗火热的心,厄休拉感到只要她能和她讲句话,碰一碰她,她就会完全知道了。

夏天来临了,随着夏天的来临开始了游泳课。英格小姐将带全班的同学游泳。厄休拉听到这个消息止不住浑身发抖,简直激动得晕头转向了。她的愿望马上就可以实现了。她将看到英格小姐穿上她的游泳服。

那一天来到了。宽大的游泳池的池水闪着宝石一样的蓝光,仿佛是一片闪闪发光的油彩外面镶上了一圈白色的大理石的方框。柔和的光线从头顶照下来,每当有人从池边跳下水去的时候,那一池平静的绿色的水便在那柔和的光线下不停地晃动。

厄休拉简直不能控制住自己,浑身哆嗦着脱下她的衣服,穿上了她的紧身的游泳服,打开了她换衣服的那间更衣室的门。已经有两个小姑娘在水里游着,那个女教师还没有露面。她等待着。一扇门打开了。英格小姐像一个希腊姑娘似的穿着一身系着腰带的麻栗色的泳衣,头上扎着一条红色的丝手绢。她看上去是多么可爱啊!她的膝盖是那么雪白、坚实而又骄傲,丰满的肌肉完全像月神狄安娜一样。她随后沿着游泳池边走了几步,然后毫不在意地纵身跳到池水里。厄休拉先对着那雪白、强健和光滑的肩膀和她那轻快地划着水的双臂呆呆地看了一会儿,然后她自己也跳进水去。

现在,啊现在,她和她的女教师同在一个游泳池里游泳了。那姑娘充满情欲地运动着她的四肢,单独游着,她感到说不出的甜美,可是她仍然强烈地感到很不满足。她极希望去碰碰那另外一个人,碰碰她,摸摸她。

"咱们俩来比赛,厄休拉。"耳边传来那个抑扬起伏的声音。

厄休拉不禁猛地一惊。她转过头去马上看到她的女教师的热情而毫无保留的脸正看着她,正朝她望着,她已经得到她的承认了。她于是发出一阵美丽的、带着惊愕情绪的大笑,开始游起来。那教师就在她前面一点轻快地游着,厄休拉可以看到她扬着头,水珠在她白色的肩膀上滚动着,强健的双腿在水下一屈一伸地踢动。她无比激动地游着,啊,那坚实、雪白和清凉的肉体是多么美啊!啊,那神奇的肢体,她多么希望抱着那肢体,搂着它,把它压在自己幼小的乳房上啊!啊,真希望她对她自己那细瘦、软弱无力的身体不是那样地厌恶,真希望她自己也是那样无所畏惧和坚强有力。

她急切地向前游着,并非想赢得比赛的胜利,只不过是想在和她的女教师比赛的时候能离她更近一些。她们已经游到游泳池的尽头,深水的一头来了,英格小姐碰了一下池边的铁栏杆,马上掉过头去,在水里搂住了厄休拉的腰,用自己的身子贴在她的身上待了一会儿。两个女人的身体接触在一起,彼此能感到对方胸膛的起伏,但很快又分开了。

"我赢了。"英格小姐大笑着说。

她们俩呆呆地愣了一会儿。厄休拉心跳得非常厉害,她趴在栏杆上简直不能动弹了,她向那位女教师转过她的热情、开放、闪着光的脸,仿佛是转向她的太阳。

"再见。"英格小姐说,她随即向远处游到别的那些学生身边去,对她们表现出了职业上的关怀。

厄休拉简直有些神魂颠倒了,她现在还能感到贴在她身上的女教师的身体——就这个,就这个。那堂游泳课剩下的时间她完全是在迷迷糊糊中度过的。在英格小姐命令所有的学生都上去的时候,她朝着厄休拉走了过来。她那薄薄的麻栗色的衣服紧贴在她的身上,她的整个身子轮廓分明,在那个小姑娘看来是那样坚实,也那样地宏伟。

"刚才我们的比赛,厄休拉,使我非常高兴,你呢?"英格小姐说。

那姑娘只能满面春风、爽朗地大笑一阵。

现在她们俩彼此的爱慕已经在无声中表白出来了。可是又过了相当长一段时间,这爱情才获得进一步发展。厄休拉的心一直处在悬浮状态中,同时也充满了情欲的幸福。

接着有一天,当她一个人待着的时候,那女教师忽然走到她的身边,用手轻轻地摸了一下她的脸,仿佛说不出口似的对她说:

"这个星期六,厄休拉,你愿意上我那里去陪我喝茶吗?"

姑娘表示无限感激,满脸通红。

"我们可以到索尔河边一所非常可爱的小平房里去,你愿意吗?我常常在那里过周末的。"

厄休拉简直激动得忘乎所以了。她迫不及待地等着,希望星期六赶快来到,她的思想简直像一团火似的燃烧着。要是今天就是星期六该有多好,今天就是星期六该有多好。

星期六终于来到,她按约定的时间出发了。英格小姐在索尔等着她,她们大约步行了三英里才来到那所平房边。这一天天气潮湿,温暖而多云。

那平房是修建在一段很陡的河岸上的不太大的两间房。在这里一切都显得那么精美。这两个姑娘在这秘密的甜蜜的环境中做好了茶,然后就坐在一块儿谈天。厄休拉可以到十点左右再回家去。

她们的谈话好像受到符咒诱惑似的很快就谈到了爱情问题。英格小姐和她谈起她的一个朋友,说她如何遭受到种种苦难,后来在生孩子的时候死去了,接着她又谈到一个妓女以及她自己和一些男人的经历。

当她们坐在平房的一个小阳台上这么聊着的时候,夜幕降临了,而且下起了一阵阵温暖的小雨。

"这天气真闷人。"英格小姐说。

她们望着一列火车在尚未消失的暮色中闪着暗淡的灯光,在远处轰隆隆开了过去。

"马上要打雷了。"厄休拉说。

一阵阵的电光闪过,黑暗越来越浓了,她们差不多已经消失在黑暗之中。

"我想我应该去洗个澡。"藏身在漆黑的黑暗中的英格小姐说。

"夜里去洗澡?"厄休拉说。

"夜里洗最好。你愿意来吗?"

"我当然愿意。"

"这是十分安全的——这一带的土地属私人所有。我们最好在这平房里脱掉衣服,然后跑下去,免得衣服让雨给淋湿了。"

厄休拉由于羞怯,手脚发僵地走进平房里,开始脱下身上的衣服。那油灯已经捻得很小了,她站在黑暗之中。威尼弗雷德·英格在另外一张椅子边也在脱衣服。

很快那个光着身子的较大的姑娘向着那个较小的姑娘走去。

"你准备好了吗?"她说。

"稍等一会儿。"

厄休拉几乎说不出话来了。另外那个光着身子的女人就站在她身边,站得那么近,一句话也不讲。厄休拉完全准备好了。

她们随即大胆朝黑暗走去,感到那暗夜的柔和的空气在她们的皮肤上飘过。

"我完全看不见路。"厄休拉说。

"在这儿。"那女教师的声音说,很快那犹犹豫豫隐约可见的白色的身体已经来到她的身边,用一只手抓住了她的一只胳膊。然后那个较大的姑娘搂住了那个较小的姑娘;在她们往下走的时候,她尽量和她贴在一起,到了水边,她就用两只胳膊搂住了她,吻她。她接着又把她抱起来,搂在自己的胸前,温柔地说:

"我要把你抱到水里去。"

厄休拉一动不动地躺在她的女教师的怀里,她的头紧贴着那可爱的令人发疯的胸脯。

"我要把你放进水里去。"威尼弗雷德说。

可是厄休拉扭过身子来抱住了她的女教师。

过了一会儿,一阵雨浇在她们泛着红光、惊愕、甜美而又发热的肢体上,一阵冰冷的阵雨忽然浇到她们的身上来,她们非常高兴地站在雨里。厄休拉让那雨水冲在她的乳房和她的肢体上,这使她感到有些凉,一种深不见底的沉默在她心中泛了上来,仿佛那无底的黑暗又回到了她的心头。

这一来那狂热的情绪完全消失了,她仿佛刚醒过来似的觉得有些发冷。她赶快跑进屋里,她已变成了一个根本不存在的冷漠的东西,极希望离开这里。她需要光明,需要和别的人在一起,需要和许多人具有表面上的接触。最重要的是,她急于想使自己迷失在一种自然环境之中。

她向她的女教师告别,准备回家去。她很高兴在车站上遇到了很多出门度周末的人,很高兴能和他们一起坐在光亮、拥挤的车厢里。只是她极不愿意遇见她认识的人。她不想谈话,她想一个人待着,不受任何干扰。

所有这光亮、这人群所形成的纷乱和激动不过只是一个框架,只是一片巨大的内在的黑暗和空虚的堤岸。她急于希望爬到那纷乱的半明半暗的堤岸上去,因为存在于她的心中的,只是那黑暗的空间的空虚的现实。

有一段时间,她的女教师英格小姐在她的心中已不存在了;她只不过是一片阴暗的空虚,厄休拉则像一个影子自由自在地行走在那遗忘和毁灭的地下世界之中。厄休拉很高兴她的女教师对她来说已经消失,已经不存在了。但那只是一种没有生命和没有行动的高兴。

但是,第二天早晨,那像火一样的爱情,那像火一样燃烧着的爱情却又回来了。她记起了昨天晚上的事,她希望再去,永远希望再去。她希望总和她的女教师在一块儿。和她的女教师分开就是限制她的生活。她今天为什么不可以再到她那里去,就在今天?当她的女教师在别的地方的时候,她为什么要违背自己的意愿在科西泽跑来跑去?她坐下来写了一封充满火一样热情的情书,她实在忍耐不住了。

这两个妇女变得非常亲密了。她们的生活忽然不可分割地融混在一起了。厄休拉常到威尼弗雷德的住处去,她在她那里消磨掉她所有的空闲时间。威尼弗雷德非常喜欢水,喜欢游泳和划船。她参加了好几个体育俱乐部。不知有多少个令人愉快的黄昏,这两个姑娘一同划着一条小船在河上游逛,船总是由威尼弗雷德划着。真的,威尼弗雷德似乎很高兴自己能够照看厄休拉,送一些东西给这个姑娘,并尽量设法丰富她的生活。

所以,在她和她的女教师非常接近的那几个月里,厄休拉发展得很快。威尼弗雷德肯定受过科学方面的教育,她认识很多有才能的人。她希望尽力让厄休拉也能达到她自己那种思想水平。

她们接受宗教,可同时又完全去掉了它的教条和虚假的部分。威尼弗雷德完全把宗教人情化了。厄休拉慢慢也开始明白,她所知道的宗教不过是为了掩盖人的某些欲望的特殊的外衣,那愿望才是真实的东西——那外衣几乎不过是民族的爱好和需要。希腊人敬奉着一位赤裸裸的阿波罗,基督教徒信奉一个穿着白袍的基督,佛教徒崇拜一位王子,埃及人却又崇拜他们的地狱里的判官。宗教是一种地方性的东西,宗教又是无所不在的。基督教不过是一个地区的教派分支。到现在还没有能够把各种地方宗教融汇成一种各地普遍能接受的宗教。

宗教的两个最大的动机是恐怖和爱。恐怖这个动机,和爱这个动机一样,具有巨大的力量。基督教为了逃避恐惧,接受了钉死在十字架上的说法:"把你最恶毒的招数拿出来吧,那我就不会害怕再受到什么更大的痛苦了。"可是人们所恐惧的东西并不一定都是坏的,人们所爱的东西也并不一定都是好的。恐惧最后会变成尊敬,尊敬实际不过是顺从的别名罢了;爱会变成胜利,胜利实际也就是欢乐的别名。

她综合了许多书的精华,对宗教发表了这样一些议论。在哲学方面,她的结论是,人类的愿望是一切真和善的标准。真并非存在于人类之外,它只不过是人类思想和感情的产物。实际上世间并没有什么真正可怕的东西。宗教里的恐怖的动机是十分卑下的,它只应当存在于古代的力量的崇拜者,存在于莫洛克①崇拜者的心中。我们这些具有开明思想的现代人是并不崇拜力量的。力量已经慢慢堕落成了金钱和拿破仑式的愚蠢。

厄休拉常常会梦见莫洛克。她的上帝从来不是那么和气和温柔的,他既不是绵羊也不是鸽子。他只是狮子和山鹰。这不是因为狮子和山鹰有力量,这是因为它们显得很强大,很骄傲;它们就是它们自己,它们并不是听从某一个牧羊人指挥的动物,或者某一个可爱的妇女的玩物,或者某一个祭司用来祭神的牺牲。她对于那种温顺的听人摆布的羔羊和单调无味的鸽子早就厌烦透了。如果一只羔羊敢于同一只狮子躺卧在一起,那么,对那羔羊来说便是一种莫大的荣誉,而那狮子的强大的心也决不会因此而遭受到任何损害。她喜欢狮子的威严和沉着神态。

她简直不理解羊羔会懂得什么爱情,羊羔只能让别人来喜欢。它们只知道害怕,只会战栗着屈服于恐惧,变成牺牲品;或者它们只能屈服于爱情,变成别人所爱的东西。在这两方面,它们都处于被动地位。真正疯狂的具有毁灭性质的爱者,他们所追求的是饱含着最大恐惧的时刻和最大的胜利的时刻,这恐惧不会比那胜利更大,胜利也不会比这恐惧更大,这种人就决不会是那羔羊或鸽子。她像一头狮子或者像一匹野马似的尽量伸直她的四肢,她的充满欲望的心现在已经变得毫无顾忌了。它不惜经受一千次的死亡,可是当它从死亡中复活的时候,仍将是一头狮子的心,她将是一头更凶猛的狮子,她将更肯

---

① 莫洛克是古代腓利基人所信奉的火神,据说当年经常要以儿童为牺牲来向他献祭。

定地知道,她是与她身边那巨大的、充满矛盾的宇宙完全不同,并且是和它彼此分离的。

威尼弗雷德·英格对于妇女运动也非常感兴趣。

"男人将来不必再干什么了——他们已经失去了干任何工作的能力,"那个年岁较大的姑娘说,"他们整天瞎忙活,瞎叨咕,但是他们实际上是毫无意义的。他们尽量要让一切东西去适合那个古老的、一成不变的理念。爱情对他们就是一种已经死去的理念。他们从不会跑到一个人身边去爱他,他们所要找的是那个理念,他们会说,'你正是我要找的那个理念,'所以他们彼此拥抱在一起。我可永远不会成为任何一个男人的理念!我活着也决不是要让一个男人把我看成是他的理念!我可决不会让一个男人愚弄,把我的身体借给他,作为他实现他的理念的工具,作为他表现他那一套死去的理论的工具。可是他们就是只知道一天到晚瞎忙活,什么事也干不了。他们全都阳痿,只会空抱着一个女人干不了事。他们每次都只会抱着他们的那个理念,跟那个理念干事。他们好比是一些因为饿得实在受不了,竭力想把自己吞下去的蛇。"

由于她的这位朋友的介绍,厄休拉认识了许多受过教育,但对生活十分不满的男人和女人,他们仍然在这安逸的小市镇上活动着,仿佛他们真的像他们外表所表现的那样,已被驯服了,而实际他们的内心却充满了愤怒和不满。

这姑娘忽然被拉进去的正是一个非常奇怪的世界,这里仿佛是一片混乱,仿佛已经临近这个世界的末日。她还太年轻,对这一切还不能十分理解。可是通过她对她的女教师的热爱,这疫苗已经转接到她身上去了。

经过一次期终考试,这一学期就结束了。放假的日子较长,威尼弗雷德·英格去了伦敦。厄休拉独自在科西泽留下了。一种可怕的、被人抛弃的、几乎让人无法忍受的绝望感情占据了她的心。现在去干任何事和从事任何活动都完全没有用了。她和别的人没有任何联系。她孤立的毫无生气地活着。任何地方都没有任何她应该做的事。到处她只能看到这种阴森可怕的隔膜。但是,在这种隔膜对她所进行的巨大的攻击中,她却始终依然故我,这是她一切痛苦的最可怕的核心,她始终是依然故我。她永远没有办法逃避开这种情况:她完全没有办法抛开那个故我。

她一直热恋着威尼弗雷德·英格,可是渐渐地她产生了一种非常恶心的感觉。她爱她的女教师。可是在和那个女人的接触中,她越来越有一种沉重的、让人腻味的死亡的感觉。有时候,她想着威尼弗雷德长得很丑,也太土气,她的女性的屁股就显得有些太大太土气,她的踝骨和她的胳膊未免太粗了。她需要某种更精细的强烈的感情,而不要这种黏糊糊粘在人身上的潮湿的泥土气味,它所以粘在人身上,是因为它没有自己的生命。

威尼弗雷德仍然爱着厄休拉,她对这个姑娘的细腻的爱的火焰异常喜爱,她竭尽全力伺候她,不惜为她做任何事情。

"跟我一道上伦敦去吧,"她对那个姑娘请求说,"我一定让你过得非常舒服——你可以干许多你非常感兴趣的事。"

"不,"厄休拉顽固地毫无表情地说,"不,我不愿意上伦敦去,我想一个人待在家里。"

威尼弗雷德完全明白这是什么意思,她知道厄休拉已开始要和她疏远了。那年轻姑娘的细腻的无法扑灭的爱的火焰已不愿意再和这个年纪较大的女人混在一起,过那种性变态的生活了。威尼弗雷德知道这一天终究会来临的。可是她自己也非常骄傲,尽管在她的内心深处已经出现了一片绝望的深渊。她非常清楚地知道,厄休拉终归要抛开她的。

而这简直就仿佛是她生命的终结。过于失望的心情使她简直顾不得愤怒了。尽量珍惜着厄休拉对她仅剩的一点爱情,她非常聪明地把那可爱的姑娘留下,自己去了伦敦。

两星期后,厄休拉给她写的信又变得满纸柔情,热爱非常了。她的舅父汤姆曾经打算请她到他那里去待几天。他现在正在约克郡开办了一个很大的新煤矿。威尼弗雷德也愿意去看看吗?

因为这时厄休拉正想着威尼弗雷德的婚姻问题,她希望她和她的舅父汤姆结婚,威尼弗雷德也知道这一情况,她说她愿意到威基斯敦去看看。她现在准备把自己的一切交给命运去安排,因为现在她已经没有什么别的事可做了。汤姆·布兰文也看出了厄休拉的打算。他现在已没有什么更大的欲望了。他一直想办的事现在已经办到了。长期以来,他一直是用一种完全可以忍耐的好脾气掩盖着一个毫无生气的心灵,现在依靠这毫无生气的心灵一切都完成了。在这个世界上再没有任何他关心的事,不论是男人还是女人,是上帝还是人类。他的无所作为的情绪已经达到了一种稳定状态。他现在对什么都不关心了,既不关心他的肉体,也不关心他的灵魂。只不过他一定要保卫自己的生活不受到任何损害。就这么一点表面的简单的东西还将在他的生活中坚持下去。他的身体仍然很强健。他还活着。因此他必须打发掉每天的每时每刻的时间。这是他一生遵守的原则。这也并非出自本能上的不安;这完全是他的天性的必然产物。当他绝对孤独地过着自己的生活时,他愿意干什么就干什么,从来无所顾忌,也没有什么不可告人的想法。他既不相信善,也不相信恶。每一刻钟对他来说都是一个孤立的小岛,和总的时间完全隔离,也不受总的时间的限制。

他住在一所用红砖砌成的很大的新房子里,这房子和一大堆同样也是用红砖砌成的建筑连在一起,整个就叫作威基斯敦。威基斯敦从开始修建到现在才不过七年。原来这儿只不过是一个仅有十余间住房的小村子,四周完全是一些刚有人开始垦殖的荒地。后来在这里发现了一片很大的矿脉。于是在一年之内,威基斯敦便出现了,那是一大堆一排排粉红色的看上去显得很不真实的五个房间一套的住宅,街道纯粹是丑恶的化身,一条灰褐色的碎石路,几条用柏油铺成的大道,中间夹着一连串的墙壁、窗户和门洞,另外有一条用红砖砌成的水渠,不知从何处开始,也不知引向何处。一切都没有固定的形象,一切都没完没了地自相重复。街上你只是偶尔在一家房子的窗口可能看到有一些蔬菜或者油盐酱醋,摆在那里出卖。

在这市镇的中间,是一片很大的开阔的不成形状的广场,那就是市场。这里地面是黑色的泥土,围在它四周的仍是那种简陋的、新的红砖现在已经变脏的建筑,一个小窗子又一个小窗子,一个长方形的门洞又一个长方形的门洞,无限地重复着,只是在某一个街角上,有一个装饰得花里胡哨的酒馆,在广场边上很难找到的一个地方,有一面装着深绿色玻璃的大窗子,那就是邮局。

这地方颇有一种一片废墟上才有的离奇的凄凉气氛。矿工一阵阵一群群地到处游逛着,或者迈着沉重的脚步走过那些柏油路前去上班,他们看上去完全不像是活人,而像是一些幽灵。那死板的毫无色彩的街道,整个这个地方的那种单调、混乱的呆滞气氛,让人想到的只是死亡,而不是生活。这里没有集会的地方,没有中心,没有动脉,没有有机的组织。它躺在那里,像一片用红砖胡乱迅速砌成的地基,简直像一种皮肤病。

离这儿不远,在一座小山上,便是汤姆·布兰文的那所巨大的红砖房屋。它的正面所向是一大堆乱七八糟、毫无意义的土坑和小棚子和一排排极不规则的房子的后墙。这里的一切活动都是千篇一律,彼此一样,因而让人感到十分厌恶。更远处便是那日日夜夜都有人在那儿挖掘的大煤坑。四周是两条蜿蜒的小河和绿色的田野,东一丛西一丛地长着荆豆和石楠,更远处还可以看到一片片阴暗的森林。

整个这个地方总给人一种不真实的感觉，就是那么不真实。甚至现在汤姆·布兰文已经在那里住了两年了，他也始终不相信这个地方的真实性。它像一个可怕的梦，像是一种丑恶的、死亡的、无法描述的心境忽然在那里凝固下来了。

厄休拉和威尼弗雷德来到那个简陋的小镇上的时候，有一辆小汽车正等着接她们。然后她们坐着车，穿过了一片代表着混沌之初的地段。这地方仿佛是一片混乱忽然被固定下来，于是永远就保持了那片不变的混乱情景。这里的许多人使厄休拉很感兴趣——他们一群群地站在街上，三五成群地从街上走过，在他们的前边或者后边跑着他们的狗；他们的穿着都很整洁，大多数人的脸色都显得有些憔悴。这种安于憔悴的可怕神态使她极感兴趣。像一些已经再没有任何希望，可是却还活着，而且还具有一定热情的生命；他们躲在一种完全失去生命的外壳之中，表现出一种离奇的、孤立的庄严，毫无意义地混着日子。你仿佛觉得在他们所有人的外面已包上了一层坚硬的像牛角一样的硬壳。

厄休拉带着惊愕和恐惧的心情来到了她的舅父汤姆的家。他现在还没有回来。他家里没有人，不过一切陈设都相当考究。他拆掉了房子里的一个隔墙，把整个房子的前厅完全变成了一个巨大的图书室，图书室的一端专作他的那套科学研究之用。用作试验室和阅览室的是一间很漂亮的房间，但它同样也使人感到有那种僵硬的机械活动的意味。一种机械的但不过刚刚开始的活动，它同时也面对着那可厌的不成其为市镇的市镇，面向着绿色的草原和远处高低不平的田野，以及另一面的那庞大而机械的煤矿矿井。

她们看到汤姆·布兰文从那曲折的小道上走过来。他身体越来越强壮了，但由于他把他的高顶帽低低地戴在额头上，看上去显得很漂亮，而且很有派头，那神态和别的一些有所作为的男人简直不相上下。他脸色鲜艳，完全像从前一样非常健康，不过他走过来的时候，似乎在想着什么心事。

看着他走进图书室来时，威尼弗雷德·英格止不住一惊。他的外衣严严实实地扣上扣子，显得很整洁，头的前额已经秃了，但并没有发亮，倒像是一件我们平时看见盖着的东西现在忽然露出来了。一双深黑的眼睛水灵灵的，似乎没有一定的形式，他仿佛不好意思，因而特意站在一个很阴暗的地方。和他握手时可以感到他的手是那样柔软而又有力，让人止不住一阵寒战。她害怕他,讨厌他,但又舍不得离开他。

  他看着这个身体矫健,似乎无所畏惧的姑娘,马上在她身上发现同样那种心灰意冷的气质。他马上就知道他们正属于同一类人。

  他的态度很客气,几乎有点不寻常,甚至有点冷漠。他大笑起来仍是那种很奇怪的样子,常会像一匹马似的忽然把鼻子一皱,露出一排尖尖的牙齿,他那简直有点像丝绸一样细腻而又美丽的皮肤和脸色,掩盖了他那离奇的令人厌恶的粗野,掩盖了他的相当肥胖的大腿和腰身所显露出的臃肿和伧俗。

  威尼弗雷德一眼就看出他对待厄休拉的那种有点像是讨好,又显然有些狡猾的尊敬的神态,这使得那个姑娘马上显得十分骄傲,同时又有些惶惑。

  "这地方是不是让人看起来觉得可怕?"那年轻姑娘微微睁大眼睛问道。

  "你看见它像个什么样,它就是个什么样,"他说,"它什么也没有藏着。"

  "为什么那些矿工都显得那么悲伤?"

  "他们显得悲伤吗?"他回答说。

  "他们似乎都感到一种说不出的悲伤,说不出的难过。"厄休拉喉咙里充满激情地说。

  "我并不认为他们是那样。他们把什么都看成理所当然。"

  "他们把什么看成理所当然?"

  "这儿的一切——这煤坑和这地方等等。"

  "他们为什么不能改变它呢?"她热情地抗议说。

  "他们相信,他们应该改变自己来适应这里的矿坑和这个地方,而不是改变这矿坑和这地方来适应他们自己。这样更容易多了。"他说。

  "而你也完全同意他们的想法,"他的甥女感到实在不能忍耐了,插嘴说,"你和他们的想法完全一样——活着的人就应该尽量设法适应各种可怕的现实。我们完全可以没有这些煤坑,照样能活下去。"

  他很不舒服地、无可如何地笑了笑,厄休拉再次感觉到了他的那种带有仇恨的反抗情绪。

  "我想他们的生活并不真那么坏。"威尼弗雷德·英格跳出左拉式的悲剧情绪说。

  他既有礼貌又显得很疏远地注意看着她。

  "是的,他们是过得很悲惨,矿井非常深,很热,有些地方还到处是水。工人们常常因为害肺病死去,可是他们能赚到很高的工资。"

"多么可怕呀!"威尼弗雷德·英格说。

"是的。"他严肃地回答说。正是他这种严肃、扎实和稳重的态度,才能使他作为一个煤矿经理得到那么多人的尊敬。

女仆进来问他们要在哪里喝茶。

"把茶摆在凉棚里吧,史密斯太太。"他说。

那个金黄色头发,模样很漂亮的年轻妇女走了出去。

"她已经结过婚,正式在这里工作吗?"厄休拉问道。

"她是个寡妇,不久前她的丈夫害肺病死了。"布兰文悲伤地微微一笑,"他躺在她妈妈住的地方,那里还住着别的五六个人,一个个都慢慢死去了。我问她,他的死是否会给她造成很大的困难。'啊,'她说,'他到临死前的一些日子已经让人感到非常讨厌,怎么伺候他都不是,一刻也不肯安静,随时都吵得人不安,他自己也不知道怎么才好。所以现在这件事过去了,不论怎么说——不论对他自己,还是对任何别的人——倒都是一件好事。'他们结婚才不过两年,她有一个男孩。我问她,结婚后是否一直过得很幸福。'哦,是的,先生,我们在一开头,直到他生病以前,都过得很舒服——噢,我们过得很舒服,噢,是的——可是,您瞧,一切您都得慢慢习惯。我的父亲和两个哥哥也都是这么死的。一切您都得慢慢习惯。'"

"要对这种事慢慢习惯,那实在是太可怕了。"威尼弗雷德·英格不禁一哆嗦说。

"是的,"他仍然微笑着说,"可他们就是这样过活的,她很快就会再次结婚。跟这个人还是跟那个人——这都没有什么太大的关系。他们都是些煤矿工人。"

"你这话是什么意思?"厄休拉问道,"他们都是煤矿工人?"

"对那些妇女,或者对我们来说,全是如此。"他回答说,"她的丈夫是装煤工,叫约翰·史密斯。我们把他看作是一个装煤工。他把自己也看作是一个装煤工。所以她知道,他所代表的是他的那个职业。婚姻和家庭生活不过是填补空白的小节目。妇女们的这种了解是完全正确的;她们也就这样来对待这个问题。嫁了这个人或者那个人,可以说丝毫关系也没有。重要的是煤坑。围绕着这个煤坑永远总有许多小节目在进行表演,那种小节目可多着呢。"

他抬头向着威基斯敦四周的红色的混乱和那不可名状的乱七八糟的环境看了一眼。

"每一个人都有他自己的那点小节目,他的家,可是煤坑是这儿所有人的主人。这儿的妇女们所能得到的只是一些剩余的东西。是这个人的剩余部分,还是那个人的剩余部分——这都全然没有关系。真正有关系的一切,全属矿坑所有。"

"这情况在哪儿都是一样。"威尼弗雷德止不住叫着说,"办公室、店铺或者各种工商业吞没了所有的人,妇女们所能得到的只是那些店铺不能消耗的一小部分。在家里他能算一个男人吗?他只是毫无意义的一堆肉——一架机器,一架暂时没有开动的机器。"

"他们知道他们已经被卖掉了,"汤姆·布兰文说,"实际情况就是这样。他们知道,他们已经被卖给他们的职业了。一个妇女即使把她的嘴说烂,又能发生什么作用呢?她的男人已经卖给他的职业了。所以妇女们根本不在乎。她们能拿到什么就算什么——就这样 vogue la galère!①"

"她们在这里不是都十分规矩吗?"英格小姐问道。

"啊,不。史密斯太太有两个姐妹最近刚刚彼此交换了丈夫。她们从来不那么挑剔——而且她们从来也不是那么感兴趣。她们永远围着那些矿坑的剩余迟钝地生活着。她们实际上不是那么感兴趣,所以也就说不上什么不道德的问题——道德或者不道德,结果都完全一样——根本的问题是矿上的工资。英格兰最道德的公爵每年都会从这些矿坑里捞到二十万镑的进项,他对道德观念可是一丝不苟的。"

厄休拉坐在那里听着他们俩谈话,直感到情绪低落,心里痛苦不堪。他们在对这种局面表示悲叹时,是否也表现了某种恶毒的情绪。他们似乎对这种情况感到一种恶意的满足。那矿坑是掌管一切的伟大的女主人。厄休拉朝窗外望去,看到了那骄傲的魔鬼一般的矿井,并看到她的各种大大小小的轮子在天光之下闪闪发光,周围是市镇上的一群肮脏的建筑躺在一边。这是一堆淡而无味的小节目。只有那矿井是正戏,是一切的 raison d'être②。

这一切实在太可怕了!这里还有一种让人感到无比可怕的诱惑力——人的身体和生命,全受着矿井这个魔鬼的奴役。这里有一种令人晕眩,甚至令人痛苦不安的满足。有好一阵子她简直感到头昏眼花了。

---

① 法语,意思是听天由命,随它去吧!
② 法语,意为存在的理由或存在的基础。

接着,她又恢复过来,她感到自己正陷入一种无比巨大的孤独之中,她在那里既感到悲哀,又感到自由。她已经脱开身了。她将不会再从属于这个巨大的矿井,从属于这个奴役着我们所有的人的庞大的机器了。在她的内心深处,她反对这一切,甚至不承认它的巨大力量。你只要肯抛开它,它就会变得毫无道理,毫无意义。她知道它是毫无意义的。但是她必须有一个巨大的充满热情的意志力,才有可能一方面看着那矿井,一方面坚决相信它是没有任何意义的。

可是,她的舅父汤姆和她的女教师却仍然待在那里,和那帮人在一起。他们一方面愤恨地指责那种可怕的局面,而一边又对它依恋不舍,仿佛一个人尽管一口一声责骂着他的情妇可又照样尽力搂着她。她知道她的舅父汤姆对这一切是完全了解的。但她更知道,不管他怎么批评和咒骂,他仍然需要这个伟大的机器。他的唯一的幸福,他真正唯一感到自由的时刻是他为这个机器效劳的时候。那时,也只有那时,这机器完全占据着他的心灵,他才能够不再痛恨自己,他才能够逃避那种愤恨情绪和不现实的感觉,全心全意地进行工作。

他的真正的情妇是那个机器,威尼弗雷德的真正的情人也是那个机器。她,威尼弗雷德,也非常崇拜这种不纯洁的抽象,这种物质的机械作用。在那里,只有在那里,在那大机器中,在那为大机器进行的活动当中,她才能脱出人的感情对她的牵挂和给她带来的屈辱。在那里,在那掌握着一切活的、死的、无知的、可怕的、物质的机械结构中,在为它服务的活动中,她才能达到她的最甜美的境界,获得她的最完美的和谐,她的不朽。

厄休拉的心中越来越充满了仇恨的情绪。如果可能,她要把那机器全部砸碎。她的心灵所最渴望的一种行动应该是彻底砸碎那可怕的机器。如果她能够把那矿井毁灭掉,让威基斯敦的工人全部失业,她也愿意那样做。让他们去挨饿,让他们到泥土里挖草根吃,也不要像这样来为一个莫洛克服役了。

她恨她的舅父汤姆,她恨威尼弗雷德·英格。他们现在一起到凉棚里喝茶去了。那棚子在一个很小的花园的尽头,靠近一片田野,又在几棵大树的阴凉之下,却是一个很舒服的地方。她的舅父汤姆和威尼弗雷德似乎总拿她开玩笑,要故意让她难堪。她很痛苦,也很孤独。可是她决不让步。

她对威尼弗雷德的冷淡情绪决不会再有所改变。她知道,她们之间的关系要从此结束了。现在,她在她的女教师的行动中只看见粗野和丑陋。她在她身上只看到一身像泥土一样毫无弹性的肌肉,而且那肌肉让她想起了史前的那些大爬虫。有一天,她的舅父汤姆从外面灼热的阳光下进来,因为走了很多路浑身发热。这时他的额头上满是汗珠,他的手又湿又热,和他握手简直有一种让人喘不过气来的感觉。他身上也带着那沼泽地的气味,给人一种湿漉漉和臃肿的感觉,同时也带着沼泽地的那种黑糊糊的令人恶心的气息,在那种气息中,生活和腐烂是合而为一的。

她自己是那样地干爽,充满了细腻的热情,所以他使她感到非常可厌。她身上的每一根神经似乎都命令他跟她保持距离。

正是在这几个星期里,厄休拉忽然长大了。她在威基斯敦待了两个星期,对这儿的一切她只感到非常愤恨。到处是灰蒙蒙的干灰,到处是那么冷漠,毫无生气和丑陋。可是她仍然在那里待下了。她待在那里也是为了把威尼弗雷德甩掉。这姑娘的仇恨,以及她对她的女教师和对她的舅父所感到的厌恶,似乎使那两个人自然结合在一起了。他们仿佛只是为了要反对她而越来越亲近。

在厌烦和痛苦的心情中,厄休拉知道威尼弗雷德已经变成了她舅父的情人。她很高兴。她对这两个人都曾经爱过。现在她极愿意把他们两个都给丢开。他们的那种沼泽地的又酸又甜的腐烂气味,使她感到恶心,使她的鼻孔感到非常不舒服。怎么都行,赶快逃出这腐烂的气氛吧。她要从此离开这两个人,远远离开这离奇的、松软的、半腐烂的一切。怎么都行,赶快离开这里吧。

有一天夜晚,威尼弗雷德忽然冲到厄休拉的床边,双手搂着那个姑娘,不管她愿意不愿意,使劲把她搂在自己的怀里说:

"亲爱的,我的亲爱的——你说我要不要嫁给布兰文先生——你说那样合适吗?"

这个黏糊糊的、无味的、带着泥土气息的问题简直使厄休拉感到难以忍受。

"他提出要你嫁给他吗?"她说,尽一切力量忍耐着。

"他已经向我提出了,"威尼弗雷德说,"你愿意让我嫁给他吗,厄休拉?"

"当然愿意。"厄休拉说。

那双胳膊把她搂得更紧了。

"我知道你会的,我的小宝贝——我决定和他结婚。你很喜欢他的,你喜欢他吗?"

"我一直非常非常喜欢他,从我还是一个孩子的时候。"

"我知道——我知道。我可以看出你为什么会喜欢他,他是一个非常独特的人,他身上有一种别人身上没有的东西。"

"是的。"厄休拉说。

"可是他不像你,我的亲爱的——哈,他不像你那么好。他身上有些地方甚至让我很反感——他那两条又粗又大的大腿——"

厄休拉没有说话。

"可是我决定嫁给他,我的亲爱的——这可是最好不过了。现在告诉我你爱我。"

她终于从那姑娘的嘴里逼出了一句承认爱她的话。不管怎样,她的女教师终于叹息着离开了她的床边,独自躲到自己的房间里哭泣去了。

又过了两天,厄休拉离开了威基斯敦。英格小姐也到诺丁汉去。她和汤姆·布兰文已经订了婚,她舅父似乎把这件事看作是他很有办法的明证,逢人便吹嘘。

布兰文和威尼弗雷德·英格订婚后又过了一个学期。接着他们就结婚了。布兰文已到了需要孩子的年龄,他需要孩子。这婚姻,和这新建立起来的家庭生活,在他看来都毫无意义。他需要的是有人给他传宗接代,他不论干什么事都是心中有数的。他有一种越来越完全顺从惰性的本能,他为自己挑选一个安息的地方只是为了自己失去一切热情,进入一种完全的无比深刻的麻木状态。他愿意让那机器带领着他这个丈夫、父亲、煤矿经理前进,陪伴着那巨大的机器日复一日不停地挖掘出温暖的泥土。至于威尼弗雷德,她是一个受过教育的妇女,而且和他自己是同一类人。她将会成为他的一个很好的伙伴,她正好和他配对儿。

339

第十三章

男人的世界

厄休拉回到科西泽来和她妈妈进行斗争。她的学习生活已经结束,她已经通过了大学入学考试。现在她回家来准备度过上学或可能要结婚之间的这一段空白时间。

一开头,她想着这不过完全像度假一样,她会永远感到那么自由。

她的心灵一直是那么混乱、盲目、痛苦,简直仿佛已残缺不全了。她没有心思再去想关于她自己的事。有一段时间,她只能无所用心地混下去。

可是很快她发现她和她妈妈简直处于敌对状态之中。这时候,她已经有能力随时使这姑娘烦恼不堪,简直能让她发疯。布兰文太太已经生下了七个孩子,但她现在又有孩子了。她一共生了九个孩子,其中有一个很小的时候害白喉死掉了。

光是她妈妈整年怀孩子这件事就让这个最大的姑娘感到十分愤怒。布兰文太太是那么随和,对她所受到的教养感到无比满意。除了那些直接的,非常具体的普通事物之外,她对其他任何东西都毫无兴趣。而充满热情的厄休拉却一直因为怀着对某种她并不十分明确的理想的憧憬而痛苦不安,尽管那种理想她并不可能抓住,甚至也不可能对它具有任何明确的概念。她在一种疯狂状态中和她所面临的一切黑暗斗争着。这黑暗的一部分就是她的母亲。像她母亲那样,把一切都限制在只从肉体的角度来考虑问题的圈子里,毫不在意地拒绝其他方面的一切现实,这实在是太可怕了。布兰文太太除了她的孩子们、住房,和当地流行的一些闲言碎语之外,几乎对什么都毫不关心。她甚至不让任何别的东西接近她,她甚至不让任何别的东西出现在她的身边。她什么时候都挺着个大肚子,邋里邋遢,对什么都毫不在乎,显露着一种并不那么严肃的尊严。她对什么事都不慌不忙,愿意怎么做就怎么做,永远,永远在那里为孩子们操劳,自己还感觉到这样她就尽到了一个妇女应该尽的全部责任。

永远这样心满意足地专心以生孩子为务,竟使得她一直很年轻,各方面都很少变化。她现在和她刚生古德伦的时候相比,几乎一天也不见老。这么多年来,除了一个接着一个孩子的来临,再没有发生任何别的事情。除了她的孩子的身体之外,也再没有引起她在意的事。等到她的孩子们有了知觉,开始有了他们自己的打算的时候,她就会把他们抛开,可是她仍然统治着这个家。布兰文和他妻子的关系仍然是那样处在一种暖暖和和、迷迷糊糊的状态之中。他们俩谁也没有更多的想法,谁也说不出有什么明显的个性,他们是完全沉浸在生育后代的肉体的温暖之中了。

对这一切,厄休拉是多么痛恨,她极力要和这种仅限于肉体的,仅限于生儿育女的家庭生活进行斗争!布兰文太太仍是那样安详、宁静,毫不动摇地维持着她的以肉体为主的母系的统治。

这里也曾发生过激烈的斗争,厄休拉遇到一些她认为事关重大的问题也决不肯让步。她希望那些孩子不要那么粗野,那么横暴。她希望这屋里有一块安静的地方,可是她母亲根本不理她那一套。布兰文太太带着一个正在生育的动物的狡猾的本能,对于厄休拉的那种热情,那些想法,和她讲的那些话百般讥讽,并把它们说得一钱不值。厄休拉却极力进行反抗,她要在自己的家里,在工作和行动方面享有和男人完全平等的妇女的权利。

"那好啊,"妈妈说,"那儿有一大堆破袜子等着人去补呢。那你就去行使你的工作权利吧。"

厄休拉非常讨厌补袜子,她妈妈的这种话简直气得她要发疯了,她从此非常痛恨她妈妈。她勉强在家里度过两三个星期之后,实在感到对这个家无法忍受了。这里的这种庸俗、无聊和毫无意义的生活简直要让她发疯。她整天叫喊着她的一些大道理,她整天纠正和教训别的那些孩子,她对她的只知一味生孩子的妈妈表示十分轻蔑,不予理睬,而她妈妈也对她变得无比冷淡,仿佛她不过是一个狂妄的完全不懂事的孩子,不值得理睬。

布兰文有时也被拉进争吵中去。他非常喜欢厄休拉,当他和她争吵的时候,他常有一种羞愧的甚至是背叛的感觉。所以他有时显得非常凶恶和凶狠,他所表现的那种不必要的残暴使厄休拉脸色发白,若痴若呆,一句话也说不出来了。她的感情似乎在她心中已变得完全麻木了,她的脾气也变得非常无情而冷漠。

布兰文自己的心情正处于一种流动状态。经过这么多年以后,他开始看到他所享有的自由存在着一个漏洞。二十多年来他一直担任着设计员的职务,干着他自己毫无兴趣的工作,因为那似乎只不过是他分内的事。他的女儿们渐渐长大成人,她们对于那些旧的形式越来越产生了反抗情绪,这使他也感到更为自由了。

他是一个喜欢整天活动的人,他像一头鼹鼠一样,永远在盖在他身上的泥土中挖出一条通道,始终在努力挖开囚禁着他的生活的一切物质因素。只要自己还能有几分主动性,他总是缓慢地、盲目地摸索着寻求一条通往能实现自己独特表现和独特形式的通道。

经过了二十年,最后他又回来搞他的木刻,几乎仍然是接着搞他当年求婚时搁下的那幅亚当和夏娃。可是现在,他尽管想象力不如从前,却具有了较充分的知识和技巧。他现在看出了他年轻时所想象的那些东西十分幼稚,也看出那些东西过去是在一种不真实的世界中孕育出来的。他现在在现实感方面具有了一种新的力量。他感到自己仿佛完全是真实的,他所处理的也仿佛是些真实的东西。他在科西泽工作已经许多年了,曾经给教堂做过风琴,修整过教堂里的木刻,慢慢了解到了普通劳动中所具有的美。现在他希望再雕刻一些能够表现他自己的作品。

可是他总不能一个劲干下去,他总是那么忙,又总有些犹犹豫豫,拿不定主意。在经过一阵彷徨之后,他开始研究泥塑,他自己也非常惊异地发现,他自己的确也能塑得很好。用泥土或者泥灰来进行雕塑,他复制出了很多非常美的作品,真是非常美丽。他开始塑厄休拉的头,并按照多纳泰洛①的刀法把形象塑得十分突出。一开始凭着热情的冲动,他从自己的情欲中获得一种美丽的启示。可是他始终找不见一个最中心的情调。最后在一阵失望心情下他只好放弃了。他接着仍去模仿别人的作品,从古典作品中选择一些主题来自己设计。也和他年轻时候喜欢弗拉·安杰利柯一样,他现在非常喜欢代拉·罗比亚②和多纳泰洛。他的作品具有早期意大利雕塑家的清新和天真明快的情调。但那仍然不过是些复制品罢了。

搞了一阵雕塑,觉得自己不可能再有任何发展了,他又转而学绘画。他和所有的业余画家一样,开始学画水彩画。他也画出了几幅自己比较满意的作

---

① 意大利文艺复兴早期著名雕塑家。
② 十五世纪佛罗伦萨雕刻者。

品,可是他并不那么感兴趣。他给他所喜爱的教堂作了一两张画,那画也像他的雕塑一样,轮廓鲜明,可是却似乎和以渲染气氛为主的现代画格格不入,他的教堂钟楼笔直站在那里,真正站在那里,毫不含糊地屹然独立,但它似乎也由于缺乏实际意义而感到羞愧,他于是又改行了。

他开始搞珠宝,读了许多班弗努托·谢利尼①的作品,研究了各种复制的装饰画,开始用银子、珍珠和纸模来做耳环。在他刚开始发现这个秘密的时候,他所做出的第一件东西的确非常漂亮,可是后来再做的差不多都是模仿别人的东西了。但不管怎样,从他的老婆开始,他给他家的妇女每人做了一对耳环,接着他又学着做戒指和手镯。

后来,他又开始搞金属雕凿。在厄休拉离开学校的时候,他正在做一个样子十分漂亮的银碗。这工作使他非常高兴,他几乎把什么都给忘了。

整个这段时间,他和真正的外在世界的接触就只是通过冬季的夜校,这算是使他和国家的教育事业有了某种联系。至于其他的一切,他似乎全都不知道。全然漠不关心——甚至对战争也是如此。整个国家对他来说完全不存在。他安全地龟缩在自己的那个小天地中,那里不存在国家问题,也没有追随者。

厄休拉每天读着报纸,对南非的战争模模糊糊地感到某种不安。报上的许多事使她感到痛苦,她总尽量使自己绝少和它们发生关系。不过斯克里本斯基也在那边。他有时候寄来一张明信片。可是她自己仿佛是挡在他面前的一堵什么也没有的墙,没有窗户,也没有出路。她仍然始终依恋着她记忆中的斯克里本斯基。

她对威尼弗雷德·英格的爱仿佛把她的生命从它本来生长的,斯克里本斯基也和它同在的泥土中连根拔了出来。她现在似乎是被移栽在一块干枯的土地上了。他现在真是只存在于她的记忆之中。在和威尼弗雷德分手之后,她依靠一种奇异的热情使得关于他的记忆又复活起来,他对她来说,几乎可算是她的真实生活的象征了。仿佛只有通过他,在他身上,她才有可能再恢复她从前的自我,再恢复到她爱威尼弗雷德之前,这个几欲置她于死地的悲惨的移栽之前的自我。但是就连她的这些记忆,也不过是她的想象而已。

她做梦梦见他和她在一块儿时的情景。她不可能梦到他后来的变化,梦

---

① 十六世纪意大利著名雕塑家和首饰匠人。

到他现在在干些什么,以及他现在和她将是一种什么关系。只是有时候她在哭泣中想到,在他离开她的时候,她一直忍受着多么残酷的痛苦——啊,她一直是多么痛苦啊!她还记得她曾在日记中写道:

"我若是那天上的月亮,我就会知道我应该在什么地方落下。"

啊,回想起她从前的情况,只会使她有一种说不出的痛苦。因为她这里所记起的只不过是那个死去的自我。那一切在经历了和威尼弗雷德的一段关系之后,已完全死去了。她还能认出她年轻的可爱的自我的尸体,她知道它的坟墓在什么地方。可是,她为它感到悲伤的那个年轻的可爱的自我,现在几乎已经不存在了,那不过是她想象的产物。

在她的内心深处,一种冷冰冰的绝望情绪始终毫无改变,也无法改变地隐藏在那里。现在再没有任何人会爱她——她也决不会再爱任何人了。在经过和威尼弗雷德交往以后,她心中的爱情已经被杀死,现在只存在那爱的尸体了。她还将活下去,还将生活下去,可是不会再有人来爱她,不会再有一个有情人需要她了。她自己也不再需要什么情人。那无比鲜明的一点欲念的余火已经在她心中永远熄灭了。那包容着她的真正自我的真正爱情的蓓蕾已经被捏死了,她将会像一株植物似的生长下去,她将尽一切可能开放出她的那些较小的花朵,可是她的主花在它开始生长以前就已经死去了,她以后的生长只不过是表现了一个尸体的愿望罢了。

悲惨的日子一周又一周地过去,就这么和一群孩子拥挤在狭窄的房子里。她这是过的什么生活——脏乱,不成体统,什么也不是;厄休拉·布兰文变成了一个毫无价值、无足轻重的人,在伊尔克斯顿这个脏污的环境中,生活在科西泽一个微不足道的小村子里。厄休拉·布兰文现在已经十七岁了,毫无意义,也毫无价值,没有任何人要她,需要她,她自己完全意识到了自己的半死的毫无价值的生活。这一切让人想都不敢想。

可是,她仍然保有她的那股傲气。她可能被别人看不起,她只不过是一具没有人爱的尸体,她可能是靠别人供给食物生活着的一株已经烂心的草,可是她对任何人也不让步。

她慢慢意识到,她不可能按照现在的这种方式,没有地位,没有意义,没有价值,在家里再这样混下去了。光是那些上学的孩子看着她什么也不干,也对她十分瞧不起。她一定得想个办法了。

她父亲说,她要是愿意帮帮她母亲,她有很多活儿可以干。在她父母那里,她除了受辱之外什么都不会得到了。她不是一个安于这种生活的人,她的脑子里充满了各种幻想,她想着要跑出去找个人家去做女仆,找一个男人让他和她结婚。

她给她原来上学的那个女校长写了一封信,求她给出个主意。

"我现在也说不清你应该怎么办才好,厄休拉,"来信回答说,"除了我想到你也许愿意去当一名小学教师。你曾经通过了大学入学考试,这就使你尽管没有教师证书,也可以在任何一家小学获得一个职位,每年薪水大约五十镑左右。

"对于你想参加工作的意愿,我感到万分同情,这样你将会感到你自己是人类这个伟大的集体的一个有用的分子,你将在整个人类力图实现的那伟大的使命中占有你自己的地位。这将使你得到一种你从任何地方都无法得到的满足和自我珍重的感觉。"

厄休拉感到她的心马上凉了。这种冷冰冰的满足实在没有什么意味,但是她的冷静的意志却对那信中的话表示同意。这正是她需要的东西。

"你有热情的天性,"那封信接着说,"对事物的反应敏捷。只要你肯学得耐心一些,能够自我约束,我看不出有什么理由你不可以当一名很好的教师。至少你不妨试试。只要你肯干上一年或者两年,就准可以取得合法的教师资格。然后你就可以参加任何一个学院的训练班,我希望你能在那里获得学位。我非常认真地奉劝你,为了取得一个学位,永远不要丢下你的学习。有了学位你就可以在这个世界上有一个资历和一个地位,这样就可以让你有可能更多地选择你自己的道路。

"看到我的任何一个学生获得自己经济上的独立,我是会感到非常骄傲的,它的实际意义要比大家表面上所看到的深刻多了。知道我的一个学生已经取得可以选择自己生活道路的自由,我真是会感到非常高兴的。"

这一切听来是那么严厉和冷酷。厄休拉其实感到很厌恶,可是她妈妈对她的蔑视,她父亲对她的无情,已经使她非常痛苦。她知道寄人篱下的生活是多么可悲,她已经感觉到了她妈妈处处从生物角度看待人的那根毒刺。

最后,她不能不讲话了。她原来一直咬紧牙关保持沉默,可是有一天晚上,她独自溜出去,跑到她父亲工作的那个棚子那边去。她先听到了锤子打在金属上的哒哒哒的声音,她一推开门,她父亲就抬起头来。他的红红的脸仍和他年轻时一样充满了活力,宽大的嘴唇上是两撇剪得很短的深黑的胡子,很细的黑色的头发仍和过去一样紧贴在头上,可是他似乎有一种心不在焉的神情,他拿着他的工具便似乎忘掉了一切。他现在是一个工人。他注视着他女儿严肃的毫无表情的脸,一股怒火忽然从他的腹部直往他的胸腔冒了上来。

"我能不能,"她并没有看着他,而是望着一边回答说,"我能不能出去工作?"

"出去工作,为什么?"

他的声音是那样洪亮,毫不犹豫,还带着颤音,这使她非常生气。

"我愿意去过另一种生活。"

一股强烈的怒火几乎使他全身的血液都暂时停止流动了。

"另一种生活?"他重复说,"怎么啦,你要过什么样的另一种生活?"

她犹豫了一阵。

"过一种不单是每天做点家务,或者就这么闲耗着的生活。而且我也要自己去挣点钱。"

她的那种奇怪的十分生硬的口气,和她那年轻气盛不肯屈服的神态,使他感到受了轻视,因而他生气的口气变得更强硬了。

"你打算怎么去挣点钱呢?"他问。

"我可以去当教师——因为我通过了高考,我是有资格当教师的。"

他希望她的高考见鬼去。

"靠你的高考成绩你能赚多少钱呢?"他有意嘲弄地说。

"一年五十镑。"她说。

他沉默了,好像忽然失去了手中的力量。

过去,他一想到他的女儿们没有必要出去工作,常常止不住心里感到很骄傲。靠着他太太的钱和他自己的一点遗产,他们每年有四百镑的收入。将来如果需要,他们还可以动他们的老本。他并不担心他将来衰老后怎么过日子。他的女儿们很可能都会变成贵妇人的。

五十镑一年就差不多是每星期一镑的收入——这样她就完全足够独立生活了。

"你想你会变成怎么样的一位老师呢?你对你自己的兄弟姐妹都没有丝毫的耐性,你怎么能去对付一班孩子?我总以为,你决不会喜欢寄宿学校里的脏孩子的。"

"他们也并非都那么脏。"

"你会发现他们并不都那么干净的。"

整个工作棚里沉默了一阵。灯光照在他面前的那只雕花的银碗上,照在他的锤子、火炉和凿子上。布兰文摆出一副奇怪的像猫一样的神情站在那里,简直像是在微笑。可是他并没有笑。

"我可以试试吗?"她说。

"你可以他妈的愿意怎么办就怎么办去,你愿意上哪儿就上哪儿去吧。"

她的呆呆的面容毫无表情,也毫不在意。他常常一看到她那副嘴脸就止不住怒火中烧。现在他仍极力保持着非常平静的样子。

她冷冷地没有透露出任何感情,转身走了出去。他仍继续干他的活儿,实际上他的每一根神经都完全激动起来,最后他不得不放下工具,走回家里。

他用一种愤怒和轻蔑的口气把这个情况全告诉了他太太。厄休拉当时也在场;他们彼此争吵了几句,后来布兰文太太用一种尖刻的超越一切和满不在乎的态度讲了几句话,结束了这场争吵。

"让她去看看当教员是个什么滋味吧,她很快就会感到受不了的。"

这件事就谈到这里。可是厄休拉认为她现在已经完全可以自由行动了。过了好几天,她仍然没有动静。她很不愿意迈开这残酷的一步,去给自己寻找工作,由于自己的高度敏感和羞怯,对这种新的接触和新的情况,她感到非常发怵。最后,一种决不能善罢甘休的思想终于推动了她。她心里充满了痛苦的感觉。

她跑到伊尔克斯顿的公共图书馆,从《小学校长名册》中抄下一些地址,回来便写了一封申请工作的信。两天之后,她那天早晨很早起来去等邮差,完全如她所希望的,她收到了三个长信封。

她拿着那些信封走进自己的卧室的时候,她的心痛苦地跳动着。她的手指不停地发抖,她几乎没有勇气去读那些她必须填写的长长的官样文章的表格。一切都是那么残酷,那么缺乏人情味。她必须得填写了。

"姓名(先写姓后写名字):＿＿＿＿＿＿＿＿＿＿＿＿"

她用她发抖的手写下,"布兰文,厄休拉。"

"年龄和出生年月:＿＿＿＿＿＿＿＿＿＿＿＿"

经过长时间考虑,她把这项也给填上了。

"资历和通过考试的日期:＿＿＿＿＿＿＿＿＿"

她带着某种骄傲的情绪写下:

"伦敦高等院校考试。"

"过去的经历和工作地点：⸺⸺⸺⸺⸺⸺⸺"

她很难为情地写下：

"无。"

下面还有很多要填写的项目。填完这三张表，整整花了她两个小时，接着她还得抄写一份当地校长和牧师给她写的推荐书。

最后，一切终于办完了。她把那三个长信封又给封上了。当天下午，她就把它们送到伊尔克斯顿的邮局里去了。关于这件事，她对她的父母一个字也没提。当她在那三个大信封上贴上邮票，把它们扔进那里的邮政总局信箱里的时候，她感到仿佛她现在已经逃开了她父亲和母亲的手心，仿佛她已经和外边的那个更大的世界，男人的世界联系在一起了。

回家的时候，她又开始做起了她过去常做的那种极花哨的梦。她的三份申请，一份寄到了肯特的吉林厄姆，一份寄到泰晤士河边的金斯敦，另一份则寄到德比郡的斯旺韦克去了。

吉林厄姆是一个非常漂亮的名字，肯特又素有英格兰花园之称。所以，在吉林厄姆的蛇麻草田畔的一个非常古老的村子里，那里的太阳光是那么柔和，到了下午，她便将从学校里走出来，走到大门外梧桐树的阴影下边，然后沿着一条宁静的小道转身朝着一个小农舍走去，在那农舍那边，矢车菊从古老的木栏杆边伸出它们蓝色的头，鲜花盛开的夹竹桃则密密地排在小道两旁。

当厄休拉进屋的时候，一个瘦弱的满头白发的老太太伸出她瘦弱的象牙一般的手，站起身欢迎她。她还说：

"噢，我的亲爱的，你知道吗！"

"什么事情呀，韦瑟罗尔太太？"

弗雷德里克回家来了。不，现在她已经可以听见楼梯上他那男性的脚步声，她已经看到了他的大皮靴，他的蓝色的裤子，他的穿着制服的身子，然后更看到了他的像老鹰一样干净和机敏的脸。他的眼睛里闪着离奇的像海洋一样的光彩，啊，在他下楼向厨房走来的时候，她看出那离奇的海洋已经和他的灵魂交织在一起了。

这个梦加上它的一些细节，帮助她消磨了一英里的路程。然后她又跑向泰晤士河边的金斯敦去了。

泰晤士河上的金斯敦是一个具有历史意义的古老城市，就在伦敦南面不远。那里居住着许多属于这个大都市的出身高贵,但是喜欢安静环境的人物。在那里,她遇见了几个出身华贵的家庭,居住在一所古老的安妮女王时期的住宅中的女孩子。她们的房子边的草坪一直延伸到河边,在那庄严而又宁静的气氛中,她发现她们都是她非常知心的朋友。她们像姐妹一样相爱着,她们都具有共同的高贵的思想。

她又感到非常快乐了。在这种幻想中,她又摊开了她那可怜的已被剪去的翅膀,直接飞上了欢乐的天空。

一天又一天过去了。她一直没有对她父母谈这件事。接着吉林厄姆退回了她的申请书,那里不需要她,斯旺韦克也拒绝了她的申请。这是出现在无限甜蜜的希望后面的痛苦的拒绝。她的漂亮的翅膀马上又耷拉下来了。

接着,两个星期之后,泰晤士河上的金斯敦忽然寄来一份通知。告诉她在下星期四到市政教育局去谈谈聘用她的事。她马上完全呆住了。她知道她一定能让委员会接受她的。可是现在,她眼看要离开家,不免有些胆怯了。她的心由于恐惧和不愿改变目前的生活而战栗着。可是她同时也感觉到,她的目的总算达到了。

那一整天她都在一种迷惘状态中度过,她不愿意把这个消息先告诉她妈妈,她要等她父亲回来。很长时间悬而不决更使她感到惶恐不安。她害怕一个人到金斯敦去。她的轻快的梦,由于接触到现实,马上烟消云散了。

可是,在那天下午慢慢消失的时候,那种甜蜜的梦境又回来了。泰晤士河上的金斯敦——这名字听起来是多么庄严。现在,模糊的历史遗迹和宏伟的进步的光彩又把她完全包围起来了。那里是早已被人遗忘的帝王们居住过的地方,那里的宫殿年代久远,现在都已失去旧日的光彩了。然而对她来说,这仍然是一代代英王居住的地方——其中包括理查、亨利、沃尔西和伊丽莎白女王。那生长着高贵树木的宽大的神圣草坪,那被河水冲刷着台阶的一排排高台,有时,天上的仙鹤也会在这里降临。直到现在,她还能看到女王的威严华丽的小艇从上游驶过来,登岸处的台阶上铺着红色的地毯,穿着紫罗兰色的外衣、光着头的大臣们在暖和的阳光下,排列在道路两旁,等待着。

"美丽的泰晤士河缓缓地流吧,听我唱完我的歌。"

黄昏来临了,她父亲像过去一样满面红光,但又显得十分冷淡地回家来了。他似乎还不如她的各种幻想来得真实,她慢慢等着他喝完茶。他大口地喝着,大口地喝着,和一般牲畜一样,似乎毫无兴趣地迷迷糊糊地吃着他的食物。

一喝完茶,他马上又跑到教堂里去了,今天要让唱诗班练唱,他要先到风琴上去试试那些曲子。

她跟着他走进门去的时候,那扇大门的门闩咔吧了一下,可是那风琴声显得越来越响亮了。他并没有发现她进来,他在练习他的赞歌。在两支蜡烛光之间,她看见了他的很小的漆黑的头和严肃的脸,也看到他的细瘦的身子无力地坐在风琴前面的凳子上。他的脸充满了光亮,可又毫无表情。他的肢体的活动看来是那么奇怪,仿佛完全脱离了他的指挥。那风琴的声音仿佛属于那廊柱的石块,它似乎是在它们体内流动着的液汁。

接着,他弹完一段曲子,停了一会儿。

"爸爸!"她说。

他像一个幽灵似的向她转过头来。厄休拉像一个鬼影,站在烛光下。

"现在又是什么事?"他完全心不在焉地问道。

她感到,现在来跟他谈话实在有些困难。

"我已经弄到了一个差事。"她逼迫着自己说。

"你弄到了什么?"他回答说,很不愿意随便破坏掉他弹风琴的情绪。他把他面前的乐谱合上了。

"我已经找到一个差事。"

他向她转过身来,仍然是心不在焉,很不愿意的样子。

"哦,是什么差事呢?"他说。

"到泰晤士河边的金斯敦去工作。下星期四我一定得去和教育局的委员会谈话。"

"星期四你一定得去?"

"是的。"

她把那封信递给他。他借着烛光读着那封信。

     厄休拉·布兰文,住德比郡科西泽紫杉农舍

 亲爱的小姐,接来信,知您愿申请来威林巴诺—格林学校担任助理教师。望于下星期四(十日)上午十一点半前来本局商谈此事。

布兰文现在正沉浸在这安静的教堂和他的赞美诗的宁静气氛中,简直无法让自己理解这遥远的官样文章的通知。

"那么,你现在没有必要来麻烦我了,你说不是吗?"他不耐烦地说,把那封信递还给她。

"下星期四我一定得去。"她说。

他一动也不动地坐着。接着他又打开乐谱,让一阵风琴声冲破那宁静的空气,接着他把双手摁在琴键上,奏出了更强烈的号角般的声响。厄休拉转身走了出去。

他尽量让自己再专心去弹他的风琴,可是他怎么也办不到。他没有办法再回到原来的那种心境中去,他总感到心上有一根弦紧绷着,把他往别的地方拉,使他痛苦不堪。

所以在他练完风琴回到家的时候,脸色阴暗,心情也非常低沉,可是,直到所有的小孩都上床以后,他什么话也没有讲。不过,厄休拉心里明白,他心里一定十分烦乱。

最后他问道:

"那封信在哪儿?"

她把信交给他。他坐下来看那封信。"望于下星期四前来本局……"这是写给厄休拉本人的一封冰冷的官方文件,跟他毫无关系。是啊!她现在已经是一个独立的社会人了。这封信得由她自己去回答,跟他没有关系。他甚至没有权力干涉。他感到痛苦而愤怒。

"你干吗一定要背着我们这么干,你有什么必要这样做?"他讽刺地说。她心里马上充满了强烈的痛苦。她知道她现在已经自由了——她已经脱开了他的羁绊。他已经认输了。

"你说过'让她去试试'。"她回答说,几乎带着向他道歉的口气。

他根本没有听见她的话,他坐在那里读那封信。

"教育局,泰晤士河上的金斯敦"——然后是用打字机打下的"厄休拉·布兰文小姐,住科西泽的紫杉农舍"。一切是这样的完备,不容改移了。他现在不能不深切地感觉到,厄休拉,作为那封信的收信人,所取得的新的地位。他感到心里像火烧一般。

"不行,"他最后说,"你不能去。"

厄休拉不禁十分惊愕,她一时简直找不出一句话来表示她的反抗。

"你如果以为你就可以这样蹦蹦跳跳地跑到伦敦的那一边去,那你就弄错了。"

351

"为什么不能去?"她叫喊着说,立即狠下心来,打定主意非去不可。

"不为什么。"他说。

直到布兰文太太下楼来的时候,两个人都没有讲话。

"听我说,安娜。"他说,把信递给她。

布兰文太太转过头来,看到一封用打字机打出的信,她早就料到外在世界一定会给他们惹什么麻烦的,她奇怪地转动了几下她的眼珠,仿佛她要把她的那个有知觉的做母亲的自我关闭在外,而要让一种毫无意义的迷糊状态完全占据她的位置。就这样,她无所用心地对那封信扫了一遍,尽量不去看清信中的意思。她用她的无情的、表面的思想琢磨了一下信的内容,她那带有感情的自我现在已经不起作用了。

"是个什么工作?"她问道。

"她要到泰晤士河上的金斯敦去当教师,一年有五十镑的收入。"

"哦,那可好。"

妈妈说话的神情就仿佛这是一件只是和一个陌生人有关的很讨厌的事。完全出于冷漠无情,她很愿意让她走。布兰文太太愿意和她的最小的孩子再一同长大。她的最大的女儿现在已经有些碍事了。

"决不能让她到那么远的地方去。"父亲说。

"他们要我上哪儿,我就只能上哪儿,"厄休拉大叫着说,"而且我要去的那个地方还真是一个很好的地方。"

"地方好坏,你知道什么?"她的父亲严厉地说。

"既然你父亲说你不能去,他们愿意不愿意要你,都完全没有关系。"妈妈安静地说。

厄休拉对她多么痛恨啊!

"你说过我可以去试试的,"那姑娘抗议说,"现在我已经找到了一个工作,我一定得去。"

"你为什么不在伊尔克斯顿找个工作?那你还可以住在家里。"古德伦插嘴问道,她非常讨厌家里的人吵架,也不了解厄休拉为什么那么不高兴,可是她仍然感到她必须和她姐姐站在一边。

"在伊尔克斯顿找不到任何工作,"厄休拉大声回答说,"可我真希望马上就去工作。"

"你要是早提出这个问题,也许有办法在伊尔克斯顿给你找个工作的。

可是你非要耍你那套高傲的小姐架子,一个人偷偷去干。"她父亲说。

"我毫不怀疑,你恨不得马上离开家,"她母亲非常尖刻地说,"我也毫不怀疑,到哪儿去,别人也不会耐着性子对待你的。你自己的主意太多,这对你是不会有什么好处的。"

在女儿和妈妈之间存在着彼此非常痛恨的感情,大家全苦恼地沉默着。厄休拉知道她必须打破这个沉默。

"瞧,他们已经给我来信了,所以我一定得去。"她说。

"你上哪儿弄钱作路费呢?"她父亲问。

"汤姆舅舅可以给我一点儿钱的。"她说。

接着,又是一阵沉默。现在她胜利了。

最后她父亲抬起头来了。他的脸上毫无表情,为了做出一个纯正的声明,看来他把自己也抽象化了。

"那好吧,但我决不能让你跑到那么远的地方去。"他说,"我回头找伯特先生谈谈,给你在这儿找个工作。我不能让你独自一个人跑到伦敦的那一边去。"

"可是我一定得去金斯敦,"厄休拉说,"他们已经写信叫我去了。"

"没有你,他们也能办学校的。"他说。

在一种发抖的沉默当中,她简直要放声大哭了。

"那好吧,"她心情紧张地低声说,"你们可以暂时不让我接受这个差事,可是我一定得找一个工作。我决不就这样在家里待下去。"

"没有谁让你老待在家里。"他忽然叫喊着说,气得满脸发青。

她没有再讲什么,她已经横下了心,现在,由于自己的傲慢,以及自己对待家里其余人的仇恨和冷淡,她止不住微笑了。他每次一看到她这种模样,就恨不得把她掐死。她唱着歌,走到客厅里去。

    这位丢失猫儿的米歇大娘,正在窗口叫喊,谁能还回她的猫——①

接下去的那几天,厄休拉因为主意已定,心情十分舒畅,常常独自唱着歌,对那些孩子也显得十分亲热,可是对她的父母她却仍是那样十分冷淡。他们之间再没有任何别的话可谈了。

---

① 原文是法语。

这种坚强的意志和愉快的心情延续了四天。接着,这种心情被打破了。于是,那天黄昏时,她对她父亲说:

"关于给我找工作的事,你谈过了吗?"

"我跟伯特先生谈过了。"

"他怎么说?"

"明天委员会就要开会。结果如何,他要在星期五告诉我。"

她就这样一直等到了星期五。泰晤士河上的金斯敦一直只是一个喜人的美梦,而对这件事,她却可以感觉到它那冷酷的现实。她知道这个差事一定会成的。因为她发现,除了那冷酷的现实,就没有任何事真正顺心过。她不愿意在伊尔克斯顿当教师,因为她很熟悉伊尔克斯顿,她讨厌这个地方。她希望自由,所以她一定得到她能够去的地方去享受她的自由。

星期五,她的父亲说,布林斯利大街学校有一个教师位子的空缺。要是给她谋这个职位,多半肯定可以成功,甚至马上就行,也用不着申请。

她的心马上就凉了。布林斯利大街的那所学校正好位于那里的贫民区,她对伊尔克斯顿的普通孩子根本毫无兴趣。他们过去就常常对她大喊大叫,冲她扔石头。况且,做了教师,她应该享有自己的权威,可是这一切都没法儿知道。她感到有些激动。那里林立的那些砖石建筑对她也有一定的诱惑力。那些建筑毫无风趣,非常难看,简直令人难以忍受地难看,但这也可能会清洗掉她的那种浮躁情绪。

她梦想着她将如何使那些丑陋的孩子喜爱她。她一定要对他们十分亲切。一般老师总是那么冷淡,一点也不亲切。师生之间没有一点活跃的关系。她一定要做到处处亲切,尽量活跃,她将奉献出自己的全部精力,她将对她的孩子们奉献出……奉献出……奉献出她的一切财富,她一定要让他们非常幸福,最后让他们除了她之外,对世界上的任何老师都不感兴趣。

到了过圣诞节的时候,她一定要给他们挑选最美丽的圣诞节画片,她一定要找一个教室把他们全部都请来参加一次让他们都十分快乐的晚会。

学校校长哈比先生,她想,准是一个又矮又粗的十分俗气的人。她将在他的面前显得是那样高尚和典雅,不要多久,他一定会对她无比尊敬。她将变成学校里的一个金光灿烂的太阳,孩子们将会像小草一样繁茂地生长,那里的教师也会像一些高梗的植物开出少有的绚丽的鲜花。

那个星期一的早上终于来临了。这时已是九月末梢,毛毛细雨像一片帷幕挡在她的四周,使她仿佛独立生存在一个世界之中,她向着一片新的土地走去,那旧的土地已经不存在了。挡着新世界的那块帷幕马上就会被拉开。当她带着她的装午饭的口袋在雨中向山下走去的时候,由于不了解这新环境究竟如何而颇感不安。

穿过薄薄的细雨,她看到了那市镇,那高起来的黑压压的一片。她现在一定要进入那市镇里去了。她马上有一种厌恶的感觉,但同时又由于自己终于如愿以偿而有些激动。但是,她有些畏缩了。

她在电车的起点站等待着。这儿是道路的开始。在她的前面是诺丁汉车站,半个小时以前,特里萨就是从那里坐车上学校去的;在她后面,是她小时候曾经上过的那个教堂小学,那时她外祖父还活着。她外祖母现在也已死去两年了。目前在沼泽农庄和她的舅父弗雷德在一起的,是一个她感到很陌生的妇女,另外还有一个很小的孩子。科西泽也就在她的身后,那里篱笆上的黑莓应该已经熟透了。

当她在那电车的起点站等待的时候,她匆匆地想起了她的童年:她的爱开玩笑的外祖父,蓝蓝的眼睛,留着两撇很细的胡子,整个身子像一块很大的石碑,他最后是给淹死的;还有她外祖母,对于她,厄休拉常常说,世界上再没有任何一个人能让她更为喜爱的了;那小小的教堂小学;菲利普斯家的男孩子们,他们中有一个现在已经在救生队当了士兵,另一个当了矿工。如烟的往事使她感到无比怀念。

可是她正这样沉入梦境的时候,她听见一辆电车嘎嘎响着在前面拐弯,接着隆隆地开过来,她看见它已经出现在眼前,慢慢开过来了。它在车道尽头拐弯的地方歪了一下,然后就停了下来,显得十分高大地耸立在她的面前。一些灰色的影子从远处的那头走下来,售票员绕着电车掉头处的那根立柱,在一些水潭中走着。

她爬上那辆令人极不舒服、到处是水的电车。车厢里的地上到处湿淋淋的,窗子上的玻璃到处雾蒙蒙的,她心神不定地坐了下来,她的新的生活现在开始了。

又一个乘客上来了——这是一个干杂活的女工,穿着一件半褪色的湿外衣。厄休拉看到电车老不开,简直感到不能忍耐。铃响了,电车向前冲了一下,然后它就小心翼翼地沿着那条湿淋淋的街道向前开去。她现在被这辆车带着,将要进入她的新生活了。痛苦和不安在她心中燃烧,仿佛有什么东西要

355

撕开她的心。

　　常常,哦,那电车仿佛老在靠站,这时就有一些穿外衣的人爬上车来,一声不响,脸色发青地坐在她的对面,用两腿夹着他们的雨伞。电车上的窗子越来越雾蒙蒙,什么也看不见了。她和这些毫无生气的、鬼魂一般的人一块儿给关在车厢里了,甚至到现在她还没有想过,她只不过是他们中的一分子。售票员走过来卖票,他的剪票的钳子每响一下,都似乎使她感到一阵恐惧的痛苦。可是,她的车票肯定是和别人的车票不一样。

　　他们都是去上班的;她也是去上班工作。她的票和他们的完全一样。她现在坐在那里,极希望能和他们合为一体。她心中有一种恐惧的感觉,她感到有一种不可知的可怕的东西正紧抓住她的心。

　　在浴场街,她必须下车再换车了。她向山上望去,那里似乎是通向自由的道路。她记得有许多个星期六下午,她都曾步行着爬上那个山坡。那时候她是多么的自由和无忧无虑啊!

　　啊,她的电车轻快地向山下滑去了。每前进一米都使她有一种新的恐惧感。电车停住了,她匆忙地爬上车去。

　　在那辆车向前开去的时候,她老是不停地转头向外看着,因为对那条街她很不熟悉。最后,不安的心情像火一样在她的心中燃烧,她战栗着站起身来。售票员很干脆地摇了几下铃。

　　她沿着一条很小的又脏又湿的街道走去,街上什么人也没有。那所学校矮矮地蹲在一圈木栏杆之中,学校中间有一块铺了柏油的大院子,在雨里显得又黑又亮,那建筑看上去简直肮脏得可怕,一些干枯的花草像鬼影一样朝着窗户里面望着。

　　她走进了门廊上的拱门。整个那地方给人一种威胁的感觉,那建筑式样完全模仿教堂,目的是为了表现出一副鄙俗的威严姿态,以便于统治。她听到一双脚噼噼啪啪走过门廊上的方砖铺的地面的声音。这里十分安静,也没有人,仿佛是一座空着的监狱,正等着囚犯们迈着沉重的脚步回来。

　　厄休拉向前走到一个隐藏在阴暗角落里的教员休息室的门前。她胆怯地敲敲门。

　　"进来!"仿佛从一座监狱的牢房里传来一个吃惊的男人的声音。她走进了一间从来没见过阳光的阴暗的小房间。一盏没有罩的煤气灯,光秃秃地燃烧着,桌边一个很瘦的男人光穿着一件衬衣,正在用纸擦着一个果酱碟。他抬起他那窄条的尖脸看着厄休拉,说了声"早上好",然后又把脸转向一边,把擦果酱碟的纸拿开,斜眼看看碟子上贴印的紫红色字迹,然后才把那揉皱的纸扔到旁边的纸堆里去。

厄休拉看着他,感到十分有趣,在那阴暗狭窄的房间里的煤气灯下,一切看起来都是那么不真实。

"今儿早晨,这天气有多糟糕。"她说。

"是的,"他说,"简直不成其为天气。"

可是在这里,早晨也罢,天气也罢,似乎是根本都不存在的,这地方已超越于世界之外。他似乎只是一个回声似的,用一种心不在焉的声音讲着话。厄休拉不知该说什么好,她脱下了雨衣。

"我来得太早了吗?"她问道。

那人先看了看桌上的一只小钟,然后又看了看她。他的眼睛看上去似乎尖得和针尖一样。

"二十五分,"他说,"你是第二个早到的,今天早晨我头一个先到这里。"

厄休拉小心翼翼地在一把椅子的边缘上坐下,看着他的红红的干瘦的手在一张白纸的面上移动着,然后停一会儿,抹拭抹拭那个纸角,仔细看一眼,然后他的手又慢慢往下移动。在他旁边的桌子上放着好大一堆卷曲着的写满字的白纸。

"你得改那么多本儿吗?"厄休拉问道。

那个人又抬起头看了她一眼,他大约三十二三岁,人很瘦,脸色发青,尖尖的脸上长着一个很长的鼻子。他的眼睛是蓝色的,像刀剑一样闪着青光。厄休拉觉得,他倒相当漂亮。

"六十三份。"他回答说。

"那么多!"她温和地说。接着她想起,她说话应当轻声一些。

"可这些本儿并不都是你班上的吧,是吗?"她补充说。

"为什么不是呢?"他回答说,显然颇有点气恼。

他对她如此满不在乎,他说话又是那么直爽,这使厄休拉感到有些害怕。这种情况她还从来没有经历过。在这以前,还从来没有人这样对待过她,仿佛她完全无足轻重,好像她是在对一架机器说话似的。

"这实在太多了。"她表示同情地说。

"你的班上大约也会有这么多人。"他说。

她从他嘴上听到的也就是这些了。她有点失魂落魄地坐在那里,也说不出心里是什么滋味。但是她却很喜欢他。他似乎正烦恼已极。你感到他浑身似乎都是刺人的锋芒,这使她既觉得他可爱,又觉得他可怕。这十分冷淡的态度其实是违反他的天性的。

　　门开了,一个矮小的脸色很平常的二十七八岁的妇女走了进来。

　　"哦,厄休拉,"那个新来的人大叫着说,"你来得真早。说真的,我敢担保你决不可能老是那样。那是威廉逊先生的衣钩,这个是你的,五班的老师总用这个衣钩,你不把帽子脱下来吗?"

　　维奥莱特·哈比小姐把厄休拉的雨衣从她挂的那个衣钩上摘下来,移到那排衣钩靠后的一个衣钩上去。她已经拔下她呢帽上的几个饰针,把它们塞进自己的外衣里去。然后她一边用手拢着她的卷曲的深棕色的头发,一边朝着厄休拉转过身来。

　　"今天这个早晨可真是混蛋,"她大叫着说,"混蛋已极!如果说世界上有什么使我最恨的,那就是星期一早晨下雨;——大群孩子浑身上下滴答着水,横七竖八地都跑了进来,你简直拿他们毫无办法——"

　　她从一个报纸包里拿出一条围裙来,开始把它系在自己的腰上。"你有没有带一条围裙来,你带了吗?"她声音急促地说,看着厄休拉说,"哦——你得有一条才行,你不知道,到了下午四点半,又是粉笔末,又是墨水,又是孩子们的脏脚印,你不知会变成个什么样子了——好了,我可以派一个男孩回家找我妈妈拿一条来。"

　　"哦,那没有关系。"厄休拉说。

　　"哦,太有关系了——我派一个孩子去取很方便。"哈比小姐大声说。

　　厄休拉感到非常丧气。所有的人几乎都那么自以为是,处处发号施令,她怎么可能和这些漫不经心、态度粗野、处处发号施令的人混得下去呢?哈比小姐和坐在桌边的那个男人始终未交一语,她对他就根本不予理睬。厄休拉感到在这两位教师之间存在着一种既麻木又粗暴的情绪。

　　两个姑娘一同走到外面的过道里去,有几个孩子正在门廊里闲谈着。

　　"吉姆·理查兹。"哈比小姐态度生硬地用一种命令的口气叫道。一个男孩子畏畏缩缩地走上前来。

　　"你替我往我家里跑一趟,好吗?"哈比小姐用一种既是命令又是讨好的声音说。她并没有等待他的回答,"你快去让我妈妈拿一条我在学校用的围裙来,是给布兰文小姐用的——你愿意去吗?"

那男孩勉勉强强嘟哝了一句"好的,小姐",马上就走开了。

"嘿,"哈比小姐叫喊着,"回来——说说你去干什么,你打算怎么对我妈妈说?"

"一条学校围裙——"那孩子咕哝着说。

"您好,哈比太太。哈比小姐说,让您再给她拿一条学校用的围裙,好给布兰文小姐用,因为她没有带围裙来。"

"好的,小姐。"那孩子咕哝着说,低着头又准备走开。哈比小姐又把他拉回来,抓住他的一边肩膀。

"你打算怎么说?"

"您好,哈比太太。哈比小姐要给布兰人小姐拿一条围裙。"那男孩十分苦恼地咕哝着说。

"布兰文小姐!"哈比小姐大叫着把他推开,"来,你最好拿着我的雨伞——等一下。"

那个心里十分不情愿的小孩拿着哈比小姐的雨伞,就出发了。

"你可别一去老不来。"哈比小姐跟在他后面叫喊着。接着,她就对厄休拉转过身来,轻快地说:

"哦,他可会耍贫嘴了,这个孩子——可是还不坏,你知道。"

"是啊。"厄休拉无力地表示同意说。

门闩吧嗒响了一声,她们走进那间大教室里。厄休拉四处看了看。这里这清冷、沉默的气息显出一派官气,令人心寒。房子的中间有一排带玻璃的隔扇,隔扇上的两个门都开着。一架挂钟的嘀嗒声在屋子里回响。哈比小姐说话时也在屋里引起一阵回音:

"这就是那间大教室——五班、六班、七班都在这里。这儿是你上课的地方——五班——"

她站在那间大教室最里面的一头。这儿有一张很小的教师用的高桌,面对着一排排的长板凳,对面墙上有两个很高的窗户。

这一切使厄休拉既感到有趣,又感到害怕。教室里那离奇的没有生气的光亮改变了她的性格。她想,这全是因为一个多雨的早晨。接着她又抬起头来,因为她有一种可怕的感觉,仿佛自己已经被关闭在毫无变化、缺乏生气的空气中,远离日常生活的各种感受了;她还注意到那窗子上镶嵌的是一条条带色的玻璃。

她现在是被关在监牢里了！她看看那染成淡绿色和棕黄色的墙壁,看看那些嵌着无光玻璃、前面摆着一些昏昏欲睡的菊花的大窗子,看看一排排在她面前摆开阵势的小书桌,她心里马上充满了恐惧的感觉。这是一个新的世界,一种新的生活,她感到这对她是一种威胁。但是她仍然感到很激动,她爬上了她的讲桌后面的那张椅子。椅子很高,她的脚已经够不着地,只好放在脚凳上。现在离开地面,高举在凳子上,她就可以办公了。多么奇怪,这一切是多么奇怪啊！这里的雨和在科西泽上空飘着的毛毛细雨又是多么地不同。当她想起她自己出生的村子的时候,她感到它是那么遥远,仿佛再没有见面的时候了,因而一阵痛苦的思念之情压上了她的心头。

她现在是生活在这光秃秃的毫无情趣的现实中了——现实。说来真是奇怪,她竟然把这叫作现实,这里的一切,直到今天以前,她从来就没有接触过。它现在只是使她心中充满了恐惧和厌恶,以致她真希望能马上离开这里。这里是真正的现实;科西泽,她所喜爱的美丽、著名的科西泽,尽管对她是那么重要,现在已经变成无足轻重的现实了。这个监牢般的学校才是现实。那么,她就只能庄严地在这儿坐下,变成一群孩子中的女王！在这里,她将实现她的梦想,最后将变成她的孩子们的可爱的老师,给他们带来光明和欢乐！可是她眼前的这些课桌却仿佛布满了看不见的针芒,它们刺伤了她的感情,使她畏缩。她忽然抖了一下,感到她原来的那些想法简直是愚蠢已极。她带来了她的感情和她的慷慨,可是在这里,慷慨和情感都是全无用处的。在这种新的和她不相容的气氛所引起的烦恼之中,她已经感觉到自己完全失败了。

她从椅子上溜下来。她们一块儿又回到教员休息室去。一个人似乎应该彻底改变自己的性格,这实在是太奇怪了。她自己什么也不能算,她本人并不能代表任何现实。现实完全存在于她的生命之外,她必须使自己适应那种现实。

哈比先生站在教员休息室里一张开着门的大柜前面,厄休拉可以看见柜里堆满了一摞摞粉红色的吸墨纸,一堆堆闪光的新书,一盒盒的粉笔,一瓶瓶的颜色墨水。那样子简直像个文具店了。

那位校长是个又矮又壮的男人,长着淡黄色的头发,下巴颏很大,不管怎样,他可以说是眉清目秀,一口下垂的大胡子,看上去相当漂亮。他似乎正全神贯注地清点他的东西,对厄休拉走进来完全没有注意。他那种全神贯注于自己的事情,对别人全然不予理睬的神态,有时简直让人感到是一种侮辱。

他似乎偶然得到了片刻闲暇,这时他才抬起头来对厄休拉说了一句早晨好,他的棕色的眼睛里有一种令人愉快的光亮。他似乎颇具男人的傲气,而且很显然,他讲的任何话都是不容辩驳的,正像那种她希望推翻的人物。

"你早晨来的时候够难走的吧?"他对厄休拉说。

"噢,我不在乎,我已经习惯了。"她紧张地笑了笑,回答说。

可是,他早已不再听她讲话了,这就使她的话显得很可笑,很无聊。他已经早把她丢在一边了。

"你每天来学校和离开学校的时候,"他对她说,仿佛她是个小孩子——"你得在这儿写下你的名字。"

厄休拉在签到簿上签了名,然后又退到一边去。屋里的人谁也没有再理睬她。她绞尽脑汁想说点什么,结果却毫无用处。

"现在我得让他们进来了。"哈比先生对那个瘦个子男人说。他正十分匆忙地整理他的学生作业。

那位助理教师没有作任何同意的表示,仍继续干着他的。屋子里的空气现在越变越紧张了。到最后一分钟的时候,布伦特先生穿上了他的外衣。

"你请到女生们活动的那一带廊子上去。"校长对厄休拉说,用他那既可爱又可恨的温和的、纯粹打着官腔的声调说。

她走出来,在门廊上找到了哈比小姐和另一个女教师。外面铺着柏油的庭院里雨仍然下着。头的上方,一个不成调子的铃铛单调地、疲惫地、总也不停地当当当地响着。最后铃声停住了,然后她看到布伦特先生光着头,站在学校庭院的另一个门口,眼看着飞着细雨的凄凉的街道,尖声尖气地吹着一个口哨。

一阵阵一群群的男孩子迈着碎步走过来,从那老师的身边跑过,响起一阵啪啪的脚步声和说话声,穿过那庭院一直跑进男学生活动的那一段廊子上去。女学生们也正从另一个路口三三两两地跑进来。

在厄休拉站立的那段廊子附近,一大群小姑娘正叽叽喳喳地聚在一起,脱掉她们的外衣和帽子,把它们挂在满是挂钩的衣架上。这里到处是湿衣服的气味,到处有人在甩动着湿漉漉的头发,到处是嘈杂的人声和脚步声。

廊子上的女孩子越来越多,围绕着衣钩的热潮越来越高涨。最后,那些学生叽叽喳喳地三五成群讲着话,整个分散在廊子上了。这时维奥莱特·哈比拍拍手,接着声音更大地再拍拍手,并尖声叫喊着"安静点,姑娘们,安静点!"。

吵闹声停下来了,那嘈杂声尽管低了许多,可并没有完全消失。

"我对你们怎么说来着?"哈比小姐尖着嗓子叫着。

现在几乎完全安静下来了。有时一个稍稍晚到的女学生匆匆跑上廊子,扔下她的衣帽。

"各班班长——都站好了。"哈比小姐尖着嗓子命令说。

有几对穿着围裙留着长发的小姑娘彼此分开在廊子上站着。

"四班、五班和六班——都排好。"哈比小姐叫喊着。

接着又是一阵喧闹,然后所有的小姑娘慢慢两人一排变成了三队,一个个傻笑着站在过道里。在衣架那边,别的老师也正在让低班的学生站队。

厄休拉站在她的第五班旁边。那些学生有时耸耸肩膀,有时甩甩头发,捅捅别人,扭扭身子,东张西望,微笑着,低声耳语着,或者显得忸怩不安。

前面响起一阵尖厉的口哨声。第六班那些最大的女孩子,在哈比小姐的带领下向教室走去。厄休拉带着她的第五班跟在后面。在一条狭窄的过道里,她站在一排咧开嘴和抿着嘴笑的姑娘们的旁边等待着。她简直不知道自己是个干什么的了。

忽然传来了钢琴声,六班的学生走进了那间大教室。男孩子们也从另一个门口进去了。钢琴继续演奏着一支进行曲,五班的学生跟着来到了那大教室的门口。远处可以看到哈比先生站在那边的讲桌后面。布伦特先生守着教室的另一个门。厄休拉的那班学生也走进教室里去。她们东张西望,微笑着,彼此轻轻推搡着。

"再往前走。"厄休拉说。

她们咯咯地笑着。

"往前走。"厄休拉说,因为那钢琴还在演奏。

那些女孩子一窝蜂拥进教室。哈比先生似乎正在想着什么心事,忽然离开他的讲桌,抬起头来吼叫道:

"站住!"

所有的人全都站住,钢琴也停住了。刚刚从另一个门走进来的男孩子也急急往后退。从教室的那一头,先传来布伦特先生压抑着的尖厉的声音,接着又是哈比先生的一阵吼叫声:

"谁告诉五班的女学生这么跑进来的?"

厄休拉满脸通红,她的那些女孩子都抬头看了她一眼,暗笑着对她进行指责。

"是我让她们进来的,哈比先生。"她用一种清晰的显然很不安的声音说。片刻的沉默,接着哈比先生又从远处吼叫:

"五班的女生,还回到你们原来的地方去。"

那些女孩子半生气半玩笑地偷偷看了厄休拉一眼。她们往后退。一种受到羞辱的感觉使厄休拉感到十分痛苦。

"开步——走!"布伦特先生喊叫着,于是这些女孩子也跟着男孩子队伍的脚步前进。

厄休拉面对她班上的学生站着,他们一共是五十五个男生和女生,现在一排排全站在他们的课桌前面。她感到自己已经完全不存在了,茫茫然简直不知自己究竟身在何处。她呆呆地对着那一大堆孩子。

在这个教室的另一头,她听到孩子们一个接一个正在提出问题。她站在她的那班学生面前,简直不知如何是好。她痛苦地等待着。她的那一大堆孩子,五十多张不熟悉的面孔正观望着她,怀着敌意,随时准备拿她取笑。她感到,她仿佛是在一种脸面组成的火焰上受着折磨。而她自己从各方面来看都是赤裸裸地暴露在它们的面前。每一秒钟都是一段难以忍受的漫长的时间,都是对她的一种折磨。

最后她终于鼓起了勇气。她听到布伦特先生正对学生提出一些心算的问题。她站得尽量离她的学生们近一些,这样她就用不着使劲提高嗓门了,她犹犹豫豫、拿不定主意地说:

"七顶帽子每顶两个半便士?"

看到她终于开了个头,一阵微笑从全班孩子的脸上掠过。她感到满脸发烧,觉得很不好受。接着,有几只手像刀剑一般伸了出来。她问他们答案是什么。

似乎不知过了多久,那一天才算慢慢过去了。她始终不知道该怎么办,有时出现了可怕的沉默,她马上感到自己仿佛是彻底暴露在孩子们的面前了;有时依靠向一些冒失的小姑娘讨教,她终于能够开始上起课来,可是她仍然弄不清到底应该怎样做才更好。孩子们成了她的老师。她非常尊重他们的意见。她永远总是听到布伦特先生的声音。像一架机器一样,他永远用那同样的、毫

363

无表情的、调子很高,而又似乎非人的声音不停地讲着课,一切都明明白白。然而面对着这难为人的一大群孩子,她却始终感到非常胆怯。她不能丢下他们走开。这班学生就在这里,这由五十几个学生组成的成为一个集体的班级,正等着她去指挥,然而他们对这种指挥又感到无比厌恶和愤恨。这种情况使她感到简直无法呼吸:她快给憋死了。这简直不是人干的事,他们的人数那么多,他们简直都不是孩子。他们是一个连队,她没有办法像对待孩子似的对他们讲话,因为他们不是一个一个的孩子,他们是一个难为人的集体。

到了吃饭的时候,她惊愕地、惶惑地、孤单地走进教员休息室去吃饭。她过去从来也没有像现在这样感到对生活如此生疏。她似乎感到她现在是刚刚从一个陌生的可怕的地方脱身出来,在那里,由于处在一种残酷、邪恶的制度之下,一切都像在地狱里一般。现在她还没有真正自由。那天下午仍完全像一条绷带似的缠在她身上。

第一个星期就这样在一种盲目的混乱中度过了。她不知道该怎么教学,她觉得她恐怕永远也不会知道了。哈比先生有时常到她的教室来,看看她在干些什么,他戴着一副傲慢的威胁的神情往那儿一站,她马上感到自己已经完全无能为力,弄得她对什么都犹犹豫豫,不知该怎么办才好,简直像完全失去存在了。可是,他总是静听着,含笑站在那里观看着,这完全是一种威胁。他一句话也不讲,他让她继续讲她的课,她简直感到她的灵魂已经出窍了。接着他走开了,而他的离去又仿佛是一种嘲笑。这个班原是他的班,她只不过是试着暂时代替他。他常常打人,动不动吓唬人,大家都很恨他,可是他是这儿的主人。尽管她态度非常温和,无时不为她的班着想,可是这个班的学生属于哈比先生,他们并不属于她。仿佛是通过某种看不见的机械的力量,他始终保留着一切权力。这个班也完全承认他的权力。而在一所学校里,真正起作用的是权力,只有权力。

很快厄休拉也变得非常怕他,而在这种害怕的后面更有一种仇恨的种子,一方面她很讨厌他,而另一方面她还得受他的管辖。后来,她慢慢跟大家熟了一些。所有的老师都非常恨他,他们彼此之间也尽量煽起这种仇恨。因为他们和那些孩子都得听他管辖。为了使他对他们所有这些人的权威绝对化,他随时都显出一种令人非常可怕的神态。他的教师们,和那些学生一样,全都是他的部下。仅仅因为他们拥有某种权威,他于是本能地对他们感到厌恶。

厄休拉没有办法让自己讨得他的欢心。从一开始她就跟他完全合不来。

她和维奥莱特·哈比也很合不来。不管怎样,她拿哈比先生是没有办法的,他这个人,她既无法和他进行斗争,当然也没有办法去制服他。她曾经试着用一个年轻活泼的姑娘那种对付男人的办法,摆出一副笑脸去和他接近,希望他会露出一点多情公子的姿态。可是她是一个姑娘或者说是一个妇女的这一事实,要不是已完全被他忽视,就是更被他当作了对她表示轻蔑的理由。她不知道自己到底是个什么人,也不知道她应该怎样才好,她希望仍然保持她原来的那个能和人正常交往的热情的自我。

她就这么上着课。她和三班的老师玛姬·斯利菲尔德交上了朋友。斯利菲尔德大约二十岁,她是一个很纯洁的姑娘,和别的老师来往很少,她长得很漂亮,常常独自沉思,似乎生活在另一个更可爱的世界中。

厄休拉每天带饭到学校去吃,从第二个星期开始她便开始在斯利菲尔德小姐的教室里吃饭。三班的教室单独在一个地方,两边的大窗户可以看到下面的操场。在一个乱哄哄的学校里能找到这么一个安静的地方,实在是一种极大的安慰,因为这里有一盆盆的菊花和一些别的花草,还有一大盆草莓;墙上挂着许多漂亮的小图片,一些照相复制的格黑尔茨①的作品,其中还有雷诺②的《天真时代》,颇给人一种亲切感;所以这间具有宽大的窗子、更小巧更干净的课桌,再加上这些图片和花草的教室,厄休拉一见便非常喜欢。至少在这里可以觉察到一点人情味,她因而也可以对这种人情味做出反应。

今天是星期一。她到学校来上课已经有一个星期了。尽管她自己似乎还仍然是一个陌生人,但对这里的环境已经慢慢熟悉起来。她总盼望着快点去和玛姬一块儿吃饭,那是一天中她唯一能感到一点情趣的时候。玛姬是一个非常强健的、不肯与人为伍的姑娘,她总迈着缓慢的稳健的步子走在一条坚硬的大路上,随时带着自己的梦想。厄休拉总像穿过一阵阵毫无意义的迷雾一般,一堂一堂地教着她的课。

到中午时,她班上的学生总是毫无秩序地一窝蜂向外跑,她完全没有体会到,她这样对一切采取超然的容忍,她这样客气地 laisser-aller③,将会慢慢招来多么严重的反对。他们走了,她可以暂时离开他们,这就再好不过了。她于是也就匆匆跑到教员休息室去。

---

① 法国十八世纪伤感主义劝善派画家。
② 英国十八世纪肖像画家及批评家。
③ 法语,意为放任自流。

布伦特先生正蹲在一个小火炉旁边,把一些米面饼放在小火炉里烤,接着他站起来,用一把叉子仔细地搅和着放在炉架上的一个小锅子。后来他又盖上了锅盖。

"那饼还没有烤好吗?"厄休拉打破他那全神贯注的沉默,显得很高兴地问道。

她始终保持一种轻松愉快的神态,对所有的老师都是那么和颜悦色。因为她觉得,不论从较高贵的遗传关系或家庭出身来说,她现在都仿佛是处在一群鹅中间的一只天鹅。她自觉是这个丑陋学校中的一只天鹅的骄傲感始终也没有被打下去。

"还没好。"布伦特先生冷淡地回答说。

"不知道我的菜温热了没有。"她说,对着火炉弯下腰去。她想着他也许会替她看一看,可是他根本不予理睬。她感到很饿,急切地把手指伸到那饭盒里去,看看她的甘蓝芽菜、土豆和肉温热了没有。现在还不热。

"你不认为每天带饭来吃倒也很有趣味吗?"她对布伦特先生说。

"说不上来。"他说,拿一条餐巾铺在他的桌子的一个角上,完全没有抬头看她。

"我想你要是中午回家,可能是太远了吧?"

"是的。"他说。接着他站起来看着她,他有一双她从来没见过的最蓝、最可怕、最锐利的眼睛,他显出越来越凶恶的样子看着她。

"我要是你,布兰文小姐,"他威胁地说,"我一定会对我班上的学生管得更严一些。"

厄休拉止不住一哆嗦。

"是吗?"她尽管仍有些恐惧,却尽量和蔼地问道,"我现在还不够严厉吗?"

"因为,"他根本没有听她的话,接着说,"如果你不尽快先制服他们,他们就会把你搞倒,他们会不把你看在眼里,弄得你哭笑不得,到时候哈比就只好给你换个别的班——结果只能是这样。你要是不赶快制服他们,"——他这时往嘴里塞满烤饼——"而且越快越好,那你在这里将待不了六个星期。"

"哦,可是——"厄休拉愤恨沮丧地说。她心里感到十分恐惧。

"哈比是不会帮你的忙的,他永远是这么个办法——他就让你教下去,情况越来越坏,到最后或者你自己教不下去了,或者他把你请走。这事跟我毫无关系,只除了我希望你不要留下那么一个班让我去对付就好了。"

她听出那男人的声音里有一种对她谴责的意味,并感觉到自己仿佛是犯了罪。直到现在,这学校对她来说还没有变成一种明确的现实。她还在那里力图逃避。这是一种现实,可是它只仿佛存在于她的身外。她极力挣扎着,不愿意相信布伦特的这套说法。她不希望看到这种现实。

"那真有那么可怕吗?"她犹犹豫豫地说,样子显得很漂亮,可是颇有点尽量迁就的意味,她不愿意泄露自己的恐惧心情。

"可怕?"那个男老师说,又低头去吃他的土豆,"我不知道什么叫可怕。"

"我真感到有些可怕,"厄休拉说,"那些孩子似乎是那样的——"

"怎么?"哈比小姐这时正好走进屋里来,便接茬问道。

"咳,"厄休拉说,"布伦特先生说我应该更严厉地对待我那班学生。"她勉强大笑着说。

"噢,如果你想教下去,你一定得维持好班上的秩序。"哈比小姐冷淡地、高傲地、毫不动感情地说。

厄休拉再没有讲话。她感到在他们面前,她的话是不会有任何力量的。

"如果你希望别人让你活下去,你就一定得那样做。"布伦特先生说。

"再说,你要是连班上的秩序都不能维持,那还要你来干什么呢?"哈比小姐说。

"这件事还得完全靠你自己去做,"——他提高嗓门说,仿佛是先知发出的痛苦的号召,"你不可能从任何人那里得到任何帮助。"

"可不!"哈比小姐说,"别人也没有办法帮你。"她说着就走出去了。

这种彼此仇恨的、不团结的空气,这种怀着敌意,极力压低别人的意志力的表现,实在令人厌恶。自己居于人下,长期怀着恐惧和羞辱的布伦特先生,现在又来恐吓她。厄休拉只想马上跑开。她只想离开这里。不愿了解这一切。

接着,斯利菲尔德小姐进来了,依然带着她那种十分安闲自在的神情。厄休拉马上转向这位新来的老师,希望获得她的支持。在这个依靠权威的肮脏的制度中,玛姬始终是入污泥而不染的。

"那个大个子的安德森没有来吗?"她对布伦特先生问道,接着他们冷淡地、公事公办地谈了一阵关于两个学生的问题。

斯利菲尔德小姐拿起她的棕色饭盒,厄休拉拿着自己的饭盒跟着她走了

367

出去。令人愉快的三班教室的桌上铺了桌布,上面还摆着一盆刚种下两三个月的玫瑰花。

"这地方真是太美了,你把它打扮得跟哪儿都不一样了。"厄休拉高兴地说,可是她心里仍怀着恐惧的心情。整个学校里的那种气氛仍然压在她的心头。

"那个大教室,"斯利菲尔德小姐说,"咳,待在那个教室里简直是活受罪!"

她也开始讲了一些愤懑的话,她现在也是生活在一个高级仆人的受尽屈辱的地位。上面有校长,下面有她班上的学生,全都恨她。她知道她任何时候都很容易受到来自某一方,或同时来自两方的攻击,因为学校当局对学生家长们的意见绝不敢置之不理,于是各方面都会冲着仿佛也有一些权威的教师开火。

所以,甚至在玛姬·斯利菲尔德往盘子里倒出她的看来十分可口的带着浓汁的金黄色的大豆的时候,她也表示出了一种充满愤恨的欲言又止的神态。

"这是素食者吃的罐焖黄豆,"斯利菲尔德小姐说,"你愿意尝一点吗?"

"我太愿意了。"厄休拉说。

对比着这盘看来很清爽、味道很浓厚的黄豆,她感到自己的菜粗陋得难以下咽了。

"我从来没有吃过素食者的饮食。"她说,"可是我总想他们也能把菜做得非常好吃的。"

"我并非真正的素食者,"玛姬说,"我不喜欢把肉带到学校来吃。"

"是的,"厄休拉说,"我想我也不愿意那样做。"

她的心又一次激动地对这种新的高雅行为,对这种新的自由作出了反响,如果素食者们所吃的菜都那么好吃,她将会非常乐意不再去碰那多少有些不洁净的肉食了。

"味道太好了!"她叫了起来。

"是的。"斯利菲尔德小姐说,并且马上告诉她这豆子是怎么做的。这两个姑娘于是就这样谈讲着关于她们自己的一些事情。厄休拉对她讲了她在中学上学时的情况,还多少有些吹嘘地谈到她如何通过了大学入学考试。现在在这么个丑陋的地方,她实在感到可悲。斯利菲尔德小姐静静地听着,她显得很漂亮,也很阴沉。

"你没有办法找到比这儿更好的地方吗?"她最后问道。

"我原来根本不知道这儿是个什么样子。"厄休拉有些犹犹豫豫地说。

"啊!"斯利菲尔德小姐说,她痛苦地把头转向一边去。

"这地方真像我现在看到的这么可怕吗?"厄休拉恐惧地轻轻皱着眉头问道。

"就是这样。"斯利菲尔德小姐痛恨地说,"咳!——简直是可恨已极。"

厄休拉看到甚至连斯利菲尔德小姐都似乎已陷入一种无法脱身的桎梏之中,她自己更感到心都凉了。

"最可怕的是哈比先生,"玛姬·斯利菲尔德又接着说,"我甚至感到,再要叫我到那个大教室去,我简直没法活下去了。布伦特先生的声音和哈比先生,啊——"

她十分伤心地转过脸去,显然真感到受不了。

"哈比先生真是那么可怕吗?"厄休拉不顾自己的恐惧心理进一步问道。

"他!唉,他简直是个恶霸,"斯利菲尔德小姐说,抬起她那充满痛苦和轻蔑的黑眼睛,"你要是能跟他合得来,处处听他的,什么事都照他的办,你就会觉得他还很不错,可是,这样实在让人受不了!这实际是一种夹缝中的斗争,还有那些非常讨厌的家伙。"

她越说越难过,简直有些说不下去了,她显然感到非常痛苦。她感到受了极大的委屈;厄休拉因此也感到很难过。

"可是到底为什么会弄得这么可怕呢?"她无可奈何地问道。

"你什么事也干不了,"斯利菲尔德小姐说,"他自己从一个方面反对你,然后他又让那些孩子从另一个方面反对你。那些孩子简直是太可怕了。任何事你都得把着手让他们做。任何事,任何一点小事都得你一一交代,你要想让他们学点什么,你就得硬往他们的头脑里灌——情况就是这样。"

厄休拉感到自己的心几乎要停止跳动了。她背后总有人永远在那里怀着丑恶的残酷的嫉妒心情,随时都想把她扔给那一群孩子去处置,而那些孩子又把她看作是学校当局的最没有力量的代表,恨不得把她撕成碎片。在这种情况下,她为什么要去搞那一套,她为什么要强迫那五十五个根本不愿意学习的孩子学习呢?她目前的这个工作给她带来了极大的恐惧。她看到布伦特先生、哈比小姐、斯利菲尔德小姐,所有的老师,全部违反自己的意愿在那儿干着这毫无情趣的工作,强迫着许多孩子,硬把他们变成机械地遵守秩序的一群,然后再把这群孩子变得自动注意听讲和服从老师的命令,然后再强迫他们强咽下一块一块的知识。头一项伟大的任务是让六十来个孩子全都具有一种思想状态,或一种心灵。这种思想状态必须通过教师的意志,通过强加在孩子身上的整个学校当局的意志自动形成。关键问题是校长和全体老师应该共有一个意志,然后再让所有孩子的意志和这个权威性的意志取得一致。可是这位校长思想狭隘,不肯接受别人的意见。老师们的意志根本没有办法和他取得一致,他们各自独立的意志又拒绝为他所统一。因此这里就出现了一种无政府状态,一切完全听任孩子们去做最后的判断,而这种判断应该是由学校当局去做的。

所以,现在这里存在着许许多多独立的意志,每一个意志都要尽自己的力量去施展权威。孩子们永远也不会很自然地坐在教室里,尽力去求得知识。他们必须在更坚强、更聪明的意志强迫下才能进行学习。他们必然总是在那里对这种意志进行反抗。所以,每一个大班的老师的首要任务就是使得全班孩子的意志和他自己的意志取得一致。而要做到这一点,要想达到某种具体的目的,使孩子们获得一定的知识,他就必须完全否定他的自我,而且采用一系列的法令。然而,厄休拉却想着,她一定要成为第一个真正聪明的老师,废除强迫的办法,使教学变成一种合乎人情的活动。她对她自己的感染力是完全相信的。

因此,她很快就手忙脚乱起来。对于她试图和全班同学建立的那种关系,仅仅只有一两个有头脑的孩子感到欣赏,全班绝大多数都对她的那套做法不感兴趣,反而起来反对她。其次,她是把自己放在一个对哈比先生已经确立的权威进行消极反抗的地位,这样学生们就会更有恃无恐地跟她为难。她并不知道这种情况,可是她的本能慢慢对她提出了警告。布伦特先生的声音对她简直是一种折磨。他那刺耳的尖厉的声音老是那么不停地响着,充满了仇恨,可又是那么单调,简直要让她发疯了:永远是那么刺耳和单调的一套。这个人已经变成了一架机器,老是那么不停地转着,转着,转着。而他带有人性的那一部分却老是处在勉强压抑着的苦恼之中,这实在太可怕了——一切都沉浸在一种仇恨的情绪中!她将来也会变成这样吗?她现在已经能够感觉到那种可怕的必要性了,她必然也会变成这样——抛开那个带有人情味的自我,变成一个工具,一种抽象的东西,成天和一堆具体的材料——那班上的学生——较劲,目的是为了让他们每天学进一定数量的东西。她不能就这样屈服。可是渐渐地,她感觉到那看不见的铁链已经越来越捆住她的手脚,太阳光也慢慢被完全挡住了。常常,在休息时间她出去走走,看到晶亮的天空飘浮着不停变换的白云的时候,她总感到那仿佛是一种幻境,是一幅用油彩画出的风景。教学已经使她的心变得阴暗和烦乱了,她的那带有人情味的自我已经被关进监牢,已被消灭掉,她现在完全屈服于一种恶劣的具有毁灭性的意志了。所以,天空怎么可能发亮呢?天空根本已经不存在,户外已再没有什么一片光明的气氛了。只有学校内部才是真实的——真实、具体、无情和邪恶。

但不管怎样,她还决不愿意就这样让学校完全把她征服。她常常说:"事情绝不会永远是这样的,这情况早晚会有个结束。"她常常会看到自己已经走出了这个地方,看到了她离开这里之后的各种情景。每逢星期天或者别的假日,当她跑到科西泽或者跑到落叶萧萧的树林里去散步的时候,她可以回想起圣菲利普教堂学校,并通过自己的意志力,使它重现在一幅图画之中:这学校在那天空之下,只不过是一堆脏乱的低矮的建筑,而她四周的山毛榉丛林却是那样广袤无边,这就使得那整个下午显得那样开阔和神奇。而那些孩子,她班上的那些学生,已经变成了遥远的,噢,非常遥远的、微不足道的一些小东西。他们有什么力量管得住她的自由的心灵呢?她只是在她用脚踢着地上的山毛榉的落叶的时候偶尔想到他们罢了,他们已经从她的思想中消失。可是她的意志却随时都紧张地牵挂着他们。

在整个这个时间里,他们一直纠缠着她。她从来也没有对她身边的这些美丽的东西如此热爱过。黄昏时候,坐在一辆电车的顶层上,有时,当她凝望着宏伟的天空慢慢暗下来的时候,学校里的一切已经从她的心中一扫而光了。她的胸怀,她的双手,都在为那落日的可爱的余晖欢呼,鼓掌。当她观望着这一切的时候,激烈的兴奋情绪简直使她感到痛苦。看到那落日是那样动人心魄,她几乎要放声哭泣了。

因为她现在完全避开了人世的一切。不管她如何对她自己说;她只要一离开学校,那学校对她就不再存在了,但这完全没有用。它依然存在。它像一块死沉的石头压在她的心头,限制着她的活动。不管这个兴致很高的骄傲的年轻姑娘如何可以一转身完全抛开那个学校,抛开它和她有关的一切,那都是完全不是办法。她是布兰文小姐,她是第五班的老师,现在她的工作代表着她的最重要的存在。

一种不管怎么说她是已经被制服的感觉,总随时烦扰着她,像一团环绕她的心飘浮着的黑暗,随时都威胁着要直冲而下,压在她的心头。她一再痛苦地对自己否认她真是一个学校教师。把那个头衔留给维奥莱特·哈比家的人去享用吧。她自己愿意远远地离开这一切。但是她的这种否认是完全没有用的。

在她的心中,有一只掌管一切记录的手似乎老在那儿机械地指着一种矛盾的情况。她根本没有能力完成她的任务。这个事实始终压在她的心头,她一刻也无法逃避。

此外,她感到自己完全不如维奥莱特·哈比。哈比是一个非常出色的老师,她可以卓有成效地维持班上的秩序,并给学生灌输知识。厄休拉硬说自己比维奥莱特·哈比不知高明多少倍,那是没有任何好处的。她知道维奥莱特·哈比所能办到的事,她没有能够办到,而且这还正是表现在一件几乎可以说是对她的一种考验的工作中。她随时都感到有点什么东西在折磨着她,使得她越来越消沉了。在那开头的几个星期里,她总想尽量否认这一点,说她还像过去一样完全自由。她尽量让自己,每逢站在哈比小姐面前时不要感到自愧弗如,而要尽量维持住那自视高人一等的气概。可是总有一种巨大的压力压在她的心上,这个维奥莱特·哈比能够忍耐;而她自己却无法忍耐。

尽管她始终不肯屈服,可是她一直都做得很不成功。她班上的情况越来越糟。她也知道,自己在教学方面越来越没有把握了。她应该从这里撤退,仍然回家去吗?她可以对人说,这里根本不是她要来的地方,所以现在要退出去了吗?现在她的生命本身正在受着考验。

她顽固地、盲目地坚持着,等待着危机的出现。哈比先生现在已经开始在跟她过不去了。她对他的恐惧和仇恨一天一天地发展,越来越难以控制。她担心他会公然对她毫不客气,以致使她趋于毁灭。他开始跟她过不去,是因为她不能在她的班上维持正常的秩序,因为她的班成了组成整个学校的那条链条中的薄弱环节。

她的一个过失是她的班上太吵闹,当哈比先生在那个大教室的另一头给七班上课的时候,吵得他不得安宁。有一天早晨,她来到班上上作文课,有些男孩子耳朵后边和脖子都非常脏,穿的衣服也有一股很难闻的味道,可是她全都不管。她仍然照常改他们的作文本儿。

"在你讲到'他们的皮外衣'的时候,'他们'两个字你怎么写?"她问。

全班都沉默着。在回答问题时,那些男孩子都是故意不理,他们现在已经开始完全不把她放在眼里了。

"我来回答,老师,单立人一个也,单立人一个门。"有个男孩带着嘲弄的口气大声说。

正在这时哈比先生走了过来。

"站起来,希尔!"他大声喊叫着。

全班的学生都吃了一惊,厄休拉看着那个男孩。他显然家里很穷,可是倒显得很机灵的样子。前额上直立着一撮头发,其余的头发都紧贴在他那很瘦小的脑袋上。他脸色苍白,一点血色都没有。

"谁让你这么大声喊叫的?"哈比先生吼叫着。

那孩子摆出一副有罪的样子,抬头望望,又低头看着地上,无可奈何地勉强忍着。

"对不起,校长,我是在回答问题。"他仍然做出那种又谦恭又傲慢的神态回答说。

"到我的桌子边去等着我。"

那孩子沿着教室走去,一件宽大的黑上衣软塌塌地挂在他身上,他那有点罗圈的两条细腿现在已经表现出了穷苦人的走路姿态,他那穿着一双大靴子的脚从没有离开过地面。厄休拉看着他那么畏畏缩缩地朝着教室的那一头走去。他正是她所喜欢的一个男孩子!他走到校长的桌子边的时候,多少有点偷偷地向四面看了看,狡猾地微笑着,用一种可怜的眼光看了看七班的学生。接着,那校长的桌子似乎对他具有极大的威胁,他穿着他那身破旧的衣服,脸色苍白,极可怜的样子站在那里,一条腿撇着脚向外伸着,两手伸在那件成人的上衣松垮垮的口袋里。

厄休拉很想集中注意力继续上课,刚才那男孩的事使她有些害怕,同时她又对他无比同情,她感到自己简直想发出一声狂喊。那孩子受到惩罚,她自己也有责任。哈比先生正看着她写在黑板上的字。接着他转身对全班说。

"把笔放下。"

孩子们全都放下手里的笔,抬起头来。

"抱起手来。"

他们全把书推到桌子前面,然后都把胳膊抱起来。

厄休拉一直看着最后的几排板凳,简直没有办法把她的眼光移开。

"你们的作文是什么题目?"校长问。所有的手一下都举起来。"是——"

一个学生急急忙忙地准备回答。

"我劝你们不要这样大喊大叫。"哈比先生说。要不是他的话里总带有令人厌恶的威胁的口气,他说话的声音倒是像音乐一样,十分悦耳的。他一动不动地站在那里,睁开他浓黑的眉毛下面的一双闪亮的眼睛,看着全班的学生。他站在那里确有他的迷人之处。她又想狂喊了。她觉得处处都不对劲儿,她简直不知道自己的感觉是什么。

"你说吧,艾丽斯。"他说。

"小兔子。"那个小女孩尖声说。

"这个题目对五班的学生来说太容易了。"

厄休拉感到一种显得自己无能的羞辱。她现在是在全班的面前丢人了。一切事情都是那么不顺心,使得她非常苦恼。哈比先生站在那里显得那么强健,那么充满了男人气概,浓黑的眉毛,高高的额头,宽大的下巴上挂着一大把胡子;这样的一个男人,具有强大的力量和男人气概,因而带有某种隐藏着的天生的美。作为一个男人,她会非常喜欢他,可是他现在却是以另一种身份站在这里,只因为学生没有得到允许就随便讲话这么一件小事,就在这儿大吼大叫。可是,他并不是那种因为一点小事就吵个没完的人,他似乎显得十分残酷、顽固和恶毒,但他实际上是被囚禁在对他来说实在渺小和无聊,而又出于无奈不得不完成的工作之中。因为他必须为自己谋生。他不能更好地约束自己,只能完全听从那麻木的、固执的、无可选择的意志的指挥。既然他非这样做不可,他总得想尽一切办法使他的工作混得下去。而他的工作就是让所有的孩子能够把"小心"两个字拼写得正确无误,而且在每一个句号之后另起句子时用一个大写字母开始。所以他压抑着自己的愤恨,整天在这个问题上敲打着,永远压制自己,直到后来他连自己也不知道是怎么回事了。他粗壮而漂亮地站在那里;厄休拉讲着课,心里实在感到说不出的痛苦。看着他不得不跑到这里来干这样一件事,实在让人觉得可怜。他有一个高雅的、强壮的、粗犷的灵魂。关于这个作文题"小兔子",他何必要去斤斤计较呢?可是,他的那个意志却让他现在站在这一班学生面前,为那么一点无足轻重的问题喋喋不休。让自己显得渺小、无聊、多事。而这样做,现在已经成为他的习惯了。她看出他所处的地位实际是很可悲的,同时感觉到,在他心中被约束着的愤懑,最后终将发展成为一种狂怒;所以他现在实际上完全像一个用绳子拴住的顽固而强有力的牲畜。这真有点让人无法忍受。这种矛盾使她感到十分苦恼。

她看看她班上一言不发、专心听讲的学生,他们现在似乎已经凝聚成秩序和某种僵化的形式了。这一点他是完全有力量做到的,他能够使那些孩子凝聚成一种呆滞的无声的复合体,完全服从于他的意志:他的残暴的意志,它可以单纯凭力量使他们屈服。她也应该学着让孩子们服从她的意志:她一定得这样做。因为学校的情况既然如此,这就是她的职责。他已经使这个班凝聚成完美的秩序了。可是,看着他这样一个强有力的人竟把自己的力量用在这样一种工作上,似乎让人感到有点可怕。这里有一种让人看着不寒而栗的东西。他的离奇的温和的眼光看上去是那样的恶毒,那样的丑陋,他的微笑也变成了一种对人的折磨。他不能这样显得毫无人情味。他没有办法抱定一个明确的、纯洁的目的,他只能运用他的残暴的意志。对于他年复一年强加在这些孩子身上的教育,他自己丝毫也不相信。所以他只好整天吓唬人,也就知道吓唬人,尽管这只能使他的强壮和健康的性格像不停地挨着马刺一样受到羞惭的折磨。他已经是那样地盲目、丑陋和处处没事找事。他站在那里,厄休拉几乎感到无法忍耐。这儿的一切都是错误的,而且丑恶不堪。

作文课结束,哈比先生走开了。在那个大教室的另一头,她听见口哨声和教鞭打在人身上的声音。她感到自己的心都快停止跳动了。她简直不能忍耐,是的,听到那个男孩子挨打,她完全不能忍耐。她感到无比厌恶。她感到她必须离开这个学校,这个折磨人的地方。她现在对那位校长感到彻头彻尾的痛恨。这个恶棍,他难道连一点羞耻的感觉都没有吗?决不能让他这种无比残暴的犯罪行为再继续下去。接着,希尔拖着沉重的脚步回来了,一边十分可怜地啜泣着。他那悲凉的啜泣声几乎使她的心都快碎了。不管怎么说,如果她能让她的班保持良好的秩序,这件事就根本不会发生,希尔就决不会大声喊叫,最后因此挨一顿打了。

她开始上算术课,可是她现在心情非常烦乱。那个孩子希尔坐在后面的一张课桌边,缩成一团,一面低声哭泣,一面用嘴嘬自己的手,就这样延续了很长一段时间。她简直不敢走过去,也不敢去跟他说话。她在他面前感到害臊。她感觉到,她将永远不会忘记这个缩成一团、低声哭泣的孩子,他现在满脸都是鼻涕和眼泪了。

她给孩子们改正计算上的错误。可是班上的孩子太多,她不能一个个全都照顾到。另外,希尔这事始终使她感到十分不安。最后,他不再哭泣了,低头弯腰坐在那里,一个人安静地玩着。后来他抬起头来看着她。他的满是泪痕的脸显得很脏,眼睛似乎刚洗过,看上去很有些奇怪,或者说仿佛雨过天晴,有一种清新的神态。他心中毫无怨恨情绪。他已经把什么都忘了,现在正等着恢复他的正常状态。

"开始做你的作业吧,希尔。"她说。

孩子们全都摊开算术书在那儿玩,她也知道,他们完全是在欺骗她。她在黑板上又写下一个数目,她不可能到全班每一个学生身边去看看。她又走到最前排去观看。有些学生在准备计算,有些则根本没当回事。她应该怎么办呢?

最后,休息时间到了。她下令让大家停止做作业,最后总算让她的全班学生慢慢走出了教室。于是她独自留下来面对着一大堆乱七八糟、满是墨迹的没有改过的本子,以及那些破碎的尺子和用嘴咬坏的钢笔。她不禁感到一阵头昏眼花。这苦难越来越深重了。

难堪的日子就这样一天一天地过去了。她每天总有大堆的练习本要打分,无数的错误要改正,这是一种她十分厌恶的令人心烦的工作。工作本身也越来越糟糕。当她正准备恭维自己,说孩子们的作文越来越生动,越来越有趣的时候,她却不能不看到作文本上的字是越写越乱,卷面也越来越乱七八糟了。她尽了一切努力,可是没有任何用处。可是,她决不会把这看成是个什么严重问题。她为什么要那么看呢?她为什么要对自己说,如果她没能让她班上的孩子们把字写得更干净一些,这就是一个很大的问题呢?她为什么要把这个责任安在自己身上呢?

发薪的日子来到了,她拿到四镑两先令一便士。那一天她感到十分骄傲。过去,她从来也没有过这么多的钱。而现在这钱完全是她自己挣来的。她坐在电车的顶层上,用手摸着那些金币,唯恐会把它们丢掉。由于有了这笔钱,她感到自己更强大起来,生活上也有一个巩固的地位了。她一走进家门就对她妈妈说:

"今天发薪,妈妈。"

"是啊。"她母亲冷冷地说。

于是厄休拉拿出五十个先令放在桌上。

"这是我的饭钱。"她说。

"好吧。"妈妈说,没有去动那些钱。

厄休拉感到很不舒服。但不管怎样,她已经付了她该付的钱。她现在感到一身轻了。她已经为自己的吃用付了钱。现在还剩下三十二个先令归她自己。她不打算随便花钱,她天生是一个非常节俭的人,因为她不忍心把那么漂亮的金币随便花掉。

现在脱离开她的父母,她已经有一个自立的地方了。她现在已不仅仅是威廉和安娜·布兰文的女儿了。她已经完全独立,她现在也完全能自谋生计。她已经变成了整个这个进行工作的社会的一个重要成员。她肯定五十个先令一个月已足够支付她的吃用了。如果她妈妈每月都能从每个孩子那里拿到五十个先令,那她一个月就可以得到二十镑,同时还不需要给孩子们做衣服。那她就可以过得很舒服了。

厄休拉已经不再依靠她的父母生活了。现在她已完全依附于另外一个地方。现在,在她听来最有意义的几个字是"教育局",她也感到,要说是把白厅①作为她的最后归宿,那还遥远得很。她知道,在政府里某一位大臣完全控制着英国的教育,她似乎还感到,从某种意义上来说,这位大臣和她的关系,也和她父亲和她的关系差不多。

她现在另有了一个自我,并负起了另一种责任。她现在已不是威廉·布兰文的女儿厄休拉·布兰文了。她还是圣菲利普学校的五班的教师。现在的问题是她作为五班的教师的问题,而不是别的。因为她已没有办法逃避了。

她也没有办法取得成功,这是一件让她感到最可怕的事。一个星期一个星期地过去,再也没有出现过一个自由自在、心情愉快的厄休拉·布兰文。人们见到的只是一个叫那个名字的姑娘,整天想到自己没有办法管好一班孩子而心情不安。每到周末,马上就会出现一种情绪十分激昂的反应,这时她会因为尝到自由的乐趣而感到情绪无比激昂,这时,在一个早晨哪怕能坐下来绣绣花,做几针缝补丝绸衣服的针线活儿,都会使她感到一种说不出的欢欣。因为那个监牢一般的学校始终在那儿等着她!她的被羁绊着的心完全知道,她现在不过只是暂时获释罢了。因此,她总是尽一切力量紧抓住周末每一个迅速消逝的小时,并近似残酷而疯狂地尽力从中挤出每一滴甜蜜的汁液。

她从没有对任何人讲过目前的情况使她如何地苦恼。不论是对古德伦还是对她父母,她都不愿意讲出心里话,说她对于当教员的工作感到多么可怕。可是到了星期天夜晚,她感觉到星期一的早晨马上就要来临,于是一系列可怕

---

① 白厅是英国伦敦的一条街,英国政府所在地。

的预感立即使她紧张起来。因为那紧张和痛苦的生活很快又要开始了。

她始终不相信她能够在那个见鬼的学校里把那班见鬼的学生教好；永远不可能，永远不可能。可是如果她失败了，那么从某种意义说，她就必须认输。她就必须承认自己太无用，不可能进入强大的男人的世界，不可能在那个世界占有一席之地；她也就只能对哈比先生甘拜下风了。而在她今后所有的生活中，她将永远不能脱开对那个男人世界的依赖，而且也永远不可能获得那个大家都认真工作的伟大世界的自由。玛姬已经在那里获得了她的地位，她甚至已经能够和哈比先生平起平坐，完全不受他的约束；而她的心灵却总是在诗里所描写的那些遥远的山谷和丛林中游逛。玛姬是自由的。可是在玛姬的自由中也还有一些她不能不听命于别人的地方。那个男人，哈比先生就不喜欢这个把什么都闷在心里的女人玛姬。校长哈比先生就只看重他的教师斯利菲尔德小姐。

但就目前来说，厄休拉所羡慕和崇拜的就只有玛姬。她自己现在还完全没有能够达到玛姬的地位。她还必须真正为自己找到一个立足点。现在她已经在哈比先生的阵地上建立起一个据点，她必须坚决守住它。因为他现在已开始经常对她进行攻击，要把她从他的学校里赶出去。她不能维持班上的秩序。她那个班仿佛是一群乌合之众，是那个学校工作中的一个薄弱环节。因此她必须离开，让一个比她更有用的、能够维持秩序的人来代替她。

校长现在越来越感到对她怒不可遏了。他只希望她赶快走。自她来了以后，她的工作情况一个星期比一个星期糟糕，她根本就是个没用的废物。他的那一套制度，是他的整个教育事业的生命，是他亲自努力的结果，现在在厄休拉所据守的那一段却受到了攻击，而且已有崩溃的危险了。她是威胁着他的人身安全的一种危险，她可能给他带来沉重的打击，使他倒下。于是从一种强烈反对的本能开始，他盲目地不顾一切地想尽办法要把她挤走。

当他像处分那个男孩子希尔那样，因为冒犯了他自己，而处分她班上任何一个孩子的时候，他总是尽量格外加重处分；意思是他所以要加重处分，是要表明那个无用的教师根本就不应该允许这类事情发生。而在一个学生因为冒犯了她，由他去进行处罚的时候，他总处分得非常轻，仿佛冒犯她是一件无足轻重的事。慢慢地，孩子们也都了解到这种情况，因而他们也就按照这种方针来行动。

常常不定什么时候，哈比先生突然跑来要检查练习本。他常会不惜花费整整一个小时在班上来回跑着,拿起一本又一本练习簿一页又一页地对比着检查,而让厄休拉站在一边,听他当着学生的面指出她改作业时出现的错误。的确,自从她来了以后,学生的作文本越来越显得乱七八糟,一塌糊涂了。哈比先生搬出从前的作文本和她当政以后的作文本进行对比,马上忍不住大发雷霆。他让许多孩子拿着自己的作文本到前面去站着。在他把这一班沉默的发抖的学生严厉指责了一番之后,他更是当着全班学生的面把几个最坏的学生痛打了一顿;他自己也一直无比愤怒地吼叫不止。

"整个一个班给弄成这种情况了,我简直不能相信!这真正是岂有此理。我真是难以想象,怎么会让你把事情弄到这种地步!每个星期一早晨我都要来检查练习簿。所以不要以为没有人盯着你们,你们就可以把以前学到的一点东西全部忘光,然后退回去连上三年级的资格都没有了。我每个星期一都要来检查你们的练习本——"

然后在狂怒中他拿着他的教鞭走了,留下厄休拉面向着一班脸色苍白、发着抖的学生。他们的孩子气的脸表露出明显的仇恨、恐惧和痛苦的情绪,他们的心中充满了对她而不是对校长的愤怒和轻蔑,他们全用一种冷漠的、非人的孩子的控诉眼光看着她。她简直没有办法对他们讲出任何话来了。她发出任何一个命令,他们都傲慢地马上照办,意思仿佛是说:"这完全是为了校长,别以为我们是在服从你,你算什么?"她让那几个哭泣着的挨打的孩子回到座位上去,她知道他们也在对她和她的权威表示嘲弄,认为他们所以受到处罚完全应该由她的无用来负责。而所有这些情况她是完全知道的,所以,尽管她对肉体的惩罚和疼痛所感到的恐惧使她越来越感到不安,而且整个这一切变成了对她的道义上的审判,然而最使她感到痛心的仍然莫过于孩子们的这种态度。

到下个星期,她一定要非常注意学生们的练习簿,有错就应该处分。她冷冷地作出了这个决定。她的个人愿望至少从那天以后已经死去了。她在学校工作的时候必须从此完全抛开她自己。她现在完全是五班的老师了。这是她的责任。在学校里,她就是五班的老师,而不是任何别的什么。厄休拉·布兰文必须被暂时抛开。

所以到最后,她摆出一张苍白的沉默的脸,遥远地似乎毫不带个人感情地看着那些孩子。她现在所看见的已不再是那些活泼地转动着眼睛的孩子了,她再也不会想到他们也有自己的离奇的小心灵,只要他们能够熟练地写下他们所想的一切,就不应该在字写得好不好的问题上使他们的心灵受到折磨。

她现在眼睛看见的已不再是那些孩子,而只是她必须执行的任务。她只要眼睛老看着那边,看着自己的任务,而不去看孩子,那她就可以不动感情地对他们进行惩罚,而不像过去那样老是表示同情、谅解、宽容。她现在也可以对过去她完全不感兴趣的问题表示赞赏了。因为她的个人兴趣现在在这里已经没有任何地位了。

让一个容易冲动的聪明的十七岁的姑娘变得如此缺乏人情味,对孩子公事公办,完全不存在任何感情上的个人关系,这实在是一件令人十分痛苦的事。经过了那个痛苦的星期一,几天之后,她完全成功了,她完全有办法对付她班上的那群学生了。但是这种状态对她来说是违反自然的,不久她又开始慢慢松懈了。

不久之后,又出现了一次麻烦。班上的钢笔不够用了。她派一个学生到哈比先生那里再领几支。结果他本人跑来了。

"钢笔不够吗,布兰文小姐?"他心中怀着对她的无比愤怒,冷笑着说。

"是的,我们少了六支笔。"她怀着恐惧的心情说。

"哦,那是怎么搞的?"他威胁地说,然后对全班看看,他问道:

"今天咱们一共到了多少人?"

"五十二个。"厄休拉说。但他根本没听她的话,自己开始清点起来。

"五十二个,"他说,"咱们现在一共有多少支笔,斯特普尔斯?"

厄休拉现在一言不发了。他现在既然在跟班长讲话,即使她回答他的问题,他也不会理睬的。

"这件事就未免太怪了。"哈比先生说,带着愤怒的微笑看着一言不发的全班学生。所有的孩子都抬起毫无表情的脸看着他。

"几天之前这个班上还有六十支笔——现在却只有四十八支了。威廉姆斯,六十减去四十八是多少?"这个提问显然包含着某种恶毒的含义。一个穿着水手服、脸似雪貂的瘦孩子忽然煞有介事地站了起来。

"校长!是——"他说,接着他脸上慢慢出现了一个狡猾的微笑。他回答不上来。全班紧张地沉默着。那个男孩子低下头去。接着他又抬起头来,脸上露出狡猾的胜利的表情。"十二。"他说。

"我建议你多留心一些。"那校长威胁地说。那男孩坐了下去。

"六十减去四十八是十二;所以我们现在得找出那十二支钢笔来。你们找过了吗,斯特普尔斯?"

"找过的,校长。"

"那么再找找。"

这场面一直拖延下去。最后找到了两支笔,还有十支没有找到。于是一场风暴爆发了。

"除了你们的作业本又脏又乱,整天都不知道守规矩之外,我难道还能容忍你们当小偷吗?"校长开始嚷嚷道,"光是作为全校纪律最坏、最脏的一班还觉得不够,你们还要让自己变成一帮小偷吗?这实在是太滑稽了!钢笔决不会在空气里就那么溶化掉,钢笔也绝没有自己会那么慢慢消散的习惯。那么它们到哪儿去了呢?那些笔一定在什么地方。它们会跑到哪儿去?这些笔一定得找到,一定得在五班里找到。它们是五班给丢掉的,所以你们一定得找到它们。"

厄休拉站在一边听着,感到自己的心完全凉了。她非常激动,感到自己简直要疯了。她真想站起来面对着校长,告诉他不要再为了那么几支可怜的笔在这儿没完没了地吵吵了。可是她没有那样做,她不能。

后来不论早晚,每上完一堂课她都要清点一下班上的钢笔,但是照样还会缺少。铅笔和橡皮也有时会不见了。这样她就只好让全班都留下,把东西找到后再走。可是哈比先生一走出去,男孩子便会大喊大叫地到处乱跑。最后一窝蜂全跑出学校去。

这种情况很快就会引向一种危机的。她不能去告诉哈比先生,因为在他惩罚班上的学生的时候,他总会让大家感到她是学生受到惩罚的原因,这样她班上的学生就会更不听她的话,并对她进行嘲弄,作为他们的报复。现在她和她班上的孩子们之间已经出现非常严重的敌意了。有时候因为作业没有做完,放学后把学生们留得晚一些,她出去的时候总会发现有些男孩子跟在她的后面,在她背后叫喊着:"布兰文,布兰文——别撅着屁股。"

有一个星期六早晨,她和古德伦一道上伊尔克斯顿去,她又听到孩子们的声音在她的后面叫喊:

"布兰文,布兰文。"

她装作完全没有听见,可是这样在大街上受人嘲弄,她止不住羞得满面通红。她,科西泽的厄休拉·布兰文,竟没有办法暂时逃开她作为五班老师的命运。她躲到店铺去为自己的帽子再买一根带子,也完全没有用。他们仍然跟在她后面叫着,那些她尽力教他们学习的男孩子。

有一天晚上,她从市镇的边缘往农村走去,这时竟有几个石块朝她飞来。羞辱和愤怒的感情使她简直不能忍耐了。但她只能耐着性子,装不知道地向前走着。因为天气太黑,她看不清扔石头的是谁。而且她也根本不愿意知道。

只是,在她的心灵中出现了一个变化。从此她决不会,永远也不会再把自己当作一个个体来和她的学生们打交道了。她,厄休拉·布兰文,从前的那个姑娘,从前的那个人,决不会再和这些男孩子有任何接触。她将永远只是五班的教师,至于她个人,与她班上的学生没有丝毫关系,仿佛她从来就没有走进过圣菲利普学校。她将把他们全部从自己的感情上抹掉,尽量跟他们保持距离,仅仅把他们看作是她要教的学生罢了。

所以她的脸变得越来越阴沉了。现在这个曾经怀着无限热情,准备把自己完全贡献给那些孩子的年轻姑娘的被剥开的受伤的心上,只剩下一些冷酷的毫无感情的公式了,那就是一切机械地按照制度办事。

第二天,她似乎简直就看不见她班上的学生了。她只能感觉到她自己的意志,感觉到为了完全制服这一班学生,她必须注意到的一些问题。她看出再去投合和培养班上学生的正当情绪,是不会有任何好处的。她的紧张活动着的心灵已经认识到了这一点。

作为一个教师,她必须让所有的那些学生全都服服帖帖。这一点她一定得办到,其他的一切她都可以不管。自从对她扔石头的事发生之后,她已经变得十分残酷无情,她现在不仅是要对他们,几乎也可以说是要对她自己进行报复了。在经受了这种侮辱之后,她不愿意再变成一个人,再变成她原来的自己了。她一定要行使自己的权威,作为一个不折不扣的老师。她现在已经打定主意,准备进行斗争,让全班屈服。

她已经知道在她的班上谁是她的敌人了。其中之一是她最痛恨的威廉姆斯。他简直是一个特务,要真拿他当特务来看,应该说他干得还不错。他能够十分流畅地朗读,而且还真有不少鬼聪明。可是他总也不肯安静一会儿。他有一种使得一个敏感的女孩子非常厌恶的毛病,总显得那么狡猾,又阴险又下流。有一次,他犯了他的倔脾气,竟然拿起一个墨水缸向她砸去。他曾经有两次直接从教室跑回家去,他是全校有名的调皮孩子。他常常对这个年轻的女教师暗暗发笑,有时候故意缠着她,向她讨好。可是这却使得她对他更讨厌了。他有一种像蚂蟥一样黏在人身上的力量。

从一个孩子手里,她拿过一根很柔软的藤条。她决心在必要时一定要用

上它。有一天早晨,在作文课上,她对那个男孩威廉姆斯说:

"你的本子上怎么有这么大的一团墨?"

"对不起,老师,那是从我的笔上掉下来的。"他用他惯常善于表演的装模作样的声音说。他附近的几个男孩子扑哧笑了。威廉姆斯很善于表演,他能够微妙地触动听众的痒处。他特别善于挑逗别的孩子跟他一起嘲笑他的老师,或者任何他不感到害怕的学校的权威。他有一种特殊的让你怎么也抓不住他的本能。

"那你就给我留下,把这一页作文重抄出来。"厄休拉说。

这是违反她一向的公正态度的。男孩子们对这种处罚感到既可笑又厌恶。十二点的时候,她看着他正往外溜。

"威廉姆斯,坐下来。"她说。

她坐在那里,他也坐在那里,单独地面向着她,他坐在靠后的一张课桌边,不时抬起头来偷看她一眼。

"对不起,老师,我家里还让我回去有事。"他傲慢地大声叫着说。

"把你的作文本拿来我看。"厄休拉说。

那孩子走下座位,一路过来用他的作文本拍打着课桌。他一个字也没有写。

"回去坐下,照我说的把你的作文抄干净。"厄休拉说。她坐在她的讲桌边,准备改作业。她由于十分激动,手直发抖。整整一个小时,那个可怜的男孩在他的座位上不停地扭动着身子,有时又微微地笑笑。在这整整一个小时里,他只写下了五行。

"看来时间已经很晚了。"厄休拉说,"今天晚上你回家去一定得抄完。"

那孩子一路踢打着,傲慢地走了出去。

到了第二天下午,威廉姆斯又坐在那里偷偷看着她。她的心马上急剧地跳动起来,因为她知道在他们之间马上要进行一场战斗了。她一直注意看着他。

上地理课的时候,只要她一转身用她的教鞭指着墙上的地图,这孩子就老是把他的近于白色的头伸到桌子上面去,以引起别的孩子们的注意。

"威廉姆斯,"她鼓起勇气说道,因为现在跟他说话很可能会马上引起紧张的局面,"你在干什么?"

他抬起头来,发红的眼圈显出似笑非笑的样子。他天生有一种看上去极不正派的神态。厄休拉躲开了他的眼光。

"没干什么。"他感到十分得意地回答说。

"你在干什么?"她再次重复说,激烈跳动着的心几乎使她喘不过气来。

"没干什么。"那孩子傲慢地、悲伤地、滑稽地回答说。

"你要是再这样跟我讲话,我马上就让你到哈比先生那里去。"她说。

可是这孩子连哈比先生也不十分放在眼里。他是那样顽固、赖皮、肉头肉脑,谁要是打他,他会喊天叫娘地号叫,哪个老师要是把他送到哈比那里去,他倒不怎么恨这个孩子,却会非常恨那个老师。因为对这个孩子,他简直是一看就够了。这一点威廉姆斯也知道,他现在是明目张胆地又笑了。

厄休拉依然转向墙头的地图,仍接着讲她的地理课。可是现在整个班上已经撒下了不安的种子。威廉姆斯的那种精神对全班都发生了作用。她听到一阵打闹声,心里止不住直发抖,要是现在他们全体都来跟她作对,她显然是毫无办法的。

"老师——"有一个孩子痛苦地叫道。

她转过头来。一个她平时很喜欢的孩子伤心地举着一条被撕坏的衬领。她听他讲了那领子被撕坏的情况,感到毫无办法。

"到前面来,怀特。"她说。

她周身的每一根纤维都颤抖起来。一个皱着眉头的大个子男孩拖着脚步走到前面来了,这孩子平常学习并不坏,可就是非常难于对付。她接着讲她的课,完全知道威廉姆斯正在对怀特做鬼脸;怀特也在她的背后嬉皮笑脸。她感到害怕。她再次转向墙上的地图。她感到害怕。

"老师,威廉姆斯——"后面传来一声尖叫的声音,接着最后一排的一个男孩紧皱着痛苦的眉头站了起来,脸上一半带着讥讽的微笑,一半也真表现了对威廉姆斯的痛恨——"老师,他掐我。"——说着他痛苦地揉着他的大腿。

"到前面来,威廉姆斯。"她说。

那个长着耗子脸的男孩微笑着坐在那里,一动也不动。

"到前面来。"她重复说,现在是一点儿也不含糊了。

"我不去。"他笑了笑,像耗子似的龇牙咧嘴地反抗说。厄休拉的心中仿佛有一个开关吧嗒一声打开了。她圆睁着双眼,板起面孔,走过全班的学生径直向他走去。面对着她那充满怒火的眼睛,那男孩感到害怕了。她一直向他走去,抓住他的一只胳膊,把他拖出他的座位。他使劲抓住他的椅子不放,于是一场战斗在他和她之间展开了。她的本能突然变得沉静而敏捷起来。她猛地挣脱他紧紧抓住的手，不顾他不停地踢打，一直把他拖到最前面去。他好几次踢在她的身上，遇到一张桌子就使劲抓住不放，可是她仍然把他拖向前去。整个教室的学生都激动地站了起来。她已经看到这种情况，但她不予置理。

她知道如果她现在放开那个男孩，他会直冲着门口跑去。在她的班上，他已经有一次径直跑回家去了。所以她立即从讲桌旁抓起教鞭来，使劲朝他身上打去。他拼命扭动着，踢打着。她可以看见她面前的那张煞白的脸，瞪着一双像鱼一般的眼睛，样子显得很呆，但显然充满了仇恨和恐惧。她很厌恶他，这个可厌的不停扭动着身子的小东西几乎使她没法对付。她唯恐他会胜过她。因此即便此刻她心里已十分平静，但仍用那棍子一个劲儿在他身上打，随他去挣扎，一边发出含混不清的叫喊，使劲拼命踢她。她用一只手勉强抓住他，另一只手拿着那根教鞭不时朝他身上打去。他像发了疯一样死命扭动着。可是那教鞭打在身上的痛苦终于慢慢透过了他那靠扭动维持的、可厌的懦夫的勇气，更深地钻入他的心里，直到最后，他使劲哭喊一声，身子完全软瘫下来了。她松开了他，他马上向她冲去，两眼和牙齿都闪着凶光。她的心中刹那间闪过了一种痛苦的恐惧：这孩子真是个野东西。接着她又抓住他，又用教鞭在他身上打着。有好几次，他又完全像发疯一样扭动着身子使劲踢她，可是结果总算被那根教鞭给治服了。他于是大声号叫着倒在地板上，像一头被打伤的野兽躺在那里嗥叫。

在这场表演快要结束的时候，哈比先生赶过来了。

"出什么事了？"他大声问道。

厄休拉仿佛觉得她身上有什么东西马上要崩裂了。

"我打了他一顿。"她呼哧呼哧地喘着气，勉强说出了这么几个字。

那校长气得连话都说不出来了，他无可奈何地站在那里。她低头看着在地上打滚的那个孩子。

"起来。"她说。那孩子离开她朝远处滚去。她向前赶了一步。在大约一秒钟的时间里，她意识到校长站在旁边，但很快她就把他完全忘记了。

"起来。"她说。那孩子使劲一跳站了起来，他的喊叫声现在变成了听不清的叨咕。他简直完全气疯了。

"过去到暖气片旁边站着。"她说。他仿佛完全是机械地走了过去，嘴里还不停地叨咕着。

那校长此刻站在那里一句话也说不出来,不知该怎么办才好。他脸色发黄,两只手抽筋似的动了几下。但是厄休拉却僵硬地站在离他不远的地方,现在她是什么也不怕了:哈比先生她也已完全不把他放在眼里。她现在似乎已经完全豁出去了。

那校长咕哝了几句,转过身朝着教室的那一头走去,接着她听到从远处的那头,传来了他对他自己班上的学生发出的发疯一样的吼叫声。

那男孩站在暖气边始终不停地哭喊着。厄休拉看看全班的学生。这儿有五十张苍白的安静的脸注视着她,有一百只圆睁着的眼睛毫无表情但十分注意地朝她望着。

"把历史课本发给他们。"她对各组的组长说。

教室里鸦雀无声。厄休拉站在那里可以听到钟摆的嘀嗒声和一摞摞的书从书柜里搬出来时发出的声音。接着又是把书扔在桌上的轻微的扑扑声。孩子们安静地接过书去,他们的动作显得非常协调,他们现在已不再是一个团伙了,每一个孩子都分别变成了一个安静的各有自己想法的个体。

"翻到125页,让我们来读这一章。"厄休拉说。

于是出现一阵哗哗的翻书声。孩子们找到了那一页,他们全低下头去顺从地读着。他们全都机械地读着。

现在还一直猛烈地哆嗦着的厄休拉走过去,坐在她的那张高凳子上。那个男孩还在那里低声哭泣。布伦特先生的刺耳的声音和哈比先生的喊叫,通过那玻璃隔扇低沉地传了过来。有时一双眼睛会从书本上抬起来对她看一会儿,仔细观察着,似乎冷冷地在算计着什么,接着又低了下去。

她安静地坐在那里,一直没有动,她的眼睛对全班注视着,而其实她什么也没有看见。她现在非常安静,也感到浑身无力。她感到她简直没有力量把自己的手从教桌上抬起来了。她要是永远在那儿坐下去,她感到她就将无法再活动,也不可能对学生发布任何命令了。现在已经是四点过一刻,她简直害怕放学的时候到来,因为那时她又将只剩下单独一个人了。

全班开始慢慢平静下来,不再那么紧张了。威廉姆斯还在哭。布伦特已经宣布下课了。厄休拉走下讲台。

"回到你的座位上去,威廉姆斯。"她说。

他用袖子擦着自己的脸,拖着一双脚向自己的座位走去。他坐下的时候偷偷看了她一眼,他的眼睛现在更红了。他现在的那副样子真像一只被打伤的老鼠。

最后孩子们都走了。哈比先生迈着沉重的脚步走过去,没有看她,也没有讲话。布伦特先生看见她在锁书柜的时候,不禁放慢了脚步。

"你要是把克拉克和莱茨也同样这么教训一次,布兰文小姐,那你就完全做对了。"他说,他的长长的鼻子正对着她,一双蓝色的眼睛带着一种奇怪的、亲切的神情向下望着。

"是吗?"她神经质地笑了笑说。她现在不希望任何人来跟她谈话。

当她独自来到街上,在一段铺着石板的路上走过的时候,她觉察到有几个男孩跟在她的后面,有一件什么东西打在她提着书包的那只手上,把她的手打青了一块,在那东西向前滚动的时候,她看出那是一块土豆。她的手已经给打伤了,可是她没有做任何表示。她很快就可以上电车了。

她有些害怕,也感到奇怪。这件事使她既觉得十分奇怪,又觉得丑恶,仿佛自己做了一个遭人侮辱的梦似的。这个梦她是宁愿死掉也不愿对任何人去讲的。她不能把她的发肿的手举起来看看。她在精神上已经有所突破;她现在已经冲过了一关。威廉姆斯让她给制服了,可是她也付出了相当的代价。

感到自己还太激动,不愿意回家去,因而她再往前坐了一段车,到了市里,她在一家小茶店的门口下了电车。她跑到店铺后面一个光线较暗的小房间里,喝了一碗茶,吃了一点黄油面包。她现在吃什么都觉得毫无味道。她这时跑来喝茶完全是一种机械动作,不过是为了消磨掉这一段时间罢了。她坐在那个阴暗的没有什么人注意的小房间里,自己甚至也不知道这是个什么地方,她只是无意识地揉摸着她受伤的手背。

当她最后取道回家的时候,西边的天上已是一派落日的红霞。她不知道她为什么要回家去。家里也没有任何她感兴趣的东西。实在说,她只不过是为了装作很正常罢了。她和谁也不愿谈话,也找不到一个可以逃避的地方。可是,在这一片落日的余晖之下,她必须往前走,孤独地往前走,因为她知道在人世中有很多可怕的东西,现在正要把她毁灭掉,她已经和它展开战斗了。但是一切也只能如此。

第二天早晨,她仍然还得上学校去。她爬起身来,连哼也没有哼一声就又到学校去了。如今她已是在某种更大的、更坚强的、更粗野的意志的掌握之中。

学校里相当安静。可是,她可以感觉到全班正瞪着眼看着她,随时准备向她猛扑过来。她的本能让她知道,如果她软弱无力,那么全班的本能就是希望跑过来把她抓住。可是她始终保持冷静,做好充分的准备。

威廉姆斯没有上学。早晨十点钟的时候,教室外面有人敲门:有人要见校长。哈比先生沉重地、生气地、神经质地走了出去。他非常害怕前来找碴的学生家长。他出去在过道里待了一会儿,接着又走了进来。

"斯特奇斯,"他对一个较大的男孩子叫喊着,"你站到前面来,谁要是说话就把他的名字给记下来。布兰文小姐,请你跟我来一下。"

他仿佛恨不得一把将她拖过来。

厄休拉跟在他的后面。在廊子里她看见了一个皮肤发白的瘦小的女人,她穿着一套灰色的衣服,戴着紫红的帽子,倒也穿戴得十分整洁。

"我是为弗农的事来的。"那女人用一种很高雅的腔调说。这个女人全身有一种高雅和整洁的气派,但这却和她的近于乞丐的举止,和她那仿佛是一件什么已经从里面烂透的东西,让人一碰就觉得难受的感觉,形成一种离奇的对比。她既不是一位阔太太,也不是一个普通工人的老婆,而是一个和整个社会脱离的人物。从她的衣着来看,她并不穷。

厄休拉马上就知道她是威廉姆斯的母亲,他就叫弗农。她记起来,他一向穿得很不错,很干净,总是一身水手服。他也同样有这种独特的、若隐若现的不卫生的气息,简直像一具尸体一样。

"今天我没有办法让他来上学。"那女人装模作样,摆出一副很高尚的派头接着说,"昨天晚上他回家去感到非常难受——一直恶心,一直要吐——我应该找个医生给他看看。——你知道他的心脏很不好。"

那女人用她那苍白无神的眼睛看看厄休拉。

"不知道,"那姑娘回答说,"我不知道。"

她厌恶地站在那里,一时拿不定主意。身材高大的哈比先生,撅着两撇胡子,眼角露着淡淡的难堪的微笑站在一旁。那女人无动于衷,仍然恶毒地讲着:

"哦,是的,从他还是个孩子的时候,他就有了心脏病。这也正是他为什么常常有时不能来上学的原因。谁要是打他,那对他的病可是很不好的。今天早晨,他还病得很厉害——一会儿我回去还得给他找大夫。"

"那么,这会儿有谁陪着他呢?"校长机警地用他的低沉的声音插嘴说。

"噢,有一个妇女到我家来给我们帮帮忙,我现在让他和她待在一块儿——她对他是很了解的。可我待会儿在回家的路上就得去请一个大夫。"

厄休拉静静地站在那里,她感到这里面隐隐约约有一种威胁的意思。可是,因为这个女人她从来也没有见过,她对她还不能十分了解。

"他告诉我,他在学校挨打了。"那女人接着说,"我给他脱衣服让他上床的时候,他身上到处都是伤痕——我可以让任何一个大夫去看看的。"

哈比先生等着厄休拉回答。她现在开始明白了。那女人是威胁着要控告她殴打了她的儿子。也许她想讹她一笔钱。

"我用教鞭打过他,"她说,"他实在太爱捣乱了。"

"他要是老捣乱,那我十分抱歉。"那女人说,"可是,对他的这一顿打,实在太不像话了。我可以把他身上的伤痕让任何一个大夫去看。我肯定这是不允许的,我们可以把这件事让大家知道知道。"

"我所以打他,是因为他不停地用脚踢我。"厄休拉说,由于她现在也颇有些责怪自己,因而她更为生气了。哈比先生眨巴着眼睛,站在一边开心地看着那两个妇女去较劲儿。

"我肯定说,他要是在学校里态度很坏,那我真感到十分抱歉。"那女人说,"可是我不能想象,他到底干了什么事,竟会让他遭到这样的痛打。我没有办法让他再上学,我也没有钱请大夫。按规定能允许一个老师这样打学生吗,哈比先生?"

校长拒绝回答。厄休拉痛恨自己,也痛恨在这种情况下还带着恶意的狡猾的微笑,袖手站在一旁的哈比先生。另外那个可怜的妇女是在寻找缺口。

"这对我可是一个沉重的负担,为了让我的孩子能过得像样一些,已经够我挣扎的了。"

厄休拉仍然一言不发,她看着那柏油庭院,那里有几张脏兮兮的纸片在风中飘动。

"我敢肯定,这样打孩子是不容许的,特别是对于一个身体很虚弱的孩子。"

厄休拉仿佛什么也没听见似的,仍然呆呆地朝着庭院里望着,她对这一切都非常厌恶,她已经毫无感觉,甚至失去存在了。

"我知道他有时候是很淘气——可是那也不会太出格的。现在他的身上到处都是伤痕。"

哈比先生,眼角上闪动着嘲弄的微笑,巍然不动地站在那里,等待着这件事告一结束。他感觉到目前的情况完全得由他来左右。

"他病得非常厉害,我今天恐怕根本没有办法让他上学了。他简直连头都抬不起来了。"

她仍然一语不发。

"校长先生,这您就明白,他今天为什么要旷课了。"她转向哈比先生说。

"噢,是的。"他毫不在意地回答说。厄休拉对他的那种男性的胜利感非常厌恶。她讨厌那个妇女。她对一切都感到厌恶。

"希望您尽量记住这件事,校长先生,他是有心脏病的,经过一次这种情况之后,他病得非常厉害。"

"是的,"校长说,"我一定注意这件事。"

"我知道他是很调皮,"那女人现在完全是在对那个男人讲话了——"可你们完全可以惩罚他,而不要打他——他的身体真是非常虚弱。"

厄休拉现在开始感到非常不安。哈比摆出一副高高在上的样子站在那里,那女人为了讨好他,正像钓鱼的逗鱼一样在逗着他。

"我这是来解释解释,他今天为什么没来上学,校长先生,现在您该明白了。"

她对他伸出手来。哈比摸了一下,又赶快放开,他感到很吃惊,也很生气。

"再见。"她说,把她的戴着破旧手套的手给厄休拉。她的样子并不难看,而且有一种奇怪的,尽管非常让人讨厌却也十分有效的讨好人的办法。

"再见,哈比先生,谢谢您。"

那个穿着灰衣服,戴着紫色帽子的身影,迈着看来很奇怪的扭扭捏捏的步伐,走过了学校的庭院。厄休拉对她有一种奇怪的怜悯的感觉,同时又感到十分厌恶。她止不住浑身哆嗦了一下。然后又进到教室里去了。

第二天早晨,威廉姆斯到学校来了,他的脸色比先前显得更为苍白但是穿着他那身水手服装却显得十分整洁。他似笑非笑地看了厄休拉一眼:虽然仍显得很机灵,但显然老实多了,仿佛准备以后一定听她的话了。他身上似乎有某种东西使得她不寒而栗。打他这件事使她对自己十分厌恶。在休息的时候,他的哥哥,一个高瘦的脸色苍白的大约十五岁的青年在大门外边玩着。他简直像一位绅士似的向她摘帽致敬,可是在他身上也有某种压抑着的、不怀好意的神态。

"这是谁?"厄休拉说。

"这是威廉姆斯家的老大，"维奥莱特·哈比毫不客气地说，"她昨天到这儿来过，是不是？"

"是的。"

"她一来就没有好事——她名声太坏，再没法跟我们捣乱了。"

厄休拉对这件残暴的、丢人的事确实感到厌烦。可是它也有一种模模糊糊的可怕的诱惑力。一切看来都是多么下流啊！她对那个迈着扭扭捏捏步子的奇怪的女人，对那两个心术不正的孩子都感到很不安。威廉姆斯在她的班上反正是显得很不对劲儿。这一切是多么令人厌恶啊。

这场战斗就这样一直继续下去，直到后来她真感到厌烦已极了。在她要想真正建立起自己的权威以前，还有几个男孩子她得想法制伏才行。哈比先生简直把她看成是个男人似的对她十分厌恶。现在她已经明白，对那些年岁较大一些和她玩着猫儿戏老鼠游戏的捣蛋鬼，除了痛打他一顿是没有别的办法的。哈比先生只要有法躲开，就决不愿打他们。因为他恨这个自高自大的、傲慢的、自以为是的女教师。

"我说，怀特，这回你又干什么了？"他可能会对那个从五班送去让他处分的男孩子温和地说。他可以让那个孩子就站在那里，闲耗着，浪费掉他的时间。

所以，厄休拉后来再也不肯把孩子送给校长去处理了，而是如果她真气急了，她就拿起她的教鞭来，劈头盖脸朝着那个敢于对她无礼的孩子打去。到最后，他们全都怕她了，她完全把他们制伏了。

可是这样做，她却付出了一个很大的心灵上的代价。这有点仿佛是一团烈火烧透她的身体，把她身上的感觉神经全给烧掉了。这个对任何形式的肉体上的痛苦连想都不愿想的姑娘，现在竟被迫去和人进行斗争，用教鞭打人，恨不得置人于死地而后快。后来，当她用教鞭终于制伏了他们的时候，她也完全是被迫勉强忍耐着他们那悲惨的啼哭声。

哦，有时候她真感到自己要发疯了。他们的外貌显得脏一些，他们不听老师的话，这有什么关系？这到底有什么关系呢？说实在话，她宁愿他们对学校的一切规章制度全都不服从，也不愿意看到他们挨打，被制伏，最后弄到这种哭哭啼啼、毫无办法的地步。她宁愿忍受一千次他们的侮辱和无礼，也不愿意使自己和他们变成现在这种关系。她痛苦地悔恨自己不该那么丧失女性，不该那么去对付她曾经打过的那些孩子。

可是事情却只能这样。她并不愿意这样做。但她没有别的办法。哦，为什么，为什么她要让自己和这个罪恶的制度联系在一起，弄得她必须变得如此残暴无情才能够生活下去？她为什么要当个什么小学教师，为什么，为什么？

是那些孩子逼得她去打他们的。不，她不应该同情他们。她刚来的时候，原本对他们充满了仁慈和热爱，可是他们却简直要把她撕成碎片。他们宁愿要哈比先生。那么好啊，他们在认识哈比先生的同时也得先认识认识她，他们必须先听她的管教，因为，她决不能让人根本不放在眼里。那不成，不管是他们，是哈比先生，还是围绕着她的那一整套制度，都别想做到这一点。她不能让别人压下去，她必须自由地站起来。她决不能让人说她担当不了她目前的工作，完成不了她的任务。即使在现在这种情况下，她也要战斗下去，在这个从传统上讲属于男人的工作世界里，占据着自己的位子。

她现在已经完全脱离了她儿童时代的生活，在这个新生活中，在这个只知道工作，只知道机械地考虑问题的生活中，她完全是一个陌生人。她和玛姬，当她们一块儿吃饭，或者偶尔到一家小饭铺去吃点心的时候，也常常讨论关于生活和其他一些方面的问题。玛姬是一个非常热心的女权主义者，对公民投票抱有极大的信心。可是在厄休拉看来，公民投票永远也不能真正解决问题。在她自己心中，对于宗教和生命有一种奇怪的充满热情的想法，这些东西远远地超越了包括公民投票在内的那一整套机械的制度的局限。可是她的能够自成一体的根本的想法到底是什么，到目前也还没有一个完整的形式，因而也没有办法讲出来。对她来说，也和对玛姬一样，妇女的自由必须具有某种更真实和更深刻的意义。她感到不知在什么地方，或者在什么问题上，她是并不自由的，可是她希望自由。她要进行反抗。因为一旦她获得自由，她就可以做出自己的某种成就。啊，那个她可望而不可即的境界是多么神妙，多么真实啊，她感到它就深深地，深深地埋藏在自己的心中。

在她跑出来自己谋生的时候，她是向着自身的解放迈开了强大的残酷的一步。可是当她得到了更多的自由以后，她只不过是更深刻地感觉到了不够自由的痛苦。她的要求实在太多了，她要阅读美丽的伟大的作品，要自己拥有一切书本；她要去欣赏一些美丽的东西，并且要永远占有它们。她希望认识许多自由的伟大的人物；而且还有许许多多她连名字也说不上来的东西。

这实在太困难了。世界上的东西太多，你永远会应接不暇。再说，一个人永远也无法知道自己的前途如何。这是一种盲目的战斗。在这个圣菲利普学校里,她简直是受够了痛苦。她仿佛是一头在皮鞭之下被拴进辕杠的小母马,完全失去了自己的自由了。现在她是惨痛地忍受着辕杠加之于她的痛苦,这是一种她被暴力驯服的痛苦、烦恼和屈辱。它深深地刺痛了她的心。可是她是决不会就这样屈服的。她决不能长时间屈服于这种辕杠的压迫。但她一定要把它们认识清楚。她现在驮着它们是为了将来她要彻底消灭它们。

她常和玛姬一块儿到许多地方去,她们一块儿去参加诺丁汉的选举大会,去参加音乐会。去戏院,去图片展览会。厄休拉积攒了一笔钱,买了一辆自行车。这两个姑娘常常骑着车到林肯市、到南井,甚至跑到德比郡去。她们永远有谈不完的话。有了什么新看法,发现了什么新问题,对她们都是一种莫大的乐趣。

可是厄休拉从来也没有谈到过威尼弗雷德·英格,这是她生命中秘密的一幕,永远也不愿意再揭开了。她甚至从来也没再想到那件事。这是一个她没有勇气再打开的关闭着的门。

当厄休拉慢慢习惯于她的教学工作以后,她又开始了她自己的一种新的生活。再过十八个月她就要上大学念书去了。她要取得她的学位,她还要——啊,她还要成为一个伟大的女人,成为一个运动的领导人。谁知道呢?——不管怎样,再过一年半的时间,她就要上大学去了。目前最重要的是工作,工作。

在上大学之前,她还必须在圣菲利普学校搞好她的教学工作,这工作真是要她的命,不过现在她慢慢已经完全能够应付,也不会让这工作完全破坏她自己的生活了。在一段时间之内,她只能屈服于它,好在这一段时间是有限的。

教学工作本身到最后完全变成了一种机械动作,这对她是一种苦恼,是一种令人十分厌烦的苦恼,总显得那么违反自然。不过,一忙起教学来就能把什么全忘掉,这也是某种乐趣。她总有那么多工作要做,那么多孩子要照顾,那么多事情要办,因此她有时连她自己都给忘了。当那些工作对她已经变成一种习惯,以致她那具有个性的心灵可以完全抛弃不管,而到别的地方去另谋发展的时候,她几乎也感到非常快乐。

在这两年的教学工作中,在这两年课堂上的寡不敌众的斗争中,她的真正具有个性的自我变得更为集中,完全不像过去那么涣散了。这个学校,对她来说永远是一座监牢。可是这是一座能够使她的狂野的、混乱的灵魂变得更坚定、更能独立自主的监牢。在她身体较好,不感到十分疲劳的时候,她对于教学也不是那么厌恨。她每天一清早就开始工作,拿出自己的全部力量,把一切工作进行下去,这也使她感到很兴奋。这对她来说是一种紧张形式的生活。这时她的心灵完全可以得到休息,她的心灵可以利用这一段清闲的时间重新聚集力量。只不过教课的时间未免太长,任务也太重,学校方面在纪律上过于严格的要求,使她感到未免太违反自然了。她被折磨得十分瘦弱和憔悴了。

她早晨上学校来的时候,可以看到带露水的山里红花朵,看到那很小的玫瑰色的颗粒在渗满露水的花瓣中游动。云雀在黎明的清辉中发出它们战栗的歌声,整个田野充满了欢乐的气氛。这时却让一个人进入那满是尘土的灰暗的市镇简直是一种罪孽。

所以她常常站在她那班学生的前面,不愿意让自己献身于这种教学活动,不愿意把她渴望着在这清晨时候将自己消磨在田野中的精力用来统治这五十个孩子,用来给他们填进一点数学知识。她表现出一种心不在焉的神态,她没有办法强迫自己忘掉一切。窗台上的一盆金凤花和愚人芹就能使她的心远远飞到草原上去,在那里的繁茂的青草中,<u>一丛丛的牛眼菊刚刚露头,一排排粉红色的知更鸟正在来回飞翔</u>。可是,现在面对她的却是五十个孩子的五十张脸。那些脸简直就像是一片青草中朵朵巨大的雏菊。

她的脸上露出了笑意,讲课的时候似乎有些恍恍惚惚了。她已经看不清她面前的这些孩子。她现在正在两个世界之间进行斗争,她自己的那个初夏的繁花似锦的世界,和这个整天工作的另一个世界。她自己的太阳光的光线把她和她的那班学生隔开了。

这一早晨她就这样在一种离奇的心不在焉的安静状态中度过,吃午饭的时候来到了,她和玛姬在一块儿高兴地吃着饭,屋里所有的窗子全都开着。然后她们一块儿走到圣菲利普学校的教堂里去,那里在一片红色的山楂树下,有一个十分阴凉的角落。她们躲在那里谈天,读着雪莱或者布朗宁的诗,或者读一些关于"妇女与劳动"的书籍。

厄休拉回到学校后,似乎仍生活在教堂庭院的那个角落里,那里从山楂树上落到地上的红色的花瓣,像海滩上的小贝壳一样铺得到处都是。有时教堂里响起一阵沉重的钟声,有时远处传来几声鸟叫,夹杂其间的却是玛姬的低沉而甜蜜的声音。

这些日子她的心情十分愉快:噢,她感到自己是那么幸福,她希望把自己的欢乐一把把地向四处撒去。这时由于她自己在欢欣的情绪中,她使得她班上的孩子也感到很快乐。那天下午,在她看来那些孩子已不是学校里的一个班了。他们已经变成了花朵、小鸟、小巧的欢快的动物、儿童或者其他任何东西,只是他们绝不是什么第五班的学生。她感到对他们不再负有任何责任。只有在这种时候,教学才变成了一种很有趣的游戏。如果他们做算术做错了,那有什么关系呢?她很喜欢念一些有趣的作品。她宁愿讲一个好玩的故事,也不愿去讲那些历史事件的年月。至于语法,他们可以做一点并不困难的句子分析,因为这个他们过去已经做过:

她将像一只撒欢的小鹿
活蹦乱跳跑过那开阔的草坪
或者跑上那清泉涓涓的山顶。

她根据记忆写下了这几行诗,她非常喜欢它。

那个黄金般的下午就这样度过了,她非常幸福地跑回家去。她已经做完了她那一天学校里的工作,现在完全可以自由地沉浸在科西泽的落日余晖中了。她很喜欢走着路回家去。可是这不能算是学校工作。这不过是在学校里的那红色的山楂花下游玩。

她不可能老是这样下去。期中考试来临了,她班上的学生还都没有准备好。现在让她勉强抛开她那个幸福的自我,尽她自己的一切力量去勉强,去强迫这一班学生绞尽脑汁地学习算术,这件事使她感到十分烦恼。他们根本不愿意学习。她也不愿意强迫他们。可是,某种居于次要地位的良心却苦恼着她,告诉她,她的工作没有完全做好。这逼得她简直要发疯了,于是她又对班上的学生撒气,于是接下去又是一天的战斗、仇恨和暴力,于是她又满心烦恼地走回家去,感到被人夺走了她的金色的黄昏,感到她自己被囚禁在一个什么阴暗潮湿的地方,并想着自己是因为工作没有做好才被锁在那里的。

夏天来临了,直到黄昏时候,秧鸡一直在轻快地叫唤着,云雀也将再次飞上明亮的天空,在夜幕降临之前再进行一次歌唱。可是,如果她总不能忘掉那一天学校加之于她的负担和羞辱,弄得她情绪十分低落,那所有这些美景又有什么意义呢?

于是她又一次痛恨学校。她又一次止不住哭泣起来,对这些情况她简直不能相信。那些孩子们为什么要学习,她为什么要去教他们?这完全是一种没有意义的风中落叶的空打转。把生活变成这种样子,整天去完成一些愚蠢的纯粹瞎忙活的职务,这是何等地愚蠢。这一切全是人为的,全是违反自然的。学校、算术、语法、期中考试,各种记录——一切都十分无聊!

她为什么要对这世界表示忠诚,让这个世界统治着她,而把她自己的充满温暖的阳光和欢乐的生活的世界完全抛到一边去呢?她决不那么办。她决不能让自己变成那个干枯的由暴君统治着的男人世界里的一名囚徒。她对那个世界根本不感兴趣。就算她班上期中考试的成绩坏得从没那么坏过,那又有什么关系。随它去——那有什么关系?

不管怎样,到学校公布成绩,说她的班成绩很坏的时候,她却仍然感到十分痛苦,于是夏日的欢乐立刻被抛到一边去,她完全坠入一种阴暗的心情中了。她没有办法真正逃避开这个有一套明确的工作制度的世界,真正进入使她感到快乐的田野中去。她必须在这个进行各种工作的世界中占据一个地位,并在那里取得具有充分权利的一个成员的资格。在目前,这对她来说比田野、太阳和诗更为重要。可是她却因此更变成这个世界的敌人了。

她想,在那漫长的暑假期间,要使自己一面完全按照自己的意愿行事,随自己兴之所至,或者舒舒服服地躺在太阳光下,或者兴高采烈地到处玩玩,到河里去游游水;而一面仍能做一个好教师,让自己班上孩子们的成绩都很不错,那可实在是太难了。她自我安慰地梦想着有一天她不必再当教员该多好。可是她模模糊糊地感觉到,她已经负起的责任是永远也不可能推卸掉的,而且在目前她最主要的职责就是尽量干好工作。

秋天已经过去,冬天很快就要来临了。厄休拉越来越变成这个工作世界的一个成员,变成了大家所说的生活中的一分子。她看不出自己的前途,可是她可以看到在不远的地方就是那个大学,她因而整天死死地抱住这个思想。她将要上大学去念书,免费在那里接受两年到三年的训练。她早已提出申请,现在学校方面已经安排让她明年入学了。

所以,她继续为她的学位努力学习着。她将选修法语、拉丁语、英语、算术和植物。她每天到伊尔克斯顿去上课,晚上也尽量学习。因为这儿有一个需要她去征服的世界:她必须获得的知识和她应当取得的资格。她十分认真地学习着,因为她内心有一种不足之感推动着她前进。现在,和她的这个一定要在世界上取得自己的地位的愿望相比起来,其他的一切都变得完全次要了。她所要占据的到底是一种什么样的地位,她从来也不对自己提出这个问题。这个盲目的愿望推动着她前进。她一定要占据一席之地。

她知道,作为一个初级学校的老师,是永远也不会有什么成就的。可是,她倒也不能说完全失败了。她厌恶这个工作,可是她毕竟也对付过来了。

玛姬已经离开圣菲利普学校,找到了一个更合适的工作。这两个姑娘仍然是朋友,她们在上夜课的时候还常常见到。她们在一块儿学习,经常彼此打气。她们不知道将来自己会有个什么结果,也说不清她们的最终需要到底是什么。可是她们知道她们需要学习,需要掌握更多的知识,也需要工作。

她们也曾谈到恋爱和婚姻问题,谈到妇女在婚姻中的地位。玛姬说,爱情是生命的花朵,什么时候开放没有一定之规,也难以预料,但你只要一遇上它,就应该把它摘来尽情享受,千万不要错过了它转眼即逝的鲜艳时期。

在厄休拉看来,这是不能令人满意的。她想,她仍然爱着安东·斯克里本斯基。可是,她始终不能忘怀的是他实在不济,没法儿和她相爱。他已经使她失望了。那她还怎么能够爱他呢?难道爱情真是那么绝对吗?她根本不相信。她相信爱情只不过是一种方法,一种手段,并不像玛姬所想的那样,它本身就是目的。相爱的方法总是可以找到的。可是最后又会有什么结果呢?

"我相信世界上有许多的男人,你都可以去爱——世界上并非只有一个男人。"厄休拉说。

她心里想的当然是斯克里本斯基。威尼弗雷德·英格在她的心中已不占有任何地位了。

"可是你一定得把情欲和爱情区分开。"玛姬说,接着她更轻蔑地补充说,"许多人都会很容易对你产生一种情欲,可是他们却不会爱你。"

"是的,"厄休拉十分激动地说,脸上露出痛苦的,甚至有些疯狂的表情,"情欲只不过是爱情的一部分。因为它根本不能持久,所以似乎让人觉得受不了。这也是情欲为什么不能使人幸福的原因。"

她天性强烈地追求欢乐、幸福和永恒,和玛姬正好形成一种对比,因为玛姬所追求的似乎只是悲愁,她相信世界上的一切全都不可避免地转眼即逝。生活给厄休拉带来了许许多多的痛苦。玛姬却总是一个人,总是离群索居,所以她整天生活在一种心情沉重的悲痛之中,那悲痛对她几乎变成家常便饭了。厄休拉在圣菲利普学校工作的最后一个冬天,这两个姑娘的友情达到了最高潮。正是在那个冬天,厄休拉十分痛苦又十分感兴趣地深切体会到了玛姬的来自自我封闭的最根本的悲愁。玛姬也极感兴趣和痛苦地体会到了厄休拉力求扩大生活圈子的斗争。自那以后,这两个姑娘便开始慢慢分道扬镳;厄休拉也就不再去干预玛姬的那种力求自我封闭的生活方式了。

第十四章

日益扩大的生活圈子

玛姬·斯利菲尔德家住在贝尔科特大院后面一所半是农田半是花圃的大村舍里。那大院已经潮湿得无法居住了，所以斯利菲尔德家在这里既是看房子的，又是喂养牲畜和种地的，一切全由他们包了。父亲专管喂养和繁殖牲畜；大儿子利用大院的大花园，种植瓜果供应市场；二儿子既种粮食也种花。和科西泽一样，这儿也住着一个很大的家庭。

厄休拉非常喜欢到贝尔科特来待一阵，让玛姬的弟兄们把她当作一位贵妇人来款待。这几弟兄相貌都长得很漂亮。最大的二十六岁。他以种菜为业，个儿不高，身体非常健壮，棕色的明亮、温和的眼睛，棕褐色的漂亮的脸，上唇留着两撇长长的胡子，每当他同厄休拉谈话的时候，他总爱用手捻着。

每当她走过来，这几个弟兄总是会围着她。这姑娘因此感到非常激动。她能够让他们的眼睛忽然亮起来，闪闪发光，她能够让他们当中的老大不停地捻着他的胡须，她知道，她只要随便笑笑，只要随便讲几句话，几乎就可以随意指挥他们。他们喜欢听她谈讲各种问题，在她兴高采烈地谈着政治和经济问题的时候瞪眼看着她。而她在她谈话的时候，也注意到安东尼那双像萨梯①一样的金棕色的眼睛正在注视着她。他并没有听她讲话，他要听的只是她说话的声音，这使得她十分激动。

有时候，如果她愿意同他一道到暖房里去，看看那里翠绿一片的植物，看看在绿叶中频频点头的红色的报春花，看看那些紫色、红色和白色的金钱菊，他简直会高兴得像一头小鹿了。她看见什么都要问问，他总是非常细致、非常精确地一点点告诉她，那煞有介事的样子常使她止不住要笑。然而，她对他所讲的一切也的确很感兴趣。他脸上有一种很奇怪的光，那很像拴在花园门口

---

① 萨梯（Satyr），希腊神话中的森林之神，也是所谓的淫欲之神，一般画作羊腿人身。

的那只公羊眼中露出的神色。

　　她和他一起走进温暖的地窖里,在那里的黑暗中,大黄的黄色骨朵儿已经开始露头了。他用提灯照着地上。她看到大黄壮实的、红色的枝干上闪着光的骨朵儿,像一盆火似的从柔软的泥土中慢慢冒出头来。他仰起头看着她,当他大笑着发出一阵悦耳的轻微的马嘶声的时候,灯光照到他的眼睛和他的牙齿上。他看上去是那么漂亮。她的耳朵里似乎忽然听到了一种她从来没有听到过的声音:安东尼的那种悦耳的微弱的马嘶般的笑声;他的胡须向上翘着,眼睛里闪着一种鲜明、冷静、稳定而又傲慢的笑意。在他的动作中似乎总显露出一种胜利的轻快感,她没有办法不让自己做出对他赞赏和亲近的表示。然而,他是那么谦恭,他说话的声音是那么让人动心。在需要爬上矮墙的时候,他把手伸开,让她踩着爬上去。她踏上他的坚实的身体,那充满生气的身体在她的重量之下发出了轻微的战栗。

　　她仿佛生活在一种催眠状态中,随时都意识到他的存在。在她的正常的感觉中,她和他根本没有任何关系。可是,他每次进屋时所表现的那独特的满不在乎的轻松神态,以及他看着她时照射在她身上的那种强有力的冷静、鲜明的光彩,都对她具有巨大的魅力。在他的眼中,也和在那只公羊的淡灰色眼中一样,总仿佛有一种稳定的和白天完全无关的来自月光的炽热的火焰。这使得她变得十分机警,但是,她的思想却像已经熄灭的火焰一样不起作用了。现在她的一切感官都无比敏锐,她完全生活在各种感官之中了。

　　不久后,有一个星期天,她看到他为了打动她的心,穿上了一身十分漂亮的节日服装。他的样子看上去十分可笑。她也就一心老想着他那身僵硬的节日服装的可笑的一面。

　　她在安东尼的问题上常常意识到自己有些对不起玛姬。可怜的玛姬仿佛感到被出卖了似的老是躲在一边。玛姬和安东尼天生就是一对仇人。厄休拉有时不得不带着满腔热情和强烈的怜悯感回到她这位朋友的身边。她的这种做法,玛姬总是稍稍地有些冷淡地接受下来。然后便是读诗,看书和学习代替了安东尼,代替了他的公羊一样的举止以及他的冷静的令人愉快的幽默。

　　厄休拉在贝尔科特的时候,开始下雪了。那天早晨,山杜鹃的枝头都重重地盖上了一层白雪。

　　"咱们出去走走,好吗?"玛姬说。

　　她已经不那么坚信自己的领导能力了,因而只是试探性地提出这么一个问题。她现在对她的朋友已经有所保留了。

他们拿着大门的钥匙走到大花园里。现在这里已经是一片银色世界,天空下阴暗的树木和树丛上都盖满了一层白霜。这两个姑娘走过大院,把她们的足迹留在大院旁的雪地上。门窗紧闭的大院里寂静无声。在大花园很远的那一头,有一个男人正抱着一大捆稻草从雪地上走过。他的阴暗的身影看上去非常小,仿佛是一个什么小动物无意识地在那里移动。

厄休拉和玛姬到处闲逛着,一直来到一条清冷的淙淙流水的小溪边,它在夹岸的雪地中向前流动着,灰色的溪水中漂浮着一团团被冲下的白雪。她们看着一只知更鸟转动着它明亮的眼睛,接着亮开它棕色的和红色的胸脯钻进了树林。接着几只鲁莽的小蓝鸟在地上滚打起来。而那小溪却一直暗暗笑着冷静地向前流去。

这两个姑娘穿过一片白雪覆盖的草地,走到人工挖成的鱼池边去,鱼塘上面已盖着一层薄薄的冰。那里有一棵大树,粗壮的树干上缠满了常春藤。一条条青藤几乎都笔直地垂向地面。厄休拉高兴地爬到这棵树上,坐在浓密的常春藤和一些干枯的小果子当中。有些常春藤的叶子像一把把绿色的匕首向外伸着,尖端上都顶着白雪。在它们的下面还可以看到冰碴儿。

玛姬拿出一本书来,坐在一根较矮的树枝上开始朗读柯勒律治的《克里斯塔贝尔》。厄休拉不十分在意地听着。她此刻心情十分激动,接着她看到安东尼充满自信、微带着得意神态在雪地上走过来。映衬着地上的白雪,他的脸显得像古铜一般,带着充满自信的微笑。

"你来了!"她向他叫道。

他的脸上顿时表现出明确的热情。他猛地一仰头,作为他的回答。

"你在这儿!"他说,"你这样子简直像是你也变成一只小鸟了。"

厄休拉纵声大笑。她这也是对他特有的、似乎能够穿透一切的笛子般的声音做出的反应。

她并没有思念安东尼,可是她现在却是生活在和他有关的他的这个世界中。有一天晚上,当她走过一条胡同的时候碰见了他,于是他们一同向前走着。

"我觉得这个地方真是太美了。"她大声说。

"你真这么觉得吗?"他说,"我很高兴你喜欢这地方。"

他的声音里充满了一种奇怪的自信。

"哦,我对这个地方真是喜爱极了。一个人能够生活在这么漂亮的一个地方,在你的花园里种植一些花草,那他还会有什么不满足的呢?这简直和伊甸园①差不多了。"

"是吗?"他微笑着说,"是的——要说,这地方真不坏。"他开始有些犹豫了,他的眼里露出了更强烈的光亮,他像一个小动物似的瞪着眼看着她,不停地注视着她。她感到有什么东西在她的心里猛地一动。她知道,他现在是要向她提议,让她和他一起在这里住下了。

"你愿意同我一起待在这里吗?"他试探着问道。

恐惧和他的建议所引起的激动情绪使得她的脸完全变白了。

他们现在已经走到了大门边。

"这怎么讲?"她问道,"你也并不是一个人住在这里。"

"我们可以结婚。"他用一种奇怪的冷静的讨好的声音说。这声音简直要让阳光冷得像月光一样了。一切具体的事物似乎都变了一样。暗影和跳动着的月光,以及一切冷冰冰的非人的闪烁着的感觉都变成了真实的东西。她带着某种恐惧的情绪发现,她真是准备要接受对方的请求了。她看来别无选择地要接受他了。这时他把一只手向大门边伸去。她一动不动地站在那里。他的棕色的肌肉显得那么坚实和强健。她似乎忽然受到了某种侮辱。

"我不能。"她违反自己的意愿回答说。

他又发出了一声短暂的马嘶一般的微笑,这一回显得非常悲哀,非常痛苦,同时他拉开了门闩。可是他并没有开门。落日的光辉闪烁在树丛的紫色的枝头,他们在那日光下站了一会儿。她看到他的棕色的美丽的脸,闪出了一阵愤怒、羞辱和承认失败的光彩。他是一头知道自己已经被驯服的小动物。她的心由于对他的感情,由于他向她提出的带有极大诱惑力的请求,由于悲哀和永远无法弥补的孤独感而燃烧起来。她的灵魂变成了一个在深夜哭泣的婴儿。他没有灵魂。噢,她为什么要有呢?他比她显得更为纯洁。

她转过身去,她背着他转过身去,她看到了东方一片离奇的玫瑰色,看到在东方那玫瑰色的天空,月亮在这一片蓝莹莹的白雪之上变得更黄、更可爱了。这儿的一切都是这么美丽,这儿的一切都是这么可爱!而对这一切,他完全无所见,他和它们已合而为一。她却有所见,她和它们也合而为一。她的有

---

① 伊甸园是亚当和夏娃最初居住的地方。这里也就等于说,好比人间的天堂。

所见,把他们无限制地分开了。

他们各自追随着自己不同的命运,一声不响沿着那条小道走去。眼前的树木越来越阴暗,在这个不真实的世界中,积雪现在只是隐约可见了。那一天像一个影子一样已经进入了一个光线微弱的洒满白雪的黄昏,而她却仍然毫无目的地在和他谈着,并和他保持一定的距离,然而也为了使他跟她更亲近。而他却只是迈着沉重的脚步向前走着。他轻轻地为她打开了园门,她现在正走进她自己的欢乐世界,而把他关在门外了。

接下来,甚至就在她要逃避,或者说准备逃避这种感情上的痛苦的时候,第二天玛姬却跑来对她说:

"厄休拉,要是你无意嫁给安东尼,我是不会鼓励他爱你的。这样做很不对。"

"可是,玛姬,我从来也没有鼓励他爱我。"厄休拉感到自己似乎做了一件很下流的事,十分惊愕而又很痛苦地说。

但她是真的很喜欢安东尼的。在她的一生中她还会常常想念他,想起他提出和她结婚的请求。可是她只是一位旅游者,她只是这个地球表面上的一个旅游者。而他却是一个孤立的生物,生活在他自己的获得满足的感官之中。

她是一个旅游者,这一点她自己也无法改变。她了解安东尼,了解他并不是一个旅游者。可是,哦,到最后的最后,她必须不停地前进,去寻求她知道她始终也无法接近的那个目标。

她现在正在慢慢挨过她在圣菲利普学校的第二个,也是最后一个学期。她每过一个月便勾销一个月,先是十月,然后十一月、十二月、一月。她非常仔细地把一个月又一个月的时间这样踢掉,等待着暑假的来临。她看到自己在自己的旅途中已经快转过一圈来了,现在只差很小一段便是一整圈了。然后她就会像一只已经多少学会一些飞翔技术的小鸟一样,飞向开阔的天空。

她眼看就可以上大学了;那就是她的不可知的、宽广的开阔的天空。一到了大学,她就将彻底打破她所熟悉的一切生活圈子。因为,她父亲也准备搬家了。他们全家都准备离开科西泽。

布兰文对他周围的一切从来是漫不经心的。他知道他那设计花边的工作对他本人来讲并没有什么很大的意义,他不过是靠这个挣点工资罢了。他也不知道有什么对他意义更为重大的东西。经常和安娜·布兰文生活在一起,他的头脑里永远充满了肉体上的温暖,他从一个本能向着另一个本能前进,永远摸索着前进。

有人对他说,诺丁汉的教育委员会正准备聘请一些工艺教师,并劝他提出申请,这时他简直仿佛感觉到眼前忽然出现了一片新的空间,他可以从他那闷热、阴暗、让人透不过气来的生活圈子中跳出去了。他非常自信并充满希望地送上了他的申请书。他对自己的超自然的命运一向是很有信心的。长期那种不可避免的令人厌烦的工作,已使得他的肌肉发僵,并使得他红红的机警的脸显出了十分憔悴的神色,现在他可以逃开这种生活了。

他现在还能有各种各样的发展前途,他的妻子对这一点也完全相信。她现在也很愿意改变一下环境。她对科西泽也有些厌倦了。孩子们都已经长大,原来的住房显然太小了。另外,她现在已将近四十岁,她开始从她的母性中觉醒过来,她的充沛的精力慢慢也希望向外寻找出路了。成长中的生命的吵闹声把她从一种麻木状态中惊醒过来。她也要在创造生活方面贡献出自己的一点力量。她十分愿意搬家,带着她的那一大窝一起搬。现在她能够把他们移栽到另一个环境中去,那是再好不过的了。因为她已经生下了她的最后一个孩子,这孩子也已经慢慢成长了。

所以,她现在已和过去不一样,也常常十分安闲地和她的丈夫谈一些计划和安排,至于改变的方法她却是不在意的。既然现在可以改变,那就很好;而且即使现在没有这种改变,将来也还会有别的改变的。

全家人都因此感到非常激动。厄休拉更是兴奋得不知如何是好。她父亲现在终于要变成社会上的一个人物了。这么久以来,他在社会上等于零,没有任何身份和地位。现在他要变成诺丁汉县城手工艺教师了。这是一个很有身份的职位。这就是一种社会地位。他将来在他这一行中可以成为专家。他不是一个普通人了。厄休拉感觉到,现在他们一家终于有了一个立足点。他早就应该占有这种地位的。她所认识的人中还有谁能像她的父亲一样,用自己的双手制造出那么漂亮的东西来?她认为,他是一定能得到这个新职务的。

那他们就得搬家。他们就将离开现在对他们来说已经变得太小的科西泽的那个农舍;他们将离开科西泽,他们家所有的孩子都是在那里出生的,因而在那里他们也就始终受到一视同仁地看待。因为,看着他们从小长大的那些人,把他们和别村的男孩、女孩都一律看待,是永远不会也不可能了解他们将来长大后是会与众不同的。他们一直就把"厄休拉·布兰文"看作是跟他们一样的人,并在本村,就和自己家里一样,给她定下了一个明确的地位。这是一条非常顽固的纽带。可是现在,她既然马上要变成一个科西泽的人既不容许也不能理解的人物,那她和过去与她有关的那些人之间的纽带就会变成束缚她的桎梏了。

"好啊,厄斯勒①,你怎么样?"他们在遇见她的时候总这样说。她还必须用这种土腔土调作出老一套的回答。她心里有一种感觉,认为自己不能不理他们,不能不和这些熟人交往。可是另一种想法又极力反对她这么做。十年前适用于她的情况,在今天就不一定适用了。她现在已经完全是另一种人了,她必须是另一种人,但这一点他们既看不见,也不容许。他们也模糊感觉到了这一点,但这超出了他们的理解范围,因而他们心里感到十分不舒服。他们说,她太骄傲,太自信,如今简直不知道自己吃几碗干饭了。他们说,她用不着那么装模作样,她是什么人他们全知道。他们从她刚生下来的时候就已经认识她了。他们还拿出过去的许多事来议论她。而她就会因为看到自己并无与众不同之处而感到十分难堪。她因为自己已不可能再同过去一样无拘无束地跟他们在一起生活而感到痛苦。可是——可是——一个人在放风筝的时候,你有多长线能放出去,那风筝就能飞多高。它抖着,抖着,慢慢往上飞去,它飞得越远,放风筝的人就会越高兴,不管其他的人会怎样嫉妒、气恼。科西泽阻挠了她,她现在要离开它,她要完全按照自己的意愿去放她的风筝,愿意放多高就放多高。她要离开这里,她要自由地站起来,让自己的身子有多高就站多高。

所以,当她听说她父亲找到了一个新的职位,全家要搬迁的时候,她高兴得大唱大笑,简直感到自己在地球上飘飞起来了。那个古老的束缚着她的外壳科西泽将会被抛掉。她将跳着舞直接冲向那开阔的蓝天。她要跳舞,她要歌唱。

她心中马上浮起了关于她要去生活的那个新地方的种种梦想。她梦想到她将和那里的文化教养很高、具有高尚情操的人们做朋友,她将和那里的贵族们生活在一起,她自己的思想感情也将享受到更大的自由。她梦想到她将结识一个富有的、骄傲的、天真的女朋友,这个女友根本就没见过像哈比先生那一类的人,她说话的声音也不会像玛姬那样带着那么一种藏而不露的轻蔑和恐惧。

---

① 这是将厄休拉的名字用土语发音的结果。

因为她现在马上要离开了,她对于科西泽她所喜爱的一切无不表现出极大的热情。她跑到以前她最喜欢的地方去游逛。有一处属于别人私产的田野,她因为欣赏那里绚丽灿烂的雪花莲,也大胆跑了进去。现在已经是黄昏时候,冬天的阴暗的草原上到处充满了神秘感。她来到一块洼地上,那里的树林里有一棵橡树新近刚被砍掉,在一片榛子树下,一片片白色的花瓣在地上闪着光。在那四处飞散的金黄色的木屑之中,雪花莲的灰绿色的叶子偷偷地伸出头来;低垂着头的各种小花却似乎已经入睡了。

厄休拉在一种狂喜的情绪中摘下了一些可爱的花朵。金色的木屑闪着像太阳一样的黄色的光,在那朦胧的黄昏的光线中,雪花莲简直像是点缀着黑夜的刚露出的星星。她置身其中,由于自己意想不到地进入了这样一个可爱的黄昏景色,到处是令人依恋的小花,地上铺满了在黄昏的光线中像阳光一样闪着光的木屑,她真感到说不出的高兴。她在那个树被砍掉后留下的树桩上坐下来,默默地坐了很久。

她离开那些深棕色的树木,走向一条开阔的大道,准备回家去。在大道上的车辙中,一摊一摊的水坑闪着宝石一样的光彩,四周的土地已慢慢沉入黑暗之中,头上的天空简直像金镶玉琢。啊,这景象是多么动人心魄啊!这简直要让她的感情受不了了。她想奔跑,想歌唱,想为这荒野和这动人的景象欢呼,可是,她不能跑,不能唱,也不可能放声叫喊出她心中的感受。所以她仍然非常安静,这孤独的景象几乎让她感到悲伤了。

复活节的时候,她又到玛姬的家里待了几天。但她变得非常羞怯,似乎有些怕见人了。她见到了安东尼,他那神态多么使人心荡神摇啊!他的眼里露出一种祈求的神态,这使得他显得更美了。她看着他,她一次再次地看着他,她要让他在她的眼中变得更真实一些,可是问题是她自己的自我现在正远在他方。她似乎还另有一个生命。

她让自己的思想转向刚刚来临的春天和即将开放的花朵。在一堵墙边有一棵很大的梨树,树枝上密密麻麻到处是青灰色的小骨朵儿,简直多得数不清。她怀着无比欢欣的情绪站在树前,感到自己内心中忽然有一种十分深刻的感受。在那一片淡淡的绿色的云彩后面,正有许许多多的骨朵等着生长出来——正像有无限的阳光要向大地照射一样。

一周又一周就这样过去了,如在梦中又十分充实。科西泽的梨树在村子的尽头忽然开出了一片白色的花朵,简直仿佛像一片巨浪撞在岩石上溅出的水花。接着,慢慢地,风铃草也开放了,它像一片蓝色的清水静静地停留在树丛之下的平地上,这水越积越多,到最后变成了一片深蓝色的洪流,其中更出现了繁盛的枝叶和尽情歌唱来回飞蹿的小鸟,接着这股洪流又很快退去,看不见了,于是出现了夏天。

今年不可能再到海边去度假了。这个假期要用来从科西泽搬迁。

他们将搬到离威利格林不远的地方去,这地方布兰文认为最适中不过了。这是建立在拥挤的煤矿区边缘上的一个古老的安静的村子。所以,靠着它的许多阳光普照的花园和它那古色古香的景色,对那拥挤、脏乱的煤矿小镇贝德俄弗来说,简直成了一片园林和游乐场所,因而在星期天早晨酒馆开门之前,这里也就成了矿工们散步的好地方。

在威利格林有一所文法学校,布兰文每星期有两个整天要在那里工作,他们正在进行一种教育实验。

厄休拉本想住到威利格林最远的那一头去,那边离南井和谢伍德森林不远。那地方是那么可爱,充满了浪漫气息。可是,一旦进入一个新的世界,那就是进入了一个新的世界。威廉·布兰文必须变得更合时尚。

他用他老婆的钱在贝德俄弗那用红砖建筑的新区买下了相当大的一所房子。这是刚死去的煤矿经理的寡妻修建的一所别墅,这房子正在离大教堂不远的一条新建的小街上。

厄休拉感到很可悲。现在他们并没有更神气起来,却只是跑到这个脏污小镇的边缘上,在一所红砖房子里住下了。

布兰文太太可是非常高兴。新住房的房间更为豪华、宽大——豪华的客厅、饭厅和厨房,另外在楼下还有一间很宽敞的书房。一切都安排得非常美妙。那个寡妇为了让自己舒服,真是毫不吝惜。她本来就出生在贝德俄弗这个地方,她原想要像女王一样在这里进行统治。她的洗澡间的墙壁雪白如银,楼梯都是用栎木做的。她的炉台也是栎木制的,很宽大,下面支着向外鼓出的圆柱子。

总之一句话,一切都是那样"精美而富态"。可是对这种处处表现得过于夸大的富丽形象,厄休拉十分厌恶。她一定要她父亲答应把炉台下面向外鼓出的柱子给凿掉,整个凿平。这个自以为了不起、腆着个大肚子的神态,她非常讨厌。她父亲自己就只不过是一个又高又瘦的人。他要这么多"精美而富态"的狂妄表现干什么?

407

他们也从那寡妇手里买下了相当数量的家具,那倒是一些一般人都很喜欢的好东西——宽大的威尔顿地毯、大圆桌、绣着玫瑰和小鸟的丝绸盖面的长沙发等等。这地方真是阳光充足,气象宜人,通过房子里到处皆是的大窗子,可以一直望到那边浅浅的山谷。

不管怎么说,正如他们的一位朋友曾经说过的,他们现在已和贝德俄弗的上等人住在一起了,他们将代表这一地区的文化。从社会地位来讲,这儿谁也超不过那几位大夫、煤矿经理和药剂师。他们仅靠着他们拥有的代拉·罗比亚的美丽的圣母像,他们的多纳泰洛的可爱的雕像,以及他们的波蒂切利的作品,就能使他们在这里大放光彩。不,他们的那些挂在饭厅、普通会客室的《春》《爱神》和《耶稣诞生》的照片就能使贝德俄弗所有的人目瞪口呆了。

不管怎么说,在贝德俄弗当一位公主当然比在农村当一个普通人要好多了。

布兰文家全部十个人为这次搬家做了充分的准备。贝德俄弗的房子全都收拾好了,科西泽旧房子里的东西也都已拆卸下来。等到这一学期结束的时候,他们便将开始搬家。

厄休拉于七月底离开学校,那时暑假刚刚开始。那天早晨,外面的一切都浸浴在灿烂的阳光下,在这最后一天,自由也总算进入了那所学校的教室。这有点仿佛像学校的墙壁马上就要完全溶化掉似的。现在看上去它们就已经显得模模糊糊不那么真实了。这是学校开始放假的第一个早晨。很快学生和老师们都将走出学校,各奔自己的前程。镣铐已经被砸开,服役的期限已满,这所监狱不过变成了暂时留在他们记忆中的一个影子。孩子们将拿走自己的书籍和墨水瓶,地图也将卷起来,他们的脸上全都充满了喜悦和善意的光彩。他们全都匆匆忙忙洗刷掉在监狱里度过的这一学期在他们身上留下的一切痕迹。他们全都获得自由了。厄休拉匆忙而又急切地在登记表0下她班上学生出勤累计的总人数,她骄傲地写下了那以千计的数字;在前一班里她所教过的学生更是好几千了,这看来真是一个庞大的数字。那激动的时刻在不安中已经慢慢过去。现在一切都已经结束了。现在是最后一次她站在她的孩子们面前,听他们做祷告,唱着赞歌,然后一切就将过去了。

"再见,孩子们,"她说,"我不会忘记你们的,你们也一定不要忘了我。"

"不会的,老师。"孩子们一起叫喊着,脸上堆满了欢笑。

她站在那里,含笑看着他们排队走出去,心里感到十分激动。接着,她发给她班上的小组长每人六便士的补助费,于是他们也都走了。书柜给锁起来,黑板已经擦洗干净,墨水缸和抹布也都收起来了。教室里所有东西都已经收拾得干干净净,全拿走了。她有一种获得胜利的感觉。现在它只剩下一个空壳了。她曾经在这里进行了很长时间的战斗,那战斗也不能说完全没有它可喜的一面。对这间现在像一件纪念物或者一件战利品待在这里的这间冷淡无情的空荡荡的房子,她也怀有感激之情。她曾经付出她的相当一部分生命在这里进行战斗,而且也有所得失。这个学校里有些东西将永远属于她;她的某些东西也将永远属于这个学校。她承认这一点。现在她也该告别了。

在教员休息室里,一些老师在那里闲聊着,或者闲泡着,有些人正激动地谈讲着他们将上什么地方去旅行:上马恩岛,上兰达诺,上亚茅斯。他们像曾经同乘一条船的旅伴一样彼此表现得依依不舍。

然后,该轮到哈比先生对厄休拉发表一通演说了。他的样子看上去很漂亮,银灰色的鬓角,浓黑的眉毛,同时还摆出一副男性的十分沉着的神态。

"是啊,"他说,"我们现在不得不和布兰文小姐告别了,希望她前程远大。我想我们将来还会见面的,我们也一定会了解到她的生活情况的。"

"哦,当然,"厄休拉红着脸勉强笑着,结结巴巴地说,"哦,当然。我一定会来看你们的。"

她马上发现她实在用不着显得这么亲热,她感到自己真傻。

"斯利菲尔德小姐建议送给你这两本书,"他把两本书放在桌上说,"我希望你会喜欢它们。"

厄休拉感到很不好意思地拿起那两本书。这书一本是史文朋的诗集,一本是梅瑞迪斯的作品。

"哦,我会非常喜欢的,"她说,"非常谢谢你,非常非常感谢你,这实在太——"

她说着说着就停住了,满脸通红使劲翻着那两本书,装出当时她就十分感兴趣的样子。实际上她一个字也没有看见。

哈比先生眨巴了几下眼睛,现在只有他还摆出一副很安闲的样子,表示一切都在他的控制之下。他很高兴送给了厄休拉这件礼物,这就对他的教师们表示了一定的好感。一般说来,这是很不易的,因为在他的统治之下,每一个教师几乎都有一种咬牙切齿的感觉。

"是的,"他说,"我们希望你会喜欢经过挑选的这两本书——"

409

他用他那特殊的挑战似的笑容看了她一会儿,然后就转身朝他的书柜走去。

厄休拉感到有些莫名其妙。她把那两本书捧在怀里,表示非常喜欢它们。她同时感觉到,她也很喜欢那里所有的教师和哈比先生。她简直给弄得有些糊里糊涂了。

最后她走了出去。她匆匆看了一眼在强烈的日光下蹲在铺过柏油的庭院之中的学校,看了看她十分熟悉的那条路,然后就转过身去了。她心中感到一阵酸楚,她现在要离开这里了。

"再见,祝你一切顺利,"在路的尽头,最后一个跟她握手的老师说,"我希望你将来再回来。"

他的话实际带着嘲弄的口气。她大笑了几声,随即转身走开。她现在自由了。当她坐在电车顶层上的阳光下的时候,她怀着不胜喜悦的心情向四周观望着,她已经离开了曾经对她至关重要的一切。她决不会再到一个学校去干同样的工作了。多么奇怪!在她无比高兴的情绪中却夹杂着一点痛苦的感觉,这是恐惧的痛苦,而不是悔恨的痛苦。然而,她今天早晨是多么兴高采烈啊!

骄傲和欢乐使她止不住战栗起来,她非常喜欢那两本书。它们对她具有象征意义,它们代表着她在那里工作两年的成果和战利品,那两年,谢谢上帝,总算已经过去了。

书上有校长用他的规规矩矩、十分干净的笔迹写下的一句话:"赠给厄休拉·布兰文,祝愿她前程似锦,并作为她曾在圣菲利普学校工作的值得回忆的纪念。"她现在几乎可以看见小心地抓着那支笔的手,和背后长着一溜儿黑毛的粗壮的手指头。

他在上面签了名,所有的教师都签了名。能够得到所有他们那些人的签名,她感到很高兴。她觉得自己非常喜爱他们。他们都和她一块儿工作过。她从这个学校里带走了一点她永远也不会失去的骄傲。她曾经在这里,作为他们的同事待过一阵,跟他们一起分担过学校里的工作,现在这里的教师们把她看作他们中的一分子,全都为她签名了。她是所有工作人员中的一分子,她已经在男人们进行的建设中放下了自己的一块很小的砖,她已经使自己有资格成为他们的合作者了。

接着,她的家要开始搬迁了。那一天厄休拉起得很早,把剩下的那些东西都捆扎起来。现在正处在割草和收割庄稼之间一段较闲的时候,由沼泽农庄的舅舅那里借来的马车已经来到。东西装上车用绳子捆好。她骑上她的自行车向贝德俄弗赶去。

这所房子是她的。她走进了打扫得很干净的寂静的房屋。饭厅的地上已铺上一层很厚的草垫,草垫很硬,是用漂亮的、闪闪发亮、颜色清爽的干芦苇编成的。墙壁是淡灰色的,所有的门都漆成了深灰的颜色。这时阳光正从那宽大的窗口照射进来,厄休拉对这所房子感到十分欣赏。

她把朝着阳光的门窗全都打开。道路尽头有一块很小的草坪,草坪四周开满了艳丽夺目的鲜花。对面还有一块荒地,她家准备将来还要在上面盖房子。现在没有任何人来。所以她沿着花园向后走,一直走到后墙根去。教堂的八个钟现在刚好在报时,在她周围,她可以听到那个城镇发出的各种各样的声响。

最后,她看到那辆马车在前面的拐角处转弯了,上面高高地胡乱堆着她所熟悉的那些家具,她的弟弟汤姆和特里萨跟在车旁步行着,正为自己从电车的终点站步行了十多英里来到这里而感到十分骄傲。厄休拉给他们倒了几杯啤酒;男人们站在门口大口大口地喝着。第二辆车也到了,后面是她父亲骑着摩托车。接着大家乱哄哄地把那些家具搬上台阶,一直搬到那小草坪上去,然后全都乱七八糟地放在那里的阳光下,看上去非常奇怪而且让人很不舒服。

布兰文为人随和,喜欢寻开心,谁和他一块儿工作都感到很愉快。厄休拉能够帮他决定那些笨重的家具应该放在什么地方,感到十分高兴。她焦急地看着他们吃力地把许多笨重东西抬上台阶,抬过一个个门洞。后来所有的大东西都抬进屋里去了。马车这时又回去了。厄休拉和她父亲一趟一趟地把草坪上的小东西搬进屋里,找好地方安顿下来。到了吃午饭的时候,他们在厨房里吃了一点面包和奶酪。

"行,我们干得很不错。"布兰文十分高兴地说。

又来了两车东西。那天下午整个时间都用来把家具搬上楼去。将近五点的时候,最后一辆车也到了。这辆车由弗雷德舅舅驾着,上面坐着布兰文太太和几个年纪较小的孩子。古德伦和玛格丽特从车站上步行过来。全家都已经来到了。

"好啊!"当布兰文太太从车上下来的时候,布兰文高兴地说,"现在我们全都到齐了。"

"是啊。"他妻子高兴地说。

他们两人之间的简短对话,和那种无声的亲密,使得那些孩子的心中有一种家庭的温暖的感觉,尽管他们站在这个新地方感到有些惊异。

一切都还堆得乱七八糟的,但是,厨房里的火已经生起来,炉火边的地毯已经铺上,水壶已经坐在炉架上,接近日落时候,布兰文太太已经开始在这里准备第一顿晚餐了。厄休拉和古德伦不辞辛苦地在卧室里忙碌着,几支蜡烛也不停地被到处来回搬动。接着厨房里飘来了火腿、鸡蛋和咖啡的香味,于是在一盏煤气灯下,开始了一顿纷纷抢着吃的晚餐。这一家人现在仿佛在一个生疏的地方,全部挤在一个小帐篷里。厄休拉感到自己负有重大的责任,应该去照顾一下半大的弟妹们。最小的孩子始终是跟着妈妈的。

在黑暗中,孩子们躺在床上,既感到十分困倦又感到非常兴奋。过了很久,他们才慢慢不出声了。这一切真让人有一种正进行冒险活动的感觉。

第二天早晨天刚亮,所有的人都醒了:孩子们大声叫喊着。

"我刚醒来的时候,不知道我是在哪儿。"

耳边随时听到市镇的奇怪的声音,还有教堂那些大钟的不停的鸣响,那钟声比科西泽的小钟显得更刺耳,也响得更长久。他们站在窗口,越过前面的另外一些新红砖房子,朝着山谷那边长满树木的小山望去。他们全都有一种开朗的、获得解放的欣喜感,他们进入了一个更广阔的天地,获得了更充足的阳光和空气。

但是,他们马上还得收拾屋子。这一家人都有些漫不经心,不是那么爱整洁。然而,他们既然已经开始要把新房子收拾好,一切也还进行得十分愉快,并且也十分顺利。到天晚时候,这个新家已经大致安顿就绪了。

他们不打算找一个住在家里的仆人,只想找一个早来晚归的女用人。这个女用人他们暂时也还不想找。他们愿意在自己家里想怎么干就怎么干,不想弄一个陌生人来在中间掺和。

第十五章

狂欢的痛苦

在新居里,勤劳的风暴经久不衰。厄休拉直到十月才去上大学。所以,带着明显的责任感,仿佛她必须在这所房子里使自己有所表现;她竭尽一切努力对许多东西一次再次地进行安排,刻意挑选,不遗余力。

她可以用她父亲的一般工具做些木工活和铁工活,所以她整天在那里敲敲打打。她母亲看到事情有人干了,总是很高兴的。布兰文也很感兴趣。他本来一直就对他女儿颇有信心。他自己现在也整天忙着,在花园里给自己安排下一个工作间。

最后,她总算暂时忙完了。会客室里东西不多,显得十分宽敞。地上铺着全家人为之十分骄傲的威尔顿地毯,长榻和大椅子上都蒙着亮闪闪的丝绸,另外还有一架钢琴,一个布兰文自己用泥灰做的雕塑,此外就再没有什么了。这房子太大,给人一种空荡荡的感觉,他们实际上根本用不了。然而,他们想到那儿有一间空荡荡的大房子,总是感到很高兴。

饭厅才是他们的真正的家。那里铺在地上的坚硬的芦苇垫席,使得地面都闪闪发亮,把光线直反射到他们的心窝里;宽大的窗台上照满了阳光,饭桌是那样地着实,一个人想推都推不动,椅子也都非常结实,让它翻个跟斗也坏不了。布兰文所做的那一架大家熟悉的风琴,放在靠墙的一边,看上去显得特别小。碗柜看来大小倒挺合适。这里就是一家人的起居室。

厄休拉独自有一个卧房。这实际原来是下人的住房,小而简陋。这间房的窗户对着后花园,同时还能看见对面别人家的后花园。其中有些古老的花园显得很漂亮,另外有一些却堆满了包装用的木匣子,另外还可以看到一些那边大街上的店铺的后院,或者一些面对着教堂的高级职员或出纳员的漂亮的家。

她现在离上大学还有六个星期。在这段时间中,她紧张地学习拉丁文,并学了一点植物学,偶尔也抽时间学一学数学。她原是作为一个前往受训的教师去上大学的。但是,由于她已经通过了大学入学考试,所以她准备到那里去念完大学的课程,在一年之后,她就可以参加中等学位考试,两年以后就可以参加学士学位考试了。所以,她的情况和一般的中学教师是不一样的。她可以和那些单纯为了受教育,而不是为了受某种职业训练,自己来此学习的学生一块儿活动。她将属于那高一等的学生。

在此后的三年中,她又得多少依靠她的父母。她上学校接受培训是免费的,学校里的一切费用都将由政府支付,此外她每年还可以有几英镑的津贴,那正好可以够她来回的车费和穿衣服的花销。她的父母只要供给她伙食费就行了。她不愿意花费他们更多的钱,他们生活也并不很富裕。她父亲每年只能挣到二百镑,她妈妈的一点积蓄,这次买房子已用得差不多了。尽管这样,他们在生活上还是比较宽裕的。

古德伦已经在诺丁汉上艺术学校。她专攻雕刻。她在这方面很有天赋,她喜欢用泥土做一些小模型、小孩儿或者小动物。她的有些作品已经在城堡学生展览会上展出过,古德伦已经有点小小的名气了。她对那个艺术学校很不感兴趣,一心想去伦敦。可是家里拿不出这笔钱来,此外她父母也不愿意让她独自到那么远的地方去。

特里萨已经中学毕业了。她是一个又高又大、什么也不怕的莽丫头,胸无大志。她愿意就待在家里。别的孩子,除了最小的一个,都上学了。在新的学年开始的时候,他们都将转学到威利格林的文法学校去。

在贝德俄弗又结识了许多新人,厄休拉感到很兴奋。但是这种兴奋情绪很快也就过去了。她在牧师家、药剂师家、又一个药剂师家、大夫家、一位副经理家都吃过了茶——她差不多认识了那里所有的人。她对谁都随随便便的,尽管她自己也认为应该更严肃些。

她步行或者骑着她的自行车把附近的乡村全走遍了。她发现朝着森林去的那个方向,在曼斯菲尔德和南井及沃克撒卜之间的那一带地方非常美丽。可是她来到这里只是为了消遣,随便走走。她的真正的探索工作要等上大学时才开始。

学校开始上课了,她每天坐火车进城。大学里的修道院似的安静气氛慢慢向她逼近了。

一开头,她并没有感到失望。这个修建在一条安静的街道上的石头建筑,四周有草地和菩提树包围着,显得那样地宁静:她感觉到这是一片非常遥远的神秘的土地。她从她父亲那里听说,这建筑式样是非常愚蠢的。尽管如此,它和别的所有的建筑都完全不一样。在这个肮脏的工业市镇上,它看上去相当漂亮,像一件玩具似的。那哥特式的建筑形式也自成一种风格。

她对那安装着巨大石头炉台的大厅,以及支撑着上面阳台的哥特式的拱门都非常喜爱。实在说,那拱门相当难看,炉台面上的雕花石板简直像一些纸板,上面刻着一些家族纹章的花纹,面对着对面的自行车架和暖气片,看上去简直显得庸俗已极。而那贴满飘动着的纸片的宽大的布告牌更使远端的那面墙显得暴露无遗,毫无退路了。但尽管如此,不管它显得多么毫无格局,这里的气氛却能让你回忆起那令人神往的最早从经院开始的教育制度。她的灵魂现在直接飞回到中世纪去了,那时上帝的僧侣们占有着人类的知识,他们也在宗教的迷云中传播知识。她抱着这样一种精神进入了大学。

一开头,走廊和衣帽间的那种寒碜样子使她心里很难过。这学校为什么不全那么漂亮呢?可是她不可能公开承认她这种不满的想法。她现在是站在圣洁的土地上了。

她希望所有的学生都有一种崇高、纯洁的情操,她希望他们所讲的全都是真实的由衷的话,她希望他们的脸上都能焕发出修女和僧侣脸上的那种光彩。

可是天哪,那些女孩子全卷着头发,打扮得花枝招展,整天咯咯嘎嘎说笑个没完。男学生也都显得庸俗可笑。

尽管这样,手里抱着几本书穿过走廊,推开嵌着玻璃的弹簧门,走进一间大教室去,上这个学期的第一课,总会使人感到心花怒放。教室里的窗户是那么高大,无数棕色的课桌,一排排地在那里等着。讲坛后面是一面非常平整的宽大的黑板。

厄休拉坐在相当靠后的一个窗子旁边,向下望,她可以看到已经开始发黄的菩提树,看到店铺的学徒工一声不响地走过那安静的秋日下的街道。那里的那个世界显得是那样遥远,那样地遥远。

在这里,在这巨大的充满耳语声的螺壳中,在这螺壳不停地低声讲述着对过去一切事迹的回忆中,时间慢慢地消失了,知识的回音充满了这跳出时间之外的寂静。

她安静地听着,她十分高兴地,简直是狂喜地挥手写着她的笔记,对她所听到的东西没有任何非议。讲课的人不过是一个传声筒,一个祭司,他穿着黑色的长袍,站在讲台上,那充满这里每个角落的混乱的知识的耳语似乎被他挑选出来编织在一起,因而就变成了他的讲义。

一开头,她尽量不让自己有任何批评意见。她不能把那些教授也看作是人,看作是来上学之前也要吃几块火腿,蹬上他们的靴子的普通人。他们是穿着黑袍子的知识的祭司,永远在遥远的寂静无声的神庙中供职。他们已经受到神的恩宠。只有他们能理解那个神秘世界的开始和终结。

她在听课时有一种离奇的欢乐情绪。教育理论课程她听起来感到津津有味;把各种知识拿来理一理,看看它是如何活动、生活并具有自己的生命的,便能让人感到一种无比的自由和欢欣。读着拉辛的作品她感到多么愉快啊!她不知道这是为什么。可是,当那些剧本的伟大的诗篇如此妥帖,如此谨严地慢慢展开的时候,她仿佛生活在现实中一样,感到一种说不出的兴奋。关于拉丁文,她正读着一些李维和贺拉斯的作品。上拉丁课时那种奇怪的、亲切的、随便闲聊的口气,读点贺拉斯倒是非常合适。可是她从来都不喜欢他,甚至也不喜欢李维。在近于大家坐着闲聊的课堂上,完全没有严肃的气氛。她曾经尽最大的努力力图仍然抓住罗马的精神。拉丁文的东西在她看来慢慢地完全变成了一些闲谈的材料和虚假的东西,纯粹变成了一种言谈举止的问题。

她最害怕的是数学课,讲课的老师说得太快,她的心因而急剧地跳动着,她的每一根神经似乎都绷紧了。但在课外学习的时候,她仍然竭尽全力企图掌握这门知识。

接着是使她感到非常高兴的进行植物学实验的宁静的下午。上这个课的学生不多。她永远是满怀高兴地坐在案前她的高凳上,手边放着她的植物样品、刀片和一些其他的材料。她非常仔细地装上物镜片,仔细对准显微镜的焦距,然后,如果物镜片装得很好,她就可以十分满意地转身把她观察的结果,仔细描绘在记录本上。

她在大学里很快就结识了一位朋友。这个姑娘过去曾在法国住过,她穿着一身朴素的深颜色的衣服,可是却戴着一条非常漂亮的紫色或者是带花纹的头巾。她的名字叫多萝西·拉塞尔,是英国南部一位律师的女儿。多萝西跟一位一直没结婚的阿姨一起住在诺丁汉,只要有空,她总尽力给妇女社会和政治学会做些工作。她为人沉静、热情,一张有如象牙一样的脸,上面齐耳朵盖着一头黑黑的头发。厄休拉非常喜欢她,可是又害怕她。她显得很老练,对自己要求十分严格。可是,她才不过二十三岁。厄休拉常感到她和卡珊德拉①一样,完全是命运的产物。

这两个姑娘建立了一种十分亲密的、严肃的友情。多萝西不论干什么总是全力以赴,从不偷懒。每当上植物课的时候,她总是和厄休拉显得最亲近。因为她自己不会画画,厄休拉能够把显微镜下的剖面惟妙惟肖地画下来,而且画得非常漂亮。多萝西常常跑来跟她学着绘画。

就这样,第一年在毫无旁骛、整天忙于学习的气氛中过去了。她的大学生活可说是像战争一样的艰苦,然而又像和平一样的僻静。

那天早晨她同古德伦一起来到了诺丁汉。这两姐妹不论到哪里都非常引人注目,苗条、强健、热情,而且极端地敏感。在两人中,古德伦更漂亮一些,她那睡眼惺忪、脉脉含愁的女儿态,看上去是那么温柔,然而她的内心深处又显得是那么沉着和稳重。她穿着一身很随便的柔软的衣服,帽子总随便奔拉着,显出一种漫不经心的美。

厄休拉穿衣服可就讲究多了。可是她总显得过于机警,常常看到别人的打扮总十分羡慕,什么都想跟着别人学,所以看上去很不协调,让人简直看着难受。当她只求适意并不去精心打扮的时候,她反倒显得更漂亮些。冬天,穿上一件花呢的上衣,一顶黑皮毛的小帽子,低低地盖在她的热情的、活泼的脸上,她在街上走过的时候,仿佛是由于极度敏感,简直就像在一种悬浮状态中飘浮而过一般。

第一年结束的时候,厄休拉通过了她的中级学位考试,于是在她的紧张的学习活动中稍微有了一点喘息的机会。她松了一口气,全然松懈下来。为考试所进行的准备和精神上的激动,以及渡过这一难关本身所引起的激昂情绪,已弄得她神经十分紧张,心急如火,现在她不免沉入一种轻快的被动状态中,她的意志完全松懈下来了。

她和她家里所有的人一起到斯卡巴勒待了一个月。古德伦和父亲都在那里的暑期手工学校里忙碌着。厄休拉常常是跟她的弟弟妹妹那群孩子在一起。可是,只要可能,她总愿意一个人跑出去。

她站在海岸边向着金光闪闪的海面那边望去,她感到那景象非常美。她

---

① 特洛伊末代国王普里阿摩斯之女,阿波罗向她求爱,赋予她预言能力,后因所求不遂又使其预言不为任何人所信。

417

在自己的心中止不住流泪了。

从那非常非常遥远的空间,有一种激动人心的尚未出生的怀念之情慢慢向她飘飞过来。还有无数的黎明将从那边升起。仿佛从那海的边沿上一切尚未出现的黎明都在向她呼吁,她的整个尚未出生的灵魂也正在为那些尚未出现的黎明哭泣。

当她坐在那里,观望着在柔和的海面迅速飘飞的可爱的光彩的时候,她的心哭泣了。直到后来,她只好用牙齿咬住自己的嘴唇。但抑制不住的眼泪,终于夺眶而出。她在哭泣中又忽然大笑起来。她为什么要哭泣呢?她并不想哭。因为这一切实在太美了,所以她大笑了。因为这一切实在太美了,所以她哭泣了。

她怀着恐惧的心情向四面望望,希望没有任何人会看到她现在的这种状态。

后来有一段时候,海上掀起了滚滚巨浪,她观望着海水向海岸边冲来,她观望着巨浪在无人注意的情况下直冲过来,撞碎在一块岩石上,溅出一片白沫,用那巨大的白色的美覆盖着一切,然后又向远处退去,让那湿淋淋的黑色岩石再次露出水面。啊,当那波浪破碎成一片白沫的时候,它实际只不过是得到了自由!但愿如此!

有时她沿着港口闲遛,看着一些在海上晒黑的水手,他们穿着紧身的蓝色毛衣,在海港的堤岸上闲逛着,鲁莽地、别有用心地对着她大笑。

在她和他们之间慢慢建立了某种关系。她从没有跟他们说过话,或者对他们有任何更多的了解。可是当他们倚在堤岸边,她从他们身边走过的时候,她和他们之间就已经有了某种关系,有了某种急切的、可喜的和痛苦的感情存在。他们当中她最喜欢的是一个蓝色的眼睛上胡乱搭着一片淡黄色头发的年轻水手。他看上去是那样地清新、鲜洁和充满海洋气息,简直不像是生活在这个世界上的人物。

她从斯卡巴勒又跑到她的汤姆舅舅家去。威尼弗雷德已经有了一个小孩,是那年的夏末刚刚出生的。她对厄休拉似乎已经变得很奇怪,很陌生了。在这两个妇女之间,彼此都有一种无法说出口的保留。汤姆·布兰文是一个非常关心孩子的父亲,也是一个十分体贴的丈夫。可是,在他那种安于家庭生活的表现中,总似乎掺杂着一些虚伪的东西,厄休拉再也不喜欢他了。他的天性中一些丑恶的、隐藏着的东西现在已慢慢显露出来,使得他以一种伤感情绪来看待一切。他原是一个什么都不信的唯物主义者,为了实现他这种信仰,他变得充满了人的感情,变成一个对人十分体贴、热情的人,变成一个慷慨的丈夫,一个模范市民。可是他很聪明,决不随便勾起外人的赞赏,时时也完全知道如何去蒙骗他的太太。她并不爱他。但她却很高兴和他一起生活在这种自得其乐的、自我欺骗的状态中;她在各方面都顺从他。

后来,从这里回家的时候,她倒感到很高兴。她还有两年安静的日子好过,她的前途就完全靠这两年决定了。她回到学校去准备她的毕业考试。

可是在这一年中,大学在她眼里已开始慢慢失去光彩了。那些大学教授并非是已经了解生活和知识奥秘的祭司。说到底,他们只不过是处理某些商品的中间人,由于他们对那商品已过于熟悉,他们差不多已经把它全给忘了。什么是拉丁文?——不过只是些关于知识的商品罢了。整个拉丁课又是什么?那也不过是一种卖古董的旧货商店,在那里一个人可以去买一些老古董,并且可以弄清楚某些古董的市场价格;看样子,那些古董总的说来还都是毫无趣味的。这种拉丁古董使她非常厌烦,正像她有时走进卖中国和日本古董的旧货店也感到厌烦一样。"古董"——这个词本身就会让她的心灵完全失去生趣。

她的生活慢慢脱离了她的学习,为什么,她也不知道。可是整个这一套都显得十分虚伪,十分虚假;虚假的哥特式的拱门,虚假的宁静,虚假的拉丁文学,虚假的法国式的庄严,虚假的乔叟的天真。这不过是一家旧货商的店铺,一个人可以到这里来买下为了参加考试所需要的装备。对于整个市镇的许许多多的工厂来说,这不过是一个小小插曲。这种想法慢慢进入了她的心中。这里不是什么逃避城市生活的宗教圣地,也不是什么纯粹为了追求学问的一个与世隔绝的场所。这儿不过是一个小小的收容学徒的店铺,一个人在这里可以学到一套如何赚钱的手艺。大学本身不过是工厂的一个很小的看着不起眼的实验室罢了。

一种让人痛心的、丑恶的幻灭感又一次来到了她的心头,同样是那种她永远无法逃避的黑暗和使人不堪的阴郁,她看到了一切事物之下那永远存在的丑恶的基础。当她那天下午来到学校的时候,雏菊已仿佛是盖在草坪上的一片白沫,阳光下的菩提树是那么葱翠可爱;啊,看着那白沫似的雏菊止不住令人神伤。

因为,她知道,一走进去,一走进大学内部,她就必须进入那虚假的工作间。不论什么时候,它都不过是一家虚假的店铺,一座虚假的仓房,唯利是图是它唯一的目的,它也不生产任何东西。它冒称为了知识的神圣价值而存在。可是,知识的神圣价值已经变成了物质财富之神的走狗了。

她感到自己颇有些萎靡不振。完全出于习惯,她机械地照常学习着。可是她简直感到毫无办法,她几乎完全不能集中自己的注意力了。在下午上盎格鲁-撒克逊历史课的时候,她坐在那里看着窗外下面的景象,对什么贝奥武甫①等等,她一个字也没有听进去。下面的大街上,沿着一排篱笆延伸着铺满阳光的灰色的大道。一个穿着红上衣,打着一把红色阳伞的妇女正在横过马路,一条很小的白狗在她身边跑来跑去。那打着红色阳伞的妇女走过马路来了。她走路的样子有点显得一颠一跛的,身后跟着一个很小的影子。厄休拉着迷似的看着她。那个打着红色阳伞的妇女和那条小哈巴狗不见了——她们哪里去了?哪里去了?

这个穿着红衣服的妇女是在怎样的一个现实世界中行走呢?她又是把她自己封闭在怎样一个已经死去的现实的仓库之中?

这地方,这所大学究竟有什么用呢?关于盎格鲁-撒克逊的知识究竟又有什么用?一个人学了它不就是为了在考试时能够回答问题,因而将来他就可以具有更高的商业价值吗?长时期在这种隐藏着的商业之神的神龛前礼拜,她实在厌倦了。可是,此外世界上还有什么呢?生活不全是为此,而且专门为此吗?任何地方的任何东西,最后都不过是为了进行这样一种礼拜。一切事物的目的不过是为了生产一些俗不可耐的东西,对物质生活形成更大的累赘。

忽然间,她决定放弃法文。她准备专攻植物学来取得学位。这是唯一她认为还活着的一种知识。她已经进入到各种植物的生活之中去了。她对于植物世界的各种奇怪的规律十分感兴趣,在这里她约略看到了某种与人世的目的完全不搭界的活动。

大学是贫瘠而且无用的,它已经变成了完全为最庸俗、最卑贱的商业服务的神庙。她不是已曾前去倾听过知识的声音传回到那神秘的根源时发出的回响吗?神秘的根源!那些穿着长袍的教授提供的商品,最好的也只不过是能

---

① 《贝奥武甫》是大约公元700年流传下来的一部盎格鲁-撒克逊的史诗。主要讲英雄贝奥武甫和妖怪进行斗争,以及最后和一条恶龙双双战死的故事。

够在进行考试的教室里卖得一点更好的价钱罢了;此外,那也都是些陈旧的货色,并不能真值它所想卖得的那个价钱;这他们是完全清楚的。

现在,在学校整个这一段时间中,除了在植物学实验室进行的一些工作——因为那里似乎还有一些令她神往的神秘气氛——以外,她就总感觉到,她是自降身份参与了一种贩卖假珠宝的买卖。

带着愤怒和执拗的情绪,她终于混完了最后一个学期。她真愿意再出去自己谋生。相比起来,她现在甚至觉得布林斯利大街和哈比先生都显得更为真实了。她对伊尔克斯顿学校的强烈仇恨,和大学里的这种无聊生活相比起来,简直算不了什么了。可是她也不打算再回到布林斯利大街去。她要获得学士学位,然后到一个文法学校去当一阵子教师。

她最后一年的大学生涯缓慢地前进着。她现在随时向往着她的毕业考试,并希望快离开这里。现在她几乎已能觉出幻灭的灰烬已使她感到硌硬了。她的下一步还会是这样吗?前面永远有一个光辉灿烂的大门;可是等你向它接近的时候,那光辉灿烂的大门永远只不过是通向另一个丑陋、肮脏、混乱和已经死亡的庭院的门洞而已。前面永远是在蓝天之下闪闪发光的一座山峰,可是等你爬到山顶上,你所看到的不过是另一个充满杂乱的无聊活动的山谷而已。

没有关系!每一个山头总有一点不同,每一个山谷总也有它的一些新的东西。科西泽和她的儿童时代,以及她的父亲;沼泽农庄,沼泽农庄附近的小教堂的学校,以及她的外祖父和她的舅舅们;诺丁汉的中学和安东·斯克里本斯基;安东·斯克里本斯基和在篝火之中的月光下的舞蹈;然后是那段她一想起就不能不感到十分痛苦的时光,威尼弗雷德·英格和开始当教师之前的那几个月;然后是布林斯利大街的可怕的岁月,慢慢又进入比较宁静的生活,玛姬,玛姬的哥哥,直到现在只要她一想起他,他的影响似乎还仍然存在于她的血管之中;然后便是这大学生活,还有现在已经在法国的多萝西·拉塞尔,再下一步便将是再次进入世界之中去了!

这已经可以算得是一部历史了。在各个不同的阶段,她都有完全不同的表现。然而,她永远是厄休拉·布兰文。可这究竟是什么意思呢,厄休拉·布兰文?她并不知道她究竟是个什么样的人。她只知道自己充满了愤恨,对一切都表示拒绝。她随时随地,永远在那里吐出幻灭和受骗在她嘴里留下的灰沙。她只能在有所拒绝中才能坚强起来。她所采取的似乎永远是否定的行动。

　　认真说来，她的真实存在始终也没有完全显露过，而是处在一片朦胧之中。它没有办法在人前透露，它仿佛是一粒埋在土灰中的种子，这个她生存于其中的世界却像一个由一盏灯照亮的光圈。这个完全由人的意识所照亮的区域，她以为就是整个世界：她以为一切都已永远在这里暴露无遗了。然而，她一直都感觉到在那黑暗之中也有一些光亮之点，那些亮点像野兽的眼睛一样闪闪发光，刺透人的心灵，随即又消失了。她的灵魂怀着巨大的恐惧所承认的却只是那外圈的黑暗。至于她生活和活动的空间，却是里面的光亮的区域，在这里火车奔跑着，工厂生产出它们的机器制造的产品，各种植物和动物的生息繁衍都在科学和知识的光辉照耀之下，而这忽然间却变得像一盏弧光灯照耀下的光亮的区域了，在那里面，飞蛾和孩子们在耀眼的光线下，感到十分安全地游玩着，因为他们停留在光明之中，甚至根本就不知道世界上还有黑暗存在。

　　可是，她却能透过黑暗看到一线微光的运动。她看到在黑暗中闪光的那野兽的眼睛，正观望着那夜郎自大的篝火和那些酣睡的人；她感觉到了那篝火的奇怪而愚蠢的狂妄，它公然说："在我们的光线和我们的秩序之外，就什么也没有了"，而且总是把脸朝内，朝向那即将熄灭的火焰，以它照亮一切由太阳、星星和创世主，以及那正确秩序组成的意识，永远不去理睬在四周涌动着的黑暗，以及在它边缘上半隐半现的各种影子。

　　是的，没有任何人甚至敢往那黑暗中扔进一个火把。因为，如果他那样做，他就会被别人活活讥笑和折磨死，他们会叫喊着："蠢材，反社会的恶棍，你为什么无端制造出一种恐惧来扰乱我们？世界上根本就没有黑暗。我们在光明中活动和生活，在光明中享有我们的存在。上帝已经赐给我们永恒的知识之光，我们完全理解，同时也代表着知识问题的最主要的核心。蠢材和恶棍，你竟敢拿黑暗来让我们难堪？"

　　尽管这样，黑暗仍在四周旋转着，带着它的灰蒙蒙的影子一样的野兽和它的朦胧的影子一样的天使，他们，像被排斥掉的更熟悉的黑暗的野兽一样，也全被光明排斥在外了。有些人也曾偶尔瞥见黑暗，看到它支棱着它的鬣狗和豺狼的鬃毛；有些人放弃了对光明的骄矜，在自己的狂妄心情中死去；他们看到了从那豺狼和鬣狗的眼中射出的光芒，并看出那是天使手中的宝剑，在进门口处闪着寒光，也看出存在于黑暗中的那些天使是威严而可怕的，和毒牙射出的光一样不容小觑。

厄休拉在大学度过最后一年时已经是二十二岁。就在那年的复活节前不久，她又得到了斯克里本斯基的消息。在他进入南非战场的头几个月，他曾经从那里给厄休拉写过一两封信，自那之后，他还一直给她寄过一些明信片，不过中间间隔的时间甚至更长了。他已经升了上尉，但他一直都在非洲。现在她差不多有两年多没有得到他的消息了。

她自然常常不免想到他，他仿佛是一个漫长的阴暗、烦躁的日子里黄色的闪着光的黎明。对他的记忆就仿佛是对天刚发白时的光辉灿烂的黎明的冥想。而她现在所占有的却只有那后半天的冷漠、烦躁和空虚。啊，如果他现在还对她一片真心，那她就可以纵情欣赏那熙和的阳光，而不至于遭受那已经破败的一天的折磨、伤害和屈辱了。那他就将会是她的天使。阳光的钥匙掌握在他的手里，直到现在他还拿着。他可以为她打开通向自由和欢乐的大门。不，如果他现在对她还是一片真心，那他本身就会是她的大门，通过那扇门她就可以走进广阔无边、充满幸福和无止境的自由的天空，而那也就是她的灵魂的天堂！啊，他将会为她展开无限前程，让她进入她可以永远称心如意，永远欢乐的广阔无边的空间。

她所唯一坚信不疑的是她对他的爱。这爱情至今仍然完美无缺，光芒四射，而且随时都能引起她的回忆。遇到眼前的事情似乎很不如意的时候。她总会对她自己说：

"啊，我过去真是喜欢他。"仿佛她的生命的最主要的花朵已经随着他一同死亡了。

现在她又听到了他的消息。她的最主要的反应是痛苦。那欢乐，那自动倾泻的欣喜现在已经不存在了。可是，她的意志却惊喜万状。她的意志已经在他的身上扎根了。她的充满激动情绪的旧梦现在又重新惊醒过来。他要来了，那个长着一对神妙的嘴唇，可以让一个亲吻的余味波及宇宙尽头的男人回来了，他是来找她的吗？她不能相信。

   我亲爱的厄休拉，我又回到英格兰来了，但是几个月后我还要出国去。这一次是到印度。我不知道，你现在是否还记得过去我们在一起时的情景。我这里还保存着你的那张小照片，那照片到现在差不多已经六年，你恐怕肯定已经变了。我比那会儿已经足足大了六岁，——自从我在科西泽认识你以后，我一直完全过着另一种生活。我不知道你会不会还愿意见我。下个星期我要到德比去,那时候我一定到诺丁汉来看看,我们可以在一起喝喝茶。你能简单地给我写几个字吗?我等待着你的回信。

安东·斯克里本斯基

厄休拉从学校大厅里的信架上拿下了这封信,在走过妇女更衣室的时候,她就把它撕开了。顿时间,她感到她四周的世界似乎忽然完全消融,她是独自站在无比洁净的天空中了。

她现在应该到哪儿去呢?一个人去待着吗?她飞也似的跑上楼去,从边上的旁门里走进了参考书阅览室。她抓过一本书,马上坐下,想想该怎么写回信。她的心怦怦跳着,两手不停地发抖,似乎在梦中一样。她听到大学里响起了一阵铃声。接着,十分奇怪地又响起了一阵。第一堂课已经下课了。

她匆匆拿出一本练习簿,开始写信。

亲爱的安东,是的,我现在还保留着那个戒指。能见到你我非常高兴。你可以到大学来找我,我也可以到镇上什么地方等着和你相见。你可以写信告诉我吗?你的忠实的朋友——

图书馆里的一个管理员是她的朋友。她发着抖问他能不能给她一个信封。她把信封好,写上地址,就光着头跑出去寄信。在她把信投进邮筒的时候,整个世界马上变成了一个宁静的、暗淡无色的地方,而且也变得无边无际了。她于是悠悠闲闲走回大学,走回她的闪烁着黎明第一道微光的惨淡的梦境中去。

在第二个星期的一天下午,斯克里本斯基来了。自上封信后,她每天早上进学校或者课间休息的时候,都要匆匆跑到信架子上去看一看。有好几次,她偷偷摸摸从众目睽睽的地方拿下她的信,然后赶快把它藏起来跑过大厅。她总是在植物学实验室里读她的信,因为在那里有一个她自己专用的角落。

在已经收到他的好几封信之后,现在他自己来了。他事先约定在一个星期五的下午。那天她围着她的显微镜简直仿佛忙得不可开交,而实际上她根本没有办法完全集中注意力。不过她仍然一刻不停地在那里迅速进行工作。今天她要放在物镜片上观察的是刚从伦敦运来的某种特殊的标本,那位管实验的教授似乎也很激动,老是慌慌张张的。同时,当她对好显微镜的焦距,正看到那绿色的生物隐隐约约躺在一片无边的光明之中的时候,她忽然想起几天前曾和大学里一位物理学女博士弗兰克斯通进行过的一段谈话,因而感到十分不安。

"不,那可不对,"弗兰克斯通博士说,"我看不出我们有什么理由把生命看作是特别神秘的东西,你说不是吗?我们不了解生命,正如我们不了解电一样,可是那并不能使我们有理由说电是一种特殊的东西,是和宇宙间其他一切东西毫不相干、截然不同的东西——你认为可以这样说吗?那么生命为什么就不可能也不过是由更复杂的物理和化学活动所组成,那种活动和我们通过科学研究已得知的其他活动完全属于同一种性质?我实在看不出,我们有什么理由把生命,而且只有生命,看作一种特殊的东西。"

那次谈话在一种不肯定的、不确切的、惶惑的气氛中结束。可是目的呢,目的到底是什么?电没有灵魂,光和热也没有灵魂。难道她自己和那些东西一样,也是一种没有人性的力量,或者多种力量的复合体吗?她安静地看着躺在显微镜下光亮中的单细胞生物的影子。它显然活着。她看到它在活动——她看到它的十分明亮的纤毛的活动,她看到它在滑过那光亮的平面时露出的细胞核的光亮。那么它的意志是什么呢?如果它只是一种物理和化学能量的复合体,那么是什么东西使这些力量合而为一,又是为了什么目的才使它们合为一体的呢?

究竟是为了什么目的,这些无法捉摸的物理和化学活动才会在她的显微镜下结成这隐隐约约可以自己活动的一个黑点呢?是一种什么意志使得它们集结在一起,同时创造出她可以看到的这么一件东西?它的打算是什么,就为了表现它自身吗?难道它的目的就仅只是一种机械活动,并仅限于它自身之内吗?

它的意图只是为了自身的存在。可是什么自身呢?忽然间,在她的头脑中整个世界散发出了奇异的光彩,像显微镜下的那个生物的细胞核一样,散发出一道强烈的光线。忽然间,她不自觉地进入闪着强烈光辉的知识之光中了。她完全不能理解这一切是怎么回事。她仅只知道,这绝不是一种有限的机械的能量,也绝不是仅仅为了自我保存和自我体现这样一个目的。这是一种完美的境界,一种无限的生命。自我和无限是同一的。自我的存在就是无限的最崇高、最光辉的胜利。

厄休拉犹豫彷徨地坐在她的显微镜前面出神。她的灵魂在这个新世界中忙碌着,忙得不可开交。在这个新世界中,斯克里本斯基正在等着她——他会等着她的。她现在还不能走,因为她的灵魂暂时还分不开身,很快她就会要走的。

一种像步入死亡一样的宁静抓住了她的心。远处,在走廊下面她听到表明五点的钟声。她一定得走了。可她仍然安静地坐着。

别的学生正收起桌上的工具,把他们的显微镜收拾起来。屋子里马上是一片混乱。窗户外边,她看到学生们胳膊下夹着大堆的书,交谈着,全都喊喊喳喳交谈着,走下楼梯去。

她现在也急于赶快离开。她也希望快点走。她对于这物质世界感到恐惧,对于她自己所经历的形态上的变化也感到恐惧,她希望赶快跑去会见斯克里本斯基——那新的生活,新的现实。

她匆匆擦净她的几块物镜片,把它们放回盒子里去,把她的那一段地方收拾干净。她显得很活跃,十分活跃,非常活跃,她希望赶快跑去会见斯克里本斯基,赶快——赶快。她不知道她要去会见的是什么,可是,这将是一个新的开始。她必须赶快。

她快步走过那一段楼道,手里拿着她的刀片、笔记本,围裙搭在一只胳膊上。她昂着头,脸上显出十分紧张的神情。他可能没有来。

走出楼道,她马上就看见了他。她马上就能认出他来。可是,他却显得那么陌生,他似乎十分缺乏自信,畏缩地站在那里。她看到受过很好的教养的年轻人竟会这样,使她不禁感到害怕了。他站在那里,仿佛希望不要被人看见似的。他的衣服穿得十分讲究,她决不会对自己承认她当时感到一阵寒战,仿佛猛地接触到寒霜上的阳光一样。这就是他,那个新世界的钥匙和核心。

他看见她,这个细瘦的姑娘穿着一件白色的法兰绒上衣和颜色很深的裙子,从大厅里跑过来,脸上带着那么一种心不在焉的神态,同时闪烁着一种难以理解的光彩,他先是一惊,接着又感到非常激动。他马上忸怩不安起来。大厅里还有许多别的学生在来回走动。

当她向他伸过手去的时候,她仰起她的盲目的不知所措的脸大笑了。他当时对她也完全看不清了。

不一会儿,她就跑开去拿她出门用的东西。接着,他们还像她当年在学校里的时候一样,一块儿步行着到镇上去喝茶。他们还到原来的那个茶馆去。

她看出他和从前大大不同了。那种亲密的态度,旧日的亲密关系还依然如故,可是他现在已经属于和她的世界完全不同的另一个世界了。这有点仿佛是他和她已彼此同意暂时休战,现在他们是在休战期间相会了。在他们相见的头一分钟里,她就模模糊糊地感到,他们是在休战时期相见的两个敌人。他的任何一言一行都是和她的生活格格不入的。

然而,她仍然非常喜爱他的娇嫩的脸和他的娇嫩的皮肤。他现在身体显得更强壮一些,脸色也黑了一些,他现在已经完全成人了。他想,正是因为他已经变成了一个男子汉,所以使他显得更生疏了。在他还只是一个活泼的小青年的时候,他对她更亲近得多。她想,一个男人大约不可避免总会变得这样陌生而疏远,总会具有另一个冷漠的生命的。他谈着话,但并非对她而发。她急于想跟他谈话,可是却似乎没有办法能让他听见。

他仿佛是那样地稳重和自信。他的存在仿佛就是自信的化身。他是一个很好的骑手,所以在他身上总有一种骑士的自信和对任何事随时做出明确决定的习惯,同时也有那种骑士的阴暗心情。但是,他的灵魂却因此更显得模棱两可,彷徨不定了。他仿佛是由许多习惯的行动和决定组成的。这个人的易受攻击的随时变化的痛处任何人是无法接近的。她对这一点就完全一无所知。她只能感觉到他所具有的那种阴森的难以改变的动物的欲念。

是这种他所怀有的麻木的欲念把他带到她身边来的吗?她感到惶惑不解。他所表现的某种不可救药的固执刺伤着她的心,使她产生一种冷冰冰的绝望的感情,她因此感到恐惧。他需要的是什么呢?他的欲念是那样深藏在心中。他为什么不肯自己承认呢?他所需要的到底是什么?他所需要的只能是一种无名的东西,她止不住不寒而栗了。

然而,她却不时闪烁出激动的光彩。他通过他的阴森的、深藏着的男性的灵魂,现在正跪在她的面前,并在那模糊的光线中使自己完全暴露无遗。她战栗着,那黑色的火焰也正烧遍她的全身,他跪在她的脚边等待着,他已经毫无办法,静等着她发落。她可以接受他,也可以拒绝。如果她拒绝了他,那他身上便会有什么东西马上死去。因为对他来说,这是生与死的问题。可是,所有这一切必须永远保留在黑暗之中,明确的意识什么也不能承认。

"你在英格兰,"她说,"打算待多久?"

"我也不敢肯定——可我想最晚不能超过七月。"

接着他们俩都沉默着。他现在在英格兰可以待上六个月。他们之间还有一个六个月的空间。他等待着。同样的那种生铁一般的死板又占据了她的心,仿佛整个世界都不过是用钢铁铸成的。要想让血肉之躯适应这铸铁一般的安排是没有意义的。

她很快就使自己的想象和当时的处境完全适应了。

"你在印度已经被委任明确的职位了吗?"她问道。

"是的——我只有六个月的假期。"

"你愿意那样待在国外吗?"

"我想是的——那儿有非常丰富的社交生活,有各种各样的活动——打猎,打马球——你始终可以有一匹好马——而且有许多工作可做,简直是做不完的工作。"

他随时都尽量避免正面回答问题,他永远在那里逃避自己的灵魂。可以想见,他在国外,在印度将度过的舒服日子——作为强加在一个古老文明之上的统治阶级的一员,把自己看作是那较低下的文明的主人,任意作威作福。这是他自己选择的道路,这样他仍将变成一个贵族,拥有权力和责任,把一个毫无办法的巨大的民族置于自己的统治之下。作为统治阶级的一员,他就可以献出自己的全部生命,以求推进和实现这个国家的一些较高的理想。他在印度有真正的工作可做。那个国家的确需要他所代表的那种文明,它需要他的道路,需要他所代表的智慧和知识。他是会到印度去的。可是那不是她的道路。

然而,她仍然很爱他,爱他的身体,以及他所做出的任何决定。他似乎需要从她那里得到什么。他现在正等待着她做出决定。这个决定,在他第一次吻她的时候,她早就已经做出了。善和恶也许还有个结束的时候,但他却永远是她的情人。她的意志是永远不会松懈的,尽管她的心和灵魂一定会被囚禁起来,趋于沉默。他尽量照顾着她。她完全承认了他们的关系。因为他现在已经回到她的身边来了。

在他的脸上,他的细腻、平滑的皮肤上,他的金灰色的眼睛里都出现了一种光彩,一种因为和她的亲密关系而焕发的光彩。他已经燃烧起来,已经浑身着火,像一只猛虎一样,变得那样光辉灿烂,富丽堂皇。他那无比灿烂的光彩也反照在她的身上。她的心和灵魂已经在下边被封闭起来,隐藏起来。她完全脱离了它们的羁绊。她决心要获得纵情的欢乐。

她像一朵花一样,骄傲地挺起了身子,用自己的适当的力量,使自己向外伸张。他的温暖增强了她的活力,他的在和别人对比之下似乎显得格外耀眼的形式美,使她感到十分骄傲。这似乎是对她的一种顺从的表现,使她感觉到，仿佛她在他的面前代表着人类的一切最美好的花朵。她现在已经不仅仅是厄休拉·布兰文了。她是一个女人，她是人类中全部女人的化身。她无所不包，无所不在，那她怎么能够完全受个性的限制呢？

她感到无比幸福。她决不愿意离开他，她和他同在。谁能够把她拉走呢？

他们从咖啡店里走了出来。

"你想干点什么吗？"他说，"我们现在可以上哪儿去玩呢？"

这是三月里的一个阴暗多风的夜晚。

"也没有什么可玩的。"她说。

这正是他所希望的回答。

"那么让咱们散散步吧——咱们往哪儿散步呢？"他问道。

"咱们到河边去走走，好吗？"她不好意思地提议说。

一转眼，他们就爬上一辆电车，往特兰特桥那边去了，她感到高兴极了。一想到他们马上可以沿着春潮新涨的河岸边，踏着永远没有尽头的草坪在黑暗中散步，不禁马上感到欣喜若狂。阴暗的河水一声不响地在那庞大的永远不得安宁的黑夜中流过，使她感到实在说不出的激动。

他们走过那座桥，然后往下去，渐渐远离开了大路上的灯光。一走进黑暗中，他就马上握着她的手，他们一声不响地向前走着，只听到他们的脚步踏在黑暗上的微弱的声响。在他们的左边，那市镇显得雾气腾腾，眼前有一些显得很奇怪的灯光，耳边也听到一些奇怪的声音。树叶在风中沙沙作响，桥洞下面也有一阵阵的晚风吹过。他们紧挨在一起走着，强有力地连接在一起了。他紧紧地搂住她，用一种细腻、羞怯和强大的热情搂抱着她，仿佛他们之间有一种只有在浓密的黑暗中才生效的秘密协定。这浓密的黑暗就是他们的宇宙。

"现在一切还像过去一样。"她说。

然而，事实上现在已和过去完全不一样了。但不管怎样，他的感情是和她完全一致的，他们有着同样的思想。

"我知道我终于会回来的。"他最后说。

她不禁哆嗦了几下。

"你一直都非常爱我吗？"她问。

如此直率的一个问题未免把他难住了，他稍稍停了一会儿。无边的黑暗不停地从他们身边滑过。

"我不能不回到你的身边来。"他仿佛被催眠似的说，"在和我有关的一切事情的后面总有你的影子存在。"

她像命运一样怀着胜利的感情沉默了。

"我爱你,"她说,"永远爱你。"

黑色的火焰在他身上燃烧起来。他必须把自己完全奉献给她,他必须把作为自己基础的一切都奉献给她,他紧紧地搂着她,他们一声不响地向前走着。

她忽然猛地一惊。她听见了有人说话的声音,在一片黑暗的草地那边的水闸边显然有人。

"那不过是一些情侣。"他柔和地对她说。

她睁大眼睛,看着一带围墙边的两个黑色的影子,简直觉得那黑暗中似乎有人居住。

"只有情侣们才会在这样一个夜晚跑到这儿来。"他说。

然后,他就用一种低沉的颤抖着的声音对她讲到非洲,讲到那离奇的黑暗,那离奇的血腥的恐惧。

"对英格兰的黑暗我一点也不害怕,"他说,"我感到它是那样地柔和和自然,特别因为你现在在这里,它更成了我的好友。可是在非洲,黑暗却显得那么凶恶,并充满了恐怖。不是对任何东西的恐惧——就只是一种说不出的恐惧。黑暗会钻进你的鼻孔里去,而且带着血的气味。黑人们完全知道这一点,他们崇拜它,真的,崇拜黑暗。有时你几乎感到喜欢它——喜欢那恐惧,它能刺激你的神经。"

她又为他感到无比激动了。她现在感到他只不过是从黑暗中发出的一个声音。他一直不停地用一种低沉的调子跟她讲着非洲的情况,使她有一种奇怪的,激动的感觉:他所讲的那个黑人,用他的散漫的柔情似乎可以像澡盆里的热水一样把一个人完全包裹起来。慢慢地,他把充满在他自己血液中的火热、富饶的黑暗也传到了她的身上。他显得是那么奇怪地神秘。定要毁掉整个世界。他用他的柔和的、嘲弄的、战栗着的声调急切地讲着话。他需要她回答,需要她理解。一个庞大而充实的黑夜似乎要来临了。在这具有无限生殖力的黑夜之中,一切物质的每一个分子都会增殖、变大,都会秘密地燃起生殖的欲念。她战栗着,紧张地战栗着,几乎感到痛苦了。渐渐地,他不再对她讲非洲的情况了。他们沉默下来。沿着河水高涨的河岸,在黑暗中漫步着。她的肢体充实而紧张,她感到,它们肯定是由于一种低沉、深刻的战栗在颤动着,她几乎迈不开步了。黑暗的深沉的战栗只能感觉到,不能听到。

忽然间,在他们正朝前走着的时候,她对他转过身来紧紧地抱住了他,仿佛她忽然化作钢铁了。

"你爱我吗?"她痛苦地大声说。

"我爱你,"他用一种简直不像他的奇怪而又含糊的声音说,"是的,我爱你。"

他似乎很喜欢包围着她的那个有生命的黑暗。她现在是在那强大的黑暗的拥抱之中了。他紧紧地抱着她,非常温柔,永远是那样地温柔。这是命运的永不松懈的温柔,是旺盛的生殖能力的永无止境的温柔。她战栗着,像一件被敲打着的金属物品一样战栗着。可是他一直都抱着她,温柔地、永无止境地像黑暗一样包围着她,像黑夜一样无所不在。他吻她。她仿佛感到自己正被毁灭,被粉碎一样地战栗着。那发光的小舟战栗着,在她的灵魂中破碎了,那灯倒下了,挣扎着,然后是一片黑暗。她现在已经在一片黑暗之中,没有了意志,仅只剩下了那接受的意愿。

他吻着她,那是一种包容一切的温柔的亲吻。她对他的亲吻做出了全面的反应,她的思想,她的心灵已经完全不存在了。像黑暗拥抱着黑暗一样,她紧紧地拥抱着他,尽全力使自己进入他的一连串的亲吻,把自己压下去,压向他的亲吻的泉源和核心,让她自己为他的温暖的充满生殖力的亲吻所覆盖,所包围,让那亲吻遍布她的全身,流过她的全身,完全盖住她,流向她身上的最后一根神经,这样他们就可以变成一股河水,一种黑暗的生殖力。她将张开她的嘴唇把它们紧压在他的生命的最后的根源上,这样她就可以紧抓住他的生命的核心。

他们就这样在那至高无上的黑暗的亲吻中战栗着,这亲吻已经同时战胜了他们两人,使他们屈服,把他们合成了那流动着的黑暗的一个充满生殖力的核心。

这是一种无边的幸福,这是一种使那充满生殖力的黑暗具有核心的过程。那小舟由震动而趋于粉碎,于是意识之光跟着熄灭以后,便只有黑暗统治着一切,便只有了那无法述说的美满。

他们站在那里,完全沉浸在毫无节制的亲吻的幸福中。他们亲吻着,从中吸收无穷的幸福,而它似乎永远也不会枯竭。他们的血管跳动着,他们的血合在一起汇成了一股洪流。

一直到后来,慢慢地,一种睡意,一种沉重的感觉压上了他们的心头,他们感到困倦。从这困倦之中,又透出了清醒的意识的微弱的光亮。厄休拉意识到自己已经在黑夜的包围之中,近处是拍打着河岸的奔流的河水,树木在疾风中发出一阵阵的吼叫和沙沙声。

她始终紧挨着他,和他紧贴着身子,可是她越来越有了自己的清醒的意识。她知道,她一定得去赶火车了。可是她怎么也不愿意脱开同他的接触。

最后,他们完全清醒过来,准备走了。他们现在已不再存在于毫无破绽的黑暗之中了。那边是一座闪着光的桥梁。河那边可以看到点点灯光,在他们前边和右边,整个市镇照得满天通明。

但尽管这样,他们的阴暗的、柔和的、无可怀疑的身躯却仍然完全在光线之外行走着,仍然在至高和傲慢的黑暗之中。

"这些愚蠢的光亮,"厄休拉在她那阴暗的傲慢之中,暗暗对自己说,"这愚蠢的、人为的、自我夸大的市镇正散发出它的光亮。它实际上是并不存在的,它不过像黑暗的水面漂浮着的一滴油迹反射出的光亮一样,停留在无边的黑暗之上,可那又是什么呢?——空无一物,完全空无一物。"

在电车中,在火车中,她都有这种同样的感觉。那灯光,那式样相同的城市建筑不过是一些小玩意儿。那些坐着车或者行走着的人不过都是些剥露出来的空衣服架子罢了。在他们的假作镇静,仿佛煞有介事的暗淡无色的呆笨伪装之下,她可以看到包容着他们所有那些人的那股黑色暗流。他们全都像一些用纸做的船只在活动着。可是实际上他们每一个人都不过是盲目的、急切前进的黑暗浪头,由于同样单一的情欲变成一片黑暗了。所有他们的谈话和他们的行为都是虚假的,他们全都是靠衣服装扮起来的一些下等生物。她现在忽然想起了隐身人,他就是靠他的衣服才能让人看见的[①]。

在接下去的几个星期中,她一直都仿佛始终存在于那同样富饶的黑暗之中,她的眼睛像一头野兽的眼睛圆睁着,一种离奇的似笑非笑的神态仿佛一直在对她身边那装模作样的人生表示嘲弄。

"你们都是些什么,你们这些苍白的市民?"她的闪闪发亮的脸似乎在说,"你们这些穿着绵羊衣服的被制伏的畜生,你们这伪装成社会动力的原始的黑暗。"

[①] 这里的"隐身人",即威尔斯的长篇小说《隐身人》中的主人公。这里所讲正是书中所描写的情景。

她始终在一种可感知的下意识中活动着,对其他一切人的现成的、伪造的白日的光明表示嘲弄。

"他们像穿衣服似的,各自佩戴着自我的标志。"她带着轻蔑的表情看着那些僵硬的失去性别的人,暗暗对自己说,"他们想着做个职员或者教授,要比做个存在于潜在的黑暗之中的阴暗、无用的生物好得多。你以为你是个什么?"当她在教室里面对着那位教授坐着的时候,她在心中暗暗问道,"你以为你是个什么,坐在那里神气活现地穿着你的长袍,戴着你的眼镜儿?你不过是一个已闻到血腥味的暗藏着的生物,从丛林的黑暗中向外张望,为了满足你的情欲,正用鼻子在四处嗅寻。你实际就是那个,尽管谁也不相信这一点,你自己更是绝对不会承认。"

她的灵魂对一切伪装都大加嘲弄。至于她自己,她仍在那里不停地伪装着。她尽量打扮自己,把自己装扮得十分漂亮,也照常上课,并记下笔记。但这一切都是在一种肤浅的、嘲弄的心情中进行的。她完全了解他们的那一套二加二等于四的鬼把戏。她完全和他们一样聪明。可是注意!——她会对他们的那一套什么知识、学问或者高雅的举止等猴子的把戏在意吗?她丝毫也不在意。

还有那个斯克里本斯基,和她自己那个阴森的具有生命的自我。在学校外边,那外在的黑暗之中,斯克里本斯基正等待着。在那黑夜的边沿上,他是那样地认真。他真在意吗?

她像在黑夜中发出刺耳嗥叫的一头豹子一样的自由。她有她自己强有力的流动着的阴暗的血液,她具有那闪着光的生殖的核心,她已经有了她的配偶,她的伴侣,她的进行生殖的合作者。所以,她已经什么都有了,什么也不缺了。

斯克里本斯基一直都待在诺丁汉,他也完全获得了自由。在这个市镇上,他谁也不认识,他完全不需要装出一副彬彬有礼的样子,他完全是自由的。而他们的电车、市场、剧院和酒馆,在他看来都不过是一个摇动着的万花筒,他像一头躺在笼子里的狮子、老虎,正眯缝着眼睛看着在笼子外面经过的人群,看着那万花筒世界的不现实的人;或者像一头眨巴着眼睛的豹子,全然不理解地观看着一些饲养员的各种表演。他对这一切都十分厌恶——这一切都根本不存在。他们的好教授,他们的好牧师,他们的好的政治演说家,他们的规规矩矩的好女人——他感到他的灵魂总在那里暗暗发笑,一看见他们就止不住发笑。他们全都不过是正在表演的木偶,全都是用木头和布片做出来为了表演的!

他注视着那个公民,那个社会支柱,那个模范人物,并看到了他那挺直的两腿。这双腿由于希望做出木偶的动作已经几乎硬得像木头一样了。他还看到为了适合木偶的活动而特制的那条裤子。那是两条人的腿,可是那人的腿已经变形,变得僵硬、丑陋,只能做一些机械动作了。

现在他一个人单独待着,他感到说不出的快乐。他脸上总是满面春风,他现在再没有必要去参与别的人的那种当众表演的把戏了。他已经发现了进行自我探索的门路。他已经像一头直接逃回丛林中的野兽,逃开了那表演场所。在一家安静的旅馆里占有一间房,他还租了一匹马,可以骑着它到乡村去,有时就在一个村子里过夜,到第二天再回来。

他感到他自己非常富饶而且充实。他干的每一件事都是一种使他醉心的欢乐——不管是骑马,或者散步,或者躺在阳光之下,或者到酒馆里去喝酒,全都一样。所有的人,所有他们所讲的话,对他都毫无用处。在任何事物中,他都能够获得使他开心的欢乐。对他自己,他具有一种使他心醉的富饶的感觉,他更感到他所生存的无边的黑暗具有无限的生殖力。至于所有的人的那种木偶般的形态,他们的木头一样的机械的声音,他距离它们都非常遥远。

因为他常常要去和厄休拉会面。他们经常会见,下午她根本不上学校,只是和他一起去散步,或者他们坐上一辆汽车,或者乘一架轻便马车一块儿到农村去,然后把车留下,他们自己到树林里去游逛。他还不曾占有过她。出于微妙的本能的需求,他们总是充分地享受着每一个亲吻、每一个拥抱、每一次亲密接触所带来的欢乐,下意识地完全知道,那最后一幕就要开始了。那将是他们最后进入创造的源泉的时候。

她把他带回家去,让他在贝德俄弗她们家里度过了一个周末。她非常喜欢让他在她们家待一阵。说来真是奇怪,他和他那别有深意的含笑的神态,和她们家的整个气氛看来是多么协调啊。他们全都喜欢他,他是他们的一个亲人。他的有趣的玩笑话,他故意假装的那种热情、奢侈逸乐的讥讽神态,使得布兰文全家人都为之倾倒。因为整个这一家经常是在黑暗之中战栗着,现在他们回到家里,暂时抛开那木偶的表演,懒洋洋地躺在阳光之下了。

他们所有的人全都有一种自由的感觉,有一种接触到黑暗的暗流的感觉。然而在这里,在他们家里,厄休拉却感到非常厌恶。这完全不合她的胃口,她知道,如果他们了解到她和斯克里本斯基之间的真正关系,她的父母,特别是她的父亲,一定会气得发疯。尽管十分微妙,她仿佛已变得和任何一个别的被男人追求的女孩子一样了。而她实际也是和任何一个别的女孩子完全一样的。不过在她身上,对于社会欺骗的仇恨情绪在目前可说是无所不在,而且已经到家了。

那一天,她无时无刻不在等待着他再来吻她一吻。她既羞愧又感到无比幸福地完全对自己承认了这一点。她几乎是有意识地等待着。他也等待着,不过,直到真有机会亲吻以前,他并没有明确地那么想。等到机会来临的时候,他一定要再次亲吻她,如果阻止他,那简直会造成对他的毁灭。如果有一个机会无缘无故地错过了,他就会感觉到他的肌肉变成了死灰的颜色,一种像死尸一样的无聊情绪重重压在他的心头,他简直感到自己已经不存在了。

最后,他终于和她有了一次无比完美的交合。那天,天非常黑,又是一个多风的沉闷的夜晚。他们走进了通向贝德俄弗的一条胡同,然后朝下面山谷里走去。他们已经亲吻了很久了。后来彼此沉默下来。他们站在一个悬崖的边沿上,下面是无边的黑暗。

在黑暗中走出胡同以后,下风处是一片黑暗的空间,山下的火车站灯光闪闪,远处的岔道上传来火车发出的扑哧扑哧的声音,更远处大风吹来一阵阵轻微的克啷克啷克啷声,贝德俄弗边沿上的灯光照亮了对面漆黑的小山,沿着铁路线林立的炼铁炉冒出一排红色的火光。这时他们开始迟疑着不肯前进了。他们很快就要走出黑暗,走到有光亮的地方去,这仿佛是又走回去了。这给人一种落空的感觉。他们俩在黑暗的边沿上徘徊,观看远处机车上的灯亮,战栗着,不甘心再往前走了。他们不能又回到人世上去——他们不能。

就这样犹犹豫豫地他们最后来到路边一棵大橡树的下面。新叶葱翠的大树在狂风中吼叫,它的树干的每一条纤维都强有力地、雄健地在风中摇晃不已。

"咱们在这儿坐一会儿吧。"他说。

在那几乎看不见,然而却以它的强有力的存在覆盖着他们的那吼叫着的大树的顶盖之下,他们躺了一会儿,观望着对面黑暗中闪烁的灯光,并看到一列火车迅速在他们所在的那黑暗的田野边沿上迅速驶过。

然后,他转过身去吻着她,她等待他。那疼痛正是她所需要的疼痛,那痛苦正是她所需要的痛苦。她似乎完全腾空,和那黑夜的强有力的战栗融为一体了。那个男人,他是谁?——他是环绕着她的一种黑暗的强有力的战栗。她仿佛随着一股黑暗的风飘走,远远地飘进了远古的黑暗的天堂,飘进了原始的不朽的境界。她进入了那不朽的黑暗的田野。

当她站起来的时候,她感到说不出的自由和强健。她丝毫没有羞怯的感觉,——她为什么要感到羞怯呢?他在她的身边走着,这个曾经和她在一起的男人。她占有了他,他们已在一起了。至于他们刚才上哪里去了,她不知道。可她感到他似乎获得了另一种天性。她已属于刚才他们已经跳进去的那个永恒的,永远不变的世界。

她的心灵完全知道,也根本不在乎那处于人为的光亮之中的世界会有些什么想法。在他们走上越过铁路的便桥的台阶的时候,他们遇见了下火车的旅客。她感到她自己属于另一个世界,她在从他们身边走过的时候,丝毫也不曾受到干扰,因为在她和他们之间已完全被黑暗隔开了。在她走进家里被灯光照亮的饭厅时,那里的灯亮和她父母的眼神都根本无法透进她的意识中去。她那个日常生活中的自我仍依然如故。她只不过又有了一个更强大的曾经接触到那黑暗的自我罢了。

那存在于黑暗中和黑夜的骄傲之中的离奇的分割力量始终也没有离开过她。她从来也没有像现在这样对自己更为自信。她根本不可能再想到任何人——甚至那个人世的年轻人斯克里本斯基——还能和她的那个永恒的自我发生任何关系。至于她的短暂的过着社会生活的自我,她在各方面完全听其自便。

她的整个灵魂已经和斯克里本斯基纠缠在一起了——但这不是那个尘世的年轻人,而是那个尚未表现出任何差异的人。她现在对自己已经十分自信,她是绝对的坚强,比全世界任何人都更坚强。全世界的人并不坚强——而她却很坚强。整个世界只是在次要的意义上存在着:——她的存在却是绝对的。

她照常继续在学校里上课,例行公事地做完她的功课。但这只是为了掩盖她的阴暗而强有力的隐蔽生活。她自身的存在以及和她在一起的斯克里本斯基是那样的强大,使她完全可以在另一种生活中获得休息。她每天早晨都上大学去,照常上她的课,欢欣鼓舞,可是非常疏离。

她上他的旅馆去跟他一起吃午饭;每天晚上她也总和他一块儿,或者进城去,或者躲在他的房间里,或者跑到郊外的农村去。她对家里说,她为了通过学位考试,每天晚上要刻苦学习。可实际上她对她的学习已经丝毫不在意了。

他们俩都是那样无牵无挂,幸福而平静。他们自己的那种至高无上的存在,使得世界其他的一切全都处于次要地位,所以他们完全可以自由,不予理睬了。日子一天一天地过去,他们唯一需要是希望有更多的时间单独在一起。他们希望那时间专属于他们所有。

复活节的假日马上要来临了。他们同意马上就离开这里。至于将来还回不回来,那都没有关系。对世界上一切具体的事,他们全都不在意了。

"我想我们应该结婚。"他若有所思地说。按现在这情况,一切是这样美妙而自由,而且他们是生活在一个更深的世界中,如果让他们的关系公开化,那就是要把它放在和其他一切事物平等的地位,而那就会是对他自身的否定。因为在目前他已经和所有那些事物完全断绝关系了。如果他结婚了,那他就得恢复他那个具有社会性的自我。想到他必须恢复那个具有社会性的自我,他马上就感到失去了信心,感到无比空虚了。如果她成了他的社会生活中的妻子,如果她变成了那个十分复杂的僵死的现实的一部分,那么他的下层生活和她还会有什么关系呢?一个人的社会生活的妻子几乎只不过是一种物质的象征。而现在她对他来说,几乎是比传统生活中任何东西都更要生动得多。她把一切传统生活都完全看作是虚假的,他和她站在一起,阴沉、变化不定,具有无限的力量,那包容着他们的死去的一切都被看作是活着的虚假的东西。

他观看着她的沉思的惶惑的脸。

"我不认为我愿意跟你结婚。"她皱起眉头说。

这使他感到有些难堪。

"那是为什么呢?"他问道。

"还是让咱们回头再慢慢想一想吧,你说怎么样?"她说。

他感到很不痛快,可是他仍然十分强烈地爱着她。

"你这脸现在已经不像是一张脸,而变成 museau[①] 了。"他说。

"是吗?"她大叫着说,她的脸马上像火烧一样发亮了。她想这样她就已经避开了那个问题。可是他却还要谈这个问题——他不能就此罢休。

"为什么?"他问道,"你为什么不愿意跟我结婚?"

"我不愿意和别的人在一起,"她说,"我愿意老是这样。什么时候我愿意和你结婚,我一定告诉你。"

---

① 法语:此字原指动物的嘴脸,此处当有样子很难看之意。

437

"那好吧。"他说。

他愿意这样让事情暂时不要说死,一切由她去负责任。

他们谈到了复活节的假日,她只想尽情地寻欢作乐。

他们跑到皮卡迪利一家旅馆去住。她就算作是他的妻子。他们花一个先令在一家普通店铺里买了一个结婚戒指。

他们彻底放弃了那个普通人的世界。他们的自信简直像是在他们身上附体的魔鬼。他们完全是鬼附体了。他们感到自己完全地、绝对地自由,傲然对待一切问题,超然于人世的一切事物之上。

他们本身已经完备无缺,因此世界上其他的一切都已经不存在了。整个世界只是一个他们可以有礼貌地不予理睬的仆人的世界。不论他们走到哪里,他们都是两个感官世界的贵族,热情、开朗,用纯粹的感官上的骄傲观看着一切。

他们对别人所产生的效果是完全不同一般的。这两个年轻人所焕发的光彩照亮了他们所接触到的一切人,包括一些侍者或偶然相识的人。

"Oui, Monsieur le baron."①她会装出很有礼貌的样子回答她丈夫的话。

因而他们在旅馆里受到了贵族般的招待。他是工兵营的一位长官,他们刚刚结婚,马上就要到印度去了。

这样围绕着他们便编织出了一套罗曼蒂克的气氛。她相信她就是一位即将前往印度的有头衔的丈夫的年轻妻子。这样一种假扮出来的社会生活使他们感到十分甜美。而活生生的事实是,他和她是一个男人和一个女人,绝对独立自主,超出了一切限制之外。

日子一天一天地过去,他们还有三个星期可以在一块儿———一切都非常顺利。在整个这一段时间中,他们自己就是一种现实,外边的一切不过是他们的陪衬。对于金钱,他们完全不在意,可是他们也绝对不随便挥霍。他发现,在不到一个星期的时间里花掉了二十镑,也颇感吃惊。但这只是因为他讨厌又得往银行跑一趟。对他来说,只有旧制度的机制还存在着,而不是那个制度本身。钱的问题根本就不存在。

一切旧的义务也是完全不存在的。他们从戏院回到家里,吃晚饭,脱衣服,然后就穿着一身便服跑来跑去。他们有一间很大的卧室。楼上一个角落

---

① 法语:是的,男爵先生。

里还有一间起居室,那里非常安静,也非常舒适。他们在他们自己的房间里吃饭,有一个名叫汉斯的年轻的德国人伺候着他们,他把他们都看成是了不得的人物,对他们处处毕恭毕敬。

"Gewiss, Herr Baron——bitte sehr, Frau Baronin."①

在那个公园那边,他们常常可以看到玫瑰色的黎明。西敏寺大教堂的钟楼慢慢出现在远处的天边。沿着公园里的树木向远处伸展的皮卡迪利大街的灯光现在都变得像一些飞蛾一样暗淡无光了。清晨的车辆已经在那阴暗的大路上克啷克啷地响着,那大路躺在下面,一夜都闪着金属的光,在灯光下消失在远处的黑夜之中;现在由于黎明的来临也仿佛在雾里似的变成模糊一片了。

接着,随着愈来愈红的黎明,他们打开玻璃门走到外面令人晕眩的阳台上去,心情欢畅,像生活在幸福中的两位天使,观望着下面还在沉睡中的世界。那个世界很快将在彷徨、嘈杂、令人厌烦的缥缈的混乱之中醒过来了。

可是外面的空气太冷。他们回到卧室里去,在上床之前先洗一个澡,把通向浴室的门打开,于是那里的水蒸气进到卧室来,把墙上的大镜子都弄得模糊不清了。她总是先上床。她看着他洗澡,看着他那灵巧的无意识的动作,电灯光照在他的湿淋淋的肩膀上。他爬出浴盆来站在盆边,他的头发全沾在他的额头上,滴答的水迷住了他的眼睛。他身材苗条,在她看来简直是完美无缺;他胖瘦适中,长着一副无比光洁匀称的身体。他身上棕色的毛发无比细软,非常可爱,当他站在那雪白的洗澡间里的时候,他红透的身子显得是那么漂亮。

他看到她从枕头上望着他的她那温暖、黑暗,又被灯光照亮的面孔——但他并没有看——因为她总在那里,就像他自己的眼睛一样,已习以为常。他从来没有把她视为身外之物,而是他自己的眼睛,他自己的跳动的心脏。

他向她走过去,要去拿他的睡衣。他每次这样走近她,总感到是一次奇妙的经历。她马上双手搂抱着他,使劲闻着他温暖的柔和的皮肤。

"真香。"她说。

"是肥皂味。"他回答说。

"肥皂味。"她抬起她的明亮的眼睛看着他重复说。于是他们俩纵声大笑,总是大笑不止。

很快他们就睡着了,紧挨在一起直睡到中午,一直都不醒。他们在他们目

---

① 德语,大意是:当然,男爵先生——不敢当,男爵夫人。

前的这种随时改变的现实中醒过来了。只有他们是生活在现实世界中。所有其他的人都生活在一个较低下的天地之中。

不论他们想干什么,他们就去干什么。他们一起去看过很少几个朋友——多萝西(她是作为她的朋友前去拜访的),以及斯克里本斯基的一两个在牛津大学认识的年轻朋友,他们都毫不在意地称呼她斯克里本斯基太太。他们对待她是那样地尊敬,她不禁开始想到,她真正是属于整个宇宙的,既属于旧世界,也属于这个新世界。她忘记了,她已经是在旧世界的圈子之外了。她想着,她已经把它置于她自己的那个真实世界的魔力的控制之下了。事实上也的确是这样。

一周一周的日子就在这种随时变化的现实中度过去了。在所有这些日子里,他们彼此都自成一个不可知的世界,一方的任何一个行动,对对方来说都是一种现实,一种冒险经历。他们完全不需要外界的刺激。他们很少上戏院,他们大多数时间都坐在皮卡迪利高处的他们那间起居室里,那间房子两面都有窗子,门外是阳台,从那里可以俯瞰绿荫,也可以看到下面如蚁的繁忙的交通。

一天,忽然间,看着新升的太阳,她想要走。她必须走。她必须马上走。接着在两个小时之内,他们就来到查林十字街,准备赶上去巴黎的火车。去巴黎是他提议的。她认为到哪里去全都一样。只要能够出去跑跑,这本身就是一种最大的欢乐。几天之后,她便为看到巴黎的种种新奇的东西感到无比欢乐了。

接着,由于某种理由,在回伦敦的路上她一定要去拜访一下鲁昂①。对于她希望到那个地方去的愿望,他有一种本能的不信任的感觉。可是,她坚持一定要到那里去,她仿佛是要试试那地方究竟对她会有多大的影响。

到了鲁昂之后,他第一次有一种像死亡一样的冷冰冰的感觉;倒不是害怕别的男人,而是害怕她。她似乎准备要离开他了。她显然在追求某种与他无关的东西。她不再需要他了。那古老的街道,大教堂,那个城市所代表的时代以及它那庄严肃穆的气象,都使她慢慢离他越来越远了。她见到了那些东西,仿佛它们是她过去遗忘掉的,现在要把它们全找回来。现在,这些就是现实,那高大的石头教堂摊成一大堆躺在那里,不知道什么叫时光,也从没遭到过拒

---

① 法国西北部著名的港口城市。

绝。它的稳定和它的光辉灿烂的绝对性都使它显得无比威严。

她的灵魂已经开始自行其是了。他没有觉察到这一点,她自己也没有觉察。可是,在鲁昂他第一次有一种死一样的烦闷的感觉,第一次感觉到他们正朝着死亡前进。她第一次感到一种令人心情沉重的思念,沉重的,十分沉重和无望的警告,几乎像是慢慢沉入深沉的令人极不愉快的麻木状态或者绝望状态之中。

他们回到了伦敦。可是他们还有两天可以在一起。因为害怕她要离开,他开始心神不宁,浑身发热。而她却在自己心中早有一种可怕的预感,这倒使她显得十分平静。事情该怎样,就怎样吧。

不过,直到她离开以前,他一直也还相当平静,一直仍然处于一种兴奋状态之中。她走后他就离开了圣潘克拉斯大街,坐上了前往平里科的电车,然后从那里到安基尔,在星期天晚上到达码头门大街。

接着,令人心寒的恐惧慢慢浸入到他的心中。他看到市中心大道是那么可怕,他感觉到他所坐的那辆电车是那么阴森可怕,肮脏和冷漠。他已被冷冰冰、赤裸裸、毫无生趣的干枯气息所包围了。他有权力生存其中的那个光明的奇妙的世界哪里去了?他怎么会被抛到他现在所在的这个垃圾堆上来了?

他简直仿佛发疯了!可怕的红砖建筑和电车,街上那些面如死灰的行人使得他仿佛喝醉酒一样,摇摇晃晃什么也看不见了。他完全发疯了。他曾和她一起亲密地生活在一个活着的、具有跳动着的脉搏的世界,在那里到处可以感觉到富饶的生命脉搏的跳动。现在,他却发现他是在一个僵硬的、冷漠的、干枯的世界中挣扎:眼前所见只是无数毫无生气的墙壁和机械的繁忙的交通,以及像幽灵一样爬行着的人们。生命已经灭绝了,只有生命的灰烬在活动,在飞扬,或者僵硬地挺立着。这里有一种可怕的叮当作响的活动,那仿佛是从高空往下降落着冰冷的、毫无生殖能力的干枯的煤渣。太阳光仿佛变成一种只为了让人看清这躺在灰烬中的城市的不自然的光线,夜里的灯光更仿佛完全变成了由于腐烂而生成的磷火。

怀着极度不安和不知如何是好的心情,他跑到俱乐部去,要了一杯威士忌,在一张桌子边坐下,一动不动,似乎他已经变成一个泥人了。他仿佛已变成了一具尸体,其中仅有一点点生命,使它还能够和别的那些像幽灵一样的半死的生物一样活动。那些生物只是在我们的已经死亡的语言中我们还把它们叫作人。她的离去所带给他的不只是痛苦,他的整个存在已被彻底毁灭了。

完全像死人一样,他吃完午饭又等着吃午后的茶点。他的脸始终是那样地呆滞、冷漠、毫无颜色。他的生命已经变成了一种干枯的机械活动。但就是现在,他也多少有点纳闷,他究竟为什么竟会感到如此痛苦;他怎么可能会变得这样毫无生气,似乎马上就要临近毁灭了?他给她写了一封信。

我一直在想,我们一定得在不久之后结婚。我的收入在我到了印度以后就会更多一些,我们是完全可以维持生活的。如果你一定不愿意去印度,那我也许可以安排就待在英国。可是,我想你会愿意去印度的。在那里你可以骑马,你可以结识现在待在那里的每一个英国人。也许,你要等着在这里取得你的学位,那我们也可以在你通过学位考试之后马上结婚。等一听到你的信儿,我就准备给我父亲去信——

他接着写下去,表明一定要给她安排好她的生活。他多么希望现在和她在一块儿啊!他现在最大的愿望是和她结婚,肯定她不会丢开他。然而,他却无时无刻不感到,完完全全地感到失望、冷漠、毁灭,没有任何感情,和他人也没有任何联系。

他感到仿佛他的生命已经死亡了。他的灵魂已经消灭了。他的整个存在已经完全失去了活力,他已经变成了一个幽灵,和生命完全脱离了。他已经失去了实体,变成一个平面的图形了。疯狂的情绪一天比一天更为严重,一种失去存在的恐惧占据了他的心。

他这里跑跑,那里跑跑,到处乱跑。可是不管他干什么,他知道他永远只是以他的皮囊出现,里面完全空空如也。他到戏院去看戏;他在那里所听见和看到的一切,都只不过停留在他的意识的冷冰冰的表面上,表面以下便什么也不存在了。这也就是他的全部知觉,因而他根本不可能再获得任何经历了。在他心中出现的只是一种机械的反应,此外便什么也没有了。他已经再没有生命,没有内容。在他的思想中也不存在他所接触到的那些人。他们只不过是一些已知数的排列组合。在他现在所居住的这个世界上,没有任何厚度或深度,一切都不过是靠思想臆造出来的一些死的形象,没有生命,也没有存在。

在大多数时间中,他都和他的伙伴或朋友们在一起。很快,他会把什么全都忘记了。他们的活动构成了他对他自己的否定,他们牵动着他的消极的恐惧。

只有在喝醉酒的时候,他还感到比较快乐,他喝酒喝得很多。只要一喝醉酒,他就完全改变了他原来的神态。他马上变成了在温暖、散漫、空灵的世界中飘浮着的一朵温暖、散漫和闪闪发光的云彩。他在一种散漫和混乱的方式之中,对任何事都感到十分满意。一切都渐渐融化成一团玫瑰色的火光,他就是那个火光,一切东西都是那个火光,所有其他的人也都是那个火光,一切实在是太好了,太好了。这时他就会放开嗓子歌唱,一切都太美了。

厄休拉沉默而坚定地回到了贝德俄弗。她非常爱斯克里本斯基,这一点她是肯定无疑的。此外她便什么也不能承认了。

她读完了他那封一心想着跟她结婚,然后一块儿上印度去的长信,这信在她心中没有引起任何特殊的反应。她仿佛对他讲的关于结婚的问题全然未加理睬。这个念头似乎根本就没有办法进入她的头脑。对于那封信的绝大部分,她似乎觉得都是一些毫无意义的空话。

她很高兴,也很随便地马上给他回了一封信,她是从来不爱写长信的。

  印度听来是个十分可爱的地方。我现在几乎就可以看见我自己骑着一头大象,摇摇晃晃地在两排毕恭毕敬站在路旁观望的土人们中间走过。可是,我不知道我爸爸会不会让我去。咱们只能等着瞧瞧。

  我一直还过着咱们俩在一块儿时我所度过的那令人爱恋的时光。可是我觉得,到最后你已经不是那么喜欢我了,是不是?在我们离开巴黎的时候,你就已经不喜欢我了。你为什么会那样呢?

  我仍然非常爱你,我爱你的肉体。它是那么干净和漂亮。我真高兴你不会光着身子出门,不然所有的女人都会对你一见钟情的。那将会使我非常嫉妒,我实在太爱你了。

这封信使他多少还有些满意。可是一天一天地过去,他却仍只是那样游荡着,仿佛已经死去,完全不存在了。

直到四月底以前,他一直没有能够再到诺丁汉去。这次回来,他拉着她和他一块儿到牛津附近他的一个朋友的家里去度一个周末。这时他们已经订婚了。他给她的父亲写了一封信,这件事情就这样定了下来。他给她买了一个翡翠戒指,她对这个戒指感到非常高兴。

她家里的人现在都跟她保持一定的距离,仿佛她已经离开他们了。他们现在对她的事都很少过问。

她和他到牛津附近一所郊区的房子里待了三天。一切都十分舒服,她感到非常快乐。可是,给她留下最深刻记忆的却是在他和她睡过一夜偷偷溜回自己房间去之后,她清晨起来独自享受着自己的最丰富的生命,独自最充分地享受着她独自占有这个房间的时候。这时,她拉开窗帘,看到了下面花园里的李子树有如白雪盖顶,在一派阳光下闪闪发光,看到那开满花朵的树枝亭亭玉立在蓝天之下。它们舒展开自己的花朵,它们在蓝天之下把它们的雪白的花朵向四周抛撒出去!这景象让她多么激动啊!

她必须赶快穿好衣服,以便在任何人跑来和她谈话之前先到花园里那些李子树下去散一会儿步。她轻轻溜了出去,像一位女王在许多精灵中闲步。当她在树下抬头向蓝天望去的时候,那些花看上去仿佛是用银子做成的。这时她还闻到一点淡淡的香味,听到几只蜜蜂微弱的嗡嗡声,这充满生命的幸福的早晨是何等的神妙。

她听到开早饭的铃声,马上就进屋里去了。

"你刚才上哪儿去了?"别的一些人问她。

"我到李子树下去走了走。"她说,她的脸也像一朵花一样发亮了,"那地方实在太可爱了。"

这话使得斯克里本斯基不禁暗暗有点发怒。她没有邀他一块儿去。他感到非常恼火。

晚上月亮上来了,在月光下闪亮的花朵更显得那样地神秘,他们俩一块儿去看花。她在他走在她身边的时候,看到了他脸上的月光。在月光之下,他的五官都仿佛用银子铸成,而那躲在阴暗中的眼睛简直是深不可测。她热情地望着他。他显得非常沉静。

他们假装走累了,跑进屋里去。她很快就上床了。

"一会儿可尽量早点来。"她在假装和他吻别的时候低声说。

他紧张地、念念不忘地等待着,等着一有机会就赶快跑到她那里去。

她尽情享受着他的温柔,为他神魂颠倒。她喜欢把她的手放在他身体两边柔和的皮肤上,或者在他故意用劲绷紧下面的肌肉的时候,用手摸着他的后边,这里的肌肉由于骑马训练已经变得非常坚硬有力了;那原来用手摸着非常柔软光滑的地方,竟会忽然变得硬得捏都捏不动,并且是那样地对她尽心尽力,这使得她简直激动得如痴如狂了。

她占有着他的身体,并以一个占有者的喜悦漫不经心地享受着它。可是,他却慢慢对她的身体感到害怕了。他非常想她,他无尽无休地想着她,可是在他的情欲中出现了一种紧张情绪,或者一种阻挠力量,使他没有办法尽情享受那无限的拥抱慢慢带来的甜蜜的结束。他感到害怕。他的意志总是那样地紧张,那样地不可调和。

她的毕业考试将在盛夏时候进行。她坚持要去参加考试,虽然在过去的几个月中她完全没有好好学习。他也愿意她去参加获得学位的考试。他想,那样她就会感到满意了。可是在内心深处,他希望她不会通过,这样她就会更喜欢他了。

"我们结婚之后,你是愿意住在印度,还是住在英国?"他问她。

"哦,当然愿意在印度。"她说,她那随随便便,显然不加考虑的神态使他十分生气。

有一次,她十分激动地说:

"我真愿意离开英国。这里的一切都是这样地下流和平庸,没有任何能鼓舞起人的精神的东西。我非常痛恨民主。"

听到她这样讲话,他感到很生气,他不知道这是为什么。当她对任何事情进行攻击的时候,他多少都有些感到不能忍耐。那仿佛都是在攻击他似的。

"你这话是什么意思?"他带着敌意问她,"你为什么痛恨民主?"

"在民主制度中,爬到最上面的都是些贪婪的混蛋家伙,"她说,"因为只有他们那样的人才愿意拼命往上爬。只有堕落的民族才实行民主。"

"那么你想要什么样的制度呢——难道是贵族制度?"他问道,心中暗暗有些激动。他常常感到,他有权属于占统治地位的贵族阶级。然而,现在听到她谈到他的阶级,使他更感到一种由奇怪的、痛苦的欢乐而引起的痛苦。他感觉到,他这是默认了某种不合法的东西,他这是想利用某种错误的、可怕的有利条件。

"我就是喜欢贵族制度,"她大声叫着说,"而且我百分之百地更赞成以出身为基础的贵族制度,而不是以金钱为基础的贵族制度。在今天究竟谁是贵族——谁被选出来作为最好的人来统治我们:就是那些有钱的或者有办法弄钱的人。至于他们还有些什么别的全都无关紧要:但是他们必须有金钱头脑——因为他们是在金钱的名义下进行统治的。"

"政府是人民选出来的。"他说。

"我知道是他们选的,可是你说的人民是什么?他们中每一个个体都只知道金钱的利益。有一个人,只要他手里的钱和我的钱一样多,那他就和我完全平等,这一点使我非常愤恨。我知道,我比他们全都要好得多。我痛恨他们。他们不能和我平等。我痛恨这种以金钱为基础形成的平等,这是一种肮脏下流的平等。"

她瞪着一双闪闪发亮的眼睛望着他。他感觉到她仿佛要把他给毁灭掉了。她已经抓住了他,现在正想把他摔个粉碎。他对她越来越生气了。至少,他得为和她的共同生活而进行斗争。一种无情的、盲目的反抗精神占据了他的心。

"对钱我完全不在乎,"他说,"对那一锅肥肉汤我也无心染指。我是非常爱护我的手指头的。"

"你的手指头跟我有什么关系?"她有些激动地说,"你和你那可爱的手指头,你们所以要到印度去,因为到了那里你也会变成一个人物头了!你要去印度,这不过是一种逃避罢了。"

"那是要逃避什么呢?"他大叫着说,由于愤怒和恐惧脸都变白了。

"你想着,印度人比我们本国人更简单得多,你喜欢和他们在一起,好让你对他们作威作福。"她说,"为了你们自己的利益去统治他们,你们还认为自己做得很对。你们是些什么人,凭什么感到自己做得很对?你们在统治别人方面,究竟在什么问题上做得很对?你们的统治罪该万死。你们统治的目的是什么?不也就是要把那里的一切都变得和这里一样下流和毫无生气吗!"

"我丝毫也没有感觉到我们做得很对。"他说。

"那么你感觉到什么呢?一切全是一派空话,不管你感觉什么或者不感觉什么。"

"你自己怎么感觉呢?"他问道,"在你自己的思想上,你觉得你完全对吗?"

"是的,我是那么觉得,因为我反对你们,反对你们那些古老的没有生气的东西。"她大声说。

她最后通过冷酷的知识发出的这句话,立即打下了他那面正在飞扬着的旗帜。他感到自己忽然让人砍去了两腿,就剩下一个毫无价值的躯干了。他感到一阵可怕的晕眩,仿佛他的两腿真的被人砍掉,现在完全不能活动,自己完全变成一具残废的必须依靠别人生活的毫无价值的躯体了。仿佛自己已经不再活着的一种无比绝望的可怕的感觉使他神志恍惚,简直要发疯了。

现在,甚至就在他还和她在一块儿的时候,他也已经感觉到了他本身的死亡,现在他尽管还在行走着,可是他的身体仿佛已变成一具没有自己的生命的皮囊了。在这种状态下,他既听不见,也看不见,已完全没有感觉,只是他的生命的机械活动还在继续着罢了。

他以他在目前这一状态中所能有的仇恨情绪,仇恨着她。他的机智向他提出种种可以使她尊重他的办法。因为她根本就不尊重他。他在离开她之后,并没有给她写信。他同别的女人,同古德伦调情。

最后,这件事使得她愤怒万分。她对他的身体还仍然抱有强烈的嫉妒心理。她所以如此愤怒地斥责他,是因为他根本没有能力完全满足一个女人,现在却又去打别的女人的主意。

"我不能让你满足吗?"他向她问道,整个脸直到喉咙又一次完全变白了。

"不能,"她说,"从在伦敦的第一个星期起,你就从来没有能够满足过我。你现在也没有能够满足我。你这么跟我——,那对我有什么意义呢?"

她带着一种冷漠的、完全不在意的鄙夷神态一扭肩膀把头转了过去。他感到真恨不得把她给宰了。

当她已经刺激得他快要发疯的时候,当她看到他的眼睛里已经露出无比阴森的发疯一样的痛苦神情的时候,她忽然感到一阵巨大的痛苦,巨大的无法克服的痛苦正啃咬着她自己的心。她爱他,因为哦,她一定要爱他,她极力希望能够爱他,这种感情比生或死的感情还要强烈。

而在这个时候,正当他由于感到她正在彻底毁灭他而无比愤怒,当他的一切自满情绪已被彻底消灭,当他日常生活中的那个自我形象已被粉碎,现在仅剩下一个被剥光的、原始的、萎缩的、受尽折磨的人的时候,她希望爱他的热情现在真正变成了一种爱情,她又仰身搂住了他,他们带着无比强烈的激情搂在一起,这一回他知道他已经使她满意了。

可是在这一切之中,已包含着一颗日益发展的死亡的种子。在每一次接触之后,她对他的难以满足的欲望,或者对她始终没有从他身上得到的某种东西的欲望愈来愈强烈,她的爱情越来越变得无法获得满足了。在每次接触之后,他一次比一次更加疯狂地依靠着她,想要自己坚强地站起来,并完全靠自己的力量拉住她的愿望却越来越弱了。他感到自己已经完全变成她的一种附属品了。

刚好在考试之前,降临节来到了。她准备先去休息几天。多萝西继承了她父亲的一笔遗产,在苏塞克斯有了自己的一所庄园。她邀请他们到她那里去小住几天。

他们来到小山脚下,在多萝西的那座地势低下的整洁的农庄里,他们可以愿意干什么就干什么。厄休拉老想到那些小山顶上去跑一跑。有一条白色的小道盘旋而上,一直通到那个最高的小山的圆顶。她一定要去。

在小山顶上,她可以看到几英里之外的英伦海峡,看到微微照亮天空的起伏的海面,在远处像一个影子一样升起来的怀特岛,穿过平整的平原向海边蜿蜒流去的河流,那阴森一片的阿润德尔城堡,然后便是那平坦的高高升起的大草原,形成天空之下的一片平整的高地。它以它自己的闪烁着阳光的巨大的力量接受上天的恩宠,在他巨大的永远不会削弱的身体和那天空的永远不变的身躯交合的时候,只有很少一些小树丛干扰其间。

往下,她可以看到小山坡上的一些村庄和树林。火车勇敢地奔跑着,一个很精致的小玩意儿,摆出一副无比重要的姿态越过草原开进了一个小山口,头顶上不停地冒着白色的蒸汽。但整个看上去却是那样地小。那样地小,可是它却有足够的勇气从地球的这一头跑到那一头,直到再没有什么地方它没有去过。然而,那高原上的草坪,袒露着肢体和身躯,以它那庄严雄伟的毫不在意的神态面对着太阳,以最高的生命的宁静和安详,把阳光、海风和海上含水欲滴的云彩吸进自己的皮肤中去,这些草原不是更为神妙得多吗?当火车如此迅速、如此强有力地、显得十分渺小地穿过平原,向雾蒙蒙的海边开去的时候,它的那种盲目的病态的强大勇气使得她止不住哭泣了。它这是要上哪儿去?它什么地方也不去,它只不过是不停地走着。那样地盲目,那样地没有目标或目的,然而却是那样地匆忙!她坐在一个古老的史前的泥土建筑的遗址上哭泣着,眼泪从她的脸上流了下来。那火车已经盲目地、丑陋地把整个世界都钻空了。

她脸朝下躺在那草原上。那草原是那样地强大,它永远只关心着和永恒的天空的交合,她希望自己能够变成天空之下的一座高大平整的山岭,袒开自己的胸怀和肢体任风吹雨淋、阳光照射。

但是她必须再站起来,从她现在所站的这太阳落脚的地方往下看,看看下面远处平整的土地和土地上的村落、人烟和能量。那向远处跑去的火车看来似乎是那样地短视,那些村舍也都小得可怜,它们的一切活动也都显得无比渺小。

斯克里本斯基感到晕头转向,不知道自己现在是在什么地方,也不知道他和她在这里干什么。她的全部热情似乎只是要往上爬到这一片草原上来。当她必须往下走回大地上去的时候,她的心情显得是那样地沉重。在山顶上,她可是显得无比地欢快和自由。

她决不会再在一所房子里爱他了。她说过她痛恨房屋,她还特别痛恨床铺。每当他来到她床边的时候,她总有一种十分厌恶的感觉。

她打算和他一起在那山顶上过夜。这时正是盛夏,光辉灿烂的白昼时间很长。在大约十点半、昏暗的黑夜终于来临的时候,他和她拿着毯子,沿着一条陡峻的小道爬上了那片草原中的一个山顶。

在那里,星星显得很大,下面的大地已经隐藏在黑暗之中。在高处她可以自由地和星星为伴了。远处他们看到几星黄色的光亮——可是那从海上或者从陆地上传来的光亮离他们非常地遥远。和群星在一起,她感到完全自由了。

她脱光了自己的衣服,也让他把衣服完全脱光,然后一同跑到一块平坦的没有月光的草地上去。那里离他们脱下衣服的地方很远,有一英里多路,他们赤身裸体,和那草坪本身一样全身赤裸地在黑暗的微风中奔跑着。当她穿上拖鞋向水塘边匆匆跑去的时候,她的头发完全散开来,在她的肩头飘飞。

在那圆形的水塘中,星星不受任何干扰地静静地待着。她试着慢慢向水里走去,用双手去捞捕水里的星星。

接着,她忽然转回身来,迅速地向前跑。他也在她身边,但有些急不可耐了。他是可以屏蔽她的恐惧的。他俯就了她。她接受了他。她使劲抱着他,把他紧紧地搂在怀里。可是她的眼睛却圆睁睁地看着天上的星星,仿佛跟她同卧的不是他,而是那些星星,是它们进入她的子宫中那深不可测的黑暗,最终对她进行了彻底探索。

黎明来临了,他们在一块高地上站在一起,观看着白天的来临。那个高地却是石器时代的人用泥土垒起的什么建筑。白天的光线来到了整个大地。可是大地仍然一片漆黑。衬托着远处一片黑暗的大地,她观望着天空中一道乳白色的光圈。那黑暗渐渐变成了蓝色。从后面的海上吹来一阵阵的微风。那风正积极要向那黎明的暗淡的裂缝中跑去。而她和他的黑暗的身躯,站在黑暗的一个前哨上,观望着正在来临的黎明。

从透明的蓝宝石般的黑夜那边,慢慢升起了愈来愈强的光线。这光线越来越强,越来越白,然后在它上面又出现了一派玫瑰般的色彩。先是红红的玫瑰色,然后是黄色,淡黄色,新生的黄色,所有这一切都在天边它们的源泉上暂时停留,并轻微地颤动着。

那玫瑰色飘飞着、战栗着、燃烧着,慢慢汇成了火焰,变成了转瞬即逝的红色,而那黄色却从那随时在增大的源泉中如巨浪一般滚了出来;黄色的巨浪冲向天空,把它的水花向那愈变愈蓝,愈变愈蓝,愈变愈苍白的黑暗洒去,直到最后,那原来是黑暗的一切也都变成了光明。

太阳马上就要出来了。眼前是一派颤动着的、强有力的、可怕的浮光掠影。那光线的源泉很深,也慢慢在涌上来,使自己呈现在人的眼前。太阳已经在天空上了,它的强大的威力让人无法逼视。

下面的土地却是那样安静地一动也不动地躺在那里。偶尔传来一声鸡叫,除此之外,从远处黄色的小山到这片高地草原脚下的松树,一切都在经过一次新的洗礼后获得了新的生命,一切都沉浸在金色的新的创造之中。

那闪着金光的轮廓分明的土地是那样说不出的宁静和充满无限希望,厄休拉止不住心情激动,终于哭了出来。他忽然转头看了她一眼,眼泪在她的脸颊上流着,她的嘴也不停地在那里扭动。

"这是怎么啦?"他问道。

经过一阵挣扎之后,她才终于说出话来。

"这一切实在太美了。"她看着闪亮的美丽的大地说。这一切是那样地美,那样地完备,那样地白璧无瑕。

他也体会到再过几小时之后,英格兰将会是一个什么样子——将会是一片盲目的、肮脏的、全然毫无意义的忙碌,然后到处是肮脏的烟尘,火车在大地的肚腹中到处奔跑着,一切全都毫无意义。他马上也感到一种说不出的苦痛。

他看着厄休拉。她的脸上满是眼泪,可是非常光亮,仿佛在那通明的天光之中忽然变了一个样子。他用来给她擦去那热乎乎的闪着亮光的泪珠的手仿佛也不是他自己的了。他站在一边,一种残酷的、无能为力的感情压在他的心头。

慢慢地,在他心中出现了不知如何是好的悲伤。可是他现在还在尽量和它进行斗争,他是为了自己的存亡问题在斗争着。他忽然变得非常沉静了,对他身边的一切已经完全失去知觉,他仿佛是在等待着她对他的审判。

她考试的时间快到了,他们回到了诺丁汉。她必须到伦敦去。可是她不肯再和他一块儿住旅馆了。她要到大英博物馆旁边一家很安静的公寓里去住。

伦敦的这些安静的居住区留给她极深刻的印象。这儿一切都非常完备。在那里的那种宁静之中,她的思想似乎被禁锢起来了。谁会来把她解放出去呢?

在她的学位考试结束以后,那天傍晚,他同她一起到里奇蒙附近河边的一家饭店去吃饭。美丽的天空一片金黄色,黄色的水边是停留在杨柳树下的白色和红条纹的船上的篷帐和一片片蓝色的影子。

"咱们什么时候结婚呢?"他声音急促但很随便地问她,仿佛这并非什么重大问题。

她观看着河上随时变换着的来去的游艇。他看着她的金色的惶惑的museau①。他慢慢感到自己的喉咙哽住了。

"我不知道。"她说。

一种热辣辣的悲伤卡住了他的喉管。

"你怎么会不知道?你不愿意结婚吗?"他问她。

她慢慢把头转过去,她的惶惑的脸像一个孩子的脸,毫无表情,因为她现在看着他的脸,正在苦苦地思索。她看不见他,因为她心里正在想着别的事情。她一时说不清自己应该怎么说才好。

"我想我现在还不愿意结婚。"她说,她的天真、烦恼和惶惑的眼睛稍稍看了他一下,然后就向远处望去。她显然又去想她的心事去了。

"你是说永远,还是说暂时不结婚?"他问道。

他喉咙里的那个疙瘩变得越来越硬,他拉长着脸,仿佛他马上会给憋死了。

"我是说永远不结婚。"她说,仿佛是她的另一个遥远的自我代替她讲了这句话。

他的拉长的痛苦的脸对她看了一会儿,紧接着从他的喉咙里发出了一种非常奇怪的声音。她忽然一惊,立即清醒过来,恐惧地看着他。他的头奇怪地动了一下,下巴贴住了自己的喉咙,那奇怪的咕噜咕噜声又响起来,他的脸像发疯一样扭动着,他正在哭泣,盲目地扭动着身子在哭泣,仿佛原来控制他活动的一件什么东西现在忽然崩裂了。

"东尼——别这样!"她十分惊愕地叫道。

---

① 法语:见第 437 页注①。

看到他那样子,她的每一根神经都似乎被撕裂了。他用手摸索着要从椅子上站起来。可是他正无声地哭泣着,自己完全不能控制自己了。他的脸像一个假面具似的扭动着,眼泪从他脸上的深沟中一直往下流。他的脸永远像一个抽动着的面具一样让人感到非常可怕。他盲目地摸到他的帽子,盲目地向阳台上走去。现在已经是晚上八点钟,可是天色还相当地亮。有许多人转过脸来看着他。她又是非常激动,又是十分生气地留在后边,拿出半个金币付了饭钱,然后拿起她的纺绸外衣,跟在斯克里本斯基后面走去。

她看到他盲目地迈着碎步在河边一条小道上慢慢走着。从他的身体的那种奇怪的僵直的姿态来看,她知道他还在哭泣。她紧跑几步赶上去,挽起他的一只胳膊。

"东尼,"她叫着说,"别这样!你干吗要这样呢?你这是要干什么?别这样。这是不必要的。"

他听到了她的话,他的男人的性格被残酷地、冷漠地抹杀了。一切全没有用。他没有办法控制住自己的脸面。他的脸面,他的胸部都仿佛自动在那里凶猛地哭泣着。他的意志,他的知识和这一切都完全无关。他就是没有办法停住。

她挽着他的一只胳膊向前走着,愤怒、迷惑不解和痛苦的心情使她完全沉默着。他迈着一个盲人的不稳定的脚步,因为他的头脑由于哭泣已经盲目了。

"我们要不要回家去?要不要我去叫一辆马车?"她说。

他已经说不出话来。她非常不安,非常激动地向着一辆慢慢跑过去的出租马车做了一个不很明确的手势。那马车夫一举手把车赶过来停下了。她拉开车门把斯克里本斯基推了进去,然后她自己也在车里坐下。她高扬着头,嘴唇紧闭着,样子看上去既凶狠、冷淡,又似乎有些羞怯。当马车夫向她伸过他的阴暗的红色的脸的时候,她止不住往后一躲。她看到他那张血红的脸上长着浓黑的眉毛和两撇剪得很短的浓黑的胡须。

"上哪儿,太太?"他说,露出了他的雪白的牙齿。她又犹豫了一会儿。

"鲁特兰广场路,四十号。"她说。

他举手碰了一下帽檐,然后就稳稳地启动了马车。他似乎已和她商量好,对斯克里本斯基完全不予理睬。

斯克里本斯基好像被装进笼子里似的坐在那辆出租马车里,他的脸还不停地抽动着,有时猛地轻轻一动脑袋,似乎要甩掉脸上的眼泪。他始终也没有动一动他的双手。她看着他那样子简直无法忍耐。她坐在那里抬头看着窗外。

最后,她终于控制住了自己的情绪,于是又朝他转过去。他现在已经安静多了。满是眼泪的脸不时还动几下,他的双手仍然一动也不动。可是他的眼神,现在却像雨后的天空一样显得安静多了,充满了淡淡的光亮,而且十分稳定,几乎有些阴森可怕。

在她的子宫里燃烧起了因他而引起的痛苦。

"我完全没有想到我会这样伤了你的心。"她说,把她的一只手轻轻地试探着放在他的胳膊上,"那些话我连想都没想就那么随便说了。那都不过是随便瞎说罢了,真的。"

他仍然十分安静地听着,但他脸色苍白,似乎已经没有任何感觉了。她看着他,等待着,仿佛他是一个什么奇怪的无法理解的动物。

"你别再哭了,你还会再哭吗,东尼?"

这个问题引起了他的羞惭和对她的强烈痛恨。她注意到他的胡须也完全被眼泪泡湿了,她拿出手绢来擦擦他的脸。那个车夫的厚重宽大的脊背始终对着他们,仿佛它知道他们在干什么,可是并不在意。斯克里本斯基坐在那里,一动也不动,听任厄休拉轻轻地、小心地,然而很笨拙地给他擦着脸。因为她显然没有他自己擦起来那么利索。

她的手绢很小,很快就完全湿透了。她从他口袋里掏出了他自己的手绢。然后,用这条大手绢她仔细地给他把脸擦干了。他一直仍然一动也不动。接着,她把他搂过来亲了亲他的脸,他的脸很凉。她心里感到很难受,她看到他的眼睛里很快又积满眼泪了。仿佛他是个小孩子,她又一次给他擦了眼泪。可是,现在她自己也忍不住要哭了。她用牙齿咬住了下嘴唇。

她安静地坐着,由于害怕自己也会哭起来,所以紧紧地挨着他,握住他的一只手,无限柔情地和他依偎在一起。这时那马车仍然向前奔跑着,柔和的仲夏的暮色越来越浓了。他们一动也不动坐了很长一段时间。只是她的手偶尔更紧地捏着他的手,表示一番爱抚,又慢慢松开了。

黑夜慢慢来临,远处出现了几星灯光。车夫把马车停下来,点上车灯。斯克里本斯基第一次动了一动,他向前倾过身子去,看看那车夫在干什么。他的脸仍然是那么宁静、清晰,仿佛带着一种冷淡的孩子的神态。

他们看到那车夫的奇怪的肥胖的黑色的脸紧皱着眉毛,正在朝灯里面观看。厄休拉不禁哆嗦了一下。这简直像是一头野兽的脸,然而这却是一头动作迅速的强大的机智的野兽,它不仅完全知道他们,而且几乎直把他们置于自己的威力之下。她和斯克里本斯基靠得更紧了。

"我亲爱的。"她疑虑不安地对他说。这时那马车又开始全速前进了。

他没有说话,也没有任何表示。他让她抓住他的手,让她向前俯着身子,在那愈来愈浓的黑暗中吻着他的一动也不动的脸。哭泣已经过去了,他不会再哭了。他现在已经完全平静下来,恢复了常态。

"我亲爱的。"她再次叫着说,极力想让他注意到她。可是他似乎还做不到。

他看着车外的马路。他们现在已跑过了肯辛顿花园。现在他第一次开口了。

"我们要不要下车到那公园里去待一会儿?"他问道。

"那好哇。"她安静地回答说,弄不清他这是要干什么。

过了一会儿,他取下了挂在木桩上的话筒。她看到那魁梧、强健和沉静的车夫,向他们这边歪过头来。

"在海德公园的拐角处停下吧。"

那个黑色的头点了点,马车仍照样往前跑着。

很快他们就停下了。斯克里本斯基拿钱付车费。厄休拉站在一边。她看到那车夫在接受小费的时候行了个礼,然后在驱动马车之前,先转过头来,用他那敏捷有力的野兽的眼神看了她一眼。他的眼光是那样地集中,白眼珠闪闪发亮。然后,他就驾起车走到人群中去了。他总算放开了她。她一直就感到很害怕。

斯克里本斯基和她一起进了公园。那里的乐队还在演奏着,公园里到处都挤满了人。他们听了一会儿那悠扬的音乐,然后就走到旁边暗处的一张椅子前,手拉着手紧挨着坐下了。

最后,她终于打破沉默,犹犹豫豫地对他说:

"你到底为什么那么难过呢?"

这时她的确感到难以理解。

"就因为你说你永远不肯跟我结婚了。"他像孩子一样天真地回答说。

"可是那怎么会使你那么难受呢?"她说,"对于我说的话,你完全不必那么认真。"

"我不知道,我也不愿意那样。"他谦恭而羞愧地说。

她热情地捏着他的手。他们紧挨着坐在那里,观看着一些士兵带着他们的情人走过去。无数的路灯沿着紧贴在花园边上的大道向远处伸展开去。

"我没想到你会那么在意。"她也表现得十分谦卑地说。

"我也没想到。"他说,"我是冷不防自己栽了一个跟头——可是我在意——比什么都在意。"

他的声音是那样地安静和丝毫不带感情,这使得她由于恐惧心都完全凉了。

"我亲爱的!"她说,把他更拉向自己的身边。可是,她这声喊叫完全是出于恐惧,而非出于爱情。

"我比什么都更在意——其他的一切我都不在乎——生死都可以置之度外。"他用同样那种安静的、毫无感情的真心实意的声调说。

"那你主要关心的是什么呢?"她低声喃喃说。

"就只是你——就只要你和我在一起。"

她又一次感到非常害怕。难道他就这样让人给征服了吗?她和他挨得更近一些,紧紧地依偎着他。他们完全一动不动地坐着,倾听着那个城市的巨大的重浊的嘈杂声,倾听着走过的情人们的低语和士兵的脚步声。

她靠在他身上,不禁哆嗦起来。

"你冷吗?"他说。

"有一点。"

"我们去吃点晚饭吧。"

他现在一直都非常安静,因为主意已定,情绪更安定下来,所以也显得非常漂亮。他似乎有一种能够控制住她的奇怪的冷静的力量。

他们走进了一家饭馆,开始喝一种意大利酒。可是他的苍白的脸色始终没有改变。

"今天晚上不要离开我。"他最后看着她,请求地说。他的神态是那样地奇怪和冷静,她又感到害怕了。

"可是,我那里的那些人。"她哆嗦着说。

"我会去对他们解释的——他们知道我们已经订婚了。"

她脸色发白,一声不响地坐在那里。他等待着。

"咱们可以走了吧?"他最后说。

455

"上哪儿?"

"去找一家旅馆。"

她一切都豁出去了。她什么话也没说,站起来准备跟他走。可是她现在变得非常冷漠,简直是心不在焉了。不管怎样,她不能拒绝他,这仿佛是命里注定,是一种她无法逃避的命运。

他们在一个地方找到了一家意大利旅馆,租下了一间摆着一张大床的光线阴暗的房间。房间里很干净,可是非常阴暗。顶棚上,在床的上边,有一个很大的由花朵组成的圆形图案。她觉得那图案很漂亮。

他来到她身边,紧紧地搂着她,像钢铁一样死命紧搂着她。她的情欲被挑动起来。那情欲强烈而又冷淡。但今天夜里,他们的情欲可说是十分强烈、无比激动而又美妙。他紧搂着她,很快就睡着了。整个一夜他始终紧紧地搂着她。她完全处于被动状态,一切听之任之。可是她的睡眠一直都不很深沉,老是恍恍惚惚。

她清早一醒来就听到外面庭院里洒水的声音,并看到从窗格间射进来的阳光。她想着他现在是在外国的什么地方,斯克里本斯基像是趴在她身上的梦魇。

她沉思着,安静地躺在那里,让他贴在她的身后,胳膊搂着她,头靠在她的肩膀上。两人身子贴着身子,他仍然睡得很熟。

她看到阳光从百叶窗的缝隙中照了进来;转眼之间,眼前的一切景象似乎又完全消失了。

她现在已经置身于另外一片土地上,另外一个世界,在那里一切旧的制约已经消失,已经不复存在。一个人可以完全自由地活动,不必怕别的人议论,不必那么小心,也不必随时防范着,而只是安静地过着无所顾忌的舒适生活。在一种迷惘的心情中,她似乎是自由自在地在一种银色的光辉中游荡着。人世的各种纽带已全部破除,英格兰所存在的这个世界完全消失了。她听到下面院子里有一个声音在叫喊着:

"奥基俄凡——奥——奥—奥—基俄凡!"

她现在知道,她是在一个新的国家,过着一种新的生活。这么安静地躺着,让自己的灵魂在另一个更简单、更接近自然的世界的银色的光辉之中,自由自在、无拘无束地游逛着,这实在是太美了。

可是,不知什么地方总有一种禁令在等待着她。她现在越来越意识到了斯克里本斯基的存在。她知道他现在醒过来了。她必须为了他离开她那个更遥远的世界,而使自己的心灵受到折磨。

她知道他已经醒了。和他睡着时不一样,他用一种可以感知的安静,安静地躺着。接着,他的胳膊简直像痉挛似的更紧地搂住了她;他半似恐惧地说:

"你睡得好吗?"

"睡得很好。"

"我也是。"

他们沉默了一会儿。

"你爱我吗?"他问道。

她转过身来仔细地打量着他。他似乎和她毫无关系。

"我爱。"她说。

可是,她说这话完全出于应付,而且希望他不要再麻烦她了。在他们之间有一种说不出的沉默的隔膜,这使他感到很害怕。

他们在床上躺到很晚,然后他摁铃要早饭。她希望起来之后,马上下楼去,离开这个地方。待在这个房间里她感到很快乐,可是一想到到下面大厅去要见到许多人,便使她感到很不舒服。

一个出生在西西里的年轻的意大利人端着一个盘子进来了,他规规矩矩地穿着一身灰色的制服,黑黑的脸,微微有几颗麻子。他的脸上几乎有一种非洲人的十分冷漠的、被动的、难以理解的神态。

"简直像在意大利。"斯克里本斯基温和地对他说。一种近于恐惧的莫名其妙的神态出现在那人的脸上。他不懂他的话。

"这里很像是在意大利。"斯克里本斯基解释说。

那个意大利人的脸上闪过了一点表示不很理解的微笑,他放下盘子里的东西马上就走了。他不理解他的话,他什么也不愿意理解。他像一个还没有完全驯服的野兽一样从门口消失了。那个人的那种动作迅速、目光锐利、精神集中的动物性的表现,不免使厄休拉微微哆嗦了几下。

今天早晨,她觉得斯克里本斯基显得非常漂亮,他的脸由于痛苦和热恋变得更温柔更开朗了。他的举止也变得安静和柔和多了。在她看来,他显得很美,可是她却和他保持着一定的距离,显得非常冷淡。她似乎总极力想缩短存在于他们俩之间的距离。可是他并不知道这一点。那天早晨,他显得很开朗、很漂亮。她对他的一举一动,比方像他在蛋卷上涂蜂蜜,以及他倒咖啡的那种姿势,都感到很赞赏。

早饭之后,她倚在枕头上静躺着,让他先去梳洗打扮。她望着他,看着他用海绵擦洗,然后很快又用毛巾把身体擦干。他的身子很美,动作利索而迅速。她毫无保留地对他十分钦佩和赞赏。他现在似乎一切都已经完备。他在她心中引不起生儿育女的念头。他似乎一切已经结束,已经完结了。她对他已经全面了解,没有一个方面由于不了解还能引起她的好奇。她感到对他有一种强烈的,甚至是充满热情的赞赏,可是绝没有那种可怕的惶惑感,绝没有那种丰富的恐惧感,没有那种跟不可知的世界的联系,或者爱的尊重。但是今天早上,他似乎完全处于茫然的状态。他的身体宁静而满足,他的全身的血管都充满了满意的感觉,他感到幸福、完美。

她又回到了家里,可是这一次他也陪着她。他希望待在她的身边。他希望她和他结婚。这时已经是七月了。九月初他就一定要出发到印度去了。要让他一个人走,这是不堪设想的,她必须和他一起走。所以他总尽量留在她的身边,神经一直非常紧张。

她的考试结束了,同时也就结束了她的大学生涯。现在她只能要么结婚,要么再去找工作做。她并没有寻找工作,那很显然她是要结婚了。印度对她也有吸引力——那个非常非常神奇的地方。可是一想到加尔各答,或者孟买,或者西姆拉,以及那里的许多欧洲人,印度马上变得和诺丁汉一样对她毫无诱惑力了。

她的那次考试结果没有通过:她失败了,她没有得到她的学位。这对她是一个打击,这使她的心情十分恶劣。

"没有关系,"他说,"你有没有按照伦敦大学的标准获得学士学位,那对你有什么差别呢?你所学到的东西,你已经学到了。如果你做了斯克里本斯基太太,那学士学位是完全没有意义的。"

这话不仅没有使她感到安慰,相反地,却使她变得更冷淡,更暴躁不安了。她现在要和她自己的命运进行斗争。现在,得由她自己来做出选择,究竟自己是去当斯克里本斯基太太,或者甚至斯克里本斯基男爵夫人,去当一位皇家工兵上尉,或者如他所说的地老鼠的老婆,和别的许多欧洲人一起到印度去生活;或者还是做她的厄休拉·布兰文,当个老姑娘,去教一辈子书。由于她通过了中级学位考试,她现在完全具备了做教师的资格,她也许能够很容易在大学找到一个助教工作,或者甚至到威利格林学校去。她到底应该怎么办呢?

但她最痛恨的是再次让教学工作把自己完全拴住。她从心眼里感到非常厌烦,可是,一想到她必须结婚,然后和斯克里本斯基一起到印度的欧洲侨民中去生活,她马上毫不犹豫地狠下一条心来了。对这一套她丝毫不感兴趣,只不过现在事情有些难办了。

斯克里本斯基等待着;她也等待着。大家都在等待着最后的决定。当安东和她谈话,似乎坚决建议要让自己做她的丈夫的时候,她知道他完全是在那里梦想。可是另一方面,当她见到多萝西,和她谈论这个问题的时候,她又感到,为了坚决表示不同意多萝西的看法,她一定要马上、立刻跟他结婚了。

这种情况简直弄得非常可笑了。

"可是你真的爱他吗?"多萝西问道。

"这不是爱不爱他的问题,"厄休拉说,"我对他真是够爱的了——肯定比我对全世界的任何人都更爱,而且我也决不会再像爱他一样爱上任何别的人。我们已经彼此摘下了对方的鲜花。可是,我对于爱情不感兴趣,我根本不认为这是什么了不得的东西。我究竟爱还是不爱,我究竟有爱情还是没有爱情,我全都不在意。那对我有什么关系呢?"

她带着强烈的鄙夷和愤怒情绪耸了耸肩膀。

多萝西沉思着,也感到有些愤怒和恐惧。

"那么你所关心的是什么呢?"她十分气恼地问她。

"我不知道,"厄休拉说,"也许是什么和个人无关的东西。爱情——爱情——爱情——爱情有什么意义——爱情能值几文?不过是一种个人的情欲上的满足罢了。它能有什么重大作用?"

"谁也不会想到要让它起什么作用,不是吗?"多萝西讥讽地说,"我想这东西本身就是一种目的。"

"那么,它跟我有什么关系呢?"厄休拉大叫着说,"如果它本身就是目的,那我可以一个接一个,一连气爱上他一百个男人。我为什么要永远守着斯克里本斯基呢?如果爱情本身就是目的,我为什么不可以不停地爱下去,一个接一个去爱我所喜欢的各种类型的男人?安东以外还有许许多多的男人,我都可以爱——我都愿意去爱。"

"那么说,你并不真爱他。"多萝西说。

"我跟你说过,我爱他;——其程度不次于,或者更多于我可能爱上的任何其他的人。只不过还有许多在安东身上没有的东西,只有别的男人身上才有,而我都希望去爱。"

"比如说,那是什么呢?"

"这都没有什么关系。不过,比方说,某个男人身上有某种强大的理解能力,或者在某个工人身上有某种庄严、直率的性格,或者某种确实存在而你又说不出的什么东西,再或者你在某一个人身上看到一种令人快意的不顾一切的热情——一个真正什么都在乎的男人——"

多萝西可以感觉到,厄休拉现在已经在讲着一些别的东西,一些这个男人无法向她提供的东西。

"问题是,你到底需要什么?"多萝西问道,"就只是要找一些别的男人吗?"

厄休拉沉默着。这是她自己感到害怕的一个问题。难道她天生就喜欢找许多男人吗?

"因为,如果是这样,"多萝西接着说,"那你最好赶快和安东结婚。别的路是不会有好结果的。"

就这样,厄休拉出于对自己的恐惧,她决定和斯克里本斯基结婚了。

他现在非常忙,全力为他的印度之行做准备。他必须去拜会一些亲戚朋友,还有些手续要办。他现在对厄休拉几乎已经完全有把握了。她似乎已经开始让步。他也似乎又变成了一个胸有成竹的自以为了不起的人物。

这时正是那年八月的第一个星期,他也参加了在林肯郡海岸边一所平房里举行的盛大集会。这次聚会是他的姨祖母,一位自视为社会名流的太太举办的,参加的客人可以打网球、打高尔夫球,还有摩托车和摩托游艇。厄休拉也被邀请去参加这个为期一周的聚会。

她勉勉强强终于答应去了。他们结婚的日期已经大致决定在那个月的二十八日。然后在九月五日,他们便将出发到印度去。但是在她的下意识中,有一件事她是明确知道的,那就是,她决不会去印度。

由于她和安东马上就要结婚,他们也就被看作是这里的重要客人,因而各自都有自己的房间。这所平房很大,除了中间大厅和两间较小的写作间之外,两边的廊子上各有八九间卧室。斯克里本斯基住在一边的廊子上,厄休拉在另一边。在这众多的客人中,他们感到彼此简直要找不到了。

作为已经订过婚的情人,不管怎样,他们倒是可以愿意什么时候就什么时候两人单独出去。可是在这一大群陌生人中,她感到自己跟他们十分生疏,因而很不自在,仿佛自己简直没有一个躲藏的地方了。她从来不习惯于同这种同一性质的群众接近。她感到害怕。

她感到和其余的人完全不同,他们是那么容易表面上都显得十分亲密,这在他们似乎全不费力就可以做到。她感觉到别人根本没有对她十分在意。这里有一种不合传统的各干各的气氛,她很不喜欢这样。在人群中,和许多人在一起的时候,她喜欢大家以礼相待。她感觉到,她在客人们中间没有产生应有的效果,她没能引起大家的注意。她不漂亮:在别人眼里什么也不是。甚至在斯克里本斯基面前,她也感到自己无足轻重,几乎是低人一等。他可以和在场的其他所有的人都混得很好。

晚上,他和她跑到外面的黑夜中去,被云彩遮住的月亮撒下模糊的光线,有时在一片烟雾中露一露面。他们就这样两人一同在潮湿的海滩边的沙丘上走着,听着海上的微波发出阵阵耳语,并闪现出一排白色的微光。

他现在对自己已经是信心十足。当她在海边走着的时候,她那柔软的丝绸衣服——她穿着一件蓝色的山东绸的上衣,下面穿着绷得很紧的裙子——被海风吹得缠在她的腿上噼啪作响。她真希望那风不要那么吹。她感到似乎一切都极力想使她暴露无遗,而她又没有心情去正面加以反对,她感到心情十分混乱。

他想把她引到山丘旁边一个洼地里去,那地方正隐蔽在一片灰色的刺丛和一些灰色的闪着光的野草之中。他使劲把她搂在自己身边,通过贴在她的肢体上的细密的丝绸,抚摸着她的令人目眩神摇的坚实而圆润的身体。那丝绸一面火辣辣地磨蹭在她身上,一面完全显露出了她的圆润坚实的体态,她的两腿之间似乎有一股火要烧进他的身体,使得他的头脑几乎完全燃烧起来了。她很喜欢这样,喜欢他的手摸在她身上时那丝绸发出的电火,在他把她越搂越紧的时候,他也发现那火已经燃遍了她的全身。她像一股电流一样随着他战栗着。但是她并不觉得自己很美。在整个这段时间里,她都觉得她在他的眼中丝毫也不美,只是十分激动罢了。现在她完全任他轻狂。他好像疯了一样,无比强烈的热情使他简直发狂了。可是她,在她事后仰身躺在冰凉柔软的沙土上,看着布满云彩的暗淡天空的时候,却感到她现在是和刚才一样完全处在冷淡的状态之中。可是他,沉重地呼吸着,似乎感到无比的满足,他似乎感到终于能够对她进行了一次报复。

一阵小风吹过她的脸,摇动着他们身边的野草。哪里能够找到她从来也没有尝到过的那最高的满足呢?她为什么是这样地冷淡、毫无兴趣、无动于衷呢?

在他们走回家去的时候,她看到从那平房里射出的许许多多可恨的灯光,以及那聚集在一起的许许多多的平房,他柔和地说:

"夜里不要锁上你的房门。"

"在这儿,我想还是锁上好。"她说。

"不,不要锁。我们已经永远不可能分离了。让我们不要否认这一点。"

她没有回答。他认为她的沉默就是同意了。

他本来和另外一个男人同住一间房。

"我想,"他说,"我要到一个更幸福的地方去,总不会把全院的人都吵醒吧。"

"只要你走的时候不大喊大叫,同时不要摸错了门就行了。"另外那个人说,转身睡觉了。

斯克里本斯基穿着一身宽条纹的睡衣走了出去。他穿过那个大饭厅,饭厅里快熄灭的炉火边还能闻到雪茄、威士忌和咖啡的味道。从这里走进另一边的走廊,来到厄休拉的门前。她躺在那里圆睁着两眼心里很难受,根本没有睡着。她很高兴他来了,这对她至少是一种安慰。让他搂着,感觉到他的身体贴着自己的身体,这的确是一种安慰。可是,他的胳膊和他的身体对她显得是多么地陌生啊!然而,和这里所有其他的人相比,她又感到他并不像他们那样可怕地陌生,那样地怀着敌意。

她不知道她待在这里有多么地痛苦。她身体健康,对一切都充满了强烈的兴趣。在这里,她打网球,学着打高尔夫球,划着船到深海去游水,这一切都使她十分感兴趣,充满了热情。然而,在这里和别的那些人在一起,她无时不感到惊愕和畏怯,仿佛她的无比敏感的赤裸裸的身体已经被暴露在其余那些人的无情、残暴和十分具体的冲击之下了。

他们就这样充分地,几乎近于疯狂地享受着自己的精力所及的享受,日子一天一天在不知不觉中过去了。白天,斯克里本斯基也完全和大家混在一起,到黄昏来临的时候,他才独自占有着她。由于她现在正处在新婚的前夕,而且又准备马上到另一个大陆去,因而她在这里享有较大的自由,别的人对她也都十分尊敬。

一到天色将晚,麻烦就来临了,一到这时,她似乎便渴望得到某种她根本不知道的东西,自己也不知道自己所疯狂想念的究竟是什么。天黑以后,她常常独自走到海边去,心中总似乎在期待着什么,仿佛她这是正要去和人幽会。大海的苦咸的热情,它对大地的冷漠,它的摇摆不定的活动,它的能量,它的攻击,以及它的充满咸味的火焰似乎不停地挑动着她,使她趋于疯狂,并似乎随时在以一种不可能得到的巨大的满足在对她进行挑逗。而这时,作为这一切的具体的代表,斯克里本斯基出现在她的眼前,这个斯克里本斯基她认识,她喜欢,他的确也很动人,可是他的灵魂不能把她容纳在它的浪潮之中,他的心怀也不能激起她的燃烧着的火一样的热情。

有一天晚上,晚饭后他们一同出去,越过低处的高尔夫球场,走到海边的沙丘上。天空中只有几颗稀疏的小星,到处是那样地宁静,那样地昏暗。他们一声不响地一起走着,然后拖着沉重的脚步,一步步走过沙丘之间松散的沙土。他们沉默地在那一片黑暗中走着,慢慢走向沙丘那边的更深的黑暗。

忽然间,在翻过一个沙丘的高坡的时候,厄休拉猛地一扬头向后缩回身来,简直给惊呆了。她只见眼前一片白,月亮像一个圆形的炼钢炉的炉门一样,火光闪闪,从里面射出一派强烈的月光,照遍了海洋上的半个世界。那是一种令人眼花缭乱的可怕的白色的光。他们叫喊一声,马上又缩回到阴影里去待了一会儿。他感到他的饱藏着机密的胸膛已完全袒露出来,他感到自己像一个滚入烈火中的小珠子一样已完全融混在空无所有之中。

"多么神妙啊!"厄休拉用一种低沉的呼喊的声音叫着说,"多么神妙啊!"

她向前走了几步,一纵身跳了进去。他跟在她后面。她感到自己似乎也完全融化在那一派光亮之中,正向着月亮飞去。

那细沙像碾碎的银子,那海像是凝聚成了固体的亮光,朝着他们滚来,她也向前去迎接那闪着光的浮动着的大海。她让自己的胸膛受着月亮的抚摸,却把自己的腹部浸在闪着光的起伏不定的海水之中。他叉开腿站在她后面,仿佛像一个正在消失的影子。

她站在海水的边沿上,站在那大海的闪着光的躯体的旁边,海浪不停地冲刷着她的双脚。

"我要往那边去,"她用一种不容争辩的强有力的声音说,"我要上那边去。"

他看到月光照在她的脸上,使她简直变得像金属一样了,他也听到了她的响亮的银铃般的声音:那声音仿佛是对他发出的呼唤。

她像着魔似的沿着海边慢慢向前走着,他跟在她后面。他看到白色的浪花紧跟在闪着亮的波浪后面,冲过她的双脚和双腿。她猛地摊开她的两只胳膊以维持身体的平衡。他感到她似乎随时都可能就这样穿着一身衣服朝大海走去,然后,漂浮着一直被带到很远的地方。

可是她回来了,她向他走来。

"我要到那边去。"她用一种高亢的声音再一次叫喊着。那声音简直像海鸥的鸣叫。

"到哪儿去?"他问道。

"我也不知道。"

她抓住了他的一只胳膊,仿佛抓逃犯似的紧紧抓住他。然后拉着他在那发出耀眼的光芒的海水边走了一小段。

接着,在那一派光亮之中,她使劲抓住他,仿佛她忽然具有了毁灭性的力量。她用她的双臂紧搂着他,把他死死地搂在自己的怀里,同时用她的嘴找到他的嘴,用尽全力越来越强烈地亲吻着他,直到后来,在她的拥抱中他的身体已变得软弱无力,由于那可怕的女妖似的亲吻,他的心也在恐惧中完全融化了。海水又一次冲过他们的脚边,可是她完全没有在意。她似乎完全没有觉察到,她似乎正使劲用她的嘴压在他的嘴上,希望把他的心整个喊出来。最后,她终于松开手退到一边,仔细看着他——仔细注视着他。他知道她这是想干什么。他于是拉着她的手,领着她走过一段海滩,回到那边的沙丘下边去。她一声不响地跟他走着。他感到,仿佛对他的一次最严峻的考验,关系着他的生或死的考验现在来临了。他把她领到一个黑暗的沙窝里去。

"不在这儿。"她说着,走到充分暴露在月光之下的一个沙坡上去。她一动也不动地躺着,圆睁着两眼看着天上的月亮。他没有做任何调情的动作,便直接趴到她的身上去。她用尽全力把他搂在自己的胸前,简直像发疯一样。这场战斗,这场闯进极乐世界的斗争简直是太可怕了。直到后来,这对他的灵魂完全变成了一种痛苦,最后他屈服了,他仿佛死了一样放弃了斗争。他把自己的脸一半埋在她的头发里,一半埋在沙土中,一动也不动地躺着,仿佛他从此再也不会活动了。仿佛他已经隐没在那海边的黑暗中,被埋葬掉,而他也只希望埋葬在那充满神灵气味的黑暗之中,这是他唯一的希望,再没有任何别的了。

他似乎已经晕了过去。过了很长时间,他才又慢慢清醒过来。他感觉到了她的胸脯的异乎寻常的波动。他抬头看看。她的脸在月光之下像一具圣像似的躺在那里，两眼呆呆地圆睁着。可是，从她的眼睛里缓缓地滚出了两滴泪珠，在月光之下闪着光，滚下了她的脸颊。

他感觉到，仿佛有一把刀插进了他的已经死去的身体。他尽量往后仰着头，观看着，神经紧张地呆了好几分钟：看着那在月光之下闪着金属光彩的一动也不动的呆呆的脸，看着那直勾勾的什么也看不见的眼睛，在那双眼睛里，泪水慢慢地聚集起来，在月光之下闪动几下亮光，然后，由于那眼眶已无法容纳，便扑簌簌滚了出来。那充满月光的眼泪，流进黑暗，坠落在沙滩上。

他仿佛害怕似的慢慢脱开她，脱开她的拥抱——她一动也没有动。他看着她——她仍然躺在那里。他能就这样走开吗？他转身看看开阔的海岸，在他的面前，空无一物。他于是向远处走去，越来越远地离开那伸直身子躺在月光下的沙滩上的可怕的人影，离开了那张不停地滚落着一颗颗泪珠的一动也不动的永恒的脸。

他感觉到，如果他必须再一次和她相见，那他必然会粉身碎骨，从此永远失去存在了。然而到现在为止，他对他自己的活着的身体还仍然爱着。他走了很长很长一段路，直到后来，他变得头脑昏昏，累得几乎什么都不知道了。然后，他找到一块最黑暗的地方，便在那里蜷着身子躺下来，失去了知觉。

尽管任何一点轻微的行动对她都会引起更深刻的痛苦，最后她终于慢慢脱开了她的强烈的痛苦的感情。她慢慢从沙滩上举起她的已经死去的身体，最后终于站了起来。现在那月亮，那海洋，对她都已经不复存在了。一切都已经过去。她拖着她的已死的身躯向那所房子走去，走进她自己的房间，然后就一歪身在床上躺下了。

第二天早晨又给她带来一段新的表面上的生活。可是她的内心已经完全冰凉、死去、毫无生趣了。早饭时候，斯克里本斯基又露面了，他脸色煞白，完全像魂不守舍的样子。他们彼此没有说话，甚至也没有对看一眼。除了一般人之间极普通、极无聊的应酬话之外，他们俩实际已完全分开。在他们在那里度过的剩下的那两天之中，他们从来没有谈过有关他们自己的任何问题。他们仿佛是两个已死的人，彼此都不敢相认，不敢对看一眼了。

然后，她收拾行装，收起了她的一切东西。有好几个客人要同时离开那里，并且乘坐同一列火车。所以他已经没有机会再跟她说话了。

到最后一分钟，他去敲了敲她的卧房的门。她手里拿着雨伞站在那里。

他关上了房门。他不知道该怎么说才好。

"你跟我的关系就算完了吗?"他最后抬起头来问道。

"这不能怪我,"她说,"你已经对我不感兴趣了,我们彼此都不感兴趣了。"

他看着她,看着那张他认为十分残酷的毫无表情的脸。他知道他已经不可能再碰她一碰了。他的意志已被粉碎,他自己已经枯萎了,可是他仍然还抓着他的肉体的生命。

"你是说,我什么地方不对呢?"他用一种近于争吵的声音问道。

"我不知道,"她仍用她那呆呆的毫无感情的声音回答说,"事情已经完结了。彻底的失败。"

他沉默着。这句话让他感到心里像火烧一样。

"那是我的过错吗?"他最后终于抬起头来挑战似的回答说。

"你不能——"她刚要说,又自己把话咽了下去。

他转身走开,不敢再听下去了。她又开始收拾她的东西,她的手绢,她的雨伞。她现在必须走了。他正等着她赶快走。

最后,马车来了,她和另外几个人一起上了马车。当他再也看不见她的时候,他马上感到一种莫大的安慰,一种很无聊的轻快之感。转眼之间,一切都已经烟消云散。那一整天,他都像孩子似的跟谁都十分亲热,变得十分可爱了。他感到,想象不到,生活竟可能会如此美好。他感到,现在的生活比过去要好得多了。就这样把她完全抛开了,这是多么简单的一件事啊!他感到一切是多么简单,所有的人是多么友好。她曾经强加于他的那些东西是多么地虚假啊!

可是在夜里,他简直不敢一个人待着。他的同房伙伴已经走了。深夜的黑暗对他简直是一种折磨。他怀着痛苦和恐惧的心情注视着屋里的窗户。这可怕的黑暗什么时候才会消失呢?他勉强耐着性子,忍耐着。到天亮的时候,他终于睡着了。

他始终没有再想到她。只是这黑夜的恐惧越来越严重,吓得他简直像发疯一样了。他只是偶尔打个盹,而且总是在痛苦中醒来。恐惧似乎使他只剩下一个空躯壳了。

他的计划是,晚上待到很晚:和朋友们一起喝点酒,一直闹到夜里一点的时候,然后他就可以睡三个小时的觉,把什么全都给忘掉,到五点天就已经亮了。可是,如果让他在黑暗中睁开眼,他就几乎会吓得连命都没有了。

　　白天里,没有什么问题,总有些事可以占据他的时间,他始终紧抓住他觉得倒也悠闲自在的无聊的现在。不管他干一件什么毫无意义的小事情,他都尽量全力以赴,这样使自己感到正常,觉得自己不是完全无所作为。他始终表现得十分活跃、欢欣、轻快、甜蜜和无畏。他只是非常害怕他自己卧室里的那黑暗和沉默,仿佛那黑暗总是在对他的灵魂挑战。这一点他实在无法忍受,正同他一想到厄休拉就无法忍受一样。他已经没有灵魂。也没有生活的背景了。他从此再也不想到厄休拉,一次也没有想到过,他对她没有作任何表示。她就是那黑暗、那挑战和那恐惧。他现在始终只注意眼前的事情。他希望赶快结婚,这样使他自己不再受到那黑暗,以及他自己的灵魂的挑战。他准备和那位上校的女儿结婚。毫不犹豫,马上就办。由于他现在一心只想到立即行动,他马上给那个姑娘写了一封信,告诉她他的婚约已经解除——那不过是一段为期很短的热恋,现在事情已经过去了,他感到对这件事他比任何别的人都更难理解——他想知道他能不能马上见到他的最亲爱的朋友。他无比急切地盼望着她的回信。

　　他收到了那个姑娘的一封表示诧异的信,可是她却很愿意见到他,她现在正和她的一个姨母住在一起。他马上就到那里去找她,当天夜晚就向她提出了求婚。她同意了他的请求。接下去,不到两个星期这婚事便不声不响地举办了。他们根本没有写信通知厄休拉。又过了一个星期,斯克里本斯基就和他这位新太太一道去了印度。

第十六章

虹

厄休拉神情恍惚,一言不发地回到了她的在贝德俄弗的家。她几乎已经说不出话来,也不愿对任何事表示任何兴趣。这有点仿佛她的活动能力已经全被冻结起来了。她家的人问她是怎么回事,她对他们说,她已经解除了她和斯克里本斯基的婚约。他们惶惑而愤怒地看着她。可是她似乎对他们的态度已经毫无感觉了。

在这种麻木状态中,几个星期已经慢慢爬了过去。现在他应该已经到印度了。对这件事她丝毫也不感兴趣。她仿佛始终在睡梦中,没有活动的能力,也没有任何心情。

忽然间,她猛地感到一惊。那惊愕的感觉来得是那么急骤,她简直觉得她仿佛被一辆车给撞倒了。她是不是已经怀孕了?因为她一直为她自己和他带给她的痛苦所折磨,所以始终也没有想到这一点。现在,它却像一团烈火把她的四肢和身体整个卷进去了。她不是已经怀孕了吗?

在这惊愕的火焰刚刚烧过来的时候,她简直不知道自己心里是什么滋味。她觉得她仿佛被绑在一个木桩上了,那火焰正朝着她烧过来,要把她完全吞没下去。可是那火焰烧在身上似乎也很舒服,它似乎更让她越来越疲倦,慢慢可以入睡获得休息了。在她的心中和她的子宫里,她究竟是一种什么样的感觉,她自己也不知道。她只感到有些晕眩。

慢慢地,她的沉重的心情渐渐侵入她的意识之中。她现在是在干什么呢?她是正要生孩子了?生孩子?干什么?

她的肌肉欢快地战栗着,可是她的心情却十分恶劣。这个孩子仿佛是一个印记,表明她自己从此已不可能再有任何作为了。然而,在肉体上,她却十分高兴她现在有了孩子。她开始想,她应该给斯克里本斯基写一封信。她应该跟他一道出国去,和他结婚,然后作为他的贤良的妻子和他一起过着简单的生活。一个人的自我,不同的生活形式又有什么关系呢?重要的是一天接一天的生活,是那可爱的肉体的存在,富足、宁静、完备,没有更多的思想,没有更多的麻烦,也没有更多的纷扰。她完全错了:她太傲慢,太不懂事,她却要求那另一样东西,那不着边际的自由,以及她想象着从斯克里本斯基那里未能获得的空幻和狂妄的满足。她是什么人,竟希望在她自己的生活中获得这种近于狂想的满足?她可以有她自己的男人,自己的孩子,在烈日之下有一个藏身的地方,这不就已经完全够了吗?既然她妈妈感到这些便已经够了,对她为什么就不够呢?她应该和她的丈夫结婚,热爱他,简单地尽到自己的为妇之道,那才是最理想的道路。

忽然间,她以公正的态度第一次看清了她妈妈的为人。她妈妈生活简单,但却无比真实。她顺从地接受了自然为她的生活所做的安排。她并没有十分傲慢地坚持要创造一种适合于她自己的生活。她妈妈是对的,百分之百的正确。而她自己由于莽撞和自傲却完全错了。

她忽然感到自己已变得无比谦恭,在这种谦恭的心情中她感到一种手脚被捆绑后的安宁。她听任自己的手脚被捆绑着,她喜爱那种捆绑,她把它叫作宁静。在这种心情中,她坐下给斯克里本斯基写了一封信。

  自从你走了以后,我一直感到无比的痛苦,所以我现在终于完全明白了。我没有办法告诉你,我现在对我那种蛮横无理的行径感到何等懊丧。上天已经容许我热爱你,并让我知道你对我十分喜爱,而我不但没有双膝跪下感谢上帝所赐给我的一切,我却坚持要占有天上的月亮。我一直坚持要让那月亮完全归我自己所有。因为我根本不可能得到它,其他的一切也必然会全都离开我了。

  我不知道你能不能原谅我。想到我们最后一次在一起时我的表现,我简直马上就要羞死了。我不知道,我能不能有胆量再一次见到你的脸,实在说,对我来说最好是马上死去,从此完全掩盖住我的那些疯狂的行径。可是我发现我已经有孩子了,所以我没有办法那么做。

  这是你的孩子,为了这个原因我必须尊重它,为了它的幸福献出我的整个身体,决不能再想到死的问题。而且那又实际是一种十分狂妄自大的胡想。因此,因为你曾经爱过我,也因为这个孩子是你的孩子,我请求你容许我回到你身边。只要你打给我一个字的电报,我就会尽一切可能尽快地来到你身边。我发誓,我将永远作为你的顺从的妻子,并甘心在一切方面为你服役。因为我现在只恨我自己和我自己的狂妄的愚蠢。我爱你——我爱你的一切。你彻里彻外是那样朴实和通情达理。而我却是那样的虚假。只要我能够再一次和你在一起,我将十分安心在你的庇护之下度过我的一生,从此决不会再有任何更多的要求——

她十分慎重地写下的这封信,仿佛无一字一句不是出自她的最深刻和诚挚的感情。现在她完全感觉到了这一点,现在她已经完全体会到自己的处境了。这才是她的真正的自我,永远是。有了这一份文件,她已经可以在最后审判日和上帝见面了。

因为,除了顺从,一个女人还能有什么办法呢?她的肉体不是为了生儿育女,她的精力不是为了伺候她的儿女和她的丈夫,进一步延续人类的生命,还能为了什么呢?说到底,她是一个女人。

她把那封信寄到他的俱乐部,请他们转寄到加尔各答。在他到达印度不久之后——在他到达那里三个星期之内——他就可以收到这封信了。再有一个月,将可以收到他的回信,那时她就可以去了。

她对这一切已毫不怀疑。她现在只想着准备下一些衣服,然后安静、平稳地过日子,直到她前去和他一起生活,她自己的历史也就从此宣告永远结束。那宁静有很长一段时间都像是一种不自然的表面的平静。但是她已经感觉到,一种不安情绪,一种混乱的思绪正出现在她的心头,她尽量想逃避开。她希望她能够很快得到斯克里本斯基对她的信的回信,这样她要走的路便已经完全决定下来,那她也就可以按照命运的安排安分地生活下去了。只是现在的这种无法行动的等待状态,使得她十分担心自己的心情会不会再出现任何反复。

也真奇怪,过去他不给她写信,她是丝毫也不在意的。现在她已经给他写了一封信,这就很够了。她一定会得到他的回信的,一切都不会有什么问题。

十月上旬的一天下午,她感到自己的心情已经濒于疯狂状态,感到再待在屋里会把她闷死,于是她冒着雨溜出去,准备到远处去走走。到处是湿淋淋的,也没有行人。本来就很脏的房子在雨里露出一派刺眼的红色。在一片闪着光的紫黑色的石瓦下边,一排迎着光的墙壁更是红得发亮。厄休拉朝着威利格林那边走着。她抬起头来,走得很快,在一片混乱的雨丝中向前望去。她看到横过浅谷的一道道光线,看到那矿坑和它的烟雾在一种微弱的光亮中闪现出来。接着,那雨水组成的帷幕合上了。她很高兴,这雨给她带来了安静,不受干扰的宁静。

朝着树林那边走去,她透过低处的烟雾看到威利河水闪出的淡淡的光亮。她在一片开阔的田野上走着,那里的山楂树像人的头发一样在风中飘动,许多圆形的灌木透过雨水看去仿佛都是些鬼影。一切是如此地美妙、自由和混乱。

然而,她却匆匆地赶到树下去躲雨。在那里,巨大的发出吼声的树干上下扇动着,包围着她,树干丈量着那巨大的声波,无数高大的树干被雨水冲出一条条黑色的花纹,像擎天柱一样支撑在上面吼叫着的树盖和脚下向外滚动的声波之间。她在那些树干之间走着,感到对它们十分害怕。它们也许会在她走过它们的沉默的队伍的时候,把她关锁起来。

她轻快地向前走着,心里总想着没有任何人会注意到她。她感到自己像一只小鸟一样,现在已经从许多武士聚会的一个大厅的窗口飞出来了。她正在他们的严肃的队伍中匆匆走过,想着他们是不会注意到她的。直到后来,她终于怀着一颗扑扑跳着的心,穿过最远一头的窗口,飞到开阔的青绿色的草原上来了。

她在那大树的覆盖之下转过身来,看到那巨大的雨水的帷幕像一阵缓缓前进的起伏的波浪向着田野的远处飘去。她已经浑身透湿,而且离家很远,她现在完全被包围在这波动着的大地和雨水之中了。她必须跨过所有这些起伏不定的波涛往回走,回到稳定和安全的地方。

完全孤单单的一个人,她直插过那片荒野,向回家的路上走去。那条路很窄,被夹在两边的已经干枯的野草之中;这几乎只不过是一条供野兔来往的小径。她迅速向前走去,始终注意看着自己的脚下。她像风中的鸟儿一样前进着,没有任何思想,只是不停地向前走。可是在她过一片空旷地方的时候,她的心里始终存在着一粒很小的但是完全活着的恐惧的种子。

忽然间,她注意到了另外一件事。雨里出现了好几匹马,那些马现在离她还不是很近,可是它们朝着她这边走来了。她没有别的办法,只能沿着她的小路往前走。那些马现在正聚集在较高处的一排树丛那边。她低着头仍走她的路。她不愿意抬头看它们。她不愿意知道它们就在那边,她走上了荒野中的一条小道。

她感到有什么东西沉重地压在她的心头。这是那些马匹的重量。可是她一定要躲开它们。她将耐着性子忍受这种重压,想法逃避。她准备一直向前走,一直朝前走去,这样来绕过它们。

471

忽然间,那重量显得更为沉重,她的心感到有些难以支持了。她的呼吸已经显得很困难,可是她仍然还能够承受这种重压。她连看都不要看就知道那些马正朝着她走来。它们是些什么东西?她已经感觉到它们沉重的蹄子踏在地上引起的震动。那些朝着她走近的是些什么东西?压在她心头的那重量又是什么?她不知道,她也不愿意抬头看看。

可是现在,她的路已经被切断了。它们堵住了她的退路。她知道,它们现在已经聚集在那长满水草的水闸上的一座木头桥上,聚集成了强大的黑压压的一片。然而。她的脚仍然不停地朝前走着。等她走到它们跟前的时候,它们会一哄而散的。它们一定会一哄而散的。她的脚仍继续向前走着,走着。她的神经和她的血管越来越紧张。越来越紧张,它们越来越热,简直快白热化了,它们将会融化,那她也就一定会死去了。

可是那些马匹在她的面前果然跑散了。在偶然闪过的知觉中,她觉察到它们的行动。当它们在她面前一哄而散向远处跑去的时候,她更觉察到了它们的强大身躯的紧张的颤动和冲击。

她知道它们并没有走开,她知道它们还正在等着她。可是,她走过了它们的蹄子曾在上面踏过的那架木桥。她向前走着,完全了解它们的情况。她知道它们的胸部被勒着,被死死地勒着总也不肯撒开。她知道它们的鼻孔由于长期忍受折磨已经有些红肿。她也知道它们的又圆又大的屁股正死命向前挤压着,挤压着,要想把勒住它们胸部的束缚绷开,它们永远不停地挤压着,直到它们几乎要发疯,把头撞在时间的墙壁上的时候。可是它们永远也无法把它绷开。它们的巨大的屁股在雨水冲刷下变得又黑又光了。可是这又黑又湿的雨水却没有办法熄灭被关锁在它们胸怀中的熊熊的烈火,永远,永远也无法使它熄灭。

她向前走着,越走越近。她已经觉察到那马蹄发出的闪光,那绕着一个黑暗的空洞的蓝莹莹的五光十色的光线。那马蹄铁散发出来的蓝莹莹的闪亮的光线似乎巨大无比,大得简直像围绕在它们身体两边的黑暗的光圈了。马蹄的闪光从它们强有力的腰部像阵阵闪电一样飞了出来。

它们又在那里等着她了。它们现在是聚集在一棵橡树下面,把它们可怕的、盲目的胜利的腰部集结在一起,等待着,等待着。它们等着看她走近。她仿佛从遥远的远处正慢慢走过来,向着那枝叶繁茂的橡树走去,在那里,它们漆黑一片,组成了一面强大的堤岸。

她必须直冲它们走去。可是它们又忽然散开了。它们绕着圈跑着,绕了很大一个圈,以避免注意到她。然后又慢慢走到她后面的小山边去。

它们现在是在她后面了。她面前的路,直到不远处那高高的泥巴门那边,已经完全敞开,所以她可以走进那片较小的耕种过的土地,然后走上大路,走进那有秩序的人的世界中去。她眼前的路已经再没有任何障碍了,她安慰着她自己的心。可是她的心中仍然充满了恐惧,一直都感到非常恐惧。

忽然间,仿佛遭到电击一般,她忽然放慢了脚步。她似乎要倒下了,可是她却仍然一直迈着很小的步子,歪歪斜斜地在向前走着。在她身后的小道上奔跑的马蹄声像雷鸣一样震惊着她。那可怕的沉重感又压上了她的心头,似乎一直要让她趋于毁灭。她没有办法回头看,尽管那马蹄声像雷鸣一样轰击着她。

它们在她的左手边忽然一拐弯,全都残酷地冲挤在一起。她看到它们的可怕的腰部全皱缩成了一团,但是似乎还缩得不很够,那闪着亮的马蹄仍然在她的四周晃动。那些马一匹接一匹在她的身边倒下,然后又自己慢慢站了起来。

它们都已经过去了。它们在她的四周发出雷鸣一般的马蹄声,把她包围起来。它们的那种几乎要爆炸的激烈情绪现在已慢慢缓和下来,它们放慢了步子,又完全挤成一团向前走着。现在已经走到了她前面的那泥巴门前的大树边了。它们胡乱拥挤着,它们极不舒服地活动了一阵,然后就让它们的不舒服的身躯形成了一个统一体,一个共同的目标。它们现在又挡住了她的去路。

她的心已经不存在了,她已经没有了心。她知道,她不敢向它们走近。那集中在一起的捏成团的马群的腰部已经获得了胜利。它不安地活动着,等待着她,知道它自己已经胜利了。它不安地活动着,那是一种等待着胜利的不安。她的心已经不存在了。她的肢体也已经融化了。她已经像水一样完全溶解了。一切坚强的巨大的力量都存在于这个马群的巨大的身体之中。

她的脚步迟疑了,她站定下来。现在更是到了最关键的时刻。那些马匹十分不安地摇动着它们的腰肢。她朝远处看去,什么也看不见。在她的左边,山坡下大约两百码的地方,有两排浓密的平行的树篱。有一个地方长着一棵橡树。她可以爬到橡树的树枝上去,然后从树枝上越过树篱跳到那一边去。

她的变得像水一样的肢体不停地战栗,随时都害怕自己会倒下去,她做出似乎要远远地绕过马群的姿态,吃力地向前走着。那些马集成一堆对着她摇

473

晃着身子,她仿佛梦游一般迈着战栗的步伐向前走着。

接着,在一阵强烈的痛苦中,她忽然冲过去,抓住了那棵橡树的粗糙的树枝,开始往上爬。她的身体软弱无力,可是她的双手却像钢铁一样地坚强。她知道她很强壮,她极力挣扎着,最后终于靠两手挂在树枝上了。她知道,那些马完全了解她的情况。她用脚攀在树枝上,那些马现在已慢慢散开,不安地跑动着,似乎为了要弄清情况。她慢慢向前爬着,爬到了那树的另一边,等到那些马匹向她走过来的时候,她已经蜷成一团掉在树篱的另一边了。

有好一阵她完全不能动弹。接着,穿过树篱下边小兔儿爬出的洞穴,她看到那些向这边走来的马群的蹄子离她越来越近了。她已经可以听到马蹄声。她站起来,横过一片田野,匆匆向前走着。那些马匹在那树篱的另一边也跟着向前跑,可是到了拐角处,它们被拦住了。在她匆匆跑过那一片光秃的田野的时候,她一直都感觉到它们等在那里,又挤成一团了。现在,它们几乎变得有些可怜了。她完全靠她的意志支持着她前进。直到后来,她浑身战栗,爬过了一棵倾斜的山楂树下的篱笆。那棵树下面已经是大路旁边的一片草地了。她现在已经疲惫不堪,她倚在那棵山楂树的树干上坐了下来,一动也不动地待着。

当她浑身无力地坐在那里的时候,时间和变迁的巨流已不停地从她的身边流过。她仿佛已经失去知觉,像一块没有知觉、永远不变,也无法改变的石头一样躺在那河流的河床上,而其他一切东西都在变迁中从她身边滚过,听任她那块停留在河床上的石头待在那里,永远无法改变,永远处于被动状态,沉没在一切变迁的河底。

她背靠在山楂树上,在她的这种最后的孤立状态中待了很长一段时间。一些矿工走过,他们在泥泞的路上迈着沉重的脚步,从很远处就传来他们的说话声,他们几乎是用肩膀夹住了自己的脑袋,在雨里一个个看上去都像鬼影一般。他们中有些人并没有看见她。在他们走过的时候,她勉强睁开眼睛看了一看。接着,有一个走过的工人看见她了。当他带着惊异的神情注视着她的时候,他的漆黑的脸上露出了两个大白眼珠。他放慢了脚步,似乎出于对她的不安和关怀,打算要和她讲话。可是她多么害怕他会对她讲话,害怕他会问她一些问题。

她一扭身子马上站起来,迷迷糊糊地沿着那条小路走去——完全迷迷糊糊。这里离家还很远,她心里忽然想着,她这一辈子就将永远这样疲惫地、疲急地走下去。一步一步,一步一步,永远沿着这两排篱笆之间湿淋淋的雨中的道路走着。一步一步,一步又一步,这种单调的步伐使她有一种阴冷和恶心的感觉,这种阴冷的恶心的感觉是多么深刻啊,多么深刻啊!那种感觉似乎也一沉到底了。今天,她似乎命里注定要探索到一切事物的根底:一切事物的根底。也好,不管怎样,她现在正是走在最底部的河床上——在这里她是非常安全的:非常安全,如果她必须就这样永远、永远走下去,既然这里就是最深的底部,那就不可能再往下堕落了。这里已经是真正到了底。你瞧,所以你不必再有什么担心,一切由他去吧。

她终于回到了家。最后爬上贝德俄弗的小山的那段路真可说是艰苦已极。一个人为什么要爬山呢?为什么必须爬山?为什么不能待在山下?为什么一定要勉强爬到高坡上去?当一个人待在山谷的底部的时候,为什么一定要勉强一步一步地往上爬去?哦,这让人真难受,真厌烦,真感到是一种极大的负担。永远是各种负担。永远永远有没完没了的负担。然而,她必须爬到山顶上,回家去睡觉,她必须上床睡觉了。

她进门以后,在黑暗中爬上楼去,谁也没有注意到她已经浑身湿透。她实在太疲倦,没有精力再下楼去了。她爬上床去,躺在那里,冷得浑身直哆嗦。但是过于凄凉的心情使她不愿意再起来,或者叫人来照顾她。慢慢她病得更厉害了。

整整两个星期她病得很重,浑身抽搐,不停地说胡话。但在她这种神志不清的痛苦中,她却在一种麻木状态下随时都明确地知道自己的存在,而且有一种她将永远这样存在下去的感觉。从某些方面讲,她完全像躺在河底的一块石头,不管什么样的风暴降临在她身上,她也不会感受到任何痛苦,也不会有任何变化了。她的灵魂安静地、永远躺在那里,充满了痛苦,永远总是它自己。在她的这一切病痛之中,存在着一种深刻的永远无法改变的认知。

她完全知道,可是她已经不在乎了。在她整个生病期间,形式趋于模糊的关于她自己和斯克里本斯基的问题,像一种刺心的痛苦始终存在于她的心中。不过这种痛苦仍然停留在表面上,并没有接触到她的已被孤立起来的无法攻破的现实的核心。但它的腐蚀力量却始终在她心中燃烧着,直到它本身燃烧尽净为止。

她必须属于他,必须永远追随着他吗?她感觉到某种强制力量,但那力量似乎又并不真实。那痛苦,那认为她属于斯克里本斯基的不真实的痛苦始终存在着。既然她自己没有和他联系在一起,又是什么东西一定要把她和他联系在一起呢?这种虚假的现象为什么始终存在?这种虚假现象为什么一直啃啮着、啃啮着、啃啮着她的心,她为什么不能完全清醒过来,再回到现实中去?只要她能够清醒过来,只要她能够清醒过来,这虚假的梦,以及她和斯克里本斯基的关系就会完全结束了。可是这睡眠,这神志不清的状态始终捆绑着她。甚至在她很安静和清醒的时候,她也仍然无法逃出它的魔掌。

但是,这种情况她从来也没有经历过。是一种什么外在的东西把她和他连接在一起的呢?显然有一种什么东西捆住了她。她为什么不能挣断这种束缚呢?它到底是什么东西,它到底是什么东西?

在她神志不清的时候,她也一直在探索着这个问题。最后,她的疲惫的情绪为她提出了一个回答——问题在于那个孩子。那孩子把她和他联系在一起了,那孩子像绑在她头脑上的一个紧箍咒,它越箍越紧了。它把她和斯克里本斯基连接在一起了。

可是为什么,它为什么要把她和斯克里本斯基连接在一起呢?她不能自己养活一个孩子吗?难道生孩子不是她自己的事吗?不完完全全是她自己的事吗?这事和他有什么关系?她为什么就因此必须被这种束缚捆绑得腰酸骨痛,硬要把她和斯克里本斯基,并且和斯克里本斯基的世界连接在一起呢?安东的世界:在她的发热的头脑中,已经变成了一种拘禁着她的牢房了。如果她不能从这种拘禁中逃出去,她会发疯的。拘禁她的是安东和安东的世界,不是她所占有的那个安东,而是她并不占有的那个安东。那个安东被另外一种力量所有,属于整个世界。

在她生病期间,她一直挣扎着、挣扎着、挣扎着,希望摆脱他和他的世界,把它放在一边,让它待在它应该待的地方。可是不一会儿,它总又聚集起比她更大的力量,它又重新抓住了她。啊,她的躯体所感到的无法形容的疲惫,她怎么也无法抛开,怎么也无法逃避。她多么希望她能够从这里脱身,她能够抛弃她的感情、她的身体,她所接触到的这个世界加之于她的巨大的负担。她能够抛开她的父亲,她的母亲,她的情人,和她所认识的一切熟人啊!

在无比疲惫的痛苦中,她一次再次地重复着说:"我没有父亲,没有母亲,也没有情人,在这个万事万物的世界上,没有分配给我的任何地方,我既不属于贝德俄弗,也不属于诺丁汉,既不属于英格兰,也不属于这个世界。它们全都根本不存在,我只不过是被它们纠缠着,缠绕着脱不开身了。可是它们全都是不真实的。我必须像一颗橡子脱开橡壳一样从这里脱身出去,因为那橡壳是反现实的。

接着,在她的发烧一般的头脑中,再次出现了二月里橡树林里的生动景象:橡子从橡壳里跳出来撒得满地都是,那些赤裸裸的橡子又准备要发芽了。她就是那个洁净的、光秃秃的、正冒出强有力的洁净嫩芽的橡子,而整个世界却不过是一个已经过去的被抛弃的冬天,她的母亲、父亲和安东,以及大学和她所有的朋友,全都只不过是已经过去的被抛弃的一年,只有那赤裸裸的橡实还仍然自由自在,正努力要长出新的根芽,在永恒的时间之流中创造一种新的知识。只有这橡实是唯一的现实;其他的一切都已经被抛进遗忘的深渊了。

这种思想在她心中越来越根深蒂固了。那天下午,当她睁开眼睛看到她房间里的窗户和窗户外一片烟云的模糊的野景的时候,这一切都不过是一个躺在那里的果壳。整个是一个果壳,此外她再也看不见什么了。她现在仍然被包容着,不过只是被松松地包着罢了。在她和那外壳之间,还有一段空间。那外壳已经绷开,上面有一个大裂口。很快,她就可以在新的一天中扎根了,她的赤裸裸的身子将会在一个新的天空和新的空气中找到自己安身的地方。那正在腐烂的已经衰老的外壳不久就会消失了。

她开始慢慢真的睡着了,她抱着对她的新现实的坚强信念进入了睡乡。在睡眠中,她的灵魂正呼吸着一个新世界的新的空气。她现在所体会到的是一种深刻而丰饶的宁静。她已经在一片新的土地上扎下了根,她现在已慢慢被吸收到新的生命中去了。

当她最后醒来的时候,新的一天似乎已经出现在大地上。为了获得这个新的黎明,她曾经在一片昏黑和黑暗中进行了多么久的斗争啊!她现在感到非常脆弱、精致和清新,简直像一朵在冬末开放的娇嫩的花朵一样。可是黑夜的车轮已经转动,黎明已经来临。

她的旧的经历似乎离她已经非常遥远——斯克里本斯基,她和他的分离——都已经非常遥远了。也有些东西看来是真实的;他们刚在一起时那无比光辉的几个星期。在过去,这段日子仿佛是一阵风暴。现在,它们却似乎已经接近于普通的现实了。其他的一切全都毫无真实性。她知道,斯克里本斯基从来也没有变得接近最后的真实过。在他们狂恋的那几个星期里,他一直在她的迷恋中和她在一起,她暂时创造出了他那样一个人。可是到最后,他还是背叛并归于破碎了。

真奇怪,在她和他之间竟存在着一种无法填补的虚空。她像喜欢一段回忆,或者像喜欢已经过去的自我一样,现在倒也很喜欢他。他是属于有限的过去的,他完全属于已知的范围。她现在,出于对往事的怀念,对他感到一种强烈的依恋之情。可是,当她抬起头来向前看的时候,她就把他完全忘怀了。不,当她向前看,向着她新发现的、躺在她前面的那片土地望去的时候,她所看到的只不过是一片新的光亮,还有像烟雾一样从土地上生长起来的无法理解的树木。在横过了那片虚空,那冲刷着新世界和旧世界的黑暗之后,她现在是单独地在这不可知的、未经探索的、未曾被人发现的海岸边登陆了。

她并没有怀孩子:这使她很高兴。不过,如果真有了孩子,那也没有什么太大的关系。她将会自己把孩子抚养长大,她也决不会去找斯克里本斯基。安东是完全属于过去的。

斯克里本斯基打来了一个电报:"我已经结婚了。"旧日的痛苦、愤怒和鄙夷又在她的心中活动起来。他竟是这样彻头彻尾的属于被抛弃的过去吗?她再也不要理他了,他就是那么个人。他就是那么个人,这倒很好。她有什么权利希望一个男人完全合乎她自己的愿望呢?她只能接受上帝所创造的男人,而没有办法自己去另创造一个。那个男人只能来自无限之中,她将为他的来临大声欢呼。她很高兴,她不能创造出她自己的男人。她很高兴,她和一个男人的创造并没有任何关系。她很高兴,这种能力只存在于她的生命赖以作为最后依据的那种更大的力量之中。那个男人将会从她自己所属的那永恒之中诞生出来。

身体渐好以后,她便坐起来观望着一种新的创造。当她坐在她的窗边的时候,她可以看到下面来来去去的人群,一些矿工、妇女和儿童,他们都在一个干枯的果壳中行走着。但是透过那果壳,却可以看见逐渐壮大的嫩芽。在那些沉静的一言不发的矿工身上,她看到一种不安情绪,一种等待着新的解放的痛苦;在妇女们的虚假的坚强信心中,她也看到了类似的不安心情。妇女的信心是非常脆弱的。它很快就会彻底破碎,从而显露出那新生的嫩芽的力量和不懈的执着。

在她所见的一切事物之中,她都尽量摸索着希望找到那个活着的上帝的创造,而不是那个由于过去的生活已变得干枯和衰老的上帝的创造。有时候,她心里充满了巨大的恐惧感。有时候,她和外界失去了接触,她失去了一切感觉,心里只想着那个束缚着她和整个人类的外壳所带来的那旧的恐惧。他们全都被囚禁在监牢之中,他们全都快要发疯了。

她看到那些矿工的似乎已经装进棺材的僵硬的身体,她看到他们的毫无变化的眼神,那种已经被活埋的人的眼神;她看到那些新房子的锋利的棱角,那些房子似乎正带着它们的无知觉的胜利铺遍了整个那一片山坡。这是大小角度和各种线条的可怕的难以述说的胜利,是那因未遭到反对而自鸣得意的腐烂的表现。这如此纯粹的腐烂已变得非常坚硬而又脆弱;她看到了对面小山上的阴郁气氛,看到那黑压压一堆堆的盖着石板屋顶的奇形怪状的房屋;在山顶上的那些无比难看的新房子的上空,她还看到那古老的教堂钟塔矗立在令人厌恶已极的衰败之中。另外,许多新房子奇形怪状的脆弱的坚硬的棱角从贝德俄弗爬过来,慢慢和莱斯利的破败的新房子相遇;莱斯利的那些房屋又慢慢爬过去和海诺尔的房屋混在一起。总之,这是一片干枯、脆弱、可怕的腐败铺遍了整个这块地面。她坐在那里,不禁感到一种说不出的恶心,自己的灵魂就那样彻底被毁灭了。接着,在那飘动着的云彩之中,她看到一条淡淡的彩虹一般的光给那小山的一部分染上了鲜明的色彩。在遗忘之中,她微微一惊,伸着头去寻找那飘忽的色彩,结果却看到一道彩虹慢慢自动形成了。在一段地方它发出了非常强烈的光亮,于是怀着惆怅的心情,她极力寻找那彩虹弯处的影子。那色彩不知来自何方,神秘地慢慢越聚越浓,最后终于聚集成一条淡淡的巨大的虹霓。那弓形的彩虹慢慢撑开,直到它变成一个无比巨大的圆拱,变成了光和色和太空的巨大的支架。它的闪亮的两脚踩在矮山上那片新房子的腐烂之中,它的拱顶便是头上的天空。

这彩虹耸立在大地之上。她知道,那背着硬壳各自在这腐烂的世界爬行的卑贱的人们都仍然活着,知道这拱立在他们的鲜血之上的彩虹将会在他们的精神中获得生命,知道他们将会抛弃他们的趋于分解的坚硬的外壳,而那新的、洁净的、赤裸的身体将会在一种新的嫩芽中重新生长出来,这新的生命将会在自天而降的清新的光明和风雨之中得到培育。在那彩虹之中,她看到了大地的新的结构,看到那脆弱的腐败的房屋和工厂全被一扫而光,看到这个世界将以真理作为它的活的支架重新建立起来,巍然屹立在苍穹之下。

"中国翻译家译丛"书目

(以作者出生年先后排序)

第 一 辑

书 名	作 者
罗念生译《古希腊戏剧》	[古希腊]埃斯库罗斯 等
朱光潜译《柏拉图文艺对话集》《歌德谈话录》	[古希腊]柏拉图　[德国]爱克曼
纳训译《一千零一夜》	
丰子恺译《源氏物语》	[日本]紫式部
田德望译《神曲》	[意大利]但丁
杨绛译《堂吉诃德》	[西班牙]塞万提斯
朱生豪译《莎士比亚戏剧》	[英国]莎士比亚
罗大冈译《波斯人信札》	[法国]孟德斯鸠
查良铮译《唐璜》	[英国]拜伦
冯至译《德国,一个冬天的童话》	[德国]海涅 等
傅雷译《幻灭》	[法国]巴尔扎克
叶君健译《安徒生童话》	[丹麦]安徒生
杨必译《名利场》	[英国]萨克雷
耿济之译《卡拉马佐夫兄弟》	[俄国]陀思妥耶夫斯基
潘家洵译《易卜生戏剧》	[挪威]易卜生
张友松译《汤姆·索亚历险记》《哈克贝利·费恩历险记》	[美国]马克·吐温
汝龙译《契诃夫短篇小说》	[俄国]契诃夫
冰心译《吉檀迦利》《先知》	[印度]泰戈尔　[黎巴嫩]纪伯伦
王永年译《欧·亨利短篇小说》	[美国]欧·亨利
梅益译《钢铁是怎样炼成的》	[苏联]尼·奥斯特洛夫斯基

第 二 辑

书 名	作 者
钱春绮译《尼贝龙根之歌》	
方重译《坎特伯雷故事》	[英国]乔叟
鲍文蔚译《巨人传》	[法国]拉伯雷
绿原译《浮士德》	[德国]歌德
郑永慧译《九三年》	[法国]雨果
满涛译《狄康卡近乡夜话》	[俄国]果戈理
巴金译《父与子》《处女地》	[俄国]屠格涅夫
李健吾译《包法利夫人》	[法国]福楼拜
张谷若译《德伯家的苔丝》	[英国]哈代
金人译《静静的顿河》	[苏联]肖洛霍夫

第 三 辑

书 名	作 者
季羡林译《五卷书》	
金克木译天竺诗文	[印度]迦梨陀娑 等
魏荒弩译《伊戈尔远征记》《涅克拉索夫诗选》	[俄国]佚名　涅克拉索夫
孙用译《卡勒瓦拉》	
朱维之译《失乐园》	[英国]约翰·弥尔顿
赵少侯译《莫里哀戏剧》《莫泊桑短篇小说》	[法国]莫里哀　莫泊桑
钱稻孙译《曾根崎鸳鸯殉情》《日本致富宝鉴》	[日本]近松门左卫门　井原西鹤
王佐良译《爱情与自由》	[英国]彭斯 等
盛澄华译《一生》《伪币制造者》	[法国]莫泊桑　纪德
曹靖华译《城与年》	[苏联]费定

第 四 辑

书　名	作　者
吴兴华译《亨利四世》	[英国]莎士比亚
屠岸译《济慈诗选》	[英国]约翰·济慈
施康强译《都兰趣话》	[法国]巴尔扎克
戈宝权译《假如生活欺骗了你》《海燕》	[俄国]普希金　[苏联]高尔基
傅惟慈译《丹东之死》	[德国]毕希纳
夏济安译哲人随笔	[美国]亨利·戴维·梭罗 等
赵萝蕤译《荒原》《我自己的歌》	[美国]T.S.艾略特　惠特曼
黄雨石译《虹》	[英国]D.H.劳伦斯
叶水夫译《青年近卫军》	[苏联]法捷耶夫
草婴译《新垦地》	[苏联]肖洛霍夫